A DESCOBERTA DA ESCRITA

KARL OVE KNAUSGÅRD

A descoberta da escrita
Minha luta 5

Tradução do norueguês
Guilherme da Silva Braga

Copyright © 2010 by Karl Ove Knausgård & Forlaget Oktober A/S, Oslo
Todos os direitos reservados.

Esta tradução foi publicada com o apoio financeiro de NORLA.

*Grafia atualizada segundo o Acordo Ortográfico da Língua Portuguesa de 1990,
que entrou em vigor no Brasil em 2009.*

Título original
Min Kamp. Femte Bok

Capa
Claudia Espínola de Carvalho

Foto de capa
PolakPhoto/ Shutterstock

Preparação
Ana Cecília Agua de Melo

Revisão
Adriana Bairrada
Luciane Gomide Varela

Dados Internacionais de Catalogação na Publicação (CIP)
(Câmara Brasileira do Livro, SP, Brasil)

Knausgård, Karl Ove
 A descoberta da escrita : minha luta 5 / Karl Ove
Knausgård ; tradução do norueguês Guilherme da Silva
Braga. — 1ª ed. — São Paulo : Companhia das Letras,
2017.

 Título original : Min Kamp. Femte Bok
 ISBN 978-85-359-2940-9

 1. Ficção norueguesa I. Título.

17-04978   CDD-839.823

Índice para catálogo sistemático:
1. Ficção : Literatura norueguesa 839.823

[2017]
Todos os direitos desta edição reservados à
EDITORA SCHWARCZ S.A.
Rua Bandeira Paulista, 702, cj. 32
04532-002 — São Paulo — SP
Telefone: (11) 3707-3500
www.companhiadasletras.com.br
www.blogdacompanhia.com.br
facebook.com/companhiadasletras
instagram.com/companhiadasletras
twitter.com/cialetras

PARTE 6

Os catorze anos durante os quais morei em Bergen, de 1988 a 2002, acabaram faz tempo, e não deixaram nenhum rastro, a não ser como episódios que talvez certas pessoas ainda lembrem, um lampejo numa cabeça aqui, um lampejo numa cabeça ali, e claro tudo que existe na minha própria lembrança daquele tempo. Mas é surpreendentemente pouco. Tudo que restou dos milhares de dias que passei naquela pequena cidade com ruas estreitas e reluzente de chuva em Vestland são uns poucos acontecimentos e umas quantas atmosferas. Eu tinha um diário na época, porém mais tarde o queimei. Tirei umas fotografias, e ainda tenho doze, que estão empilhadas no chão ao lado da minha escrivaninha, junto com todas as cartas que recebi naquela época. Eu as folheei, li um pouco aqui e um pouco acolá e em todas as vezes acabei desanimado, porque foi uma época terrível. Eu sabia pouco, queria muito e não conseguia nada. Mas como estava animado na hora de viajar para lá! Eu tinha ido de carona até Florença com Lars naquele verão, passamos uns dias lá, depois pegamos o trem até Brindisi, estava tão quente que eu tinha a impressão de estar queimando quando enfiava a cabeça para fora da janela do vagão. Noite em Brindisi, céu escuro, casas brancas, um calor quase sobrenatural, grandes multidões nos parques, jovens de *moped* por toda parte, gritos e barulho. Entramos numa fila em frente ao portaló do enorme navio que zarparia rumo a Pireu, junto com várias outras pessoas, quase todas jovens e de mochila nas costas como nós. 49 graus em Rodes. Um dia em Atenas, o lugar mais caótico onde eu já tinha estado, um calor inacreditável, depois o barco a Paros e Antíparos, onde passávamos os dias estendidos na praia e as noites enchendo a cara de destilado. Certa noite encontramos umas garotas norueguesas por lá, e enquanto eu estava no banheiro, Lars disse que era escritor e que ia começar um curso na Skrivekunstakademiet quando o outono chegasse. Estavam todos falando muito animados quando voltei. Lars me olhou e sorriu. O que estava fazendo? Eu sabia que ele mentia sobre bagatelas, mas na minha frente? Eu não disse nada, mas decidi me afastar a partir de então. Chegamos juntos a Atenas, meu dinheiro tinha acabado, Lars ainda tinha um monte e resolveu pegar um avião de volta para casa uns dias mais tarde. Estávamos num restaurante com mesas na rua, ele comia frango, tinha o queixo reluzente de gordura, e eu bebia um copo d'água. A última coisa que eu queria era pedir dinheiro emprestado, o único jeito de aceitar dinheiro de Lars seria caso ele se oferecesse para me emprestar. Como não aconteceu, achei melhor passar fome. No dia seguinte Lars foi ao aeroporto, e eu peguei um ônibus que saía da cidade, desci à beira de uma estrada e comecei a pedir carona. Poucos minutos depois uma viatura parou, os policiais não falavam sequer uma palavra de inglês, mas entendi que era proibido pedir carona, então peguei o ônibus de volta ao centro e com os meus últimos trocados comprei uma passagem de trem para Viena, um pão, uma Coca-Cola e uma carteira de cigarro.

Achei que a viagem levaria poucas horas e entrei em choque ao descobrir que na verdade seriam praticamente dois dias inteiros. Na cabine havia um garoto sueco da minha idade e duas garotas inglesas que aparentavam ser uns dois anos mais velhas. Já estávamos no interior da Iugoslávia quando eles perceberam que eu não tinha comida nem dinheiro e me ofereceram um pouco do que tinham. O cenário no outro lado da janela era tão bonito que chegava a doer. Vales e rios, fazendas e vilarejos, pessoas vestidas com roupas que eu associava ao século XIX e que provavelmente trabalhavam na terra como se fazia naquela época, com cavalos e carroças, foices e arados. Parte da composição era soviética, eu andei pelos vagões à noite, encantado com aquelas letras estranhas, com aqueles cheiros estranhos, com aquele cenário estranho, com aqueles rostos estranhos. Quando chegamos a Viena, Maria, uma das garotas, queria trocar endereços comigo, ela era atraente e em uma situação normal eu teria pensado em visitá-la em Norfolk no futuro, talvez namorá-la e me mudar para lá, mas naquele dia, vagando pelas ruas na periferia de Viena, aquilo não significava nada para mim, meus pensamentos ainda eram dominados por Ingvild, que eu tinha encontrado uma única vez, na Páscoa daquele verão, mas a partir de então começamos a trocar correspondências e tudo mais empalideceu. Peguei carona com uma mulher loira e séria na casa dos trinta anos até um posto de gasolina na beira da estrada, onde perguntei a uns caminhoneiros se teriam lugar para mim, um deles fez um gesto afirmativo com a cabeça, ele devia ter perto de cinquenta anos, era moreno e magro e tinha um olhar pesado e brilhante, disse que só ia comer alguma coisa antes.

Fiquei do lado de fora em meio à penumbra quente fumando e olhando para todas as luzes ao longo da estrada que pareciam cada vez mais definidas à medida que a noite caía, rodeado pelo rumor do tráfego que de vez em quando era interrompido por discretas mas súbitas batidas nas portas dos carros e pelas vozes repentinas das pessoas que se movimentavam pelo estacionamento, chegando ou saindo do posto de gasolina. Na parte de dentro as pessoas comiam sozinhas em silêncio, em meio a uma ou outra família com crianças que se esparramavam por cima da mesa. Eu me sentia repleto de um júbilo silencioso, era justamente aquilo o que eu mais amava, o familiar e o conhecido, uma estrada, um posto de gasolina, uma cantina, que no entanto não eram conhecidos, por toda parte havia detalhes que os diferenciavam dos lugares que eu conhecia. O caminhoneiro saiu, fez um aceno de cabeça, eu o segui, entrei na enorme cabine, larguei a mochila na parte de trás e me acomodei no assento. Ele deu a partida no motor, tudo rugiu e estremeceu, as luzes se acenderam, saímos devagar, aos poucos fomos ganhando velocidade, mas o tempo inteiro havia um peso enorme, e por fim estávamos confortavelmente acomodados na pista da direita e o homem lançou o primeiro olhar na minha direção. *Sweden?*, ele disse. *Norwegen*, eu disse. *Ah, Norwegen!*, ele disse.

Passei a noite inteira e uma parte do dia seguinte na companhia dele. Trocamos nomes de jogadores de futebol, notei que Rune Bratseth o deixou particularmente entusiasmado, mas como o caminhoneiro não falava uma palavra de inglês, ficou por isso mesmo.

Eu estava na Alemanha e sentia muita fome, mas sem uma coroa no bolso não me restava nada além de fumar e pegar caronas e torcer para que tudo desse certo. Um homem jovem parou em um Golf vermelho, disse que o nome dele era Björn e que faria uma viagem um tanto longa, não tive problemas para falar com ele, e à tarde, quando chegamos, ele me convidou para entrar na casa dele e me ofereceu uma tigela de granola com leite, eu comi três porções, ele me mostrou fotografias de uma viagem que tinha feito à Noruega e à Suécia com o irmão quando ainda era pequeno, o pai deles era louco pela Escandinávia, ele disse, e por isso a escolha do nome Björn. O irmão se chamava Tor, ele disse enquanto balançava a cabeça. Depois Björn me levou de volta à estrada, eu o presenteei com a minha fita cassete tripla do The Clash, apertamos as mãos, nos despedimos com votos de boa sorte e mais uma vez me postei em frente a uma das confluências. Três horas mais tarde um homem barbado e de cabelos desgrenhados com óculos parou em um Citroën 2cv vermelho, ele disse que ia até a Dinamarca e que eu podia ir junto o caminho inteiro. O homem cuidou de mim, demonstrou interesse quando eu disse que escrevia, achei que ele talvez fosse professor universitário, pagou minha comida em uma cantina, eu dormi por umas horas, chegamos à Dinamarca, ele pagou mais comida para mim e, quando por fim nos despedimos, eu estava no meio da Dinamarca, a poucas horas de Hirtshals, ou seja, praticamente em casa. Mas esse último trecho foi um pouco mais complicado, minhas caronas não venciam mais do que umas poucas dezenas de quilômetros por vez, às onze da noite eu ainda estava em Løkken, e assim decidi passar a noite na praia. Caminhei por uma estrada ao longo de uma floresta baixa, aqui e acolá o asfalto estava coberto de areia, e logo vi as dunas se erguerem à minha frente, eu subi e vi o mar estender-se cinza e reluzente sob a luz da noite escandinava. De um camping ou de um conjunto de cabanas próximo vinham os sons de vozes e motores de carro.

Era bom estar junto ao mar. Sentir o cheiro da maresia e a aspereza do vento que soprava. Aquele era o meu mar, eu estava quase em casa.

Encontrei um lugar adequado e desdobrei o saco de dormir, entrei para dentro, fechei o zíper e cerrei os olhos. Era uma sensação desagradável, eu tinha a impressão de que qualquer um podia me ver naquele lugar, mas os últimos dias tinham me deixado tão exausto que apaguei como uma vela ao ser soprada.

Acordei com chuva. Saí do saco de dormir sentindo o corpo frio e duro, vesti minha calça, arrumei minhas coisas e me afastei da praia. Eram seis horas. O céu estava cinza, o chuvisco caía em silêncio, quase imperceptível, eu estava congelando e comecei a andar depressa para aquecer o corpo. Eu me sentia atormentado pelas impressões deixadas por um sonho. Gunnar, o irmão do meu pai, estava lá, ou melhor, a fúria dele estava, o problema era que eu tinha bebido muito e feito um monte de coisas erradas, foi o que entendi enquanto eu me apressava em meio à mesma floresta baixa que eu tinha atravessado na noite anterior. Todas as árvores estavam imóveis e cinzentas sob a pesada camada de nuvens, mais próximas da morte que da vida. A areia se espalhava em montes em meio aos troncos, soprada em padrões variáveis e imprevisíveis, porém sempre determinados, em certos lugares como um rio de finos grãos sobre o asfalto irregular.

Cheguei a uma estrada larga, continuei a andar por mais uns quilômetros, larguei a mochila junto a um cruzamento e comecei a pedir carona. Não faltava muito até Hirtshals. Mas ao chegar lá eu não sabia o que fazer, afinal eu não tinha mais nenhum dinheiro, e não me deixariam embarcar de graça no ferry para Kristiansand. Será que não haveria como me enviar uma cobrança? E se eu encontrasse uma alma bondosa que se condoesse ao ver a situação em que eu me encontrava?

Essa não. Os pingos de chuva ficaram maiores.

Por sorte não estava frio.

Acendi um cigarro, passei a mão nos cabelos. A chuva tinha derretido o meu gel, limpei a mão na perna da calça, inclinei o corpo e tirei o walkman da mochila, remexi nas poucas fitas que eu tinha comigo, escolhi *Skylarking* do xtc, coloquei-a para tocar e endireitei as costas.

Não tinha uma perna amputada no meu sonho? Tinha. Cortada logo abaixo do joelho.

Eu sorri, e então, quando a música começou a sair dos pequenos alto-falantes, me senti repleto pela atmosfera da época em que aquele álbum tinha saído. Devia ter sido durante o segundo ano do colegial. Mas acima de tudo o que me preencheu foi a imagem da casa em Tveit, onde eu me sentava na cadeira de vime e bebia chá e fumava e ouvia *Skylarking*, apaixonado por Hanne. Yngve na companhia de Kristin. Todas as conversas com a minha mãe.

Ao longe um carro apareceu na estrada.

When Miss Moon lays down
And Sir Sun stands up
Me I'm found floating round and round
Like a bug in brandy
In this big bronze cup

Era uma picape que tinha o nome de uma firma estampado em vermelho no capô, devia ser um trabalhador a caminho de um serviço, ele nem ao menos olhou para mim ao passar, e então a segunda faixa surgiu da primeira, eu adorava aquela transição, uma coisa surgiu também dentro de mim e comecei a brandir a mão no ar enquanto andava de um lado para o outro.

Mais um carro apareceu ao longe. Estendi o dedão. Mais uma vez o motorista parecia ser um homem aborrecido que não se dignou sequer a olhar para mim. Claramente eu estava numa estrada com intenso tráfego local. Mas será que apesar disso ninguém poderia me dar carona? Me levar para uma estrada maior?

Somente umas duas horas mais tarde alguém se compadeceu de mim. Um alemão de vinte e poucos anos, com óculos de armação redonda e aparência séria, manobrou o pequeno Opel, eu saltei para dentro do carro, joguei a mochila no banco de trás, que já estava cheio de bagagem, e me sentei ao lado do motorista. Ele disse que tinha saído da Noruega e estava indo rumo ao sul, que podia me deixar perto da autoestrada, não era longe, mas talvez já ajudasse um pouco. Eu disse *yes, yes, very good*. As janelas estavam muito embaçadas, ele inclinava o corpo para a frente e limpava o para-brisas com um pano. *Maybe that's my fault*, eu disse. *What?*, ele perguntou. *The mist on the window*, eu disse. *Of course it's you*, ele bufou. Tudo bem, pensei, se é assim que você prefere, e então me reclinei no banco.

Ele me largou vinte minutos mais tarde, em um grande posto de gasolina, onde fiquei andando de um lado para o outro e perguntando a todo mundo se alguém ia para Hirtshals e se podia me dar uma carona. Eu estava molhado e com fome, todo desarrumado após vários dias na estrada, e por muito tempo todos simplesmente balançaram a cabeça, até que um homem com um caminhão de carga que parecia estar cheio de pão sorriu e disse pois não, suba, eu estou indo para Hirtshals. Durante todo o trajeto fiquei pensando em pedir ao homem que me desse um pão, mas não tive coragem, o máximo que consegui fazer foi mencionar que eu estava com fome, sem que no entanto ele mordesse a isca.

Quando nos despedimos em Hirtshals, um ferry estava prestes a zarpar. Corri até o guichê de passagens com a mochila pesada nas costas, expliquei minha situação esbaforido à atendente, eu não tinha dinheiro, será que não dava para me arranjar uma passagem mesmo assim e depois me enviar uma cobrança? Eu tinha comigo o meu passaporte, estava disposto a me identificar e a pagar a conta. Ela deu um sorriso amistoso e balançou a cabeça, não havia como, o único jeito seria pagar em dinheiro. Mas eu *tenho* que pegar o barco!, eu disse. Para *voltar para casa!* E não tenho dinheiro! Ela tornou a balançar a cabeça. Me desculpe, ela disse, e então desviou o rosto.

Me sentei no meio-fio na região do porto com a mochila entre as pernas e fiquei olhando o enorme ferry se afastar do cais, deslizar pelas águas e desaparecer no mar.

O que eu podia fazer?

Uma possibilidade seria pedir carona de volta ao sul, até a Suécia, e depois subir pela estrada. Mas será que não havia nenhuma travessia pela água nesse caminho?

Tentei visualizar o mapa, será que não existia uma ligação por terra entre a Dinamarca e a Suécia em algum lugar? Eu achava que não. Não seria preciso descer até a Polônia, subir pela União Soviética até a Finlândia e de lá entrar na Noruega? Nesse caso seriam mais duas semanas de carona. E para entrar nos países do bloco oriental eu precisava de visto, não? Mas claro que eu também podia ir a Copenhague, a cidade ficava a poucas horas de distância, e lá eu certamente daria um jeito de arranjar dinheiro para o ferry até a Suécia. Eu podia mendigar, se fosse necessário.

Outra possibilidade seria pedir à minha mãe que transferisse dinheiro para um banco na Dinamarca. Não seria complicado, mas podia levar uns dias. E além do mais eu não tinha dinheiro para telefonar para casa.

Abri uma carteira de Camel e fiquei olhando os carros que não paravam de entrar na nova fila enquanto eu fumava três cigarros um atrás do outro. Um monte de famílias norueguesas que tinham ido visitar a Legoland ou a praia em Løkken. Uns alemães em viagem para o norte. Muitos motor-homes, muitas motocicletas e mais longe os enormes caminhões de carga.

Sentindo a boca seca, peguei novamente o walkman. Dessa vez coloquei uma fita do Roxy Music. Mas já no fim da primeira canção a música começou a desafinar e a luz indicadora de bateria fraca começou a piscar. Tornei a guardar o walkman e me levantei, coloquei a mochila nas costas e comecei a ir em direção à cidade, em meio às poucas e desoladas ruas de Hirtshals. De vez em quando eu sentia uma pontada de fome na barriga. Pensei em entrar numa padaria e pedir um pão, mas estava claro que não me dariam. Eu mal conseguia suportar a ideia dessa rejeição humilhante, e assim preferi guardá-la para quando realmente estivesse em apuros. Para quando eu estivesse literalmente disposto a comer o pão que o diabo amassou, pensei enquanto eu voltava ao porto. Parei em frente à combinação de café com lanchonete, lá eu achava que poderia ao menos arranjar um copo d'água.

O atendente fez um aceno de cabeça e encheu um copo para mim na torneira logo atrás. Me sentei próximo à janela. O lugar estava quase cheio. Na rua tinha começado a chover outra vez. Fiquei bebendo minha água e fumando. Em seguida dois garotos da minha idade entraram, com roupas completas de chuva, abriram os capuzes e começaram a olhar ao redor. Um deles se aproximou, podemos nos sentar aqui? *Of course*, eu disse. Começamos a conversar, os dois eram da Holanda e estavam a caminho da Noruega, e disseram que tinham feito todo o trajeto de bicicleta. Os dois quase morreram de rir quando eu disse que tinha viajado de Viena a Hirtshals sem nenhum dinheiro, e que naquele momento eu estava tentando arranjar um jeito de pegar o ferry. É por isso que você está bebendo água?, perguntou um deles, eu acenei a cabeça, ele me ofereceu um café, eu disse *that would be nice*, ele se levantou e comprou o café.

Dei uma volta com os dois, eles disseram que gostariam de me encontrar de novo a bordo e desapareceram com as bicicletas, arrastei os pés até o lugar cheio de caminhões de carga e comecei a perguntar aos caminhoneiros se eu não podia ir com eles, porque eu não tinha dinheiro para o ferry. Não, ninguém quis, lógico. Um por um os motores foram ligados e os caminhões começaram a subir a bordo, enquanto eu voltei ao café, me sentei e fiquei vendo o ferry que mais uma vez se afastou lentamente do cais e pareceu cada vez menor até meia hora mais tarde sumir por completo.

O último ferry zarparia no fim da tarde. Se eu não conseguisse subir a bordo, teria que pegar carona de volta a Copenhague. Seria esse o plano. Enquanto esperava, tirei meu manuscrito da mochila e comecei a ler. Eu tinha escrito um capítulo inteiro na Grécia, em duas manhãs eu tinha atravessado a vau até uma ilhota, e de lá para uma segunda ilha, com sapatos, camiseta, bloco de anotações, caneta, um livro de bolso com *Jack* em sueco e cigarros em uma pequena trouxa equilibrada em cima da cabeça. Lá, em uma depressão na montanha, eu havia me sentado sozinho para escrever. Foi como se eu tivesse chegado ao lugar onde eu queria estar. Eu me encontrava numa ilha grega, em pleno Mediterrâneo, escrevendo meu primeiro romance. Ao mesmo tempo eu me sentia irrequieto, *não havia* mais nada lá além de mim, e percebi o vazio da situação somente quando aquilo passou a ser tudo que existia. Foi assim mesmo, meu próprio vazio era tudo, e mesmo quando eu estava concentrado lendo *Jack*, ou me inclinava por cima do bloco de anotações para escrever sobre Gabriel, meu personagem principal, o que eu notava era o vazio.

Às vezes eu dava um mergulho na água azul-escura e deliciosa, mas não conseguia dar muitas braçadas porque achava que talvez houvesse tubarões por lá. Eu sabia que não havia tubarões no Mediterrâneo, mas assim mesmo pensava que podia haver, e então caminhava devagar por terra com o corpo pingando enquanto me amaldiçoava, quanta estupidez, eu com medo de tubarões *naquele lugar*, por acaso eu tinha sete anos? Mas eu estava sozinho sob o sol, sozinho em frente ao mar, e além do mais vazio. Era como se eu fosse o último homem. Aquilo tornava a leitura e a escrita totalmente desprovidas de sentido.

Mas quando li o capítulo sobre o que eu havia pensado sobre o boteco dos marinheiros no porto de Hirtshals, achei que tinha ficado bom. Minha aceitação na Skrivekunstakademiet demonstrava que eu tinha talento, e que bastava desenvolvê-lo. Meu plano era escrever um romance durante o ano que estava começando, para então vê-lo lançado no outono seguinte, dependendo de quanto tempo fosse necessário para a impressão e tudo mais.

O romance chamava-se *Vann over/vann under*.

Horas depois, quando começou a escurecer, caminhei mais uma vez ao longo da fila de caminhões de carga. Havia caminhoneiros cochilando no banco do motorista, nesses casos eu batia na janela e via-os despertar com um sobressalto para então abrir a porta ou a janela e ouvir o que eu tinha a dizer. Não, eu não podia ir junto. Não, não havia como. Não, claro que não, por que eles pagariam a minha passagem?

O ferry atracou com as luzes acesas. Por toda parte as pessoas deram a partida no motor. Uma das fileiras de carro começou a movimentar-se devagar, os carros desapareciam naquela bocarra escancarada e sumiam em meio às profundezas do navio. Eu estava desesperado, mas dizia para mim mesmo que tudo acabaria bem. Afinal, nunca haviam circulado histórias sobre um jovem norueguês que tivesse morrido de fome durante as férias, ou então que não tivesse conseguido voltar para casa, ficando preso na Dinamarca, certo?

Em frente a um dos últimos caminhões de carga, três homens conversavam. Me aproximei deles.

— Olá — eu disse. — Será que um de vocês poderia me levar a bordo? Estou sem dinheiro para a passagem. E preciso voltar para casa. Faz dois dias que não como nada.

— De onde você é? — um deles me perguntou no dialeto de Arendal.

— Ændal — respondi, caprichando no dialeto. — *Ellåh Tromøya, då.*

— *Seiå du det!* — ele emendou, surpreso ao encontrar um conterrâneo. — Æ kommå au dæfra!

— Å henne då? — perguntei, querendo saber mais detalhes.

— Færvik — ele disse. — E você?

— Tybakken — eu disse. — *Kan du ta mæ mé, ellåh?*

O homem fez um gesto afirmativo com a cabeça.

— Claro. Pode entrar. Mas fique escondido durante o embarque. Sem problemas.

E assim foi. Quando embarcamos, me encolhi no chão da cabine, de costas para a janela. O caminhoneiro estacionou, desligou o motor, eu peguei minha mochila e desci da cabine. Eu tinha os olhos úmidos quando agradeci. Ele me chamou mais uma vez, ei, espere um pouco! Me virei, ele me entregou uma nota de cinquenta coroas dinamarquesas, disse que não tinha o que fazer com aquilo, mas que talvez me servisse.

Peguei um lugar na cantina e comi uma porção grande de almôndegas. O barco começou a deslizar. A atmosfera ao redor era cheia de conversas empolgadas, era o fim da tarde e estávamos viajando. Pensei no meu caminhoneiro. Em geral eu não teria a mínima empatia com aquele tipo de pessoa, com homens que haviam desperdiçado a vida atrás do volante, não tinham nenhuma instrução, eram gordos e cheios de preconceitos sobre todas as coisas imagináveis, e aquele sujeito não era diferente, eu sabia disso, mas, porra, ele tinha me levado a bordo!

Na manhã seguinte, depois que os carros e as motocicletas desembarcaram do ferry em meio a ruídos e sacolejos para entrar nas ruas de Kristiansand, a cidade voltou a ficar em silêncio. Me sentei na escada da rodoviária. O sol brilhava, o céu parecia alto, o ar já estava quente. Eu tinha guardado parte do dinheiro que o caminhoneiro havia me dado para telefonar para o meu pai e dizer que eu havia chegado. Para ele não havia nada pior que uma visita inesperada. Ele e Unni tinham comprado uma casa a umas poucas dezenas de quilômetros do porto, e costumavam alugá-la durante o inverno e ocupá-la durante todo o verão, até a hora de voltar ao trabalho no norte da Noruega. Meu plano era passar uns dias lá e pedir dinheiro emprestado para uma viagem até Bergen, talvez de trem, porque era o jeito mais barato.

Mas era cedo demais para telefonar.

Peguei o pequeno diário que eu vinha mantendo durante aqueles meses e fiz anotações sobre tudo que tinha acontecido desde a Áustria. Gastei umas boas páginas com o sonho que tive em Løkken, aquilo tinha deixado uma impressão profunda, marcada no meu corpo como uma proibição ou um limite, eu acreditava que tinha sido um acontecimento importante.

Ao meu redor a frequência dos ônibus começou a aumentar, de repente mal passava um minuto sem que um novo ônibus parasse e se esvaziasse de passageiros. Estavam todos indo para o trabalho, dava para ver nos olhos, naqueles olhares vazios de assalariados.

Me levantei e fui dar uma volta pela cidade. A Markens Gate estava praticamente vazia, apenas um ou dois vultos andavam depressa para um lado ou para o outro. As gaivotas reviravam e bicavam o lixo embaixo de uma lixeira onde o fundo havia caído. Cheguei em frente à biblioteca, a força do hábito me levou até lá, porque um pouco do sentimento de pânico que eu tinha quando frequentava o lugar na minha época de colegial havia tomado conta de mim, um sentimento de que eu não tinha para onde ir, e de que todo mundo estava percebendo, e eu sempre tinha resolvido esse problema indo para lá, para o lugar onde era possível estar sozinho sem que ninguém começasse a fazer perguntas.

À minha frente estava o mercado, com o muro cinzento da igreja e o telhado verdigris. Tudo parecia meio desolado, Kristiansand era uma cidade pequena, naquela hora eu percebi com enorme clareza, depois de haver visitado a outra ponta da Europa e visto a situação por lá.

Junto ao muro do outro lado um morador de rua dormia. Com a barba e os cabelos compridos e as roupas esfarrapadas, parecia um homem das cavernas.

Me sentei num banco e acendi um cigarro. E se aquele cara estivesse aproveitando o melhor que a vida tem a oferecer? Ele só fazia o que estava a fim. Se quisesse arrombar um estabelecimento, era isso que fazia. Se quisesse encher a cara, era isso que fazia. Se quisesse importunar os pedestres, era isso que fazia. Quando estava com fome, roubava comida. Mas tudo bem, por outro lado as pessoas o tratavam ou como um lixo ou como se não existisse. Mas, desde que não se importasse com os outros, isso não fazia a menor diferença.

Os primeiros seres humanos deviam ter vivido daquela maneira antes de escolher um lugar fixo para morar e começar a prática da agricultura, na época em que vagavam pelo mundo comendo o que encontravam, dormiam em abrigos improvisados e todos os dias eram iguais, fosse o primeiro ou o último. Aquele morador de rua não tinha uma casa para onde pudesse voltar, não tinha uma casa que o prendesse, não tinha um trabalho a que precisasse se adaptar, não tinha horários a cumprir, e quando estava cansado se deitava onde quer que estivesse. A cidade era para ele uma floresta. Ele passava o tempo inteiro ao ar livre, a pele era bronzeada e enrugada, o cabelo e as roupas estavam sujos.

Mesmo que eu quisesse, nunca poderia chegar ao lugar onde ele estava, eu tinha certeza. Eu nunca poderia ser louco, nunca poderia ser mendigo, para mim era inconcebível.

Junto ao mercado uma velha Kombi parou. Um homem rotundo e de roupas leves desceu de um lado, uma mulher rotunda e de roupas leves desceu do outro. Os dois abriram o porta-malas e começaram a descarregar caixas de flores. Joguei meu cigarro no asfalto seco, coloquei a mochila nas costas e desci mais uma vez até a rodoviária, de onde telefonei para o meu pai. Ele ficou azedo e irritado e disse que não era uma boa hora, disse que ele e Unni tinham uma criança pequena em casa e não podiam receber visitas combinadas com tão pouca antecedência. Eu devia ter ligado antes, nesse caso não haveria problema. Naquele momento ele já estava esperando a mãe dele e também um colega. Eu disse que tudo bem, pedi desculpas por não ter ligado antes, e então desligamos.

Passei um tempo pensando com o telefone na mão e por fim liguei para Hilde. Ela disse que eu podia ficar na casa dela e que podia me buscar.

Meia hora mais tarde eu estava ao lado dela no interior do velho Golf a caminho da cidade, com a janela aberta e o sol batendo no rosto. Ela riu e disse que eu estava fedendo, eu precisava tomar um banho assim que chegássemos. Depois pudemos nos sentar à sombra no quintal da casa, e ela serviu o café da manhã de que eu tanto estava precisando.

Passei três dias na casa de Hilde, o suficiente para que a minha mãe fizesse um depósito na minha conta, e então peguei o trem para Bergen. O trem saiu à tarde, o sol reluzia no panorama ensolarado de Indre Agder, que o recebia de várias maneiras: a água dos lagos e rios cintilava, as densas coníferas reluziam, o chão da floresta se avermelhava e as folhas das árvores decíduas brilhavam nas poucas vezes em que uma brisa as punha em movimento. No meio desse jogo de luzes e cores as sombras tornavam-se aos poucos maiores e mais densas. Eu estava sentado na janela do último vagão olhando para os detalhes que não paravam de sumir, como que jogados para trás em favor do novo, que chegava o tempo inteiro correndo, um rio cheio de troncos e raízes, rochas nuas e árvores arrancadas, córregos e cercas, súbitas encostas cultivadas com fazendas e tratores. A única coisa que não se alterava eram os trilhos ferroviários sobre os quais nos deslocávamos e os dois pontos reluzentes de sol refletido que os acompanhavam ao longo de todo o caminho. Era um fenômeno estranho. Eram como duas bolas de luz e davam a impressão de estar sempre parados, mas o trem avançava a mais de cem quilômetros por hora e as bolas de luz estavam o tempo inteiro à mesma distância.

Muitas vezes durante a viagem voltei a olhar para aquelas bolas de luz. Aquilo me enchia de entusiasmo, quase alegria, era como se houvesse uma esperança naqueles dois pontos.

Passei o restante do tempo sentado enquanto fumava e bebia café, e também lia jornais, mas nenhum livro, porque eu achava que isso podia influenciar minha prosa, que talvez eu perdesse um pouco daquilo que me havia feito entrar na Skrivekunstakademiet. Passado um tempo peguei as cartas de Ingvild. Eu tinha passado o verão inteiro com elas, já estavam desgastadas nos vincos e eu já sabia todas quase de cor, mas delas vinha uma luz, uma impressão agradável e sensual que eu encontrava toda vez que as relia. Era ela, tanto o que eu lembrava do nosso único encontro como também o que vinha das coisas que ela escrevia, mas também o futuro e o desconhecido que me esperavam. Ingvild era diferente, uma pessoa à parte, e o mais curioso era que eu também me tornava diferente e uma pessoa à parte quando pensava nela. Eu gostava mais de mim quando pensava nela. Era como se pensar em Ingvild apagasse uma parte de mim para me oferecer a chance de um novo começo, ou como se me transportasse a um outro lugar.

Eu sabia que ela era a garota certa para mim, tinha percebido na hora, embora talvez não houvesse pensado, mas apenas pressentido, que aquilo que ela tinha em si e aquilo que era, que se deixava entrever em lampejos nos olhos dela, era uma coisa pela qual eu me sentia atraído e da qual eu queria estar próximo.

O que seria?

Ah, uma percepção de si mesma e da situação que o riso por um instante apagava, mas voltava logo a seguir. Um traço crítico e talvez até cético no jeito dela, que queria ser vencido, mas temia ser enganado. Naquilo tudo havia fragilidade, mas não fraqueza.

Eu tinha gostado muito de conversar com ela, e tinha gostado muito de trocar correspondências com ela. O fato de que eu tinha pensado nela logo ao acordar no dia seguinte ao nosso encontro não queria necessariamente dizer nada, era assim com frequência, mas dessa vez não tinha passado, eu tinha pensado nela todos os dias desde então, e já haviam se passado quatro meses.

Eu não sabia se ela sentia-se da mesma forma. Provavelmente não, mas o tom das cartas me dizia que também havia entusiasmo e atração para ela.

Em Førde, minha mãe havia deixado a casa geminada e se mudado para um apartamento no porão de uma casa em Angedalen, a dez minutos de onde morava antes. O lugar era bonito, com uma floresta de um lado, um terreno que acabava em um rio do outro, e também era pequeno e tinha um jeito de casa de estudante, um cômodo grande com banheiro e cozinha, nada mais. Ela ficaria morando lá até que encontrasse coisa melhor para alugar ou mesmo comprar. Eu tinha pensado em escrever enquanto ficava com ela nas duas semanas antes de enfim me mudar para Bergen, e ela sugeriu que eu ficasse na cabana de Steinar, o tio dela, a cabana ficava próxima ao velho chalé na floresta um pouco além da fazenda de onde minha mãe vinha. Ela me levou até lá, tomamos um café em frente ao chalé, ela foi embora e eu entrei na cabana. Paredes de pinho, chão de pinho, teto de pinho e móveis de pinho. Um que outro tapete bordado, umas poucas pinturas. Uma pilha de revistas em um cesto, uma lareira, uma pequena cozinha.

Encostei a mesa de jantar na única parede que não tinha janela, larguei minha pilha de papéis de um lado, minha pilha de fitas cassete do outro e me sentei. Mas não consegui escrever. A solidão que eu havia notado pela primeira vez na ilha próxima a Antíparos voltou, eu tornei a senti-la, exatamente como antes. O mundo parecia vazio, ou então nada, uma simples figura, e eu me sentia vazio.

Me deitei na cama e dormi por duas horas. Quando acordei já havia escurecido. A luz azulada do crepúsculo estendia-se como um véu sobre a floresta. A ideia de escrever continuava a me desagradar, então calcei os sapatos e saí.

Eu ouvia o murmúrio da cachoeira na floresta, no mais tudo estava em absoluto silêncio. Não, havia sinetas soando por perto.

Desci até o caminho junto ao córrego e o segui rumo à floresta.

Os espruces eram grandes e escuros, a montanha mais abaixo era recoberta de musgo, e aqui e acolá viam-se raízes nuas. Em certos lugares, pequenas árvores decíduas estendiam-se em direção à luz, em outros lugares pequenas clareiras haviam surgido próximas a árvores caídas. E ao longo do córrego tudo era aberto, claro, a água rodopiava e se batia, jogava-se leito abaixo e caía por cima de pedras e montanhas. Todo o restante da paisagem tinha o aspecto denso e verde-escuro das coníferas. Eu ouvia a minha própria respiração, sentia meu coração bater no peito, na garganta, nas têmporas enquanto eu seguia. O murmúrio da cachoeira ganhou força, e logo eu estava na rocha acima da grande piscina natural, olhando para a encosta íngreme e nua por onde a água corria.

Era bonito, mas aquilo não me servia para nada, e assim continuei a andar pela floresta ao lado da cachoeira, subindo pela montanha nua, que eu pretendia escalar até o topo umas poucas centenas de metros acima.

O céu estava cinza, a água que corria ao meu lado era clara e reluzente como vidro. O musgo por onde eu andava estava encharcado e cedia sob os meus passos; meus pés deslizavam e a rocha escura por baixo se revelava.

De repente uma coisa pulou nos meus pés.

Fiquei paralisado de medo. Foi como se o meu coração também parasse. Uma criaturinha cinza correu para longe. Era um ratinho ou um camundongo qualquer.

Tive que rir de mim mesmo. Continuei a subir, mas aquele pequeno medo havia tomado conta de mim, comecei a ver a floresta escura com desconfiança, e o barulho regular da cachoeira que até então havia me causado uma impressão boa transformou-se em um som ameaçador, que me impedia de ouvir qualquer coisa além da minha própria respiração, então poucos minutos depois dei meia-volta e comecei a descer.

Me sentei junto ao braseiro de tijolos desativado no pátio do chalé e acendi um cigarro. Deviam ser onze ou onze e meia. O chalé parecia ter o mesmo aspecto que devia ter quando minha avó materna havia trabalhado lá nas décadas de 1920 e 30. Tudo ainda tinha o jeito daquela época. Mesmo assim, era tudo diferente. Era agosto de 1988, eu era uma pessoa dos anos 1980, um contemporâneo de Duran Duran e The Cure, não daquelas músicas com violino e acordeão que naquela época o meu avô ouvia com um amigo enquanto na escuridão do entardecer ele se arrastava montanha acima para cortejar a minha avó e as irmãs dela. Eu não pertencia àquele lugar, o meu corpo inteiro sentia. Não adiantava nada saber que a floresta na verdade era uma floresta dos anos 1980 e as montanhas na verdade eram montanhas dos anos 1980.

Mas nesse caso o que eu estava fazendo lá?

Eu queria escrever. Mas não havia como, eu estava completamente sozinho e solitário no fundo da minha alma.

Quando a semana acabou e a minha mãe apareceu de carro na estradinha de cascalho, eu estava sentado nos degraus da entrada com a mochila feita entre as pernas, sem ter escrito uma única palavra.

— E então, você aproveitou? — ela perguntou.

— Aproveitei — eu disse. — Mas não consegui fazer muita coisa.

— Sei — ela disse. — Mas talvez você estivesse precisando descansar um pouco.

— Com certeza — eu disse, afivelando o cinto de segurança, e então voltamos a Førde, onde paramos e almoçamos no hotel Sunnfjord. Pegamos uma mesa perto da janela, minha mãe pendurou a bolsa na cadeira antes que fôssemos nos servir no bufê que ficava no meio do restaurante. O lugar estava quase vazio. Quando nos sentamos com nossos pratos o garçom se aproximou, eu pedi uma coca-cola, minha mãe uma água mineral, e quando o garçom se afastou ela começou a falar sobre os planos que tinha de oferecer um curso de enfermagem psiquiátrica na escola, que parecia estar a ponto de sair do plano das ideias. Ela mesma tinha encontrado o lugar, descrito como uma escola antiga e maravilhosa que não ficava muito longe da própria escola de enfermagem. O lugar tinha alma, ela disse para mim, era uma antiga construção de madeira com peças espaçosas, pé-direito alto, totalmente diferente do bunker de concreto onde ela dava aulas.

— Que legal — eu disse, olhando para o estacionamento, onde os poucos carros reluziam ao sol. A encosta no outro lado do rio era toda verde, a não ser por um terreno escavado na rocha para dar lugar a casas, que por assim dizer vibrava com outras cores.

O garçom voltou, eu bebi o meu copo de coca-cola em um longo gole. Minha mãe começou a falar sobre o meu relacionamento com Gunnar. Disse que eu dava a impressão de tê-lo internalizado, de tê-lo transformado no meu supereu, na instância que dizia o que eu podia e o que eu não podia fazer, que dizia o que era certo e o que era errado.

Larguei os talheres em cima da mesa e olhei para ela.

— Você andou lendo o meu diário? — perguntei.

— Não, o seu diário não — ela disse. — Mas você deixou em casa um caderno com umas anotações que você fez durante a sua viagem de férias. Você é sempre muito aberto e fala sobre tudo comigo.

— Mas mãe, aquele é o meu diário — eu disse. — Ninguém deve ler os diários das outras pessoas.

— Não, claro que não — ela disse. — Eu sei. Mas como você deixou o caderno em cima da mesa da sala, não achei que fosse um grande segredo.

— Mas você percebeu que era um diário, não?

— Não — ela disse. — Para mim era um caderno de viagem.

— Tudo bem, tudo bem — eu disse. — O erro foi meu. Eu não devia ter deixado o diário em cima da mesa. Mas o que você pensou a respeito do Gunnar, para achar que eu o internalizei, como você disse? O que você quis dizer com isso?

— Foi a impressão que tive daquele sonho que você descreve, e sobre o qual você fica pensando depois.

— E?

— O seu pai foi sempre muito rigoroso com você. Mas de repente ele sumiu, e você talvez tenha ficado com a impressão de que pode fazer tudo que quiser. Então você tem dois conjuntos de regras, mas os dois vêm de fora. E o importante é ter limites próprios. Que venham de dentro, de você mesmo. O seu pai não tinha esses limites, e talvez por isso fosse uma pessoa tão perdida.

— Seja — eu disse. — Pelo que sei, ele ainda está vivo. Pelo menos eu falei com ele por telefone umas duas semanas atrás.

— Mas o que parece é que agora você colocou o Gunnar no lugar do seu pai — ela prosseguiu, lançando um olhar fugaz na minha direção. — Mas essa conversa não tem nada a ver com o Gunnar, apenas com os seus próprios limites. Mas agora você já é um adulto e precisa descobrir essas coisas por conta própria.

— É o que tento fazer quando escrevo no diário — eu disse. — O problema é que todo mundo acaba lendo, e assim fica impossível descobrir qualquer coisa por conta própria.

— Me desculpe — disse a minha mãe. — Mas eu não achava mesmo que você considerava aquele caderno de viagem um diário. Se eu soubesse, claro que não teria lido.

— Eu já disse que tudo bem — eu disse. — Vamos pedir uma sobremesa?

Ficamos acordados no apartamento dela conversando até tarde da noite, e no fim eu saí para o corredor, fechei a porta atrás de mim, peguei o colchão inflável, que estava apoiado na parede do pequeno banheiro, coloquei-o no chão, peguei a capa, tirei a roupa, apaguei a luz e me deitei para dormir. Eu ouvia a respiração da minha mãe do outro lado da parede, e de vez em quando um carro que passava na estrada. O cheiro de plástico do colchão inflável me fez pensar na minha infância, em acampamentos, cenários ao ar livre. Os tempos haviam mudado, mas a sensação de expectativa era a mesma. No dia seguinte eu viajaria para Bergen, a grande cidade estudantil, para morar no meu próprio apartamento e fazer um curso na Skrivekunstakademiet. À tarde e à noite eu poderia ficar no Café Opera ou assistir a shows de excelentes bandas no Hulen. Era incrível. Mas o mais incrível de tudo era que Ingvild estava prestes a se mudar para a mesma cidade que eu. Tínhamos combinado de nos encontrar, eu havia pegado o telefone dela e pretendia ligar depois que chegasse.

Era bom demais para ser verdade, pensei deitado no colchão inflável, tomado pela inquietude e pela alegria daquele novo começo. Eu me virava ora para um lado, ora para o outro, enquanto na sala ouvia minha mãe falar enquanto dormia. É, ela disse. Depois veio uma longa pausa. É, ela repetiu. É verdade. Longa pausa. É. É. Aham. Sim.

No dia seguinte minha mãe me levou à Handelshuset, ela queria comprar uma jaqueta e uma calça para mim. Encontrei uma jaqueta jeans com lapela de couro, até que não era das piores, e uma calça verde, em estilo militar, além de um par de calçados pretos. Depois ela foi comigo até o ponto de ônibus, me deu dinheiro para a passagem, ficou parada em frente ao carro e acenou quando o ônibus saiu da rodoviária e pegou a estrada.

Depois de um tempo em meio a florestas, lagos, montanhas vertiginosas e fiordes estreitos, fazendas e terrenos, um ferry e um longo vale onde o ônibus num instante estava no alto de uma encosta e no instante seguinte à beira d'água, e depois de uma interminável sequência de túneis, a densidade de casas e placas começou a aumentar, os distritos foram se tornando cada vez mais numerosos, surgiram indústrias, cercas, postos de gasolina, centros comerciais e loteamentos em ambos os lados da estrada. Vi uma placa que indicava o acesso à Handelshøyskolen e pensei, foi aqui que Agnar Mykle estudou quarenta anos atrás, eu vi o hospital psiquiátrico de Sandviken incrustado junto ao pé da encosta como uma fortaleza, e do outro lado as águas que reluziam sob o sol da tarde, com velas e barcos pouco nítidos em meio à neblina, tendo ao fundo ilhas e montanhas e o céu baixo de Bergen.

Desci do ônibus nos arredores de Bryggen, Yngve estava trabalhando no turno da tarde no hotel Orion e eu pegaria a chave do apartamento dele lá. A cidade ao meu redor estava prostrada na indolência que somente as tardes no fim do verão proporcionam. Um que outro vulto passava de calção e camiseta, deixando uma sombra longa e tremulante para trás. Casas que refletiam a luz do sol, árvores decíduas em constante movimento, um barco a vela que se afastava do porto com os mastros nus.

A recepção do hotel estava cheia de gente, Yngve estava ocupado atrás do balcão, ele me olhou e disse que um ônibus cheio de americanos tinha acabado de chegar, tome, aqui está a chave, nos vemos depois, está bem?

Peguei o ônibus para Danmarksplass e subi os trezentos metros até o apartamento dele, abri a porta, larguei a mochila no corredor e passei um tempo imóvel pensando no que fazer a seguir. As janelas davam para o norte e o sol estava no ocidente, afundando no mar, então os cômodos estavam escuros e frios. O lugar tinha o cheiro de Yngve. Fui até a sala e olhei ao redor, depois olhei para dentro do quarto. Havia um pôster novo por lá, era uma fotografia meio fantasmagórica de uma mulher nua, embaixo estava escrito "Munch e a fotografia". Também havia fotografias tiradas por Yngve, uma série do Tibete, a terra no chão era de um vermelho luminoso, uma turma de meninas e meninos esfarrapados tinha posado para ele com olhares obscuros e distantes. Num dos cantos, ao lado da porta de correr, a guitarra estava apoiada ao lado do amplificador. Em cima, um enorme pedal. Uma capa branca e simples da IKEA e duas almofadas transformavam a cama em sofá.

Eu tinha feito muitas visitas a Yngve durante a minha época de colegial, e para mim havia um elemento quase sagrado nos quartos dele, porque aqueles quartos representavam aquilo que ele era e aquilo que eu queria me tornar. Era uma coisa que existia fora da minha presença, e para onde um dia eu ia me mudar.

Mas naquele instante eu estava lá, pensei, e então fui à cozinha e preparei uns sanduíches abertos, que comi de pé em frente à janela, com vista para as fileiras com os velhos alojamentos de trabalhadores divididas em terraços que desciam rumo à Fjøsangerveien. Do outro lado o mastro de Ulriken reluzia ao sol.

Me ocorreu que eu tinha estado bastante sozinho nos últimos tempos. Afora os poucos dias com Hilde e depois com a minha mãe, eu não tinha estado com mais ninguém desde que havia me despedido de Lars em Atenas. Eu mal podia esperar que Yngve chegasse em casa.

Coloquei um disco do Stranglers para tocar e me sentei no sofá com os álbuns de fotografia de Yngve. Senti um nó na barriga, sem saber ao certo por quê. Parecia fome, não uma fome de comida, mas uma fome de todo o resto.

Será que Ingvild já tinha chegado à cidade? Será que estava sentada em um dos milhares e milhares de apartamentos ao meu redor?

Uma das primeiras coisas que Yngve me perguntou ao chegar foi como iam as coisas com Ingvild. Havia muita coisa que eu não tinha contado para ele, eu tinha dito apenas umas poucas palavras na escada no início daquele verão, nada mais, porém tinha sido o bastante para ele entender que era sério. E talvez que era uma coisa grandiosa também.

Eu disse que ela devia chegar à cidade por volta daquele mesmo período, que moraria em Fantoft e que eu tinha combinado de telefonar para marcar o nosso primeiro encontro.

— Talvez esse seja o seu ano — ele disse. — Namorada nova, o curso na Skrivekunstakademiet...

— Não somos namorados.

— Eu sei, mas pelo que você está me contando, ela está interessada, não?

— Pode ser. Mas duvido que seja tão intenso para ela como é para mim.

— Mesmo assim pode acontecer. É só você jogar as cartas certas.

— Nem que seja uma vez na vida?

— É você quem está dizendo — ele respondeu, olhando para mim. — Quer um pouco de vinho?

— Quero, obrigado.

Yngve se levantou e desapareceu na cozinha, depois reapareceu com um decantador na mão e foi ao banheiro. Ouvi barulhos de respiração e de gorgolejos, depois um discreto chapinhar, e então ele tornou a aparecer com o decantador cheio na mão.

— Safra de 1988 — ele disse. — Mas é bem gostoso. E além do mais eu tenho bastante.

Bebi um gole. O vinho era tão azedo que cheguei a sentir um arrepio. Yngve sorriu.

— Bem gostoso? — eu perguntei.

— Gosto é uma coisa relativa — ele disse. — Você precisa comparar com outros vinhos caseiros.

Passamos um tempo bebendo sem dizer nada. Yngve se levantou e foi em direção à guitarra e ao amplificador.

— Andei compondo umas músicas nestes últimos tempos — ele disse. — Você quer ouvir?

— Claro — eu disse.

— Ou melhor, não são bem umas músicas — ele disse, ajustando a correia no ombro. — Na verdade, são apenas uns riffs.

Senti uma ternura repentina por Yngve ao vê-lo de pé.

Ele ligou o amplificador, virou de costas para mim e afinou a guitarra, ligou o pedal e começou a tocar.

A ternura desapareceu, porque aquilo era bom, o timbre da guitarra era grande e majestoso, os riffs eram melodiosos e cativantes, com uma sonoridade que parecia uma mistura de The Smiths e The Chameleons. Eu não entendia de onde aquilo podia vir. Aquela musicalidade e aquele talento estavam muito longe de mim. Ele simplesmente sabia o que fazer depois que começava, como sempre havia sido.

Só depois de terminar e de largar a guitarra ele se virou mais uma vez para mim.

— Muito bom — eu disse.

— Você acha? — ele perguntou, sentando-se mais uma vez no sofá. — Foram só umas ideias que tive. Eu queria ter umas letras para deixar tudo pronto.

— Eu não consigo entender, por que você não toca numa banda?

— Não tem como — ele disse. — De vez em quando eu toco com o Pål. Fora ele eu não conheço mais ninguém que toque. Mas agora você está aqui.

— Eu não sei tocar nada.

— Mas você pode escrever umas letras, não? E além do mais você sabe tocar bateria.

— Não — eu disse. — Eu sou ruim demais. Mas talvez eu possa escrever alguma coisa. Seria legal.

— Então escreva — ele disse.

O outono está chegando, pensei enquanto estávamos ao lado da estrada na longa e baixa casa geminada, esperando um táxi. Havia uma certa profundidade naquela noite clara de verão, não havia como localizá-la, mas assim mesmo era inconfundível. Uma promessa de umidade, escuridão e anseio.

O táxi chegou poucos minutos depois, nos sentamos, avançamos depressa e perigosamente até Danmarksplass, passamos em frente ao grande cinema e atravessamos uma ponte, seguimos ao longo do Nygårdsparken e entramos no centro, onde perdi meu senso de orientação, as ruas eram apenas ruas, as casas apenas casas, eu desapareci na cidade grande, fui tragado, e eu gostava daquilo, porque ao mesmo tempo eu surgia para mim mesmo, um jovem rumo à cidade grande, cheia de vidro e concreto e asfalto, pessoas desconhecidas sob a luz dos postes de iluminação pública e janelas e placas. Senti um arrepio nas costas quando chegamos mais perto. O motor roncou, o semáforo trocou de verde para vermelho, paramos em frente a uma coisa que devia ser o terminal rodoviário.

— Não foi ali que a gente foi daquela vez? — perguntei, fazendo um gesto de cabeça em direção ao outro lado da estrada.

— Foi — disse Yngve.

Eu tinha dezesseis anos e tinha ido visitar o meu irmão pela primeira vez; para conseguir entrar, fiquei de mãos dadas com uma das garotas que estavam com a gente. Eu tinha usado o desodorante de Yngve, e antes que saíssemos de casa ele parou na minha frente, dobrou as mangas da minha camisa, me deu o pote de gel, ficou me olhando enquanto eu passava aquilo nos cabelos e disse muito bem, agora podemos sair.

Mas naquele momento eu tinha dezenove anos e tudo me pertencia.

Tive um relance de água no meio da cidade e depois entramos à esquerda, deixando para trás um grande prédio de concreto.

— Esse é o Grieghallen — disse Yngve.

— Então é aqui que ele fica — eu disse.

— E aquele lugar ali é a Mekka — ele disse pouco depois, apontando uma loja. — A loja mais barata da cidade.

— É ali que você faz compras?

— Quando me sobra um dinheiro — ele disse. — Mas, enfim, essa aqui é a Nygårdsgaten. Você se lembra daquela letra do The Aller Verste? "Vi løp ned Nygårdsgata som om vi var i ville vesten."

— Lembro — eu disse. Mas e o "Disken"? A letra continua, "Jeg kom meg inn på Disken, hvor det var en jævla trengsel".

— O Disken é a discoteca do Hotell Norge. Fica logo atrás. Mas agora o lugar tem outro nome.

O táxi se aproximou do meio-fio e parou.

— Chegamos — disse o taxista. Yngve lhe deu uma nota de cem, eu desci e olhei para a placa na frente do prédio. O nome Café Opera se delineava em rosa e preto contra um fundo branco. Do outro lado das enormes vidraças o lugar parecia estar lotado de pessoas que mais pareciam sombras em meio aos pontos pequenos e luminosos das velas. Yngve desceu pelo outro lado, se despediu do motorista e bateu a porta. Vamos, ele disse.

Yngve parou logo ao entrar e correu os olhos pelo lugar. Depois olhou para mim.

— Não vi nenhum conhecido. Vamos subir.

Segui-o pelos degraus, deixamos para trás umas mesas e seguimos em direção ao bar, que ficava no local exato do bar no andar de baixo. Eu já tinha estado lá, mas por pouco tempo, e durante o dia: o que eu vi naquela hora foi muito diferente. Em todas as mesas as pessoas bebiam cerveja. Pensei que o lugar parecia quase um apartamento cheio de mesas e cadeiras com um bar enfiado num canto.

— Lá está o Ola! — disse Yngve. Olhei para o lugar que ele havia indicado. Ola, que eu já tinha encontrado em outra ocasião naquele mesmo verão, estava sentado em uma mesa com três outras pessoas. Ele sorriu e abanou. Nos aproximamos.

— Arranje uma cadeira, Karl Ove, e vamos nos sentar aqui — disse Yngve.

Havia uma cadeira ao lado do piano que ficava na parede oposta, eu fui até lá e a peguei, porém me senti praticamente nu ao erguê-la, será que eu estava fazendo aquilo do jeito certo? Será que eu podia simplesmente levar uma cadeira de um lado para o outro? Umas pessoas olharam para mim, eram estudantes, frequentadores assíduos do lugar, e eu corei, mas não vi outra saída e fui obrigado a levar a cadeira até a mesa onde Yngve já estava sentado.

— Esse é o Karl Ove, meu irmão mais novo — disse Yngve. — Ele está aqui para fazer um curso na Skrivekunstakademiet.

Yngve sorriu ao dar a notícia. Mal encontrei os olhos dos outros três que eu não conhecia, duas garotas e um garoto.

— Então você é o famoso irmão mais novo do Yngve! — disse uma das garotas. Ela tinha cabelos loiros e olhos estreitos que quase desapareciam quando ela sorria.

— Kjersti — ela se apresentou.

— Karl Ove — eu disse.

A outra garota tinha cabelos pretos cortados no estilo pajem, usava batom vermelho-sangue e um vestido preto, ela disse o nome e o garoto que estava ao lado dela, uma figura tímida de cabelos loiro-avermelhados e tez pálida, fez o mesmo enquanto abria um sorriso largo. Esqueci os nomes deles no instante seguinte.

— Você quer uma cerveja? — Yngve me perguntou.

Será que ele pretendia me abandonar naquela mesa?

— Quero, sim — eu disse.

Yngve se levantou. Olhei para o tampo da mesa. De repente me ocorreu que eu podia fumar, então peguei o pacote de tabaco e comecei a enrolar um cigarro.

— V-você esteve no f-festival de R-Roskilde? — Ola me perguntou.

Ele era a primeira pessoa gaga que eu tinha conhecido desde a escola primária. Ninguém jamais poderia imaginar ao vê-lo. Ola usava óculos pretos à la Buddy Holly, tinha cabelos pretos, feições suaves e, mesmo que não se vestisse de maneira chamativa, tinha me dado a impressão de fazer parte de uma banda na primeira vez em que o vi. E naquela segunda vez a impressão foi a mesma. Ele usava uma camisa branca, jeans preto e um par de sapatos pretos meio pontudos.

— Estive — eu disse. — Mas não consegui ver muitas bandas.

— P-por que não?

— Aconteceram muitas outras coisas por lá.

— É, eu p-posso imaginar — ele disse, sorrindo.

Não seria necessário passar muito tempo ao lado de Ola para notar que ele tinha um coração de ouro. Me senti feliz ao saber que ele era amigo de Yngve, e quanto à gagueira, que na primeira vez tinha me perturbado um pouco — caramba, o Yngve tinha amigos gagos? —, aquilo não me pareceu mais tão importante quando vi que ele tinha pelo menos outros três amigos. Ninguém esboçava qualquer tipo de reação àquela gagueira, fosse por meio de superioridade ou de permissividade, e o que eu sentia ao ouvi-lo falar —

um sentimento de que a própria situação, agora ele vai falar e eu não posso prestar atenção nisso, se revelava de maneira tão clara e desconfortável, pois será que ele não percebia o que eu pensava enquanto o ouvia falar? — não se deixava ler nos rostos dos outros.

Yngve largou a cerveja na minha frente e sentou-se.

— O que você escreve? — perguntou a garota de cabelos escuros, olhando para mim. — Poesia ou prosa?

Os olhos dela também eram escuros. Havia uma superioridade calculada naquela maneira de se portar.

Tomei um longo gole de cerveja.

— Estou trabalhando em um romance agora mesmo — eu disse. — Mas com certeza também vamos discutir poesia. Não escrevi muita coisa nesse campo, mas quem sabe... he he!

— Não era você que tinha um programa de rádio e tudo mais? — Kjersti perguntou.

— E uma coluna de resenha de discos no jornal local! — Yngve completou.

— Eu mesmo — respondi. — Mas já faz um tempo.

— O seu romance é sobre o quê? — perguntou a garota de cabelos escuros.

Dei de ombros.

— Tem de tudo um pouco. Mas gosto de pensar que é uma mistura de Hamsun e Bukowski. Você já leu Bukowski?

A garota fez um gesto afirmativo e virou a cabeça devagar para ver quem estava subindo a escada.

Kjersti riu.

— E pelo que o Yngve falou o professor de vocês vai ser o Hovland? Esse cara é incrível!

— É verdade — eu disse.

Fez-se uma breve pausa, minha atenção desapareceu e eu me reclinei na cadeira enquanto os outros conversavam. Já se conheciam da faculdade de comunicação, e era sobre isso que falavam. Nomes de palestrantes e teóricos, títulos de livros, discos e filmes passaram um tempo pairando no ar ao redor da mesa. Enquanto estavam todos conversando, Yngve pegou uma piteira, enfiou nela um cigarro e começou a fumar com movimentos que a presença da piteira fazia parecer ensaiados. Tentei não olhar para ele, fazer de conta que nada estava acontecendo, porque era assim que os outros agiam.

— Mais uma cerveja? — perguntei, e então Yngve fez um gesto afirmativo com a cabeça e eu fui até o bar. Um dos atendentes estava na torneira do lado oposto, enquanto o outro passava uma bandeja cheia de copos através de uma portinhola que segundo entendi comportava um pequeno elevador.

Que incrível, um elevador em miniatura para levar as coisas de um andar para o outro!

O atendente junto à torneira se virou devagar, levantei dois dedos, mas ele não disse nada, simplesmente tornou a se virar. No mesmo instante o outro atendente olhou para mim, eu me inclinei de leve por cima do balcão para sinalizar o meu pedido.

— Para você? — perguntou.

Ele tinha um pano de prato branco jogado no ombro e um avental preto por cima de uma camisa branca, suíças compridas e uma coisa na parte mais alta do pescoço que parecia ser uma tatuagem. Até os atendentes de bar eram estilosos naquela cidade.

— Duas cervejas — eu disse.

Ele segurou os dois canecos na mésma mão sob duas torneiras enquanto corria os olhos pelo lugar.

Um rosto familiar apareceu mais ao fundo, era Arvid, o amigo de Yngve, que chegava com mais duas pessoas, todos foram direto até a mesa onde Yngve estava sentado.

O primeiro atendente largou dois canecos de meio litro em cima do balcão.

— Setenta e quatro coroas — ele disse.

— Mas eu fiz o pedido para ele! — eu disse, apontando o outro atendente com a cabeça.

— Você acabou de me pedir duas cervejas. Se você pediu duas para ele também, vai ter que pagar pelas quatro.

— Mas eu não tenho dinheiro.

— Você quer que eu jogue a cerveja fora, então? Quem tem que prestar atenção em quanto dinheiro está gastando é você. São cento e quarenta e oito coroas.

— Espere um pouco — eu disse, e então fui até onde Yngve estava.

— Você tem dinheiro? — eu perguntei. — Devolvo quando eu receber o crédito estudantil.

— Você não ia pagar para mim?

— Ia...

— Tome — ele disse, estendendo uma nota de cem coroas.

Arvid olhou para mim.

— Aí está o cara! — ele disse.

— É — eu disse, sem saber direito o que fazer, então no fim apontei para o bar e disse, *eu só vou...* e então fui pagar.

Quando voltei, Arvid estava sentado em outra mesa.

— Você comprou *quatro* cervejas? — perguntou Yngve. — Para quê?

— No fim acabei comprando — eu disse. — Deu um problema com o pedido.

Na manhã seguinte choveu, e passei o dia inteiro no apartamento enquanto Yngve trabalhava. Talvez fosse efeito do encontro com os amigos universitários do meu irmão, talvez fosse a proximidade do ano escolar, mas de um jeito ou de outro eu senti um pânico repentino, eu não sabia nada, e logo estaria ao lado de outros alunos, provavelmente bem mais experientes e dedicados, escrevendo textos, lendo-os e sendo julgado.

Peguei um guarda-chuva que estava no chapeleiro, abri-o e desci os morros caminhando depressa em meio à chuva. Eu me lembrava de ter visto uma livraria em Danmarksplass. Claro. Abri a porta e entrei, o lugar estava totalmente vazio, pelo que entendi eles vendiam principalmente artigos de escritório, mas havia também umas estantes com livros, e assim, com o guarda-chuva pingando na mão, deixei meus olhos correrem pelos títulos. Eu praticamente não tinha dinheiro nenhum, então resolvi comprar um livro de bolso. *Fome*, de Knut Hamsun. O livro custava 39,50 e assim me sobravam doze coroas, que usei para comprar um bom pão na padaria que ficava no pequeno mercado um pouco mais atrás. Subi os morros em meio à chuva fina, que junto com as nuvens pesadas e escuras transformava a paisagem por completo, fechando-a em si mesma. A água se derramava pelas janelas e pelos chassis dos carros, escorria pelas calhas e ao longo dos morros, onde criava pequenas ondas em forma de arado. A água passava por mim enquanto eu arrastava os pés morro acima, enquanto a chuva tamborilava contra o guarda-chuva e o saco com o pão e o livro batiam na minha coxa a cada passo que eu dava.

Entrei no apartamento. A luz lá dentro era difusa, os cantos mais afastados da janela estavam na penumbra e todos os móveis e objetos davam a impressão de estar investidos de uma aura. Era impossível estar naquele lugar sem pressentir Yngve, a atmosfera dele parecia repousar em todos os cômodos, e quando cortei as fatias do pão recém-assado na bancada da cozinha, peguei a margarina e o queijo marrom, me perguntei que tipo de atmosfera o meu quarto devia irradiar, e se alguém se importaria com isso. Yngve tinha arranjado um estúdio para mim, ele conhecia uma garota que estava indo para a América Latina naquele ano, ela morava no lado de Sandviken, na Absalon Beyers Gate, e eu poderia ficar no estúdio dela até o verão seguinte. Fiquei contente, porque a maioria dos alunos morava em uma república logo ao chegar, ou em Fanfoft, onde o meu pai tinha morado durante os estudos enquanto eu ainda era pequeno, ou em Alrek, onde Yngve tinha morado durante o primeiro semestre em Bergen. Eu sabia que morar nesses lugares não tinha nenhum status, o bacana era morar no centro, de preferência nas proximidades do Torgalmenningen, mas Sandviken também era bom.

Comi, limpei a mesa e me sentei para ler na sala com um cigarro e uma caneca de café. Em geral eu lia depressa, virava as páginas correndo sem me apegar à maneira como o livro era escrito, aos recursos literários ou à linguagem do autor, a única coisa que me interessava eram os acontecimentos, que me tragavam para dentro da história. Mas desta vez tentei ler devagar, frase por frase, prestando atenção ao que acontecia em cada uma, e quando um trecho me parecia importante eu o sublinhava com a caneta que eu tinha na mão.

Já na primeira página fiz uma descoberta. Havia uma alternância de tempo verbal. O livro começava escrito no pretérito, mudava para o presente e depois voltava a empregar o passado. Sublinhei essa parte, larguei o livro e peguei uma folha na escrivaninha do quarto. De volta ao sofá, escrevi,

Hamsun, Fome. Anotações de 14/8/1988.
O livro começa de maneira genérica, na cidade. Perspectiva distante. De repente o protagonista desperta. Mudança do pretérito para o presente. Por quê? Talvez para tornar a história mais intensa.

Na rua, a chuva continuava a cair. O rumor do tráfego na Fjøsangerveien parecia o murmúrio do mar. Continuei a ler. Fiquei impressionado com a simplicidade da história. O protagonista acorda no quarto, desce a escada em silêncio, já que não paga o aluguel há um tempo, e depois sai para dar uma volta na cidade. Nada de especial acontece, o personagem simplesmente fica andando de um lado para o outro com fome, pensando a respeito do assunto. Eu podia escrever sobre o mesmo tema. Um sujeito que acorda no estúdio e sai para dar uma volta. Mas o personagem tinha que ter uma coisa a mais, uma coisa especial, como por exemplo fome. Era um detalhe importante. Mas o que poderia ser?

Escrever não era nenhum mistério. Bastava inventar uma história qualquer, como Hamsun havia feito.

Parte da minha preocupação e da minha inquietude sumiram com esse pensamento.

Quando Yngve chegou em casa eu estava dormindo no sofá. Me levantei assim que ouvi passos na porta, passei as mãos no cabelo e no rosto, por um motivo ou outro eu não queria dar a impressão de ter dormido em pleno dia.

Yngve largou a mochila no corredor, pendurou a jaqueta no cabide, me saudou com um breve cumprimento a caminho da cozinha.

Eu conhecia muito bem aquela cara fechada. Ele não estava a fim de falar com ninguém, muito menos comigo.

— Karl Ove? — ele me chamou depois de um tempo.

— Sim? — eu disse.

— Venha cá.

Me levantei e fui até a porta da cozinha.

— Como foi que você fatiou esse queijo marrom? Você não pode cortar fatias tão grossas. Quer que eu mostre para você como se faz?

Yngve aplicou a plaina de queijo contra o queijo marrom e cortou uma fatia.

— Assim — ele disse. — Viu como é fácil cortar fino?

— Vi — eu disse, me virando para ir embora.

— Tem mais uma coisa — ele disse.

Me virei de volta.

— Quando terminar de comer, você tem que juntar os farelos. Não quero saber de limpar por você.

— Tudo bem — eu disse, e então entrei no banheiro. Eu tinha lágrimas nos olhos, e enxuguei o rosto com água fria, me sequei, retornei à sala, me sentei e voltei a ler *Fome* enquanto eu o ouvi comer, arrumar a cozinha e depois entrar no quarto. Passado um tempo, tudo ficou em silêncio, e compreendi que Yngve estava dormindo.

No dia seguinte houve mais um episódio parecido, eu não tinha passado o rodo no chão depois do banho, o que o deixou irritado. Yngve também me deu ordens, como se estivesse acima de mim. Eu não disse nada, simplesmente baixei a cabeça e fiz como ele mandou, mas por dentro eu estava revoltado. Mais tarde no mesmo dia, quando voltamos das compras, eu fechei a porta do carro de um jeito que pareceu muito forte para ele, puta merda, será que você precisa bater a porta com tanta força, não dá para tomar um pouco de cuidado, esse carro não é meu, e por fim eu explodi.

— Já chega de me dizer o que fazer, está bem? — gritei. — Eu não aguento mais! Você me trata como se eu fosse um fedelho! Não para de me criticar!

Ele me olhou por um breve instante e ficou parado com a chave do carro na mão.

— Você entendeu o que eu disse? — perguntei com os olhos úmidos.

— Prometo que eu nunca mais vou fazer isso — disse Yngve.

E realmente nunca mais fez.

Saímos outras vezes durante aquela semana, e toda vez era a mesma coisa, Yngve encontrava conhecidos e me apresentava para eles dizendo que eu era o irmão mais novo que estava em Bergen para fazer um curso na Skrivekunstakademiet. Essa apresentação me dava uma vantagem, eu já parecia ser alguém, não precisava demonstrar nada, mas por outro lado tudo se tornava mais difícil, porque eu precisava corresponder à expectativa criada. Precisava dizer coisas que um aspirante a escritor diria, coisas que as outras pessoas nunca tivessem pensado antes. Mas não era o que acontecia. As pessoas já tinham pensado em tudo, todos sabiam mais do que eu, e em um grau tão elevado que aos poucos compreendi que as coisas que eu dizia e pensava eram coisas que os outros já tinham dito e pensado, e por fim deixado para trás.

Mas era bom beber na companhia de Yngve. Nosso entusiasmo aumentava depois de uns canecos, tudo que nos separava ao longo do dia, o silêncio que de repente ganhava espaço, a irritação que tomava conta, a ausência de um ponto de contato entre nós dois, mesmo que houvesse muitos, tudo desaparecia com o nosso entusiasmo e a proximidade que o acompanhava: olhávamos um para o outro e sabíamos quem a gente era. Andávamos meio bêbados pela cidade, subíamos os morros em direção ao apartamento, nada era perigoso, nem mesmo o silêncio, ao nosso redor os postes de iluminação pública se refletiam no asfalto úmido, táxis passavam em meio à escuridão, homens ou mulheres sozinhos apareciam caminhando, ou então outros jovens que tinham saído, e eu olhava para Yngve, que caminhava com o corpo levemente inclinado para a frente, exatamente como eu, e perguntava: como vão as coisas com a Kristin, você já está melhor?, e ele me olhava e respondia não, eu nunca vou ficar melhor em relação a isso.

A chuva, as nuvens que deslizavam pelo céu acima das nossas cabeças, iluminadas por baixo pelas luzes da cidade, a expressão séria de Yngve. O cheiro forte de fumaça de escapamento que sempre pairava acima de Danmarksplass. O *moped* com um casal de jovens montados que parou no cruzamento; o motorista com a perna no asfalto, a garota de carona abraçada a ele.

— Você lembra de quando a Stina terminou comigo? — eu perguntei.

— Não me lembro muito bem — ele disse.

— Você tocou uma música do The Aller Værste para mim. *Alle ting går over, alle ting tar slutt.* Tudo passa. Tudo chega ao fim.

Yngve me olhou e sorriu.

— Eu fiz mesmo isso?

Respondi com um gesto afirmativo de cabeça.

— A mesma coisa vale para você agora. Vai passar. Você vai se apaixonar por outra garota.

— Mas quantos anos você tinha na época? Doze? Não é bem a mesma coisa. A Kristin é o *amor da minha vida.* E eu só tenho uma vida.

Não respondi. Subimos o morro pelo outro lado do Verftet e dobramos à esquerda sob a enorme construção avermelhada que eu sabia ser uma escola.

— Mas essa história teve pelo menos um resultado prático — ele disse. — Quando perdi o interesse pelas outras garotas, de repente elas começaram a se interessar por mim de um jeito diferente. Estou pouco me lixando, e *por isso* eu as conquisto.

— Eu sei que é assim mesmo — eu disse. — Mas para mim o problema é que eu não consigo estar pouco me lixando. A Ingvild, por exemplo. Vou ficar tão nervoso quando a gente se encontrar que não vou conseguir dizer uma palavra. E aí ela vai achar que sou assim, e não vai dar certo.

— Nada disso — Yngve respondeu. — Vai dar tudo certo. Ela sabe quem você é. Vocês passaram toda a primavera e todo o verão trocando correspondências.

— Mas nas correspondências eu estou *escrevendo* — eu disse. — Nesse caso posso ser quem eu quiser. Posso demorar, sabe? Deixar tudo como eu gostaria. Mas quando a gente se encontrar pessoalmente não vai ser assim.

Yngve suspirou.

— É só você não pensar demais no assunto que tudo vai dar certo. Para ela vai ser a mesma coisa.

— Você acha mesmo?

— Claro que acho! Tomem umas cervejas e relaxem. Vai dar tudo certo.

Ele tirou a chave do bolso, baixou o guarda-chuva, cruzou o portão e logo começou a subir pela escadinha tornada escura e escorregadia pela chuva.

Fiquei para trás, esperando que ele destrancasse a porta.

— Você não quer tomar um copo de vinho antes de se deitar? — ele me perguntou. Fiz um gesto afirmativo com a cabeça.

Durante toda aquela semana a minha impaciência aumentou, eu me sentia cada vez mais irrequieto, aquele era um sentimento que eu não tinha em nenhuma outra ocasião. Eu queria que o curso começasse de uma vez, que a coisa ficasse séria. E eu queria andar com as minhas próprias pernas, não depender mais de Yngve para tudo. Eu já tinha pedido duzentas coroas emprestadas para ele, e precisaria de mais umas duzentas enquanto não recebesse o crédito estudantil. Eu tinha sido burro a ponto de avisar o correio de Håfjord sobre a mudança de endereço quando fui embora, A/C Yngve, então quando cheguei havia cobranças da companhia de energia elétrica e da loja onde eu tinha comprado o aparelho de som me esperando. Esta última cobrança era mais séria, e dizia que se eu não pagasse na data de vencimento a loja tomaria medidas judiciais contra mim.

Se ao menos o aparelho de som fosse bom, a situação toda seria aceitável. Mas aquilo era uma porcaria! Yngve tinha um amplificador da NAD e dois alto-falantes pequenos mas bons da JBL, e Ola também havia montado um bom aparelho de som a partir de componentes avulsos, era o que todo mundo queria, e não um rack de merda da Hitachi.

Em seguida recebi mais de vinte mil coroas.

Cogitei a ideia de comprar uma revista pornográfica. Eu estava morando na cidade grande, onde eu não conhecia ninguém, bastaria pegar a revista da prateleira, largá-la em cima do balcão, pagar, guardá-la em uma sacola e ir para casa. Mas eu não consegui, fui duas vezes à tabacaria próxima e meu olhar correu em direção às loiras que havia lá, àqueles peitos enormes, mas a simples visão de tanta pele estampada nas capas brilhosas me dava um aperto na garganta. No fim era sempre um jornal e um pacote de tabaco o que eu largava em cima do balcão, nunca uma daquelas revistas. Em boa parte porque eu morava com Yngve e não me parecia uma boa ideia manter coisas escondidas na casa dele, mas também porque eu não teria coragem de olhar nos olhos do atendente depois de largar a revista em cima do balcão.

Aquilo teria que esperar.

Minhas coisas chegaram; junto com Yngve, peguei a mudança que havia chegado de Håfjord no porão do navio e a levei até o carro, eram oito caixas de papelão que obstruíam totalmente o vidro traseiro quando Yngve deu a partida e começou a dirigir de forma ainda mais cautelosa do que o normal.

— Se você frear de repente agora, eu quebro o pescoço — eu disse, porque atrás de mim as caixas se elevavam até o teto do carro.

— Vou fazer o máximo para evitar — ele disse. — Mas não tenho como prometer nada.

Pela primeira vez em muitos dias não estava chovendo. As nuvens cinzentas ainda cobriam a cidade, e a luz nas ruas ao redor era suave, mas não encobriam nem embelezavam nada, era mais como se deixassem as coisas aparecerem por si mesmas. O asfalto malhado de cinza e preto, muros verdes e amarelos, encardidos pela fumaça de escapamento e pela poeira do asfalto, árvores verde-acinzentadas, a superfície cinzenta e reluzente da água na baía junto ao Verftet. As cores ficaram um pouco mais vivas quando começamos a subir o morro no lado de Sandviken, onde havia mais casas de madeira, e aquela pintura reluzente surgiu em meio à luz neutra.

Yngve manobrou o carro perto de um pequeno parque, bem na frente de uma cabine telefônica. Na parede de uma casa no outro lado da rua, uma placa trazia o nome Absalon Beyers Gate.

— É aqui? — eu perguntei.

— É a casa da esquina — disse Yngve, descendo do carro. Ele levantou a mão em um cumprimento rápido, eu acompanhei o olhar dele, uma garota estava nos olhando da janela do andar de baixo com um pano na mão.

Atravessamos a rua, ela abriu a porta, eu apertei a mão dela. Ela disse que tínhamos chegado bem na hora, ela tinha acabado a limpeza naquele instante.

— Entrem!

O estúdio se resumia a um pequeno cômodo, mobiliado da maneira mais simples possível; sob a janela havia um sofá, em frente ao sofá uma mesa de centro e junto à parede do outro lado uma escrivaninha. Havia também um sofá-cama. Dentro do estúdio, atrás de uma porta, escondia-se uma cozinha minúscula. Era tudo. As paredes eram pintadas em um tom escuro, amarronzado, e o lugar todo pareceria meio triste se não fosse pela parede ao lado da cozinha, decorada com a pintura de uma paisagem, uma árvore em um rochedo acima do mar, não muito diferente da figura estampada nas caixas de fósforo, que Kjartan Fløgstad também havia usado na capa de *Fyr og flamme*. A garota viu que eu estava admirando a pintura e sorriu.

— Não é bonito? — ela perguntou.

Fiz um gesto afirmativo com a cabeça.

— Aqui estão as chaves — ela disse, me estendendo um pequeno molho. — Essa abre a porta da frente, essa a porta daqui, e a outra abre o quartinho no sótão.

— Onde fica o banheiro? — eu perguntei.

— No andar de baixo. O banheiro e o chuveiro são coletivos. Não é muito prático, mas assim o aluguel fica bem mais barato. Vamos descer para eu mostrar?

A escada era íngreme, o corredor era estreito, de um lado havia um pequeno apartamento no porão onde morava um sujeito chamado Morten, do outro lado ficavam o banheiro e o chuveiro. Eu gostava daquele desconforto, e também das paredes antigas com um leve cheiro de mofo no porão, aquilo me dava um sentimento meio dostoievskiano relacionado a um estudante jovem e pobre na cidade grande.

Quando subimos outra vez a garota me entregou um maço de boletos do aluguel já preenchidos, pegou o balde de faxina em uma das mãos, a vassoura na outra e se virou para nós em frente à porta.

— Espero que você goste daqui! Eu pelo menos tive vários bons momentos.

— Obrigado — eu disse. — Uma boa viagem para você, e nos vemos no verão do ano que vem!

Ela desapareceu na esquina com a vassoura balançando no ombro e eu e Yngve começamos a levar as caixas da mudança para dentro. Quando terminamos, Yngve entrou no carro e partiu rumo ao hotel, onde trabalharia durante a tarde, enquanto eu larguei as pernas em cima da mesa e fumei um cigarro antes de começar a abrir as caixas.

O apartamento ficava no mesmo nível da rua, a janela dava para a calçada, e quando não havia uma multidão passando, cabeças avulsas surgiam a intervalos regulares do outro lado, e a visão de uma janela aberta era tão atraente que praticamente todos caíam na tentação de olhar para dentro. Quando estava debruçado sobre a minha coleção de discos, eu me virei e dei de cara com uma mulher de uns quarenta anos, que desviou o olhar no mesmo instante, mas assim mesmo se fez notar. Pendurei o pôster de John Lennon, me virei e dei de cara com dois garotos de cerca de doze anos; montei a cafeteira, liguei o plugue na tomada ao lado do armário, me virei e deparei-me com um homem barbado que devia ter quase trinta anos. Para dar um fim naquilo, prendi um lençol em frente a uma das janelas, um pedaço de pano em frente à outra e me sentei no sofá, tomado por uma agitação maravilhosa; era como se a velocidade dentro de mim fosse maior do que a velocidade externa.

Ouvi uns discos, preparei chá, li umas páginas de *Fome*. Na rua começou a chover. Nas curtas pausas entre as faixas do LP eu ouvia os pingos tamborilarem de leve na janela logo atrás da minha cabeça. De vez em quando eu ouvia os ruídos de alguém arrumando a casa no andar de cima, tudo enquanto a noite caía e o apartamento aos poucos escurecia. Eu ouvia passos na escada, vozes entusiasmadas no andar de cima, música, o pessoal estava se preparando para uma festa.

Fiquei pensando se eu não devia ligar para Ingvild, ela era a única pessoa que eu conhecia na cidade, mas logo abandonei a ideia, não havia como encontrá-la sem estar preparado, eu teria uma única chance e não podia desperdiçá-la.

Ingvild tinha deixado uma impressão esquisita em mim. Eu havia passado meia hora sentado em uma mesa na companhia dela.

Seria possível se apaixonar durante um encontro de meia hora?

Ora, claro que sim.

Seria possível que uma pessoa desconhecida, sobre a qual eu não sabia praticamente nada, fizesse eu me sentir completo?

Claro que sim.

Me levantei e peguei as cartas dela. A mais longa havia chegado no meio do verão, Ingvild contou que estava atravessando os Estados Unidos com a antiga família americana, eles estavam parando em todos os pontos turísticos interessantes ao longo do caminho, e não eram poucos, segundo ela, quase todas as cidades tinham motivo para se orgulhar e para justificar a própria fama. Ingvild aproveitava essas paradas para fumar às escondidas, ou então para ficar deitada na cama do trailer admirando a paisagem, que às vezes era incrivelmente bonita e dramática, às vezes monótona e aborrecida, mas sempre estrangeira.

Eu conseguia imaginá-la, mas ao mesmo tempo era mais do que isso, eu também me identificava com ela, ou melhor, eu entendia precisamente o que pretendia dizer com aquilo, como estava se sentindo, havia detalhes naquele jeito de escrever, ou nos pequenos relances que ela oferecia de si mesma, nos quais eu me reconhecia, e perceber que uma outra pessoa havia chegado ao mesmo lugar onde eu me encontrava era uma coisa totalmente inédita para mim. Luz, alegria, leveza, emoção, tudo nos limites do desconforto, o tempo inteiro às raias do desespero, porque eu queria demais, era a única coisa que eu queria, mas e se não desse certo? E se ela não quisesse saber de mim? E se eu não fosse bom o suficiente?

Larguei as cartas, coloquei minha jaqueta e meus calçados e saí, pensando em dar uma volta até o hotel de Yngve, o expediente dele só acabava às onze, mas se eu desse sorte ele não estaria muito ocupado, e assim poderíamos bater um papo ou fumar juntos ou qualquer outra coisa do tipo.

Primeiro andei pelo lado oposto da rua, para ver o andar acima do meu, mas não vi nada além das partes de trás de cabeças na janela. Chovia bastante, mas eu não tinha guarda-chuva e não queria sair com capa de chuva, então mesmo que fosse desconfortável, e mesmo que o meu gel tivesse começado a escorrer pela testa, inclinei a cabeça para a frente e comecei a arrastar os pés morro abaixo.

Nos quarteirões mais próximos havia casas de madeira pintadas de branco, todas as quinas eram tortas e todas as casas tinham os tetos a diferentes alturas, umas com escadas de pedra que desciam até a calçada, outras sem. No bairro mais abaixo as casas eram de alvenaria, compridas, pátios relativamente altos que talvez remontassem ao início do século, e certamente tinham sido construídas para os trabalhadores, a dizer pelas paredes simples e sem adornos.

E acima de tudo, visíveis até mesmo das ruas mais baixas e mais escuras, havia as montanhas. Abaixo, em relances entre casas e árvores, ficava o mar. As montanhas eram maiores que as de Håfjord, e o mar tinha a mesma profundidade, mas o efeito sobre a consciência não era o mesmo; o peso estava na cidade, nas pedras do calçamento, no asfalto, nos muros dos pátios e nos quarteirões cheios de casas de madeira, nas janelas e luzes, nos carros e ônibus, na multidão de rostos e corpos nas ruas, em comparação aos quais o mar e a montanha pareciam leves, quase diáfanos, um ponto onde descansar os olhos, uma cortina.

Se eu morasse sozinho aqui, pensei, em um pequeno estúdio na encosta da montanha, sem nenhuma casa ao redor, mas exatamente na mesma paisagem, eu sentiria o peso das montanhas e a profundidade do oceano, eu ouviria o vento soprar nos picos das montanhas, as ondas quebrarem contra a terra lá embaixo, e se eu não tivesse medo, eu estaria pelo menos de guarda. A paisagem seria minha última visão antes de adormecer e minha primeira visão ao despertar. Mas não era assim, eu percebia com todo o meu corpo, aqui o que contava eram os rostos.

Caminhei ao longo da construção de madeira comprida, vermelha e rústica da cordoaria, fui para o outro lado, passei pelo supermercado, desci à estrada principal mais larga, dobrei à direita e segui até o fim, deixando para trás a tranquila e cinzenta Mariekirken, que tinha me chamado a atenção já na primeira vez em que eu tinha estado lá para visitar Yngve e a minha mãe, três anos antes, justamente por ser tão discreta e se encaixar perfeitamente na paisagem ao redor, e também por estar de pé no mesmo lugar desde o século XII, eu deixei a igreja para trás e fui até Bryggen.

Os carros deslizavam pela rua com os faróis acesos. A água que ondulava devagar no cais era totalmente preta. Havia veleiros amarrados na marina, e os cascos úmidos refletiam de leve as luzes da rua. A bordo de um barco pessoas bebiam embaixo de uma estrutura, as vozes eram baixas, os rostos estavam iluminados apenas de leve. De Vågsbunnen chegavam sons, carros, música e gritos que haviam ido mais longe.

Yngve estava no balcão de recepção junto com um colega. Ele virou a cabeça na minha direção assim que entrei.

— Já está aborrecido? — ele me perguntou. Em seguida ele olhou para o colega. — Esse é o Karl Ove, meu irmão. Está morando aqui faz uma semana.

— Oi — disse o colega.

— Oi — eu disse.

Ele entrou para o escritório, Yngve bateu uma caneta de leve contra o balcão.

— Eu queria tomar um pouco de ar fresco — eu disse. — Achei que seria bom dar uma passada aqui, porque assim eu teria um trajeto para o meu passeio.

— Não tem muita coisa acontecendo por aqui — ele disse.

— Estou vendo — eu disse. — Depois você vai direto para casa?

Yngve respondeu com um aceno de cabeça.

— Mas o Asbjørn está na cidade. Talvez a gente faça uma visita amanhã para ver como você está se virando.

— Façam mesmo — eu disse. — Mas será que você pode me levar um guarda-chuva? Você tem dois, não? Eu queria ficar com um até receber o crédito estudantil.

— Vou fazer o possível para não esquecer.

— Nos vemos amanhã, então.

Ele fez um gesto afirmativo com a cabeça e eu fui embora. Eu ainda não estava com vontade de voltar para casa, então dei um passeio pelas ruas molhadas da cidade, subi até o Café Opera, que como eu imaginava estava cheio de gente, mas não tive coragem de entrar sozinho, desci até o mar do outro lado, passei por construções decrépitas que mais pareciam armazéns, subi um morro, parei no topo, porque abaixo de mim estavam Bryggen e Sandviken, do outro lado de Vågen, reluzindo naquela atmosfera úmida e cinzenta!

Desci até o espaço aberto do outro lado, passei em frente a um hotel de concreto e vidro chamado Neptun, o nome era adequado naquela cidade onde a água não parava de pingar e escorrer, pensei, e em seguida pensei que eu tinha que me lembrar daquilo para tomar nota assim que eu chegasse em casa, olhei para longe e descobri um grande portão de concreto no fim da rua de passeio, e no mesmo instante eu soube que aquele era o antigo portão da cidade, porque a minha mãe tinha me mostrado um outro idêntico, porém no outro lado do centro. Atravessei a rua, deixei para trás um grande prédio de escritórios que se erguia da água como um rochedo, dobrei a esquina e à minha frente estava o Strandkaiterminalen, de onde saía o barco para o Sognefjorden, e ainda mais atrás estava Vågsbunnen.

Um arrepio de felicidade percorreu o meu corpo. Era a chuva, eram as luzes, era a cidade grande! Era eu mesmo, eu seria um escritor, um astro, uma luz para os outros!

Passei a mão pelos cabelos, ainda úmidos de gel, enxuguei-a na perna da calça e apressei o passo na esperança de que aquele sentimento de felicidade perdurasse até a minha chegada em casa e por todo o longo tempo que eu passaria no estúdio até a hora de me deitar.

Enquanto eu dormia naquela noite, tive a impressão de que a cama estava na rua. Não era tão estranho assim, pensei ao despertar, provavelmente acordado pelos dobres dos sinos distantes, porque a cama ficava junto à parede das janelas, e não apenas eu ouvia cada passo dado na calçada do outro lado claramente, como a casa também ficava em um cruzamento onde pessoas a caminho dos mais diferentes lugares detinham-se para conversar após uma noite na cidade, e do outro lado da estrada havia uma cabine telefônica usada com frequência durante a noite por gente interessada em chamar um táxi, com enormes grupos ao redor, e por gente disposta a dizer o que trazia entalado na garganta para namorados, namoradas ou quem quer que fosse que os houvesse traído, e que naquele momento tinha de ser escorraçado ou implorar perdão.

Passei um tempo imóvel para me recompor antes de me vestir e descer ao porão com uma toalha numa das mãos e um frasco de xampu na outra. O corredor estava cheio de vapor, tentei abrir a porta do chuveiro, mas estava trancada, a voz de uma garota gritou lá de dentro, já estou quase pronta! Tudo bem, eu disse, e me escorei na parede enquanto esperava.

A porta ao meu lado se abriu e um cara da minha idade com cabelos desgrenhados enfiou a cabeça para fora.

— Oi — ele disse. — Achei que eu tinha ouvido alguém por aqui. Eu sou o Morten. Foi você que se mudou para o andar de cima?

— Foi — eu disse, apertando a mão dele.

Morten deu uma risada. Ele estava só de cueca.

— O que você está fazendo aqui na cidade? — ele quis saber. — Estudando?

— Eu acabei de chegar — respondi. — Vou fazer um curso em uma escola de escritores.

— Que interessante! — ele disse.

Na mesma hora a porta do chuveiro se abriu. Uma garota que devia ter uns vinte e poucos anos saiu. Ela tinha uma toalha enorme enrolada no corpo, e outra menor na cabeça. Uma nuvem de vapor a seguia.

— Oi — ela disse com um sorriso. — Depois temos que nos apresentar de verdade. Mas pelo menos agora o chuveiro está livre!

Ela se afastou.

— He he he — disse Morten.

— E você — eu perguntei. — Estuda?

— Depois nós terminamos de falar! Aproveite para tomar o seu banho antes que o chuveiro acabe ocupado outra vez.

O chão do chuveiro era de concreto, e ficava gelado nos pontos onde a água não caía. O ralo estava cheio de cabelos, que a espuma do xampu da garota fazia brilhar. O painel de madeira na parede tinha empenado de leve na parte de baixo, e a porta antes toda branca estava preta e manchada na altura do rodapé e um pouco mais acima. Mas a água era quente, e logo eu tinha os cabelos ensaboados e cantarolava baixinho o tema dos Caça-Fantasmas por um motivo qualquer.

Quando tornei a subir não me atrevi mais a sair de casa, já que Yngve não tinha dito quando eles chegariam, mas não havia problema nenhum, ao contrário do que tinha acontecido no dia anterior eu sentia uma paz por todo o meu corpo, e assim usei o tempo para ajeitar os utensílios de cozinha, colocar as roupas no armário, pendurar os últimos quadros e fazer uma lista de compras para quando eu recebesse o crédito estudantil. Quando terminei, me postei junto à porta e tentei ver tudo com os olhos de Yngve e Asbjørn. A máquina de escrever em cima da escrivaninha causava uma boa impressão. O pôster do galpão e do milho dourado sob o céu americano quase preto estava bom, seria uma fonte de inspiração. A fotografia de John Lennon, o mais rebelde dos quatro Beatles, também estava boa. E a coleção de discos no chão junto à parede era numerosa e impressionante, mesmo para Asbjørn, que parecia entender do assunto. O ponto negativo era a minha biblioteca, que contava apenas com dezessete livros, e eu não tinha muitos termos de comparação para saber que tipo de aura os diferentes títulos sugeriam. Mas Saabye Christensen era um acerto garantido, e eu tinha *Beatles* e *Sneglene*. A mesma coisa podia ser dita a respeito de Ingvar Ambjørnsen, eu tinha três livros dele, *23-salen, Den siste revejakta* e *Hvite niggere*.

Larguei *Romance com cocaína* em cima da mesa e ao lado coloquei duas edições da *Vinduet*, uma aberta, a outra fechada. Três livros abertos pareceriam um exagero, quase uma coisa arranjada, mas dois livros abertos e um fechado não causariam nenhuma desconfiança, eram uma apresentação perfeita.

Uma hora depois, enquanto eu tentava escrever, a campainha tocou. Yngve e Asbjørn estavam na escada. Percebi que os dois pareciam estar meio agitados, já queriam ir para outro lugar.

— Legal que você veio para Bergen, Karl Ove — Asbjørn disse com um sorriso no rosto.

— É — eu disse. — Entrem!

Fechei a porta, os dois entraram e ficaram parados olhando ao redor.

— Ficou legal — disse Yngve.

— Aham — Asbjørn concordou. — Esse é um lugar muito legal para um estúdio. Mas posso dar uma sugestão?

— Pode — eu disse.

— Tire esse pôster do Lennon. Não tem nada a ver.

— Ah, é? — eu disse.

— John Lennon é coisa para alunos do colegial. Puta que pariu.

Asbjørn sorriu ao fazer o comentário.

— Você não concorda? — ele perguntou, olhando para Yngve.

— Claro — disse Yngve.

— Mas o que eu vou pôr ali?

— Qualquer coisa — disse Asbjørn. — Até uma foto do Bjøro Håland ficaria melhor.

— Eu realmente gosto dos Beatles — eu disse.

— Você não pode estar falando sério — disse Asbjørn. — Qualquer coisa, menos Beatles!

Ele se virou para Yngve e sorriu mais uma vez.

— Você não disse que o seu irmão tinha bom gosto musical? Que ele tinha um programa de música no rádio e tudo mais?

— Ninguém é perfeito — disse Yngve.

— Sentem-se — eu disse. Mesmo que eu tivesse perdido a graça e me irritado por causa do pôster de Lennon, por ter entendido perfeitamente qual era o problema no mesmo instante em que Asbjørn abriu a boca, claro que aquilo era coisa de aluno do colegial, eu ainda me sentia orgulhoso de receber os dois naquele lugar, no meu próprio estúdio, rodeado pelas minhas coisas.

— A gente pensou em ir à cidade tomar um café ou coisa do tipo — disse Yngve. — Você quer ir com a gente?

— Não podemos tomar um café aqui? — eu perguntei.

— É melhor no Opera — disse Yngve.

— Claro, tudo bem — eu disse. — Mas esperem um pouco, eu tenho que me vestir.

Quando descemos a escada, Asbjørn e Yngve puseram óculos escuros. Os meus tinham ficado em casa, mas daria muito na vista se eu voltasse para buscá-los, então deixei aquilo de lado e começamos a descer as ruas úmidas que brilhavam com o reflexo dos raios de sol que atravessavam os buracos na grossa camada de nuvens acima da nossa cabeça.

Eu só tinha visto Asbjørn umas duas vezes, nunca tinha falado muito com ele, mas assim mesmo sabia que era uma pessoa importante para Yngve, e nesse caso importante para mim também. Notei que ele ria bastante, e que depois ficava totalmente em silêncio. Tinha cabelos compridos e umas suíças discretas, um rosto gorducho com olhos atentos e calorosos. Não raro aqueles olhos cintilavam. Como Yngve, naquele dia Asbjørn estava todo vestido de preto. Calças Levi's pretas, jaqueta de couro preta, sapatos Dr. Martens pretos com costuras amarelas.

— É muito bacana que você tenha sido aceito na Skrivekunstakademiet

— ele disse. — Além do mais, o Ragnar Hovland é um ótimo escritor. Você leu os livros dele?

— Para dizer a verdade, não — eu disse.

— Você tem que ler. *Sveve over vatna* é o romance estudantil definitivo da literatura norueguesa.

— É mesmo?

— É. Ou o romance definitivo sobre Bergen. É totalmente *over the top*. O cara é muito bom. E gosta de Cramps. Não preciso dizer mais nada!

Over the top era uma expressão que, pelo que eu tinha notado, Asbjørn empregava com frequência.

— Sei — eu disse.

— Cramps você já deve ter ouvido.

— Já, claro.

— É amanhã que as aulas começam, não? — perguntou Yngve.

Fiz um gesto afirmativo com a cabeça.

— Admito que estou meio nervoso.

— Você já passou na seleção — disse Yngve. — O pessoal da academia sabe o que está fazendo.

— É o que eu espero — eu disse.

O Café Opera durante o dia era muito diferente do Café Opera durante a noite. Naquele horário o lugar não estava lotado de estudantes bebendo cerveja, mas de todo tipo de gente, inclusive senhoras de cinquenta anos com uma xícara de café e uma fatia de bolo em cima da mesa. Pegamos uma mesa junto à janela do térreo, penduramos nossas jaquetas nas cadeiras e fomos fazer nossos pedidos. Eu estava liso, então Yngve comprou um café com leite para mim, enquanto Asbjørn comprou um expresso. Quando vi a xicrinha que foi entregue a ele eu a reconheci, era a mesma que haviam servido para mim e para Lars no primeiro paradouro logo após a fronteira com a Itália, a gente tinha pedido um café e nos entregaram as mesmas xicrinhas idênticas lá, cheias de um café tão forte e concentrado que era completamente impossível de beber. Eu tinha cuspido tudo de volta dentro da xícara e encarado o garçom, que ficou me olhando com cara de que não havia nada de errado.

Mas Asbjørn parecia gostar daquilo. Ele soprou a superfície marrom-escura e tomou um gole, largou a xícara no pires e olhou para a rua.

— E você, já leu Jon Fosse? — eu perguntei, olhando para Asbjørn.

— Não. Ele é bom?

— Não tenho a menor ideia. Mas ele é um dos professores.

— Eu sei que ele escreve romances — disse Asbjørn. — E que é modernista. Um modernista de Vestland.

— Por que você não pergunta para mim se eu já li Jon Fosse? — disse Yngve. — Eu também leio livros, sabia?

— Eu não lembro de ter ouvido você falar dele, então imaginei que você não tinha lido — eu disse. — Você leu?

— Não — disse Yngve. — Mas podia ter lido.

Asbjørn riu.

— Dá para ver que vocês dois são irmãos!

Yngve pegou a cigarreira e acendeu um cigarro.

— Você não largou mesmo esses trejeitos de David Sylvian? — perguntou Asbjørn.

Yngve balançou a cabeça e soprou a fumaça lentamente por cima da mesa.

— Andei olhando uns óculos tipo os do Sylvian, mas quase perdi a pose quando ouvi o preço.

— Meu Deus, Yngve — disse Asbjørn. — Essa foi a piada mais sem graça que já ouvi você contar. O que não é pouca coisa.

— Admito que você tem razão — disse Yngve, rindo. — Mas de cada dez trocadilhos, só um ou dois funcionam. O problema é que você precisa fazer todos esses trocadilhos ruins para encontrar os realmente bons.

Asbjørn olhou para mim.

— Você precisava ter visto quando o Yngve disse que o aeroporto de Jølster devia se chamar Nikolai Astrup. Ele teve que se afastar de tanto que ria. Da própria piada!

— Essa continua sendo muito boa — disse Yngve, rindo. Asbjørn também riu. Depois, como se um interruptor fosse desligado, ele parou de repente e ficou quieto. Pegou a carteira de cigarro, ele fumava Winston, segundo percebi, acendeu um e esvaziou a xicrinha de expresso no segundo gole.

— O Ola está na cidade, você sabia? — ele disse.

— É, ele já está há um tempo aqui — disse Yngve.

Os dois começaram a falar sobre a faculdade. A maioria dos nomes mencionados era totalmente desconhecida para mim, e naquele contexto tão estranho eu não podia entrar na conversa sequer quando começavam a falar sobre filmes e bandas que eu conhecia. A conversa logo virou quase uma discussão. Yngve defendia que não havia nada original ou genuíno em si mesmo, que tudo era de uma forma ou outra uma pose, até mesmo, esse foi o exemplo que ele deu, a imagem de Bruce Springsteen. O aspecto comum dele era tão artificial e premeditado quanto o aspecto excêntrico e posado de David Sylvian ou David Bowie. Claro, disse Asbjørn, claro que você tem razão, mas isso por acaso impede que exista uma expressão verdadeira? Você teria um exemplo para dar?, Yngve perguntou. O Hank Williams, disse Asbjørn. O Hank Williams!, disse Yngve. O cara é cercado de mitos! Que mitos? Mitos country, disse Yngve. Meu Deus, Yngve, disse Asbjørn.

Yngve olhou para mim.

— Na literatura é a mesma coisa. Não existe diferença entre um romance de entretenimento e um romance de alta cultura, os dois são a mesma coisa, a diferença está apenas na aura que os envolve, mas essa aura é decidida pelo leitor, não pelo livro em si. Aliás, "o livro em si" não existe.

Eu não tinha pensado em nada daquilo antes, e fiquei quieto.

— E as histórias em quadrinhos, então? — perguntou Asbjørn. — O Pato Donald é a mesma coisa que James Joyce?

— Em princípio, é.

Asbjørn riu, e Yngve abriu um sorriso.

— Mas falando sério — ele disse. — É a recepção que define a obra ou o artista, e é nesse campo que o artista atua, lógico. Independente da estatura dos artistas, tudo não passa de uma pose.

— Você que trabalha como recepcionista deve entender bem dessas coisas — disse Asbjørn.

— E essa sua jaqueta é uma vaca já quieta — disse Yngve.

Os dois riram de novo, e então tudo ficou em silêncio. Yngve se levantou e pegou um jornal, eu fiz a mesma coisa, e enquanto folheávamos as páginas eu me senti tão eufórico com a situação, ao me ver com dois estudantes cheios de experiência num café em Bergen em plena tarde de domingo e ao ver que aquilo não era mais uma exceção, não era mais um simples contato superficial, mas uma coisa à qual eu pertencia, que mal consegui ler as frases nas páginas.

Fomos embora meia hora depois, Yngve e Asbjørn queriam ir à casa de Ola, ele morava numa das ruas atrás do Grieghallen, e Yngve me perguntou se eu gostaria de ir junto, mas eu disse que não, que eu ia me preparar um pouco para o dia seguinte, embora a razão verdadeira fosse que eu estava me sentindo tão feliz que não aguentava mais, eu precisava ficar sozinho.

Nos separamos no fim do Torgalmenningen, em frente a um restaurante chamado Dickens, eles me desejaram boa sorte, Yngve pediu que eu ligasse para contar como tinha sido a primeira aula, eu perguntei se ele podia me emprestar mais um pouco de dinheiro pela última vez, ele acenou a cabeça e puxou uma nota de cinquenta coroas e então atravessei o grande espaço aberto no meio da cidade enquanto a chuva caía com força a intervalos esparsos, pois mesmo que o sol ainda brilhasse acima das casas ao longo da encosta, o céu acima de mim era azul-escuro e carregado.

De volta ao estúdio eu não apenas tirei a fotografia de John Lennon da parede, mas também a rasguei em pedacinhos e joguei tudo na cesta de lixo. Depois resolvi ligar para Ingvild e perguntar se ela não queria me encontrar no fim de semana, era uma boa oportunidade, eu finalmente estava me sentindo aliviado, e aquela leveza parecia ser uma abertura para ela, pois era nela que eu havia pensado durante todo o meu trajeto em meio aos morros, como se o meu íntimo não soubesse que não devia acrescentar à euforia após o tempo passado com Yngve e Asbjørn ainda mais euforia, mesmo que de um tipo um tanto diferente, porque enquanto o insuportável na companhia de Yngve e Asbjørn era o próprio momento presente, o que acontecia a cada instante, minha euforia em relação a Ingvild era voltada a tudo que ainda podia acontecer, a um momento futuro, em que a euforia seria desfeita e eu poderia namorar com ela.

Eu e ela.

A ideia de que era realmente possível, e não apenas um sonho irrealizável, explodiu dentro de mim.

Na rua o céu escurecia, os raios de sol haviam desaparecido por completo, a chuva caía no asfalto. Corri até a cabine telefônica, larguei o papel com o número de Fantoft em cima do aparelho, enfiei uma moeda de cinco coroas na ranhura, disquei o número, esperei. A ligação foi atendida pela voz de um homem jovem, eu pedi para falar com Ingvild, ele disse que não havia ninguém lá com esse nome, eu disse que ela ia se mudar para lá e talvez ainda não tivesse chegado, ele disse, ah, é verdade, um dos quartos ainda está vago, eu pedi desculpas pela confusão, ele disse que não havia problema e eu desliguei.

Às sete horas a campainha tocou. Eu saí e abri; era Jon Olav.

— Olá! — eu disse. — Como foi que você me achou?

— Eu liguei para o Yngve. Posso entrar?

— Pode, claro.

Eu não o via desde a Páscoa, quando fomos a Førde e eu conheci Ingvild.

Jon Olav estudava direito em Bergen, mas pelo que ouvi na meia hora a seguir compreendi que ele dedicava muito tempo e muita energia à organização ambiental Natur og Ungdom.

Ele tinha uma disposição idealista, sempre tinha sido assim: no verão que passamos juntos com os meus avós maternos em Sørbøvåg, talvez aos doze ou treze anos, eu estava debruçado sobre o guidom da bicicleta falando sobre as várias garotas das redondezas, disse que uma delas me dava ânsia de vômito, e de repente ele disparou, você acha mesmo que é tão lindo quanto imagina, então?

Me senti envergonhado e fiquei pedalando de um lado para o outro, e desde então eu sempre me lembro daquele momento, da ternura que ele sentia pelas outras pessoas e da disposição que tinha para defendê-las.

Ficamos conversando e bebendo chá, ele me convidou para conhecer o estúdio dele, que ficava nos arredores, claro que aceitei o convite, e logo estávamos descendo os morros.

— Você por acaso viu a Ingvild durante o verão? — eu perguntei.

— Vi, acho que duas ou três vezes. Como estão as coisas com ela? Você escreveu para ela, não?

— Escrevi. Desde aquele encontro a gente vem trocando correspondências. Ela também vem para cá, então pensei em encontrá-la.

— Você está interessado nela?

— Interessado é pouco — eu disse. — Nunca senti por outra pessoa o que eu sinto por ela.

— Parece sério, então — ele disse com uma risada. — Mas agora chegamos! Ele parou em frente a uma das portas na alta construção de alvenaria bem em frente à cordoaria. O corredor e a escada eram de madeira e causavam uma impressão de austeridade, quase penúria. O estúdio tinha dois cômodos, com o banheiro no lado de fora do corredor, e não tinha chuveiro. A coleção de discos de Jon Olav, que conferi enquanto ele ia ao banheiro, era pequena e aleatória, composta por uma proporção semelhante de álbuns bons e ruins, uns que todo mundo havia comprado, um que outro realmente bom, como o do Waterboys, um que outro menos bom, como o do The Alarm. Era a coleção de discos de uma pessoa sem nenhum interesse especial por discos, que corria atrás do gosto alheio. Mas ele havia feito parte de uma banda, tocava saxofone, e foi com ele que aprendi o básico de bateria quando ainda éramos pequenos, a coordenação entre o chipô, a caixa e o bumbo.

— Temos que sair uma noite dessas — ele disse ao retornar. — Assim você também pode conhecer os meus amigos.

— É a mesma turma de antes?

— É. Acho que vão ser para sempre os mesmos. O Idar e o Terje são as pessoas que eu vejo com mais frequência.

Me levantei.

— Bom, depois a gente combina melhor. Agora eu preciso ir. Amanhã começa o meu curso na Skrivekunstakademiet.

— A propósito, parabéns pela aprovação! — ele disse.

— É, eu fiquei bem satisfeito — eu disse. — Mas também estou meio nervoso. Afinal, não sei nada sobre o nível dos meus colegas.

— Mas você tem que se preocupar com você, não? Eu gostei do que pude ler.

— Tomara que tudo dê certo — eu disse. — Mas nos falamos mais tarde!

De madrugada acordei gozando, fiquei um tempo parado no escuro pensando se eu devia me levantar e trocar de cueca, mas voltei a dormir logo em seguida. Dez para as seis acordei outra vez. Assim que eu recobrei totalmente a consciência e soube que a hora havia chegado, senti meu estômago se revirar de nervosismo. Fechei os olhos na esperança de dormir mais um pouco, mas a expectativa em mim era grande demais, então me levantei, enrolei uma toalha na cintura, desci a escada fria, atravessei o corredor frio e entrei no quartinho frio do chuveiro. Após meia hora sob a água escaldante eu subi e me vesti de forma minuciosa e metódica. Uma camisa preta e um colete preto com detalhes em cinza nas costas. Levi's preta, cinto de balas, sapatos pretos. Uma porção generosa de gel no cabelo, para que ficasse em pé do jeito certo. Eu também havia guardado uma sacola plástica da Virgin que eu tinha pegado na casa de Yngve, nela eu coloquei meu caderno de anotações e uma caneta, além de *Fome*, para deixá-la um pouco mais pesada.

Ajeitei a cama para que voltasse a ser um sofá, bebi uma caneca de chá bem adoçado, já que eu não aguentava a ideia de comer nada, me sentei e olhei para a rua, para a cabine telefônica reluzente, que brilhava ao sol, para o gramado escurecido no parque mais atrás, para as árvores próximas, e depois para a montanha que se erguia a partir daquele ponto, com fileiras de casas de alvenaria, também na sombra, me levantei e coloquei um disco para tocar, folheei umas edições da *Vinduet*, tudo para matar tempo até que fossem nove horas e eu pudesse sair de casa. O curso só começava às onze, mas eu tinha pensado em dar uma volta pela cidade antes, talvez encontrar um café e me sentar para ler um pouco.

Um limpador de chaminés vinha descendo a rua com a longa escova enrolada ao redor do ombro. Um gato saltitava pelo gramado. Na rua ao longo da encosta, atrás das casas de alvenaria mas visível por entre as brechas, uma ambulância chegou devagar e sem nenhum tipo de luz ou sirene acionada.

E então, naquele instante exato, tive a sensação de que eu seria capaz de fazer qualquer coisa, de que não havia limites para mim. Não se tratava de escrever, era outra coisa, uma abertura enorme, mais ou menos como se eu pudesse me levantar, naquele momento, e caminhar até os confins do mundo.

Tive essa sensação por uns trinta segundos. Depois ela sumiu, e por mais que eu tentasse chamá-la de volta ela se mantinha longe, mais ou menos como um sonho se afasta e foge quando tentamos agarrá-lo.

Horas mais tarde, desci as ruas em direção ao centro com um nervosismo moderado e não de todo desagradável no corpo, não, eu me sentia bem e leve ao caminhar, tinha a ver com o sol que brilhava, com a vida nas ruas ao meu redor. Enquanto subia o morro que dava no Klosteret eu vi que uma grama muito comprida estava crescendo na beira do asfalto e que em certos lugares havia pequenas rochas nuas entre as casas, que ligavam a cidade às montanhas selvagens ao redor, e também ao mar um pouco mais abaixo, a tudo que não tinha sido tocado pelo homem, e isso, o fato de que a cidade era parte do cenário, e não uma coisa separada, por assim dizer fechada em si mesma, como havia me parecido nos dois primeiros dias, fez com que eu sentisse uma nova onda de sensações agradáveis. A chuva caía por todos os lados, o sol brilhava por todos os lados, tudo estava em sintonia com tudo.

Yngve tinha me explicado detalhadamente o trajeto, e não tive problemas para me achar, desci por um caminho estreito, passei por umas casinhas estranhas e tortas, e lá, no pé de um morro, estava o Verftet à beira do mar. Era uma construção de alvenaria com um jeito de século XIX e tinha até uma chaminé industrial. Dei a volta para achar a entrada, experimentei a maçaneta, que estava aberta, e entrei. Um corredor vazio cheio de portas, nenhuma sinalizada. Continuei pelo corredor. Um sujeito apareceu em uma das portas, ele devia ter uns trinta anos, estava usando grandes óculos escuros, uma camiseta malhada, era um artista.

— Estou procurando a Skrivekunstakademiet — eu disse. — Você sabe para que lado fica?

— Não tenho ideia — ele disse. — Mas posso garantir que não é aqui!

— Tem certeza? — eu perguntei.

— Claro que tenho certeza — ele respondeu. — Se eu não tivesse, não teria dito nada.

— Tudo bem — eu disse.

— Tente procurar no andar de cima, do outro lado. Tem uns escritórios por lá.

Fiz como o homem havia sugerido. Subi a escada e atravessei mais uma porta. Numa passagem fotografias do Verftet ainda nos tempos de glória como estaleiro decoravam as paredes, e no fim do corredor havia uma escada em caracol.

Abri uma porta e entrei num corredor, uma das muitas portas estava entreaberta e eu dei uma espiada para dentro, era um ateliê, me virei e voltei, parei no corredor da entrada, onde uma mulher que parecia ter trinta e poucos anos, com um casaco azul-claro, um rosto gorducho com olhos grandes e dentes meio desalinhados tinha acabado de entrar.

— Você sabe onde fica a Skrivekunstakademiet? — eu perguntei.

— Acho que fica no andar de cima — ela me disse. — Você é aluno?

Fiz um gesto afirmativo com a cabeça.

— Eu também! — ela disse. — Meu nome é Nina.

— Karl Ove.

Eu a segui pela escada. Ela tinha uma bolsa de mensageiro pendurada no ombro, e o que havia de convencional naquela aparência, não apenas no casaco, na bolsa e nas botinhas de senhora, mas também na maneira como o cabelo estava arrumado, como o cabelo das garotinhas do século XIX, me decepcionou, eu tinha esperado uma coisa mais dura, mais selvagem, mais obscura. Qualquer coisa, menos o convencional. Se o curso aceitava alunos convencionais, talvez eu também estivesse lá por ser convencional.

Ela abriu a porta no alto da escada e entramos em uma grande sala com paredes inclinadas e três grandes janelas de um lado e duas portas com uma estante de livros a separá-las no outro. No meio havia classes dispostas em semicírculo. Três pessoas já estavam lá. Mais à frente, dois homens. Um deles, magro e alto, vestido com um casaco social de mangas arregaçadas, nos olhou e sorriu. Notei que ele tinha uma corrente de ouro no pescoço e vários anéis nos dedos. O outro, um pouco mais atarracado, também vestido com um casaco social, e com uma barriguinha evidenciada pela camisa apertada demais, nos encarou de relance e em seguida olhou para baixo. Os dois usavam bigode. O primeiro devia ter uns trinta e cinco anos, o outro, que estava de braços cruzados, devia ter uns trinta.

Os dois pareciam nervosos, davam a impressão de que não queriam estar naquele lugar naquela hora. Mas estavam lá de maneiras quase opostas.

— Sejam bem-vindos — disse o mais alto. — Eu sou Ragnar Hovland.

Eu apertei a mão dele e disse o meu nome.

— Jon Fosse — disse o outro, pronunciando o nome depressa, quase cuspindo.

— Fiquem à vontade — disse Ragnar Hovland. — Tem café na cafeteira e água lá dentro, se vocês quiserem.

Enquanto falava, ele olhou alternadamente para nós dois, mas assim que terminou de falar desviou o rosto. A voz era levemente trêmula, como se ele precisasse reunir todas as forças para dizer o que dizia. Ao mesmo tempo ele dava a impressão de ser matreiro, como se soubesse de coisas que ninguém mais sabia e desviasse o olhar para se rir por dentro.

— Eu ainda não li nenhum dos seus livros — eu disse, olhando para ele.
— Mas eu acabei de trabalhar um ano como professor substituto, e na escola a gente usava um livro didático que você escreveu.

— Que estranho — ele disse. — Eu nunca escrevi nenhum livro didático.

— Mas o seu nome estava na capa — eu disse. — Tenho certeza. Ragnar Hovland, não?

— Exato. Mas eu nunca escrevi nenhum livro didático.

— Mas eu vi — insisti.

Ele sorriu.

— Não pode ser. A não ser que eu tenha um duplo à solta por aí.

— Eu tenho certeza — disse, mas eu compreendi que não adiantaria, então larguei a sacola em cima de uma cadeira, fui até a cafeteira, tirei um copo plástico da pequena pilha de copos plásticos e o enchi de café. Eu tinha visto o nome dele, eu tinha absoluta certeza. Por que ele não queria admitir? Afinal, não era nenhuma vergonha ter escrito um livro didático. Ou será que era?

Me sentei, acendi um cigarro e puxei o cinzeiro para perto de mim. Do outro lado da mesa, uma mulher de meia-idade e cabelos escuros me olhava. Ela sorriu quando encontrei os olhos dela.

— Else Karin — ela disse.

— Karl Ove — eu disse.

Ao lado dela, uma garota estava lendo. Ela devia ter uns vinte e cinco anos, tinha cabelos loiros e compridos presos em um rabo de cavalo que parecia esticar o rosto dela, o que, junto com a boca pequena e reta, dava uma impressão de severidade, que o olhar de relance lançado em minha direção, totalmente cético, não fez senão aumentar.

Do outro lado estava um garoto da mesma idade, ele era alto e magro, tinha uma cabeça pequena e um pomo de adão protuberante, e uma boca marcante, de lábios que pareciam um pouco mais voltados para fora do que o normal, o que lhe conferia um aspecto imediatamente formal e amistoso.

— Knut — ele disse. — Prazer.

Mais duas pessoas entraram pela porta, uma era um garoto de óculos e barba, com uma camisa vermelha de lenhador, uma jaqueta azul-clara estilo Catalina e um par de calças de veludo marrom, pensei que ele parecia o empregado temporário de uma loja que vendesse gibis usados ou coisa do tipo. A outra pessoa era uma garota, meio baixa, ela usava uma grande jaqueta de couro preto, calça preta e um par de calçados robustos e pretos. Os cabelos também eram pretos, e ela jogou a cabeça para o lado e afastou a franja do rosto duas vezes durante o curto tempo em que os vi entrar. Mas os lábios dela eram delicados, e os olhos eram pretos como dois pedaços de carvão.

— Petra — ela disse, afastando a cadeira.

— Eu sou o Kjetil — ele disse com um sorriso matreiro nos lábios enquanto olhava para a mesa.

A garota piscou depressa duas vezes, uma atrás da outra, e depois retraiu os lábios para cima dos dentes, como se estivesse rosnando.

Eu não queria ficar olhando demais para ela, então desviei o olhar para o fiorde que se revelava nas grandes janelas do sótão, do outro lado havia uma doca, um enorme casco enferrujado.

A porta se abriu mais uma vez, uma mulher por volta dos trinta, trinta e cinco anos entrou, magra e com uma aura fosca e cinzenta, a não ser pelos olhos alegres e cheios de vida.

Tomei um gole de café e voltei a espiar a garota de cabelos pretos.

As feições dela eram bonitas e delicadas, mas a aura era quase brutal.

Ela me olhou, eu sorri, ela não sorriu de volta e eu corei, apaguei o cigarro com força no cinzeiro, peguei meu caderno de anotações e o larguei à minha frente em cima da mesa.

— Agora estão todos aqui — disse Ragnar Hovland, indo com Jon Fosse para o outro lado da sala, onde havia um quadro-negro pendurado na parede. Os dois sentaram-se.

— Vamos esperar o Sagen? — perguntou Fosse.

— Podemos esperar mais uns minutos — respondeu Hovland.

Eu era de longe o aluno mais novo da turma. A idade média dos estreantes literários na Noruega era pouco mais de trinta anos, segundo eu tinha lido em um lugar qualquer. Eu teria um pouco mais de vinte. Mas havia outros abaixo da idade média. Petra, a garota séria, Knut, Kjetil. Todos deviam ter por volta de vinte e cinco anos. A mulher de cabelos escuros podia ter quarenta, não? Ela pelo menos se vestia como uma mulher de quarenta anos, com mangas largas e brincos grandes. Mas também com uma calça justa. Sobrancelhas marcadas. E batom forte nos lábios finos. Que porra ela saberia escrever?

E havia também a outra, Nina. O rosto dela tinha um elemento fluido, era um rosto pálido com muita pele, olheiras discretas, cabelos claros e exuberantes. Com certeza ela devia escrever melhor, mas, por outro lado, até que ponto?

Na porta apareceu um homem que devia ser Sagen. Estava usando uma touca em estilo russo, uma jaqueta de couro marrom, uma camisa azul e uma calça de veludo marrom-escuro. Cabelos escuros e crespos, uma pequena calva, um pouco de barriga.

— Me desculpem o atraso — ele disse, e então abriu a porta à direita, mexeu em alguma coisa lá dentro e tornou a sair, já sem jaqueta e sem touca. Ele sentou-se.

— Vamos começar, então? — ele disse, olhando para os outros dois. Hovland tinha as mãos apoiadas na borda do assento, Fosse estava sentado com os braços cruzados, olhando meio para baixo. Os dois responderam com um aceno de cabeça e nos deram boas-vindas. Sagen falou sobre como a Skrivekunstakademiet havia começado, como a havia idealizado, como o projeto se concretizou, disse que aquele era o segundo ano e que era um privilégio estar naquele lugar, pois tínhamos sido os escolhidos entre mais de setenta candidatos, e os nossos professores eram dois dentre os melhores escritores do país. Depois ele cedeu a palavra a Fosse e Hovland, que falaram um pouco sobre o plano de ensino. Naquela semana faríamos leituras em grupo dos textos que havíamos enviado para a seleção. Depois viriam partes relacionadas a poesia, prosa, drama e ensaística. Entre uma coisa e outra, teríamos períodos de escrita e receberíamos autores convidados. Um deles nos acompanharia por vários encontros, o nome dele era Øystein Lønn e ele tinha sido o principal professor do curso antes de Hovland e Fosse. Durante a primavera teríamos um período de escrita mais longo, e depois tínhamos de entregar uma obra de mais fôlego antes do término, para que fosse avaliada. Nas aulas, os dois professores fariam primeiro uma revisão teórica, seguida por um período de exercícios e análise de textos. Não haveria nenhum tipo de história da literatura, Jon Fosse disse de repente, foi a primeira vez que ele tomou a palavra, os textos escolhidos para as discussões seriam principalmente textos recentes, ou seja, textos modernistas e pós-modernistas.

Øystein Lønn, mais um escritor desconhecido.

Levantei a mão.

— Sim? — disse Hovland.

— Vocês já sabem quem vão ser os outros escritores convidados?

— Ainda não temos todos os nomes. Mas o Jan Kjærstad e o Kjartan Fløgstad já estão confirmados.

— Que bom! — eu disse.

— Não vamos ter nenhuma mulher? — perguntou Else Karin.

— Claro que vamos — disse Hovland.

— Vamos fazer uma rodada de apresentação? — sugeriu Sagen. — Seria bom se vocês dissessem o nome de vocês, a idade e o tipo de coisa que vocês escrevem, mais ou menos.

Else Karin, que foi a primeira, levou um bom tempo e olhou para todos enquanto falava. Ela tinha trinta e oito anos e já havia publicado dois romances, mas não se considerava pronta e gostaria de dar mais um passo à frente durante aquele ano. Bjørg, a mulher com os olhos cheios de vida, também já tinha publicado um romance. Quanto aos outros colegas, ninguém havia estreado.

Chegou a minha vez, eu disse o meu nome, disse que eu tinha dezenove anos, que eu escrevia prosa e que o meu estilo era uma coisa entre Hamsun e Bukowski e que eu estava trabalhando em um romance.

— Meu nome é Petra, tenho vinte e quatro anos e escrevo prosa — disse Petra.

Recebemos um plano de aula e em seguida Sagen buscou uma pilha de livros, eram para nós, um presente enviado por uma editora, podíamos escolher entre dois, ou *Gravgaver* de Tor Ulven ou *Fra* de Merete Morken Andersen. Eu nunca tinha ouvido falar de nenhum dos dois, mas acabei escolhendo Ulven por causa do nome.

Saímos todos juntos, e ao subir o morro acima do Verftet eu acabei ficando ao lado de Petra.

— O que você achou? — eu perguntei.

— Do quê?

— Do curso, ora.

Ela deu de ombros.

— Os professores são arrogantes e cheios de si mesmos. Mas pode ser que nos ensinem coisas, apesar disso.

— Eu não os achei arrogantes — disse.

Petra bufou e jogou a cabeça para trás, passou a mão pela franja, me olhou e um pequeno sorriso apareceu nos lábios ela.

— Você não viu aquele monte de bijuterias do Hovland? Ele estava usando uma corrente, anéis e até uma pulseira. Parecia um cafetão!

Eu não disse nada, mesmo achando que ela tinha sido dura.

— E o Fosse estava tão nervoso que não aguentava nem olhar na nossa cara.

— Eles são escritores — eu disse.

— E daí? Você acha que é uma desculpa boa o suficiente? Tudo que esses caras fazem é ficar sentados, escrevendo. Nada mais.

Kjetil nos alcançou.

— Na verdade eu não fui aprovado — ele disse. — Eu estava na lista de espera, e na última hora uma outra pessoa desistiu.

— Sorte sua — disse Petra.

— Para mim não foi nenhum problema, eu moro aqui mesmo, então era só começar.

Ele falava no dialeto de Bergen. Petra falava no dialeto de Oslo, como todos os outros, a não ser por Nina, que também era de Bergen, e por Else Karin, que vinha do sul de Vestlandet. Eu era o único sulista, e ao me dar conta disso pensei, será que existem escritores nascidos em Sørlandet? Vilhelm Krag, tudo bem, mas ele era da virada do século. Gabriel Scott? Mesma coisa. Havia Bjørneboe, claro, mas nesse caso era diferente porque ele havia quase tentado apagar todos os traços locais da própria personalidade, ou pelo menos era a impressão que eu tinha depois de assistir a entrevistas com ele na TV, nas quais ele falava um *riksmål* bastante sóbrio, e também depois de ler os livros que escrevia, nos quais não havia muitos escolhos ou barcos.

Atrás de nós, Else Karin vinha saltitando. Ela parecia ser uma dessas mulheres que se rodeiam com uma nuvem de coisas e gestos, bolsas e roupas e cigarros e braços.

— Olá — ela disse, olhando nos meus olhos. — Descobri que eu tenho exatamente o dobro da sua idade. Você tem dezenove anos e eu trinta e oito. Você é muito jovem!

— É — eu disse.

— Mas que legal que você foi aceito.

— É — eu disse.

Petra desviou o rosto, Kjetil nos encarou com os olhos sorridentes. Logo alcançamos os outros, que estavam em um cruzamento, esperando o semáforo ficar verde. As casas do outro lado eram decrépitas, tinham as paredes encardidas pela fumaça de escapamento e pela poeira do asfalto, as janelas totalmente baças. O sol ainda brilhava, mas acima das montanhas ao norte o céu estava quase preto.

Atravessamos a rua, subimos uma encosta suave, passamos em frente a um sebo do tipo decadente, a dizer pela vitrine, que revelava o interior repleto de gibis variados e um feltro estendido com vários livros de bolso a preços módicos, tudo muito desbotado pelo sol, que batia de frente a tarde inteira. Um pouco mais acima, do outro lado, estava a piscina pública. Resolvi ir até lá assim que pudesse.

Nos separamos ao chegar no Café Opera, eu me despedi de todos e voltei depressa para casa. Eu gostaria de ter comprado livros, de preferência antologias de poesia, já que eu mal tinha lido um poema em toda a minha vida, a não ser pelas leituras da escola, que haviam consistido na maior parte em versos de Henrik Wergeland e Herman Wildenvey, salvo pelas semanas em que fizemos um tipo de cabaré durante as aulas de norueguês no colegial, quando eu e Lars tínhamos lido textos de Jim Morrison, Bob Dylan e Sylvia Plath no palco. Aqueles seis poemas eram os únicos poemas de verdade que eu tinha lido em toda a minha vida, e em primeiro lugar eu não me lembrava de absolutamente nada, e em segundo lugar eu tinha a impressão de que nos ocuparíamos com outro tipo de poesia na Skrivekunstakademiet. Mas os livros teriam que esperar pelo crédito estudantil.

Quando abri minha caixa postal em casa encontrei somente propagandas, mas em meio às propagandas estava o pequeno catálogo de um clube do livro com obras em inglês justamente em Grimstad, que examinei com grande interesse, já que não era preciso dinheiro para conseguir livros por lá. Marquei um volume com as obras completas de Shakespeare, um volume com as obras completas de Oscar Wilde, um volume com as poesias e peças completas de T. S. Eliot, tudo em inglês, e na última página havia um livro de fotografia que encomendei, era um livro com mulheres seminuas e nuas, mas nada de pornografia, era um livro de arte, ou pelo menos de fotografia séria, mas para mim o efeito foi o mesmo, um arrepio e um calafrio ao pensar que logo eu estaria olhando para elas e talvez... é, talvez batendo uma punheta. Eu ainda não tinha feito isso, mas naquele momento eu percebi que não era natural evitar, que provavelmente todo mundo fazia, e então surgiu aquela chance, aquele livro, e eu o marquei também, indiquei o número e o título no verso, escrevi o meu nome e o meu endereço e arranquei o cupom. Era grátis, o destinatário pagava somente o porte.

Pensei que ao postar o cupom eu podia também enviar cartões comunicando a mudança do meu endereço, e então fui até a agência de correio com meu pequeno caderno de endereços preto e vermelho na mão.

No caminho de volta começou a chover. Mas a chuva não começou com uma gota ou duas para então aumentar a intensidade, como eu estava acostumado, não, naquele lugar a coisa ia de zero a cem num segundo: em um instante não estava chovendo, no instante seguinte milhões de pingos d'água caíam simultaneamente contra o asfalto, e um chapinhar, quase um tilintar surgiu por todo o morro ao meu redor. Corri morro abaixo enquanto eu me ria por dentro, que cidade incrível era aquela! E, como em todas as vezes que eu via ou vivenciava uma coisa bonita, pensei em Ingvild. Ingvild era uma pessoa viva que existia no mundo, tinha uma vivência própria de mundo, memórias e experiências próprias, tinha o pai e a mãe dela, as irmãs e os amigos, o cenário onde havia crescido e pelo qual havia caminhado, e tudo aquilo estava nela, toda essa complexidade enorme que é uma outra pessoa, da qual vemos tão pouco, mas assim mesmo o suficiente para simpatizarmos com elas, para amá-las, porque não é preciso mais nada, um par de olhos sérios que de repente são tomados pela alegria, um par de olhos brincalhões e provocadores que de repente se tornam inseguros e introspectivos, que tateiam no escuro, uma pessoa que tateia no escuro, existe coisa mais bela no mundo? Com toda aquela riqueza interior, mas assim mesmo tateando no escuro? Vemos isso tudo, nos apaixonamos por isso tudo, e é pouco, talvez digam que é pouco, mas é sempre certo. O coração nunca erra.

O coração nunca erra.

Nunca, jamais o coração erra.

Durante as horas seguintes tudo se resumiu a uma chuva incessante, guarda-chuvas abertos, limpadores de para-brisas frenéticos, faróis que cortavam a escuridão do tempo fechado. Fiquei sentado no sofá, ora olhando para o que acontecia na rua, ora lendo o meu livro, o *Gravgaver* de Tor Ulven, do qual não entendi uma única palavra. Mesmo que eu me concentrasse e lesse o mais devagar possível ao longo de várias páginas, eu não entendia. Eu entendia praticamente todas as palavras, não era nada disso, e eu também entendia as frases individuais, mas eu não entendia o que aquilo tudo queria dizer. Não tinha a menor ideia. E aquilo me deixou sem jeito, porque eu sabia que havia um motivo para terem nos dado justamente aqueles dois livros. Aqueles dois livros eram considerados bons, importantes, e eu não os entendia.

Não havia a menor chance. Era qualquer coisa a respeito de uma pessoa que tossia durante a gravação de um disco, depois um homem que dirigia um carro quente a caminho de um enterro e um casal que estava de férias em um lugar ou outro. Isso eu entendia, mas em primeiro lugar não havia ação nenhuma, e em segundo lugar não havia sequência cronológica nenhuma, nem qualquer tipo de encadeamento lógico, tudo era uma bagunça, o que não era um problema em si, mas afinal de contas a bagunça dizia respeito a *quê?* Não eram pensamentos, não era uma pessoa específica que estava pensando aquilo. Tampouco eram raciocínios, ou descrições, mas antes um pouco de tudo ao mesmo tempo, o que no entanto não me ajudava em nada a entender, já que eu não compreendia o mais importante, o que *significava* tudo aquilo?

Com um pouco de sorte, aprenderíamos na aula seguinte.

Era preciso acompanhar os acontecimentos em cada detalhe, anotar tudo que fosse dito, não desperdiçar nada.

Fosse havia falado em modernismo e pós-modernismo, parecia interessante, eram coisas que diziam respeito a nós e ao tempo em que vivíamos.

Enquanto eu jantava, ou seja, enquanto devido à falta de dinheiro eu comia cinco fatias de pão com manteiga e três ovos cozidos com a gema mole, alguém bateu na porta. Era Morten, o vizinho de baixo, ele tinha um longo guarda-chuva preto com castão de bengala em uma das mãos, usava uma jaqueta de couro vermelho, uma calça azul da Levi's e mocassins com meias brancas, e mesmo que os cabelos dele não estivessem desgrenhados, ainda restava um certo aspecto selvagem, em especial talvez no olhar que me dirigia, mas também na linguagem corporal, era como se tivesse uma coisa grande por dentro e precisasse mobilizar todas as forças. E havia também a risada dele, que surgia nas horas mais inesperadas.

— Olá mais uma vez! — ele disse. — Posso entrar? Assim podemos conversar um pouco. Da última vez foi meio corrido, he he.

— Entre — eu disse.

Ele parou assim que atravessou a porta e olhou ao redor.

— Sente-se — eu disse, e então me ajoelhei em frente ao aparelho de som para colocar um disco.

— Betty Blue! — ele disse. — Eu vi esse filme.

— É bom — eu disse, olhando para ele. Morten puxou as calças na altura dos joelhos antes de sentar-se. Ele tinha um jeito formal, que junto com a impressão vaga mas assim mesmo intensa de selvageria preenchia todo o espaço.

— É — ele concordou. — E é bonita, ela. Especialmente quando fica louca!

— Põe louca nisso — eu disse, me sentando do outro lado da mesa.

— Você mora aqui faz tempo? — eu perguntei.

Morten balançou a cabeça.

— No, sir! Cheguei faz duas semanas.

— E você estuda direito?

— Exatamente. Leis e parágrafos. Mas você quer ser escritor, não é mesmo?

— Quero. Eu comecei hoje.

— Porra, eu também consigo me imaginar sendo escritor. Para expressar tudo o que existe aqui dentro! — disse ele, batendo no peito. — Às vezes sinto uma tristeza enorme. Você deve sentir também, não?

— É, acontece de vez em quando.

— E é bom colocar tudo para fora, não é mesmo?

— É. Mas não foi por isso que eu quis ser escritor.

— Por quê, então?

— Porque eu escrevo.

Ele me olhou e abriu um sorriso cheio de si, depois bateu com as duas mãos espalmadas nas coxas e fez menção de se levantar, segundo me pareceu, mas não se levantou, e em vez disso se reclinou no sofá.

— Você está apaixonado? Neste momento, quero dizer? — ele me perguntou.

Eu o encarei.

— Você por acaso está? Já que fez a pergunta?

— Eu estou fascinado por uma garota. Não tenho como negar. Fascinado.

— Eu também — eu disse. — É uma coisa inacreditável.

— Como é o nome dela?

— Ingvild.

— Ingvild! — ele disse.

— Não diga que você a conhece? — eu disse.

— Não, não. Ela é estudante?

— É.

— Vocês estão namorando?

— Não.

— Ela tem a mesma idade que você?

— Tem.

— A Monica é dois anos mais nova. Talvez isso não seja muito bom.

Ele mexeu nas varetas do guarda-chuva, que estava de pé ao lado da perna, apoiado na beira do sofá. Peguei o pacote de tabaco e comecei a enrolar um cigarro.

— Você já conheceu os outros moradores daqui? — ele me perguntou.

— Não — eu disse. — Só falei com você, por enquanto. E vi aquela garota que estava tomando banho.

— A Lillian — ele disse. — Ela mora depois da escada, no mesmo andar que você. Acima mora uma senhora que se mete em tudo que acontece, mas não representa nenhum perigo. E acima de você mora o Rune. Um cara bacana de Sogndal. E é isso.

— Aos poucos devo conhecer todo mundo um pouco melhor — eu disse.

Morten fez um gesto afirmativo com a cabeça.

— Bem, não quero ocupar o seu tempo — ele disse, levantando-se. — Nos falamos. Tenho a impressão de que vou ouvir mais histórias da Ingvild.

Ele saiu, os passos sumiram na escada e eu continuei minha refeição.

Na manhã seguinte fui até a universidade para ver se o crédito estudantil havia chegado, não tinha, e então segui por uma rua ao longo de "Høyden", como os locais chamavam os arredores da universidade, e no fim encontrei a Dragefjellet, onde ficavam os alunos de direito, lá eu dobrei à direita em uma das ruelas estreitas e cheguei de maneira totalmente inesperada à piscina pública, por onde passei respirando fundo, uma vez que das frestas na calçada vinha o cheiro do cloro, que fazia desabrochar todos os bons sentimentos da infância, como flores que após passar a noite inteira fechadas se abrem com os primeiros raios de sol.

Mas não havia muita coisa a dizer sobre o sol no caminho por onde eu seguia, a chuva continuava a cair, sempre na mesma intensidade, e entre as diferentes construções o fiorde se revelava, pesado e cinzento, sob um céu tão baixo e tão úmido que a linha que o separava da água parecia ter sido obliterada. Me dei por vencido e coloquei minha capa de chuva, uma coisa verde e fina que me fazia parecer um camponês ou um idiota vindo de uma cidade-satélite ou coisa parecida, mas num tempo daqueles não havia mais nada a fazer, porque naquele lugar não havia pancadas de chuva que desaparecem meia hora depois de começar; a camada de nuvens acima de mim era densa e cinza, quase preta, e cobria a cidade como uma lona abaulada sob o peso da água.

Aquilo transformava a atmosfera da sala de aula, que com tantas galochas, jaquetas úmidas e guarda-chuvas, sem contar a luz cinzenta da rua, que mal iluminava a sala ao entrar pelas janelas, lembrava bastante todas as diferentes salas de aula que eu havia frequentado ao longo dos anos, entre as quais se encontrava a sala de aula no norte da Noruega, já incorporada à minha longa sequência de memórias agradáveis relacionadas a espaços fechados.

Me sentei, coloquei meu caderno de anotações em cima da mesa, peguei uma das apostilas grampeadas da pilha e comecei a ler, já que era o que todo mundo estava fazendo. Em frente ao quadro, Fosse e Hovland faziam a mesma coisa. Os textos de Trude, a garota séria, seriam os primeiros a ser discutidos. Eram poemas, e eram poemas bonitos, percebi de imediato. Paisagens oníricas, cavalos, vento e luz, tudo concentrado em poucas linhas. Eu lia, mas não sabia o que procurar, não sabia dizer o que era bom e o que não era, ou o que podia torná-los ainda melhores. Enquanto eu lia, o pavor no meu peito cresceu, pois aquilo era infinitamente melhor do que o que eu havia escrito, não haveria sequer um termo de comparação, aquilo era arte, pelo menos essa parte eu entendia. Mas o que eu diria se Fosse ou Hovland me pedissem para fazer comentários? O que significaria aquilo, um grupo de cavalos debaixo de uma árvore, e uma faca deslizando sobre a pele na linha seguinte? Os cavalos que galopavam ao longo de uma pradaria com cascos trovejantes e o olho que pairava acima do horizonte?

Minutos depois começamos de verdade. Fosse pediu a Trude que lesse. Ela passou um tempo imóvel para se concentrar, e então começou. A voz parecia estar muito próxima do poema, eu pressentia que não era como se os poemas saíssem dos lábios dela, mas como se já estivessem lá desde antes, para que então ela e a voz fossem encontrá-los. Ao mesmo tempo, não havia espaço para mais nada naquela voz, nela cabiam somente os poemas, as poucas palavras que formavam um todo coeso e não traziam quase nada dela.

Eu gostei daquilo, mas também me senti desconfortável, porque não me dizia nada, eu não sabia o que ela pretendia nem do que os poemas tratavam.

Quando ela terminou, Hovland tomou a palavra. Devíamos fazer comentários sobre os textos, em ordem, para que todos falassem e tivessem oportunidade para dizer alguma coisa. E não devíamos esquecer, ele disse, que nenhum dos textos discutidos estava necessariamente pronto, e que a crítica era um aprendizado muito importante. Mas não apenas a crítica dos nossos próprios textos era importante para nós; igualmente importante era acompanhar e discutir os textos dos outros, porque o fundamento do curso era ler, aprender a ler melhor, exercitar nossa capacidade de leitura. Para um escritor, o mais importante talvez não fosse escrever, mas ler. Leiam o quanto vocês puderem, vocês não correm nenhum risco de se perder assim, de se tornar pouco originais, o que acontece é justamente o oposto, vocês vão se encontrar. Quanto mais vocês lerem, melhor.

Então teve início a primeira rodada de comentários. Houve muitas incertezas e muitas hesitações, a maioria dos alunos se contentava em dizer que gostava de uma determinada imagem ou de uma determinada frase, mas no meio disso foram surgindo conceitos que depois levamos conosco, e aos poucos foram assimilados por todos, como "ritmo", um ritmo "bom" ou "pouco adequado", e depois começamos a falar em "sonoridade", e em "abertura" e "desfecho", e em "cortar". A abertura é boa e o ritmo é adequado, a parte do meio é um pouco confusa, não sei direito o que é, mas parece um pouco truncada, enfim, talvez você possa cortar uma parte ou outra, sei lá, mas assim acho que a imagem forte no desfecho pode levantar o poema como um todo. Foi mais ou menos assim que as conversas passaram a soar quando falávamos sobre poesia. Eu gostava dessa maneira de falar, porque ela não me deixava de fora, eu entendia o que era uma abertura e o que era um desfecho, e eu era particularmente bom nas aberturas, e fazer com que uma coisa por assim dizer se levantasse ou parecesse grandiosa após a última linha era para mim um objetivo consciente, e quando eu reconhecia isso em outro texto eu fazia questão de comentar. Quando não reconhecia, eu também fazia questão de comentar. Aqui você fecha o poema, eu dizia. Está vendo? Na última linha? Essa conclusão o fecha em si mesmo. Você não pode cortá-la? Para que tudo fique em aberto? Está vendo? A questão da divisão de linhas também foi abordada nessas leituras, a prosa entrecortada, que era como os professores a chamavam, era nossa inimiga, a própria imagem do horror, uma prosa comum dividida como se fosse poesia. Parecia um poema, mas não era, e esse estilo remetia aos anos 1970, era uma coisa que se fazia naquela época. Além disso surgiam todos os recursos literários, como metáforas e aliterações, por exemplo, mas não com muita frequência, porque eu notei que havia uma verdadeira aversão a metáforas, tanto no caso de Jon Fosse como no caso dos alunos que escreviam poesia, as metáforas eram vistas praticamente como uma coisa feia, ou então datada, no sentido de pouco moderna, antiquada e imprestável para nós. Eram uma coisa de mau gosto, simplesmente, tosca. As aliterações eram ainda piores. Tudo se resumia ao ritmo, à sonoridade, à divisão de linhas, à abertura e ao desfecho. Notei que Jon Fosse, ao comentar nossos textos, parecia estar sempre em busca dos elementos incomuns, diferentes, inusitados.

A primeira sessão, no entanto, transcorreu sem praticamente nenhum desses conceitos, apenas Knut tinha um vocabulário completo para discutir poesia, e as palavras dele foram as que tiveram maior peso naquela ocasião. Trude passou o tempo inteiro ouvindo concentrada, às vezes tomando notas, fazendo perguntas diretas, por que isso, por que não aquilo. Compreendi que ela era uma escritora, e que não apenas desejava chegar longe, mas que já havia chegado.

Quando chegou a minha vez, eu disse que os poemas evocavam uma atmosfera densa e soavam profundos, mas que era difícil falar a respeito deles.

Em certas partes eu não entendia direito o que ela pretendia. Eu disse que concordava com muita coisa do que Knut havia dito, que eu havia gostado muito dessa linha, ao passo que aquela *outra* linha talvez pudesse ser cortada.

Enquanto eu falava, notei que ela não dava a mínima importância. Não anotava, não estava concentrada e olhava para mim com um sorriso discreto no canto da boca. Fiquei nervoso e revoltado, mas não pude fazer nada além de continuar sentado, afastar os papéis para longe de mim e dizer que eu não tinha mais nada a acrescentar, para então beber um gole de café.

Depois de mim, Jon Fosse tomou a palavra. Enquanto a maneira como mexia a cabeça, com movimentos bruscos que faziam pensar em um pássaro, às vezes como se estivesse surpreso ou então houvesse tido uma revelação súbita, e a maneira como falava, hesitante, cheia de pausas, cortes, pigarros, fungadas, um fôlego repentino de vez em quando, criava uma aura de nervosismo e intranquilidade, o que dizia era, de maneira totalmente diferente, repleto de segurança. Aquele homem estava perfeitamente convencido, não havia qualquer espaço para dúvidas; o que ele dizia era o certo.

Ele repassou todos os poemas, comentou os pontos fortes e fracos de cada um e disse que os cavalos eram um motivo muito antigo e muito bonito na poesia e na arte. Mencionou os cavalos na *Ilíada* e os cavalos nos relevos do Partenon, mencionou os cavalos de Claude Simon, mas esses cavalos, ele disse, me parecem mais próximos de um arquétipo, eu não sei, você já leu Ellen Einan? Esses cavalos me fazem pensar nela. A linguagem dos sonhos.

Anotei tudo.

Ilíada, Partenon, Claude Simon, arquétipo, Ellen Einan, linguagem dos sonhos.

A caminho de casa naquela tarde eu subi pela ruela à esquerda do morro junto ao Verftet para não ter que caminhar com os meus colegas. Ainda estava chovendo, a mesma chuva fina e constante de quando eu tinha ido para o curso, e todas as paredes, todos os telhados, todos os gramados e todos os carros estavam úmidos e brilhantes. Eu estava animado, tinha sido um dia bom, e o fato de que Trude não havia dado a menor importância aos meus comentários, e havia quase demonstrado esse sentimento para os outros, já não me incomodava tanto, porque durante o intervalo, quando fomos ao café um pouco além do Klosteret, eu tinha falado um pouco com Ragnar Hovland a respeito de Jan Kjærstad. Na verdade eu fui o primeiro a mencioná-lo. Else

Karin perguntou o que eu gostava de ler, além de Hamsun e Bukowski, e disse que o meu escritor favorito era Kjærstad, e que em particular o último livro dele, *Det store eventyret*, mas também *Speil* e *Homo Falsus*, e até mesmo a coletânea de estreia, *Kloden dreier stille rundt*, eram bons. Ela disse que os livros dele eram um pouco frios e artificiais. Eu disse que o interessante era justamente isso, Kjærstad queria descrever uma pessoa de outra forma, não a partir do interior, mas a partir do exterior, e que a representação terna das pessoas nos livros era um equívoco, uma construção, claro, e tínhamos nos acostumado a pensar nessa forma como uma representação verdadeira ou terna, enquanto as outras formas de representação pareciam menos verdadeiras. Ela disse sim, eu entendo o que você está dizendo, mas assim mesmo acho que os personagens dele são frios. Esse "acho" foi uma vitória para mim, porque não era um argumento, somente uma sensação, e portanto uma convenção.

Após o intervalo foi a vez dos textos de Kjetil, em prosa, e aqueles textos, que flertavam o tempo inteiro com o fantástico e o grotesco, foram discutidos em termos muito diferentes. Não tratávamos mais de aberturas e desfechos ou sonoridades, mas discutíamos os acontecimentos, as frases individuais, e quando alguém disse que aquilo tudo parecia muito exagerado, eu disse que para mim aquele era justamente o objetivo, parecer "over the top". A discussão foi muito mais animada, era mais fácil falar sobre aquilo, o que foi um alívio, porque eu pude acompanhar tudo.

No dia seguinte os meus textos seriam lidos e discutidos. Eu estava com medo, mas ao mesmo tempo me sentia alegre enquanto andava pela Strandgaten, de um jeito ou de outro os meus escritos deviam ser bons, porque de outra forma não teriam me aceitado no curso.

Na encosta, partindo da estação junto aos paralelepípedos reluzentes, o funicular de Fløibanen deslizava vermelho e belo em meio ao verde. A palavra "Funicular" vinha escrita em cores fluorescentes, e havia um elemento alpino naquela viagem, os trilhos que subiam do centro de uma cidade a um tiro de pedra das antigas casas de madeira em estilo alemão. A não ser pelo mar, aquele cenário poderia vir dos alpes suíços ou austríacos.

E ah, a escuridão que sempre havia por lá! Não uma escuridão relacionada à noite, tampouco à sombra, mas uma escuridão que estava quase sempre lá, suave, repleta da chuva que caía. As coisas e os acontecimentos pareciam muito concentrados naquela atmosfera, porque o sol abria os espaços e tudo que se encontrava no interior dos espaços: uma coisa era um pai de família que largava as sacolas de compras no porta-malas de um carro em frente ao Støletorget, enquanto a mãe colocava as crianças no banco de trás e sentava-se no banco do carona para estender o cinto de segurança sobre o peito e então o afivelar, uma coisa era ver essa cena quando o sol brilhava e o céu parecia iluminado e aberto, nessas horas todos os movimentos pareciam voar para longe e desaparecer no mesmo instante em que surgiam, e outra coisa era ver a mesma família em meio à chuva, rodeada pela escuridão suave, porque nessas horas os movimentos revestiam-se de um peso diferente, nessas horas era como se aquelas pessoas fossem estátuas, presas naquele momento — embora no instante seguinte o houvessem abandonado. As lixeiras ao lado das escadas nos pátios das casas, vê-las banhadas pela luz do sol era uma coisa, nessas horas era quase como se não estivessem lá, quase como se nada estivesse lá, porém era muito diferente vê-las sob a luz escura e chuvosa do dia, nessas horas pareciam colunas de prata reluzente, umas triunfais, outras tristes e lastimosas, mas todas lá, naquele momento, naquele instante.

Enfim, Bergen. A força *inacreditável* que impregnava todas as diferentes fachadas que por toda parte davam a impressão de se amontoar. O anseio sentido ao subir um dos morros arrastando os pés e deparar-se com essas coisas, ver-se frente a frente com elas, podia ser enorme.

Mas também era bom me encerrar no estúdio ao fim de um passeio pela cidade, era como estar no olho da tempestade, protegido de todos os olhares, era o único lugar onde eu me sentia totalmente em paz. Naquela tarde meu tabaco acabou, mas como eu sabia que isso ia acontecer tratei de guardar todas as bitucas para o dia seguinte. Liguei a cafeteira, peguei a tesoura que ficava na gaveta e comecei a cortar fora as cinzas na ponta das baganas. Depois eu as abria e despejava o tabaco velho e seco de volta no pacote, que no fim acabou cheio quase até a metade. Meus dedos estavam pretos e tinham um cheiro forte de fumaça, eu os lavei na pia, e então cortei uma rodela de batata crua e a larguei no pacote; logo o tabaco absorveria a umidade e estaria praticamente novo.

À noite fui até a cabine telefônica e liguei para Ingvild. Mais uma vez foi um homem que atendeu o telefone. A Ingvild, claro, espere um pouco que eu vou ver se ela está em casa.

Eu tremia enquanto esperava.

Ouvi passos, ouvi que alguém havia pegado o telefone.

— Alô? — ela disse.

A voz era mais grave do que eu lembrava.

— Alô — eu disse. — Aqui é o Karl Ove.

— Oi! — ela disse.

— Oi — eu disse. — Como você está? Faz tempo que chegou à cidade?

— Não, cheguei na segunda-feira.

— Eu já estou aqui há duas semanas — eu disse.

Fez-se um silêncio.

— A gente tinha falado em marcar um encontro — eu disse. — Não sei se você ainda está a fim, mas pensei que a gente podia se ver no sábado, por exemplo.

— Eu não tenho nada marcado na agenda — ela disse, rindo de leve.

— No Café Opera, quem sabe? E depois podemos ir ao Hulen ou coisa parecida, o que você acha?

— Exatamente como fazem os estudantes de verdade, você quer dizer?

— É.

— Pode ser. Mas já aviso que vou estar um pouco tensa.

— Por quê?

— Eu nunca fui estudante antes, e agora isso é uma grande coisa. E além do mais não conheço você.

— Eu também vou estar um pouco tenso — eu disse.

— Que bom — ela disse. — Assim não tem problema se a gente não tiver muito o que dizer um para o outro.

— Não — eu disse. — Pelo contrário, me parece ótimo.

— Também não exagere.

— Mas é verdade! — eu disse.

Ela riu mais um pouco.

— Então já marquei meu primeiro compromisso como estudante. Um encontro no Café Opera no sábado. A gente se vê às... a que horas os estudantes marcam de se encontrar?

— Também não tenho a menor ideia. Que tal às sete?

— Parece bom. Está combinado.

Senti minha barriga se retorcer quando atravessei a rua e entrei mais uma vez no estúdio.

Eu tinha a impressão de que podia vomitar a qualquer momento. Mesmo que tudo houvesse dado certo. Mas uma coisa era trocar umas poucas palavras ao telefone, outra coisa era me sentar na frente dela queimando por dentro sem ter nada a dizer.

Havia duas coisas em especial que me atormentavam nessa época. Uma era que eu gozava rápido demais, muitas vezes antes mesmo que qualquer coisa tivesse acontecido, e a outra era que eu nunca ria. Ou melhor, às vezes acontecia, talvez uma vez por semestre, quando eu me sentia tomado pela graça e não conseguia mais parar de rir, mas era sempre muito desconfortável, porque nesses casos eu perdia totalmente o controle sobre mim mesmo, não conseguia me recompor, e eu não gostava de mostrar esse meu lado para as outras pessoas. Então eu podia rir, eu tinha essa capacidade, mas no dia a dia, nas interações sociais, quando eu me sentava com outras pessoas ao redor da mesa para conversar, eu não ria nunca. Essa capacidade eu tinha perdido. Para contrabalançar eu sorria muito, e às vezes forçava uns barulhos semelhantes a risadas, então acho que não devia chamar a atenção de ninguém. Mas eu sabia que eu não ria nunca. Por conta disso eu era muito sensível às risadas em si, como fenômeno, eu prestava atenção à maneira como surgiam, à maneira como soavam, enfim, àquilo que eram. As pessoas riam quase o tempo inteiro, elas diziam qualquer coisa, riam um pouco, mais alguém dizia qualquer coisa, todo mundo ria um pouco. Isso tornava as conversas mais fluidas, ou acrescentava um excesso de outra coisa que tinha menos a ver com o que era dito e mais a ver com a própria companhia dos outros. Com a situação de pessoas que se encontram. Nessa situação todos riam, cada um à sua maneira, claro, e às vezes também por um motivo genuinamente engraçado, nesses casos a risada durava mais e por vezes tomava conta da pessoa, mas às vezes também sem motivo nenhum, apenas como uma simples demonstração de amizade ou de abertura. A risada era capaz de ocultar a insegurança, eu bem sabia, mas também podia ser um ato ao mesmo tempo forte e altruísta, uma mão estendida. Quando eu era pequeno eu ria bastante, mas a certa altura as risadas cessaram, talvez já por volta dos meus doze anos, eu lembro que havia um filme com Rolv Wesenlund que me enchia de medo, chamado *Mannen som ikke kunne le*, e foi provavelmente quando ouvi o nome desse filme que me dei conta de que, como no título do filme, eu era um homem que não sabia rir. Todas as situações sociais tornaram-se a partir de então acontecimentos nos quais eu me envolvia ao mesmo tempo como participante e como observador externo, já que a mim faltava aquilo de que essas situações eram tão repletas, a própria forma de contato interpessoal, a risada.

Mas eu não era uma pessoa lúgubre! Eu não era um estraga-prazeres! Eu não era um pensador introspectivo! Eu não era sequer tímido ou reservado!

Tudo não passava de uma impressão.

Mesmo que fosse apenas minha terceira ida à Skrivekunstakademiet, tudo aquilo me pareceu conhecido e quase familiar, tanto o caminho de ida, primeiro as encostas íngremes que desciam até Vågsbunnen, depois a longa fileira de prédios comerciais e lojas na Strandgaten, depois a subida junto ao Klosteret e a descida pela ruela estreita do outro lado, tudo entremeado ao véu de chuva que caía do céu baixo, e a própria sala onde nos reuníamos, com a estante de livros de um lado, o quadro do outro e a parede enviesada com as janelas de outro. Entrei, cumprimentei os colegas que já tinham chegado, tirei minha jaqueta molhada, peguei meus papéis e meu livro da sacola plástica molhada, coloquei tudo em cima da mesa, me servi de café, acendi um cigarro.

— Que tempo! — eu disse, balançando a cabeça.

— Bem-vindo a Bergen — disse Kjetil, tirando os olhos de um livro.

— O que você está lendo? — perguntei.

— *Todos os fogos o fogo*. Contos de Julio Cortázar.

— São bons?

— São. Embora talvez sejam um pouco frios — ele disse com um sorriso. Eu sorri de volta. No centro da mesa havia uma pilha de fotocópias, vi que era o meu texto pelos tipos, pelos símbolos da máquina de escrever, as poucas correções que eu havia feito a tinta preta, e peguei uma cópia.

Else Karin olhou para mim.

Ela estava sentada em uma das pernas e tinha um dos braços em volta do joelho, enquanto na outra mão segurava ao mesmo tempo um cigarro e as folhas do meu conto.

— Você está nervoso? — ela perguntou.

— Não muito — eu disse. — Um pouco, talvez. Você gostou?

— Espere para ver! — ela disse.

Bjørg, que estava ao lado dela, olhou depressa para nós e sorriu.

Na porta do outro lado apareceu Petra, ela não tinha nem guarda-chuva nem capa de chuva, a jaqueta de couro preta brilhava com a umidade e os cabelos molhados estavam colados na testa. Logo atrás de mim apareceu Trude, que vestia calças de chuva verdes e uma capa de chuva verde com o capuz amarrado em volta da cabeça, nos pés ela tinha botas de borracha e nas costas uma mochila de couro. Me levantei e fui até a copa, enchi minha caneca de café.

— Alguém quer um pouco de café? — perguntei.

Petra balançou a cabeça, mas ninguém mais olhou na minha direção. Trude parou junto à janela enviesada e tirou as calças de chuva, porém mesmo que estivesse usando calça jeans por baixo, aquele simples movimento, o remexer e o rebolar súbito, bastou para que eu ficasse de pau duro. Enfiei a mão no bolso enquanto eu tentava voltar da forma menos chamativa possível para o meu lugar.

— Estão todos aqui? — Hovland perguntou em frente ao quadro. Fosse estava sentado ao lado, de braços cruzados e olhando para baixo, como nos dois primeiros dias.

— Na primeira rodada de hoje vamos discutir os textos do Karl Ove. Depois do intervalo, vamos discutir os textos da Nina. Karl Ove, você pode começar a ler quando estiver pronto.

Eu li, os outros acompanharam minha leitura atentamente, com as cópias na mão. Quando terminei, começou a rodada de comentários. Tomei notas das palavras-chave. Else Karin achou que eu tinha uma linguagem arejada e cheia de vida, mas que talvez o desenrolar da ação fosse meio previsível, Kjetil disse que meu conto era verossímil, porém meio chato, Knut achou que o estilo era meio parecido com o de Saabye Christensen, embora não houvesse nada de errado com isso, na opinião dele. Petra achou que os nomes eram bestas. Poxa, ela disse, Gabriel, Gordon e Billy. Era para ser bacana, mas acaba parecendo infantil e idiota. Bjørg achou o conto interessante, mas ficou curiosa para saber mais a respeito da relação entre os dois garotos. Trude disse que o conto tinha potencial, mas era tão cheio de clichês e estereótipos que se tornava quase ilegível, na opinião dela. Nina gostou da maneira livre como eu usava as terminações em —a do norueguês e disse que as descrições da natureza eram muito bonitas.

Hovland foi o último a falar. Disse que eu escrevia uma prosa realista, que tudo aquilo era reconhecível e bom, e que em certos momentos também havia pensado em Saabye Christensen, claro que havia deslizes na linguagem aqui e acolá, mas isso também conferia força à narrativa, e além do mais aquilo era um conto, o que por si mesmo já era um feito artístico considerável.

Ele olhou para mim e perguntou se eu tinha comentários ou perguntas a fazer. Eu disse que estava satisfeito com a discussão, que tinha sido muito útil para mim, mas que eu gostaria de saber o que eram clichês e estereótipos, se Trude poderia indicá-los no texto.

— Claro — ela disse, pegando a cópia. — "A terra intocada pelo homem branco", por exemplo.

— Mas esse é um clichê *proposital* — eu disse. — Essa é justamente a ideia. É assim que os personagens veem o mundo.

— *Mesmo assim* é um clichê. E depois você escreve "os raios de sol passavam por entre as folhas" e "as nuvens escuras que prenunciavam a tempestade"… "prenunciavam", você está vendo? Depois aparece "com a pistola Colt entre os dedos"… "entre os dedos". E você continua escrevendo desse jeito até o fim.

— Eu também achei que o conto tem muita coisa artificial e afetada — disse Petra. — Quando o "Gordon" — disse ela, fazendo aspas com os dedos enquanto sorria — diz *"I'll give you five seconds"* parece muito bobo, porque dá para ver que o autor quis dar a entender que os personagens ouviram a expressão na TV e estão falando inglês.

— Agora eu acho que vocês estão sendo injustos — disse Else Karin. — Não estamos falando de poesia. Não podemos fazer exigências muito altas a respeito de cada frase. O que importa é a narrativa como um todo. E, como o Ragnar disse, estamos falando de um conto, o que por si mesmo já é um feito artístico considerável.

— É só continuar — disse Bjørg. — Eu achei a ideia bem interessante! Com certeza, muita coisa ainda vai mudar nesse projeto.

— Nesse ponto eu concordo — disse Petra. — Se você simplesmente trocar esses nomes bestas eu já me dou por satisfeita.

Quando a discussão chegou ao fim eu estava irritado e constrangido, mas também confuso, pois mesmo sabendo que os elogios tinham sido um consolo, restava ainda o fato de que eu tinha sido aceito, o que não tinha acontecido com Kjetil, por exemplo, então devia mesmo haver coisas boas no que eu tinha escrito. Mas os clichês eram o pior de tudo, e na opinião de Trude o meu texto não tinha mais nada a oferecer. Ou será que ela não passava de uma esnobe, de uma pessoa que imaginava ser alguém, uma poetisa, o que a tornaria por assim dizer melhor que os outros? Afinal, Else Karin tinha dito que eu não escrevia poesia, e Hovland também havia insistido nesse mesmo detalhe, que o meu texto era escrito em prosa realista.

Fiquei pensando nessas coisas enquanto os outros abriam os lanches ao meu redor e Else Karin preparava um novo bule de café. Mas compreendi que eu não podia adotar um comportamento introspectivo naquele momento, assim eu daria a impressão de estar abalado, como se tivesse recebido um golpe, o que seria o mesmo que admitir que o que eu escrevia era menos bom do que aquilo que os outros escreviam.

— Aquele livro que você estava lendo... posso dar uma olhada? — eu disse para Kjetil.

— Claro — ele disse, entregando o livro para mim.

Folheei um pouco as páginas.

— De onde ele é?

— Da Argentina, acho. Mas ele morou em Paris por muito tempo.

— É realismo mágico? — perguntei.

— É, dá para dizer que é.

— Eu gosto muito do Márquez — eu disse. — Você já leu?

Kjetil sorriu.

— Já. Mas ele não faz muito o meu estilo. Meio pretensioso demais para mim.

— Sei — eu disse, devolvendo o livro e escrevendo "Julio Cortázar" no meu caderno de anotações.

Depois do curso subi até Høyden para buscar o meu crédito estudantil. Entrei na fila do Naturhistorisk Museum, que não estava muito longa, afinal já era tarde, me identifiquei, assinei o recibo, peguei o envelope com o meu nome, guardei-o na sacola e comecei a descer rumo ao Studentsenteret, onde entre muitas outras coisas havia uma pequena agência bancária. A construção de concreto cinza reluzia na chuva em meio à encosta suave. Pelas portas, tanto na frente como também nas duas laterais, estudantes entravam e saíam o tempo inteiro, sozinhos e apressados ou em grupos vagarosos, uns já aclimatados àquele universo, outros ainda novos como eu, não era difícil saber, ou pelo menos era o que eu achava, os que pareciam estar nervosos e confusos, atentos a tudo, não podiam estar lá há mais do que uns poucos dias.

Entrei pela porta, subi o longo lance de escadas e cheguei ao centro aberto, cheio de colunas e escadas, com pessoas em estandes por toda parte, lá ficavam a rádio estudantil, o jornal estudantil, a união esportiva estudantil, o clube de caiaque estudantil, a união cristã estudantil, mas eu já tinha estado naquele lugar, e assim segui com passos decididos rumo ao banco mais ao fundo, onde mais uma vez entrei na fila e passados alguns minutos já havia depositado tudo na minha conta e sacado três mil coroas, que enfiei no bolso da calça antes de descer até a Studia, a livraria estudantil, onde passei a primeira meia hora andando em meio às prateleiras, a princípio desorientado e nervoso, eram muitas as disciplinas interessantes que pareciam necessárias à minha escrita, como por exemplo psicologia, filosofia, sociologia ou história da arte, porém me concentrei nos estudos literários, era o mais importante para mim, eu queria uma obra sobre leitura de poesia, e talvez sobre modernismo também, além de umas antologias de poemas e uns romances. Primeiro achei um romance de Jon Fosse, chamado *Blod. Steinen er*, a capa era preta e mostrava um rosto parcialmente iluminado, virei o livro e li na contracapa, "Jon Fosse, cand. philol. e professor da Skrivekunstakademiet em Hordaland, lança este ano seu quarto livro", e me senti orgulhoso, porque afinal eu frequentava a Skrivekunstakademiet, era quase como se aquelas palavras fossem a meu respeito. Eu tinha que comprar aquele livro. Também havia vários livros de James Joyce por lá, escolhi o que tinha o título mais atraente, *Stephen Hero*, e depois peguei um livro sobre análise textual, era um livro sueco chamado *Från text till handling*, os capítulos chamavam-se "O que é um texto", "Explicar ou compreender", "O texto", "A ação", "A história", e talvez fossem meio básicos, pensei, mas ao mesmo tempo havia coisas totalmente desconhecidas para mim, como por exemplo "Rumo a uma hermenêutica crítica" ou "O tempo histórico e a aporética do tempo fenomenológico", mas aquilo me pareceu interessante e desafiador, eu queria aprender, então levei o livro comigo. Achei uma antologia de poemas de Charles Olson, eu não sabia nada a respeito dele, mas quando folheei o livro notei que os poemas eram como os de Trude, então o levei comigo também. O livro se chamava *Morgengryets arkeologhet*. Coloquei dois livros de Isaac Asimov na pilha, eu também precisava de livros que eu pudesse simplesmente ler. Ao lado estava o romance de um autor chamado John Berger, *G*, a orelha descrevia a obra como um romance intelectual, então eu o levei comigo. Não encontrei Cortázar, mas por outro lado encontrei um livro de bolso chamado *Diário de um ladrão*, de Jean Genet, que acrescentei à pilha, e no fim pensei que eu também precisava de um pouco de filosofia, e dei a sorte de encontrar um livro que tratava ao mesmo tempo de filosofia e de arte, a *Introdução à estética* de Hegel.

Depois de pagar pelos livros, subi os degraus até a cantina. Eu já tinha estado lá uma vez, com Yngve, na época eu não precisei pensar em nada, ele se encarregou de tudo, mas naquele momento eu estava sozinho, e senti vertigem ao ver todos os estudantes que estavam sentados naquele lugar enorme fazendo refeições.

Em um dos lados ficava o balcão, onde você pedia um prato ou servia-se do que houvesse no expositor de vidro, para então pagar em um dos três caixas e sentar-se em uma das mesas. As janelas do outro lado estavam embaçadas, porque o ar lá dentro, onde o burburinho aumentava e diminuía de intensidade, estava úmido e abafado.

Olhei para todos os lados, porém obviamente não encontrei nenhum conhecido. A ideia de comer sozinho era terrível, me virei e segui na direção contrária, porque lá, no lado que dava para o Nygårdsparken, ficava o Grillen, onde serviam pratos quentes e cerveja, era um pouco mais caro do que a cantina, mas de que importava, eu tinha os bolsos cheios de dinheiro e não precisava economizar com nada.

Pedi um hambúrguer com acompanhamento e um caneco grande de cerveja e levei tudo comigo até um lugar vazio próximo à janela. Os alunos que estavam sentados lá pareciam mais velhos e mais experientes do que os frequentadores da cantina, e havia também homens e mulheres mais velhos, que imaginei serem professores, caso não pertencessem ao grupo de estudantes eternos sobre os quais eu tinha ouvido falar, homens de quarenta anos com barbas e cabelos desgrenhados e blusões de tricô que ainda se dedicavam à área de especialidade em uma ou outra salinha no décimo quinto ano de estudos enquanto as coisas no mundo lá fora aconteciam a uma velocidade alucinante.

Enquanto eu comia, folheei os livros que eu havia comprado. Na orelha do livro de Fosse havia uma citação de Kjærstad, de 1986. "Por que o *Bergens Tidende* não está cheio de artigos sobre Jon Fosse?"

Então Fosse era um bom escritor, afinal de contas, e não apenas isso, mas um dos melhores de toda a Noruega, pensei enquanto eu levantava os olhos e mastigava o pão e a carne até transformá-los em um delicioso mingau. Os arbustos do Nygårdsparken erguiam-se como uma muralha verde contra a estreita cerca de ferro lavrado, e da atmosfera cinzenta mais acima a chuva caía na diagonal, levada por uma súbita rajada de vento que no instante seguinte soprou na rua mais abaixo e fez com que as sombrinhas de duas mulheres que tinham descido a escada naquele instante tremulassem.

À tarde liguei para Yngve e perguntei onde ele tinha andado nos últimos dias. Ele disse que estava trabalhando e que tinha saído na tarde em que havia recebido o crédito estudantil, e que eu precisava arranjar um telefone para mim, porque assim ele não precisaria fazer todo o caminho até o meu estúdio para falar comigo. Eu disse que também já tinha recebido meu crédito estudantil e que pensaria a respeito do telefone.

— E como foi a saída? — eu perguntei.

— Foi boa — ele respondeu. — Passei a noite na casa de uma garota.

— Quem? — eu perguntei.

— Ninguém que você conheça — ele disse. — A gente já tinha se visto umas vezes em Høyden, nada mais.

— E vocês estão namorando?

— Não, não. Nada disso. E você, como está o curso?

— Bom. Mas tenho que ler bastante.

— Ler? Achei que vocês iam escrever, não?

— Ha ha. Bom, eu comprei um livro do Jon Fosse hoje. Parece ser bom.

— Sei — Yngve disse.

Fez-se um silêncio.

— Mas se vocês ainda não começaram a escrever, será que você podia escrever um texto para mim? Ou então vários. Para terminar minhas músicas eu preciso de letras.

— Posso tentar.

— Então tente.

* * *

Passei o restante da tarde e parte da noite ouvindo música e bebendo café, fumando e escrevendo letras para Yngve. Quando me deitei às três horas eu tinha duas letras mais ou menos prontas, mas promissoras, e uma totalmente pronta.

DU DUVER SÅ DEILIG

Smil til meg
ikke bær nag
vil bare kle av deg
lag etter lag

Dans
fra samling til sans
til jeg sier stopp, stopp, stopp, stopp
jeg får ikke nok
av deg
Du duver så deilig
Du duver så deilig

Smil til meg
ikke vær vag
vil bare elske med deg
dag etter dag

Dans
fra samling til sans
til jeg sier stopp, stopp, stopp, stopp
jeg får ikke nok
av deg

Du duver så deilig
Du duver så deilig

Du duver så deilig
Du duver så deilig

Quando o curso acabou na sexta-feira saímos todos juntos. Hovland e Fosse nos levaram ao Wesselandstuen com passos firmes. O lugar era bonito, as mesas estavam postas com toalhas brancas e assim que nos sentamos um garçom de camisa branca e avental preto se aproximou para anotar os nossos pedidos. Eu nunca tinha visto nada como aquilo. A atmosfera era leve e agradável, a semana tinha acabado, eu estava feliz, éramos oito alunos criteriosamente selecionados para o curso da Skrivekunstakademiet sentados com Ragnar Hovland, já lendário nos círculos estudantis, pelo menos em Bergen, e Jon Fosse, um dos mais importantes escritores jovens do pós-modernismo em toda a Noruega, também muito elogiado na Suécia. Eu ainda não tinha falado com os nossos professores a sós, mas nesse dia me sentei ao lado de Hovland e, depois que as cervejas chegaram e tomei um gole, resolvi aproveitar a oportunidade.

— Ouvi dizer que você gosta de Cramps — eu disse.

— Como? — ele disse. — Quem anda espalhando esse tipo de maldade a meu respeito?

— Foi um amigo meu que disse. É verdade? Você também se interessa por música?

— Me interesso — ele disse. — E gosto de Cramps. Então é verdade. Mande os meus cumprimentos para o seu amigo e diga que ele tinha razão.

Ele sorriu sem olhar para mim.

— Ele por acaso mencionou alguma outra banda que eu gosto?

— Não, só Cramps.

— E você gosta de Cramps, então?

— Go-osto. Eles são muito bons — eu disse. — Mas nos últimos tempos eu tenho ouvido mais Prefab Sprout. Você ouviu o último álbum deles? *From Langley Park to Memphis?*

— Ouvi. Mas o meu favorito ainda é *Steve McQueen*.

Do outro lado da mesa Bjørg fez um comentário para Hovland, que inclinou o corpo em direção a ela com um jeito cortês. Ao lado dela, Jon Fosse falava com Knut. Os textos dele tinham sido os últimos a ser discutidos, e percebi que ele ainda estava processando os comentários. Knut escrevia poemas, e eram poemas notavelmente curtos, muitas vezes apenas duas ou três linhas, e às vezes apenas duas palavras lado a lado. Eu não conseguia entender do que aqueles poemas tratavam, mas percebia neles um elemento de brutalidade, o que pareceria inverossímil para qualquer um que o visse sentado e sorridente, a aura dele era quase tão amistosa quanto os poemas eram curtos. Ele também falava muito. Não tinha nada a ver com isso.

Larguei o caneco de cerveja vazio à minha frente e quis pedir mais um, mas não tive coragem de acenar para o garçom, e assim esperei até que outros colegas quisessem fazer mais pedidos.

Ao meu lado, Petra e Trude conversavam. As duas quase davam a impressão de já se conhecer. Petra de repente pareceu aberta, enquanto Trude havia perdido totalmente o jeito austero e concentrado, naquela hora ela parecia uma garotinha, como se houvesse se livrado de um fardo.

Mesmo que eu não pudesse dizer que conhecia qualquer um deles, eu já tinha visto o suficiente para ter uma impressão sobre a personalidade de cada um, e mesmo que não se afinassem aos textos, a não ser no caso de Bjørg e Else Karin, que escreviam da mesma forma como se apresentavam, eu me sentia razoavelmente seguro a respeito de quem eram. A exceção era Petra. Ela era um enigma. Às vezes ficava parada, com o olhar fixo na mesa, totalmente sem presença, era como se estivesse se roendo por dentro, eu pensava, porque mesmo que ela não se mexesse, e mesmo que os olhos estivessem fixos no mesmo ponto, havia uma coisa agressiva naquele jeito. Ela se roía por dentro, essa era a minha impressão. Quando ela levantava o rosto, era sempre com um sorriso irônico nos lábios. Os comentários dela também eram os mais irônicos, e não raro implacáveis, mas verdadeiros, de uma forma ou de outra, mesmo que exagerados. Quando ela se entusiasmava, tudo isso desaparecia, nessas horas ela soltava risadas calorosas, quase infantis, e os olhos, que quase sempre ardiam, enfim brilhavam. Os textos de Petra eram parecidos com ela, pensei enquanto ela lia, um pouco ríspidos e de má vontade como ela, às vezes desajeitados e deselegantes, mas sempre cáusticos e poderosos, quase sempre irônicos, embora não perdessem a intensidade por conta disso.

Trude se levantou e saiu caminhando pelo restaurante. Petra olhou para mim.

— Você não vai perguntar de que bandas eu gosto? — ela disse com um sorriso, embora o olhar parecesse obscuro e cheio de escárnio.

— Posso perguntar — eu disse. — De que bandas você gosta?

— Você acha que me importo com essas coisas de garoto? — ela disse.

— Eu não tinha como saber — eu disse.

— Por acaso eu pareço me importar?

— Na verdade parece — eu disse. — Com essa sua jaqueta de couro e tudo mais.

Ela riu.

— Tirando os nomes bestas, aquele monte de clichês e a ausência de profundidade psicológica, eu gostei bastante do seu conto — ela disse.

— Assim não sobra nada para gostar — eu disse.

— Sobra — ela disse. — Não fique triste por causa do que os outros dizem. Não tem importância. São apenas palavras. Olhe para esses dois — ela disse, fazendo um gesto de cabeça em direção aos nossos professores. — Eles se refestelam com a nossa admiração. Veja o Jon. E veja o olhar do Knut.

— Para início de conversa, eu não estou triste. E além do mais, o Jon Fosse é um bom escritor.

— Ah, é? Você leu os livros dele?

— Mais ou menos. Comprei o último romance dele na quarta-feira.

— *Blod. Steinen er* — ela disse com uma voz profunda no dialeto de Vestlandet enquanto me olhava com uma expressão dramática. E então soltou uma risada calorosa e exuberante, que de repente foi interrompida. — Nossa, quanta afetação! — ela disse.

— Mas não no que você escreve, imagino? — perguntei.

— Eu quero aprender essas coisas todas — ela disse. — Quero arrancar deles tudo que eu puder.

O garçom se aproximou da nossa mesa, eu levantei o dedo. Petra fez a mesma coisa, a princípio achei que ela estava me imitando, mas em seguida notei que ela também queria mais uma cerveja. Trude voltou, Petra se virou para ela e eu me inclinei por cima da mesa para ganhar a atenção de Jon Fosse.

— Você conhece o Jan Kjærstad? — eu perguntei.

— Um pouco — ele disse. — Afinal, somos colegas.

— E você também se classifica como pós-modernista?

— Não, eu sou mais um modernista. Especialmente quando comparado ao Jan.

— Sei — eu disse.

Ele olhou para a mesa, deu a impressão de ter descoberto a cerveja e tomou um longo gole.

— O que você achou dos nossos primeiros dias? — ele quis saber.

Será que estava mesmo fazendo aquela pergunta para mim?

Senti meu rosto corar.

— Foram bons — eu disse. — Tenho a sensação de ter aprendido muita coisa em pouco tempo.

— Que bom — ele disse. — Não temos muita experiência como professores, eu e o Ragnar. Para nós é uma novidade quase tão grande quanto para vocês.

— Entendo — eu disse.

Eu sabia que precisava dizer alguma coisa, porque de repente me vi no meio de uma conversa, mas eu não sabia o que dizer, e quando o silêncio entre nós durou mais do que uns poucos segundos ele desviou o olhar e foi chamado por um outro colega, eu me levantei e fui até o banheiro, que ficava próximo à entrada, no outro lado do salão. Um cara estava mijando no mictório, eu sabia que não conseguiria mijar enquanto ele estivesse lá, então entrei na fila para o vaso, que ficou livre no instante seguinte. Pedaços de papel higiênico estavam jogados nos azulejos lá dentro, úmidos de mijo ou água. O cheiro era forte, e respirei pela boca enquanto eu mijava. No lado de fora eu ouvia o chapinhar das pias. Pouco depois ouvi o ruído do secador de mãos. Puxei a descarga e saí, os dois homens desapareceram juntos pela porta, e um outro homem mais velho com uma barriga protuberante e um rosto avermelhado típico de Bergen entrou. Mesmo que o banheiro fosse meio desleixado, com o piso úmido e sujo, e cheirasse mal, ele também contribuía para o peso do restaurante no outro lado, com toalhas de mesa brancas e garçons de avental. Provavelmente aquilo tinha a ver com a idade, com o fato de que os azulejos e os mictórios remontavam a uma outra época. Enxaguei as mãos na torneira e olhei para o meu reflexo no espelho, que em nada se parecia com a inferioridade que eu sentia. O homem parou de pernas abertas em frente ao mictório, eu enfiei as mãos debaixo do jato de ar quente, esfreguei-as umas vezes e voltei à mesa, onde um novo caneco de cerveja estava à minha espera.

Quando terminei de bebê-lo e comecei a cerveja seguinte, todas as amarras em mim começaram a se desfazer, um sentimento macio e suave tomou conta de mim e eu já não me sentia mais à margem da conversa, à margem do grupo, mas no centro, onde eu falava ora com um, ora com outro, e quando voltei ao banheiro foi como se eu levasse a mesa inteira comigo, porque era lá, na minha cabeça, que aquelas pessoas existiam, uma confusão de rostos e vozes, opiniões e atitudes, sorrisos e risadas, e quando alguns dos meus colegas começaram a juntar as coisas para ir embora, a princípio eu não percebi, tudo aconteceu de maneira discreta e pareceu não ter importância, a conversa e a beberagem continuaram, mas logo Jon Fosse e Ragnar Hovland se levantaram, e isso foi pior, uma vez que sem eles não éramos nada.

— Tomem mais uma! — eu disse. — Não é tarde. Além do mais, amanhã é sábado.

Mas eles permaneceram irredutíveis, tinham que ir para casa, e quando foram, a tendência a debandar se alastrou, então mesmo que eu tivesse pedido a cada um dos meus colegas que ficasse, logo a mesa ficou vazia, a não ser por Petra e por mim.

— Você não vai embora, né? — eu disse.

— Vou em seguida — ela disse. — Eu moro um pouco fora da cidade, então tenho que pegar o ônibus.

— Você pode passar a noite na minha casa — eu disse. — Eu moro em Sandviken. Tem um sofá onde você pode dormir.

— Você está mesmo tão a fim de beber? — ela disse, rindo. — Para onde vamos, então? Não podemos continuar aqui.

— Para o Opera? — eu sugeri.

— Pode ser — ela disse.

Na rua estava mais claro do que eu esperava, os últimos raios de luz daquela noite de verão ainda clareavam o céu quando subimos rumo ao teatro e passamos por uma fila de táxis, com o brilho amarelo da iluminação pública por assim dizer estendido por sobre os paralelepípedos molhados e a chuva constante a cair. Petra estava usando a jaqueta de couro preta, e mesmo que não estivesse olhando para ela eu sabia que tinha uma expressão séria e decidida no rosto, e os movimentos rígidos e meio desajeitados. Ela era como o fogo, que queima os que lhe estendem a mão.

No Opera havia muitas mesas vazias, e pegamos uma no segundo andar, ao lado de uma janela. Comprei cerveja para nós, ela bebeu metade de um só gole e secou os lábios com as costas da mão. Fiquei pensando no que dizer, mas não me ocorreu nada, então bebi quase a metade de um só gole também.

Passaram-se cinco minutos.

— O que você fez no norte da Noruega? — ela me perguntou de repente, mas de maneira trivial, como se estivéssemos conversando havia muito tempo, enquanto olhava para o caneco quase vazio de cerveja que tinha em cima da mesa.

— Trabalhei como professor — eu disse.

— Isso eu sei — ela disse. — Mas de onde você tirou essa ideia? O que você queria com isso?

— Sei lá — eu disse. — Simplesmente aconteceu. Mas a minha ideia era escrever enquanto eu estivesse lá.

— É uma ideia bem estranha, arranjar um trabalho no norte da Noruega para escrever.

— É, pode ser — eu disse.

Petra se levantou para buscar mais cerveja. Eu olhei ao redor; logo o lugar estaria cheio. Ela tinha apoiado o cotovelo no balcão, tinha uma nota de cem entre os dedos e à frente dela um dos garçons servia um caneco de meio litro. Os lábios deslizaram por cima dos dentes e ao mesmo tempo ela franziu as sobrancelhas. Num dos primeiros dias do curso ela comentou que havia trocado de nome. Entendi que ela havia trocado o sobrenome, mas não, ela havia trocado o nome mesmo. Antes, chamava-se Anne ou Hilde, um desses nomes mais comuns, e eu pensei muito naquilo, no fato de que ela tinha deixado o próprio nome para trás, porque eu era tão próximo do meu que para mim seria impensável responder a outro, de certa forma isso mudaria tudo. Mas era o que Petra tinha feito.

Minha mãe havia trocado de nome, mas para adotar o nome do meu pai, uma convenção, e quando trocou de nome pela segunda vez, foi para voltar ao nome de solteira. Meu pai também havia trocado de nome, no caso dele era um pouco mais inusitado, ele havia trocado o nome de família, não o nome que era só dele.

Petra voltou caminhando com um caneco de meio litro em cada mão e sentou-se.

— Em quem você acredita? — ela perguntou.

— Como assim?

— Na nossa turma da escola.

Não gostei muito daquela escolha de palavras, eu preferia "academia", mas não disse nada.

— Não sei — eu disse.

— Eu perguntei em quem você "acredita". Claro que você não sabe de nada.

— Eu gostei do que você escreveu.

— Pode levar essa bajulação para bem longe daqui.

— É sério.

— O Knut: totalmente vazio. A Trude: cem por cento pose. A Else Karin: prosa de dona de casa. O Kjetil: infantil. A Bjørg: uma chatice. A Nina: bom. Ela é uma pessoa oprimida, mas escreve bem.

Petra riu e me encarou com um olhar oblíquo e matreiro.

— E quanto a mim? — eu perguntei.

— Putz — ela disse, soltando vento pela boca. — Você não entende nada a respeito de você mesmo e não tem a menor ideia do que está fazendo.

— E você por acaso tem?

— Não. Mas pelo menos sei que não sei! — ela disse, rindo outra vez. — E além do mais você é meio afeminado. Mas por outro lado tem mãos grandes e fortes, o que também conta.

Desviei o rosto, ardendo por dentro.

— Nunca tive papas na língua — ela disse.

Tomei mais uns goles longos de cerveja, olhei ao redor.

— Não me diga que você ficou ofendido por tão pouco? — ela disse, segurando uma risada. — Eu posso dizer coisas muito piores a seu respeito se você quiser!

— Acho melhor não — eu disse.

— Você se leva a sério demais. Mas é coisa da idade. Não é culpa sua.

E você, então!, eu tinha vontade de responder. O que leva você a se achar tão boa? Se eu sou afeminado, você é masculinizada. Você anda que nem um garoto!

Mas eu não disse nada, e aos poucos o ardor que eu sentia por dentro se aplacou, em parte porque eu estava começando a ficar bêbado de verdade e me aproximava daquele ponto em que nada mais importa, ou melhor, em que todas as coisas têm igual importância.

Bastariam mais duas cervejas.

No café, em meio às mesas lotadas, um vulto conhecido se aproximou. Era Morten, estava usando a jaqueta de couro vermelha, tinha nas costas uma mochila marrom-clara e na mão o longo guarda-chuva fechado. Ao me ver ele ficou radiante e se aproximou a toda a velocidade da mesa onde estávamos, alto e desengonçado, com os cabelos espevitados e brilhando por causa do gel.

— Olá! — ele disse. — Então, na rua bebendo?

— É — eu disse. — Essa é a Petra. Petra, esse é o Morten.

— Oi — disse Morten.

Petra correu os olhos depressa por ele e fez um aceno de cabeça quase imperceptível antes de se virar e olhar para o outro lado.

— A gente saiu com a turma da academia — eu disse. — Os outros já foram para casa.

— Achei que os escritores passavam o tempo inteiro enchendo a cara — ele disse. — Eu estava na sala de leitura até agora. Não sei como vai ser. Não estou entendendo nada! Nada!

Ele riu e olhou ao redor.

— Mas estou indo para casa. Só dei uma passada aqui para ver se eu encontrava uns conhecidos. Mas posso dizer que admiro vocês, que vão ser escritores.

Ele me encarou com um jeito sério.

— Agora estou indo, mesmo — disse. — Nos falamos depois!

Quando Morten deu a volta no bar eu disse a Petra que ele era meu vizinho. Sem demonstrar nenhum interesse, ela fez um aceno de cabeça, esvaziou o caneco de cerveja e se levantou.

— Eu também estou indo — ela disse. — Tem um ônibus que sai daqui a quinze minutos.

Ela tirou a jaqueta do encosto da cadeira, cerrou o punho e enfiou o braço na manga.

— Você não ia passar a noite na minha casa? Por mim não tem problema nenhum.

— Não, vou para casa. Mas talvez eu aproveite o convite uma outra hora — ela disse. — Até mais.

E assim, com a mão na bolsa e o olhar fixo à frente, ela seguiu em direção à escada. Não reconheci outras pessoas lá dentro, mas fiquei sentado mais um tempo, para o caso de alguém aparecer, mas era muito desconfortável ficar lá sozinho, então vesti minha capa de chuva, peguei minha sacola e saí rumo à escuridão arrasada pelo vento que havia tomado conta da cidade.

Acordei às onze horas da manhã com pancadas e batidas na parede. Me levantei e olhei ao redor, que barulho seria aquele? Quando entendi o que era, tornei a afundar na cama. As caixas postais ficavam do outro lado, mas até esse dia eu não tinha dormido até tarde o bastante para saber que sons acompanhavam a chegada do carteiro.

No andar de cima, uma pessoa andava de um lado para o outro enquanto cantava.

Mas o quarto não estava meio claro demais?

Me levantei e abri a cortina.

Fazia sol!

Me vesti, fui até a loja comprar leite, pão e os jornais do dia. Quando voltei, abri a caixa postal. Além de duas contas reencaminhadas havia dois avisos de retirada. Me apressei até a agência de correio e retirei dois pacotes grossos, que abri com uma tesoura na cozinha. Um com as obras completas de Shakespeare, um com as poesias e as peças completas de T. S. Eliot, um com as obras completas de Oscar Wilde e um com fotografias de mulheres nuas.

Me sentei na cama para folheá-lo, tremendo de excitação. Não, as mulheres não apareciam totalmente nuas, várias usavam sapatos de salto alto, uma delas tinha uma blusa aberta no corpo esbelto e moreno.

Larguei o livro e tomei café da manhã enquanto lia os três jornais que eu havia comprado. O artigo principal do *Bergens Tidende* era sobre um assassinato ocorrido no dia anterior pela manhã. Reconheci a foto do local do crime e pude confirmar minha impressão durante a leitura: o assassinato tinha ocorrido a poucos quarteirões de onde eu estava naquele instante. Não apenas isso, mas o suspeito continuava à solta. Tinha dezoito anos e era aluno de uma escola técnica, segundo o artigo. Por um motivo ou outro aquilo calou fundo em mim. Eu o imaginei no lugar onde estava naquele exato momento, em um estúdio no porão, sozinho atrás de cortinas fechadas, que de vez em quando ele afastava para ver o que estava acontecendo na rua lá fora, vista praticamente na altura do chão, tudo enquanto o coração martelava forte no peito e o desespero pelo que havia feito dilacerava-lhe a alma. Ele batia com a mão na parede, andava de um lado para o outro, pensava se o melhor seria entregar-se o quanto antes ou esperar mais uns dias para ver se não seria possível fugir, a bordo de um navio, talvez, rumo à Dinamarca ou à Inglaterra, para então descer o continente pegando caronas. Mas ele não tinha dinheiro nem propriedades, somente aquilo que levava consigo.

Olhei para a rua para ver se tinha alguma coisa fora do normal acontecendo lá, uma concentração de policiais, por exemplo, ou viaturas estacionadas, mas tudo estava do mesmo jeito de sempre, a não ser pelo sol, que se estendia como um véu de luz sobre todas as coisas.

Eu podia falar com Ingvild sobre o assassinato, seria um bom assunto, o fato de que o assassino estava lá, no meu bairro, enquanto a polícia o procurava.

Será que eu não podia escrever a respeito disso? Um garoto que matava um velho, e que depois ficava escondido enquanto a polícia aos poucos fechava o círculo ao redor dele?

Eu jamais conseguiria.

Senti uma pontada de decepção e me levantei, peguei o pires e o copo na mão e os coloquei na pia da cozinha, junto com toda a louça suja que eu tinha usado ao longo da semana. Em relação a uma coisa Petra estava errada, e essa coisa era a opinião segundo a qual eu não me entendia, pensei enquanto eu olhava para o reluzente gramado verde do parque, que naquele momento era atravessado por uma mulher que levava uma criança em cada mão. A introspecção era justamente o meu forte. Eu sabia exatamente quem eu era. Poucas pessoas do meu círculo poderiam dizer a mesma coisa.

Voltei e estava prestes a me abaixar para conferir meus discos quando meu olhar de repente foi atraído pelo livro novo. Um calafrio de alegria e temor atravessou meu corpo. Podia muito bem acontecer naquele instante, eu estava sozinho e não tinha nada para fazer, não havia motivo nenhum para adiar, pensei enquanto eu pegava o livro na mão e olhava ao redor, mas como eu poderia levá-lo ao banheiro sem dar na vista? Numa sacola? Não, porra, quem é que leva uma sacola para o banheiro?

Soltei o botão da calça e abri o zíper, coloquei o livro dentro, passei a camisa em volta e me inclinei à frente o quanto eu conseguia para ver o resultado, se alguém poderia suspeitar que eu tinha um livro comigo.

Talvez.

E se eu levasse junto uma toalha? Se encontrasse alguém no caminho, eu poderia segurá-la em frente à barriga durante os breves segundos do encontro. E depois eu podia tomar um banho. Não haveria nada de suspeito, pareceria apenas que eu primeiro tinha ido ao banheiro e depois tomado um banho.

E assim foi. Com o livro enfiado dentro da calça e a minha maior toalha de banho na mão, saí pela porta, atravessei o pequeno corredor, desci a escada, segui pelo corredor do porão e entrei no banheiro, onde tranquei a porta, peguei o livro e comecei a folhear as páginas.

Mesmo que eu nunca tivesse me masturbado antes e não soubesse direito como fazer aquilo, eu ao mesmo tempo sabia, as palavras "bater" e "descascar" tinham aparecido em todas as brincadeiras a respeito de punheta que eu tinha ouvido ao longo dos anos, em especial no vestiário do futebol, e assim, com o sangue pulsando lá embaixo, tirei meu sexo do pequeno recipiente formado pela minha cueca e, enquanto eu admirava a mulher de lábios vermelhos e pernas longilíneas que estava em frente a uma casa de veraneio às margens do Mediterrâneo, a dizer pelas paredes caiadas e árvores contorcidas, sob um varal de roupas, com um cesto na mão, porém totalmente nua, enquanto eu a olhava sem parar, todas as linhas belas e excitantes daquele corpo, fechei os dedos ao redor do pau e comecei a mexê-los para a frente e para trás. Primeiro ao longo de todo o pau, mas logo, depois de umas poucas repetições, me dei por satisfeito ao corrê-los pela cabeça, ao mesmo tempo que eu olhava para a mulher com o cesto de lavanderia, e assim, enquanto uma onda de prazer ganhava força dentro de mim, pensei que eu precisava olhar uma outra mulher, para aproveitar aquilo ao máximo, por assim dizer, então folheei e encontrei uma outra mulher numa gangorra, usando apenas sandálias vermelhas com tiras nos tornozelos, e nessa hora senti um tremor atravessar meu corpo e tentei virar o pau para baixo para gozar no vaso, mas não havia como, estava duro demais, então o primeiro jorro de porra acertou a tampa aberta e começou a escorrer devagar enquanto novos jatos continuavam a espirrar, desta vez um pouco mais para baixo, já que eu havia tido a boa ideia de me inclinar um pouco à frente para melhorar o ângulo.

Ah.

Eu tinha conseguido.

Finalmente tinha conseguido.

Não havia nada de misterioso. Pelo contrário, era inacreditavelmente simples, e até estranho que eu não tivesse feito aquilo antes.

Fechei o livro, limpei a bagunça, me lavei, passei um tempo em silêncio total para ouvir se, contrariando as minhas expectativas, poderia haver alguém do lado de fora, enfiei o livro mais uma vez para dentro da calça, peguei a toalha e saí.

Foi somente então que comecei a me perguntar se eu havia feito tudo do jeito certo. Será que eu devia ter gozado no vaso? Ou talvez na pia? Ou em uma bola de papel higiênico amassado na palma da minha mão? Ou será que o mais comum era fazer aquilo na cama? Por outro lado, aquilo acontecia no mais absoluto segredo, e nesse caso pouco importava se a minha forma de proceder apresentava qualquer tipo de desvio em relação à norma ou não.

Assim que larguei o livro em cima da mesa e dobrei a toalha para guardá-la no roupeiro, a campainha tocou.

Fui abrir.

Eram Yngve e Asbjørn. Os dois estavam usando óculos de sol, e como da última vez pareciam um pouco irrequietos, talvez por conta do polegar que Yngve tinha enfiado no furo do cinto e da mão que Asbjørn tinha enfiada no bolso, ou porque os dois mantinham o corpo voltado para fora e se endireitaram somente quando abri a porta. Ou talvez fossem os óculos, que nenhum dos dois tirou.

— Oi — eu disse. — Entrem!

Os dois me acompanharam ao interior do estúdio.

— Na verdade a gente queria convidar você para dar uma volta na cidade — disse Yngve. — Pensamos em ir a umas lojas de discos.

— Claro — eu disse. — De qualquer jeito eu não tenho nada para fazer. Vocês já querem sair agora?

— Sim — disse Yngve, pegando o livro com as mulheres nuas. — Estou vendo que você comprou um livro de fotografia.

— É — eu disse.

— Não é muito difícil imaginar o que você pretende fazer com isso — Yngve disse, soltando uma risada. Asbjørn também riu um pouco, mas de um jeito que dava a entender que gostaria de vencer aquela etapa da visita o mais depressa possível.

— São fotografias sérias — eu disse, vestindo a jaqueta e me abaixando para amarrar os cadarços. — É tipo um livro de arte.

— Claro — disse Yngve, largando o livro. — E a fotografia do Lennon se foi?

— Aham — eu disse.

Asbjørn acendeu um cigarro, se virou para a janela e olhou para a rua.

Lado a lado, todos os três com óculos de sol, atravessávamos o Torget dez minutos mais tarde. O vento soprava do fiorde, as bandeiras nos mastros tremulavam e faziam pequenos estalos e o sol que ardia no céu perfeitamente azul brilhava e tremeluzia em todas as superfícies. Os carros desciam a rua que vinha do Torgalmenningen como uma matilha sempre que a luz do semáforo trocava para o verde. O Torget estava lotado de gente, e nos tanques entre as pessoas, presos em uns poucos metros cúbicos de água esverdeada e provavelmente gelada, bacalhaus nadavam com as bocas escancaradas, caranguejos se arrastavam uns por cima dos outros, lagostas permaneciam apáticas com as garras amarradas por barbantes.

— Vamos comer no Yang Tse Kiang depois? — Yngve sugeriu.

— Pode ser — disse Asbjørn. — Mas prometa que você não vai dizer que na China a comida chinesa tem um gosto totalmente diferente.

Yngve não respondeu, pegou uma cigarreira do bolso e parou em frente ao semáforo. Olhei para a direita, onde havia uma banca cheia de verduras e legumes. A visão das cenouras alaranjadas em molhos dispostos em uma enorme pilha me levou a pensar nas duas temporadas em que eu havia trabalhado na feira de produtores em Tromøya, quando nós colhíamos, lavávamos e embalávamos as cenouras, sempre muito próximos à terra preta e generosa, sob a luz do entardecer no fim de agosto e no início de setembro, quando a escuridão e o solo tinham uma ligação muito próxima, e o farfalhar nos arbustos e nas árvores do terreno fazia pequenos calafrios de alegria percorrerem meu corpo. Alegria com o quê?, pensei. Por que eu me sentia tão feliz naquela época?

O semáforo ficou verde e atravessamos a rua em meio a uma multidão de pessoas, passamos em frente a uma relojoaria, saímos no grande espaço que se abria em meio às casas como uma planície em meio à floresta, perguntei afinal de contas para onde a gente estava indo, Yngve disse *na verdade* a gente está indo para o Apollon, e pensamos em ir nas lojas de discos usados depois.

Conferir os discos em lojas de música era uma coisa que eu sabia muito bem, eu fazia associações em relação à maioria das bandas expostas nas prateleiras, eu pegava os discos para ver quem os havia produzido, quem tocava nas diferentes faixas, que estúdio fora usado. Eu era um especialista, mas assim mesmo não parava de lançar olhares na direção de Yngve e Asbjørn enquanto passávamos os álbuns depressa entre os dedos, e quando um deles erguia um disco eu tentava ver o que era, por que aquilo era importante, e entre os discos separados por Asbjørn havia uma porção de coisas antigas, e também curiosas, como George Jones ou Buck Owens, o mais estranho foi um disco de canções natalinas que ele pegou e mostrou para Yngve, os dois riram, Asbjørn disse que aquilo era muito *over the top*, e Yngve concordou, disse que era puro *camp*. Já Yngve, pelo que pude ver, mantinha-se no mesmo campo que eu, o campo do pós-punk inglês, do indie rock americano e de uma que outra banda australiana, talvez, obviamente acompanhadas por duas ou três bandas norueguesas.

Comprei doze discos, a maioria de bandas sobre as quais eu já tinha ouvido falar, e por recomendação de Yngve um disco do Guadalcanal Diary. Quando uma hora mais tarde estávamos no restaurante chinês, os dois riram ao saber que eu havia comprado tantos discos, mas percebi que também havia respeito naquela risada, que dizia não apenas que eu era um calouro que nunca tinha visto tanto dinheiro de uma vez só, mas também que eu era dedicado. Uma enorme bola de arroz fumegante foi posta na mesa, o arroz estava praticamente grudado à grande colher de porcelana que o acompanhava, a gente atacou a comida e servimos um montinho no prato de cada um, Yngve e Asbjørn puseram o molho marrom no arroz, e eu fiz a mesma coisa. O molho praticamente sumiu por entre os grãos, e o que num primeiro instante era preto e denso logo revelou ser marrom, e os grãos de arroz voltaram a aparecer. Achei o gosto um pouco amargo, mas o bocado seguinte, de chop suey com carne, foi mais do que suficiente para contrabalançá-lo. Yngve comia de pauzinhos, ele os remexia entre os dedos como se fosse um chinês. Depois comemos banana caramelada com sorvete, e por fim nos serviram uma pequena xícara de café com um quadradinho de After Eight no pires.

Ao longo de toda a refeição eu havia tentado descobrir exatamente o que se passava quando dois amigos tão próximos como Yngve e Asbjørn estavam juntos. Quanto tempo eles se olhavam nos olhos ao conversar antes de interromper o contato visual e olhar para baixo. Sobre o que falavam, por quanto tempo, e por que falavam justamente sobre aquele assunto. Memórias, você se lembra daquela vez? Outros amigos, ele disse isso ou aquilo? Música, você já ouviu aquela música, ou aquele disco? Vida acadêmica? Política? Um acontecimento recente, ontem, na semana passada? Quando um novo assunto vinha à baila, tinha uma ligação estreita com o assunto anterior, como se tivesse nascido dele, ou podia também relacionar-se a coisas muito distantes e chegar de maneira abrupta?

Mas não fiquei observando os dois em silêncio, eu estava o tempo inteiro com eles, sorrindo e fazendo comentários, a única coisa que eu não fazia eram longas contribuições individuais por iniciativa própria, totalmente do nada, por assim dizer, como Yngve e Asbjørn faziam.

Mas enfim, como os dois se comportavam? Como funcionava aquilo tudo? Em primeiro lugar, eles praticamente não faziam perguntas um ao outro, como eu costumava fazer. Em segundo lugar, tudo parecia ter uma boa dose de coerência, e pouca coisa surgia do nada. Em terceiro lugar, quase tudo se resumia a dizer coisas que provocassem risadas. Yngve contava uma história, os dois riam, Asbjørn aproveitava a deixa e a incrementava com situações hipotéticas e, se a ideia parecesse boa, Yngve a levava adiante, e assim a história parecia cada vez mais estapafúrdia. As risadas silenciavam por uns instantes, Asbjørn fazia um comentário a respeito de uma coisa qualquer que estivesse próxima, também com o intuito de provocar risadas, e logo mais ou menos a mesma coisa acontecia outra vez. Mesmo assim, às vezes os dois tocavam num assunto sério dessa maneira, então faziam avaliações, por vezes sob a forma de argumentos, um pouco de sim, mas, pode ser, mas, não, não concordo, e a seguir vinha uma pausa, que me fazia pensar que talvez as coisas tivessem azedado entre os dois, até que surgia uma nova história, causo ou anedota.

Eu também estava particularmente atento a Yngve, era importante para mim que ele não fizesse nenhum comentário idiota ou demonstrasse qualquer tipo de ignorância, ou seja, que não parecesse estar numa posição de inferioridade em relação a Asbjørn, mas nada disso aconteceu, notei que os dois estavam à altura um do outro, o que me deixou feliz.

Com a barriga cheia e satisfeito, subi os morros do centro com uma sacola de discos balançando em cada mão, e foi apenas quando cheguei ao estúdio e notei uma viatura passando devagar que voltei a pensar no jovem assassino. Se a polícia ainda estava à procura dele, era porque devia estar escondido em um lugar qualquer. Pense no medo que ele devia sentir. Pense no medo absurdo que ele devia sentir. E no horror que devia sentir pelo que havia feito. Matei uma pessoa, enfiei uma faca no corpo de uma pessoa, e então ela caiu morta no chão, e para quê?, uma voz devia gritar dentro dele. Para quê? Para quê? Uma carteira, umas notas de cem, nada. Ah, que situação horrível!

Quando terminei de me arrumar para o encontro com Ingvild eram pouco mais de cinco horas, então, para matar um pouco do tempo que eu ainda tinha pela frente, desci ao apartamento de Morten e bati na porta dele.

— Pode entrar! — ele gritou lá de dentro.

Abri a porta. Morten se levantou e abaixou o volume do aparelho de som, vestido com uma camiseta e calção.

— Olá, meu caro — ele disse.

— Olá — eu disse. — Posso entrar?

— Ora, claro que pode! Sente.

As paredes brancas de alvenaria eram altas e duas claraboias estreitas e ovais, quase invisíveis, faziam as vezes de janela na parte mais alta. O lugar era mobiliado de forma simples, para não dizer espartana; uma cama que parecia um caixote, também pintada de branco, com um cobertor marrom de um material parecido com o veludo usado na confecção de calças e grandes almofadas marrons feitas do mesmo material. Uma mesa em frente, uma cadeira do outro lado, as duas do tipo vendido em bricabraques e mercados das pulgas, com jeito da década de 1950. Um aparelho de som, uns poucos livros, em meio aos quais a encadernação grossa e vermelha de *Norges lover*. Uma TV ficava junto à parede, em cima de uma cadeira.

Morten estava sentado na cama, tinha duas almofadas nas costas e parecia mais relaxado do que nas outras vezes em que eu o tinha visto.

— Uma semana naquela merda de Høyden — ele disse. — Quantas ainda faltam? Trezentas e vinte?

— Acho melhor contar os dias — eu disse. — Já se passaram cinco.

— Ha ha ha! Essa foi a ideia mais idiota que já ouvi! Nesse caso ainda faltam dois mil e quinhentos!

— Isso mesmo — eu disse. — Se você prefere pensar em anos, só faltam mais sete. Por outro lado, você ainda não completou nem um milésimo.

— Ou um centésimo de milésimo, como um colega meu falou uma vez — ele disse. — Mas sente-se, *monsieur*! Vai sair agora à tarde, pelo que estou vendo?

— Por quê? — eu perguntei enquanto me sentava.

— Porque é o que parece. Você está todo arrumado.

— É, eu vou sair — eu disse. — Vou encontrar a Ingvild. Pela primeira vez.

— Primeira vez? Você a encontrou num anúncio de classificados, por acaso? Ha ha ha!

— Eu a encontrei na primavera, em Førde, e ficamos juntos por meia hora ou coisa do tipo. Fui totalmente arrebatado. Desde então eu praticamente não penso em outra coisa. Mas pelo menos a gente trocou umas correspondências.

— Eu sei como é — disse Morten, inclinando o corpo à frente por cima da mesa, batendo na base de uma carteira de cigarro para que ela deslizasse em direção a ele e então abrindo-a e pegando um cigarro.

— Quer um?

— Por que não? Deixei meu tabaco lá em cima. Mas você pode fumar um palheiro comigo uma hora dessas.

— Eu me mudei justamente para fugir de pessoas que fumavam palheiro — ele disse, jogando a caixa na minha direção.

— De onde você é? — eu perguntei.

— De Sigdal. Uma merda de vilarejo em Østlandet. Nada além de floresta e miséria. É lá que fazem as cozinhas, sabia? Da marca Sigdal Kjøkken. Temos muito orgulho disso.

Ele acendeu o cigarro e passou a mão depressa pelos cabelos.

— É bom ou ruim estar todo arrumado? — eu perguntei.

— É bom, claro — ele disse. — Afinal, você tem um encontro. Nessas horas o jeito é se arrumar um pouco melhor.

— É — eu disse.

— E você é sulista, então? — ele perguntou.

— Sou. Venho de uma merda de cidade que fica no sul. Para não dizer boceta de cidade, aliás.

— Se você vem de Bocetópolis, eu venho de Punhetolândia.

— Pau e boceta juntos dão treta — eu disse.

— Ha ha! De onde veio isso?

— Sei lá — eu disse. — Simplesmente me ocorreu.

— Ah, claro, afinal você é escritor — ele disse, tornando a se apoiar nas almofadas que estavam em cima da cama, colocando um dos pés em cima do colchão e soprando fumaça em direção ao teto.

— Como foi a sua infância? — ele perguntou.

— Minha infância?

— É, quando você era pequeno. Como foi?

Dei de ombros.

— Sei lá. — Mas lembro que eu berrava por qualquer coisa.

— Berrava por qualquer coisa? — ele disse, e então começou a ter um ataque de histeria. Era uma risada contagiante, eu também ri, mesmo que não soubesse direito do que estava rindo.

— Ha ha ha! Berrava!

— O que tem? — eu disse. — É verdade.

— Mas berrava como? — ele perguntou, se endireitando na cama. — AAAAAAHHHH! Assim?

— Não, eu berrava no sentido de fazer manha. Enfim, de chorar, se você faz questão de que eu use a palavra exata.

— Ah! Você chorava muito quando era pequeno! Achei que você gritava e urrava!

— Ha ha ha!

— Ha ha ha!

Quando terminamos de rir, fez-se uma pausa. Apaguei o cigarro com força no cinzeiro, cruzei os pés.

— Eu passava muito tempo sozinho quando era pequeno — ele disse. — E durante todo o ginásio e todo o colegial eu queria ir para longe. Então para mim é incrível simplesmente estar aqui, no meu estúdio, mesmo que o lugar seja um lixo.

— É — eu disse.

— Mas eu estou nervoso com o curso de direito. Acho que talvez não seja para mim.

— Mas você não começou na última segunda-feira? Não é meio cedo para tirar conclusões?

— Pode ser.

Ouvimos uma porta bater no corredor.

— Esse é o Rune — disse Morten. — Ele toma banho o tempo inteiro. Podemos dizer que tudo está limpo no que diz respeito a ele.

Morten riu mais uma vez.

Eu me levantei.

— Fiquei de encontrar a Ingvild às sete horas — eu disse. — E ainda tenho que fazer umas coisas antes de sair. Você também vai sair hoje?

Morten balançou a cabeça.

— Pensei em ficar em casa, lendo.

— Livros jurídicos? — eu disse.

Ele respondeu com um aceno de cabeça.

— Mas desejo sorte com a Ingvild!

— Obrigado — eu disse, e então voltei ao meu estúdio. Na rua o dia estava banhado por uma luz incomum; o céu no ocidente, que eu mal podia ver da minha janela, erguia-se acima das árvores e dos telhados com um brilho vermelho. Umas nuvens escuras pairavam como discos um pouco mais perto. Coloquei um antigo maxi-single do Big Country para tocar, comi um pão, vesti meu paletó preto, tirei as chaves do cinzeiro e as moedas do bolso da calça e coloquei tudo no paletó para evitar o volume deselegante, guardei o pacote de tabaco no bolso interno e saí.

Ingvild não me viu logo ao entrar no Opera. Andou com passos um pouco hesitantes enquanto olhava ao redor, vestida com uma blusa branca com listras azuis, uma jaqueta bege e uma calça jeans azul. Os cabelos estavam mais compridos do que na última vez em que eu a tinha visto. Meu coração batia tão forte que eu quase não conseguia respirar.

Nossos olhos se encontraram, mas ela não ficou radiante, como eu havia esperado. Não houve nada além de um pequeno sorriso nos lábios.

— Oi — ela disse. — Você já está aqui?

— Já — eu disse, me levantando um pouco. Mas a gente não se conhecia, um abraço talvez fosse demais, por outro lado eu não poderia simplesmente me sentar outra vez, como um *troll* de mola numa caixa, então completei o movimento e estendi o rosto para a frente, e felizmente ela respondeu com o mesmo gesto.

— Eu tinha me planejado para chegar primeiro — ela disse, pendurando a bolsa e depois a jaqueta na cadeira. — Assim eu teria uma vantagem sobre você.

Ela sorriu mais uma vez e sentou-se.

— Você quer uma cerveja?

— É verdade — ela disse. — A gente tem que beber. Você pode pagar a primeira rodada, e depois eu pago a segunda?

Respondi com um aceno de cabeça e fui até o bar. O lugar tinha começado a encher, havia duas pessoas à minha frente na fila e eu evitei com todo o cuidado olhar diretamente para Ingvild, mas com o rabo do olho pude ver que ela estava olhando para a rua. Ela tinha as mãos no colo. Me alegrei com aquele interlúdio, daquela forma eu não precisava estar lá sentado, mas logo chegou a minha vez, eu recebi os dois canecos de meio litro e precisei voltar à mesa.

— Como estão as coisas? — eu perguntei.

— Em relação à maneira como eu dirijo? Ou já passamos desse estágio?

— Não sei — eu disse.

— Tenho um monte de coisas novas — ela disse. — Estúdio novo, curso universitário novo, livros novos, gente nova. Não que eu tivesse feito qualquer outro curso universitário antes — ela acrescentou, e então riu um pouco.

Nossos olhos se encontraram e eu reconheci aquele olhar risonho e suave, que havia me fisgado desde o primeiro instante.

— Falei que eu estaria tensa! — ela disse.

— Eu também — eu disse.

— Tim-tim — ela disse, e então tocamos nossos canecos.

Ingvild inclinou a cabeça para o lado e tirou uma carteira de cigarros da bolsa.

— Como a gente faz agora? — ela disse. — Você quer recomeçar? Eu posso entrar, você já está sentado aqui, a gente se abraça, você pergunta como estão as coisas e aí eu respondo e depois pergunto como você está. Um começo bem melhor!

— Comigo é mais ou menos parecido — eu disse. — Muita coisa nova. Em especial na academia. Mas o meu irmão estuda aqui em Bergen, então eu tenho passado um tempo com ele, também.

— E aquele seu primo atrevido?

— O Jon Olav!

— Nós temos uma cabana onde os avós dele moram. As chances de eles também serem os seus avós são de cinquenta por cento, portanto.

— Em Sørbøvåg?

— É. A gente tem uma cabana do outro lado, no pé de Lihesten.

— É mesmo? Desde que eu era pequeno, passo todos os verões lá.

— Então você tem que me fazer uma visita na próxima vez.

Não existe nada que eu queira mais do que isso, pensei, um fim de semana sozinho com Ingvild em uma cabana ao pé da opulenta encosta de Lihesten, o que no mundo poderia ser melhor?

— Seria ótimo — eu disse.

Fez-se um silêncio.

Tentei não olhar para ela, mas não consegui evitar, Ingvild estava linda demais, sentada e olhando para baixo com o cigarro fumegante na mão.

Ela levantou o rosto e olhou nos meus olhos. Sorrimos.

A ternura naquele olhar!

A luz que a envolvia!

Ao mesmo tempo havia também o jeito tímido e inseguro que tomou conta dela quando desviamos os olhos e Ingvild acompanhou a mão que batia as cinzas do cigarro no cinzeiro. Eu sabia de onde vinha aquilo, reconhecia aquilo de mim, ela estava vigiando a si mesma e à situação em que se encontrava.

Ficamos sentados por quase uma hora, foi uma angústia, nenhum de nós dois conseguia assumir a responsabilidade por aquela situação, era como se aquilo existisse a despeito de nós, uma coisa grande demais e pesada demais para que pudéssemos lidar com ela. Quando fazia um comentário qualquer, eu soava inseguro, e era essa insegurança, e não o que eu dizia, que prevalecia todas as vezes. Ingvild olhou para a rua, ela também não queria estar onde estava. Mas, eu pensava de vez em quando, talvez ela também esteja sentindo ondas repentinas e intensas de felicidade simplesmente por estar comigo, como eu sentia por estar com ela. Não havia como saber, eu não a conhecia, não sabia qual era o jeito natural dela. Mas, quando sugeri que a gente fosse embora, percebi que ela sentiu alívio. Do lado de fora as ruas tinham começado a escurecer, mas sem as pesadas nuvens de chuva a penumbra fazia pensar no verão, o céu parecia mais aberto, mais leve, mais promissor.

Subimos uma encosta em direção a Høyden por um caminho escavado na rocha com um muro alto em um dos lados, uma balaustrada do outro e uma fileira de casas de alvenaria com pé-direito alto mais abaixo. Os cômodos do outro lado das janelas iluminadas pareciam aquários. As pessoas andavam pelas ruas, e tanto atrás como à frente ouvíamos o barulho de passos. Não dissemos nada. A única coisa que eu conseguia pensar era que Ingvild estava a poucos centímetros de mim. Os passos dela, a respiração dela.

Quando acordei na manhã seguinte estava chovendo, a chuva fina e constante tão característica daquela cidade, que não era marcada pela força nem pela violência, mas que assim mesmo dominava todo o panorama. Mesmo usando capas de chuva, calças de chuva e botas de chuva ao sair, as pessoas voltavam para casa encharcadas. A chuva se enfiava pelas mangas, descia pelas golas, e as roupas por baixo dos trajes de chuva ficavam cheias do vapor da umidade, para não falar do que a chuva fazia com as paredes e os telhados, os gramados e árvores, as ruas e portões onde escorria sem parar por toda a cidade. Tudo era úmido, tudo se revestia de uma camada líquida, e ao andar pelas margens do cais a impressão era de que tudo que estava acima da água mantinha uma relação muito próxima com tudo que estava abaixo, de que os limites entre aqueles dois mundos eram indefinidos, para não dizer fluidos.

A chuva se acumulava até mesmo nos pensamentos. Passei o domingo inteiro em casa, mas assim mesmo a chuva deixava marcas nos meus pensamentos e sentimentos, que pareciam envoltos por uma coisa cinza, constante e indefinida, amplificada pela atmosfera de domingo, com as ruas praticamente vazias e tudo fechado, e ligada a todos os outros domingos que eu tinha vivido.

Passividade.

Ao terminar um café da manhã tardio, saí e liguei para Yngve. Por sorte o encontrei em casa. Falei sobre o meu encontro com Ingvild, contei que eu não tinha conseguido dizer nada nem agir como o meu eu habitual, ele disse que ela devia ter se sentido da mesma forma, essa era a vivência dele, as garotas em geral também ficavam nervosas e cheias de autocríticas. Ligue para ela e diga que você gostou de encontrá-la, ele disse, sugira um novo encontro. Talvez não por uma noite inteira, mas apenas para tomar um café. Assim eu podia realmente ter uma ideia da situação como um todo. Eu disse que já tínhamos feito um arranjo parecido. Ele perguntou quem tinha sugerido o arranjo. A Ingvild, eu disse. Mas nesse caso não há dúvida, ele disse. Claro que ela está interessada!

Fiquei contente ao perceber que ele tinha certeza. Assim eu também tinha.

Pouco antes de desligarmos, Yngve disse que daria uma festa em casa no sábado, que eu tinha que ir, e que podia convidar mais gente, se eu quisesse. Quando atravessei a rua correndo em meio à chuva, pensei quem poderia ser, quem eu poderia convidar.

Ah, mas claro, Ingvild!

Já de volta ao estúdio pensei em Anne, minha técnica na época em que eu trabalhava na rádio local em Kristiansand, ela morava em Bergen e com certeza aceitaria o convite. O Jon Olav e os amigos dele. E talvez Morten?

Nas horas seguintes, desci ao porão três vezes com o meu livro enfiado dentro da calça. Passei o restante do dia escrevendo, e no fim da tarde me deitei no sofá com a coletânea de poemas e o livro de análise textual que eu tinha comprado em preparação para o curso de poesia que começaria no dia seguinte.

O primeiro poema era curto.

Hoje em dia

Ao falar, deixe sempre
as raízes seguirem junto, penduradas
Com toda a merda

para deixar bem claro
de onde elas vêm

Deixar bem claro de onde *elas quem* vêm?

Li tudo mais uma vez, e então compreendi que era um poema sobre as raízes das palavras. Que devíamos mostrar as raízes das palavras e a merda que as envolvia para deixar bem claro para quem nos ouve de onde as palavras vêm. Falar de um jeito sujo, enfim, ou pelo menos não ter medo de falar assim.

Mas será que era tudo?

Não, não podia ser. As palavras com certeza eram uma metáfora para *outra coisa*. Talvez para nós mesmos. Nesse caso, *não devíamos* esconder de onde vínhamos. *Não devíamos* esquecer os lugares onde tínhamos estado. Mesmo que não fossem necessariamente agradáveis. Não tinha sido um poema difícil, bastava ler com atenção e pensar em cada palavra. Mas não era assim com todos os poemas, tinha uns que eu não conseguia decifrar, independente de quantas vezes eu os lesse e de quanto eu pensasse a respeito do que estava escrito. Um poema em especial me deixou irritado.

> *Aquele que anda com a casa*
> *na cabeça é o céu aquele*
> *que anda com a casa*
> *na cabeça é o céu aquele que anda*
> *com a casa na cabeça*

Era puro surrealismo. Aquele que andava com a casa na cabeça — e o que isso podia significar? — era o céu, ou a casa era o céu dele? Tudo bem dizer que a casa era uma metáfora para a cabeça, que nossos pensamentos eram os diferentes cômodos desta casa, e que isso, o fato de que vivíamos assim, era o céu. Mas e daí? O que o autor podia querer com isso? E por que repetir *exatamente a mesma coisa* duas vezes e meia? Era puro esnobismo, o autor não tinha nada a dizer, e assim juntou umas poucas palavras e simplesmente torceu para que tudo desse certo.

Pelos dois dias a seguir, fomos bombardeados com poesias e nomes de poetas, escolas e movimentos. Charles Baudelaire e Arthur Rimbaud, Guillaume Apollinaire e Paul Éluard, Rainer Maria Rilke e Georg Trakl, Gottfried Benn e Paul Celan, Ingeborg Bachmann e Nelly Sachs, Gunnar Ekelöf e Tor Ulven, poemas sobre canhões e cadáveres, anjos e putas, zeladoras e tartarugas, cocheiros e terra, dias e noites, tudo por assim dizer amontoado em pilhas distintas, eu imaginava enquanto tomava nota, pois como eu nunca tinha ouvido nenhum desses nomes antes, a não ser por Charles Baudelaire e Tor Ulven, era impossível ter em mente a cronologia, tudo se tornava parte de um mesmo todo, poemas modernos da Europa moderna, que na verdade nem eram tão modernos assim quando vistos de perto, já fazia tempo que a Primeira Guerra havia arrasado o continente, e falei a respeito disso em um dos intervalos, eu disse que era um paradoxo que aqueles poemas, que eram modernistas, fossem ao mesmo tempo antiquados, pelo menos em relação ao tema. Jon Fosse disse que era um comentário interessante, mas que o mais importante no modernismo era a forma e o pensamento radical que expressava. Essas coisas ainda eram radicais, ele disse. Paul Celan, ninguém tinha ido mais longe do que ele. O que entendi naquele instante foi que tudo aquilo que eu não entendia, tudo que eu não assimilava, tudo que naqueles poemas me parecia totalmente fechado e hermético, que era justamente *esse* o elemento radical neles, que os tornava modernos também para nós.

Jon Fosse leu um poema de Paul Celan chamado "Fuga da morte", e o poema era sombrio e hipnótico e sinistro, e eu o li mais uma vez à noite em casa, e ouvi a maneira quase litúrgica como Fosse havia lido no meu ouvido interno, e o poema me pareceu tão hipnótico e sinistro quanto antes naquele momento em que eu estava rodeado por coisas familiares, que assim que aquelas palavras entravam na minha cabeça eram privadas do elemento familiar para serem tecidas no poema, e a escuridão que perpassava o poema, porque nessa hora a cadeira era apenas uma cadeira, morta; a mesa era apenas uma mesa, morta; e a rua lá fora estava vazia e silenciosa e morta na escuridão, que vinha não apenas do céu, mas também do poema.

Porém mesmo que o poema mexesse comigo, eu não entendia como aquilo acontecia, nem por quê.

Leite preto da aurora bebemos à tarde
bebemos ao meio-dia e pela manhã bebemos à noite
bebemos bebemos
cavamos um túmulo no ar para que não seja apertado

Uma coisa era a escuridão sem fundo que havia nesse poema, outra coisa era o que dizia. Que pensamentos se escondiam por trás dele? Se quisesse escrever coisas daquele tipo uma hora qualquer, eu precisava entender de onde vinha aquilo, conhecer o ponto de partida, a filosofia expressa através daquela forma. Eu não podia simplesmente escrever uma coisa parecida. Seria preciso compreender.

O que eu escreveria se fosse escrever um poema naquele momento exato? Seria um poema de absoluta importância.

O que era dotado de absoluta importância?

Ingvild.

O amor, portanto. Ou a paixão. A leveza que eu sentia por dentro toda vez que pensava nela, a pontada repentina de alegria que surgia quando eu pensava que ela existia, que estava lá, na mesma cidade que eu, e que havíamos de nos encontrar outra vez.

Uma coisa dotada de absoluta importância.

Como soaria um poema a respeito disso?

De repente, no terceiro verso, já pareceria tradicional. Não havia maneira para que eu pudesse por assim dizer abrir o tema e atirá-lo sobre as páginas, como os modernistas faziam. E as imagens que me ocorriam ao pensar no tema eram tradicionais. Um córrego na montanha, os raios do sol refletidos na água fria da montanha, as montanhas altas com geleiras brancas que desciam pelas encostas dos vales. Foi essa a única imagem da felicidade que me ocorreu. O rosto dela, talvez? Um zoom nos olhos, na íris, na pupila?

Para quê?

A maneira como ela sorria?

Sim, era bonito, mas eu já estava infinitamente longe do ponto de partida, o anseio obscuro e hipnótico e quase enfeitiçador de Paul Celan.

Me levantei da cama e acendi a luz, me sentei junto à escrivaninha e comecei a escrever. Meia hora depois eu havia escrito um poema.

Olho, eu te chamo, vem
Rosto, minha amada, tristeza,
E a vida que toca
melodias negras
Olho, eu te chamo, vem

Foi o primeiro poema de verdade que eu escrevi, e quando apaguei a luz e tornei a me deitar na cama, foi com o melhor sentimento em relação à Skrivekunstakademiet desde o início do curso, eu já tinha feito um grande progresso.

No dia seguinte recebemos uma tarefa para casa. Foi Jon Fosse quem a passou a nós, escrevam um poema a partir de uma imagem, ele disse, uma imagem qualquer, e depois do almoço eu estava a caminho dos museus próximos a Lille Lungegårdsvann em busca de uma imagem sobre a qual eu pudesse escrever. O sol havia se revelado pela manhã, e em todas as cores da cidade havia um anseio, tudo estava úmido e brilhava com uma profundidade incomum e vertiginosa sob as encostas verdejantes e o céu azul.

Já no interior do museu, tirei meu caderno de anotações e uma caneta da mochila, tranquei-a no guarda-volumes, paguei e entrei nas salas silenciosas e praticamente vazias. A primeira imagem que me chamou a atenção foi a pintura de uma paisagem com um vilarejo junto a um fiorde, tudo era muito nítido e tangível, um cenário como aquele podia ser encontrado em qualquer lugar ao longo da costa, mas ao mesmo tempo havia uma atmosfera onírica, não de maneira fantasiosa como nas obras de Theodor Kittelsen, aquele era um outro tipo de sonho, mais difícil de compreender, porém ainda mais atraente.

Se eu tivesse visto aquele panorama na realidade, eu jamais teria pensado em habitá-lo. Mas quando o vi lá, pendurado na sala branca, era para lá que eu queria ir, aquele era o lugar que eu desejava.

Meus olhos ficaram cheios d'água. Eu gostei da imagem, pintada por um artista chamado Lars Hertevig, era muito intensa, e de certa forma virou a situação como um todo do avesso, de repente eu não era mais um simples aluno da Skrivekunstakademiet que precisava escrever um poema sobre uma imagem, sem qualquer tipo de formação em arte, um mero fingidor, mas um espectador que sentia tão profundamente que percebia os olhos encherem-se de lágrimas.

Feliz, continuei a avançar. O museu tinha um enorme acervo de pinturas de Astrup, eu sabia, e esse era um dos motivos que tinha me levado até lá. Astrup tinha nascido em Jølster, o vilarejo natal da minha avó materna, onde o pai dela tinha sido pastor. Durante toda a minha infância tivemos um quadro de Astrup na parede da escada, era a imagem de uma pradaria que subia uma encosta até chegar a uma velha propriedade rural, ao pé de montanhas grandes e imponentes, mas não hostis, em plena noite de verão, com a luz banhando de maneira suave a grama, repleta de botões-de-ouro. Eu tinha visto aquela imagem tantas vezes que era como se fizesse parte de mim. Do outro lado da parede estavam a estrada e o loteamento, um mundo completamente distinto, mais nítido e mais concreto, com tampas de bueiro e guidons de bicicleta, caixas postais e trailers de acampamento, carrinhos artesanais feitos com rodas de carrinho de bebê e crianças com botas espaciais, porém o mundo noturno daquela paisagem não era nenhum sonho, nenhum conto de fadas, mas existia também na realidade, bem na propriedade onde a minha mãe tinha crescido, onde muitos dos irmãos dela ainda moravam, e onde de vez em quando os visitávamos durante o verão. Minha avó tinha lembranças de Astrup, segundo minha mãe contava, ele era uma pessoa muito conhecida no vilarejo, e na casa dos meus avós maternos também havia um outro quadro pintado por ele, que eu também tinha visto durante toda a minha vida. Era uma floresta de bétulas, tomada pelos troncos brancos com listras pretas, com crianças que andavam por entre as árvores colhendo uma coisa ou outra, era uma imagem sinistra e praticamente desprovida de céu, mas assim mesmo situada em um ambiente familiar, acima do aparador, onde parecia estar adaptada ao conforto do lugar.

Praticamente todas as pinturas de Astrup eram paisagens de Jølster, elas representavam lugares que eu conhecia de verdade, e que eram reconhecíveis, mas também irreconhecíveis. Essa duplicidade, o espaço que ao mesmo tempo parecia conhecido e desconhecido, não era um assunto sobre o qual eu costumava pensar ou refletir, mas assim mesmo eu estava familiarizado com aquilo, mais ou menos como eu nunca refletia sobre o espaço que eu adentrava ao fazer minhas leituras, mas assim mesmo estava familiarizado com aquilo, a maneira como, de um instante para o outro, eu abandonava a realidade ao meu redor para adentrar uma outra, e a maneira como eu quase sempre desejava me transportar para aquele lugar quando não estava nele.

A pintura de Astrup era uma parte de mim, e quando Jon Fosse pediu que escrevêssemos um poema sobre uma imagem, foi também a primeira coisa em que pensei. Eu pretendia andar pelo museu atento aos meus sentidos, e se aparecesse uma imagem capaz de me inspirar, eu escreveria a respeito dela, mas se essa imagem não aparecesse, eu escreveria a respeito da pintura de Astrup, para mim já carregada de sentimentos.

Passei meia hora vagando lá dentro, parei e tomei notas em frente ao quadro de Lars Hertevig e aos quadros de Astrup, descrevendo os detalhes que eu precisaria recordar mais tarde, quando eu voltasse para casa a fim de escrever o poema. Então dei a volta no lago e entrei no Marken, um bairro que eu praticamente não conhecia. O lugar estava cheio de gente, era o sol que havia tirado as pessoas de casa. Tomei um café e escrevi uns versos no Café Galleri, segui em direção ao Torgalmenningen, e lá, ao ver a igreja que dominava o panorama da cidade, me ocorreu que eu podia passar na sala de leitura para ver se Ingvild não estava lá. Esse simples pensamento me fez tremer. Mas não havia motivo para temores, eu disse para mim mesmo, ela era apenas uma pessoa como todas as outras, e além do mais tinha a minha idade, eu não tinha sido o único a enfrentar dificuldades para agir de forma natural durante a nossa última conversa, ela provavelmente tinha sentido a mesma coisa, e justamente isso, a possibilidade de que ela talvez estivesse tão tensa e desejasse aquele encontro tanto quanto eu, era um pensamento tão bom e tão animador que subi as escadas em direção a Høyden com passos ligeiros.

Apesar de tudo, pensei quando cheguei ao topo e comecei a seguir na direção que ela tinha apontado, eu de fato tinha um pretexto, convidá-la para ir comigo à festa na casa de Yngve. Se as coisas dessem certo naquele momento eu teria razão para telefonar mais tarde, mas, se não dessem certo, eu podia usar o convite como um trunfo.

Depois de caminhar pelo sol forte no lado de fora, a entrada do prédio de psicologia pareceu tão escura que a princípio não consegui enxergar as letras na placa de informações. Quando avancei mais um pouco eu estava tão desconcertado pelo nervosismo que não consegui me concentrar no que estava escrito. Com a garganta seca e a cabeça quente, por fim consegui entender onde ficava a sala de leitura, e assim entrei, obviamente desconfortável em relação aos estudantes por quem eu passava, e fiquei olhando para a fileira de carteiras, será que alguém tinha se levantado e acenado do outro lado?, era ela, ela juntou as coisas correndo, vestiu a jaqueta jeans e foi me encontrar com um sorriso nos lábios.

— Que bom que você veio! — ela disse. — Vamos tomar um café?

Fiz um gesto afirmativo com a cabeça.

— Mas você tem que me guiar. Eu não conheço nada por aqui.

Naquele dia o lugar estava cheio de alunos nos bancos e meios-fios e escadas, e na cantina da Sydnehaugens Skole, onde nos sentamos com nossos copos de café, as mesas eram escassas.

A atmosfera entre nós dois estava bem mais relaxada do que na última vez, primeiro falamos sobre o curso dela e a garota com quem estava dividindo a cozinha em Fantoft, eu falei a respeito de Morten, fiz comentários a respeito de Yngve, sobre como tinha sido bom visitá-lo na cidade quando eu ainda cursava o colegial, ela começou a falar um pouco sobre quando era mais nova, disse que tinha sido uma das meninas que estava sempre com os meninos, jogando futebol e roubando frutas pela vizinhança, eu disse que não havia restado muita coisa dessa menina de antes, ela riu e disse que não tinha pensado em jogar futebol em Bergen, mas que pretendia ir ao estádio na próxima vez em que Sogndal aparecesse para jogar, e que também havia pensado em comparecer aos jogos em casa no estádio de Fosshaugane. Falei um pouco sobre o Start e disse que eu e Yngve estávamos no Stadion na vitória de 4x3 sobre o Rosenborg que sagrou o time campeão da série na última rodada de 1980, contei que tínhamos invadido o campo e depois ficado na porta do vestiário fazendo festa para os jogadores, e que eles tinham jogado as camisetas, e que por uma coincidência incrível eu tinha conseguido pegar a camiseta de Svein Mathisen, o jogador mais admirado de todos, camisa nove, mas um cara mais velho a arrancou das minhas mãos e a levou embora. Eu disse que era incrível poder falar com uma garota sobre futebol, e ela respondeu que podia ter mais surpresas guardadas. Depois ela voltou a falar sobre a irmã, e falou sobre todos os complexos de inferioridade que tinha, ela não sabia fazer nada direito, era o que parecia, mas tudo que ela dizia era o tempo inteiro contestado pelas risadas e pelo olhar, que não apenas aliviava a tristeza daquela descrição, mas também a transformava no próprio oposto. Por um motivo ou outro eu contei para ela um episódio da minha infância, eu tinha conseguido um par de óculos de slalom, devia ter oito ou nove anos, os óculos eram muito bacanas, mas assim mesmo tinham um problema, faltavam as lentes. Apesar disso, eu os levei comigo quando fomos andar de miniesqui nos morros abaixo da nossa casa. Estava nevando, os flocos entravam direto nos meus olhos e era praticamente impossível ver qualquer coisa, mas consegui esquiar assim mesmo e tudo deu certo, até que apareceram uns garotos mais velhos. Eles acharam os óculos tão bacanas quanto eu, e disseram exatamente isso, eu estava quase explodindo de orgulho, e então os garotos me perguntaram se eu podia emprestá-los, eu disse que não, de jeito nenhum, mas por fim deixei que me convencessem, e um dos garotos pôs os óculos e estava prestes a descer o morro quando de repente se virou para mim e disse, mas esses óculos não têm lente! Ele não estava debochando de mim nem nada parecido, apenas genuinamente surpreso, por que alguém usaria óculos de slalom sem lente?

Ficamos conversando por meia hora, depois eu acompanhei Ingvild de volta à sala de leitura. Paramos em frente ao prédio e continuamos a conversa, Morten apareceu subindo o morro, era impossível confundi-lo mesmo de longe, não havia muitos jovens que andavam com jaqueta de couro vermelha, e dentre os que havia somente Morten era capaz de andar daquele jeito, com os movimentos rígidos como os de um boneco, mas ao mesmo tempo enérgicos e repletos de força. Porém naquela vez a cabeça dele não estava erguida como das outras vezes em que eu o vira, pelo contrário, estava caída para a frente, e quando ele se aproximou de nós e eu levantei a mão para cumprimentá-lo, vi que o rosto dele estava tomado pelo desespero.

Ele parou, eu os apresentei um ao outro e Morten abriu um sorriso fugaz para Ingvild antes de olhar fundo nos meus olhos mais uma vez. Havia lágrimas nos olhos dele.

— Estou desesperado — ele disse. — Estou num desespero do cacete.

Ele olhou para Ingvild.

— Senhorita, perdoe o meu linguajar.

Tornou a se virar para mim.

— Não sei o que fazer. Eu não aguento mais. Preciso de um psicólogo. *Preciso* falar com alguém. Eu telefonei para uma clínica, e sabe o que me responderam? Que eles só atendem emergências, eu disse que era *justamente* uma emergência, eu não aguento mais, eu disse, e eles me perguntaram se eu tinha pensamentos suicidas. Claro que eu tenho pensamentos suicidas! Estou sofrendo por amor, e minha vida inteira está indo para o inferno. Mas pelo visto esse tipo de emergência *não é* o suficiente.

Morten ficou me olhando por um bom tempo. Eu não sabia o que dizer.

— Você estuda psicologia, Ingvild, não é mesmo?

Ela me olhou depressa antes de responder.

— Comecei na semana passada.

— Você sabe quem o Morten poderia procurar numa situação como essa?
Ela balançou a cabeça.

Ele me olhou mais uma vez.

— Acho que vou dar uma passada na sua casa hoje à noite. Tudo bem?

— Tudo bem, claro, é só você aparecer — eu disse.

Morten fez um gesto afirmativo com a cabeça.

— A gente se fala depois — ele disse, e então começou a se afastar.

— Vocês são amigos próximos? — Ingvild me perguntou quando ele já estava longe.

— Não exatamente — eu disse. — Esse é o vizinho que eu havia mencionado agora há pouco. Só conversamos umas três ou quatro vezes. Mas ele é muito aberto. Nunca vi nada parecido.

— Não, eu também não — ela disse. — Mas agora eu tenho que voltar para a sala de leitura. Você não quer me ligar depois?

Senti uma pontada no peito. Por um breve instante, não mais do que um ou dois segundos, não consegui respirar.

— Claro — eu disse. — Posso sim.

Quando pouco depois eu parei no alto do morro e vi a cidade mais abaixo, senti uma alegria tão profunda que não entendi como eu aguentaria voltar para casa, como eu aguentaria me sentar para escrever, como eu aguentaria comer, como eu aguentaria dormir. Mas o mundo se revela justamente em momentos como aquele, a alegria interna busca uma correspondência externa, e então a encontra, sempre a encontra, mesmo nos lugares mais tristes do mundo, pois a coisa mais relativa que existe é a beleza. Se o mundo fosse outro, ou seja, se não existissem montanhas e mares, planícies e lagos, florestas e desertos, e se o mundo consistisse em outra coisa, para nós impensável, já que não conhecemos nada senão este mundo, nós também o acharíamos belo. Um mundo com gljo e aevanbilit e koniulama, por exemplo, ou até mesmo ibiteitra, prolufn e lopsit, o que quer que essas coisas pudessem ser: nós as teríamos celebrado, porque é assim que somos, celebramos o mundo e o amamos mesmo que não seja necessário, afinal o mundo é o mundo, é tudo que temos.

Quando desci a escada em direção ao centro, naquela quarta-feira no fim de agosto, eu tinha no meu coração um lugar para tudo que eu via. Um degrau de pedra desgastado pelo uso: incrível. Um telhado meio afundado ao lado de uma construção austera de alvenaria: que coisa mais linda. Um papel de cachorro-quente em cima de uma grade de bueiro, que o vento levanta e então torna a cair no chão, desta vez na calçada, cheia de marcas brancas de chiclete pisoteado: incrível. Um homem magro que cambaleia ao longe com um terno puído, levando uma sacola cheia de garrafas numa das mãos: que visão maravilhosa.

O mundo tinha me estendido a mão, e eu a segurei. Durante todo o caminho através do centro e morro acima, e depois também no estúdio, onde imediatamente me sentei para escrever meu poema.

Logo no começo do encontro no dia seguinte entregamos os nossos trabalhos. Enquanto ficávamos conversando e bebendo café as cópias foram preparadas, ouvíamos o ruído da fotocopiadora, e, como a porta estava aberta, também víamos os clarões no interior do cômodo toda vez que a máquina iluminava as folhas. A pilha ficou pronta, Fosse distribuiu os poemas e todos passaram os minutos a seguir lendo em silêncio. Por fim ele fez um gesto para fora com o braço e olhou para o relógio, estava na hora de começar as discussões.

Uma rotina já havia se estabelecido: o aluno lia, os outros alunos faziam comentários um de cada vez e, depois que todos haviam falado, o professor comentava o texto. Esse último comentário era o mais relevante, especialmente quando o professor era Fosse, pois mesmo que ele fosse nervoso e parecesse sempre meio assustado, o peso e a persuasão no que dizia faziam com que todos o escutassem com atenção toda vez que tomava a palavra.

Fosse passou um bom tempo lendo cada um dos poemas, verso por verso, às vezes palavra por palavra, elogiando o que estava bom, dispensando o que não estava, circulando o que era promissor e que poderia ser desenvolvido de outras maneiras, sempre concentrado, com o olhar preso ao texto, praticamente nunca voltado para a sala, onde permanecíamos sentados tomando nota dos comentários.

Meu poema, o último a ser lido, era sobre a natureza. Eu havia tentado descrever a beleza e a imensidão da paisagem, e o poema terminava com a grama dizendo, *vem*, como se falasse diretamente com o leitor, e expressava o meu sentimento ao ver o quadro no museu. Como o quadro representava uma paisagem, não havia nada de moderno no poema, e eu havia passado um tempo experimentando soluções diversas para trazê-lo para mais perto do presente, e de repente me ocorreu uma expressão, *céu de widescreen*, que por fim adotei, essa expressão tinha o mesmo efeito que eu havia criado no texto em prosa, o sentimento de que a realidade dos meninos tinha as cores daquilo que liam e viam na TV, mas especialmente daquilo que viam na TV. No poema, o mesmo efeito se apresentava de maneira indireta. Pensei que seria uma ruptura com o estilo lírico e poético, e quando li o poema em voz alta, achei que havia funcionado de acordo com o meu plano.

Fosse, vestido com uma camisa branca de mangas arregaçadas e calça jeans azul, com olheiras e a barba por fazer, não estudou o poema quando terminei a leitura, como havia feito com alguns dos meus colegas, mas foi direto aos comentários.

Ele disse que gostava de Astrup, e que eu não era o primeiro a escrever sobre um quadro de Astrup, Olav H. Hauge também havia escrito. Depois ele começou a fazer comentários sobre o poema. O primeiro verso, disse ele, é um clichê, você pode cortar isso. O segundo verso também é clichê. E o terceiro e o quarto. A única coisa interessante nesse poema, ele disse, após descartar todos os versos, é a expressão céu de widescreen. Isso eu nunca tinha visto. Isso você pode guardar. Corte todo o resto.

— Mas não vai sobrar nada do poema — eu disse.

— Não — ele disse. — Mas tanto a descrição quanto a adoração da natureza são clichês. Não existe nada da mística de Astrup no seu poema, você banalizou tudo. Mas céu de widescreen, como eu disse, isso não foi nada mau.

Fosse ergueu os olhos.

— Por hoje terminamos. Vocês não querem tomar uma cerveja no Henrik?

Todos aceitaram o convite. Juntos, atravessamos o chuvisco até o café que ficava do outro lado da rua do Opera. Eu estava com o choro entalado na garganta e não disse nada, mas ao mesmo tempo eu sabia que aquilo só seria possível enquanto caminhávamos, nessa hora não havia problema em ficar calado, mas assim que estivéssemos sentados eu precisaria falar e parecer alegre, ou pelo menos interessado, para que ninguém percebesse o quanto as palavras de Fosse haviam me atingido.

Por outro lado, pensei enquanto eu afundava no sofá com uma cerveja na mesa à minha frente, também não posso aparentar muito entusiasmo, porque assim fica visível que eu estou me esforçando para agir como se nada tivesse acontecido.

Petra sentou-se ao meu lado.

— Que belo poema que você escreveu — ela disse, sorrindo.

Não respondi.

— É como eu disse, você se leva a sério demais — ela disse. — É *apenas um poema*. Vamos lá!

— Para você é fácil dizer — eu respondi.

Ela me olhou com aqueles olhos irônicos e sorriu aquele sorriso irônico. Jon Fosse olhou para mim.

— É difícil escrever um bom poema — ele disse. — Pouca gente consegue. Mas você tinha uma bela expressão, e isso é bom, entende?

— Claro que entendo — eu disse.

Ele deu a impressão de querer falar mais, porém em vez disso se reclinou no assento e olhou para outro lado. Aquela tentativa de consolo era ainda mais humilhante do que os comentários. Aquilo queria dizer que ele me percebia como uma pessoa que precisava de consolo. Com os outros ele falava sobre literatura, para mim ele oferecia consolo.

Eu não podia ser o primeiro a ir embora, nesse caso todos pensariam que eu estava chateado e que eu não tinha aguentado a crítica. Também não podia ser o segundo, nem o terceiro. Todos pensariam a mesma coisa. Mas se eu fosse o quarto, ninguém pensaria nada, pelo menos não de maneira justificável.

Por sorte a noite não seria longa, tínhamos ido até lá para tomar uma cerveja depois do trabalho, e ao fim de uma hora pude me levantar e ir embora sem ter minha honra ferida. A chuva tinha ganhado força, caía em pancadas pelas ruas, que no centro estavam praticamente vazias após o horário comercial. Eu estava pouco me lixando para a chuva, pouco me lixando para as pessoas, pouco me lixando para todas as casas de madeira fora de prumo que se erguiam nos terraços ao longo da encosta inclinada que eu subia o mais depressa possível. Eu queria chegar logo em casa, trancar a porta e ficar sozinho.

Depois de entrar tirei os sapatos, pendurei a capa de chuva ainda gotejando no armário e larguei a sacola com os textos e o meu caderno de anotações na prateleira mais alta, pois não seria preciso mais do que um olhar de relance para que eu sentisse o retorno da humilhação.

O pior de tudo era que tínhamos uma nova tarefa. Devíamos escrever à noite um novo poema, que seria lido e avaliado no dia seguinte. Será que eu também estaria pouco me lixando para aquilo?

Pelo menos agora eu não vou aguentar, pensei enquanto me deitava na cama. Um pouco acima da minha cabeça a chuva tamborilava na janela. Um sussurro discreto soava quando o vento atravessava o gramado e se espremia contra as paredes da casa. De vez em quando as copas das árvores farfalhavam. Pensei no vento que batia na casa onde eu havia crescido, o sussurro mais intenso e mais forte por conta das árvores que movimentava. Era um barulho e tanto. O vento se erguia de repente, se deslocava para longe, sumia, se levantava de repente outra vez, suspiro atrás de suspiro ao longo da floresta, e as árvores balançavam para a frente e para trás, como se quisessem fugir de uma coisa qualquer.

As minhas árvores favoritas eram os pinheiros que se erguiam solitários pelos terrenos do loteamento. Tinham crescido numa floresta, mas depois a floresta foi cortada, as montanhas foram dinamitadas e os gramados e as casas ocuparam o lugar, mas os pinheiros continuaram ao lado de tudo. Altos e esguios, muitos com os primeiros galhos bem no alto. Avermelhados, quase flamejantes quando o sol os banhava. Pareciam mastros, eu pensava quase toda vez que parava na janela do quarto e olhava para o terreno vizinho, onde os pinheiros rangiam e balançavam para a frente e para trás, e os terrenos eram os navios, as cercas balaustradas, as casas cabines, o loteamento uma armada.

Me levantei e fui até a cozinha. Na noite anterior eu tinha colocado todas as panelas, facas e garfos sujos na pia cheia de água morna, pingado um pouco de detergente e deixado de molho; depois bastava enxaguar com água fria e tudo estava limpo. Eu estava satisfeito, porque isso me poupava quase todo o trabalho de lavar a louça.

Quando terminei, me sentei em frente à máquina de escrever, liguei-a, coloquei uma folha de papel, me sentei e passei um tempo olhando para a folha em branco. Por fim comecei a escrever um novo poema.

BOCETA. BOCETA.

BOCETA. BOCETA. BOCETA. BOCETA. BOCETA. BOCETA. BOCETA. BOCETA. BOCETA.
BOCETA. BOCETA. BOCETA. BOCETA. BOCETA. BOCETA. BOCETA. BOCETA. BOCETA.
BOCETA. BOCETA. BOCETA. BOCETA. BOCETA. BOCETA. BOCETA. BOCETA. BOCETA.
BOCETA. BOCETA. BOCETA. BOCETA. BOCETA. BOCETA. BOCETA. BOCETA. BOCETA.
BOCETA. BOCETA. BOCETA. BOCETA. BOCETA. BOCETA. BOCETA. BOCETA. BOCETA.
BOCETA. BOCETA. BOCETA. BOCETA. BOCETA. BOCETA. BOCETA. BOCETA. BOCETA.
BOCETA. BOCETA. BOCETA. BOCETA. BOCETA. BOCETA. BOCETA. BOCETA. BOCETA.
BOCETA. BOCETA. BOCETA. BOCETA. BOCETA. BOCETA. BOCETA. BOCETA. BOCETA.
BOCETA. BOCETA. BOCETA. BOCETA. BOCETA. BOCETA. BOCETA. BOCETA. BOCETA.
BOCETA. BOCETA. BOCETA. BOCETA. BOCETA. BOCETA. BOCETA. BOCETA. BOCETA.
BOCETA. BOCETA. BOCETA. BOCETA. BOCETA. BOCETA. BOCETA. BOCETA. BOCETA.
BOCETA. BOCETA. BOCETA. BOCETA. BOCETA. BOCETA. BOCETA. BOCETA. BOCETA.
BOCETA. BOCETA. BOCETA. BOCETA. BOCETA. BOCETA. BOCETA. BOCETA. BOCETA.
BOCETA. BOCETA. BOCETA. BOCETA. BOCETA. BOCETA. BOCETA. BOCETA. BOCETA.
BOCETA. BOCETA. BOCETA. BOCETA. BOCETA. BOCETA. BOCETA. BOCETA. BOCETA.
BOCETA. BOCETA. BOCETA. BOCETA. BOCETA. BOCETA. BOCETA. BOCETA. BOCETA.
BOCETA. BOCETA. BOCETA. BOCETA. BOCETA. BOCETA. BOCETA. BOCETA. BOCETA.
BOCETA. BOCETA. BOCETA. BOCETA. BOCETA. BOCETA. BOCETA. BOCETA. BOCETA.
BOCETA. BOCETA. BOCETA. BOCETA. BOCETA. BOCETA. BOCETA. BOCETA. BOCETA.
BOCETA. BOCETA. BOCETA. BOCETA. BOCETA. BOCETA. BOCETA. BOCETA. BOCETA.
BOCETA. BOCETA. BOCETA. BOCETA. BOCETA. BOCETA. BOCETA. BOCETA. BOCETA.
BOCETA. BOCETA. BOCETA. BOCETA. BOCETA. BOCETA. BOCETA. BOCETA. BOCETA.
BOCETA. BOCETA. BOCETA. BOCETA. BOCETA. BOCETA. BOCETA. BOCETA. BOCETA.
BOCETA. BOCETA. BOCETA. BOCETA. BOCETA. BOCETA. BOCETA. BOCETA. BOCETA.
BOCETA. BOCETA. BOCETA. BOCETA. BOCETA. BOCETA. BOCETA. BOCETA. BOCETA.
BOCETA. BOCETA. BOCETA. BOCETA. BOCETA. BOCETA. BOCETA. BOCETA. BOCETA.
BOCETA. BOCETA. BOCETA. BOCETA. BOCETA. BOCETA. BOCETA. BOCETA. BOCETA.
BOCETA. BOCETA. BOCETA. BOCETA. BOCETA. BOCETA. BOCETA. BOCETA. BOCETA.
BOCETA. BOCETA. BOCETA. BOCETA. BOCETA. BOCETA. BOCETA. BOCETA. BOCETA.
BOCETA. BOCETA. BOCETA. BOCETA. BOCETA. BOCETA. BOCETA. BOCETA. BOCETA.
BOCETA. BOCETA. BOCETA. BOCETA. BOCETA. BOCETA. BOCETA. BOCETA. BOCETA.
BOCETA. BOCETA. BOCETA. BOCETA. BOCETA. BOCETA. BOCETA. BOCETA. BOCETA.

BOCETA. BOCETA.

Tirei a folha e olhei para o papel.

A ideia de ler aquilo na academia me encheu de alegria, senti uma efervescência no peito ao imaginar a cena, as reações, os comentários. Será que diriam que era um clichê, e que eu devia cortar tudo, a não ser por uma palavra?

Ha ha ha!

Servi uma caneca de café e acendi um cigarro. Porém minha alegria não era total, seria um risco e tanto ler aquilo em voz alta, afinal era uma provocação, um tapa na cara, e se havia uma coisa que eu não queria, essa coisa era me indispor com alguém. Mesmo assim, a intensidade do medo fez com que a ideia de ler aquilo parecesse ainda mais irresistível. Senti a força da proibição, emocionante e vertiginosa, eu realmente podia fazer aquilo.

Às oito horas a campainha tocou, pensei que era Morten, mas era Jon Olav, ele estava com a jaqueta aberta e tênis de corrida na escada, tomando chuva, como se tivesse atravessado o pátio, e de certa maneira era verdade, o trajeto entre o estúdio dele e o meu não era muito longo.

— Você está trabalhando? — ele perguntou.

— Não, já terminei — eu disse. — Entre!

Ele se jogou no sofá, eu peguei duas canecas de café e me sentei na cama.

— Como estão as coisas no seu curso? — ele perguntou.

— Bem — eu disse. — Mas é complicado, ninguém tem papas na língua quando a gente discute os textos.

— Sei — ele disse.

— Agora estamos escrevendo poemas.

— E você sabe?

— Eu nunca tinha escrito poemas antes. Mas o objetivo é esse mesmo, experimentar coisas novas.

— É — ele disse. — Eu ainda não consegui me adaptar muito bem por enquanto. E são tantas leituras que tenho a impressão de estar devendo. Não é como nas humanas, onde você pode surfar a onda com um pouco do que você já sabia, ou simplesmente usar o bom senso... Ou melhor, claro que temos que usar o bom senso! — ele disse, rindo. — Mas é *muita coisa* para saber. Um grau totalmente diferente de novidade. Então a única coisa que importa é ler. Meus colegas são muito dedicados, sabe? Chegam na sala de leitura ao amanhecer e vão para casa no fim do dia.

— E você não?

— Eu ainda vou ser assim — ele sorriu. — Mas ainda não comecei.

— Eu acho que a Skrivekunstakademiet é tão difícil quanto, embora de uma forma diferente. Afinal, não temos que *saber* de nada. Ninguém vira um escritor simplesmente lendo um monte de livros.

— Claro — ele disse.

— Acho que ou você tem isso dentro de você, ou então não tem. Mas é importante ler também, claro. A questão é que esse não é o fator decisivo.

— Sei — ele disse tomando um gole de café, e então olhou para a escrivaninha e para a minha diminuta estante de livros.

— Pensei muito em escrever sobre a feiura na tentativa de encontrar a beleza, você sabe como é, o belo não é simplesmente belo e o feio não é simplesmente feio, é bem mais relativo do que isso. Você já ouviu Propaganda?

Eu olhei para Jon Olav. Ele balançou a cabeça. Fui até o aparelho de som e coloquei o disco para tocar.

— Essa sonoridade é sombria e bonita, mas de repente entra um trecho atonal e feio que destrói essa beleza toda, mas assim mesmo é bom, entende?

Ele respondeu com um aceno de cabeça.

— Escute só. Aqui começa a parte feia.

Ficamos os dois em silêncio, escutando. Logo o trecho acabou e eu baixei o volume.

— Gostei do que você falou sobre a feiura. Mas eu não tinha imaginado exatamente desse jeito — ele disse. — Na verdade, não foi *tão* feio assim.

— Talvez não — eu disse. — Mas também é diferente quando você escreve.

— É — ele disse.

— Eu escrevi um poema agora há pouco. Para ler amanhã na academia. Ou melhor, estou meio em dúvida. É um tanto radical. Você quer ver?

Jon Olav acenou a cabeça.

Fui até a escrivaninha, peguei a folha com o poema e entreguei para ele.

Jon Olav estava à espera de uma coisa inofensiva quando fixou os olhos na folha, mas de repente percebi um leve rubor tomando conta do rosto e por fim ele se virou e soltou uma gargalhada sincera.

— Você não vai ler isso, vai? — ele perguntou.

— Vou — eu disse. — Essa é a ideia.

— Não invente moda, Karl Ove. Você vai fazer papel de idiota.

— É uma provocação — eu disse.

Jon Olav riu mais uma vez.

— Eu sei — ele disse. — Mas não leia uma coisa dessas. Você mesmo disse que estava em dúvida. Não leia.

— Vou pensar no assunto — eu disse, pegando a folha e colocando-a em cima da escrivaninha. — Você quer mais café?

— Já tenho que voltar.

— Ah, o Yngve vai dar uma festa no sábado. Você não quer aparecer? Ele me pediu para fazer o convite.

— Claro, parece ótimo.

— Pensei em reunir todo mundo aqui em casa primeiro. Depois a gente pode tomar um táxi, todo mundo junto.

— Legal!

— E com certeza você também pode convidar mais uns amigos, se quiser — eu disse.

Jon Olav se levantou.

— A que horas começamos?

— Sei lá. Às sete?

— Nos vemos às sete, então — ele disse, calçando os tênis e vestindo a jaqueta para ir embora. Acompanhei-o até a escada. Então Jon Olav se virou para mim.

— Não leia aquele negócio! — ele disse. Em seguida dobrou a esquina e desapareceu no escuro e na chuva.

Depois que me deitei, às duas horas, ouvi passos em frente à porta de entrada, que então foi destrancada e batida com força. Pelo som dos passos que atravessaram o corredor, eu sabia que era Morten. Ouvi música no andar de baixo, num volume até então inédito, aquilo durou uns cinco minutos e de repente tudo ficou em silêncio.

Quando acordei no dia seguinte, eu ainda não tinha decidido o que fazer, então peguei o poema para levá-lo comigo e decidir na hora. Não foi difícil. Assim que entrei na sala de aula e vi meus colegas sentados, relaxados com uma caneca de café ou de chá, e as bolsas, mochilas ou sacolas acomodadas junto aos pés da mesa, ou então apoiadas na parede logo atrás, junto com guarda-chuvas molhados, que às vezes também ficavam abertos na sala da copiadora ou no espaço entre a mesa e a copa, para que estivessem secos na saída, assim que vi aquela cena e pressenti o clima amistoso daquilo tudo, compreendi que eu não poderia ler o meu poema. Era um poema de ódio, que pertencia ao meu estúdio, onde eu estava sozinho, e não àquela sala de aula, onde eu estava na companhia de outras pessoas. Claro que eu poderia romper a barreira que separava esses dois espaços, mas era uma barreira muito forte, que dizia que aquelas duas coisas não deviam se misturar.

Dizer que eu não tinha escrito poema nenhum seria desabonador. Todos entenderiam que eu não tinha escrito nada em função dos comentários de Fosse no dia anterior, o que era o mesmo que dizer que eu não tinha colhões, não tinha resistência nenhuma, era apenas uma pessoa frágil e infantil, dependente e fraca.

Para corrigir essa impressão, tentei parecer atento, interessado e cheio de entusiasmo durante os comentários sobre os poemas dos meus colegas. Estava dando certo, eu já tinha começado a entender a maneira como os poemas eram comentados, já sabia ao que prestar atenção, o que era considerado bom ou ruim, e também me articulava de maneira organizada e compreensível, o que nem todos conseguiam fazer. Para um grupo de pessoas que deveria ter pleno domínio da língua, havia muita incerteza e muita hesitação, olhares tímidos e argumentos que eram retirados assim que começavam a circular ao redor da mesa, às vezes quase insuportavelmente fracos e insignificantes, e quando às vezes eu tomava a palavra, era simplesmente para trazer um pouco de ordem e clareza à discussão.

A caminho de casa passei no Mekka e gastei mais de setecentas coroas em comida, saí com meia dúzia de sacolas cheias nas mãos, e a perspectiva de carregar tudo aquilo até em casa era tão desanimadora que em vez disso ataquei um táxi, que se aproximou da calçada e parou, eu coloquei tudo no porta-malas e me sentei no banco de trás, para então ser levado pelas ruas molhadas como um membro da família real, por assim dizer erguido acima da labuta diária que se desenrolava nas ruas ao meu redor, e mesmo que fosse caro, e eu assim estivesse gastando todo o dinheiro que havia economizado ao comprar no Mekka, valeu a pena.

Em casa guardei tudo no lugar, dei uma passada no banheiro com o meu livro de fotografia, jantei e tentei escrever um pouco, mas dessa vez nada de poemas, eu não queria mais saber de poemas, eu era um escritor de prosa, e quando notei que as frases continuavam vindo com a facilidade habitual, que bastava escrever, me senti aliviado, porque eu havia temido que os comentários de Fosse a respeito do meu poema catastrófico poderiam afetar minha confiança também na prosa, mas não foi o caso, tudo fluía como antes, e escrevi quatro páginas antes de me dar por satisfeito e sair para telefonar para Ingvild.

Dessa vez eu não estava tão nervoso, em primeiro lugar ela havia pedido que eu ligasse, em segundo lugar eu queria apenas convidá-la para a festa, e se ela recusasse o convite, não seria necessariamente uma recusa a mim.

Sob a pequena cúpula de plástico transparente eu fiquei com o fone apertado contra a orelha, esperando que a ligação fosse atendida do outro lado da linha. Os pingos de chuva escorriam em longos rastros por cima do plástico e se amontoavam na parte de baixo em gotas maiores, que de tempos em tempos soltavam-se e caíam no asfalto com um discreto plop. Sob a luz dos postes de iluminação pública vi que o céu estava listrado de chuva.

— Alô?

— Alô? Eu gostaria de falar com a Ingvild…

— Oi! Sou eu.

— Oi. Como você está?

— Bem, acho. Bem mesmo. Estou lendo sozinha no meu quarto.

— Legal.

— É. E você, como está?

— Bem. Você não quer ir comigo a uma festa no sábado? Amanhã? Vai ser na casa do meu irmão.

— Parece bacana.

— Vamos nos encontrar primeiro aqui em casa. Depois vamos pegar um táxi até lá. Ele mora em Solheimsviken. O que você acha de aparecer por volta das sete?

— Pode ser.

— O Jon Olav também vem, então deve ter pelo menos mais um conhecido seu.

— Esse seu primo costuma estar sempre por toda parte?

— Dá para dizer que sim...

Ela riu um pouco, e então ficamos em silêncio.

— Combinado então? — eu disse. — Sete horas aqui em casa amanhã?

— Combinado. Vou levar o bom humor e o espírito alegre de sempre!

— Que bom! — eu disse. — Nos vemos amanhã, então. Tchau!

— Tchau!

Na manhã seguinte limpei todo o estúdio, troquei as roupas de cama, lavei minhas roupas e as pendurei no varal que ficava no porão, eu queria que tudo estivesse em ordem caso Ingvild acabasse indo comigo para casa ao final da festa. Estava claro que alguma coisa teria que acontecer. Minha passividade e minha hesitação na primeira vez eram compreensíveis e não tinham sido decisivas; o segundo encontro tinha sido diferente, porque aconteceu durante o dia e nos deu a oportunidade de nos conhecer melhor, mas naquele terceiro encontro em Bergen eu precisaria deixar as minhas intenções claras e partir para o ataque, senão Ingvild escaparia por entre os meus dedos. Eu não poderia conquistá-la simplesmente conversando, seria preciso tomar a iniciativa de um beijo, um abraço, e depois, talvez quando saíssemos para dar uma volta pelas ruas próximas ao apartamento de Yngve, uma pergunta, você não quer dormir lá em casa?

Era um pensamento assustador, mas ao mesmo tempo necessário, não havia como escapar daquilo, ou então eu não conseguiria nada. Não era um plano para ser seguido à risca, eu teria que improvisar ao longo do caminho, fazer a leitura das situações, entender o que ela queria, onde ela estava, mas não havia como deixar de agir, isso era o mais importante, e então Ingvild poderia impedir meus avanços se não quisesse ou achasse que era cedo demais.

Mas se ela aceitasse ir comigo para casa eu seria *obrigado* a falar sobre a minha situação. Eu *não poderia* sofrer a humilhação de tentar esconder que eu gozava rápido demais, como em tantas outras vezes, eu precisaria *falar* a respeito, tratar o assunto como se fosse um detalhe de pouca importância, uma coisa simples e prosaica, um problema contornável. Na única vez em que eu realmente havia transado com uma garota, em uma barraca no festival de Roskilde daquele mesmo verão, quanto mais a gente transava melhor eu me saía, então eu sabia que *era possível*. Mas eu não me importava nem um pouco com aquela garota, não daquele jeito, ela não significava nada para mim além daquilo, mas com Ingvild era diferente, com ela eu tinha tudo a perder, ela era a única garota que eu desejava namorar, e as coisas *não podiam* dar errado por causa do meu problema.

Outra coisa que eu sabia era que beber ajudava, mas ao mesmo tempo eu podia acabar bêbado *demais*, e nesse caso Ingvild talvez pensasse que aquilo era a única coisa que eu queria dela. Mas não era nada disso! Nada poderia estar mais longe da verdade.

Jon Olav e os dois amigos dele, Idar e Terje, foram os primeiros a chegar. Eu tinha bebido um litro e meio de cerveja para me preparar, e assim estava confiante em tudo que eu dizia e fazia. Servi uma bacia de batata chips e uma tigela de amendoim e contei a eles sobre a Skrivekunstakademiet. Eles tinham lido Ragnar Hovland, conheciam Jan Kjærstad e também Kjartan Fløgstad, claro, e tive a impressão de que ficaram impressionados quando eu disse que dariam aulas para a gente.

— Eles vão falar sobre as próprias obras, imagino — eu disse. — Mas a parte mais importante é que eles vão ler os nossos textos e fazer comentários. Vocês gostam do Kjærstad?

No mesmo instante a campainha tocou e me levantei para abrir. Era Anne. Estava vestida de preto, tinha um chapeuzinho preto na cabeça e um longo cacho de cabelo caído por cima da testa. Me inclinei à frente para recebê-la com um abraço, ela pôs a mão nas minhas costas e a deixou lá por um segundo a mais depois que eu endireitei o corpo.

— Que bom te ver — ela disse, rindo um pouco.

— Bom te ver também — eu disse. — Entre!

Ela largou a pequena mochila no chão ao lado da porta e cumprimentou os outros enquanto tirava a jaqueta.

Aquele jeito caloroso tinha me parecido incompatível com o elemento preto e gótico dos outros interesses e da atitude dela em relação à vida. Com Anne, tudo se resumia a The Cure e The Cult, Jesus and Mary Chain e as bandas belgas da Crammed Discs, This Mortal Coil e Cocteau Twins, neblina e escuridão e romantismo funéreo, porém sempre com um sorriso nos lábios e pulinhos de empolgação. Ela era mais velha do que eu, mas na época em que trabalhamos juntos, ela nos botões do outro lado do aquário, eu falando ao microfone, uma vez tive a impressão de que talvez se interessasse por mim assim mesmo, mas não tive certeza, era impossível ter certeza a respeito dessas coisas, e de qualquer jeito não aconteceu nada, éramos apenas dois amigos interessados por música, eu com uma inclinação um pouco maior ao pop. Naquele momento Anne era uma estudante em Bergen, como eu, porém já tinha vários amigos, pelo que pude entender enquanto a via sentada na cadeira com os braços apoiados no encosto, falando com os outros. Não foi nem um pouco estranho, Anne era extrovertida e logo assumiu um lugar central no pequeno círculo de estudantes que se reuniu aquela tarde no meu estúdio.

Bebi depressa para chegar logo àquele nível em que eu não precisava mais pensar no que falar ou no que fazer, mas simplesmente em *ser*, de maneira livre e espontânea, e quando a campainha tocou pouco antes das oito e fui atender, já não fiquei nem um pouco nervoso ou tenso, mas simplesmente feliz ao ver Ingvild em meio à chuva no alto da escada, com uma bolsa no ombro e um sorriso no rosto.

Recebi-a com um abraço, ela me acompanhou ao interior do estúdio, cumprimentou os outros convidados, meio tímida, talvez um pouco nervosa, e tirou uma garrafa de vinho da bolsa. Fui depressa à cozinha e peguei um saca-rolha e uma taça. Ingvild sentou-se no sofá entre Jon Olav e Idar, espetou o saca-rolha na rolha, prendeu a garrafa entre os joelhos e abriu a garrafa com um plop.

— Então é aqui que você mora — ela disse, servindo a taça de vinho branco.

— É — eu disse. — Passei o dia inteiro limpando e arrumando para receber vocês.

— Fico muito agradecida — Ingvild disse.

Os olhos dela se apequenaram e deram a impressão de estar repletos de alegria.

— Tim-tim — eu disse.

— Tim-tim — disseram os outros, e então tocamos nossos copos e gargalos.

— O que você está escrevendo, afinal? — perguntou Idar.

— Um romance — eu disse. — Um romance contemporâneo. Estou

tentando escrever um livro ao mesmo tempo divertido e profundo. Mas não é nada fácil. Me vejo toda hora à volta com paradoxos. Coisas feias *e* bonitas, altas *e* baixas. Meio como o Fløgstad, para falar a verdade.

Olhei de relance para Ingvild, que tinha os olhos fixos em mim. Eu não podia demonstrar aos outros que estava ridiculamente apaixonado, que na verdade tudo que eu queria era ficar olhando para ela, e também não podia demonstrar a Ingvild, então tentei dar a ela a menor atenção possível.

— Mas eu quero atingir um público grande — eu disse. — Não quero que o meu romance seja lido por meia dúzia de pessoas. Não faz sentido. Nesse caso seria melhor fazer outra coisa. Vocês não concordam?

— Eu concordo — disse Idar.

— Você leu ou não leu aquele poema? — perguntou Jon Olav, rindo.

— Não — eu disse, olhando para ele. Não gostei daquela risada. Era como se estivesse contando uma história para os outros.

— Que poema era esse? — Anne perguntou.

— Um poema que escrevi para a Skrivekunstakademiet. Um exercício — eu disse, e então me levantei, fui até o aparelho de som e coloquei *The Joshua Tree* para tocar.

— Não seria difícil recitar tudo de memória — disse Jon Olav, rindo mais uma vez.

Me virei depressa em direção a ele.

— Se você quer insistir nisso, por mim tudo bem — eu disse.

Ele parou de rir, como eu havia imaginado, e pareceu surpreso.

— O que foi que houve? — ele perguntou.

— Eu levo a sério o que estou fazendo — eu disse enquanto me sentava.

— Saúde! — disse Jon Olav.

Fizemos o brinde, aquele breve momento de animosidade passou, a conversa voltou a fluir. Ingvild não falou muito, de vez em quando ela fazia um comentário irônico, se animava quando o assunto era esporte, e eu gostei muito daquilo, mas ao mesmo tempo me ocorreu que eu não sabia nada a respeito dela, e nesse caso como eu poderia estar tão apaixonado?, pensei sentado no banco do outro lado da mesa com uma garrafa de Hansa gelada na boca e um cigarro fumegante entre os dedos, mas eu conhecia a resposta com todo o meu ser, não havia como argumentar contra os sentimentos, e nem haveria por que fazer uma coisa dessas, porque os sentimentos estão sempre certos. Eu a via, Ingvild estava lá, e a aura que espalhava, que era ela, vivia uma vida própria independente do que dissesse ou deixasse de dizer.

Às vezes eu sentia como se reluzisse por dentro ao pensar que eu estava no *meu* estúdio, rodeado pelos *meus* amigos, a poucos metros da garota que eu amava mais do que qualquer outra coisa.

Não podia haver nada melhor.

— Alguém quer mais uma cerveja? — perguntei me levantando. Idar, Terje e Anne acenaram a cabeça, busquei quatro garrafas na geladeira, fiz a distribuição, vi que haveria espaço entre Jon Olav e Ingvild no sofá se eu me ajeitasse meio de lado e então me sentei. Quando abri a cerveja a espuma transbordou, eu afastei a garrafa de mim, acabei derramando um pouco em cima da mesa, eu disse, puta que pariu, larguei a garrafa, peguei um esfregão na cozinha e limpei a sujeira. Na parede entre as duas janelas, logo atrás do sofá, havia um prego, e por um motivo ou outro pendurei o esfregão lá.

— Temos um esfregão molhado entre nós — eu disse para Ingvild, me atirando mais uma vez no sofá. Ela me olhou meio confusa e eu ri com golpes cavos de barriga, ho ho ho.

Fui até a cabine telefônica no outro lado da estrada e chamei dois táxis. Os outros ficaram me esperando junto à escada, conversando e bebendo. Eu os vi e pensei mais uma vez, todos estão se preparando para a festa na *minha* casa. A chuva tinha parado, mas o céu continuava encoberto. Uma escuridão pálida tomava conta das ruas que pouco depois atravessamos com alegria, de repente mais clara quando chegamos ao Puddefjorden e ao céu claro e aberto naquele lugar, e então mais escura outra vez enquanto subíamos os morros próximos a Solheimsviken em meio às fileiras de casas de trabalhadores.

Já eram nove e meia. Estávamos mais atrasados do que o esperado, Yngve tinha dito oito horas, oito e meia quando perguntei a que hora devíamos chegar, mas por outro lado o problema era nosso, não deles, não dos amigos e conhecidos de Yngve, afinal para eles a nossa presença não importava.

Paguei um dos táxis, Jon Olav pagou o outro e então eu comecei a andar pela estradinha do pátio com os outros logo atrás e toquei a campainha.

Yngve abriu. Estava usando uma camisa branca com listras cinza e calça preta, e tinha o cabelo penteado para trás, a não ser por um tufo que caía por cima da testa em um dos lados.

— Estamos meio atrasados — eu disse. — Espero que não tenha nenhum problema!

— Não — ele disse. — De qualquer jeito, a festa não deu certo. Não veio ninguém.

Olhei para Yngve. O que estaria querendo dizer com aquilo?

Ele cumprimentou meus amigos e por sorte não fez nada de diferente em relação a Ingvild, eu não queria que ela soubesse o quanto eu havia falado a respeito dela para Yngve. Tiramos os calçados e casacos no vestíbulo e fomos para a sala. O cômodo estava vazio, a não ser por Ola, que assistia à TV.

Não acreditei nos meus próprios olhos.

— Vocês estão *vendo TV*? — eu perguntei.

— Estamos, por quê? Não é fácil começar uma festa sem que as pessoas tenham chegado!

— Onde está todo mundo?

Yngve deu de ombros e abriu um sorriso meio sem graça.

— Eu fiz o convite meio em cima da hora. Mas vocês são muitos!

— É — eu disse, me sentando no sofá bem debaixo do pôster de *Era uma vez na América*. Eu estava abalado, para mim tinha sido totalmente inesperado, imaginei que a casa de Yngve estaria cheia de gente, rapazes e garotas sofisticados, risadas e conversas animadas, o ar carregado de fumaça, e de repente aquilo? Yngve e Ola assistindo a um filme de sábado na NRK? E justamente no dia em que eu tinha levado Ingvild! Eu queria que ela visse Yngve e o ambiente em que ele vivia, as pessoas que haviam estudado por anos em Bergen e conheciam a cidade, conheciam a universidade, conheciam o mundo, para assim me apresentar a ela sob esta mesma luz, porque aquele era o meu irmão, e eu recebia convites para as festas dele. Mas o que ela viu? Dois caras em frente à TV, sem mais nenhum convidado, ninguém tinha aparecido, todo mundo tinha coisa melhor para fazer na noite de sábado do que ir à festa de Yngve.

Será que Yngve era um fracassado? Será que Yngve era um fracassado, porra?

Ele desligou a TV, levou as duas cadeiras de volta até a mesa com Ola, buscou cerveja e sentou-se, começou a falar com os outros, fazer perguntas gentis para dar espaço a Anne e Ingvild e Idar e Terje, o que estudavam, onde moravam, e a atmosfera, que a princípio tinha sido um pouco hesitante, embora já tivéssemos passado mais de duas horas bebendo juntos, logo começou a melhorar. A conversa deixou de envolver a mesa toda e se dividiu em componentes menores, eu falei um pouco com Anne, mas depois foi impossível fazer com que aquilo parasse, de repente ela tinha coisas demais a contar, tive claustrofobia e disse que eu precisava ir ao banheiro. Depois fui à cozinha, onde Terje conversava com Ingvild, eu sorri para os dois, fui até Ola e Yngve, a campainha tocou, era Asbjørn, logo depois Arvid chegou, e de repente o apartamento estava cheio, minha impressão era que havia gente por toda parte, por toda parte rostos e vozes e corpos em movimento, e eu fiquei de um lado para o outro em meio àquelas pessoas, bebendo e conversando, conversando e bebendo, cada vez mais bêbado. A noção de tempo sumiu, tudo de repente estava aberto, eu já não estava mais preso aos meus próprios limites, fiquei andando, livre e alegre, sem pensar em nada além do instante presente, e em Ingvild, que eu amava. Tentei ficar longe dela, se havia uma coisa que eu sabia a respeito das garotas era que elas não gostavam de caras fáceis, de caras que corriam atrás delas e ficavam babando, então em vez disso fiquei conversando com as outras pessoas, que na luz resplandecente da embriaguez destacavam-se da escuridão como se estivessem iluminadas por baixo com uma lanterna de bolso. Todos pareciam interessantes, todos tinham uma coisa a dizer para me emocionar, mas por fim me afastei e voltei à escuridão.

Me sentei entre Ola e Asbjørn no sofá. Do outro lado da mesa estava Anne, ela perguntou se podia filar um cigarro meu, eu acenei a cabeça e no instante seguinte ela estava com a cabeça inclinada, enrolando o palheiro.

— Eu p-pensei numa coisa — disse Ola. — O George V. Higgins... v-você já leu os os livros dele?

— Não — eu disse.

— Você t-tem que ler. São muito bons. Muito bons m-mesmo. Diálogos quase o tempo inteiro. Bem a-am-americano. Hard-boiled. *Os amigos de Eddie Coyle.*

— E tem também o Bret Easton Ellis — disse Asbjørn. — *Abaixo de zero.* Você já leu?

Balancei a cabeça.

— O livro é sobre um americano de vinte e poucos anos. Conta a história de uma gangue de jovens em Los Angeles. Todos têm pais ricos e fazem o que bem entendem. Passam o tempo inteiro bebendo, se drogando e indo a festas. Mas tudo é completamente vazio e gelado. Enfim, é um romance muito bom. Quase hiper-realista.

— É o que parece — eu disse. — Como o autor se chama mesmo?

— Bret Easton Ellis. E não esqueça que fui eu que dei essa dica!

Ele riu e desviou o rosto. Olhei para Yngve, que conversava com Jon Olav e Ingvild, ele tinha aquele jeito entusiasmado, quase inflamado de quando tentava convencer alguém de alguma coisa.

— O último do John Irving também é muito bom — disse Asbjørn.

— Você está brincando? — eu disse. — O John Irving é um autor de entretenimento!

— Ele pode ser bom mesmo assim, sabia? — disse Asbjørn.

— Não, porra — eu disse.

— Você nem ao menos leu!

— Não. Mas sei que o livro é ruim.

— Ha ha ha! Você *não pode* dizer uma coisa dessas.

— Porra, eu também escrevo. E já li John Irving. O último romance dele é ruim, eu *sei*.

— Minha nossa, Karl Ove — disse Asbjørn.

— Imagine que estamos aqui, Anne! — eu disse. — Bem longe daquela merda de Kristiansand!

— É — ela disse. — Mas eu não sei o que estou fazendo aqui. Você sabe. Quer ser escritor. Mas eu não quero ser nada.

— Eu *sou* escritor — eu disse.

— Quer saber de uma coisa? — ela disse.

— O quê? — eu disse.

— A única coisa que eu quero é virar uma lenda. Uma lenda de verdade. É o que eu sempre pensei. E nunca duvidei que pudesse acontecer.

Asbjørn e Ola se olharam e riram.

— Você entende? Eu sempre tive certeza.

— Uma lenda do quê? — perguntou Asbjørn.

— De qualquer coisa — respondeu Anne.

— Mas o que você faz? Canta? Escreve?

— Não — Anne disse. As lágrimas começaram a escorrer pelo rosto dela. Fiquei olhando sem entender o que estava acontecendo. Anne estava chorando?

— Eu nunca vou ser uma lenda! — ela disse em voz alta.

Todos a encararam.

— É tarde demais! — ela gritou, escondendo o rosto nas mãos. Os ombros tremiam. Ola e Asbjørn riam em voz alta, Yngve e Jon Olav e Ingvild nos olhavam com olhares curiosos.

— Eu nunca vou ser uma lenda — ela repetiu. — Nunca vou ser nada!

— Você só tem vinte anos — eu disse. — Claro que não é tarde demais.

— É sim! — disse Anne.

— Mas e então? — perguntou Jon Olav. — Você quer ser uma lenda para quê? Será que essa é mesmo uma ideia interessante?

Anne se levantou e caminhou em direção à porta.

— Para onde você está indo? — Yngve perguntou. — Você não está pensando em ir embora?

— Estou — ela disse.

— Vamos, fique mais um pouco — ele disse. — Você não tem como se tornar uma lenda se for para a cama à meia-noite. Vamos. Eu tenho um garrafão inteiro de vinho, você não quer uma taça? É uma safra lendária.

Anne abriu um sorriso discreto.

— Uma taça, pode ser — ela disse.

Yngve entregou-lhe a taça e a festa continuou. Ingvild estava apoiada na parede com a taça na mão, eu senti um calafrio, como era linda! Pensei, tenho que falar com ela, e então me aproximei.

— Uma legítima festa de estudante! — eu disse.

— É — ela disse.

— Você por acaso já leu Ragnar Hovland? Ele escreve bastante sobre esse tipo de coisa, acho.

Ingvild balançou a cabeça.

— É um dos nossos professores na academia. De Vestlandet, como você. Eu também me sinto um pouco como parte do pessoal daqui, aliás. Afinal, minha mãe nasceu em Sørbøvåg. Sou um *vestlending* pela metade!

Ingvild me olhou e sorriu. Encostei meu copo no dela.

— Saúde — eu disse.

— Saúde — ela disse.

Longe do sofá, encontrei os olhos de Anne. Ergui o meu copo para ela também, ela ergueu o copo dela para mim. Jon Olav estava no meio da sala cambaleando de um lado para o outro, procurando um apoio com os dedos, mas não encontrou nada, e então deu mais dois passos para o lado.

— Esse cara não tem nenhuma resistência! — eu disse, rindo.

Jon Olav recobrou o equilíbrio, atravessou a sala com uma expressão séria e indiferente no rosto e entrou no quarto ao lado.

Onde estavam Idar e Terje?

Dei uma volta para descobrir. Os dois estavam conversando meio cabisbaixos ao redor da mesa, cada um com uma garrafa de cerveja na mão. Quando voltei, Ingvild estava sentada ao lado de Anne no sofá. O olhar de Anne parecia velado, como se não tivesse qualquer relação com o sorriso que ela tinha nos lábios.

Ela se virou para Ingvild e disse qualquer coisa. Ingvild tomou fôlego e endireitou o corpo, entendi que o comentário de Anne a tinha chocado. Ela fez um comentário em resposta, Anne riu e balançou a cabeça. Me aproximei delas.

— Eu conheço gente do seu tipo — disse Anne, se levantando.

— Não sei do que você está falando — disse Ingvild. — Você nem me conhece.

— Conheço sim — disse Anne.

Ingvild deu uma risada irônica. Anne passou por mim e eu me sentei onde ela estava sentada.

— O que foi que ela disse? — eu perguntei.

— Disse que eu sou do tipo que rouba o namorado das outras.

— Sério?

— Vocês dois já foram namorados? — Ingvild me perguntou.

— Nunca! Você está louca?

— Não sei do que ela estava falando — disse Ingvild, se levantando.

— Claro que não — eu disse. — Mas não vá embora! Ainda é cedo. E a festa está boa, não é mesmo?

Ela sorriu.

— Eu não ia embora — ela disse. — Só ia ao banheiro.

Fui ao quarto. Jon Olav estava lá, deitado de bruços na cama, com a cabeça enfiada nas cobertas e uma das mãos penduradas na borda. Ele roncava. Na porta que dava para o corredor estava Arvid.

— Tchau, pequeno Knausgård — ele disse.

— Você está indo embora? — eu perguntei, sentindo uma preocupação repentina, porque eu queria que todos ficassem e a festa durasse para sempre.

— Não, não — ele disse. — Só vou dar uma volta pra arejar a cabeça.

— Tudo bem! — eu disse, retornando à sala. Ingvild não estava lá. Será que no fim das contas tinha ido embora? Ou será que ainda estava no banheiro?

— Logo o Yngve vai pôr um disco do Queen para tocar — Asbjørn disse para mim, afastando-se do toca-discos. — Esse momento sempre chega. E nessa hora ele está sempre tão bêbado que para todos os fins práticos a noite já acabou. Pelo menos no que diz respeito a ele.

— Eu também gosto de Queen — eu disse.

— Qual é o problema de vocês? — ele perguntou, rindo. — Isso é genético ou vocês tiveram uma vida sofrida demais em Tromøya? Queen! Por que não Genesis? Pink Floyd? Ou então Rush!

— Os caras do Rush são bons — Yngve disse às nossas costas. — Eu tenho um disco deles.

— E o Bob Dylan, então? As letras são muito boas! Ha ha ha! Chega a ser um escândalo não terem dado a ele um prêmio Nobel.

— A única coisa que o Rush e o Bob Dylan têm em comum é que você não gosta de nenhum deles — disse Yngve. — Mas o Rush tem muita coisa boa. A guitarra, por exemplo. Mas são detalhes que você não sabe ouvir.

— Estou decepcionado, Yngve — disse Asbjørn. — Nunca achei que você desceria tão baixo a ponto de defender o Rush. Eu já fiz as pazes com a ideia de que você gosta de Queen. Mas Rush… Que tal ELO? Jeff Lynne? Os arranjos são bons, não?

— Ha ha — Yngve riu.

Eu fui à cozinha. Ingvild estava sentada com Idar e Terje. A escuridão pairava sobre o vale mais abaixo. A luz dos postes ao longo da via estava repleta de chuva. Ela me olhou e sorriu, com um jeito meio interrogativo, o que vai acontecer agora?

Eu sorri de volta, mas não tinha nada a dizer, e então ela voltou a atenção mais uma vez àqueles dois. A música na sala parou e o murmúrio de vozes se ergueu por uns poucos segundos, até que o chiado da agulha contra o sulco externo de um LP soou nas caixas e a música recomeçou. Eram as primeiras notas de *Scoundrel Days* do A-Ha. Eu gostava desse álbum porque evocava muitas lembranças, então voltei para a sala.

Na mesma hora Asbjørn surgiu do cômodo ao lado. Andou com passos decididos em direção ao aparelho de som, se abaixou, levantou a agulha e tirou o disco. Todos os movimentos dele eram ostensivos, tinham uma clareza quase pedagógica.

Logo ele ergueu o disco no ar e começou a entortá-lo.

A sala estava em silêncio.

O disco se entortou cada vez mais, e por fim quebrou-se.

Arvid soltou uma gargalhada.

Yngve tinha ficado olhando para Asbjørn. De repente se virou para Arvid, derramou o vinho no cabelo dele e saiu.

— O que foi isso? — disse Arvid, se levantando. — Porra, eu não fiz nada!

— V-você n-não pretende q-queimar uns livros t-também? — Ola perguntou a Asbjørn. — F-fazer uma p-pequena fogueira?

— Por que você fez isso? — eu perguntei.

— Minha nossa — disse Asbjørn. — Vocês não precisam ficar tão incomodados assim. Eu só quis fazer um favor. O Yngve me conhece. Sabe que eu vou comprar um disco novo para ele. Talvez não um disco do A-Ha, mas um disco novo mesmo assim. Ele sabe. Está fazendo uma encenação.

— Acho que o Yngve não deve estar pensando no valor material — disse Anne. — Você não acha que pode ter ferido os sentimentos dele?

— Sentimentos? Sentimentos? — repetiu Asbjørn, rindo. — Ele está fazendo uma encenação!

Ele sentou-se no sofá e acendeu um cigarro. Continuou agindo como se nada tivesse acontecido, ou estava tão bêbado que simplesmente não se importava, ao mesmo tempo que de vez em quando parecia sentir-se afetado, fosse na expressão do rosto ou na maneira como se portava, que dava sinais de uma consciência pesada, e por fim esse sentimento o dominou e tornou evidente para todos que estava arrependido do que tinha feito. A música voltou, a festa continuou, meia hora depois Yngve reapareceu, Asbjørn disse que compraria um disco novo para ele e logo tudo estava novamente bem entre os dois.

Quanto a mim, eu tinha começado a entornar copos de vinho depois que a cerveja acabou. Era como suco, e a fonte era inesgotável. De repente não era apenas a sensação de tempo que estava dissolvida, mas também a sensação de lugar, eu já não sabia mais onde estava, era como se a escuridão tivesse se instaurado entre os vários rostos ao meu redor. Os rostos, por outro lado, brilhavam. Eu estava muito próximo dos meus sentimentos, no sentido de que falava sem qualquer reserva, dizia coisas que eu jamais diria em outras circunstâncias, e que eu mal sabia que havia pensado, como quando me sentei ao lado de Yngve e Asbjørn e disse que eu me sentia feliz por saber que os dois eram grandes amigos, ou quando fui até Ola e tentei explicar como eu tinha reagido à gagueira dele nas primeiras vezes que nos falamos, tudo enquanto a onda relacionada a Ingvild se erguia com força cada vez maior dentro de mim. Era um sentimento quase triunfal, e quando estava de pé no banheiro me olhando no espelho ao lavar as mãos e umedeci um pouco o cabelo para deixá-lo arrepiado, sempre com um sorriso no rosto, e com discretos pensamentos convulsivos na cabeça, *porra como isso é bom, puta que pariu caralho, minha nossa como esse negócio é bom, como é bom!*, resolvi me aproximar dela, beijá-la, seduzi-la. Mas eu já não planejava mais convidá-la para a minha casa, porque me ocorreu que havia um quarto no terceiro andar, um antigo quartinho de empregada, não havia ninguém morando lá, o lugar era usado como quarto de hóspedes, e aquele seria um local perfeito.

Entrei na sala, Ingvild estava conversando com Ola, a música estava alta, quase distorcida, alguém dançava ao nosso redor, eu parei ao lado daqueles dois e olhei para ela até que ela olhasse para mim. Então eu sorri, e ela sorriu de volta.

— Posso falar um pouco com você? — eu disse.

— Claro — ela disse.

— A música está muito alta aqui dentro — eu disse. — Você não quer ir comigo até o corredor?

Ela acenou a cabeça e fomos até o corredor.

— Você é linda — eu disse.

— Era isso que você tinha a dizer? — ela disse, rindo.

— Tem um quartinho aqui em cima, no terceiro andar, você não quer ir para lá comigo? Acho que é um antigo quartinho de empregada.

Comecei a andar em direção à escada, e no instante seguinte ouvi os passos dela atrás de mim. Esperei quando cheguei ao segundo andar, peguei-a pela mão e a conduzi até o quartinho, que ficava no exato lugar que eu lembrava.

Abracei-a e comecei a beijá-la. Ela deu um passo para trás, sentou-se na beira da cama.

— Tem uma coisa que eu preciso dizer — eu disse. — Eu sou... bem, uma espécie de monstro no que diz respeito ao sexo. É meio difícil de explicar, mas... ah, que se dane.

Me sentei ao lado dela, abracei-a e beijei-a e a coloquei deitada, me deitei em cima dela e a beijei mais uma vez, ela estava tímida e reservada, beijei-lhe o pescoço, passei a mão pelos cabelos dela, levantei a blusa devagar, beijei um dos seios, e então ela sentou-se e baixou a blusa e me encarou.

— Karl Ove, isso não está certo — ela disse. — A gente está indo rápido demais.

— É — eu disse, também me sentando. — Você tem razão. Me desculpe.

— Não peça desculpas — ela disse. — Você nunca deve pedir desculpas. É a pior coisa que existe.

Ingvild se levantou.

— Continuamos amigos, né? — ela disse. — Eu gosto muito de você.

— E eu também gosto de você — eu disse. — Vamos descer?

Descemos, e talvez porque aquela recusa tivesse me deixado um pouco mais sóbrio, de repente passei a ver tudo com mais clareza.

Não havia praticamente ninguém lá. Sem contar nós dois havia oito pessoas, esse era o público da festa. O que horas antes havia se desenhado como um grandioso e decadente espetáculo humano, uma festa de estudantes lotada, repleta de conflitos e amizades, amores e confissões, danças e bebida, tudo levado por uma onda de alegria, desmoronou em um instante e se revelou como aquilo que era: Idar, Terje, Jon Olav, Anne, Asbjørn, Ola, Arvid e Yngve. Todos com olhos estreitos e velados e gestos estabanados.

Eu queria recuperar a festa, queria voltar ao centro, então me servi de vinho e entornei dois copos um atrás do outro, e depois mais um, o que ajudou, aos poucos a fixação com esses detalhes insignificantes desapareceu e eu me sentei ao lado de Asbjørn no sofá.

Jon Olav saiu do quarto. Parou junto à porta. As pessoas bateram palmas.

— Oba! — exclamou Ola. — De volta dos mortos!

Jon Olav sorriu e sentou-se na cadeira a meu lado. Continuei a conversar com Asbjørn, tentei explicar para ele que eu também escrevia sobre jovens que bebiam e se drogavam, da mesma forma fria e vazia como aquele escritor americano que Asbjørn tinha mencionado antes. Jon Olav olhou para nós e pegou uma das garrafas de cerveja pela metade que estavam em cima da mesa.

— Um brinde ao Karl Ove e à Skrivekunstakademiet! — ele disse em voz alta. Depois riu e tomou um gole da cerveja. Fiquei tão furioso que me levantei e me inclinei meio por cima dele.

— QUE MERDA você quis dizer com isso? — eu gritei. — QUE MERDA você sabe sobre o que quer que seja? Eu LEVO A SÉRIO o que eu faço, entendeu? Você sabe o que isso quer dizer? Não venha aqui me ironizar, porra! Você se acha melhor do que todo mundo! Mas você estuda direito! Não se esqueça disso! Direito!

Jon Olav me olhou, surpreso e talvez um pouco assustado.

— Não venha mais para cá! — eu gritei e então saí da sala, calcei meus sapatos, abri a porta e saí. Meu coração batia forte no peito, minhas pernas tremiam. Acendi um cigarro e me sentei na escada úmida. A chuva fina peneirava em meio à escuridão ao meu redor e caía no pequeno jardim.

Somente Ingvild podia aparecer naquele momento.

Traguei fundo, porque precisava fazer uma coisa lenta e calculada. Deixei a fumaça chegar bem fundo nos meus pulmões antes de soltá-la devagar. Eu tinha vontade de quebrar alguma coisa. Pegar um paralelepípedo e atirá-lo no vidro da porta. Para dar a eles uma coisa em que pensar. Idiotas do caralho. Merda de gentalha do inferno.

Por que ela não aparecia?

Venha, Ingvild, venha!

Cada vez mais molhado pela chuva eu por fim me levantei, joguei minha bagana no jardim e voltei à companhia dos outros. Ingvild estava na porta que dava para o corredor, falando com Yngve, os dois não me viram e eu parei e tentei entender sobre o que estavam conversando, talvez ela estivesse perguntando sobre mim, mas não, o assunto era qual seria o melhor jeito de voltar para casa. Yngve disse que podia chamar um táxi se ela quisesse, ela quis, e quando ele baixou a música e pegou o telefone, eu entrei no quarto para evitá-la, acima de tudo para não relembrá-la do que tinha acontecido. Ela começou a vestir o casaco, eu entrei na sala e me sentei no sofá, e de lá ergui a mão em um cumprimento quando ela pôs a cabeça na porta e se despediu de todo mundo. E aquilo foi bom, porque assim eu seria apenas mais um, e não o cara que havia tentado levá-la para a cama no quartinho de empregada.

Pouco depois Yngve chamou mais dois táxis, e então restamos eu, Ola, Asbjørn e Yngve. Ficamos ouvindo discos e falando a respeito deles, passávamos longos períodos com os olhos fixos no corredor sem olhar para nada, até que alguém se levantava de repente e colocava uma música boa e diferente para tocar. Por fim Ola se levantou, ele ia pegar o táxi, Asbjørn foi junto e eu perguntei a Yngve se eu podia dormir no sofá dele, e eu podia, claro.

A primeira coisa em que pensei ao acordar foi na cena que havia se passado no quartinho de empregada do terceiro andar.

Seria mesmo verdade? Será que eu tinha arrastado Ingvild para lá, conseguido deitá-la na cama e levantado a blusa dela acima do peito?

Ingvild? Uma garota tão frágil e tímida? Que eu amava com todo o meu coração?

Como eu tinha podido fazer aquilo? No que eu estava pensando?

Ah mas puta que pariu cacete que imbecil completo!

Eu tinha arruinado tudo.

Tudo.

Me sentei no sofá, afastei o cobertor de lã, passei a mão pelos cabelos.

Meu Deus.

Pela primeira vez nenhum dos acontecimentos da noite anterior tinha desaparecido, eu me lembrava de tudo, as imagens de Ingvild, o olhar dela quando me encarava, que eu não tinha entendido durante a festa, mas cujo significado compreendi totalmente naquele instante, não saíam da minha cabeça, não paravam de se insinuar em minha consciência, especialmente o momento em que eu havia levantado a blusa dela, porque ela não queria, mas eu tinha feito mesmo assim, foi apenas quando meus lábios tocaram o mamilo que ela endireitou o corpo e pediu que eu parasse.

O que ela teria pensado? Eu não quero, mas ele quer muito, então vou deixar?

Me levantei e fui até a janela. Yngve devia estar dormindo, pelo menos tudo estava em silêncio no apartamento. Eu sentia a cabeça pesada, mas não estava tão ruim assim em vista do quanto eu havia bebido. Como é mesmo que costumam dizer? Cerveja e vinho te deixam novinho, com vinho e cerveja acabado esteja. Eu tinha bebido primeiro cerveja, depois vinho, era por isso.

Ah, mas puta que pariu!

Puta, puta, puta que pariu!

Que idiota completo que eu era!

Ela, que era tão linda e cheia de vida.

Fui à cozinha e bebi um copo d'água. A camada de nuvens que encobria a cidade era densa e cinzenta, a luz entre as casas parecia leitosa.

Ouvi passos no quarto. Me virei, Yngve apareceu de cueca, entrou no banheiro sem olhar para mim. O rosto dele estava pálido e grogue. Deixei o café passando, peguei umas coisas na geladeira, cortei umas fatias de pão e ouvi Yngve abrir o chuveiro.

— E então? — ele disse ao sair, vestindo uma camisa azul-clara e uma calça jeans. — A festa estava boa?

— Estava — eu disse. — O único problema foi que eu cometi uma estupidez total com a Ingvild.

— Ah, é? — ele disse. — Não percebi. O que foi que aconteceu?

Ele serviu café na caneca, acrescentou um pingo de leite e sentou-se. Senti meu rosto corar e olhei para a rua.

— Eu a levei para o quartinho no terceiro andar e tentei dar uns amassos nela.

— E?

— Ela não quis saber.

— É assim mesmo — ele disse, pegando uma fatia de pão e espalhando manteiga. — Isso não significa nada. Quer dizer, significa só que ela não estava a fim naquele momento. Provavelmente você estava muito mais bêbado que ela, pode ter sido isso. Ou talvez fosse cedo demais, afinal vocês não se conhecem muito bem, não é mesmo?

— É.

— Se ela quiser um relacionamento sério com você, e estou falando sério mesmo, talvez ela não queira que aconteça assim, no meio de uma festa.

— Sei lá — eu disse. — A única coisa que sei é que eu fui um idiota completo. E acabei por espantá-la, tenho certeza.

Yngve colocou um naco de presunto em cima do pão, cortou uma rodela de pepino e levou a fatia pronta rumo à boca. Servi o café em uma caneca e tomei uns goles, ainda de pé.

— E o que você está pensando em fazer agora?

Dei de ombros.

— Não há o que fazer.

— O que está feito está feito — ele disse. — Não, essa ficou abaixo de mim. Desculpe. Mas eu me saí com uma boa no verão, pedimos camarão na tábua, sabe, eles vieram depressa, com o pé na tábua…

— Ha ha — eu ri.

— Você precisa reencontrá-la o mais depressa possível e pedir desculpa, simplesmente. Diga que você não estava sendo você, que você estava bêbado demais, qualquer coisa, mas diga que você está arrependido e que não costuma fazer esse tipo de coisa.

— Pode ser — eu disse.

— Você não pode convidá-la para vir aqui? O Ola e a Kjersti vêm às duas, eu vou fazer waffles para a gente. É uma situação perfeita.

— Você acha que ela vai aparecer um dia depois? Eu acho que não.

— A gente pode buscar a Ingvild de carro. Você bate na porta e faz o convite, diz que a gente está esperando, de carro. E se ela não quiser, não tem problema.

— Você está mesmo disposto?

— Claro, para mim não é problema.

Uma hora mais tarde nos acomodamos no carro de Yngve e descemos os morros em direção a Danmarksplass, viramos à direita no cruzamento e seguimos rumo a Fantoft. Era domingo, havia pouco tráfego e nas fileiras de montanhas verdejantes nas laterais do vale já havia pequenas áreas meio amareladas. O outono havia chegado, pensei enquanto eu batia a mão na coxa ao ritmo da música.

— Aliás, eu escrevi uma letra para você — eu disse.

— Ah, é? Que legal!

— É. Acho que não ficou tão legal, mas enfim… É por isso que ainda não mostrei para você. Já faz uma semana que escrevi.

— Como se chama?

— *Du duver så deilig.*

Yngve riu.

— Parece um ótimo título para uma letra pop.

— Pode ser — eu disse. — E já que eu comentei que a letra existe, acho que você também já pode dar uma olhada.

— E se por acaso não estiver boa é só escrever outra, não?

— Falar é fácil.

— Mas você é ou não é escritor? Se eu tiver uns versos e um refrão, consigo terminar as músicas. E para você não vai ser nem um pouco difícil.

— Então tente você — eu disse.

Yngve deu sinal para a esquerda e chegamos a uma grande praça em frente a blocos altos.

— É aqui? — eu perguntei.

— Você nunca esteve aqui antes?

— Não.

— O pai morou aqui durante um ano, sabia?

— Sabia. Mas encoste o carro aqui mesmo que eu vou correndo até o apartamento dela.

Eu sabia o endereço de cor, então depois de zanzar um pouco de um lado para o outro até encontrar o bloco certo eu peguei o elevador até o andar onde ela morava, avancei pelo corredor até encontrar a porta certa, me concentrei e toquei a campainha.

Ouvi os passos dela no lado de dentro. Ingvild abriu a porta e, quando me viu, quase deu um pulo de susto.

— Você está aqui! — ela exclamou.

— Eu só queria pedir desculpas por ontem — eu disse. — Em geral não me comporto daquele jeito. Enfim, lamento pelo que aconteceu.

— Não peça desculpa — ela disse, e de repente me lembrei de que era aquilo que ela tinha me dito na noite anterior.

— Você não está a fim de ir comigo dar um pulo na casa do Yngve? Ele vai fazer waffles. O Ola e a Kjersti, sabe, que estavam com a gente ontem, também vão aparecer.

— Não sei… — ela disse.

— Vamos lá. Vai ser legal. O Yngve está nos esperando lá fora. E depois ele pode deixar você em casa.

Ingvild me olhou.

— Tudo bem, então — ela disse. — Eu só vou colocar uma roupa mais apropriada. Espere um pouco.

Do lado de fora, Yngve fumava escorado no carro.

— Obrigado por ter aparecido ontem! — ele disse, sorrindo.

— Eu que agradeço — ela disse.

— Eu vou no banco de trás — eu disse. — Você senta na frente, Ingvild.

Ela fez como eu havia dito, correu o cinto de segurança por cima do peito, afivelou-o, eu olhei para as mãos dela, eram lindas.

Não falamos muito a caminho da cidade. Yngve perguntou a Ingvild o que ela estudava e também sobre Kaupanger, ela respondeu e perguntou o que ele estudava e sobre Arendal, e eu fiquei encolhido no banco de trás, feliz por ter escapado de assumir a responsabilidade pela conversa.

Todas as terças-feiras durante toda a nossa infância, eu ou Yngve sempre preparávamos waffles. Era uma coisa que sabíamos fazer, estava praticamente no sangue, então para mim a tarde seguinte, em que ficamos sentados na sala comendo waffles e bebendo café, não pareceu tão estranha e atípica para um grupo de estudantes como deve ter parecido aos outros, pelo contrário, a chapa de waffles era uma das poucas coisas que eu tinha levado de casa ao me mudar no ano anterior.

Como no carro, deixei a conversa fluir sem mim. Sentado à mesa com Yngve, Ola, Kjersti e Ingvild, depois do que tinha acontecido na noite anterior eu tinha tudo a perder. Os outros três eram mais experientes; se eu dissesse qualquer coisa, poderia soar estúpido, e assim toda a minha falta de experiência se revelaria aos olhos de Ingvild. Não, eu falei tão pouco quanto possível, uma ou duas vezes balbuciei para concordar, fiz discretos acenos de cabeça e então sorri. Eu dava um jeito de fazer uma pergunta ou outra a Ingvild, claro, mas apenas para mostrar que não havia me esquecido dela e para demonstrar que para mim a presença dela era importante.

— Você põe outro disco? — Yngve me perguntou. — Eu vou preparar mais uns waffles.

Acenei a cabeça e, no caminho até a cozinha, me ajoelhei em frente à coleção de discos dele.

Tive a impressão de que aquilo era um teste, de que a música que eu escolhesse seria muito importante, e no fim me decidi pelo álbum *Document*, do R.E.M.

Por engano, coloquei o lado B para tocar, e não me dei conta desse erro terrível antes de me sentar mais uma vez ao lado de Ingvild.

This one goes out to the one I love.

Senti o meu rosto corar.

Ela acharia que eu tinha escolhido aquela música para dar um recado. Um recado bem direto. Essa música é para a garota que eu amo.

Ela deve achar que sou um idiota completo, pensei enquanto eu olhava para fora da janela, para que ela não visse o rubor em meu rosto.

This one goes out to the one I've left behind.

Essa não. Que constrangimento!

Olhei de relance para Ingvild, para ver se ela dava sinais de ter percebido. Não dava, mas se tivesse percebido mesmo assim, e achasse que eu estava mandando uma mensagem secreta, será que teria demonstrado de maneira perceptível?

Não.

Tomei um gole de café, puxei o último waffle para o meu prato, incrementei-o com geleia de framboesa, cheia de sementinhas pretas, segurei-o na mão, enfiei-o na boca, mastiguei bem e engoli.

— Os waffles estão muito bons! — eu disse para Yngve, que voltava naquele mesmo instante.

— É que dessa vez eu usei vários ovos.

— O j-jeito como vocês f-falam! — disse Ola. — P-parece que estou sentado na c-companhia de duas s-senhoras.

This one goes out to the one I love.

Me levantei e fui ao banheiro, lavei o rosto com água fria, evitei me olhar no espelho, sequei as mãos e o rosto com a toalha que estava pendurada e que tinha o cheiro de Yngve.

Quando voltei, a música tinha acabado. Ficamos lá por mais uma meia hora, e quando Ola e Kjersti resolveram ir eu disse que talvez fosse um bom momento para que a gente também fosse embora, na verdade eu tinha muita coisa a fazer no dia seguinte, Ingvild concordou, pela mesma razão, e cinco minutos mais tarde estávamos sentados no carro de Yngve, acelerando rumo a Fantoft.

Ingvild desceu, acenou para nós, Yngve fez o retorno e começou a avançar mais uma vez rumo à cidade.

— Deu tudo certo, não? — ele me perguntou.

— Você acha? — eu disse. — Ela pareceu à vontade?

— Acho que sim. Ela parecia à vontade, não?

— O certo é que os waffles estavam bons.

— Verdade.

Não dissemos muita coisa mais antes que Yngve estacionasse o carro em frente ao meu estúdio.

Desci, agradeci o passeio, bati a porta e subi os três degraus até a porta enquanto Yngve dobrava a esquina e desaparecia. Eu tinha pensado que seria bom voltar para casa, mas o cheiro do chão e das roupas de cama recém-lavadas, que ainda pairava no ar, me fez lembrar dos planos que eu havia traçado antes que a noite começasse, do meu desejo de acordar ao lado de Ingvild naquela manhã, e uma nova onda de indignação e desespero tomou conta de mim, junto com todos os meus sentimentos em relação à Skrivekunstakademiet, que apareciam por qualquer motivo.

A máquina de escrever, os livros, a sacola plástica com o caderno de anotações, as canetas, até mesmo a visão das roupas que eu havia usado na última aula faziam com que eu me sentisse derrotado e desesperançoso.

Ola havia falado em uma fogueira de livros, e eu compreendia bem a necessidade daquilo, de simplesmente jogar tudo que eu não gostava e não queria para mim, todas as perversidades da vida, numa fogueira, para então começar tudo outra vez.

Era uma ideia incrível. Juntar todas as minhas roupas, todos os meus livros e todos os meus discos no parque em frente, fazer uma pilha no meio do gramado, completar com minha cama e minha escrivaninha, minha máquina de escrever, meus diários e todas as porcarias de cartas que eu havia recebido, enfim, tudo que tivesse o menor resquício de uma lembrança: para a fogueira.

Ah, e as chamas lambendo tudo sob a escuridão do céu noturno, os vizinhos correndo para as janelas, o que está acontecendo, ah, é só aquele garoto recém-chegado fazendo uma limpa na vida, ele quer começar tudo outra vez, e na verdade ele tem razão, eu também quero isso para mim.

E de repente fogueiras por toda parte, toda Bergen em chamas à noite, helicópteros com câmeras de TV sobrevoando tudo aquilo, repórteres narrando os acontecimentos com vozes dramáticas, Bergen está ardendo em chamas agora à noite, o que está acontecendo?, *os próprios moradores* parecem ser os responsáveis.

Me sentei na cadeira em frente à escrivaninha, o sofá e a cama eram moles e macios demais, eu queria uma coisa um pouco mais firme. Enrolei um cigarro e o acendi, mas o cigarro estava torto e tinha o tabaco mal distribuído, apaguei-o depois de umas poucas baforadas, eu tinha uma carteira de cigarros no bolso da jaqueta, não?, tinha sim, aquilo era bem melhor, e então, enquanto eu estava sentado com o olhar fixo na superfície da escrivaninha, tentei me orientar em relação à realidade, analisar minha situação da maneira mais racional e objetiva possível. A Skrivekunstakademiet tinha sido uma derrota, mas em primeiro lugar, seria mesmo tão relevante o fato de que eu não sabia escrever poemas? Não. Em segundo lugar, seria assim para sempre? Será que eu não podia aprender, desenvolver minha capacidade ao longo do ano? Claro que podia. E se eu quisesse desenvolver minha capacidade, eu precisava me manter aberto, e não ter medo de errar. Em relação a Ingvild eu tinha agido como um idiota, primeiro sendo aborrecido e quieto, depois me atirando em cima dela com afobação e violência. Dito de outra forma, eu tinha agido sem levar em conta os sentimentos dela, não tinha pensado no que ela queria. Tudo bem. Eu não havia pensado nela, somente em mim. Mas, em primeiro lugar, eu estava bêbado, às vezes acontecia, e com todo mundo. Em segundo lugar, se ela gostava de mim, aquilo não poderia destruir tudo, certo? Se ela gostava de mim, será que não podia ver também o meu lado, entender por que tudo tinha acabado daquele jeito? Por sorte, tínhamos dois outros encontros que haviam nos aproximado, o primeiro em Førde, quando tudo havia sido como em um sonho, e o segundo na cantina, quando pelo menos tivemos uma conversa normal. E além disso havia as cartas. Eram cartas divertidas, eu sabia, ou pelo menos não eram aborrecidas. Além do mais, eu frequentava a Skrivekunstakademiet, e portanto não era como os outros estudantes, eu seria um escritor, as pessoas achavam que isso era uma coisa interessante e bacana, talvez Ingvild também, mesmo que não tivesse feito qualquer comentário direto. E havia também o encontro mais recente na casa de Yngve, que melhorou um pouco a impressão que eu havia dado na noite anterior, pelo menos ela tinha visto que Yngve era um cara legal, e como éramos irmãos, a ideia de que eu também devia ser um cara legal não podia estar muito distante.

Às sete horas desci e toquei na campainha de Jon Olav.

— Entre! — ele disse com um sorriso no rosto. Tínhamos contas a acertar.

— Obrigado — eu disse, acompanhando-o para dentro do estúdio. Ele preparou chá e nós dois nos sentamos.

— Eu lamento ter xingado você — eu disse. — Mas não vou pedir desculpas.

Ele riu.

— Por que não? Porque você é orgulhoso demais?

— Porque eu fiquei puto com o que você disse. E não tenho como pedir desculpa por isso.

— É verdade — ele disse. — E eu passei um pouco dos limites. Mas você estava além da conta. Parecia um louco.

— Eu só estava bêbado.

— Eu também estava bêbado.

— No hard feelings? — eu disse.

— No hard feelings. Mas você acha mesmo aquilo, que direito não é nada?

— Claro que não. Mas eu tinha que arranjar uma coisa para dizer.

— Para falar a verdade eu também não gosto muito de direito — ele disse. — Vejo o direito acima de tudo como uma ferramenta.

Jon Olav me olhou.

— Essa é a hora em que você diz que também vê a escrita como uma ferramenta!

— Você pretende começar de novo? — perguntei.

Ele riu.

Quando voltei, me deitei na cama e fiquei olhando para o teto. Eu tinha me acertado com Jon Olav. Tudo estava bem. Mas com Ingvild não, essa situação era completamente distinta e bem mais complicada. A questão era decidir o que fazer. O que tinha acontecido tinha acontecido e não podia mais ser mudado. Mas no futuro, como eu deveria agir?

O que seria melhor?

Eu havia tomado a iniciativa nas duas últimas vezes, feito o convite naquele dia e no dia anterior.

Se Ingvild tivesse interesse, entraria em contato. Ela podia aparecer na minha casa, afinal sabia onde eu morava, ou então escrever uma carta. O que achasse melhor.

Eu não podia fazer um terceiro convite, em primeiro lugar pareceria insistente, e em segundo lugar eu já não sabia mais se ela estava mesmo interessada em mim e precisava de um sinal.

O sinal podia ser uma visita.

E assim teria que ser.

Na segunda-feira após a festa na casa de Yngve eu não esperava nada, era cedo demais, Ingvild não entraria em contato naquela mesma tarde, eu sabia, mas assim mesmo fiquei esperançoso: quando ouvia passos na rua, eu inclinava o corpo e espiava para fora da janela. Se alguém parava nos degraus da entrada, eu sentia meu corpo se enregelar. Mas claro que não era ela, eu fui para a cama, um novo dia nasceu, repleto de chuva e neblina, e então veio um novo entardecer cheio de expectativa e esperança. A chegada dela na terça-feira parecia mais realística, a essa altura ela já teria pensado melhor, se distanciado um pouco do que tinha acontecido, e assim os sentimentos dela teriam mais uma oportunidade para se manifestar. Passos na rua: uma espiada pela janela. Alguém parado na escada: meu corpo enregelado. Mas ela não veio, era cedo demais, talvez no dia seguinte?

Não.

Quinta-feira, então?

Não.

E na sexta-feira, será que Ingvild apareceria com uma garrafa de vinho para dividirmos?

Não.

No sábado escrevi uma carta para ela, mesmo sabendo que eu não a enviaria, pois a iniciativa era dela, era ela quem precisava se aproximar de mim.

À tarde eu estava ouvindo música na casa de Morten, não tínhamos nos falado desde aquela vez em Høyden, quando ele apareceu completamente desesperado, eu pensei em passar um tempo na casa dele, porque não tinha conversado com ninguém durante o dia inteiro e estava com sede de companhia. Desci a escada e bati na porta, ninguém atendeu, mas eu sabia que ele estava em casa, então abri.

Morten estava ajoelhado no chão com as mãos estendidas e postas. Numa cadeira à frente havia uma garota sentada. Ela tinha as pernas cruzadas e o corpo inclinado para trás. Morten se virou e olhou para mim com um olhar de absoluto desatino, eu fechei a porta e subi depressa a escada que levava ao meu estúdio.

Ele apareceu na manhã seguinte, disse que havia feito uma última investida desesperada, mas não havia funcionado, não havia dado em nada, a garota não queria saber dele. Mesmo assim ele estava de bom humor, dava para notar em meio à linguagem corporal austera e aos gestos formais que emanava ternura, e não desespero.

Imaginei que Morten podia ser um personagem de um dos muitos livros da série *Stompa* que eu lia quando era pequeno, um jovem norueguês da década de 1950 educado num internato.

Contei-lhe a respeito de Ingvild, ele me aconselhou a procurá-la, me sentar com ela em algum lugar e falar tudo de uma vez.

— Fale sem rodeios! — ele disse. — O que você tem a perder? Se você ama essa garota, ela vai ficar contente, ora.

— Mas eu já fiz isso — eu disse.

— Você estava bêbado! Faça de novo, dessa vez sóbrio. É preciso coragem, meu rapaz. Tenho certeza de que ela vai ficar impressionada.

— É como o cego mostrando o caminho ao coxo — eu disse. — Eu vi o que você fez lá embaixo!

Morten riu.

— Mas eu não sou você. Nem tudo que funciona para um funciona para o outro. Acho que seria bom a gente ir ao Christian em um fim de tarde qualquer. A gente pode convidar o Rune. Todos os garotos da casa. O que você acha?

— Eu não tenho telefone — eu disse. — Então, se a Ingvild quiser falar comigo, o mais provável é que ela apareça. Então preciso estar por aqui.

Morten se levantou.

— Claro. Mas não acho que esse seja o fator decisivo.

— Eu também não. Mas prefiro ficar por aqui.

— Tudo bem, então vamos esperar. Boa noite, meu filho!

— Boa noite para você também.

Saí e telefonei para Yngve, ele não estava em casa, me dei conta de que era domingo e ele com certeza estaria trabalhando no hotel. Telefonei para a minha mãe. Primeiro discutimos as circunstâncias da minha vida, ou seja, o que vinha acontecendo na academia, depois discutimos as circunstâncias da vida dela. Ela estava procurando um novo lugar para morar e trabalhando muito para oferecer educação continuada na escola.

— Precisamos dar um jeito de nos ver em breve — ela disse. — Será que você e o Yngve não podem ir a Sørbøvåg passar um fim de semana? Já faz bastante tempo desde a última vez que vocês estiveram lá. E assim todo mundo podia se encontrar.

— Boa ideia — eu disse.

— No fim de semana que vem eu não posso, mas quem sabe no outro?

— Vou tentar e ver o que consigo. Talvez fique bom para o Yngve também.

— Já deixamos mais ou menos acertado, então. Depois nos falamos.

Era realmente uma boa ideia. A pequena fazenda dos meus avós maternos era um mundo à parte, tanto porque me fazia relembrar minha infância, que de certa forma permanecia intocada, já que eu visitava o lugar com pouca frequência, como também porque tudo permanecia do mesmo jeito de sempre, uma casa no alto de uma pequena elevação com vista para o fiorde e a montanha do outro lado, quase no mar, longe de tudo. Seria ótimo passar uns dias lá, onde ninguém se preocupava com o que eu era ou deixava de ser, mas apenas com quem eu era, o que havia se mostrado suficiente para todos até então.

Naquela semana escrevemos contos breves em prosa na academia. O romance pontilhista era a grande novidade, uma forma cuja história na Noruega começava com *Anne*, de Paal-Helge Hauge, segundo nos disseram, esse e os outros romances pontilhistas encontravam-se entre a prosa, ou seja, a linha, e a poesia, ou seja, o ponto. Li o romance, era incrível, marcado por uma escuridão no estilo da "Fuga da morte" de Paul Celan, mas eu não poderia escrever daquele jeito, não havia a menor chance, eu não sabia o que criava aquelas marcas de escuridão. Mesmo que eu tenha lido uma frase de cada vez, a impressão permanecia vaga, não se encontrava em nenhum lugar definido, não era evocada por nenhuma palavra em especial, mas permeava o todo, como uma disposição permeia o espírito. O espírito não encontra uma disposição num pensamento específico ou numa determinada parte do cérebro, nem em uma determinada parte do corpo, como o pé ou a orelha, a disposição se encontra em toda parte, mas não é nada em si mesma, e mais parece uma cor sobre a qual os pensamentos são pensados, uma cor através da qual vemos o mundo. Essas cores não existiam nos meus escritos, não havia uma disposição hipnótica e sugestiva, a bem dizer não havia disposição nenhuma, e imaginei que esse era o problema, essa era a razão para que os meus escritos parecessem tão ruins e imaturos. A questão era saber se essas cores e disposições podiam ser *conquistadas*. Se eu poderia lutar para obtê-las, ou se eram uma coisa que ou você tinha ou não tinha. Quando escrevia em casa, eu achava bom, mas depois vinham os comentários na academia, onde a mesma coisa era repetida toda vez, primeiro uns elogios comportados para manter as aparências, diziam que a narrativa era vibrante, para em seguida dizer que o meu texto era repleto de clichês, estereotípico, talvez até desinteressante. Mas o que mais doía era ouvir que meus textos eram imaturos. Quando o curso de prosa começou, recebemos um exercício simples, devíamos escrever um texto sobre um dia, ou sobre a abertura de um dia, e eu escrevi sobre um rapaz que acordava no estúdio onde morava com a chegada do correio, a cama dele era encostada na mesma parede onde a caixa postal ficava pendurada no lado de fora, e o barulho o despertava. Ao terminar o café da manhã ele saía e no caminho encontrava uma garota, descrita no texto, que ele resolvia seguir. Quando fiz a leitura em voz alta, a atmosfera ficou meio incômoda. Meus colegas fizeram os elogios habituais e genéricos, disseram que estava bom, que era fácil imaginar o que estava sendo descrito, sugeriram que eu cortasse isso e aquilo… Mas quando chegou a vez de Trude as palavras foram ditas, aquilo que eu pressentia no ar. Isso parece tão imaturo!, ela disse. Ouça essa parte: "Ele olhou para a bunda Levi's bem desenhada". Sinceramente, "bunda Levi's bem desenhada"? A garota não passa de um objeto, e depois ele começa a segui-la! Se esse fosse um estudo sobre a imaturidade e a objetificação das mulheres eu não teria reparos a fazer, mas não há nada no texto que aponte nesse sentido. Me parece um texto de leitura desagradável, em suma. Tentei me defender, admiti que certas críticas eram válidas, mas que o texto abordava *justamente* aquilo, a distância. Claro que eu podia ter incluído um nível metatextual, eu disse, como o Kundera faz, mas eu não quis, eu preferi deixar tudo no mesmo nível em que o personagem se encontra.

— Mesmo assim, não foi o que me pareceu durante a leitura — disse Trude.

— Pode ser — eu disse. — Pode ser que não esteja suficientemente claro.

— Eu achei divertido! — disse Petra, que por um motivo ou outro com frequência me defendia nas rodadas de comentários. Talvez porque também escrevesse prosa. Quando a discussão esquentava, a turma passou a se dividir cada vez mais em grupos, sendo um lado formado pelos alunos que escreviam principalmente prosa e o outro formado pelos alunos que escreviam poesia, com Nina, que escrevia maravilhosamente em ambos os gêneros, no meio de campo. Não que Nina dissesse muita coisa, talvez ela fosse a pessoa com mais dificuldade para se articular espontaneamente, em geral era quase impossível entender o que ela queria dizer, ou mesmo se ela realmente tinha qualquer coisa a dizer. A julgar pelos comentários dela, parecia que não, tudo era muito vago e não seguia em nenhuma direção particular, as observações poderiam servir tanto em uma discussão sobre roupas como em uma discussão sobre literatura, mas a escrita era clara como um cristal, não porque o significado fosse claro, não, mas a linguagem, as frases, tudo era claro e belo como vidro. Ela era a melhor, Trude era a segunda melhor e Knut o terceiro melhor. Petra, com frases que pareciam besouros no fundo de um balde, era hors-concours, eu pensava, não estava de nenhuma forma pronta como os outros três, mas um dia ainda poderia expressar tudo aquilo de maneira completa, o talento dela era muito evidente e se caracterizava pela imprevisibilidade: tudo podia acontecer nos textos dela, era impossível fazer qualquer tipo de previsão com base na pessoa que ela era ou nas coisas sobre as quais escrevia, com os outros não era difícil fazer esse tipo de estimativa, mas com Petra sempre havia um elemento inusitado e inesperado. E por último estava eu, junto com Kjetil. As duas últimas colegas, Else Karin e Bjørg, estavam acima de nós, as duas já tinham publicado romances, de certa maneira eram escritoras prontas, e os textos que apresentaram ao longo do curso também pareciam bem-acabados e consistentes. Mas os textos delas nunca soltavam faísca como os textos de Nina e Petra, eram mais como cavalos levando troncos de árvore por uma floresta invernal, tudo era pesado, vagaroso, o olhar estava sempre voltado para a frente.

Mas, se eu estava em último, era preciso lutar para estar entre os primeiros. Se admitisse que meu lugar era entre os últimos, no extremo da imaturidade e da ausência de talento, eu teria perdido. Eu não podia me permitir uma coisa dessas. Após um tempo na academia eu às vezes desistia e dizia a mim mesmo que aquele era um fato consumado, eu não era escritor, não havia nada a fazer, mas eram momentos breves, à noite, e logo meus pensamentos faziam o movimento contrário, não era um fato consumado, talvez eu não estivesse conseguindo naquele instante, mas era uma situação passageira, que podia e devia ser vencida, e quando eu acordava pela manhã, tomava um banho e aprontava minhas coisas para ir a mais um encontro, minha confiança estava renovada.

Já era quase um hábito terminar a semana no Wesselstuen ou no Henrik. Eu não tinha acompanhado a turma nas últimas duas sextas-feiras, mas naquela tarde pensei que eu não podia passar o fim de semana inteiro em casa esperando, e que se Ingvild resolvesse aparecer justo naquela noite, provavelmente deixaria um bilhete avisando que tinha estado lá.

Ao longo do mês que havíamos frequentado a academia, tínhamos conhecido os professores cada vez melhor, eles já não pareciam formais e desconfortáveis, mesmo que eu tivesse a impressão de que essas características jamais os deixariam por completo, pois eram parte do caráter e da natureza, em especial no caso de Fosse, que tinha menos da extroversão de Hovland, para não falar das respostas na ponta da língua e do constante, ainda que tímido, brilho nos olhos. Em Fosse não existiam essas respostas, não existia esse brilho. Mas ele se aproximou de nós mesmo assim, passou a dar opiniões sobre os assuntos que discutíamos, a princípio com um jeito sério, que no entanto seguidamente acabava numa risada que era quase um bufo, uma gargalhada meio reprimida, e às vezes também acontecia de ele contar pequenas histórias ou experiências que tinha vivido, e que juntas ofereciam um retrato da pessoa que era. Não um retrato completo, porque Fosse era discreto ao extremo, assim como Hovland, que praticamente nunca fazia qualquer tipo de comentário sobre a vida pessoal, mas que assim mesmo, somado com o que os dois mostravam de si durante as aulas, era suficiente para nos dar uma impressão de quem eram. Fosse era tímido, mas também confiante em um grau quase extremo, ele sabia muito bem quem era e o que sabia fazer, a timidez era mais como um manto que trouxesse enrolado ao redor de si. Mas Hovland se comportava da maneira oposta, eu pensava, nele a timidez era protegida pela espirituosidade e pela disposição irônica. A simpatia e o respeito que Hovland e Fosse nutriam um pelo outro, mesmo naquilo que escreviam, revelavam-se claros como o dia. Tínhamos encerrado duas noites cantando *Blåmann, blåmann bukken min* juntos.

Subimos a encosta suave de Nøstet, baixamos nossos guarda-chuvas, em seguida os sacudimos e os fechamos, subimos ao segundo andar do Henrik e pegamos uma mesa, pedimos cerveja, conversamos. Dias haviam se passado desde o comentário sobre imaturidade e eu tinha arranjado uma nova ideia para um romance, em parte inspirada pelo punhado de contos de Borges e Cortázar que eu havia lido ao longo da semana, e além disso os pensamentos a respeito de Ingvild tinham desaparecido em meio a todas as emoções da Skrivekunstakademiet, então meu humor estava relativamente bom naquele momento. Ao fim de mais ou menos uma hora quase todo mundo havia bebido o suficiente para que as restrições quanto ao que poderia ser dito ou não, que existiam em grau similar em todos nós, começassem a desaparecer. Jon Fosse falou sobre a juventude dele, e disse que a certa altura quase tinha virado um menino de rua. Petra riu com escárnio. Você não conseguiria, ela disse. Você está apenas mitologizando sua própria história! Menino de rua! Ha ha ha! Não, disse Fosse com aquele jeito a meia-voz, olhando para a mesa, aquilo tinha mesmo acontecido. Ele podia ter virado um menino de rua. Quem foi que já ouviu falar de meninos de rua em vilarejos rurais?, disse Petra. Não, isso foi em Bergen, já, disse Fosse. Todos os que ouviram esse pequeno bate-boca ficaram desconcertados. Por sorte Petra abandonou o tema. A noite continuou, mais cerveja foi consumida, a atmosfera estava boa até o momento em que Jon Fosse se levantou para ir ao bar. O menino de rua vai pegar uma cerveja, disse Petra. Jon Fosse não disse nada, comprou a cerveja, voltou, tornou a sentar-se. Petra o provocou mais uma vez logo em seguida, do mesmo jeito, chamando-o de menino de rua. Por fim ele se levantou.

— Eu não preciso ouvir essas coisas — ele disse, e então vestiu o casaco e desapareceu escada abaixo.

Petra ria enquanto mantinha o olhar fixo na mesa.

— Por que você fez isso? Você o mandou embora — disse Trude.

— Ora, ele estava todo metido a sério, todo pomposo! Menino de rua…

— Mas você precisava ridicularizá-lo por conta disso? De que adianta? — eu disse. — *A gente* queria ter a companhia dele. *A gente* acha divertido beber com ele.

— Você por acaso virou representante de classe?

— Ah, pare com isso. Você sabe que não tem do que se orgulhar — disse Knut.

— O Jon é uma pessoa gentil e simpática. Não existe motivo para tratá-lo assim — disse Else Karin

— Já chega! — disse Petra. — Vocês são um bando de hipócritas. Todo mundo achou idiota quando ele disse que quase virou menino de rua.

— Eu não — eu disse.

— Não, porque você é outro que gostaria de ser menino de rua. Menino de rua! Que estupidez!

— Vamos deixar esse assunto de lado — disse Knut. — Peça desculpas na segunda-feira, se você tiver coragem.

— Claro que não — ela disse. — Mas podemos deixar o assunto de lado. Quanto a isso estamos de acordo. Parece conversa de bêbado.

Tudo mudou depois que Fosse nos deixou, e pouco tempo depois nossos colegas começaram a ir embora, a não ser por mim e Petra, que fomos ao Opera. Ela perguntou se podia dormir na minha casa, eu disse que sim, claro, e então pegamos uma mesa e continuamos bebendo. Contei a ela sobre a minha nova ideia para um romance. O romance consistiria em uma série de vários diálogos, pessoas falando em diferentes situações, em cafés, ônibus, parques e assim por diante, todas as conversas diriam respeito a assuntos centrais na vida dessas pessoas, que estariam falando sobre coisas importantes, como um diagnóstico recente de câncer, ou a notícia de que um filho tinha sido preso, talvez por homicídio, e assim, eu contava a Petra — que me ouvia sem olhar para mim, mas não sem lançar olhares de relance na minha direção, seguidos pelos sorrisos fugazes dela — e assim a situação que havia originado aquelas conversas aos poucos seria revelada. Um homem as tinha gravado. Por quê?, perguntei a Petra, não, diga você, ela insistiu, eu sorri, ah, é justamente o que estou fazendo, eu disse. Existe uma organização da qual o homem faz parte, ou para a qual o homem trabalha. Em todas as cidades com mais de tantos habitantes existem pessoas que trabalham para a organização, todas essas pessoas gravam conversas em lugares públicos, que então são transcritas e arquivadas em um determinado lugar, porém não se trata de uma novidade, é uma coisa que vem acontecendo desde tempos imemoriais. Quer dizer, existem conversas da Idade Média e da Antiguidade, milhares e milhares, todas de certa forma centrais para as pessoas envolvidas.

— E? — perguntou Petra.

— E? Não tem mais nada. Isso é tudo. Você acha que pode funcionar?

— Para dizer a verdade, acho que é uma boa ideia. Mas por quê?

— Por que o quê?

— Por que essas conversas estão sendo preservadas? O que essas pessoas querem fazer com elas?

— Ainda não sei direito. Acho que talvez estejam apenas documentando.

— Agora eu sei no que essa ideia me fez pensar. Em *Asas do desejo*, do Wim Wenders. Você já viu? Uns anjos ficam vagando e ouvindo os pensamentos das pessoas.

— Mas no meu caso são conversas. E não existem anjos.

— Eu sei, eu sei. Mas você já viu o filme?

— Vi mas faz muito tempo. E não era nisso que eu estava pensando. Nem um pouco.

E era verdade, esse filme nem tinha passado pela minha cabeça, mas eu percebi o que ela queria dizer, havia uma semelhança.

— Você quer mais uma cerveja? — eu perguntei enquanto me levantava.

— Claro — ela disse.

Já na fila corri os olhos pelo lugar na tentativa de ver se Ingvild por acaso estaria lá, como eu vinha fazendo desde o momento em que havia posto os pés no Opera, mas não a vi em nenhuma parte. Levantei dois dedos e notei o franzido quase imperceptível na sobrancelha do garçom que indicava o recebimento do pedido, não sem um certo orgulho, porque àquela altura eu já entendia as regras do jogo.

E se os personagens *realmente* fossem anjos?

Isso resolveria todos os meus problemas! Eles podiam estar recolhendo material para uma Bíblia ao contrário, que falasse sobre os homens, para eles criaturas incompreensíveis. A humanidade era incompreensível para os anjos! E por isso eles se interessavam por analisar nossas conversas!

Larguei os dois canecos em cima da mesa e me sentei.

— Ouvi dizer que não se deve falar sobre o que você pretende escrever — eu disse.

— Por que não? — Petra perguntou, embora não muito interessada, porque estava olhando para longe e deixou os lábios deslizarem sobre os dentes como fazia quando estava pensando em outra coisa, ou quando eu achava que estava pensando em outra coisa.

— Porque de certa forma você gasta os seus cartuchos — eu disse. — Gasta o seu material.

— Pfui, isso é o que dizem. Mas você pode fazer o que bem entender. Se está a fim de falar, é só falar, caramba.

— Talvez você tenha razão — eu disse.

Eu me sentia sempre muito inocente e iluminado na companhia de Petra, como o filho impecável de um burguês, o aluno mais brilhante da turma, dedicado à escola, mas ainda um aprendiz na vida. Petra me disse que nas últimas semanas tinha saído praticamente todas as noites, sozinha no bar do Wesselstuen, e que sempre apareciam homens para bancar as bebidas dela, ela não gastava sequer uma coroa do próprio bolso, segundo me disse, e nunca fazia nada em troca, a não ser ouvi-los, e às vezes nem isso. Disse que era divertido, que esses homens eram um bom entretenimento, e que jamais os teria conhecido de outra forma. Não entendi que alegria ela poderia tirar daquilo, mas assim mesmo senti respeito, para não dizer admiração, porque afinal eu tinha lido Bukowski e Kerouac e todos esses livros nos quais as pessoas ficam bebendo em bares e desde o colegial eu me sentia atraído para aquela escuridão cintilante, embora eu não a conhecesse, não estivesse disposto a ir a um lugar daqueles, me sentar sozinho num bar com pessoas desconhecidas era uma coisa inconcebível para mim, seria bem mais próximo da minha natureza ficar no meu estúdio preparando waffles sozinho, pensei, e era esse o sentimento que Petra despertava em mim, o de um cara alegre e faceiro e superficial que telefonava para a mãe e tinha medo do pai. Petra tinha que descer de nível para me fazer companhia, e eu não compreendia por que fazia aquilo, mas para mim era motivo de alegria, e nesse caso era melhor achar bom quando ela ria de mim e fazia comentários depreciativos. Ela fazia aquilo com todo mundo.

Olhei em direção ao amontoado de pequenos morros formados pelas cabeças.

Ingvild?

Não.

Outros conhecidos?

Não.

Olhei para o relógio. Onze e meia.

Anjos que estudavam uma Bíblia ao contrário!

Será que eu conseguiria levar essa ideia até o fim?

— Eu estou escrevendo um conto sobre um salão de cabeleireiro — disse Petra. — Com um cesto onde dois cachorros ficam. Pelo menos é a minha ideia!

— Com certeza vai ficar muito bom — eu disse.

— Não parece muito perigoso falar a respeito disso — ela disse, sorrindo com os olhos apertados em uma expressão subitamente agressiva.

— Olá — disse uma voz conhecida às minhas costas.

Era Yngve.

— Oi! — eu disse. — Achei mesmo que você sairia hoje à noite.

— Só estou dando uma passada. Vim do trabalho e resolvi dar um pulo e ver se encontrava uns conhecidos.

— Pegue uma cerveja e sente com a gente! Essa é a Petra, da academia. Esse é o Yngve, meu irmão.

— Imaginei — disse Petra.

Quando Yngve sentou-se conosco pouco depois, tive receio de que Petra soltasse as patas em cima dele, Yngve devia ser um cara totalmente careta aos olhos dela, mas não foi o que aconteceu, pelo contrário, os dois ficaram conversando enquanto eu me recostei na cadeira e fiquei bebendo cerveja relaxado, sem prestar muita atenção ao que diziam. Petra começou a fazer perguntas sobre a universidade, o que me pareceu inesperado. Talvez o episódio com Fosse tivesse ensinado uma lição a ela. Yngve começou a falar de um livro de Baudrillard sobre os Estados Unidos, Petra ficou interessada e eu me alegrei com aquilo. Ela se levantou para ir ao banheiro, Yngve disse que tinha gostado dela, que era bonita, eu concordei, mas acrescentei que podia ser também muito ríspida quando estava a fim.

Esperamos na fila do táxi em frente ao Wesselstuen, demorou vinte minutos, depois nos sentamos no banco de trás de um Mercedes que deslizou baixo e elegante pelas ruas molhadas de chuva até o meu estúdio. Paguei, constatei que não havia bilhete nenhum na porta de entrada nem na porta do meu estúdio, abri a fechadura, não me importei com o que Petra talvez pensasse a respeito do que estava vendo, como eu teria feito com quase todas as outras pessoas, preparei chá, coloquei para tocar um disco do Velvet Underground, que por um motivo ou outro eu associava a Petra, talvez por causa do elemento cínico e urbano, ela disse que Yngve tinha parecido simpático e me perguntou sobre como era o nosso relacionamento, eu disse que era um relacionamento bom, mas que talvez eu fosse um pouco dependente em Bergen, pelo menos era o que eu pensava às vezes, eu ainda não tinha feito amigos, a não ser pelos colegas da academia, então o jeito era aproveitar os amigos de Yngve. Uma vez caçula, sempre caçula, ela disse. Fumamos nossos cigarros, eu disse que não tinha um edredom extra, mas que ela podia usar o meu, ela soltou vento pela boca e disse que a colcha seria mais que suficiente, ela podia dormir vestida, não seria problema nenhum, era uma coisa que estava acostumada a fazer. Tudo bem, eu disse, mas e o lençol? Ela soltou vento pela boca mais uma vez, eu disse, como você preferir, e então me levantei.

Será que eu devia tirar a roupa na frente dela? Ou me deitar vestido, também?

Não, porra, aquela era a minha casa, eu pensei, e então comecei a tirar a roupa. Petra se virou e ficou mexendo em qualquer coisa até que eu estivesse deitado na cama, apoiado em um dos cotovelos. Ela me olhou.

— O que você tem aqui? Ai que nojo! — ela disse. — Você tem *três* mamilos?

Do que ela podia estar falando?

Olhei para o meu peito.

Era verdade. Ao lado de um deles havia crescido um mamilo extra, do mesmo tamanho do original.

Horrorizado, segurei-o entre o indicador e o polegar.

Seria um câncer?

— Argh! — Petra disse. — Se eu soubesse que você era uma aberração, não teria vindo dormir aqui.

— Relaxe — eu disse. — É só uma espinha. Deve ter obstruído um daqueles furinhos minúsculos ou coisa do tipo. Veja só!

Espremi o novo mamilo e uma gosma amarela escorreu pelo meu peito.

— Argh! Argh! O que você está fazendo? — ela disse.

Me levantei, peguei uma toalha do armário e limpei aquilo, olhei para o mamilo, que tinha recuperado a aparência normal, e me deitei mais uma vez na cama.

— Você apaga a luz? — eu pedi.

Petra acenou a cabeça, apertou o interruptor, sentou-se no sofá, colocou os pés para cima e cobriu o corpo com a colcha.

— Boa noite — eu disse.

— Boa noite — ela disse.

*

Acordei com Petra andando pelo estúdio, e então me levantei.

— Você está indo embora? — eu perguntei.

— Acho que estou — ela disse. — Já são nove horas. Pena ter acordado você.

— Não tem problema — eu disse. — Você não quer tomar café da manhã comigo?

Ela balançou a cabeça.

— Você deu um pequeno espetáculo à noite. Não se lembra de nada?

— Não.

— Você se levantou, atirou o edredom no chão e o pisoteou com força umas quantas vezes. O que você está fazendo?, eu perguntei. Tem visons no edredom! — você gritou. Eu morri de rir. Foi uma cena e tanto.

— Sério? Eu não me lembro de nada.

— Sério. Mas obrigada pelo sofá. Até a próxima!

Ouvi Petra no corredor, a porta da entrada que se abriu e fechou, os passos que dobraram a esquina e sumiram ao descer o morro. Vi então a imagem difusa de um animal entre o edredom e a capa, de repente me lembrei, e me lembrei de que eu havia jogado o edredom no chão tomado de repulsa e terror. Quanto ao pisoteamento, eu não tinha a menor lembrança. Tive um sentimento quase sinistro. Até onde eu sabia, cenas do tipo podiam acontecer todas as noites.

Na segunda tarde a seguir a campainha tocou, levei um susto, eu tinha certeza de que era Ingvild, quem mais poderia aparecer na minha porta?

Jon Olav.

Ele perguntou por onde eu andava, por acaso eu estava passando os dias e as noites concentrado em escrever?

Bem, era quase verdade.

Ele perguntou se eu não queria tomar uma cerveja, domingo era um bom dia para fazer isso, tudo ficava silencioso e quieto.

Eu disse que era melhor não, eu tinha muita coisa a fazer.

— Claro, claro — ele disse, se levantando e vestindo a jaqueta. — Mas agradeço a conversa, de qualquer jeito.

— Eu que agradeço. Você pretende sair mesmo assim?

— Vou pensar. A propósito, encontrei a Ingvild ontem.

— Ah, é? Onde?

— Em uma festa no Møhlenpris. O lugar estava lotado de gente.

— E o que ela disse?

— Nada de especial. Na verdade eu nem falei muito com ela.

— Tinha outros conhecidos, também?

— Vários. Bastante gente que estava na festa do Yngve. O Asbjørn e o Ola, é esse o nome dele? Enfim, aquele cara bacana.

— Esse mesmo — eu disse. — E quem estava dando a festa?

— Não sei. Fiquei com os amigos de uns amigos. Foi uma festa e tanto. Metade do Høyden estava lá.

— Eu fiquei em casa — eu disse.

— Foi o que você disse — ele disse. — Mas você pode tirar o atraso, não?

— Estou com vontade, mas não.

— Tudo bem. Eu respeito as pessoas que trabalham!

Ele foi embora e eu me sentei para escrever. Já tinha escrito três conversas completas e tentaria acabar a quarta antes de me deitar. Passava-se em um café, era uma conversa entre duas pessoas envolvidas em crimes que ficavam nervosas ao ver o microfone que o coletor havia deixado em cima da mesa e decidiam ir embora.

Me deitei cedo e adormeci na mesma hora. Às sete da manhã acordei de repente de um sonho, era uma coisa que nunca acontecia.

Eu tinha sonhado com uma festa onde estavam Yngve e Ingvild. Eu entrava no corredor, parava na porta que dava para a sala e no lado oposto, em frente à janela, estavam os dois. Ingvild olhava para mim, inclinava o rosto para trás e Yngve a beijava.

Me deitei mais uma vez.

Ingvild estava namorando Yngve.

Era por isso que ela não tinha aparecido.

Passei a manhã inteira pensando naquilo. Eu acreditava em sonhos, acreditava que diziam coisas sobre a vida, e que no fundo tudo era verdade. Nesse caso não haveria como se enganar a respeito daquela imagem. Os dois estavam juntos, Ingvild olhou para mim e então Yngve a beijou.

Mas claro que aquilo não podia ser verdade!

Meu Deus do céu, por favor diga que não é verdade!

Mas eu sabia que era verdade, e a verdade queimou dentro de mim durante o dia inteiro.

Todo meu corpo doía, minha barriga se contorcia, em certos momentos eu mal conseguia respirar de tão forte que o meu coração batia.

Deus, diga que não é verdade.

De repente tudo se inverteu, um sonho, por acaso eu era um idiota completo, quem é que acreditava nesse tipo de coisa? Era apenas um sonho!

Peguei os tênis de corrida e o velho uniforme de treino que eu tinha ganhado de Yngve tempos atrás, entendi aquilo como um bom sinal, ele nunca tinha desejado o meu mal, e então saí para a rua e comecei a correr.

Eu não havia corrido desde a minha estada no norte da Noruega e fiquei ofegante após umas poucas centenas de metros. Mas eu também precisava esmagar aquela ideia cretina, destruí-la, e nesse caso o método seria me exaurir por completo, correr e correr até não aguentar mais, para então tomar uma ducha quente e me sentar e ler um romance neutro, sobre qualquer assunto que não fosse o amor, e assim, cansado como um menino após um dia longo, me deitar e dormir, com a esperança de acordar no dia seguinte como outra pessoa, livre de ciúmes e de suspeitas infundadas.

Nem tudo saiu conforme o plano, a imagem me acompanhou durante toda a semana, mas não me deixou tão exaltado quanto antes, havia muito o que pensar a respeito das aulas, e quando liguei para Yngve para combinar os detalhes de nossa ida a Sørbøvåg eu não percebi nada de diferente nele.

Tinha sido apenas um sonho.

Tínhamos a sexta-feira livre e pensei em pegar um barco rumo ao norte na quinta-feira à tarde, mas Yngve poderia chegar apenas no dia seguinte.

Nossa mãe também folgava às sextas-feiras e tinha se oferecido para me buscar no cais de Rysjedalsvika.

Estava chovendo quando desci do ônibus próximo ao Fisketorget e fui ao Strandkaiterminalen, onde o barco esperava os passageiros com os motores ligados. A profundidade em Vågen era grande, as águas cinzentas ondulavam devagar, com um peso totalmente distinto em relação às gotas apressadas que caíam na superfície. Comprei um bilhete de ida e volta no guichê, atravessei a região do cais, atravessei o portaló e subi a bordo e escolhi um lugar bem à frente, para que eu pudesse admirar a paisagem através das grandes janelas frontais enquanto ainda havia luz no lado de fora.

"Hidrofólio" tinha sido uma das palavras mágicas da minha infância, junto com "catamarã" e "hovercraft". Eu não sabia direito, mas imaginava que aquele barco, por conta do casco dividido, era um hidrofólio. Eu ainda gostava da palavra.

Do outro lado das janelas laterais pessoas caminhavam de cabeça baixa com malas e bolsas em meio à chuva, e no instante seguinte sentavam-se ao redor, todos executando a mesma sequência de movimentos. Guarda-chuvas e roupas de chuva eram retirados e postos nas prateleiras acima dos assentos, bolsas eram colocadas no chão sob os encostos, bandejas eram fechadas e assentos vazios eram baixados antes que todos pudessem sentar-se em paz e soltar um suspiro. Na parte de trás do navio o quiosque estava aberto, então era hora de ir até lá e comprar jornais e café, salsichas e chocolate. A maioria dos passageiros parecia vir de vilarejos rurais em Sogn og Fjordane, havia na maneira como se vestiam uma coisa que raramente se via na cidade, mas também na maneira como se comportavam, como se a ideia de que alguém pudesse vê-los não existisse para eles, e talvez também uma coisa na fisionomia, na própria configuração do corpo e nas formas do rosto. Nas semanas passadas em Bergen eu tinha começado a reconhecer certos rostos típicos de Bergen, todos se pareciam entre si, meninos, senhoras, homens de meia-idade apresentavam traços comuns que eu não me lembrava de ter visto em outro lugar. Mas em meio a esses rostos havia centenas, com certeza milhares de outros que não se pareciam entre si. Esses rostos desapareciam, desfaziam-se no instante mesmo em que passavam, enquanto os rostos de Bergen retornavam, ah, lá estava *aquele* tipo! Bergen tinha sido uma cidade desde o início da Idade Média, e eu gostava de imaginar que não apenas o Håkonshallen e a Mariakirken remontavam àquele tempo, além do panorama, claro, e que não apenas as casas tortas do Bryggen remontavam ao século XV, mas também que os diferentes rostos continuavam vivos, ressurgiam a cada nova geração e continuavam a andar pela cidade. Vi algo parecido nas pessoas que eu tinha ao meu redor no barco, com a diferença de que eu as associava às fazendas e aos vilarejos e à paisagem dos fiordes mais ao norte. Minha mãe costumava dizer que antes, na época dos avós dela, as pessoas costumavam atribuir certas características às pessoas que moravam nas diferentes propriedades. Essa família era assim, aquela família era assado, e essa imagem era herdada ao longo das gerações. Essa maneira de conceber o mundo pertencia a um tempo passado, e no fundo era incompreensível para mim, um garoto que não vinha de nenhum dos lugares onde eu tinha crescido, como todas as outras pessoas lá. Tudo era de primeira geração, tudo estava acontecendo pela primeira vez, nada, nem os corpos, nem os rostos, nem os costumes nem a língua vinha daquele lugar, nada tinha ligações antigas com o lugar, e por esse motivo nada podia ser compreendido daquela forma.

Na verdade havia somente duas formas de existência, pensei, a que era ligada a um lugar e a que não era. Ambas sempre tinham existido. Nenhuma podia ser escolhida.

Me levantei e fui até o quiosque, comprei café e uma barra de Daim, e assim que abri minha bandeja e coloquei o copo de café na pequena depressão circular o cabo de amarração foi jogado a bordo, o portaló foi recolhido e o giro do motor aumentou. O casco estremeceu e balançou. Aos poucos o barco começou a avançar ao mesmo tempo que fazia uma curva à esquerda, e logo a proa apontava rumo às ilhas próximas da cidade. Fechei os olhos, aproveitei o balanço do casco, o ruído constante que aumentava e diminuía, e adormeci.

Quando abri os olhos, vi os contornos de uma enorme floresta que avançava rumo ao interior da ilha, e mais atrás, ao longe, uma cordilheira de montanhas.

Faltava pouco.

Me levantei e fui até a popa, subi a escada e saí para o deque externo. O lugar estava vazio, e o vento, quando me aproximei da balaustrada e me afastei da proteção oferecida pela estrutura do navio, era tão forte que quase me jogou ao mar. Me segurei com força, por dentro rindo de alegria, porque não apenas o vento estava cheio de pingos de chuva que batiam contra a pele do meu rosto, mas a escuridão havia caído e a enorme onda deixada pelo barco reluzia branca por onde passávamos.

Foi quando as luzes do cais surgiram na distância, primeiro ainda muito distantes, não mais do que diminutos pontos brilhantes nas profundezas da escuridão, que no entanto graças à velocidade do barco logo revelariam a sala de espera e o guichê de passagens, os dois ônibus à espera dos passageiros, uns poucos carros e um grupo de pessoas que ou fariam o embarque ou estavam à espera de alguém, que eu tornei a entrar.

Minha mãe era uma das pessoas que tinha os braços próximos ao corpo e a cabeça baixa para se proteger da chuva e do vento, ela acenou para mim, eu me aproximei e dei-lhe um abraço, e enquanto caminhávamos em direção ao carro o barco já estava partindo mais uma vez.

— Que bom te ver — ela disse.

— Que bom te ver também — eu disse enquanto me sentava. — Como vão as coisas?

— Bem, eu acho — ela disse. — Tenho muito a fazer, mas tudo é interessante, então não tenho do que me queixar.

Atravessamos a floresta e saímos do outro lado da baía, onde ficava o estaleiro onde Kjartan trabalhava. Era possível ver um casco enorme em um galpão ou em uma doca. Kjartan se enfiava em dutos e corredores estreitos para instalar encanamentos, e quando falava sobre o trabalho não conseguia esconder o orgulho na voz, mesmo já tendo admitido que provavelmente fosse um encanador de navio medíocre, talvez até ruim, uma vez que aquela era uma atividade muito distante do lugar de onde havia saído, uma profissão afastada demais, e assim tinha sido desde que ele havia se proletarizado no fim dos anos 1970. Kjartan também era representante de segurança no estaleiro, o que tomava bastante tempo, pelo que eu tinha entendido.

Uma subida íngreme por uma montanha arborizada, a descida pelo outro lado, rumo a Hyllestad, o centro do município no fim do Åfjorden, e então ao longo do fiorde, em direção a Salbu, onde as casas do meu avô, da minha avó e de Kjartan se erguiam em um pequeno morro.

A chuva preencheu os fachos de luz quando minha mãe parou no pátio, e quando desligou os faróis, por um instante foi como se tivesse parado de chover, mas logo o motor foi desligado e o tamborilar no teto começou.

Desci, peguei minha bolsa, caminhei pelo cascalho molhado e abri a porta.

Ah, aquele cheiro!

Pendurei a jaqueta no cabide por cima do uniforme do meu avô e dei uns passos de lado para dar espaço à minha mãe, que tirou a jaqueta, largou a bolsa junto ao pé da escada e entrou na sala.

Minha avó estava na cadeira ao lado da janela no outro lado do cômodo, meu avô estava no sofá em frente à janela, os dois assistindo à TV, ligada em um volume quase ensurdecedor.

— É você! — disse o meu avô.

— Oi — eu disse.

— A nova geração de noruegueses está crescendo! — ele disse.

— Acho que já parei de crescer — eu disse, me virando para a minha avó, eu queria dar um jeito de cumprimentá-la mais de perto, mas não poderia abraçá-la enquanto estava sentada, eu nunca tinha feito e jamais faria aquilo. Ela tinha um dos braços por cima do peito, como se estivesse de tipoia, o braço tremia e balançava. A cabeça também tremia, e os pés estavam apoiados em um banco. Eu não poderia dizer, "E então, vó, tudo bem?".

Dei uns passos em direção a ela e sorri.

Ela me olhou e a boca começou a se mexer.

Cheguei bem perto e aproximei meu rosto dela.

Ela praticamente não tinha mais voz, havia restado apenas um sussurro cheio de vento.

O que estaria dizendo?

Oi.

Os olhos dela sorriram.

— Eu vim de barco — eu disse. — Na rua está uma chuva terrível!

Pois é.

Endireitei as costas e olhei para a porta, onde no mesmo instante minha mãe apareceu.

— Vamos preparar o jantar? — ela disse.

Na manhã seguinte dormi até o meio-dia, e desci bem na hora do almoço, que era servido a essa hora naquela casa. Minha mãe tinha preparado *raspeballer,* nós comemos na cozinha, do lado de fora pairava uma neblina densa, e as folhas da grande bétula bem em frente à janela estavam amarelas e reluziam com a umidade.

Depois do almoço, enquanto todos descansavam, saí para dar uma volta na propriedade de dois hectares. Para além do pequeno lago, totalmente preto e cheio de nenúfares ao longo das margens, a encosta coberta de espruces se erguia silenciosa e negra tendo ao fundo o céu baixo. Fui até o galpão, ainda mais decrépito e precário do que eu lembrava, abri a porta, as três vacas se mexeram nas baias, a mais distante virou a cabeça e me olhou com os olhos ternos. Deixei-as para trás e atravessei a porta baixa que levava ao celeiro. O lugar estava razoavelmente cheio de feno, eu subi até a borda e tomei impulso para erguer o corpo, enfiei a cabeça na casinha onde antes ficava o galinheiro, que ainda tinha penas no chão, mesmo vinte anos depois que a última galinha houvesse subido nos poleiros.

Um dia eu ainda levaria Ingvild para lá.

Era um pensamento alegre, imaginá-la sentada no sofá falando com o meu avô, falando com a minha mãe, vendo todo aquele mundo para mim tão mágico. Ao mesmo tempo era um pensamento quase criminoso, uma transgressão e um tabu juntar dois mundos tão diferentes daquela forma: ao imaginá-la no sofá, eu tinha simultaneamente a impressão de que ela não pertencia àquele lugar.

Saí à rampa do galpão e acendi um cigarro, protegendo-o com os dedos contra o tempo, que estava na iminência de trazer mais chuva. Minha mãe apareceu no lado de fora da casa, abriu a porta do carro e sentou-se no banco, veio na minha direção para manobrar. Desci e perguntei para onde ela ia.

— Vou passar na loja. Quer vir junto?

— Não. Acho que vou escrever um pouco.

— Tudo bem. Você quer alguma coisa?

— Jornais, por favor.

Ela fez um aceno de cabeça, manobrou o carro e se afastou. Pouco depois o carro dela passou na estrada mais abaixo.

Joguei o cigarro no lugar que meus avós usavam para queimar papéis e tornei a entrar. Os dois haviam se levantado e estavam na cozinha. Fechei a porta cuidadosamente, pensei em subir ao meu quarto e escrever um pouco, do outro lado da porta aberta eu vi uma coisa que me fez parar. Minha avó ergueu a mão trêmula e tentou bater no meu avô, que deu uns passos cambaleantes de velho para o lado. Como estava na cadeira de rodas, ela se ajeitou melhor com os pés e tentou bater nele mais uma vez. Ele cambaleou para o lado. Tudo aconteceu numa lentidão quase sinistra, e sem um único som. Meu avô saiu em direção à outra porta, que dava para a sala, e minha avó levou a cadeira de rodas de volta até a mesa fazendo pequenos movimentos com os pés.

Me deitei no quarto. Meu coração batia depressa por conta do que eu havia visto. Tinha sido quase uma dança, a terrível dança dos velhos.

Eu nunca havia pensado sobre o relacionamento entre os meus avós, na verdade eu sequer havia pensado que eles *tinham* um relacionamento. Mas os dois estavam casados havia quase cinquenta anos, moravam naquela pequena fazenda, tinham criado quatro filhos e trabalhado duro para se manter. Em outra época os dois tinham sido jovens como eu, tinham a vida inteira pela frente, como eu naquele momento. Eu nunca tinha pensado nisso, pelo menos não *a sério*.

Por que ela havia tentado bater nele?

Minha avó estava tomando medicações pesadas, que a deixavam paranoica, enchiam-na de ideias distorcidas, devia ser isso.

Eu sabia que era verdade, mas não adiantava, a imagem dos dois era mais forte.

Pelos cômodos ressoavam as vozes do rádio, previsões do tempo e notícias. Eu sabia como o meu avô estava sentado, ao lado do rádio, com a mão sob a orelha e os olhos fixos à frente, caso não os houvesse fechado para se concentrar melhor.

Minha avó estava tremendo na cozinha.

A pressão do que eu havia testemunhado foi tão grande que me levantei e desci na tentativa de dissipá-la, minha presença talvez pudesse restaurar em parte a normalidade, pensei vagamente enquanto os degraus estalavam sob os meus pés e a visão do telefone cinza na mesa próxima ao espelho do corredor me fez pensar no velho telefone que eles tinham em casa, o aparelho ficava preso na parede e consistia em um tubo que você encostava na orelha e em outro tubo onde você falava, tudo feito de baquelite preto.

Mas podia mesmo ser? Será que eles podiam ter usado um aparelho tão antigo, praticamente do século XIX? Ou será que eu o tinha visto em um filme qualquer e o imaginado na casa dos meus avós, onde a partir de então tinha sido deixado?

Abri a porta da sala, onde meu avô no mesmo instante se levantou com o jeito elaborado de sempre e endireitou o pequeno corpo enquanto olhava para mim.

— Que bom que você veio — ele disse. — Eu tinha pensado em erguer uma cerca nova logo abaixo do galpão, será que você pode me ajudar enquanto está aqui?

— Claro — eu disse. — Agora?

— É — ele disse.

Nos vestimos em silêncio, eu o acompanhei até o porão, onde estavam os moirões, que tinham uma cor esverdeada por causa do produto usado no tratamento da madeira, e um rolo de tela. Carreguei tudo até os limites da propriedade, no alto da pequena elevação onde começava a propriedade do vizinho, e voltei para pegar a marreta que o meu avô tinha me apontado logo antes.

Trabalho manual não era o meu forte, para dizer o mínimo, então fiquei um pouco nervoso ao descer com a marreta na mão, eu não tinha certeza de que conseguiria, ou de que faria o trabalho de uma forma que meu avô considerasse satisfatória.

Meu avô tirou um alicate do bolso do macacão e cortou a tela antiga e balançou o moirão velho de um lado para o outro até que estivesse suficientemente frouxo para ser arrancado. Fiz a mesma coisa do outro lado, de acordo com as instruções dele. Quando terminamos, ele posicionou um dos moirões novos e pediu que eu o enterrasse a golpes de marreta. As primeiras batidas foram cautelosas e cheias de ansiedade, mas como ele não disse nada, logo comecei a bater com mais força, fazendo movimentos cada vez mais confiantes.

A boina preta que ele sempre usava estava coberta de pequenas gotas de chuva. O tecido azul do macacão havia se escurecido com a chuva. Ele olhou para longe e contou a história da queda do avião nos anos 1950, que eu já tinha ouvido muitas vezes, provavelmente a neblina e o tempo o haviam levado a pensar naquilo. Mas eu gostava de ouvir meu avô contar a história, e quando ele terminou e passou minutos em silêncio, parado e cabisbaixo ao lado do moirão, que nesse momento já parava em pé sozinho, eu perguntei sobre a guerra. Sobre como tinha sido durante a guerra, se alguém tinha resistido e se os alemães tinham estado naquela região. Fomos até o lugar onde o moirão seguinte seria colocado e ele começou a falar sobre abril de 1940. Quando chegaram notícias sobre a invasão, ele e um camarada foram a Voss, onde havia uma mobilização. Os dois foram a pé, pegaram um barco emprestado e remaram até o Sognefjorden, atravessaram o fiorde, era abril, havia crostas de neve e luar durante a noite, segundo ele disse, e então chegaram a Voss, o acampamento militar que havia lá, onde todos os soldados de Vestlandet haviam de encontrar-se. Ele balançou a cabeça e riu. Todos estavam bêbados quando ele chegou, e praticamente não havia armas. Nem mesmo uniformes. Os oficiais estavam bebendo no Fleischer's Hotel. Quando as bebidas acabaram, disse meu avô, eles requisitaram o bar do navio cruzeiro *Stella Polaris*. O navio estava ancorado em Bergen, e as bebidas foram despachadas de trem.

— E o que vocês fizeram? — perguntei.

— Primeiro tentamos conseguir armas e uniformes. Andamos por Voss e perguntamos a todos os militares uniformizados se podiam nos ajudar. Ninguém podia. Meu camarada disse a um sujeito que estava de guarda, você sabe que somos soldados, mesmo que não tenhamos uniformes. Será que você não tem como telefonar para alguém? Não, disse o guarda, e nos mostrou o cabo do telefone. Estava cortado. Então voltamos para casa. Quando atravessamos o Sognefjorden a remo, levamos junto os barcos que estavam na parte norte, para dificultar a vida dos alemães caso tentassem nos seguir. Mas quando chegamos de volta o país já estava ocupado.

Meu avô levou bastante tempo contando a história, nenhum detalhe era insignificante a ponto de não merecer atenção, nem mesmo o latido dos cachorros quando ele se aproximava das propriedades à noite, e, quando terminou, faltava-nos apenas mais um moirão. Bati com a marreta até fixá-lo no lugar, meu avô buscou o rolo de tela, começamos a prendê-la ao moirão, ele segurava a tela enquanto eu a pregava com grampos em forma de U.

— Os alemães ficaram estacionados aqui — ele disse. — Eu conheci um deles. Era austríaco e tinha morado na Noruega durante a juventude, eles costumavam mandar jovens pobres para cá nos verões da década de 1930, e ele tinha sido um deles. Um sujeito legal. Muito interessante.

Meu avô contou que havia um campo de prisioneiros no distrito, na maioria eram russos e iugoslavos que trabalhavam na construção de uma estrada. Meu avô era dono de um caminhão que foi requisitado pelos alemães, e ele com frequência dirigia até o acampamento, que ficava em Fure. Levava comida para os prisioneiros, segundo me explicou, minha avó preparava lanches e ele os escondia sob as pedras do terreno. Ele disse que achava que os guardas sabiam de tudo, mas faziam vista grossa. Uma vez meu avô viu um prisioneiro ser morto a tiros.

— Ele parou em frente aos soldados alemães e começou a gritar *schiesst!*, *schiesst!* E um dos soldados realmente atirou. Mas os oficiais ficaram indignados. Eles eram disciplinados, sabe? Então o soldado que atirou sem receber ordens foi enviado ao Front Oriental. Para os soldados alemães a Noruega era um parque de diversões comparada a todos os outros lugares onde podiam acabar. No final da guerra, mandavam principalmente rapazes jovens e homens velhos para cá. Lembro que uma vez um novo contingente chegou e um dos oficiais perguntou: *Was wollen Sie hier, alte Leute?*

Meu avô riu. Bati no grampo com a marreta e desenrolei a tela até o moirão seguinte. Ele continuou a história. O austríaco, que era quase como um amigo, pelo que ele contava, resolveu fugir poucos dias antes da capitulação alemã, ele pegou um barco com uma mulher do vilarejo e os dois filhos dela e sumiu. Depois os dois filhos foram encontrados boiando no outro lado do fiorde, provavelmente mortos a pedradas.

Eu olhei para o meu avô. Que diabo de história era aquela?

— Saiu um livro sobre isso pouco tempo atrás. Eu o tenho aqui. É muito interessante. Quem poderia imaginar que ele fosse capaz de uma coisa tão horrível? Mas ele deve ter matado os garotos, não existe outra explicação. E então desapareceu. Sem deixar nenhum rastro. Pode ser que ainda esteja vivo.

Endireitei o corpo e ajudei meu avô a desenrolar a tela até o moirão seguinte, onde a estiquei o quanto pude e a fixei, primeiro bem em cima e bem embaixo, para que se mantivesse estendida sozinha e assim eu conseguisse prendê-la melhor.

— E como ele era? — perguntei, olhando para o meu avô, que observava a neblina sobre o fiorde.

— Ele era um homem bom, sabe? — ele disse. — Cortês, educado e amistoso. Não tenho nada de ruim a dizer sobre ele. Mas também devia ter outras coisas dentro de si.

— É — eu disse. — Você acha que ele escapou ou que ele morreu?

— Não é fácil dizer — ele disse. — O mais provável é que tenha morrido durante a fuga.

Aquele era o último moirão, meu avô cortou a tela e eu levei o rolo de tela e a marreta de volta ao porão enquanto ele caminhava ao meu lado. Quando chegamos de volta à sala, com os rostos avermelhados por causa da chuva, minha mãe estava preparando *sveler* na cozinha. Minha avó estava sentada na cadeira, e ao me ver disse qualquer coisa. Me aproximei dela e baixei o rosto.

O relógio, tive impressão de ouvi-la dizer. Ele pegou o relógio.

— Quem? — perguntei.

Ele, ela disse enquanto olhava para o meu avô, que estava sentado no sofá.

— Ele pegou o relógio? — eu repeti o mais baixo que conseguia, para que ele não me escutasse.

É, ela disse em um sussurro.

— Acho que não — eu disse. — Por que ele faria isso?

Me endireitei, eu senti minha barriga doer, voltei à minha mãe e encostei a porta para que meus avós não nos ouvissem.

Minha mãe segurava uma concha acima da chapa quente, e em seguida derramou cuidadosamente a massa, que no mesmo instante começou a crepitar e a se enrijecer.

— A vó disse que o vô pegou o relógio dela — eu disse. — Que o roubou, pelo que entendi.

— É, ela também me disse isso — disse minha mãe. — São os medicamentos, ela está meio paranoica, imaginando coisas. Ela não está nada bem agora. Mas logo vai melhorar.

— Tomara — eu disse.

Por um motivo ou outro eu estava quase chorando, então saí para o corredor, calcei minhas botas e parei sob o beiral da casa para fumar um cigarro.

Lá embaixo, em frente à escola, um ônibus parou. Minutos depois Kjartan apareceu subindo o morro, com os olhos escuros e a pele clara, carregando uma bolsa numa das mãos e umas cartas e um jornal na outra. Era o *Klassekampen*, que ele levava para cima e para baixo desde que eu me conhecia por gente.

— Bom dia — ele me cumprimentou.

— Oi, Kjartan — eu disse.

— Você chegou ontem? — ele disse.

— Cheguei — eu disse.

— Precisamos conversar depois — ele disse.

— Tudo bem — eu disse. — A mãe está preparando *sveler*. Devem estar prontas daqui a uns quinze minutos.

Ele continuou até a porta da casa dele, parou e olhou para longe.

— Lá está o corvo perneta! — ele disse.

Dei uns passos em direção ao lugar onde ele se encontrava e olhei para onde estava apontando, o poste da fiação elétrica que ia até o galpão. De fato, um corvo perneta estava empoleirado lá no alto.

— Foi o Johannes que uma vez atirou nele e arrancou a perna fora. Desde então ele está sempre por aqui.

Kjartan riu e fechou a porta, eu apaguei meu cigarro no cascalho molhado e o joguei no cesto de lixo embaixo da pia.

— A propósito, o Yngve ligou — disse a minha mãe. — Ele teve um turno extra hoje à noite e só vai chegar amanhã de manhã. Disse que vem de carro.

— Que droga — eu disse. — Você quer que eu ponha a mesa?

— Por favor — ela disse.

Quando terminamos de comer na mesa que ficava na sala de TV, já que meus avós tinham mudado o quarto para a sala de jantar por causa das dificuldades que minha avó tinha passado a ter com a escada, Kjartan me olhou e perguntou se eu não gostaria de ter uma conversa no andar de cima. Fiz um gesto afirmativo com a cabeça, subimos até o grande e iluminado segundo andar na casa dele, ele foi preparar café e eu me sentei no sofá e fiquei olhando a pilha de livros em cima da mesa.

Bobrowski. Hölderlin. Finn Alnæs, o primeiro volume da obra monumental *Ildfesten*, que segundo a minha mãe tinha acabado de perna quebrada, apenas os dois primeiros dos cinco volumes prometidos tinham sido publicados. Kjartan tinha se ocupado imensamente com aqueles livros durante muitos anos, havia neles uma certa presença do cosmos que exercia uma forte atração sobre ele, era o que dava para entender pela maneira como ele falava.

— Você está aprendendo coisas na Skrivekunstakademiet? — ele me perguntou da cozinha.

— Claro — eu disse.

— Eu conheci o Sagen — ele disse. — Ele era coordenador de vários cursos de escrita no Sogn Skrivarlag.

— Ele ainda não apareceu por lá — eu disse. — Por enquanto só tivemos o Fosse e o Hovland.

— Não conheço — ele disse, chegando com duas canecas. As canecas estavam úmidas, Kjartan tinha acabado de enxaguá-las, na minha ainda havia borra de café, meio espalhada pela água.

— Já terminamos o curso de poesia — eu disse.

— Então você escreveu poemas?

— Escrevi, mas como exercício. Não ficaram bons.

— Não fale assim — ele disse. — Você tem apenas dezenove anos. Quando eu tinha dezenove anos, eu mal sabia o que era um poema. Você devia sentir-se grato por essa oportunidade.

— É — eu disse. — E você, tem escrito nos últimos tempos?

— Terminei uns poemas.

Ele se levantou e foi até a mesa de jantar, onde ficava a máquina de escrever, pegou um maço de folhas, passou um tempo folheando-as, voltou e entregou-as para mim.

— Você pode dar uma olhada, se quiser.

— Claro! — eu disse, desviando o olhar, de súbito comovido ao ser tratado por ele como um semelhante.

riacho minguante

trutas comem
da pedra verde
passam em meio à grama ondulante
a sombra esfria

um irmão do sol
bate a cauda

— O que você acha?

— Muito bom — eu disse. — Gostei principalmente do início. Parece dar um tom elevado ao poema.

— É — ele disse. — É sobre as trutas que dão aqui perto, sabe?

Continuei a leitura.

com a boca cheia de grama de igreja
eu procuro os caminhos
bebo a luz da crença
na orla da eternidade
sigo em frente com meu corpo,
como um cavalo baio ao entardecer
rumo à floresta em um lugar qualquer

Meus olhos se encheram de lágrimas novamente, dessa vez por causa do poema, da imagem do corpo como um cavalo sendo levado rumo à floresta no entardecer.

Era como se eu estivesse repleto de choro, ele estava pronto em mim, esperando uma oportunidade para transbordar.

— Esse poema é incrível — eu disse.

— Você acha? — ele disse. — Qual?

Entreguei-lhe o poema.

Kjartan examinou-o por breves segundos e soltou vento pela boca.

— "Na orla da eternidade" — ele declamou. — Eu fui um pouco irônico aqui, você percebeu?

— Percebi — eu disse. — Mas assim mesmo.

Ele se levantou e buscou o café, serviu direto da jarra de vidro e depois a largou em cima de um jornal.

Ouvi passos na porta do andar de baixo; pela maneira como a fecharam, compreendi que devia ser minha mãe.

— Então vocês dois estão aqui! — ela disse.

— Estamos lendo uns poemas — disse Kjartan. — Dê uma olhada você também, se quiser.

— Claro — ela disse.

Me levantei e, com a caneca na mão, fui até o outro lado da sala, onde ficavam a poltrona, a estante de livros e o aparelho de som, peguei uns livros e comecei a folheá-los.

Quando minha mãe e Kjartan começaram a conversar, parei em frente à janela e olhei para fora, para a encosta de Lihesten, quase escondida pela neblina, apenas uma muralha escura que se erguia no ponto onde o mar começava e depois sumia no ponto onde o fiorde terminava.

Onde será que ficava a cabana da família de Ingvild?

* * *

Quando entrei na sala, minha avó estava dormindo sentada, com a cabeça inclinada para trás e a boca aberta. Ela tinha sofrido com o mal de Parkinson desde que eu me conhecia por gente, eu sequer tinha lembranças da época em que não tremia. Mas quando eu era pequeno a doença não se encontrava num estágio tão avançado, não a impedia de trabalhar, de fazer tudo que fazia na pequena propriedade para onde havia se mudado no fim da década de 1930, quando se casou com o meu avô, e onde havia morado desde então. Segundo Borghild, ela tinha ficado surpresa com o tamanho reduzido da propriedade, e também com o tamanho reduzido das pessoas que moravam na região. Talvez a explicação fosse que as condições eram mais duras na fazenda do que no vilarejo de onde ela vinha, havia menos comida e portanto as pessoas eram menores. Minha mãe sempre dizia que ela fazia o possível para ter os filhos sempre impecáveis, tanto nas roupas que usavam como na maneira de se portar, e que por conta disso a família ganhou fama de se achar melhor do que as outras. Meu avô trabalhava como motorista, era motorista de ônibus, e quase tudo feito na propriedade era responsabilidade da minha avó. Tinha sido na década de 1950, mas pelas coisas que ela tinha me contado a respeito da juventude aquilo mais parecia uma história do século passado. No outono um homem aparecia para fazer o abate, ela me contou, meu avô nunca fazia essas coisas. Praticamente todas as partes dos animais eram aproveitadas de um jeito ou de outro. Minha avó lavava as tripas no córrego para usá-las como pele de salsicha. O sangue era cozido em grandes panelas na cozinha. Quanto ao que mais ela fazia, além daquilo que minha mãe havia me contado, eu nada sabia. Havia apenas duas gerações entre nós, porém eu não tinha a menor ideia de como ela havia passado a vida, não nos termos mais práticos, não nos termos mais essenciais, no relacionamento com as coisas e os animais, a vida e a morte. Quando eu e minha avó nos olhávamos, era como se estivéssemos em beiras opostas de um abismo. Para ela a família era o ponto central da vida, ou melhor, a família dela, que vinha da propriedade onde ela tinha crescido, e depois os filhos. A família do meu avô, que uma geração depois tinha vindo das ilhas mais além, me dava a impressão de não ser tão importante. O ponto central era a família dela, e também a terra. Kjartan às vezes dizia que a religião dela era a terra, que em Jølster, onde ela tinha nascido, havia adoradores da terra, um antigo paganismo vestido com a linguagem e os ritos do cristianismo. Veja os quadros de Astrup, ele dizia às vezes, todas as fogueiras que acendem na noite de São João, aquele é o povo de Jølster, eles dançam ao redor das chamas como se fossem os deuses que veneram. Kjartan ria ao falar essas coisas, não sem um certo escárnio, mas sempre havia também uma duplicidade, porque Kjartan tinha muito da mãe; a atitude séria em relação à vida, o profundo sentimento de dever também existiam em Kjartan, e se a mãe dele cultivava e reverenciava a terra, Kjartan cultivava e reverenciava a natureza, a presença do universo nos pássaros e nos animais, nas montanhas e no céu. Mas ele negaria a existência dessa relação entre os dois, porque era comunista, ateu e encanador de navio. Mas para se convencer de tudo isso bastava encará-los nos olhos. Os mesmos olhos castanhos, o mesmo olhar atento.

Naquele ponto já não restava mais nada na vida dela, a doença havia consumido tudo, devorado o corpo, tudo que restava eram os tremores e os espasmos. Era difícil conceber que a enorme força de vontade, que já não controlava mais aquele corpo, e a moral rígida, que já não podia mais ser expressa, tivessem deixado uma impressão tão profunda nos filhos ao vê-la dormindo sentada de boca aberta. Mas foi assim que aconteceu.

*

Minha mãe colocou minha avó na cama, despiu-a, escovou os cabelos dela e a ajudou a vestir a camisola, tudo enquanto eu lia um volume de contos de Cortázar, meu novo livro favorito, e tentava não ver nada daquilo. Não porque minha avó estivesse despida, necessariamente, mas porque era a minha mãe que estava fazendo aquilo, e parecia um momento muito íntimo e muito privado, a filha que cuidava da velha mãe, não era uma cena para os meus olhos, então em vez disso mantive o olhar fixo no livro enquanto tentava me deixar preencher pelo conto.

Não foi difícil, todos os espaços no livro eram muito abertos e o tempo inteiro estabeleciam ligações uns com os outros de maneiras completamente sensacionais. Não apenas os espaços, mas também os personagens, que em geral permaneciam fechados em si mesmos, às vezes se abriam de repente e misturavam-se. Um homem que observa um axolotle em um aquário transforma-se misteriosamente em um axolotle que observa um homem a partir de um aquário. Um incêndio na Antiguidade transforma-se em um incêndio no presente. Era assim com todas as outras esquisitices que aconteciam. Um homem de repente começa a regurgitar coelhos, o que se torna um problema, uma pequena catástrofe, porque logo todo o apartamento que ele alugou está repleto de pequenos coelhos brancos.

Minha mãe deu boa-noite para os meus avós, saiu, tornou a fechar a porta de correr.

— Você quer um pouco de café? Ou já está meio tarde? — ela disse.

— Eu aceito um café — eu disse.

Eu estava gostando muito daqueles contos, mas não poderia escrever daquele jeito, eu não tinha a fantasia necessária. Na verdade eu não tinha fantasia nenhuma, todos os meus escritos relacionavam-se com a realidade e com as minhas próprias experiências.

Mas não o meu novo romance.

Senti uma onda de alegria tomar conta do meu corpo.

Era uma ideia incrível. Místicos, talvez anjos, que reuniam as conversas dos homens e ficavam ruminando sobre aquilo.

Mas a alegria não apareceu sozinha, veio junto com o desespero, porque eu sabia que não conseguiria. Eu não conseguiria escrever aquela história, jamais daria certo.

Minha mãe apareceu com um bule e duas canecas, largou-as em cima da mesa, buscou um prato com *lefser* cortados em tiras.

— Foi a Borghild que fez — ela disse. — Você quer?

— Quero.

Borghild era a irmã da minha avó, uma mulher independente e cheia de vida que morava sozinha em uma casinha na parte de cima da propriedade onde elas tinham crescido. Costumava preparar refeições para os casamentos do vilarejo, conhecia todos os antigos pratos e sabia tudo sobre a família, tanto sobre os que haviam morrido quanto sobre os que ainda viviam. Minha mãe sempre tinha sido muito ligada a ela, ainda mais naquela circunstância, quando as duas estavam morando próximas uma da outra.

— Karl Ove, como você está? — perguntou minha mãe. — Você falou bem pouco nestes últimos dias. Não é normal.

— Talvez — eu disse. — Mas estou bem. Estou tendo um pouco de dificuldade com a Skrivekunstakademiet, nada mais.

— Mas o que está sendo difícil?

— Tenho a impressão de que não sou bom o suficiente para estar lá. De que não escrevo bem o suficiente, enfim.

— Não esqueça que você tem apenas vinte anos — disse a minha mãe. Peguei um *lefse* e o comi em duas bocadas.

— Dezenove — eu disse. — Mas eu estou fazendo esse curso agora, entende? Não adianta muito pensar que talvez melhore quando eu tiver vinte e cinco.

Minha mãe serviu as canecas.

— E além do mais estou apaixonado — eu disse. — Talvez por isso eu ande meio quieto.

— Uma menina que você conheceu no outono? — ela perguntou, erguendo a caneca aos lábios e bebendo café enquanto me olhava.

— Eu a conheci na Páscoa, quando ainda estava morando com você. A gente se encontrou uma única vez. Depois a gente começou a trocar correspondências, e no fim nos encontramos em Bergen. Ela estuda psicologia. E é de Kaupanger. Tem a minha idade.

— Mas vocês não estão namorando?

Balancei a cabeça.

— Esse é o problema. Eu não sei se ela quer. Eu agi como um idiota, e depois... bem, depois não aconteceu mais nada.

Um ronco que mais parecia um rosnado veio do cômodo ao lado. Em seguida alguém tossiu.

— Com certeza essas coisas vão se ajeitar — disse a minha mãe.

— Talvez — eu disse. — Vamos ver. No mais está tudo bem. Estou gostando do meu estúdio e de Bergen como um todo.

— Acho que vou fazer uma visita a vocês daqui a umas semanas — minha mãe disse. — E também tenho umas amigas a visitar. Você se lembra da Gerd?

— Lembro, claro.

— Eu andei pensando em retomar os estudos, sabe? Eu gostaria de concluir a terceira etapa do curso universitário. Mas tem a questão econômica, e além disso eu precisaria tirar licença.

— Sei — eu disse, pegando mais um *lefse*.

No quarto do segundo andar, passei um bom tempo deitado no escuro antes de pegar no sono. A escuridão ligava o pequeno cômodo ao enorme espaço na rua. A antiga cama de madeira dava a impressão de ser um pequeno barco. Às vezes o vento fazia as árvores farfalharem, e as gotas d'água que soltavam-se das folhas acertavam a janela com um leve tamborilar. Quando aquilo terminava, o farfalhar de vez em quando vinha de outros lugares, de outras árvores próximas, como se o vento naquela noite houvesse se dividido para chegar cavalgando no panorama em várias divisões.

Naquele lugar eu tinha a sensação de que a vida tinha acabado. Não que a casa estivesse sob o signo da morte, mas tudo que havia para acontecer parecia já ter acontecido.

Me deitei do outro lado, com a cabeça apoiada no braço. O barulho da minha pulsação me fez lembrar de uma coisa que meu avô certa vez tinha me dito, que não se devia ficar ouvindo a pulsação quando se queria dormir. Era uma coisa estranha a se dizer, eu já não me lembrava em que circunstância ele tinha feito o comentário, mas toda vez que eu me deitava daquele jeito, e ouvia a pulsação do meu sangue no ouvido, eu me lembrava daquilo.

Poucos meses antes minha mãe havia me contado que durante um longo período no início da década de 1970 meu avô tinha sofrido com uma profunda angústia, tão profunda que não conseguia sequer trabalhar, ficava apenas deitado no sofá, com medo da morte. De todos os irmãos, somente Kjartan morava em casa naquela época, mas ele ainda era muito pequeno e não podia ter entendido muita coisa do que estava acontecendo.

A novidade foi de certa forma inquietante; acima de tudo porque eu não sabia nada a esse respeito, e tampouco poderia ter imaginado. Será que havia outros desses bolsões de circunstâncias inquietantes na vida das pessoas mais próximas a mim? Por outro lado, essa novidade, aquilo que dizia respeito ao meu avô, não parecia fazer sentido para mim, porque se havia uma coisa que eu associava de imediato ao meu avô, essa coisa era a alegria de viver. Mesmo assim, eu nunca havia pensado nele como uma pessoa independente que levava uma vida independente, ele sempre tinha sido "meu avô", como minha avó sempre tinha sido "minha avó".

O vento fez a velha bétula farfalhar mais uma vez, e uma pequena cascata de gotejos atingiu a parede, como se estivesse sacudindo-se como um cachorro molhado.

A escuridão. O silêncio. A minha pulsação. Tum-tum. Tum-tum. Tum-
-tum.

Ao contrário do que meu avô tinha dito, não era a morte que eu ouvia,
mas a vida. Meu coração era jovem e robusto, bateria sem parar durante os
meus vinte anos, bateria sem parar durante os meus trinta anos, bateria sem
parar durante os meus quarenta anos e bateria sem parar durante os meus cinquenta anos. Se eu chegasse à idade do meu avô, que tinha oitenta anos, eu
só havia usado um quarto da vida até aquele ponto. Praticamente tudo estava
à minha frente, banhado pela luz esperançosa do que era insabido e aberto,
e graças ao meu coração, esse músculo fiel, eu passaria por todas essas coisas
são e salvo, cada vez mais forte, cada vez mais sábio, cada vez mais pleno de
uma vida vivida.

Tum-tum. Tum-tum. Tum-tum.

Tum-tum. Tum-tum. Tum-tum.

Vi o carro de Yngve da janela da sala, os limpa-vidros que se agitavam de
um lado para o outro, o vulto escuro no banco do motorista que era ele, e disse para a minha mãe, que estava sentada ao lado da minha avó, massageando
os pés dela, que Yngve havia chegado. Ela largou os pés da minha avó cuidadosamente no chão e se levantou. Meus avós tinham almoçado ao meio-dia,
nós dois tínhamos esperado, e naquele instante ela entrou na cozinha a fim
de preparar a refeição.

O carro estacionou do lado de fora. Pouco depois veio o som de passos na
porta, eu ouvi Yngve se ajeitar no corredor e olhei para ele assim que entrou.

— Oi — ele disse.

— Vejo que a nova geração de noruegueses está crescendo— disse o
nosso avô.

Yngve sorriu. O olhar dele roçou em mim.

— Oi — eu disse. — Fez uma boa viagem?

— Tudo certo — ele disse, me entregando uma pilha de jornais. —
Trouxe essas coisas para você.

Nossa mãe entrou.

— Tem comida pronta, se você estiver com fome — ela disse.

Entramos na cozinha e nos sentamos. Minha mãe havia preparado *lap-*

skaus numa grande panela, imaginei que o plano fosse congelar as sobras para que o meu avô pudesse esquentá-las quando estivesse sozinho em casa mais uma vez.

— Tudo certo com a viagem? — minha mãe perguntou enquanto colocava a panela em cima da mesa, onde já havia *flatbrød* e manteiga, além de um jarro d'água.

— Tudo — disse Yngve.

Era como se houvesse uma membrana ao redor dele, uma coisa que me impedia de ter um contato real. Mas aquilo não queria necessariamente dizer qualquer outra coisa, às vezes era assim, e Yngve tinha acabado de dirigir por várias horas, sozinho no carro pensando nas coisas dele, era uma transição e tanto chegar de repente ao lugar onde já tínhamos passado o dia inteiro trocando confidências e trivialidades uns com os outros.

Yngve encheu o prato fundo de *lapskaus*, largou a concha do meu lado da panela, eu também me servi. O vapor se erguia do cozido, eu peguei um *flatbrød* com a mão e dei uma mordida, me servi de água, levei uma colherada cheia de *lapskaus* aos lábios e a assoprei.

— Ah, a Ann Kristin mandou lembranças — disse Yngve. — Eu a encontrei ontem e disse que viria para cá.

— Obrigada — disse minha mãe.

— Onde você a encontrou? — eu perguntei com o ar mais casual possível. Yngve disse que tinha ficado na cidade para trabalhar, não para sair, e se tivesse saído e encontrado Ann Kristin ele teria mentido, mas por que haveria de mentir?

— Na cantina de Sydneshaugen — ele disse.

— Ah, claro — eu disse.

Ao fim da refeição bebemos café na sala, meu avô falou, nós ouvimos. Kjartan entrou, vestido com as mesmas roupas que tinha usado nos últimos dois dias, com os cabelos desgrenhados, olhos relampejantes por trás dos óculos. Yngve não se opôs ao monologismo de Kjartan, como em geral fazia, ele parecia tímido e introvertido, como se estivesse olhando para dentro, e não para fora. O motivo podia ser qualquer coisa, pensei, ele simplesmente estava quieto.

Do lado de fora a chuva se derramava.

Kjartan tornou a se recolher, eu comecei a ler os jornais, minha mãe foi lavar a louça na cozinha, Yngve subiu com as coisas dele para o quarto e passou um tempo no andar de cima. Quando desceu mais uma vez, sentou-se na cadeira mais próxima da lareira com um livro na mão.

Baixei os jornais e olhei para o outro lado da janela. Tinha começado a escurecer. A luz da lâmpada em frente à casa vizinha, que ficava a uma curta distância, estava listrada de chuva.

Minha avó dormia na cadeira. Meu avô também havia dormido sentado. Minha mãe estava sentada ao lado dele no sofá, lendo. Yngve também lia. Eu olhei para ele e notei que ele percebeu, porque é assim que acontece quando uma pessoa é observada num cômodo silencioso, ela percebe. Mesmo assim, Yngve não olhou para mim e manteve o olhar fixo no livro.

Tinha alguma coisa errada.

Ou seria paranoia minha?

Ele estava lendo, porra, eu não podia transformar *aquilo* em um sinal de que alguma coisa estava errada.

Ergui o jornal mais uma vez e continuei a ler. Então foi ele que olhou para mim. Me concentrei para não olhar para ele.

Por que estaria me olhando?

Yngve se levantou e saiu. Meu avô despertou com o barulho da porta que se fechou, piscou os olhos algumas vezes, se levantou e arrastou os pés até a lareira, abriu-a e colocou mais duas achas de lenha lá dentro. Do andar de cima vieram os rangidos das tábuas do assoalho.

E então tudo ficou em silêncio.

Será que ele tinha se deitado?

Àquela hora?

Por que tinha saído na noite anterior? E não trabalhado no hotel, como havia dito?

Peguei minha caneca na cozinha e me servi de café. O fiorde parecia um plano levemente mais claro na escuridão quase total. A chuva tamborilava contra o telhado e a parede. Me sentei na sala mais uma vez, peguei meu pacote de tabaco e enrolei um cigarro. Meu avô estava limpando o cachimbo, ele o bateu contra o cinzeiro e tirou uns montinhos pretos com o limpador de cachimbo branco. Minha avó tinha acordado, ela tentou se levantar, movimentou o tronco para a frente, mas em seguida caiu para trás mais uma vez. Então levou a mão aos dois botões no encosto da cadeira, apertou um deles e a cadeira começou a se mexer com um ruído baixo, ao mesmo tempo que ela era por assim dizer erguida, ou empurrada para a frente, e instantes depois ela pôde segurar o andador com as mãos. Mas ela estava corcunda demais para conseguir andar sozinha, então minha mãe se levantou, segurou-a pelo braço, afastou o andador e se abaixou para perguntar aonde ela queria ir. Não ouvi a resposta que saiu dos lábios trêmulos, mas devia ser a cozinha, porque foi para lá que as duas se dirigiram. Enquanto tudo isso acontecia, meu avô permanecia entretido com o cachimbo.

As tábuas do assoalho rangeram no andar de cima, e pouco depois na escada. A porta se abriu, Yngve me olhou.

— Karl Ove, vamos dar uma volta? — ele disse. — Precisamos falar sobre uma coisa.

Minha esperança desapareceu por completo, e senti meu âmago desmoronar. Tudo ruiu.

Yngve estava namorando Ingvild.

Me levantei e fui até o corredor. Yngve estava de costas para mim, vestindo o casaco. Ele não disse nada. Enfiei os pés nos sapatos, me abaixei para amarrar os cadarços e então me levantei para vestir a jaqueta. Yngve me esperava imóvel. Quando terminei de fechar o zíper, ele abriu a porta. O ar fresco encheu o corredor. Coloquei o capuz e o amarrei sob o queixo, Yngve foi até o carro, abriu a porta, pegou o guarda-chuva. O barulho da chuva era um tamborilar constante nos lugares onde as gotas caíam sobre o cascalho e a casa, e parecia mais úmido e quase arrastado em meio à escuridão imensa onde as gotas caíam sobre a grama e o musgo, sobre as árvores e os arbustos.

Yngve abriu o guarda-chuva, eu fechei a porta atrás de mim e começamos a descer o morro. Tentei encará-lo, mas ele manteve o olhar fixo à frente. Minhas pernas estavam trêmulas e bambas, meu âmago estava desfeito, mas também havia um elemento de dureza. Eu não ofereceria nada para ele. Ele não teria nada de mim.

Atravessamos o portão, deixamos para trás a casa do vizinho e chegamos à estrada asfaltada.

— Vamos entrar aqui? — Yngve perguntou.

— Pode ser — eu disse.

O cruzamento, onde três estradas se encontravam, era iluminado pelos postes de iluminação pública, mas assim que o deixamos para trás e tomamos o caminho que seguia em direção ao vale, tudo ficou escuro ao nosso redor. As árvores se erguiam como uma muralha nos dois lados. Ouvíamos o murmúrio suave do riacho e a chuva que caía pela floresta. No mais, ouviam-se apenas os nossos passos. Eu olhei para Yngve. Ele me olhou depressa.

— Preciso dizer uma coisa para você — ele disse.

— Você já disse — eu disse. — Mas o que é?

Ele olhou mais uma vez para a frente.

— Eu e a Ingvild estamos namorando — ele disse.

Eu não disse nada, simplesmente o encarei.

— É que... — ele começou.

— Não quero ouvir mais nada — eu disse.

Yngve ficou em silêncio e continuamos andando.

A chuva que caía, os nossos passos, a muralha de árvores em meio à escuridão. O cheiro de espruce, o cheiro de musgo úmido, o cheiro de asfalto.

— Eu preciso explicar o que aconteceu — ele disse.

— Não.

— Mas Karl Ove...

— Não quero ouvir mais nada, eu já disse.

Chegamos à pista de tiro, um estande em frente a um espaço estreito e comprido no lado direito da estrada.

Ao longe ouvia-se o ruído de um carro. Estava descendo a encosta da montanha que ficava no fim do vale.

— Não foi uma coisa que eu planejei — ele disse.

— Não quero ouvir mais NADA! — eu disse. — Você não entendeu? Nada!

Continuamos andando mais um tempo em silêncio. Ele me olhou mais uma vez, como se quisesse falar, mudou de ideia, olhou para baixo e parou.

— Estou voltando agora — ele disse.

— Então volte — eu disse, e continuei andando em frente enquanto ouvia os passos dele cada vez mais fracos às minhas costas. No instante seguinte o carro fez a curva e transformou a escuridão num inferno de luz. O clarão persistiu na minha retina por vários segundos depois que havia passado, e fiz parte do trajeto praticamente cego enquanto meus olhos se reacostumavam à escuridão e as árvores e a estrada aos poucos reapareciam.

Eu nunca mais falaria com Yngve. Não havia como ir embora antes da manhã seguinte, então eu teria de vê-lo, e teria de vê-lo também em Bergen, não havia como evitar, mais cedo ou mais tarde acabaríamos nos encontrando, afinal a cidade não era muito grande, mas eu não diria nada nessas ocasiões e nem na casa dos meus avós, eu não diria mais uma palavra a ele, nunca mais.

Continuei andando até o fim do vale, onde a cachoeira despencava pela encosta da montanha e o riacho passava por baixo da estrada, passei um tempo observando o leve brilho da água que caía sobre as pedras e o lago que ficava mais ao fundo, era quase obsceno ver a água juntar-se à água, ainda mais em meio à chuva que caía, e então comecei a fazer o caminho de volta. Minhas calças estavam encharcadas e eu estava com frio, e nada de bom me esperava em casa.

Será que eles tinham ido para a cama juntos?

De repente tudo em mim se abriu. Eu parei.

Yngve tinha ido para a cama com Ingvild.

Quando fosse embora, ele voltaria para casa e iria para a cama com ela outra vez.

Passaria a mão nos seios dela, daria beijos na boca e abaixaria a calcinha dela para então penetrá-la.

Meu coração batia como louco no meu peito, como se eu tivesse corrido.

Ela gritaria o nome dele, sussurraria o nome dele, daria beijos na boca dele e abriria as pernas para ele.

Comecei a fazer o caminho de volta.

Ela perguntaria como tinha sido, como eu tinha reagido. Yngve contaria tudo. Eu seria "ele", a pessoa sobre quem falavam. O irmão caçula. O irmão caçula ingênuo que tinha passado dias esperando por ela no estúdio, que acreditou que ela o desejava, quando na verdade ela estava festejando com Yngve, estava na casa de Yngve trepando. Era simples, ela dormia na casa dele, tomava banho na manhã seguinte e sentava-se para o café da manhã com ele, com uma naturalidade cada vez maior.

Ela o acariciava, não havia como ser diferente, ela olhava nos olhos dele, não havia como ser diferente, ela dizia que o amava, não havia como ser diferente, esses não eram pensamentos obsessivos, mas apenas o que acontecia. Todos os dias, era aquilo que acontecia.

À minha frente a casa estava iluminada na pequena elevação, com uma escuridão profunda e quase impenetrável por todos os lados.

Eu nunca mais faria parte da vida dele. Nunca mais faria visitas. Eu estaria me lixando para Yngve como nunca tinha me lixado para qualquer outra coisa. Se ele pensava que tudo voltaria a ser como antes entre nós dois, que cedo ou tarde eu faria as pazes com aquela situação, era melhor repensar.

Naquele momento, o mais importante era dar um jeito de fazer a noite passar. Estávamos no mesmo lugar, não havia como evitá-lo, mas não tinha problema, eu o ignoraria por completo, o que era bom, porque assim ele acharia que aquela era uma reação do momento, que logo passaria, e somente mais tarde se daria conta de que na verdade eu nunca mais falaria com ele.

Abri a porta e entrei no corredor, pendurei meu casaco, entrei no quarto e troquei de calça e sequei meu rosto com uma toalha no banheiro antes de voltar ao primeiro andar e entrar na sala, onde as pessoas assistiam à TV.

Yngve não estava lá. Olhei para a minha mãe.

— Onde está o Yngve? — perguntei.

— Na casa do Kjartan — minha mãe disse.

Me sentei.

— O que está acontecendo? — minha mãe perguntou.

— Nada — eu disse.

— Tenho certeza de que houve alguma coisa — disse minha mãe.

— Lembra que eu disse que estava apaixonado? — eu disse.

— Lembro, claro — disse minha mãe.

— O Yngve começou a namorar a garota — eu disse. — Ele acabou de me contar.

Minha mãe tomou fôlego e suspirou enquanto me olhava.

— Bem, não é culpa *minha* — eu disse.

— Vocês não podem se desentender por causa disso — ela disse. — Vai passar, Karl Ove. Sei que agora é difícil, mas vai passar.

— Pode ser — eu disse. — Mas não quer dizer que eu preciso continuar me relacionando com ele.

Minha mãe se levantou.

— Eu preparei o jantar — ela disse. — Você pode pôr a mesa?

— Tudo bem — eu disse.

Peguei as canecas e os pratos, a manteiga e o pão, o salmão e os ovos mexidos, os frios e o queijo, um bule de chá e leite. Quando terminei, minha mãe perguntou se eu podia chamar Yngve. Olhei para ela.

— Claro que posso — eu disse. Calcei os sapatos e caminhei os poucos metros de pátio entre as duas portas. Talvez Yngve pensasse que tudo estava como antes ao me ver chegar, e por mim não haveria problema caso pensasse assim.

Abri a porta e entrei no corredor, fui até a escada. Do andar de cima vinha música alta. Subi uns degraus, para que eu pudesse ver a sala lá em cima. Yngve estava sentado em uma cadeira e tinha os olhos fixos no vazio. Ele não tinha me ouvido. Eu podia gritar, mas não gritei, uma vez que, para meu grande horror, vi que lágrimas escorriam pelo rosto dele.

Yngve estava chorando?

Desci a escada discretamente e sumi de vista. Passei uns momentos em silêncio absoluto no corredor. Era a primeira vez que eu o via chorar desde a nossa infância.

Mas por que estaria chorando?

Enfiei os pés nos sapatos, fechei a porta com todo o cuidado às minhas costas e arrastei os pés ao longo do pátio.

— Ele já está vindo — eu disse ao entrar na sala. — Não precisamos esperar.

Cedo na manhã seguinte, minha mãe me levou ao cais de Rysjedalsvika. O barco estava quase vazio ao chegar, e me sentei no mesmo lugar onde eu havia sentado na ida. O tempo havia limpado um pouco durante a noite, o céu continuava encoberto, mas as nuvens eram mais claras, e já não estava chovendo. O barco cortava as águas cinzentas e pesadas a uma velocidade extraordinária sob as altas e impassíveis montanhas abobadadas que ladeavam o fiorde.

Eu tinha me deitado antes que Yngve voltasse na noite anterior e me levantado antes que ele acordasse naquela manhã, e assim não o tinha visto desde o vislumbre roubado na casa de Kjartan, mas eu o tinha ouvido, tanto a voz no andar de baixo enquanto eu tentava pegar no sono como os passos que subiram os degraus e entraram no quarto antes que ele se deitasse. Era como se aquilo estivesse queimando dentro de mim, saber que ele estava sob o mesmo teto que eu era insuportável, a única coisa que eu conseguia pensar era que ele havia de se arrepender do que tinha feito.

Naquele momento, rodeado por luzes em um barco no meio do fiorde e a caminho de casa, tudo parecia diferente. Naquele momento era nela que eu estava pensando. Ela tinha se deixado enganar, tinha se deixado ofuscar pelo charme exterior de Yngve e cedido. Não entendia que eu era melhor do que ele. Não tinha a menor ideia quanto a isto. Mas ainda teria oportunidade para descobrir. E o que aconteceria então? Será que eu estaria ao lado dela? Ou será que eu devia entregá-la à própria sorte?

Será que eu poderia namorá-la depois que ela tivesse namorado Yngve? Ah, claro.

Se ela quisesse, eu também ia querer.

Não havia nada que me prendesse a Bergen depois daquele ano, e nada que a prendesse tampouco, caso terminasse o namoro com Yngve.

Fui mais uma vez ao quiosque e pedi um café, levei-o comigo para o convés e me sentei no banco que ficava sob a estrutura do navio, de onde eu via a floresta que da estrada mais acima parecia apenas uma sombra grande e profunda sob as montanhas, mas naquele instante ganhava contornos bem definidos sob a brancura do céu. Espruces verde-escuros, quase pretos, cresciam muito próximos uns aos outros em recantos cheios de pontas, junto com uma ou outra árvore decídua que exibia as cores amareladas do inverno.

Ao chegar no cais do barco expresso peguei um táxi para casa, era o mínimo que eu merecia depois de tudo que tinha acontecido. Mas estar de volta ao meu estúdio, em meio às minhas coisas, não fez com que eu me sentisse tão bem quanto havia imaginado, porque era lá que eu tinha ficado à espera dela, por tardes e mais tardes, e naquele instante, sabendo o que eu sabia, que ela nunca tinha sequer pensado em me fazer uma visita, mas em vez disso estava com Yngve, eu vi com toda a clareza possível a estupidez da maneira como eu havia me comportado. Todos os pensamentos bonitos que eu havia nutrido em relação a ela, todo o sonho que eu havia construído ganhou contornos infinitamente ingênuos a partir do momento em que tomei conhecimento do verdadeiro estado de coisas, de tudo que tinha acontecido.

Yngve sabia como eu estava me sentindo, sabia que eu estava à espera dela, e ao mesmo tempo a encontrava e a namorava. Será que fazia parte da excitação? Saber que eu a esperava como um imbecil, olhando toda hora pela janela?

Não haveria como ficar no estúdio, então vesti o meu casaco e saí, mas para onde eu iria? Era domingo, todas as lojas estavam fechadas e eu não tinha vontade de ir sozinho aos cafés que estavam abertos.

Parei em frente ao prédio onde Jon Olav morava e toquei o interfone. Ninguém atendeu, então continuei minha caminhada, subi o morro e passei em meio ao Støletorget e logo atravessei o Torgalmenningen, e durante todo esse tempo eu queimava por dentro, eu era um idiota, eu não tinha nenhum lugar para onde ir, ninguém para visitar, eu queimava de vergonha em relação a tudo. Fui à Nygårdsgaten, peguei um atalho pelo prédio de ciências naturais e exatas e entrei no parque, meu plano era sentar em um banco e fumar, era domingo, eu estava dando um passeio de domingo, mas o parque, veja bem, o parque tinha sido o lugar onde eu havia segurado a mão de Ingvild, eu não queria pensar nisso, já naquela ocasião eu sabia que ela não queria saber de mim, que eu não era nada para ela, mas também não queria ir a Danmarksplass, porque Yngve morava lá, e pelo que eu sabia ela tinha pegado as chaves e estava passando o fim de semana no apartamento dele. Eu também não queria tomar o outro caminho, porque lá ficava a Sydneshaugen Skole, onde havíamos tomado café juntos, o portão onde tínhamos parado e conversado até que Morten aparecesse. Em vez disso desci a encosta e cheguei ao Grieghallen, segui o caminho até a biblioteca e a estação de trem, dobrei à direita, onde ficava o antigo portão da cidade, e então subi os morros antes de voltar ao longo das estradas no alto de Fjellsiden.

Yngve devia estar a caminho de casa naquele momento. Se Ingvild não estivesse no apartamento dele, com certeza ele estaria indo a Fantoft, onde ela o esperava.

Ela abriria a porta e olharia para ele cheia de ternura e de entrega.

Os dois se abraçariam.

Cada vez mais inflamados, começariam a se beijar.

Em seguida entrariam no quarto, tirariam as roupas um do outro às pressas. Depois, um cigarro.

O que o seu irmão disse?

Ele ficou bravo. Mas vai passar. Você devia ter visto. Ha ha ha! Ha ha ha.

Senti ondas e mais ondas de calor na minha cabeça e no meu rosto, que baixei. Eu estava passando em frente a uma antiga estação de incêndio, construída em madeira e pintada de branco, mais abaixo a cidade tremeluzia em suas muitas cores, eu subi até as casas mais altas e depois aos poucos me deixei cair, até por fim voltar ao meu estúdio.

É aqui que ele mora, pensei. O irmão que se acha escritor. Quando abri a porta e entrei no estúdio, foi como se eu ainda estivesse na rua olhando para mim, o idiota cheio de si que fechava as cortinas para manter o mundo no lado de fora.

Nas duas semanas a seguir tivemos aulas com Rolf Sagen. O curso dele não era sobre gêneros, nem sobre prosa, poesia, dramaturgia ou ensaística, mas sobre o próprio ato de escrever, ou seja, sobre o processo criativo da escrita e as diferentes estratégias possíveis. Em parte ele nos oferecia dicas práticas, dizendo por exemplo que para escritores de prosa e dramaturgia podia ser útil preparar um "pano de fundo", com muitas informações a respeito dos personagens e das relações que mantinham uns com os outros, para assim saber mais do que seria possível descobrir no texto pronto sobre como todos agiam da maneira como agiam — o "pano de fundo" era um mundo completo, sobre o qual a história oferecia apenas vislumbres —, e em parte falava sobre as motivações e as pressuposições subjacentes à escrita. Sagen tinha formação em psicologia e enfatizava muito a necessidade de penetrar nas camadas mais profundas da consciência ao escrever. Ele nos deu exercícios. Um deles consistia em esvaziar a consciência de qualquer pensamento, era quase uma meditação, o objetivo era estar à frente dos pensamentos, negar-lhes espaço, simplesmente ir cada vez mais fundo no impensado, para então, quando ele desse o sinal, escrever a primeira coisa que nos ocorresse.

— Vamos começar — ele disse, e então ficamos todos sentados de cabeça baixa e olhos fechados ao redor da mesa. Eu não consegui fazer o exercício, fiquei pensando o tempo inteiro naquela situação, pensando que eu precisava esvaziar minha consciência, mas não consegui. Passaram-se dois minutos, três, talvez quatro.

— Muito bem, escrevam — ele disse.

A primeira coisa que me ocorreu foi o nome de uma cidade, "Darmstadt". Escrevi um conto breve. Quando todos acabaram, fizemos um intervalo, e quando recomeçamos todo mundo leu o que havia escrito.

Concentrado, Sagen apertava a barba entre o polegar e o indicador, acenava a cabeça e dizia que os contos eram interessantes, diferentes, notáveis, bem-sucedidos. Quando chegou minha vez, a sequência de superlativos foi interrompida. Ele ouviu o que eu tinha escrito e olhou para mim.

— Você usa apenas a parte mais superficial da consciência ao escrever — ele disse. — Quando você faz isso, o texto acaba sem profundidade. Qual foi a primeira palavra em que você pensou?

— Darmstadt.

— É uma cidade alemã — ele disse. — Você já esteve lá?

— Não.

— Muito bem — ele disse. — Infelizmente não tenho mais comentários a fazer sobre esse texto. Você precisa fazer um esforço para chegar mais fundo na consciência.

— É — eu disse.

Na verdade, o que ele disse foi que a minha escrita era superficial. E ele tinha razão, eu tinha compreendido, havia um abismo entre os textos dos meus colegas e os meus. Eu tinha escrito sobre um rapaz que andava pelas ruas de Kristiansand. Eu não tinha encontrado esse personagem nem as ruas por onde andava nas profundezas da consciência. Sagen confirmou o que eu suspeitava, ele tinha posto aquilo em palavras, eu precisava ir mais fundo na minha própria consciência, mergulhar na escuridão da minha alma, mas como, porra? Aquilo não era para mim! Li a "Fuga da morte", nenhum escritor tinha mergulhado mais fundo na consciência do que Paul Celan ao escrever esse poema, mas de que me adiantaria saber disso?

No dia seguinte tivemos um novo exercício. Desta vez recebemos palavras inventadas que devíamos repetir para nós mesmos, até que Sagen desse o sinal para que escrevêssemos a primeira coisa que nos ocorresse.

Mais uma vez todos estavam de cabeça baixa e olhos fechados ao redor da mesa. Podem escrever, disse Sagen, e eu escrevi a primeira coisa que me veio.

Duas poltronas de couro
ao vento

Isso era tudo.

Sagen coçou o queixo.

— Interessante — ele disse. — Duas poltronas ao vento. Estão na rua, então? Só pode.

— É uma abertura promissora — disse Knut.

— Você precisa continuar escrevendo, Karl Ove — disse Trude. — Pode virar um poema.

— É uma imagem que não se oferece pronta — disse Sagen. — Existe uma tensão, uma coisa muito irracional. Realmente interessante. Acho que você está no caminho certo.

Eu tinha pensado nas duas poltronas de couro que tínhamos em casa quando eu era criança. Estavam em uma colina verdejante, e o vento soprava do mar. Mas eu sabia que não passava de uma besteira, e ao mesmo tempo sabia que o melhor seria deixar de lado os comentários dos meus colegas de que aquilo talvez fosse o início de uma coisa qualquer, de um poema.

Retomei a ideia ao chegar em casa.

Duas poltronas de couro
ao vento
um bulldozer *amarelo* — foi o que me ocorreu a seguir —
barulho de uma cidade
que você já abandonou

Assim que terminei de escrever eu já sabia que tipo de comentários o texto receberia. Tire o *bulldozer* amarelo. Tire o "já" da última linha, é uma palavra desnecessária. Foi o que fiz, e o poema estava pronto.

Duas poltronas de couro
ao vento
barulho de uma cidade
que você abandonou

Pelo menos tinha jeito de poema. Eu sabia de onde vinha a imagem das poltronas de couro, desde pequeno eu era fascinado pela relação entre dentro e fora, por cenas em que o que devia estar dentro estava fora e vice-versa. Uma das lembranças mais hipnóticas que eu tinha era da vez em que eu e Geir tínhamos encontrado o porão de uma casa em construção totalmente cheio d'água. Mas isso não era tudo, o lugar também não tinha chão, então estávamos em cima de uma pequena rocha nua, rodeados por água, *dentro de uma casa!* O episódio do lixão, presente num dos textos que tinha me levado a ser aceito no curso, tratava justamente disso, Gordon e Gabriel dispunham cadeiras, mesas e lâmpadas na floresta. As duas poltronas de couro ao vento eram tiradas da mesma fonte, a magia da minha infância em seis palavras. "Barulho de uma cidade/ que você abandonou" era diferente, era uma coisa que eu tinha observado em muitos dos poemas que eu havia lido, nos quais uma coisa era ao mesmo tempo dita e revogada. O contrário também existia, a coisa que remetia a si mesma, o coelho que neva no coelho, por exemplo, mas eu nunca tinha criado nenhuma imagem desse tipo.

Até aquele momento!

Ah!

Em uma velocidade alucinante, escrevi mais duas linhas.

Duas poltronas de couro
ao vento
barulho de uma cidade
que você abandonou.
A menina some
na menina.

Estava pronto. Um poema completo.

Para comemorar, enfiei o livro de fotografia dentro da calça, escondi-o sob a camisa e desci ao porão para bater uma punheta. Com o livro aberto na mão esquerda, que eu conseguia usar ao mesmo tempo para segurar e folhear, e a mão direita no pau, fiquei olhando as fotografias, uma atrás da outra. A garota com o cesto de roupas ainda era a minha favorita, mas aquela já não era mais uma fantasia pura, todas as situações em que eu me imaginava com ela vinham junto com pensamentos a respeito de Yngve e Ingvild, e sentimentos de que Ingvild, a única pessoa que importava para mim, estava perdida. Folheei para a frente e para trás, na tentativa de evitar aquele pensamento, mais ou menos como Sagen tinha nos dito para fazer, percebi logo a seguir, e por fim realmente pude me concentrar por tempo suficiente no corpo delicioso de uma das garotas no livro de fotografia e gozar.

Já era alguma coisa.

De volta ao estúdio, me restava apenas matar tempo até a hora de ir para a cama. Por sorte eu não tinha nenhum problema em dormir por doze horas seguidas. A Skrivekunstakademiet já não era motivo de entusiasmo para mim, não se passava um dia sem um comentário desabonador em relação a mim, ou melhor, sem um comentário desabonador em relação aos meus textos. Eu sabia que os meus colegas não tinham o objetivo de me atingir com aquilo, era o que se chamava de crítica, e a ideia era me ajudar, mas no meu caso era desesperador, porque não havia *mais nada* no texto que servisse para contrabalançar as críticas. Os textos *eram* imaturos, *eram* cheios de clichês, *eram* superficiais, e eu realmente não estava em condições de penetrar mais fundo na consciência, onde se encontrava o essencial para um escritor. Em todas as nossas discussões esse detalhe era mencionado, esse era o meu papel, e mesmo quando eu escrevia textos bons, como o poema sobre as duas poltronas de couro, eles eram avaliados à luz da pessoa que eu tinha revelado ser, quase como um golpe de sorte, o macaco que escreve *Hamlet*.

O único aspecto positivo da academia naqueles dias era o fato de que havia muitas coisas acontecendo, muitas coisas que exigiam atenção, e assim os pensamentos relativos a Yngve e Ingvild ficavam esquecidos enquanto eu estava lá. O estúdio parecia insuportável pela mesma razão, lá não havia distrações, e se não tínhamos exercícios de escrita eu saía de casa, sem nenhum motivo a não ser a necessidade de sair — numa tarde eu ia à casa de Jon Olav tomar um café, mas depois era preciso esperar uns dias antes de fazer outra visita, para que a minha falta de amigos não se tornasse inconveniente, era como uma quarentena que eu impunha a mim mesmo — na tarde seguinte eu ia à casa de Anne, onde as mesmas regras se aplicavam, após uma xícara de chá e uma conversa de uma hora eu não podia aparecer de novo em menos de quatro ou cinco dias, idealmente mais — e não havia muitas pessoas a visitar. Eu não podia ir ao cinema sozinho, era um estigma grande demais, e o mesmo valia para o Café Opera. Quanto a ficar sozinho em bares, envergonhado por não conhecer mais ninguém, era o tipo de situação à qual eu não queria me sujeitar. Além do mais, a chance de encontrar Yngve e Ingvild, ou os amigos deles, era grande. A simples ideia de estar no mesmo ambiente que eles, testemunhando a maneira como se olhavam ou mesmo se tocavam fazia meu corpo se enregelar. Morten era uma salvação, mesmo que não tivéssemos muito em comum, sempre conseguíamos falar por uma hora sobre uma coisa ou outra, e no caso dele as visitas não pareciam tão estranhas, afinal éramos vizinhos.

* * *

Numa tarde bateram à minha porta. Achei que era Jon Olav e fui abrir. Ingvild estava no alto da escada.

— Oi — ela disse, lançando um olhar rápido na minha direção.

Naquele segundo, quando encontrei os olhos dela, foi como se nada tivesse acontecido. Meu coração batia apaixonado.

— *Você?* — eu disse.

— É. Acho que a gente precisa conversar.

Ela desviou o olhar ao fazer esse último comentário, afastou o cabelo da testa.

— Entre — eu disse.

Ela me acompanhou e sentou-se no sofá.

— Quer um chá? — eu perguntei.

Ingvild balançou a cabeça.

— Não vou me demorar.

— Vou preparar um chá mesmo assim — eu disse.

Entrei na cozinha e coloquei uma panela d'água para esquentar no fogão.

Aquela visita era a última coisa que eu esperava, meu estúdio não estava limpo nem arrumado. Coloquei um punhado de chá no fundo da chaleira e voltei para encontrá-la. Ingvild tinha acendido um cigarro. O cinzeiro estava cheio, eu o peguei e o esvaziei no lixo da cozinha.

— Não precisa preparar nada para mim — ela disse. — Eu já estou indo embora. Só queria dizer uma coisa para você.

Ela riu ao falar. Olhou depressa para baixo, olhou depressa para cima.

— O chá logo vai estar pronto — eu disse. — Estamos trabalhando com poesia na academia, sabe, e recebemos uns poemas fantásticos para ler. Tem um em especial que é muito bom. Você gostaria de ouvir?

Ela balançou a cabeça.

— Agora não, Karl Ove — disse, se retorcendo no sofá.

— Não é muito longo — eu disse. — Espere um pouco, vou pegar.

— Não, melhor não. Não é uma boa hora.

— Não tem problema — eu disse, e então revirei a pilha de fotocópias, encontrei o que eu procurava e me virei para ela.

— Aqui está. Não vai demorar.

Me postei com a folha na mão e comecei a ler.

Fuga da morte

Leite preto da aurora bebemos à tarde
bebemos ao meio-dia e pela manhã bebemos à noite
bebemos bebemos
cavamos um túmulo no ar para que não seja apertado
Um homem mora na casa ele brinca com serpentes ele escreve
ele escreve quando a escuridão desce rumo à Alemanha teus cabelos dourados
Margarete
ele escreve e sai à frente da casa e as estrelas cintilam ele assovia para chamar os
cachorros
assovia para juntar os judeus faz com que cavem um túmulo na terra
ele ordena toquem agora para a dança

Leite preto da aurora bebemos-te à noite
bebemos-te pela manhã e ao meio-dia bebemos-te à tarde
bebemos bebemos
Um homem mora na casa ele brinca com serpentes ele escreve
ele escreve quando a escuridão desce rumo à Alemanha teus cabelos dourados
Margarete
Teus cabelos cinzentos Sulamita cavamos um túmulo no ar para que não seja
apertado

Ele grita enfiem mais fundo na terra vocês e vocês cantem e toquem
ele pega a espada do cinto e a brande os olhos dele são azuis
enfiem mais fundo essas pás vocês e vocês continuem tocando para a dança

Leite preto da aurora bebemos-te à noite
bebemos-te ao meio-dia e pela manhã bebemos-te à tarde
bebemos bebemos
um homem mora na casa teus cabelos dourados Margarete
teus cabelos cinzentos Sulamita ele brinca com serpentes
Ele grita façam a morte soar mais doce a morte é um mestre vindo da Alemanha

ele grita façam os violinos soarem mais sombrios e assim vocês sobem como fuma-
ça pelo ar
assim vocês ganham um túmulo nas nuvens que não seja apertado

Leite preto da aurora bebemos-te à noite
bebemos-te ao meio-dia a morte é um mestre vindo da Alemanha
bebemos-te à tarde e pela manhã bebemos bebemos
A morte é um mestre vindo da Alemanha o olho dela é azul
ela te acerta com balas de chumbo te acerta em cheio
um homem mora na casa teus cabelos dourados Margarete
ele solta os cachorros em cima de nós ele dá para nós um túmulo no ar
ele brinca com serpentes e sonha a morte é um mestre vindo da Alemanha

teus cabelos dourados Margarete
Teus cabelos cinzentos Sulamita

Li o poema como eu tinha aprendido, com uma dicção rítmica e constante, sem destacar palavras individuais, sem enfatizar nada que pudesse ser
importante, porque o ritmo estava acima de tudo, o ritmo era tudo.

Enquanto eu lia, Ingvild ficou fumando e olhando para o chão.

— Não gostou? — eu perguntei.

— Gostei — ela disse.

— Eu achei incrível. Completamente único. Eu nunca tinha lido nada
parecido.

Me sentei na outra ponta do sofá.

— O Yngve falou sobre o que aconteceu, não? — ela disse.

— A água do chá! — eu disse. — Espere um pouco.

Fui à cozinha, derramei a água fumegante sobre as folhas secas de chá,
que em poucos segundos inchariam e acabariam macias e maleáveis, as
maiores de um jeito meio gosmento, enquanto todas as substâncias nas folhas
se desprenderiam e se misturariam à água para dar-lhe uma coloração a princípio dourada, e depois cada vez mais escura.

Levei a chaleira e duas xícaras para a sala, larguei-as em cima da mesa.

— O chá precisa ficar um pouco em infusão — eu disse.

— Já vou embora — ela disse. — Eu só queria falar com você sobre o que
aconteceu.

— Você não pode tomar uma xícara de chá? — eu perguntei.

Servi a xícara dela, o chá estava diluído demais, então despejei o líquido mais uma vez na chaleira e servi de novo. Dessa vez a coloração estava mais escura, e se não estivesse perfeito, ao menos estaria aceitável.

— Você toma com leite?

Ela balançou a cabeça e pegou a xícara entre as duas mãos, deu um gole, largou-a em cima da mesa.

— Não teve nada a ver com você — ela disse. — O que aconteceu.

— Claro que não — eu disse, servindo a minha xícara.

— Espero que a gente possa continuar amigos. Eu gostaria muito de ser sua amiga.

— Claro que podemos ser amigos — eu disse. — Por que não?

Ela riu sem olhar para mim, tomou mais um gole.

— No mais, como vão as coisas? — eu perguntei.

— Bem — ela disse.

— Está gostando das aulas na universidade?

Ela balançou a cabeça.

— Não sei direito — disse.

— Comigo é a mesma coisa — eu disse. — Mas a academia termina em um ano, não em seis, como o curso de psicologia. Ainda estou pensando no que fazer depois. Talvez letras. Mas de qualquer jeito penso em continuar escrevendo.

Fez-se um silêncio.

Me doía vê-la sentada na minha frente.

— Você ainda está morando em Fantoft? — eu perguntei.

Ela balançou a cabeça.

— Vou me mudar para uma república com outras meninas.

— É mesmo?

— É. Mas agora eu tenho que ir — disse ela, se levantando. — Obrigada pelo chá. Nos vemos mais tarde.

Eu a acompanhei até o corredor, sorri e me despedi, fiquei olhando enquanto ela dobrava a esquina, tornei a entrar, lavei as duas xícaras, esvaziei o cinzeiro para que aquilo não me lembrasse da visita, me deitei na cama de costas e fiquei olhando para o teto. Eram oito horas. Duas horas até que eu pudesse dormir.

* * *

Enquanto tínhamos aula na academia, eu me virava bem durante o dia. Bastava me arrastar até lá em meio à chuva pela manhã, onde pelo menos eu apreciava a companhia dos colegas, nos víamos com tanta frequência que eu me sentia relativamente à vontade com eles, e depois me arrastar de volta para casa em meio à chuva durante a tarde, sob o céu que escurecia depressa. Então eu almoçava, lia até que a inquietude se tornasse insuportável e eu precisasse sair, quase sempre rumo ao grande nada, ou seja, sem ter ninguém para encontrar. Eu não tinha para onde ir, e ao mesmo tempo não suportava ficar no estúdio, então o que fazer? Nem mesmo dez cavalos selvagens poderiam me convencer a entrar num cinema sozinho, ou a ir ao Opera sozinho. Por um tempo foi bom, não havia nada de errado com a situação em si, tudo podia ser explicado, eu frequentava um curso onde os alunos eram poucos e todos mais velhos do que eu, nenhum deles seria meu amigo em circunstâncias normais, ao contrário do que acontecia com outros estudantes, sempre rodeados por centenas, para não dizer milhares de semelhantes. Sim, tudo podia ser explicado, eu estudava na Skrivekunstakademiet, e quando terminasse o curso por lá eu pediria um empréstimo de crédito estudantil e viajaria a Istambul para continuar a escrever, numa cidade onde não se poderia esperar que eu conhecesse quem quer que fosse, e que também era exótica e estranha, uma aventura, puta que pariu, um quarto só para mim em Istambul!

Escrevi cartas e falei sobre os meus planos. Li os romances mencionados na academia, de Øystein Lønn, Ole Robert Sunde, Claude Simon, Alain Robbe-Grillet, Nathalie Sarraute, eram todos muito difíceis para mim, mas eu consegui me arrastar através das páginas na esperança de assimilar certas coisas mesmo assim. Fui à cidade comprar discos, bebi café nas confeitarias frequentadas pelos velhos, onde eu não me preocupava com o que estariam pensando a meu respeito nem se achavam que eu estava sozinho. Eu estava cagando para os velhos, e também estava cagando para mim mesmo. Eu ficava lá, olhando meus discos, lendo meus livros, bebendo café e fumando. Depois eu ia para casa, fazia o tempo passar, me deitava para dormir e um novo dia começava. Os dias úteis transcorriam sem problemas, os fins de semana eram mais difíceis, às três da tarde a necessidade de sair para me divertir, como os outros estudantes faziam, começava a surgir, às seis ou sete atingia o ponto crítico, todos ao meu redor estavam se encontrando para ir às festas, enquanto eu ficava sozinho. Às oito ou nove essa vontade começava a diminuir, logo era hora de me deitar. Às vezes uma coisa me ocupava, um livro ou um texto em que estivesse trabalhando, e assim eu me esquecia do tempo e da situação, e quando tornava a olhar para o relógio já podia ser meia-noite, uma ou até duas horas. Era bom, porque assim eu dormia até mais tarde na manhã seguinte e encurtava o dia. Nos sábados eu às vezes saía à tarde, não aguentava o estúdio, e meus passos dirigiam-se rumo ao centro, às vezes passando em frente ao Opera, onde as janelas estavam sempre repletas de rostos sorridentes e falantes e canecos dourados, e mesmo que bastasse abrir a porta e entrar, afinal o lugar não estava fechado, eu *não conseguia*, de um jeito ou de outro a situação havia chegado àquele ponto. Uma vez entrei, apesar de tudo, e como eu tinha imaginado foi um pesadelo, me senti queimar por dentro no bar enquanto eu bebia, senti meu peito queimar e minha cabeça queimar, eu não conhecia ninguém, não tinha nenhum amigo, e todos estavam vendo, eu estava sozinho no bar agindo como se fosse a coisa mais natural do mundo, bebendo e olhando tranquilo ao redor, será que meus conhecidos estão por aqui hoje à tarde... não, que estranho, não tem ninguém! Bem, bem, não tem problema, vou passar um tempo aqui e beber uma cerveja antes de ir para casa dormir... Tenho muita coisa a fazer amanhã, melhor ir com calma... Depois eu voltava depressa para casa, revoltado comigo mesmo e com a minha estupidez, eu não tinha nada a fazer naquele lugar, era uma idiotice, por que eu havia exposto minha própria infelicidade daquela maneira?

No fim de semana seguinte liguei para Yngve. Ele tinha uma TV, eu queria perguntar se ele tinha pensado em assistir ao jogo de futebol e, nesse caso, se eu podia aparecer. Eu não tinha me esquecido de Ingvild, jamais o perdoaria por aquilo, mas tínhamos sido irmãos muito antes de eu ter me apaixonado por Ingvild, e seria preciso separar essas duas relações uma da outra, manter os dois pensamentos na cabeça ao mesmo tempo.

— Alô — ele disse.

— Oi, é o Karl Ove.

— Faz tempo que a gente não se fala — ele disse. — Como você está?

— Bem. Eu queria saber se você pretende assistir à partida de futebol hoje.

— Pretendo, sim.

— Posso dar uma passada aí?

— Claro. Não tem problema.

— A Ingvild vai estar aí? Nesse caso prefiro não ir.

— Não, ela está passando o fim de semana em casa. Venha.

— Combinado, então. Até mais.

— Até.

— Aliás, você fez apostas?

— Fiz.

— Quantos jogos?

— 32.

— Está bem. Nos vemos mais tarde.

Comprei uma sacola cheia de cerveja na loja ao lado, tomei banho e troquei de roupa, subi o morro depressa em meio à chuva, passei no quiosque e fiz minha aposta, fiquei um tempo esperando pelo ônibus, subi, me sentei e fiquei olhando para todas as luzes e todos os movimentos que preenchiam a cidade, os muitos deslocamentos de cores e objetos, toda a luz que brilhava na água, deslizava na água, todos os guarda-chuvas e limpa-vidros em movimento, todas as cabeças baixas e capuzes amarrados, todas as botas de borracha e capas de chuva, toda a água que escorria pelos meios-fios e pelas calhas, as gaivotas que sobrevoavam toda a cena e se empoleiravam esculhambadas no alto de um mastro ou na estátua ridiculamente alta de Festplassen, um homem em tamanho real postado no alto de uma coluna que devia ter o que, vinte metros? Trinta? Christian Michelsen, o que ele teria feito para merecer aquele destino?

Bergen, a cidade dos limpa-vidros em movimento.

Bergen, a cidade dos ventos e dos estúdios sem banheiro.

Bergen, a cidade dos peixes humanos. Veja como abrem a boca.

Meu avô tinha ido para lá depois de vender livros nos distritos, ele ia de casa em casa oferecendo a pequena biblioteca, e com o dinheiro pretendia comprar um terno novo.

Era lá que tinha comprado a aliança de casamento da minha avó. Bergen para eles era *a* cidade. Meu avô se arrumava todo quando ia para lá, vestia as melhores roupas e o melhor chapéu, e provavelmente sempre tinha feito assim.

Para além de Danmarksplass, à direita sob as placas próximas ao pequeno galpão onde vendiam pneus, à esquerda logo em frente e depois morro acima em meio às casas dos trabalhadores.

Tudo estava como sempre, pensei quando toquei a campainha e esperei que Yngve abrisse. Tudo estava como antes.

E estava mesmo.

Yngve tinha comprado caramelos ingleses com cobertura de chocolate, como nosso pai costumava fazer quando assistíamos às partidas de futebol, preparado um bule de café que bebemos antes de passar à cerveja e às batatas chips no início do segundo tempo. Anotamos os placares das outras onze partidas, por um tempo Yngve tinha acertado dez, mas no fim deu tudo errado, eu acertei sete, era mais ou menos a minha média quando eu apostava.

Depois do jogo Asbjørn e Ola apareceram, ficamos juntos bebendo e conversando por um tempo, depois pegamos um táxi até a cidade e fomos ao Café Opera. Ingvild não foi mencionada por ninguém. Mantive uma postura discreta durante as primeiras horas daquela tarde, eu não tinha nada a dizer, nada a propor, mas aos poucos comecei a ficar cada vez mais bêbado, e de repente me senti reluzir em meio ao mundo e comecei a tagarelar sobre tudo que me vinha à cabeça. Eu disse que me mudaria para Istambul para escrever no ano seguinte, disse que escrevia melhor que Bret Easton Ellis, que ele tinha o coração frio e eu não, disse que Jan Kjærstad tinha lido meus escritos e gostado. A gente não pode ir para casa agora, eu disse quando piscaram as luzes do bar, e por sorte ninguém tinha planos de dar a noite por encerrada, quase todo mundo que estava no Opera saiu para a rua e ficou conversando e esperando que uma nova festa surgisse. Erling e Arvid estavam por lá, eles moravam em uma casa enorme em Villaveien, logo atrás do Studentsenteret, em uma república, a gente podia ir para lá, não tinha muita coisa para beber, claro, mas isso não era problema, porque logo alguém pegou um táxi e foi para casa buscar uns destilados enquanto nós começamos lentamente a subir, Arvid e Erling na frente, e os outros atrás como a cauda de um cometa.

Erling e Arvid eram de Tromøya. Eu me lembrava de Erling como goleiro do time mais velho que nós na época em que eu era menino. Estava sempre alegre, sempre sorrindo, mas de vez em quando saía-se com respostas mortais. Mesmo que não fosse muito alto, ele tinha uma aparência desengonçada e por vezes quase prostrada, o que eu já tinha notado desde a época em que era goleiro. Arvid era forte e gorducho e sempre ocupava muito espaço. Os dois juntos chamavam bastante atenção. Importava saber quando apontavam os polegares para cima ou para baixo. Mas eu pelo visto era imune, uma vez que era irmão de Yngve. Pelo menos era a minha impressão quando cheguei à cidade.

Os cômodos na antiga casa de madeira eram grandes e praticamente não tinham móveis, fiquei andando lá dentro, o destilado apareceu, um cara olhou para mim, fui até onde ele estava, perguntei o que estava olhando, ele disse que nunca tinha me visto antes e estava apenas curioso para saber quem eu era, eu apertei a mão dele e entortei os dedos dele para trás até fazê-lo gritar e então soltei. O que você está fazendo?, ele exclamou, qual é o seu problema? Me afastei e entrei no cômodo ao lado, onde uma turma estava sentada no chão, no meio estava um dos colegas de Yngve, o sujeito que tinha nos feito companhia na primeira vez em que fomos juntos ao Opera. Você é a cara do Jan Kjærstad!, eu disse, apontando o dedo para ele. Realmente igual! Não sou, disse ele, não sou nem ao menos parecido. Ele tem razão, Karl Ove, disse Asbjørn, que também estava sentado lá. E você parece o Tarjei Vesaas!, eu disse, apontando para Arvid. Isso é um elogio?, ele me perguntou, rindo. Não, na verdade não, eu disse, e então me virei, porque Yngve estava atrás de mim. Se acalme, ele disse. Fiquei sabendo que você arrebentou os dedos de um outro convidado. Não tem cabimento uma coisa dessas, você não pode fazer isso. Todo mundo se conhece, afinal de contas. Se acalme. Eu estou calmo, eu disse. Estou bem. Estamos falando sobre literatura. Kjærstad e Vesaas. Me afastei de Yngve e fui à cozinha, abri a geladeira, o destilado tinha me dado uma fome do caramba e lá havia meio frango, que eu peguei e comecei a mastigar sentado no banco da cozinha, de vez em quando tomando uns goles de uísque para ajudar a comida a descer. Esse momento, que me parecia bom, estar sentado em um banco na casa de um grupo de estudantes comendo frango e bebendo uísque, foi o último que consegui lembrar. Depois tudo ficou preto, a não ser por um relance em que eu me lembrava de estar arrastando pedras e largando-as no meio da sala, correndo para dentro e para fora da casa até que alguém me parasse, e depois tudo sumiu outra vez.

O fim do outono foi assim, eu aproveitava Yngve e os amigos de Yngve, era quieto e tímido, mas amistoso e cortês nas primeiras horas, até que o álcool tomasse conta de mim, e a partir de então qualquer coisa podia sair da minha boca, qualquer coisa podia ser feita pelas minhas mãos, e depois eu acordava tomado por uma escuridão interior no dia seguinte, em meio à qual imagens sucessivas de tudo que eu havia dito e feito eram jogadas contra mim, e somente à custa de muita força de vontade eu conseguia me levantar e começar o dia, para arrastar-me de volta ao cotidiano, por assim dizer, que aos poucos voltava a tomar conta. Eu pertencia ao cotidiano, isso se tornou cada vez mais claro para mim à medida que o semestre passava, eu não tinha a profundidade e a originalidade necessárias para me tornar um escritor, mas por outro lado eu não queria ficar sentado ao lado dos outros sem dizer nada, ser contido e quieto, porque esse tampouco era eu, e nesses casos a única coisa que resolvia, a única coisa capaz de me tirar daquela situação e me levar a um lugar diferente e mais livre, bem mais próximo a mim mesmo, era a bebida. Às vezes dava certo, às vezes a noite acabava sem que nada de especial tivesse acontecido, a não ser pelo meu sentimento de alegria, mas também podia não dar certo, e então eu surtava, como havia surtado no norte da Noruega no ano anterior, perdia totalmente o controle. Uma coisa que eu fazia era testar as portas dos carros pelos quais eu passava, que às vezes estavam abertas, e então eu sentava no banco do motorista e tentava dar partida, eu sabia que era preciso juntar uns fios, mas não sabia quais, e nunca consegui dar partida em nenhum, mas a simples tentativa me dava um sentimento terrível no dia seguinte. Uma vez soltei o freio de mão de um carro estacionado no morro ao lado do lugar onde eu morava que tinha a porta destrancada, e o carro andou um metro ou dois para baixo e bateu no carro da frente. Saí correndo, com o sangue borbulhando de alegria. Havia também as bicicletas que eu tentava pegar, eu entrava em quintais e começava a ver se havia alguma sem tranca, e se houvesse eu voltava pedalando nela para casa. Uma vez encontrei uma bicicleta ao lado da minha cama ao acordar. Esperei que escurecesse para então sair de casa e largá-la em uma rua vizinha, o tempo inteiro apavorado com a ideia de que alguém pudesse ter me visto e chamado a polícia. Outra vez vi um grupo de pessoas na janela de um terceiro andar num lugar qualquer, eu subi as escadas, bati e entrei no apartamento, todos balançaram a cabeça, eu dei meia-volta e saí. Não havia mal nenhum em mim, eu queria apenas destruir coisas, não pessoas, mas como o meu juízo estava prejudicado nessas horas, tudo podia acontecer, eu sabia disso, e provavelmente era esse o motivo do medo enorme que eu sentia nos dias a seguir. Yngve, com quem eu continuava a sair tanto quanto antes, me disse que eu não devia mais beber, e sugeriu que eu começasse a fumar maconha, talvez fosse melhor. Ele disse que eu estava ganhando uma fama indesejável, que estava começando a prejudicá-lo também. Mas ele não parou de me fazer convites, talvez porque apesar de tudo ainda me visse mais no meu estado normal do que no estado em que eu ficava quando a gente saía.

No meio de novembro meu dinheiro acabou, mas na verdade foi bom, tínhamos um intervalo de um mês para escrever, e então fui para a casa da minha mãe, passei esse tempo no pequeno estúdio dela escrevendo à noite enquanto ela dormia na outra ponta do mesmo cômodo, para então dormir no corredor durante o dia, enquanto ela trabalhava. Almoçávamos juntos e conversávamos ou assistíamos à TV no fim da tarde até que ela fosse se deitar e o meu turno de trabalho começasse. Passadas duas semanas ela me levou a Sørbøvåg, aquele era um lugar melhor e eu mergulhei na vida por lá, infinitamente distante da vida que eu levava em Bergen, mas não sem um certo peso na consciência, porque o que eu estava fazendo, a indignidade daquilo, tornava-se evidente quando eu me via rodeado pela fragilidade e pela doença, mas também pelo impulso vital e pela ternura.

Depois do Natal Yngve se mudou para uma república em Fjellsiden, o apartamento onde ele tinha morado até então seria vendido. A república ficava em uma grande e esplendorosa casa com pátio; eu volta e meia estava lá, era um dos poucos lugares que eu tinha para ir. Yngve morava com três estudantes, e um deles, Per Roger, chamou minha atenção, ele também se interessava por literatura e também escrevia, mas como se encontrava na esfera de Yngve, eu me sentia muito inferior a ele e mal respondia quando me fazia uma pergunta, e no fim aquilo não deu em nada.

Na academia começou o curso de ensaios, escrevi a respeito de *O senhor dos anéis* de Tolkien, um dos livros que realmente despertava minha paixão, junto com *Drácula* de Bram Stoker, e mesmo que essas obras não fossem o tipo de literatura que os professores apreciavam e ensinavam, recebi elogios de Fosse, ele disse que minha linguagem era rigorosa e precisa, meus argumentos eram bem apresentados e interessantes, e que eu obviamente tinha talento para escrever prosa de não ficção. Era um elogio meio dúbio, será que aquilo queria dizer que meu futuro estava na literatura sobre a literatura, e não na literatura em si?

Øystein Lønn apareceu umas quantas vezes na academia, a ideia era que entregássemos textos para ele, mas eu não queria, não aguentava mais aquelas sessões de humilhação, então em vez disso eu o procurei em privado, no hotel, com um texto na mão. No início do curso ele disse que estaria sempre à disposição, pela manhã e à tarde, e que bastava procurá-lo se quiséssemos conversar. Então um dia às sete horas da tarde desci o morro arrastando os pés enquanto acima de mim os postes de iluminação pública balançavam com o vento e ao meu redor a chuva caía sobre paredes e telhados. O céu parecia inexaurível, tinha chovido todos os dias desde o início de setembro; a não ser por interrupções de poucas horas, fazia quase oito meses que eu não via o sol. As ruas estavam praticamente vazias, e as pessoas que saíam de casa andavam rente às paredes, o importante era se deslocar o mais depressa possível do ponto A ao ponto B. As águas de Vågen reluziam com o brilho das construções ao longo do cais, e aos poucos um navio expresso se aproximava da baía. Quando deixei para trás o terminal do barco expresso, o portaló estava abaixado e as pessoas iam embora, a maioria de táxi.

Lønn estava hospedado no Hotel Neptun, dobrando a esquina, eu cheguei, perguntei o número do quarto, subi e bati na porta.

Lønn, um homem gorducho com punhos grandes e rosto largo, me encarou surpreso.

— Você disse que a gente podia procurar você se quisesse conversar — eu disse. — Eu trouxe um texto e gostaria de saber se você pode dar uma olhada nele.

— Cla-aro, claro que posso — ele disse. — Entre!

O quarto estava às escuras, Lønn tinha acendido somente as duas luminárias ao lado da cama, e o carpete vermelho que se estendia de uma parede à outra parecia absorver toda a luz.

— Sente-se — ele disse. — O que você gostaria de me mostrar? Eu posso entregar para você amanhã, tudo bem?

— É bem curto — eu disse. — Pouco mais de uma página.

— Vamos dar uma olhada, então — ele disse. Entreguei-lhe o texto, ele apoiou um par de óculos no nariz e começou a ler.

Fiquei olhando ao redor. Era um conto sobre uns garotos que subiam numa ponte, estava nevando forte, eles sumiam na neblina, um deles saltava lá de cima. Logo era revelado que a cena se repetia de tempos em tempos, que um dos garotos saltava para a morte. O conto, ou o texto curto em prosa, tinha sido inspirado em Julio Cortázar.

— Mu-uito bem — disse Lønn, tirando os óculos, dobrando-os e guardando-os no bolso da camisa. — Um belo conto breve. Conciso e narrado de maneira precisa. Não há muito mais o que dizer a respeito, certo?

— Não — eu disse. — Você gostou?

— Gostei bastante, sim.

Lønn se levantou. Eu também me levantei. Ele me entregou o texto.

— Boa sorte — disse.

— Obrigado — eu disse.

Lønn fechou a porta depois que saí, eu fui até o corredor e tive vontade de gritar por causa da minha estupidez, o que eu estava fazendo naquele lugar? O que eu esperava que pudesse acontecer? Que ele me dissesse que na verdade eu era um escritor genial? Que me recomendasse para a editora dele?

Não, eu não era um escritor genial, eu achava que não, mas a possibilidade de que Lønn se interessasse pelos meus escritos e pudesse fazer comentários em uma editora ou outra de fato tinha passado pela minha cabeça. Era uma coisa que acontecia, as editoras tinham interesse nas escolas de escritores, este era um fato conhecido. Então por que não poderiam se interessar por mim?

Ao terminar o curso, Lønn disse umas poucas frases bem escolhidas a respeito de cada um dos alunos e dos projetos literários apresentados, a respeito dos quais havia se inteirado. Fez elogios para todos, menos para mim, porque nem sequer mencionou o meu nome.

Saí de lá enfurecido e amargurado.

Tudo bem que eu não tinha entregado nenhum dos trabalhos, como os meus colegas, mas ele *tinha* lido um dos meus textos. Por que estaria mantendo aquilo em segredo? Se achava que o meu texto era péssimo, será que não podia ao menos ter dito?

Após esse episódio, mantive-me longe da academia por várias semanas. Eu já tinha matado aulas no outono, e este hábito tinha ganhado força após o Natal, não havia nenhuma obrigação de frequentar as aulas, tínhamos liberdade total nesse aspecto, e enquanto eu tivesse a impressão de que estavam enfiando minha cabeça na privada toda vez que eu aparecia não havia razão nenhuma para frequentar as aulas, pensei, era melhor ficar escrevendo em casa, e foi exatamente isso o que eu disse quando me candidatei à vaga, que para mim a escola seria uma oportunidade de passar um ano inteiro escrevendo em tempo integral.

Assim, durante a primavera eu passei mais tempo em casa do que na escola, e depois do episódio com Lønn eu praticamente deixei de frequentar as aulas. Eu tampouco estava escrevendo, tudo parecia desprovido de sentido, a não ser pelos meus passeios, que ainda tinham muito a ver com a pessoa que eu gostaria de me tornar, com a vida boêmia e decadente na cidade grande, com o escritor que busca os lugares subterrâneos com o olhar atento e uma garrafa em cima da mesa. Certa noite quebrei uma das minhas regras e saí para beber sozinho, fiquei sentado no Fekterloftet com uma jarra de vinho branco. Uma das principais características do Fekterloftet era que todas as garotas que trabalhavam lá eram bonitas, a não ser por uma. Por esse motivo eu havia escolhido aquele lugar ao sair de casa sozinho, eu tinha pensado em talvez engatar uma conversa com uma delas, mas não deu certo, as garotas não estavam interessadas em muita coisa além de servir os clientes, então quando terminei de beber a segunda jarra eu me levantei e fui ao Opera, onde fiquei no bar até a hora de fechar sem encontrar nenhum rosto conhecido, e depois fui para casa. Acordei com alguém me sacudindo, abri os olhos, eu estava em um corredor, no chão, e então me endireitei, era Jon Olav. Eu tinha apagado em frente à porta dele. Os bolsos da minha capa de chuva estavam cheios de pedrinhas. Entendi que eu devia ter juntado tudo aquilo para atirar na janela dele. Talvez depois um outro morador tivesse chegado e eu tivesse aproveitado a oportunidade para entrar. Jon Olav riu de mim, e eu, que sentia por todo o corpo um profundo desejo de continuar dormindo, fui para casa. Dois dias mais tarde fui ao Café Opera pela manhã, eu não aguentava mais ir para a academia, não aguentava mais ficar em casa, e assim resolvi ir até lá e comprar uma garrafa de vinho para ver o que acontecia. Foi uma sensação boa encher a cara em pleno dia, uma grande liberdade, o dia se abriu de repente e me ofereceu possibilidades totalmente distintas naquele momento em que eu já não me importava com mais nada. Simplesmente atravessar a rua para comprar jornais no quiosque tornava-se uma experiência quando eu estava bêbado. Era como se um buraco se abrisse no mundo; todas as prateleiras triviais com chicletes, pastilhas e chocolates revestiam-se de um aspecto sinistro quando vistas durante o dia. Isso para não falar dos artigos que li na mesa ao lado da janela poucos minutos depois. Um elemento de podridão e terror parecia impregnar a tudo, e ao mesmo tempo eu o relacionava a sentimentos violentos e quase triunfais. Puta que pariu, eu era alguém, eu estava vendo uma coisa que ninguém mais via, estava olhando para o fundo do buraco do mundo.

Passei várias horas bebendo, às cinco horas almocei no mesmo lugar e depois fui a uma livraria e comprei um romance de Jayne Anne Phillips, que passei as horas seguintes tentando ler sem muito sucesso, eu não conseguia me concentrar por mais do que uns poucos minutos por vez, e cada frase que eu lia me fazia quase transbordar de sentimentos. Eu posso fazer isso, pensei. Não, posso fazer até melhor. Muito, muito melhor.

Comecei a cochilar, eu fechava os olhos e desaparecia por uns instantes, voltava a mim com um sobressalto, quanto tempo eu tinha dormido? Ao meu redor a bebedeira aos poucos aumentava. De repente Per Roger apareceu na minha frente.

— Oi, Karl Ove — ele disse. — Você está sozinho?

Não vi por que negar, e fiz um gesto afirmativo com a cabeça.

— Venha sentar com a gente, então! — ele disse. — Estamos lá do outro lado.

Eu o encarei por um tempo. Por que estaria dizendo aquilo?

— Quanto você bebeu? — Per Roger perguntou com uma risada. — Você vem ou não vem? As garotas também estão por lá!

Me levantei e o acompanhei até a mesa, me sentei numa das cadeiras, cumprimentei os outros com um aceno de cabeça. Eram cinco pessoas. O cara mais perto tinha cabelos loiros meio compridos, óculos e costeletas, e estava usando uma camiseta com o desenho de uma caveira, uma cobra e um punhal por baixo de uma jaqueta de couro de cabra cinza-claro. O cara ao lado tinha longos cabelos pretos e olhos velados. Depois havia uma garota, talvez dois anos mais velha do que eu, em quem o último, um cara bonito de cabelos curtos e pretos com um jeito matreiro, estava de olho.

— Esse é o Karl Ove — disse Per Roger.

— Eu já te vi antes — disse o rapaz loiro. — Você estuda por aqui?

— Estou fazendo o curso da Skrivekunstakademiet — eu disse.

— É mesmo? — ele disse. — Então você está falando com o cara errado. Se existe uma coisa que eu não tenho é cultura! Eu sou o Gaute, aliás.

Gaute era de Bergen, o amigo dele também, e o cara matreiro de cabelos escuros era de Odda. A garota era de Østlandet. Gaute e Per Roger falavam e riam bastante, os outros não diziam muita coisa, às vezes riam de um comentário de Gaute, mas em geral era como se estivessem noutro lugar. Fiquei bebendo e olhando para a rua, para o asfalto seco iluminado pelos postes de iluminação pública. Um cara pequeno, de uns vinte e cinco anos e vestido com uma camisa branca, sentou-se junto à nossa mesa. Os olhos dele eram azuis e frios, desinteressados.

Gaute olhou para mim.

— Sabe como se chama a pele ao redor da boceta? — ele perguntou.

— Não.

— Mulher.

Ele riu, eu também ri um pouco, e em seguida fizemos um brinde. Aos poucos cheguei em um outro estágio da bebedeira, passo a passo, foi maravilhoso, eu já não me preocupava com mais nada. Eu ri um pouco, fiz comentários, fui até o bar e busquei mais cervejas depois que os copos se esvaziaram.

Não era preciso muito tempo na companhia de Gaute para compreender que ele desprezava do fundo do coração tudo o que estava relacionado ao poder e ao status quo, e que na verdade sentia ódio daquilo tudo. Eu já tinha conhecido várias pessoas com opiniões antiburguesas, mas sempre tinham sido estudantes e portanto uma parte do sistema, e naquele caso a pessoa em questão parecia ter levado a coisa adiante, Gaute estava totalmente fora, mas ao mesmo tempo fazia piadas e ria de tudo, eram gracejos sobre judeus e negros para todo lado, e eu ria que não conseguia mais parar. Quando o Opera fechou, ele sugeriu que fôssemos para a casa dele ouvir uns discos e fumar um pouco, cambaleamos pela rua e atacamos um táxi e seguimos até o apartamento dele, que ficava nos arredores de Nordnes.

Quando saímos do táxi e chegamos à escada de acesso, Per Roger disse que eles vinham bebendo sem parar há seis meses e não tinham nenhuma intenção de parar. Eu disse que podia me imaginar na mesma situação. Ele disse que bastava fazer companhia a eles, e então entramos no estúdio de Gaute.

— O apartamento é da minha mãe — ele disse. — Por isso é tão bonito. Me desculpem. Ha ha ha! Mas não quero saber de gritarias, tenho vizinhos aqui.

— Ah, Gaute, pare com isso — disse Per Roger. — Se eu quiser gritar, eu vou gritar.

Gaute não respondeu, pegou um disco, eu me sentei junto à mesa. A música que começou a tocar era sombria e barulhenta. O outro cara de cabelos longos, com um nome que eu tinha esquecido, pegou uma cenoura enorme na geladeira e começou a cortá-la, ele sentou no chão com as costas apoiadas na parede, entretido com aquela tarefa.

— O que você está fazendo? — eu perguntei.

Ele não respondeu.

— Ele está fazendo um cachimbo — disse Gaute. — Ele é de Åsane. Lá só existe gente imprestável que se ocupa com esse tipo de coisa. Você não gosta de Lords of the New Church?

Balancei a cabeça.

— Pop e indie — eu disse.

— Pop e indie — ele disse, balançando a cabeça. — Mas a gente não precisa esperar esse cachimbo. Você tem tabaco, não?

— Tenho.

— O que vocês diriam se eu colocasse um pouco de heroína na jogada? — ele disse com aqueles olhos frios.

— Um jogo de super-heróis? — disse Gaute, rindo. — Que história é essa?

— Você não tem nada para beber? — eu perguntei.

— Pode ter um gole perdido em algum lugar, não sei. Dê uma procurada lá, se você quiser — ele disse, fazendo um gesto de cabeça em direção à cozinha. — Agora eu quero fumar um pouco.

Ele olhou para o cara de Odda.

— Você tem mesmo alguma coisa aí?

O cara de Odda fez um gesto afirmativo com a cabeça, pegou um tijolinho de haxixe embalado em papel-alumínio e um pacote com papel Rizla e entregou tudo para Gaute. Ele aqueceu o tijolinho, eu coloquei tabaco no papel de seda, tirei os fios mais longos e passei o isqueiro por cima umas vezes, como eu tinha visto outros fazerem, entreguei o cigarro para ele, que então misturou o haxixe com o tabaco, enrolou, lambeu a lateral do papel e entregou aquele baseado inteiro para mim.

Fumamos a metade, eu me levantei e fui ao banheiro, era como se tivessem bombardeado minha cabeça, os pensamentos tinham explodido, um pedaço aqui, um pedaço lá, eu balbuciava falando comigo mesmo enquanto mijava de pé.

Quando voltei, Gaute e Per Roger conversavam em voz alta, quase aos gritos, era um turbilhão de piadas de judeus, trocadilhos e brutalidades. O cara dos olhos tinha sumido. O cara de Odda tinha a garota no colo e estava dando uns amassos nela. O imprestável de cabelos longos estava enchendo o cachimbo de cenoura com tabaco. Deslizei até o chão com o corpo encostado na parede. Na mesa, os dois começaram a falar sobre as formas mais brutais possíveis de cometer suicídio. Gaute se abaixou e me entregou o baseado. Traguei fundo.

— Capriche! — ele disse, rindo um pouquinho. Eu lhe entreguei o cigarro, ele deu uma tragada e passou um bom tempo com as bochechas distendidas antes de soltar a fumaça e entregar o cigarro a Per Roger.

— Você está em um ninho de serpentes suicidas — ele disse, rindo. — Vamos beber o quanto a gente aguentar e depois cometer suicídio. Esse é o plano. Você está dentro? — Per Roger me perguntou.

— Estou — eu disse. — Pelo menos na parte da bebedeira.

— As duas coisas estão juntas — disse Gaute, rindo mais uma vez. — Mas a gente tem que se suicidar um de cada vez. Os que sobrarem podem vender os cabelos e as obturações de ouro para levar o plano adiante por mais uns dias. Ha ha ha!

Per Roger riu enquanto olhava para mim.

Em seguida disse:

juntar-se à serpente
deslizando
para onde a serpente for

— O que é isso? — eu perguntei. — É do *Hávamál* ou coisa parecida?

— Não. É um poema que eu escrevi.

— Sério? O poema é muito bom.

— A gente sabe muito bem em que serpente você está pensando! — disse Gaute. — E também sabemos para onde ela está indo! "Deslizando", sabe?

Per Roger riu do que Gaute disse, mas ao mesmo tempo me encarou com olhos sérios e arregalados. Desviei o rosto.

O cara de Odda e a garota se levantaram e foram para outro lugar que não me importei em saber qual era. Eu desapareci, e quando abri os olhos de novo o lugar estava vazio, a não ser pelo cara do cachimbo de cenoura, que dormia no chão. Me levantei e saí. Tinha escurecido e as ruas estavam vazias. Eu não tinha a menor ideia de que horas podiam ser, mas continuei andando, como se não estivesse em mim mesmo. Ouvi o barulho de um carro atrás de mim, era um táxi, fiz sinal com a mão, o táxi parou, eu entrei, balbuciei meu endereço e quando o carro acelerou pela rua de paralelepípedo foi como se eu estivesse decolando, como se eu estivesse flutuando no banco traseiro, como um balão sob a capota. Ah, eu precisava controlar aquele sentimento, eu não podia voar dentro do táxi, mas não havia como evitar, eu não consegui me conter, e então flutuei como um balão sob a capota durante todo o trajeto até em casa. Ao chegar tirei minhas roupas, fui para a cama e dormi como uma pedra. Quando acordei estava tudo escuro na rua. Olhei para o relógio. Eram cinco horas.

Cinco da tarde ou cinco da manhã?

Deviam ser cinco horas da tarde.

Me estiquei e olhei para a rua. Dois garotos com roupas de chuva jogavam bola no parque do outro lado. Era de tarde. Desci ao porão e tomei um banho, e depois, morrendo de fome, fritei todos os ovos que eu tinha, coloquei-os em seis fatias de pão e empurrei tudo aquilo para dentro. Também virei um litro de leite com chocolate em pó Nesquick.

Era como se eu tivesse visto os portões do inferno se abrirem diante de mim.

Passei a noite inteira escrevendo enquanto a chuva tamborilava na janela às minhas costas e um que outro andarilho noturno embriagado aparecia na rua deserta. Já pela manhã, quando a casa se encheu com os barulhos das pessoas que estavam começando o dia, me deitei mais uma vez às dez horas, e acordei à uma da tarde por causa de um sonho em que eu tinha morrido. Essas coisas vinham acontecendo com frequência cada vez maior, e o medo que eu sentia nesses sonhos era maior que qualquer medo que eu já tivesse sentido acordado. Em geral eu caía de grandes alturas, mas também acontecia de eu me afogar. Eu tinha a impressão de estar atento e consciente, como se toda a situação fosse real. Agora eu vou morrer, eu pensava.

Me vesti, comi umas fatias de pão e fui à casa de Yngve.

Toquei a campainha, uma das garotas abriu a porta.

— Oi — ela disse. — O Yngve deu uma saída. Você quer esperá-lo aqui dentro?

— Pode ser — eu disse. — E o Per Roger, está por aqui?

— Não. Faz dias que ele não aparece. Acho que deve estar numa grande bebedeira.

Eu não mencionei que havia bebido com ele naquela noite, não estava a fim de conversar.

— Você se vira sozinho, né? — ela disse, e quando fiz um gesto afirmativo com a cabeça ela voltou para o quarto. Afundei no sofá, peguei uma das revistas que estavam em cima da mesa e comecei a folhear as páginas.

Passado um tempo fui até a janela e olhei em direção ao mar cinzento que era o céu, e aos telhados vermelhos e às paredes brancas que se amontoavam mais abaixo, rumo ao coração do centro. Pelo que eu sabia, Yngve podia voltar apenas no dia seguinte.

A garota desceu mais uma vez, entrou na cozinha, pôs a cabeça na porta e perguntou se eu queria uma xícara de chá.

— Não, obrigado — eu disse. — Por acaso você sabe onde o Yngve está?

— Não tenho ideia. Acho que ele ia para a casa da Ingvild.

— Ah, claro. Então ele pode demorar um pouco — eu disse. A reação natural àquela resposta seria ir embora. Mas eu não queria. Vou esperar mais meia hora, eu pensei, e então fui ao quarto dele. O quarto fazia parte de uma república, e portanto era menos privado do que se fosse o quarto dele em um apartamento comum, mas assim mesmo eu me senti um pouco mal por estar lá. O cheiro era o mesmo do apartamento em Solheimsviken, e as coisas também eram as mesmas, inclusive o cobertor branco da IKEA que cobria a cama. Conferi a coleção de discos, pensei se não seria uma boa ideia ouvir um disco enquanto eu esperava, mas cheguei à conclusão de que seria abusar dos meus direitos, estar no quarto de Yngve escutando um disco quando ele chegasse, não se fazia uma coisa dessas.

Talvez fosse melhor voltar para casa.

Me levantei e saí para o corredor. Assim que me abaixei para amarrar os cadarços a porta se abriu, e Yngve apareceu na minha frente com um guarda-chuva gotejando numa das mãos e uma sacola da Mekka na outra.

— Você está indo embora? — ele perguntou.

— Não, agora não vou mais — eu respondi. — Achei que você ainda demoraria para voltar.

Ele levou as compras para a cozinha, eu me sentei na sala.

— Eu vou fazer uma omelete para mim — ele gritou lá de dentro. — Você quer uma também?

— Pode ser! — eu gritei de volta.

Comemos sem dizer nada, Yngve pegou o controle remoto e ficou passando as páginas de esporte na TV de texto. Depois ele preparou café, a garota desceu, Yngve fez um gracejo qualquer com ela, ela riu, eu acendi um cigarro e pensei que estava na hora de ir embora, mas que apesar de tudo era melhor estar lá do que estar em casa.

— Eu terminei de compor a melodia para a letra que você escreveu, aliás — ele disse. — Você quer ouvir?

Acompanhei Yngve até o quarto. Ele pendurou a guitarra no ombro, ligou o alto-falante, ajustou o pedal, tocou uns acordes para testar.

— Pronto? — ele me perguntou.

Fiz um gesto afirmativo com a cabeça e ele começou a tocar, um pouco tímido. Yngve não cantava muito bem, mas não era essa a questão, a ideia era apenas me mostrar a melodia pronta, apesar disso eu não consegui olhar para ele enquanto se mantinha de pé com o rosto levemente voltado para baixo, cantando com a guitarra pendurada em frente ao quadril. Mas era uma melodia pop cativante, simples e bonita.

Eu disse para ele o que tinha achado. Ele tirou a guitarra por cima da cabeça e a colocou no suporte.

— Preciso de mais letras — ele disse. — Você não pode escrever umas para o quanto antes?

— Posso tentar.

Voltamos à sala. Ele disse que ia a uma festa no dia seguinte, oferecida por um colega nos arredores da cidade.

— Você não quer ir junto?

— Pode ser — eu disse. — A Ingvild vai?

— Acho que vai.

* * *

Eu já os havia encontrado juntos em duas ou três ocasiões. Tinha sido meio estranho, mas apesar disso não tinha havido nenhum problema, nós três agimos como se nada tivesse acontecido, e quando deixei de acreditar na possibilidade de namorar Ingvild, também deixei de ter problemas para conversar com ela. Uma vez ficamos a sós em uma mesa no Opera, a conversa tinha corrido de forma natural e solta, ela falou sobre o pai e o relacionamento que tinha com ele, eu ouvi, ela falou sobre a época de colegial, eu falei um pouco sobre mim, ela riu com aquele jeito incrível dela, com o olhar que parecia explodir em gargalhadas. Tudo que eu sentia por ela permanecia intacto, ela ainda era a garota que eu queria para mim, a garota que eu desejava, mas como não havia dado certo, como havia um obstáculo intransponível para que eu a conquistasse, perdi o medo de falar com ela. Se no início do namoro entre Yngve e Ingvild eu fugia deles como se fossem a própria peste, me recusando a vê-los juntos sob qualquer pretexto, mas assim mesmo aos poucos comecei a me encontrar com Yngve, embora não com Ingvild, logo o todo se transformou no próprio oposto: passei a desejar que Ingvild estivesse junto quando eu me encontrava com Yngve. Eu queria simplesmente vê-la, estar no mesmo lugar que ela, me banhar naquela presença.

Passei a noite inteira escrevendo a letra de Yngve. Era divertido, totalmente diferente de escrever textos para a Skrivekunstakademiet, naquele caso o importante era escrever frases que soassem bem, e depois encontrar rimas para elas. A letra não falava sobre nada em especial, não tinha nenhum tema em especial, não ia a lugar nenhum, e isso era muito libertador. Era como resolver palavras cruzadas.

Às três da manhã eu tinha uma letra pronta.

SVEVE OVER ALL FORSTAND

Jeg dør i drømme
Netter i blått
Kan ikke glømme
Vet jeg er slått

Uler mot månen
Vi legger oss ned
Kjenner ingen grenser
Flimrer av sted

Vet det går an
Vet dere kan
Vet det går an
Men det svever over all forstand

Du kommer deg videre
Ta meg med
Kjenner ingen grenser
flimrer av sted

Jeg dør i drømme
Netter i blått
Kan ikke skjønne
Alle tog er gått

Vet det går an
Vet dere kan
Vet det går an
Men det svever over all forstand

Quando fui à casa de Yngve na tarde seguinte Ingvild estava lá, então em vez de mostrar a letra eu a deixei guardada no bolso interno do meu casaco, me sentei com uma cerveja na mão e num tom indiferente perguntei a Ingvild como andavam as coisas. Ela estava usando a blusa branca com listras azuis e uma calça jeans. Parecia ao mesmo tempo muito familiarizada e pouco familiarizada com aquele ambiente, e me perguntei se ela era sempre daquele jeito meio dividido, sempre com um olho em si mesma, ou se era assim somente naquele lugar, na casa de Yngve. Os dois estavam sentados um ao lado do outro no sofá, mas não estavam muito próximos. Também não haviam se tocado desde a minha chegada. Seria por minha causa? Será que tinham esse tipo de consideração? Ou será que os dois eram sempre daquele jeito?

Ingvild disse que as coisas iam bem e que estava gostando da república na Nygårdsgaten. A história da república vinha desde a década de 1960, ela disse, Kjartan Fløgstad tinha morado lá por um tempo. Outros conhecidos de Yngve também estavam morando lá, Frank, de Arendal, uma figura estranha, segundo Ingvild, e Atle, de Kristiansand, além de duas outras garotas.

Depois ela se levantou para tomar banho, e quando saiu mostrei a letra que eu tinha escrito para Yngve. Ele correu os olhos pela folha. Legal, disse, e então guardou-a no bolso de trás da calça.

Ingvild voltou enrolada numa toalha. Desviei o rosto.

— Precisamos sair daqui a pouco — disse Yngve. — Você tem que se apressar.

— Eu sei, eu sei — disse Ingvild.

Bebemos mais uma cerveja, depois ele se levantou e começou a se arrumar. Abriu a porta para o quarto, onde Ingvild estava de pé, secando os cabelos com o secador.

— Está na hora. Vamos — ele disse.

— Só vou terminar de secar o cabelo — Ingvild disse ainda no quarto.

— Você não podia ter se aprontado um pouco antes? — Yngve perguntou. — Você sabia que estava quase na hora.

Ele fechou a porta.

— Ainda bem que eu não agendei o táxi — ele disse, sem olhar para mim.

— É — eu disse.

Fez-se um silêncio. A garota que morava lá entrou na sala e ligou a televisão.

Na festa, onde havia principalmente estudantes da terceira etapa de comunicação, além de um grupo de estudantes de música, eu fui como sempre o irmão caçula de Yngve e nada mais. As garotas se divertiram com as semelhanças entre nós dois, eu não falei quase nada, a não ser quando alguém pôs um disco de música clássica para tocar e perguntou o que era aquilo e nenhum dos alunos de comunicação sabia, e eu disse, com o rosto afastado e meio envergonhado de mim mesmo, que aquilo era Tchaikóvski. E era mesmo. Yngve olhou surpreso para mim. *Como* você sabia?, ele perguntou. Foi sorte, eu disse, e era verdade, eu tinha um único disco de Tchaikóvski, e era aquele.

Ingvild pegou um táxi e voltou para casa cedo, Yngve continuou na festa, me entristeci ao ver que ele não a tratava melhor, que se permitia jogá-la fora. Se fosse comigo, eu a teria levado no colo. Eu a teria venerado. Eu teria dado a ela tudo que eu tinha. Yngve não fazia nada disso. Será que se importava mesmo com ela?

Devia se importar. Mas ele era mais velho, mais experiente, e uma chama diferente da minha, estúpida e ingênua, queimava dentro dele. E eu também via que ele oferecia um espaço a Ingvild, uma coisa maior do que ela própria, que eu nunca poderia oferecer, nunca em toda a minha vida, porque eu e ela existíamos na mesma esfera, a esfera da insegurança e da hesitação, a esfera onde um pouco era tatear e outro pouco era se agarrar. Ela precisava dele tanto quanto eu.

Quando terminamos de estudar vários dramaturgos e várias tradições dramáticas na academia, como sempre a ideia era que escrevêssemos um texto naquele gênero. Adiei tudo até a tarde anterior à data de entrega, e então arrastei os pés até o Verftet para virar a noite escrevendo. Tinham nos dito que podíamos usar as salas caso precisássemos de um lugar para escrever em silêncio durante as tardes e as noites, eu tinha pegado as chaves e aproveitado a oferta duas vezes, havia uma coisa em relação a estar sozinho em lugares coletivos que me agradava, talvez porque nada me lembrasse de mim, sei lá, mas era assim, e foi assim também naquela noite, quando destranquei a porta e atravessei o corredor vazio, subi a escada vazia e entrei nas salas vazias do último andar.

Meus colegas já tinham entregado os textos, os maços de cada um estavam prontos e fotocopiados na sala ao lado. Peguei uma máquina de escrever, coloquei o café para passar, fiquei olhando para o reflexo da sala nas janelas escuras, que parecia ser arrastado pelo movimento da água. Eram nove horas, eu tinha pensado em ficar lá até terminar, mesmo que levasse a noite inteira.

Eu não tinha a menor ideia sobre o que escrever.

O café ficou pronto, eu bebi uma caneca, fumei um cigarro, fiquei olhando para a minha própria imagem na janela. Me virei e olhei para a estante de livros. Não seria muito provável que houvesse um livro de fotografia com mulheres seminuas ou nuas...

Mas havia um livro sobre história da arte. Tirei-o da estante e comecei a folhear as páginas. Algumas pinturas dos séculos XVII e XVIII tinham mulheres nuas. Será que eu não poderia usar aquilo?

O livro era grande demais para que eu pudesse enfiá-lo dentro da calça. E não havia como levá-lo debaixo do braço, porque embora a chance de outra pessoa aparecer naquela hora fosse pequena, não era impossível, e nessa situação como explicar que eu estava indo ao banheiro com um livro enorme de história da arte?

Coloquei o livro numa sacola plástica, desci a escada em caracol e entrei no banheiro. Uma pintura de Ticiano chamou minha atenção, eram duas mulheres em frente a um poço, uma delas nua, a outra vestida, a mulher nua era muito bonita e olhava de forma enigmática para o lado com os pequenos seios empinados e um pedaço de pano cobrindo o ventre, mas as coxas estavam visíveis e eu fiquei de pau duro, continuei folheando as páginas, passei um tempo olhando para uma pintura de Rubens, *O rapto das filhas de Leucipo* (1616), uma das mulheres nuas fazia o tipo ruiva, pálida e sardenta, tinha o queixo pequeno e o corpo exuberante, depois havia *O nascimento de Vênus* (1485) de Botticelli, com um seio desnudo, e a *Vênus de Urbino* (1538) de Ticiano, na qual a mulher em primeiro plano tinha a mão pousada entre as coxas e encarava o observador com um olhar confiante e desafiador. Passei um bom tempo olhando para os seios dela, para os quadris largos e para os pezinhos delicados, mas havia mais, então continuei folheando até chegar a *Vulcano e Maia* (1590) de Bartholomeus Sprang, uma pintura onde a mulher, nas mãos de um homem forte e barbado, projetava o quadril à frente com um olhar repleto de luxúria. A pele era totalmente branca, os seios eram firmes, o rosto era quase infantil. Uma beleza. A pintura seguinte foi *A morte de Sardanapalo* (1827), de Delacroix, na qual a mulher em primeiro plano estava de costas, um dos seios era visível e estava fortemente projetado, afinal ela tinha uma espada no pescoço, e a bunda inteira também aparecia, perfeita. O tempo inteiro enquanto folheava o livro e tentava escolher uma pintura eu batia uma punheta leve, me segurando. Talvez Delacroix? Não, puta que pariu, Ingres! *Odalisca com escravo* (1842), uma pintura onde a mulher aparecia com o corpo estendido e os braços atrás da cabeça, cheia de formas deliciosas, ou então, claro, *O banho turco* (1862). Era um monte de mulheres, todas nuas. Estavam em todas as posições imagináveis e faziam todos os tipos possíveis: impassíveis, ardentes, meio cobertas, totalmente desnudas. Nada além de pele e carne e formas femininas até onde a vista alcançava. Mas qual delas, ah, qual delas? A de rosto gorducho e lábios entreabertos? Eu adorava rostos com lábios que nunca fechavam totalmente a boca, e assim deixavam os dentes sempre visíveis. Ou talvez a loira de olhar arrogante um pouco mais atrás? A mulher de seios pequenos que estava olhando para a própria mão? Ou, então, ah, sim, a mulher que se apoia com os braços atrás das costas e tem os olhos fechados de prazer, é ela!

Depois passei um instante em silêncio para me assegurar de que não havia ninguém no corredor, tornei a subir, recoloquei o livro na estante, servi uma caneca de café, acendi um cigarro e fiquei parado, olhando para a página em branco.

Não me ocorria nada. Eu não tinha a menor ideia sobre o que escrever.

Dei uma volta pela sala, conferi os livros, entrei na sala da copiadora e comecei a ler os textos dos meus colegas. Eram todos exatamente o que eu esperava, todo mundo havia escrito de acordo com seu estilo. Na maioria dos casos apenas corri os olhos pelas folhas, mas o texto de Petra eu levei comigo e li detidamente. Era uma comédia absurda, quase surrealista, em que as pessoas faziam coisas meio engraçadas sem qualquer motivação, a tensão era grande, o significado quase ausente, a impressão mais forte era de caos e aleatoriedade.

Eu também poderia fazer um texto naquela linha, não?

Comecei a escrever, e a escrever depressa, as cenas sucediam-se depressa no papel, como em uma sequência daquilo que eu havia lido. Os personagens talvez fossem um pouco similares, e as coisas que faziam também eram abruptas e imotivadas, mas assim mesmo distintas do que se via nas cenas de Petra, apesar de tudo os meus personagens faziam coisas *diferentes*, e eu estava bastante satisfeito quando, às três da manhã, terminei uma primeira versão. Burilei o texto mais um pouco, trabalhei nos ajustes necessários e às oito da manhã pude fazer dez cópias do texto final e deixá-las ao lado das pilhas com os textos dos outros. Quando o primeiro colega chegou às quinze para as dez eu estava dormindo na cadeira.

O dia inteiro seria dedicado à leitura e à discussão dos nossos textos. Recebi elogios pelo meu, ainda que Hovland tenha feito críticas pontuais no que dizia respeito à dramaturgia, ou seja, à relação entre os personagens e as cenas, mas eu me defendi afirmando que não devia haver relação nenhuma, a intenção era justamente essa, e ele acenou a cabeça e disse, claro, porém mesmo as coisas que pretendem ser incoerentes precisam de coerência; a regra para toda escrita é que se pode escrever sobre o aborrecimento, mas não de maneira aborrecida sobre o aborrecimento.

Petra tinha me olhado durante a discussão do texto, mas não disse nada, mesmo quando Hovland perguntou explicitamente qual era a opinião dela, ela respondeu que não tinha nada a dizer. Mas quando a aula terminou e os meus colegas estavam guardando as coisas e se vestindo para sair o golpe veio.

— Você copiou o meu texto — ela disse.

— Não — eu disse.

— Você passou a noite aqui, leu o meu texto e depois escreveu o seu. É praticamente uma cópia do meu.

— Não — eu disse. — Eu não li absolutamente nada do seu texto. Como eu poderia copiar um texto que não li?

— Você acha que eu sou burra? Você estava aqui, leu o meu texto e escreveu uma variação dele. É melhor você admitir.

— Bem, eu poderia admitir se fosse verdade — eu disse. — Mas não é. Eu *não li* o seu texto. E também não copiei nada. Se existe qualquer semelhança, foi apenas uma coincidência.

— Ha! — ela disse enquanto se levantava para guardar os papéis e os livros na bolsa preta. — Por mim não tem problema, você pode copiar os meus textos se quiser, mas eu não vou deixar você mentir desse jeito.

— Eu não estou mentindo — eu disse. — Eu não tinha lido antes de você mesma fazer a leitura em voz alta!

Petra revirou os olhos, vestiu a jaqueta e caminhou em direção à saída. Esperei uns minutos, tanto para dissipar o calor da minha cabeça quanto para deixar que Petra se afastasse o suficiente para que eu não corresse o risco de reencontrá-la, e então fui para casa. Eu reconhecia aquela situação, era a mesma em que eu havia me encontrado ainda no primário, uma vez eu tinha votado em mim para conselheiro de classe, recebido um único voto, e um dos meus colegas me descobriu perguntando a todos os meus colegas em quem eles tinham votado. Eu neguei, eles não tinham como provar nada, eu disse simplesmente que não, não era verdade. Nesse caso não havia como provar, ninguém além de mim sabia que eu havia lido o texto de Petra, bastaria negar, foi ela quem fez o papel de idiota. Mesmo assim, não senti muita vontade de aparecer novamente na academia, porque mesmo que ninguém soubesse de nada com certeza absoluta, *eu* sabia. À noite tudo aquilo tinha parecido evidente e natural, eu tinha apenas pegado umas ideias emprestadas, não havia nada de errado, mas durante a discussão e a nossa breve conversa logo depois tudo parecia diferente, eu havia plagiado o texto de Petra, e o que aquilo fazia de mim? Como eu podia ter me sentido tão desesperado a ponto de não apenas plagiar uma colega, mas ainda por cima tentar me convencer de que eu mesmo tinha criado tudo aquilo?

Uma vez eu tinha copiado um poema no meu diário e fingido que eu o havia escrito. Eu tinha doze anos na época, e mesmo que fosse uma atitude estranha, tentar me enganar de maneira tão evidente, foi você que escreveu isso, Karl Ove, ao mesmo tempo que eu copiava de um livro, a idade era um fator atenuante. Mas na Skrivekunstakademiet eu tinha vinte anos, era um homem adulto, como eu podia ter feito uma coisa tão humilhante?

Nas semanas seguintes eu fiquei em casa. Escrevia o meu romance, era uma empreitada sem futuro, mas estava cada vez mais próximo do fim, e era importante para mim ter um resultado prático e concreto ao fim daquele ano.

Eu tinha mandado um texto para a antologia *Signaler*, o conto que eu havia mostrado para Øystein Lønn, e um belo dia recebi a resposta. Eu estava cheio de esperança quando abri o envelope, mas no fundo já sabia o que viria escrito, então não tive nenhuma surpresa quando li:

Prezado Karl Ove Knausgård,

Agradeço a contribuição enviada, que li com grande interesse. Contudo, no momento não podemos aceitá-la para a antologia SIGNALER 89.

Cordialmente,
Lars Saabye Christensen.

Foi uma boa surpresa encontrar a assinatura de Saabye Christensen, aquilo queria dizer que ele tinha lido o meu conto. Pelo menos durante uns poucos instantes eu havia enchido a cabeça dele com as coisas que estavam na minha!

O XTC tinha lançado *Oranges and Lemons*, eu não parei de ouvir o disco enquanto deLillo não lançou *Hjernen er alene*, e a partir de então passou a ser esse o disco que tocava dia e noite no meu aparelho de som. Na rua estava mais claro, e aos poucos a chuva tornou-se menos frequente. Os sentimentos da primavera, que sempre haviam sido tão fortes na minha infância, que sempre haviam tomado conta dos meus sentidos e por assim dizer reerguido meu corpo e minha alma após o peso e a escuridão do inverno, preencheram-me uma vez mais. Continuei escrevendo meu romance, que ainda não estaria pronto quando o semestre acabasse, mas assim mesmo eu pretendia entregar o que tivesse pronto como trabalho final da academia. Era o mesmo romance que eu tinha enviado para a minha candidatura, mas não se via nenhum sinal de progresso, eu continuava a escrever exatamente da mesma forma, o ano inteiro tinha sido um desperdício, a única diferença era que quando me aceitaram eu achava que era escritor, e naquele momento, já próximo ao fim do curso, eu sabia que não era.

Certa noite Yngve e Asbjørn estavam sentados na escada da frente.

— Você não quer dar uma volta com a gente? — perguntou Asbjørn.

— Até que estou a fim — eu disse. — Mas não tenho dinheiro.

— Eu posso emprestar para você — disse Asbjørn. — O Yngve está de coração partido, então precisamos beber com ele até passar.

— Eu e a Ingvild terminamos — Yngve disse com um sorriso.

— Tudo bem — eu disse. — Eu vou. Só me esperem um pouco.

Peguei meu casaco e meu pacote de tabaco e fui com eles à cidade.

Durante as setenta e duas horas seguintes tudo se misturou, passamos os dias e as noites bebendo e dormíamos na casa de Asbjørn, enchíamos a cara já pela manhã, comíamos fora, continuávamos bebendo no estúdio dele, saíamos à noite, frequentávamos todos os lugares improváveis que se poderia imaginar, como o Uglen e o bar do Rica, e foi maravilhoso, nada era melhor do que a sensação da embriaguez que despontava já pela manhã, nada era melhor do que a sensação de andar bêbado pelo Torgalmenningen e pelo Fisketorget em pleno dia, era como se eu estivesse certo e todos os outros errados, como se eu fosse livre e todos os outros estivessem presos à própria rotina, e na companhia de Yngve e Asbjørn essa sensação não parecia arriscada, não parecia transgressora, mas simplesmente alegre. Na última tarde, quando ainda não sabíamos que aquela seria a última, tínhamos latas de tinta em spray. No Hulen, que foi onde acabamos, havia pouca gente, quando eu fui ao banheiro eu pichei um slogan na parte de dentro da privada, logo em seguida um funcionário apareceu com um esfregão e um balde para fazer a limpeza, quando ele terminou eu voltei ao banheiro e fiz tudo outra vez, nós demos risada e decidimos levar aquilo às últimas consequências, pichar construções em grande escala pela cidade, então fomos em direção a Møhlenpris, com letras da altura de uma pessoa eu escrevi U2 STOPS ROCK 'N' ROLL ao longo de um muro, porque a banda tinha acabado de tocar no alto de um prédio e não tinha sido muito bom, e o Bono tinha inventado o slogan "U2 stops traffic", que era pior ainda, enquanto Asbjørn escreveu RICKY NELSON RULES OK na parede da garagem dos bondes, e Yngve escreveu CAT, WE NEED YOU TO RAP em uma outra parede, e assim continuamos até voltar à república, onde continuamos a beber. Uma hora depois apagamos. Quando acordei, senti medo pelo que havíamos feito, porque todos os indícios apontavam para nós; os slogans começavam perto de Hulen e continuavam até a república, até o alto da parede ao lado da porta, onde se podia ler O YNGVE É UM BAITA... Não seria preciso uma investigação muito aprofundada para descobrir onde moravam os vândalos que haviam pichado todo o bairro de Møhlenpris. Especialmente Asbjørn parecia muito abalado, mas eu não permaneci indiferente, o que era estranho, porque a única coisa que eu queria era continuar bebendo, viver a vida, mandar tudo para o inferno, porém ao mesmo tempo eu me deparava com uma barreira toda vez que eu fazia esse tipo de coisa, um muro de classe média e pequena-burguesia que não se deixava vencer sem enormes preocupações e angústias. Eu queria, mas não conseguia. No fundo eu era uma pessoa boa e ordeira, o cabeça da turma, e, segundo eu pensava, talvez fosse esse o motivo que me impedia de escrever. Eu não era desvairado o bastante, não era artístico o bastante, em suma, eu era comum demais para dar certo. Quem havia me convencido do contrário? Ah, essa era apenas mais uma dessas mentiras da vida.

Ao longo do ano na Skrivekunstakademiet eu tinha aprendido que existia uma literatura que era a literatura real, a literatura verdadeira e elevada, que começava com os épicos de Homero e os dramas gregos e atravessava a história até a época atual, com escritores como Ole Robert Sunde, Tor Ulven, Eldrid Lunden, Kjartan Fløgstad, Georg Johannesen, Liv Lundberg, Anne Bøe, Ellen Einan, Steinar Løding, Jon Fosse, Terje Dragseth, Hans Herbjørnsrud, Jan Kjærstad, Øystein Lønn, Svein Jarvoll, Finn Øglænd, os dinamarqueses Søren Ulrik Thomsen e Michael Strunge e os suecos Katarina Frostenson e Stig Larsson. Eu sabia que os grandes poetas escandinavos do século eram Gunnar Ekelöf e o grande modernista sueco-finlandês Gunnar Björling, que o nosso próprio Rolf Jacobsen não chegava aos pés deles, e que Olav H. Hauge estava ligado à tradição em um grau bem maior do que eles. Eu sabia que a última grande inovação no romance tinha acontecido na França durante os anos 1960, e que ainda estava em curso, em especial nos romances de Claude Simon. Eu também sabia que não seria capaz de inovar o romance, que não seria capaz de sequer copiar os autores que haviam inovado o romance, já que eu *não entendia* o mais essencial. Eu era cego, não sabia ler; quando eu lia por exemplo o *Introduktion* de Stig Larsson, eu não conseguia identificar o que havia de novo naquilo, ou o que havia de essencial naquilo, eu lia todos os romances como em outra época eu lia histórias de detetives e histórias de suspense, toda aquela interminável pilha de livros que eu tinha lido aos treze e catorze anos, sobre o grupo Setembro Negro e o Chacal, sobre espiões da Segunda Guerra Mundial e caçadores de elefante cheios de tesão na África. O que aconteceu ao longo do ano na Skrivekunstakademiet foi que pelo menos comecei a perceber que *havia* uma diferença. Mesmo assim, na minha escrita não fez diferença nenhuma. Para sair dessa, eu havia me apropriado de um subgênero do romance moderno, era esse o modelo que eu vendia como se fosse meu ideal, os romances e contos americanos escritos por Bret Easton Ellis, Jayne Anne Phillips, Jay McInerney e Barry Gifford. Foi assim que criei uma desculpa para o que eu escrevia.

Eu havia tido uma revelação. Foi uma revelação dura, mas assim mesmo verdadeira e importante: eu não era um escritor. Eu não tinha o que os escritores tinham. Tentei lutar contra essa revelação, eu dizia a mim mesmo que talvez *ainda pudesse* obter o que os escritores tinham, que aquilo poderia ser obtido se eu continuasse tentando, mas ao mesmo tempo eu sabia que não passava de um consolo. Provavelmente Jon Fosse tinha razão, provavelmente o meu talento estava em escrever sobre a literatura, e não em escrever a própria literatura.

Essa era a situação quando dias após a festa com Yngve e Asbjørn eu voltava da academia para casa depois de ter entregado o meu manuscrito. O romance não estava pronto, e eu havia decidido usar o restante da primavera e todo o verão para terminá-lo. Quando estivesse pronto, eu o mandaria para uma editora. Eu tinha escolhido a Cappelen, por um sentimento de lealdade após a recusa pessoal assinada por Lars Saabye Christensen. Eu imaginava que o manuscrito seria recusado outra vez, mas não tinha certeza, talvez na Cappelen vissem coisas na minha escrita que Jon Fosse e Ragnar Hovland não tinham visto, e afinal de contas eles mesmos também deviam ter visto alguma coisa, já que tinham me aceitado na academia — a esperança era pequena, mas existia, e continuaria a existir até que o envelope da editora aparecesse na minha caixa postal. Nada estava decidido até lá.

A luz na cidade havia se transformado durante a primavera. O aspecto úmido e sofrido das cores de outono e de inverno havia desaparecido. De repente as cores pareciam leves e secas, e com as casas brancas, que refletiam a luz, mesmo a luz indireta que chegava quando o sol estava atrás das nuvens, afiada e reluzente, era como se a cidade inteira tivesse se elevado. No outono e no inverno Bergen era como uma tigela, que ficava parada e aceitava tudo que vinha pela frente, na primavera e no verão era como se as montanhas se abrissem, como as pétalas de uma flor, para deixar a cidade aparecer, ruidosa e vibrante, por conta própria.

Não havia mais como passar as tardes em casa.

Bati na casa de Morten, perguntei se ele não queria ir comigo ao Christian, e se nesse caso não teria uns trocados para me emprestar, ele tinha, depois nos acomodamos em uma mesa e ficamos olhando para as garotas maravilhosas que frequentavam aquele lugar, não as garotas vestidas de preto, do tipo intelectual, mas as garotas arrumadas, radiantes e normais, enquanto falávamos sobre como tudo era difícil, e aos poucos nos embebedávamos à medida que a tarde se desfazia na escuridão costumeira. Acordei embaixo de um arbusto às margens do Lille Lungegårdsvannet com alguém me sacudindo, era um policial, ele disse que eu não podia dormir lá, eu me levantei ainda zonzo de sono e fui para casa.

Bati na casa de Ingvild, na nova república onde estava morando, ela ficou surpresa ao me ver, mas também contente, pelo que vi, então eu também fiquei contente. A república era grande, tinha uma janela de canto que dava para a Nygårdsgaten e o Grieghallen, cumprimentei os outros que moravam lá, rostos que eu já tinha visto, mas com os quais nunca tinha falado, todos de um jeito ou de outro relacionados a Yngve. Ingvild estava completamente integrada à vida de estudante, era bom de ver, mas ao mesmo tempo aquilo a tornava um pouco mais difícil para mim, eu estava do lado de fora, e ela disse por duas vezes que me queria como amigo, o que em resumo queria dizer que não me queria como namorado.

Ficamos sentados no grande sofá, ela tinha preparado chá, parecia alegre, eu fiquei olhando para ela, tentei não mostrar o quanto eu estava deprimido, o quanto eu estava triste por não termos acabado juntos, e por saber que não acabaríamos juntos, então sorri e falei sobre coisas agradáveis, e quando fui embora ela deve ter pensado que para mim tudo já tinha ficado para trás e que de fato não éramos mais do que amigos.

Antes de ir embora, perguntei a ela se poderia me emprestar cem ou duzentas coroas. Eu estava totalmente quebrado, a ponto de não ter dinheiro nem para comprar cigarros.

— Posso — ela disse. — Mas eu quero que você me pague de volta!

— Claro — eu disse. — Você tem duzentas coroas?

Eu já devia tanto para Yngve e Asbjørn que não conseguiria pedir mais dinheiro emprestado. Também devia um pouco para Morten, Jon Olav e Anne. Além disso eu tinha esmolado uma nota de cem aqui e uma nota de cem acolá dos amigos de Yngve nas minhas saídas, ninguém se importava muito com essas coisas quando estava bêbado, e assim eu não precisava pagar todo mundo.

Ingvild tinha duzentas coroas. Enfiei o dinheiro no bolso e desci a escada enquanto ela voltava a se ocupar com as coisas dela.

Que estranho, pensei assim que saí e senti o ar quente no meu rosto, e então vi a fileira de árvores que havia começado a brotar um pouco além do Grieghallen. Assim que ela desapareceu, tive saudade. Poucos minutos antes eu a tinha visto, estava sentada a um metro de mim, com os joelhos próximos e o corpo meio debruçado por cima da mesa, e naquele instante senti ao mesmo tempo desejo e tristeza ao pensar que ela talvez estivesse no quarto, sozinha, ao pensar simplesmente que ela existia.

* * *

No fim de maio Yngve teve o período de exames, e eu fazia companhia a ele e aos amigos à noite, quando saíam para comemorar. A cidade fervilhava, havia gente por toda parte, o ar estava quente, as árvores tinham explodido em verde, e enquanto eu andava pela cidade sob o céu iluminado, nas ruas cinzentas e crepusculares que nunca chegavam a ficar totalmente escuras, tudo isso me deu forças, tudo isso me empurrou para cima, eu me senti forte e cheio de vida, e senti também que eu queria viver ainda mais.

O ano tinha acabado, no dia seguinte teríamos a última aula na academia e receberíamos nossos diplomas ou o que quer que fosse, enfim, o comprovante de que havíamos participado. Eu apareceria lá, daria tchau para todo mundo e viraria as costas. Nunca mais pensaria naquilo.

Entre os colegas de Yngve a atmosfera estava muito festiva, as cervejas eram trazidas uma atrás da outra para a nossa mesa, e mesmo que eu não tenha falado muita coisa, mesmo que por uns instantes eu tenha sido o meu eu quieto, eu estava presente, bebendo e sorrindo e olhando para os outros, que não paravam de tagarelar sobre isso e aquilo. Ola era o único que eu já conhecia de antes, os outros eu só tinha visto, então me sentei ao lado dele, ele sempre havia me dado atenção, ouvindo o que eu dizia e me levando a sério, como se realmente houvesse coisas sensatas e interessantes no que eu dizia, mesmo que ele estivesse muito acima de mim. Ele chegava até a rir das minhas piadas. Mas eu não queria me tornar um incômodo para ele, e tampouco para Yngve, que estava de cabeça erguida, brindando e falando.

Quando piscaram as luzes e a gente terminou as bebidas antes de levantar e sair para a frente do bar e esperar que todo mundo se reunisse como de costume, eu estava tão bêbado que era como se eu estivesse dentro de um túnel, com escuridão por todos os lados, tendo luz apenas à frente, apontada para o que eu via ou para o que eu pensava. Eu estava livre.

— Lá está o Kjærstad! — eu disse.

— Pare com isso — ele disse. — Não tem graça, se você quer saber.

— *Claro* que tem — eu disse. — Mas então, vamos? Por que estamos aqui de bobeira?

Yngve se aproximou de mim.

— Vá com calma — ele disse.

— Está bem — eu disse. — Mas a gente não vai embora daqui?

— Estamos esperando uma pessoa.

— Você não está feliz de saber que tudo deu certo?

— Estou.

Yngve se virou para os outros. Cavouquei os bolsos à procura dos cigarros, não consegui acender o isqueiro e joguei-o no asfalto.

— Você por acaso tem fogo?

Eu estava falando com o sujeito que parecia Kjærstad, e ele respondeu com um aceno de cabeça, pegou um isqueiro e acendeu o meu cigarro, protegendo a chama com a mão.

Cuspi e dei uma tragada enquanto eu olhava ao redor. As garotas que estavam com a gente eram quatro, cinco anos mais velhas do que eu, mas bonitas, com certeza já devia ter acontecido de um cara de vinte anos acabar trepando com uma garota de vinte e cinco?

Mas eu não tinha nada a dizer para elas, mesmo estando bêbado como estava, então não daria certo. Era preciso falar um pouco antes, essa parte eu já tinha entendido.

De repente todos começaram a se afastar. Eu os segui, passei o tempo inteiro no meio do grupo, vi a cabeça de Yngve balançando poucos metros à frente, e aquela noite clara de maio repleta de cheiros, de vozes exaltadas, de todas as outras pessoas que também estavam na rua, fez com que eu me enchesse de pensamentos sobre como a vida era boa. Eu era estudante em Bergen, estava rodeado por outros estudantes, estávamos a caminho de outra festa, atravessamos as ruas de Høyden em direção ao Nygårdsparken, que respirava calado e imóvel na escuridão em meio às estradas e construções, era 1989 e eu tinha vinte anos, estava cheio de força e de vida. E quando eu olhava para as pessoas que estavam comigo eu pensava que elas não eram assim, que somente eu era assim, somente eu me ergueria, cada vez mais alto, cada vez mais longe, enquanto elas ficariam no mesmo lugar. Malditos estudantes de comunicação. Malditos cretinos de comunicação. Malditos teóricos de comunicação. O que podiam saber a respeito da vida? O que podiam saber a respeito do que realmente importava?

Ouçam meu coração palpitar!

Ouçam meu coração palpitar, seus merdinhas fodidos imbecis de bosta!

Ouçam como palpita!

Olhem para mim. Olhem para a força dentro de mim!

Eu destruiria cada um deles. Para mim não seria problema nenhum.

Eu poderia continuar indefinidamente. Eles podiam me reprimir, podiam me humilhar, era o que sempre haviam feito, mas eu não desistiria nunca, simplesmente não estava em mim, enquanto todos os outros idiotas, que se achavam tão bons, não tinham nada por dentro, eram totalmente vazios.

O parque.

Ah, puta que pariu, o portão do parque! Ah, caralho, que incrível! A folhagem verde e densa, quase preta naquela escuridão crepuscular, e mais além o lago. O cascalho e os bancos.

Tentei absorver o cenário. Aquilo se tornou parte de mim, levei tudo comigo.

Os outros pararam, alguém tirou um chaveiro do bolso e abriu a porta de uma das casas que ficavam do outro lado da rua que dava acesso ao parque.

Subimos uma escada de madeira antiga e desgastada, entramos num apartamento antigo e desgastado. O pé-direito era alto, havia uma lareira no canto, tapetes no chão de madeira, móveis da década de 1950, comprados em mercados das pulgas ou nas lojas do Exército da Salvação, um pôster da Madonna, um pôster do Elvis com uma pistola, feito por Warhol, e um pôster do primeiro filme *O poderoso chefão*.

Nos sentamos. Destilados e copos foram postos em cima da mesa. Yngve sentou-se em uma cadeira na ponta da mesa, eu me sentei na ponta oposta, não queria ter ninguém muito perto de mim como aconteceria por exemplo no sofá.

Bebi. Ficou mais escuro. Os outros começaram a discutir, eu me intrometi, às vezes Yngve olhava para mim, eu vi que ele não estava gostando das coisas que eu dizia, ou da maneira como eu estava falando. Estava com vergonha de mim. Que ficasse, não era problema meu.

Me levantei e fui ao banheiro. Mijei na pia e ri ao pensar que na manhã seguinte a fechariam e a encheriam d'água para lavar o rosto.

Voltei, me servi de mais uísque, a escuridão era quase total a essa altura.

— Olhem para o parque! — eu disse.

— O que tem? — alguém perguntou.

— Ei, seu psicopata, trate de se acalmar um pouco agora — disse Yngve.

Eu me levantei, peguei meu copo e o atirei com toda a minha força contra ele. O copo acertou-o no rosto. Yngve se encolheu. As pessoas se levantaram e começaram a gritar, correram em direção a ele. Eu continuei parado, observando o desenrolar da cena. Depois saí para o corredor, calcei meus sapatos e vesti minha jaqueta e desci a escada, saí para a rua e entrei no parque. O sentimento de finalmente ter tomado uma atitude era forte. Olhei para o céu, que estava claro e leve e bonito, e olhei em direção à escuridão verdejante do parque, e então desapareci para mim mesmo, foi como se eu tivesse me desligado.

Acordei deitado no chão de um corredor.

Estava claro, o sol entrava pelas janelas.

Me sentei. Havia outras portas à frente. Uma pessoa idosa estava parada me olhando, mais atrás havia uma mulher mais jovem, talvez de uns quarenta anos, que também estava me olhando.

Não disseram nada, mas pareciam estar com medo.

Me levantei. Eu ainda estava bêbado, meu corpo era pesado como chumbo. Eu não sentia nada, era como estar num sonho, mas eu sabia que estava acordado e comecei a caminhar, às vezes com a mão apoiada na parede.

Havia um caminhão de bombeiro. Um incêndio, e um caminhão de bombeiro. Não? No fim do corredor havia uma escada, e no andar de baixo uma porta com uma janela de vidro martelado na parte mais alta.

Desci a escada, abri a porta, me detive ainda no lado de fora, apertei os olhos por conta do sol.

À minha frente estava o prédio de ciências naturais e exatas. À esquerda estavam as águas do Lungegårdsvannet.

Me virei e olhei para o prédio onde eu havia dormido. Era um prédio branco de alvenaria.

Uma grande viatura se aproximou e parou à minha frente enquanto duas mulheres saíam da porta às minhas costas.

Dois policiais pararam à minha frente.

— Acho que temos um incêndio — eu disse. — Um caminhão de bombeiro passou lá adiante — eu disse, apontando. — Não é aqui. É mais para lá. Deve ser.

— É aqui — disse a mulher às minhas costas.

— O que você está fazendo aqui? — perguntou o policial.

— Não sei — eu disse. — Simplesmente acordei aqui. Mas acho que vocês precisam se apressar.

— Como é o seu nome?

Eu olhei para ele. Cambaleei para o lado, ele pôs a mão no meu ombro e interrompeu o movimento.

— O que importa o meu nome? — eu disse. — O que é um nome?

— Preciso que você nos acompanhe — ele disse.

— Na viatura?

— É. Venha.

O policial me segurou pelo braço e me levou até a viatura, abriu a porta, eu me sentei no banco de trás, em um espaço grande que estava todo à minha disposição.

Eu também estava vivendo aquele momento. Ser transportado em uma viatura pelas ruas de Bergen.

Será que tinham me prendido?

Eu tinha o jantar de despedida naquele dia!

Não havia sirenes nem coisa parecida, os policiais dirigiam de forma desapressada e cautelosa e paravam em todos os semáforos vermelhos. Por fim entraram na delegacia, me agarraram pelo braço e me levaram para o interior do prédio.

— Eu preciso dar um telefonema — eu disse. — É importante. Eu tinha um compromisso e as pessoas precisam saber que não vou aparecer. E além disso eu sei que tenho direito a um telefonema.

Eu ria por dentro, era uma cena de filme, eu, vigiado por dois policiais, exigindo um telefonema!

E eu consegui, os dois pararam em frente a um telefone no fim do corredor.

Claro que eu não sabia o número da Skrivekunstakademiet de cor. Havia uma lista telefônica e eu tentei encontrá-lo, mas não consegui.

Me virei em direção aos policiais.

— Desisto — eu disse.

— Tudo bem — eles disseram, e então me levaram a um guichê onde tive que esvaziar meus bolsos e entregar meu cinto, e então me levaram para o porão, ou o que quer que fosse, enfim, havia portas de metal nos dois lados do corredor e eu teria de atravessar uma delas. A cela era totalmente vazia, a não ser por um grande colchão azul.

— Você pode dormir aqui. Quando você acordar, vamos fazer o interrogatório.

— *Yes sir!* — eu disse, permanecendo de pé no meio da cela até que tivessem fechado a porta, quando me deitei no colchão azul e ri sozinho por um bom tempo antes de adormecer.

Quando acordei mais uma vez eu ainda estava bêbado, e tudo que tinha acontecido no caminho até a delegacia parecia envolto em uma atmosfera de sonho. Mas a porta de ferro e o chão de concreto eram bastante sólidos.

Bati contra a porta.

Eu queria gritar, mas não sabia o quê. Guarda? Talvez.

— Guarda, eu já acordei! — eu disse. — Guarda! Guarda!

— Cale a boca — alguém gritou de volta.

Senti medo e me sentei no colchão. Pouco depois um policial apareceu, abriu a porta e ficou olhando para mim.

— Você já está sóbrio? — ele perguntou.

— Acho que já — eu disse. — Talvez não completamente. Mas já estou bem melhor do que estava.

— Venha comigo — ele disse.

Saímos do porão, ele à frente, eu atrás, entramos num elevador e começamos a subir pelos andares.

O policial bateu em uma porta, entramos num escritório, um homem mais velho, com uns cinquenta anos, talvez cinquenta e cinco, sem uniforme, olhou para mim.

— Sente-se — ele disse.

Me sentei na cadeira em frente à mesa de trabalho dele.

— Você foi encontrado no Florida — ele disse. — Dormindo no corredor interno de uma clínica geriátrica. O que você estava fazendo lá?

— Não sei — respondi. — Eu estava muito bêbado. Não me lembro de nada. Só lembro de ter acordado lá.

— Você mora aqui na cidade?

— Moro.

— Como você se chama?

— Karl Ove Knausgård.

— Você já foi condenado antes?

— Condenado?

— Você tem antecedentes criminais? Tráfico de entorpecentes, invasão de domicílio?

— Não. Não, não.

Ele olhou para um outro homem que estava ao lado da porta.

— Você pode confirmar? — ele pediu.

O outro homem entrou num escritório ao lado. Enquanto permanecia lá, o homem que estava me interrogando ficou sentado com a cabeça baixa, preenchendo um formulário em silêncio.

As janelas eram cobertas por persianas, e lá fora, por entre as aletas, o céu estava azul.

O outro homem voltou.

— Nada — ele disse.

— Você disse que não se lembra de nada — disse o homem que me interrogava. Mas e quanto à noite passada, você lembra de alguma coisa? Onde você estava?

— Eu estava numa festa. Perto do parque.

— Com quem você estava?

— Com o meu irmão, entre outros. E com uns amigos dele.

O homem me olhou.

— Precisamos chamá-lo, então.

— Quem?

— O seu irmão.

— O que ele tem a ver com isso? Aliás, do que estamos tratando aqui? Eu dormi no corredor de uma clínica geriátrica, talvez não seja muito bonito, e talvez vocês enquadrem isso como invasão de domicílio, mas não aconteceu mais nada.

— Você não se lembra de nada mesmo? — ele disse. — Houve uma invasão à clínica geriátrica, e num local próximo houve um acidente de carro. Depois aconteceu um bocado de coisas. E em seguida encontramos você no corredor da mesma clínica geriátrica. É disso que estamos tratando aqui. Qual é o nome do seu irmão?

— Yngve Knausgård.

— Qual é o endereço dele, e qual é o seu endereço?

Eu respondi.

— Logo você deve receber notícias nossas — ele disse. — Mas por hoje você está dispensado.

Fui acompanhado até o primeiro andar, recebi minhas coisas de volta e saí rumo à praça em frente à delegacia. Eu estava tão cansado que mal aguentava caminhar. Fiz muitas pausas ao longo do caminho, e antes de chegar à Steinkjellergaten precisei me sentar em uma escada, eu simplesmente não tinha mais forças. Subir o morro parecia impossível. Porém após dez minutos durante os quais cada uma das pessoas que passava olhava para mim, consegui me pôr de pé e fui cambaleando morro acima. O trajeto entre a delegacia e a minha casa levou quase uma hora. De volta ao estúdio, me deitei na cama e dormi pela terceira vez naquele dia. Não muito, quando abri novamente os olhos ainda era cedo. O peso tinha abandonado meu corpo, eu me sentia normal, a não ser por uma fome enorme. Comi fatias de pão com queijo, bebi um litro de leite com Nesquick e saí para ligar para a academia. Por sorte Sagen estava lá. Expliquei que eu tinha sido preso e não poderia comparecer ao jantar. Preso?, ele perguntou. Você está brincando? Não, eu disse, passei a noite em uma cela. Infelizmente não estou me sentindo muito bem. Você acha que podem me enviar o certificado? Claro, ele disse. É uma pena que você não possa estar com a gente no encerramento. Preso, você disse? É, eu disse. Mas obrigado por tudo, de qualquer maneira. Com certeza a gente vai se encontrar outra vez.

Desliguei, e com meus últimos trocados peguei um ônibus para ir à cidade. O céu estava azul-escuro, o sol estava avermelhado e se erguia acima de Askøy, as nuvens no ocidente pareciam estar em chamas.

Passei em frente ao Studentsenteret e desci até Møhlenpris, eu queria ir à casa de Yngve, talvez ele pudesse esclarecer o que tinha acontecido.

A porta estava aberta, eu subi a escada até o andar onde ficava a república e toquei a campainha.

Line, uma garota loira e doce de Østlandet, uns anos mais velha que eu, abriu a porta. Quando me viu ela pareceu quase assustada.

— O Yngve está em casa? — eu perguntei.

Ela fez um aceno de cabeça.

— Entre — disse. — Ele está no quarto.

Entrei, tirei meus sapatos, mas fiquei com a jaqueta, bati de leve na porta de Yngve e a abri.

Ele estava em frente ao aparelho de som e se virou ao me ouvir. Encarei-o com olhos arregalados.

Metade do rosto dele estava coberta por uma bandagem.

Me lembrei do que tinha acontecido.

Eu tinha jogado um copo nele com toda a minha força.

Bem no olho.

Ele não disse nada, simplesmente me olhou.

— Fui eu que fiz isso? — eu perguntei.

— Foi — ele respondeu. — Você não lembra?

— Agora lembrei — eu disse. — Eu acertei o seu olho? Você ficou cego? Yngve sentou-se na cadeira.

— Não, o olho escapou. Você acertou bem do lado. Precisei levar pontos. Vou ter uma cicatriz para o resto da minha vida.

Eu comecei a chorar.

— Não foi de propósito — eu disse. — Não foi de propósito. Eu não sei por que fiz aquilo. Mas não foi de propósito. Por favor me perdoe. Ah, Yngve, será que você pode me perdoar?

Yngve estava sentado como um imperador na cadeira do quarto, com as costas empertigadas, as pernas afastadas e uma das mãos em cima do joelho, e então olhou para mim.

Eu não aguentava olhar para ele, não conseguia olhar para ele. Baixei a cabeça e comecei a soluçar.

PARTE 7

Três anos e meio depois, entre o Natal e o Ano-Novo de 1992, eu estava no interior do Studentsenteret, próximo às escadas que davam para o lugar onde funcionavam as organizações estudantis, esperando o redator da Studentradioen. Eu prestaria serviço civil lá, e tinha acabado de voltar de um mês num acampamento em Hustad, próximo ao litoral nos arredores de Molde, onde eu havia passado um tempo com outros trabalhadores civis de Vestlandet aprendendo sobre o trabalho pacífico e a objeção ao serviço militar. Parecia brincadeira, quase ninguém se importava com o aspecto idealista do serviço civil. Com certeza a maioria era contra a guerra, mas ninguém era influenciado por essa convicção de maneira profunda, e me senti de volta ao acampamento de confirmação que eu tinha frequentado no oitavo ano, onde todo mundo gostava de estar sozinho e longe de casa, mas ninguém se importava muito com a verdadeira causa, nossa relação com Deus e Cristo, e por esse motivo a principal atividade consistia em sabotar as aulas e aproveitar todo o tempo livre para os nossos próprios fins. A única diferença era a idade, a maioria das pessoas em Hustad tinha vinte ou vinte e poucos anos, a duração, não dois dias, mas dois meses, e as instalações. Eles tinham uma sala de música bem equipada, uma biblioteca bem equipada, salas escuras e equipamento de vídeo, tinham caiaques e equipamento de mergulho, e nós tínhamos a oportunidade de tirar um certificado de mergulhador. Fazíamos passeios ao distrito, e nessas horas um ônibus aparecia para nos buscar; uma noite fomos levados a Kristiansund, onde pudemos sair para nos embebedar. Mas o mais importante eram os cursos. Certas pessoas haviam trabalhado duro para que os objetores de consciência fossem levados a sério numa época em que os jovens se deixavam arrebatar por esses temas e viviam cheios de idealismo. Mas a gente estava pouco se lixando. A frequência aos cursos era obrigatória, mas os colegas que não estavam bem ou sofriam com dores de cabeça mal acompanhavam o que os professores diziam, e o contraste entre o idealismo e a paixão dos professores e a nossa ignorância era por vezes doloroso.

Além das aulas regulares havia também cursos opcionais, como cinema ou música, ou então cursos de aprofundamento em diversos assuntos teóricos, e quando nos pediram sugestões, levantei a mão e perguntei se não podiam organizar um curso de escrita para nós. Um curso de escrita criativa, talvez? A sugestão foi recebida com entusiasmo; se houvesse mais colegas interessados, sem dúvida o curso seria organizado. Me tornei uma espécie de líder em nosso pequeno grupo de escrita, e a primeira coisa que eu disse foi que não podíamos acordar às sete horas, como os outros, porque quando se escrevia era comum passar a noite em claro, muitas vezes era essa a hora de maior inspiração, e o mais absurdo foi que o professor responsável por nosso grupo comprou essa ideia de cara, não, claro, nesse caso não faz sentido acordar às sete horas, vou ver o que eu posso fazer. Ele conseguiu, e o grupo de escrita criativa pôde dormir até mais tarde. Fiquei com a consciência pesada, o professor era gentil e bem-intencionado e se deixava manipular, mas por outro lado eu não estava lá por minha escolha, e se todo mundo demonstrava uma atitude incrivelmente positiva em relação a nós não era por minha culpa.

O professor organizou inclusive a visita de um escritor. Arild Nyquist chegaria de avião e seria nosso professor de escrita criativa por um dia. Ele sentou-se com aqueles olhos tristes e perguntou quantas pessoas da turma escreviam a sério, com a intenção de ser escritor. Ninguém levantou a mão. A gente está fazendo esse curso para livrar nossa própria cara, alguém disse. Muito bem, disse Nyquist, talvez não seja esse o ponto de partida ideal, mas vamos fazer o melhor possível. Fiquei com a consciência ainda mais pesada naquele instante, pelo que eu sabia ele podia ter deixado a família para viajar até lá e dar aulas a um grupo de jovens trabalhadores civis cheios de entusiasmo no acampamento de Hustad, talvez ele mesmo também cheio de entusiasmo, para no fim encontrar aquilo. Por outro lado deviam estar pagando bem a ele, então não havia grandes problemas.

Certo dia teríamos uma sessão de RPG no ginásio de esportes. Recebemos diversos papéis na sociedade global, um de nós representaria os EUA, outro a Rússia, outro a China, outro a Índia, outro a UE, outro os países escandinavos, outro a África, e todos receberam diferentes prospectos com instruções sobre como agir. A coordenadora sugeriu que eu fosse o secretário-geral da ONU e liderasse uma conferência entre aqueles vários países do mundo. Eu não tinha a menor ideia de por que ela havia me escolhido, mas essas coisas aconteciam, às vezes as pessoas apontavam para mim e me atribuíam certas características. Quando eu estudava letras um dos professores tinha me marcado, e durante as aulas ele às vezes apontava para mim do nada e perguntava, o que você pensa a respeito disso, Karl Ove?

A ideia no ginásio de esportes era que eu tentasse evitar a eclosão de uma guerra mundial organizando encontros entre as diferentes partes, servindo como mediador e propondo acordos. Johannes, a única pessoa que eu conhecia, representava a Rússia. Johannes era o tipo de pessoa que o meu avô chamaria de prodígio, ele estudava sociologia e tinha recebido as notas mais altas que a universidade havia dado em muito tempo, talvez até as notas mais altas de todos os tempos, segundo diziam; ele tinha estudado em Paris e estava em um nível com o qual os outros estudantes que eu conhecia podiam apenas sonhar. Mas nada disso aparecia, Johannes era muito humilde no que dizia respeito a si, às vezes no limite da abnegação, ele era genuinamente bom e amistoso, uma pessoa a respeito de quem ninguém tinha nada de ruim a dizer, atencioso e empático, e portanto também vulnerável, como havia me ocorrido em diversas ocasiões, ao mesmo tempo que tinha bons amigos que estavam sempre ao redor dele, como a vigiá-lo. Os pais dele eram fazendeiros em Jølster, a poucos quilômetros de onde a minha mãe morava, ele era forte, mas a força era apenas uma característica secundária, quase imperceptível. O que se percebia era a sensibilidade. Talvez ele se considerasse apenas um sujeito comum, eu sei lá, mas não era nada disso, eu nunca tinha conhecido outra pessoa com a mesma combinação de características.

Ele representava a Rússia no nosso RPG e conseguiu vencer todo mundo no jogo tático, inclusive a mim, e no fim do dia ele, ou seja, a Rússia, tinha ganhado enormes territórios na Europa e na Ásia e se transformado na única força dominante, a ponto de praticamente atingir a supremacia total sobre o mundo.

Johannes deu boas risadas.

À tarde, na sala de recreação que mais parecia uma sala de estar com lareira, onde a música ribombava e por todos os lados as pessoas colocavam discos para tocar ou então liam revistas, fumavam e bebiam cerveja, um dos imprestáveis quase marginais de Bergen veio na minha direção, eu estava recostado na balaustrada, e chegou tão perto de mim que me senti ameaçado.

— Você acha que é alguém — ele disse. — Secretário-geral da ONU e não sei mais o quê. Fica sentado por aí com os seus livros. Mas você não é nada.

— Eu nunca disse que sou alguém — eu disse.

— Cale a boca — ele disse, e então se afastou.

Corriam boatos a respeito dele, como por exemplo que havia gritado *Fuck you and your family!* no escritório do coordenador do acampamento, mas nesse caso era engraçado pensar que o sujeito tinha acrescentado a família dessa forma. Havia mais dois ou três outros como ele, sujeitos durões que poderiam muito bem me dar uma surra para me humilhar se quisessem, mas todos eram também imbecis completos, não sabiam nada de nada, era uma falta de conhecimento total que podia ter efeitos bizarros durante as aulas nas poucas vezes em que aparecia.

Que tipos violentos como esses estivessem justamente lá, num acampamento onde todos defendiam a bandeira da paz e do pacifismo, era um tanto irônico, mas ao mesmo tempo bastante típico, porque de um jeito ou de outro eles eram "alternativos", viviam meio dentro e meio fora dos limites da sociedade, e era nesse ponto que se encontrava a parte mais importante do movimento alternativo dos anos 1970; sem a ideologia, não restava nada além da marginalidade e das drogas.

Havia também um grupo de músicos de Bergen. Vinham de Loddefjord, Fyllingsdalen e Åsane, passavam o tempo inteiro juntos, afundados casualmente no sofá lendo histórias em quadrinhos ou então assistindo à TV, mas quando se reuniam para tocar pareciam sofrer uma metamorfose total, e então se erguiam como demônios e conjuravam imagens musicais complexas a partir do nada, todos dominavam os instrumentos à perfeição, mas ao fim dessas explosões recolhiam-se mais uma vez e retomavam as mesmas discussões de sempre em um lugar qualquer. A exceção era Calle, um dos pequenos astros da cidade, as bandas dele tinham lançado discos, feito turnês, e naquela época ele tocava com Lasse Myrvold, a lenda viva do The Aller Værste, numa banda chamada Kong Klang. Calle era diferente dos outros músicos, tinha uma curiosidade que ia além das coisas relacionadas à música, era uma pessoa aberta, em suma, e no fundo brilhante, mas quando falava sobre coisas a respeito das quais eu entendia um pouco, como literatura, também era ingênuo, e de certa forma isso me comovia, como todas as outras manifestações de fraqueza em meio à força.

Eu tentava manter um perfil discreto no acampamento, passava muito tempo sozinho, lia um pouco, nada menos do que *A montanha mágica* do Thomas Mann, que eu havia comprado em dinamarquês, já que a versão norueguesa não trazia o texto integral. Foi um dos melhores romances que eu li em muitos anos, havia uma coisa muito atraente naquela relação entre a saúde e a doença, uma relação que começava no momento em que Hans Castorp saía para dar um passeio no sanatório sozinho, em meio às belas encostas da montanha, e de repente o nariz dele começava a sangrar descontroladamente, e continuava na paixão por mulheres nas quais a atração estava justamente na doença, na febre, nos olhos brilhantes, nos tossidos, tudo emoldurado por vales verdejantes e alpes cintilantes. As grandes discussões que vinham a seguir, entre o jesuíta e o humanista, que mais pareciam duelos até a morte, nos quais de fato tudo estava em jogo, também eram cativantes. Entendi que tudo estava relacionado à vida no sanatório, tudo era parte de um mesmo todo, sem que no entanto eu conseguisse explicar, eu não conhecia os parâmetros de referência dentro dos quais as discussões se desenrolavam.

Eu tinha lido *Doutor Fausto* aos dezoito anos. As únicas coisas que eu recordava eram o colapso de Adrian Leverkühn, quando o ápice de suas conquistas artísticas coincidia com a regressão a um estado infantil, e a abertura grandiosa, quando Zeitblom e Leverkühn ainda são crianças e o pai do compositor faz um experimento simples com os dois, ele manipula matéria inanimada e faz com que se comporte como se fosse animada. E além disso eu tinha lido *Morte em Veneza*, o velho à beira da morte que se maquia e pinta os cabelos para impressionar um menino bonito.

Tudo acontecia na proximidade da morte nesses livros, que além do mais eram repletos de pensamentos e teorias artísticas e filosóficas, eram romances centrais na grande tradição europeia, mas não eram experimentais, como os romances de Joyce ou de Musil, de certa maneira faltava-lhes uma certa independência na forma, e comecei a especular por que eram assim, será que Thomas Mann não conseguiria? Ele escrevia sobre o avant-garde, mas através da pena de um tradicionalista como Zeitblom. Espen, o meu melhor amigo, não gostava de Thomas Mann, provavelmente por causa desses elementos tradicionais e burgueses nos romances dele, eram coisas que estavam fora do campo de interesse dele. Espen era poeta, e na verdade omnívoro no que dizia respeito à literatura, insaciavelmente curioso e ávido por conhecimento, mas na maioria das vezes tinha os olhos voltados para o que havia de mais avançado, e isso não incluía o romance de orientação realista. Espen tinha os poetas franceses e americanos dele, eu tinha os meus romances mainstream e assim nos encontrávamos no meio do caminho, em escritores como Thomas Bernhard, Tor Ulve, Claude Simon, Walter Benjamin, Gilles Deleuze, James Joyce, Samuel Beckett, Marguerite Duras, Stig Larsson e Tomas Tranströmer. Eu poderia muito bem falar sobre Thomas Mann e Espen ia me ouvir, mas eu nunca o convenceria a dispender tempo naquela leitura, e tampouco me arriscava a tentar, porque ele podia achar ruim, e isto seria um golpe e tanto para mim e para o meu gosto literário. Eu via a nossa relação como análoga à relação entre Leverkühn e Zeitblom em *Doutor Fausto* — Espen era o artista, debruçado sobre livros apócrifos no quarto de estudos, o poeta, o gênio, eu era o homem comum e ordinário, casualmente um amigo, que o via trabalhar e entendia o suficiente sobre o ofício para compreender que aquela era uma obra única, mas não o suficiente, jamais o suficiente, para executá-la por conta própria. Eu sabia escrever sobre literatura, como Zeitblom sabia escrever sobre música, mas não sabia criá-la. Se eu tivesse dito qualquer coisa a Espen, ele teria feito protestos enérgicos, porque não era assim que se enxergava, mas havia uma diferença *enorme* entre nós dois; ele lia Ekelöf, Celan, Akhmátova, Montale, Ashbury e Mandelstam, poetas a respeito dos quais eu mal tinha ouvido falar, como se aquilo fosse a coisa mais natural do mundo, mas não havia nenhuma afetação nessas leituras, como infelizmente havia nas minhas, eu empunhava os nomes de autores como os cavaleiros da Idade Média empunhavam bandeiras e estandartes, mas Espen não, ele era genuíno.

Tínhamos sido colegas na primeira etapa do curso de letras durante o outono de 1989 e a primavera de 1990. No início eu não conhecia ninguém por lá, e tampouco fiz contato com quem quer que fosse, então foi como uma repetição do colegial, eu me sentava sozinho na cantina e bebia café e fazia de conta que estava lendo qualquer coisa, parava em frente ao auditório para fumar durante os intervalos, me sentava na sala de leitura durante a tarde e à noite, sempre com o que parecia ser um vagaroso pânico no corpo, a boca aberta na consciência enquanto eu andava e fingia que tudo estava como devia. Quando eu fechava os livros no fim da tarde, às vezes eu ia à casa de Yngve, ele tinha ido morar com Asbjørn na Hans Tanks Gate um pouco abaixo do prédio de ciências naturais e exatas, eu me sentava com eles e assistia à TV ou simplesmente bebia café na sala. Quanto a mim, eu tinha arranjado um apartamento no mesmo prédio onde ficava a antiga república de Yngve, o apartamento era grande e muito mais caro do que eu podia pagar, mas eu tinha fechado o negócio de qualquer jeito, afinal eu poderia arranjar dinheiro quando o semestre estivesse mais próximo do fim e o meu empréstimo estudantil tivesse acabado. Quando fiquei sem dinheiro na primavera anterior e ainda estava frequentando a Skrivekunstakademiet, fui a Sørbøvåg e trabalhei durante umas semanas para Kjartan. Pintei uma das paredes do galpão, ele ficou me olhando por debaixo da escada e disse que não havia nada melhor do que ver os outros trabalhando para si. Com o trator ele tirava esterco do depósito e largava tudo em enormes montes no pátio, que eu espalhava usando o forcado. Era um trabalho pesado, meus braços e meu peito estavam sempre doendo quando eu me deitava à noite, mas também gratificante, o aspecto físico do trabalho, espetar os três dentes do forcado no esterco, em parte já sólido, em parte ainda úmido, soltar uma parte e jogá-la longe, me proporcionava uma sensação boa, eu podia ver claramente que estava progredindo, os montes desapareciam um depois do outro, e era uma sensação incrível largar o forcado à tarde e fazer um lanche com os meus avós. Eu me levantava às sete, tomava café da manhã, trabalhava até o meio-dia, almoçava, trabalhava até as quatro, aquilo era uma purificação, uma purgação, naquele lugar não havia nada de horrível como na minha vida em Bergen, lá eu era outra pessoa, uma pessoa a respeito de quem ninguém tinha nada a dizer. Eu preparava comida, dava pequenas voltas com a minha avó pela casa, às vezes massageava as pernas dela, como eu tinha visto minha mãe e Kjartan fazer, conversava com o meu avô, e assim Kjartan, que chegava do trabalho às cinco horas, provavelmente tinha mais tempo para si do que em dias normais. Minha avó estava mal, e quando eu saía para trabalhar era como se os tremores e as cãibras dela continuassem a viver dentro de mim na rua, era uma sensação que precisava ser contida e abafada, mas que permanecia fora do meu controle. Quase não dava para falar com ela, a voz era fraca demais, não passava de um sopro, era quase impossível distinguir as palavras. Certa tarde meu avô começou a falar sobre Hamsun, de quem tanto gostava, e minha avó sussurrou qualquer coisa na cadeira de rodas, eu me inclinei em direção a ela, não consegui entender, até que de repente a ficha caiu: Duun! Ela tinha sussurrado o nome de Duun. Numa outra tarde eu percebi que ela estava agitada, tentando fazer contato comigo, eu me aproximei e me abaixei, ela apontou para o meu avô e sussurrou qualquer coisa, eu não entendi, por favor repita, vó, eu não ouvi o que você disse, só mais uma vez…

Tive a impressão de que ela disse que o meu avô tinha matado alguém.

— O vô matou alguém? — eu perguntei.

E então ela riu! Uma risada silenciosa e sussurrante, quase inaudível, mas o peito se agitou e os olhos brilharam.

Então não foi isso que ela disse, eu pensei, e também comecei a rir. Mas não era tão estranho assim eu ter entendido aquilo, havia uma sombra de paranoia entre a minha avó e o mundo ao redor, e se naquele estado de confusão mental ela já tinha dito que meu avô era um ladrão, por que não poderia dizer que ele tinha matado alguém?

Foi incrível ver aquela risada. No mais, o cotidiano dela era regular e sofrido, e era doloroso testemunhar aquela rotina. Uma noite acordei com meu avô gritando por Kjartan, desci às pressas, os dois estavam na cama de casal instalada na sala de jantar, minha avó tremendo e com os olhos arregalados, meu avô sentado na beira da cama.

— O Kjartan precisa levar a sua vó ao banheiro — ele disse. — Vá buscá-lo.

— Eu posso levá-la — eu disse.

Ela devia usar fraldas à noite, pensei, mas eu mantinha-me longe dessa parte dos cuidados, relacionada às coisas mais íntimas, ao vestir e ao despir, não parecia certo, eu era o neto dela, quem devia cuidar daquilo era o meu avô ou Kjartan. Mas naquela situação eu precisaria fazer o que tinha de ser feito.

Coloquei uma das mãos nas costas dela, a outra debaixo do braço, e então comecei a erguê-la. O corpo estava muito rígido e ela precisou de um bom tempo, mas por fim conseguiu sentar-se na beira da cama. Ela sussurrou alguma coisa. A mandíbula tremia, mas ela olhava direto para mim com aqueles olhos claros e azuis. Baixei a cabeça.

— Kjartan — ela disse.

— Eu posso acompanhar você — eu disse. — Assim a gente não precisa acordá-lo. Afinal de contas, eu já estou aqui.

Eu a segurei pelo braço e a puxei, tentando colocá-la de pé. Mas eu fui rápido demais, ela estava muito rígida e caiu para trás. Repeti o gesto, desta vez um pouco mais devagar, e puxei o andador com uma das mãos, coloquei-o à frente dela e fiquei olhando enquanto, com gestos lentos e quase imperceptíveis, ela deslizou as mãos em direção aos pegadores.

Por fim ela segurou o andador com as duas mãos e conseguiu se equilibrar o suficiente para começar a andar. Estava vestindo apenas uma fina camisola branca, a parte inferior dos braços e das pernas estava à mostra, os cabelos brancos e grisalhos estavam desarrumados, e eu não gostei de perceber no que eu tinha me metido, eu estava próximo demais a ela, da maneira errada. Quando chegássemos ao banheiro, eu precisaria ajudá-la a sentar no vaso e despi-la. Essa não. Essa não. Mas já estávamos a caminho, passo a passo ela avançava pela casa, primeiro ao longo da sala de jantar onde eles dormiam, depois ao longo da sala onde ficava a TV. As mãos dela tremiam, a cabeça dela tremia, com muita calma e cuidado ela colocava um pé à frente do outro, os pés também tremiam. Uma lâmpada estava acesa no canto, no mais tudo estava às escuras. Dei uns passos à frente e abri a porta que dava para o corredor. No fundo estava o banheiro.

— Já estamos chegando — eu disse.

Ela deu mais um passo com o pé trêmulo. Nesse momento o mijo começou a escorrer pela coxa dela, e logo aumentou de volume e começou a chapinhar contra o chão. Minha avó não se mexeu. Com o corpo inclinado para a frente, imóvel enquanto o mijo chapinhava contra o chão, pensei que ela parecia um bicho. Parei em frente a ela e mal consegui olhá-la, aquilo era muito angustiante.

— Não foi nada, vó — eu disse. — Essas coisas acontecem. Não foi nada. Fique aqui que eu vou chamar o Kjartan.

Corri para a rua, toquei duas vezes seguidas na campainha, abri a porta e gritei por ele. Kjartan apareceu correndo segundos depois, preparado para o pior.

— Você precisa ajudar a vó — eu disse. — Não é nada sério. Ela só quer ir ao banheiro.

Ele não disse nada, me seguiu, pegou a minha avó e a levou ao banheiro com movimentos duros e decididos, fechou a porta. Eu enchi um balde d'água, molhei o esfregão e enxuguei o chão.

Voltei a Bergen com dinheiro suficiente para me virar durante o resto do semestre. Não contei para ninguém sobre as coisas que eu tinha vivenciado na fazenda dos meus avós, simplesmente retomei minha triste vida em Bergen como se Sørbøvåg fosse um cômodo fechado, uma vivência selada, ao lado de todas as minhas outras vivências irreconciliáveis com a vida que eu levava, ou que por qualquer motivo não importavam mais. Em especial depois que eu havia jogado o copo em Yngve era assim que as coisas se apresentavam, parecia impossível conciliar a pessoa que eu tinha sido naquele momento, uma pessoa que havia tentado ferir, destruir, e acima de tudo cegar o próprio irmão, e a pessoa que eu era ao lado dos meus avós, ou ao lado da minha mãe, que não sabia de nada a esse respeito. Essa era a única coisa em que eu pensava, e as forças desse pensamento eram enormes e me puxavam para baixo, rumo a um lugar dentro de mim onde eu nunca tinha estado antes, um lugar que eu nem sabia que existia. Se eu tinha atirado um copo no rosto de Yngve, do que mais eu seria capaz? Havia uma coisa incontrolável dentro de mim, e era uma coisa terrível: se eu não podia confiar em mim, em quem mais restaria confiar?

Como se não bastasse, eu não podia discutir esses assuntos com ninguém. Na tarde em que fui à república de Yngve, onde entendi o que eu havia feito, eu chorei e implorei para que ele me perdoasse, tão fora de mim que não consegui voltar para casa, mas tive que dormir lá, no sofá da república, rodeado pelos outros, que não sabiam para onde olhar nem o que fazer enquanto eu estava lá. Eu nunca tinha visto um dos rapazes, ele chegou quando eu estava no sofá com a cabeça baixa, então você é o Karl Ove, ele disse, é você que mora no estúdio acima do Morten, não? Sou, eu disse. Uma hora dessas vou passar na sua casa, ele disse. Eu moro bem perto de vocês. Levantei o rosto e o encarei. O sorriso dele ia de orelha a orelha. Eu sou o Geir, ele disse.

Dois dias mais tarde Geir bateu na minha porta. Eu estava escrevendo, gritei entre, achei que era Morten, já que a campainha não havia soado.

— Você está escrevendo? — ele perguntou. — Não quero atrapalhar.

— Não, não, entre, você não está atrapalhando — eu disse.

Geir sentou-se, falamos um pouco sobre conhecidos em comum, no fim tínhamos a mesma idade e ele era de Hisøya e tinha cursado o colegial com vários ex-colegas meus do primário e do ginásio que eu nunca mais tinha visto. Tinha sido aluno da escola de oficiais, pulado fora, se mudado para Bergen e começado a estudar antropologia social. No início, Geir queria apenas falar sobre como era feliz e como a vida era boa em Bergen. Ele tinha o dinheiro dele, tinha o apartamento dele e a universidade estava lotada de garotas, será que podia ficar ainda melhor?

Não, talvez não, eu disse.

Ele riu e disse que nunca tinha visto uma pessoa tão lúgubre quanto eu. Quem visse imaginaria que o próprio Jó havia se mudado para um estúdio em Bergen! Vamos dar uma volta para melhorar esse humor!

Por que não?, eu disse, e então começamos a descer os morros em direção ao centro. Nos sentamos no bar do Fekterloftet, compramos uma jarra de vinho branco, e a timidez que sempre me acometia na presença de pessoas desconhecidas, a ideia de que eu era aborrecido e desinteressante e de que na verdade elas não queriam falar comigo, estava totalmente ausente. Por algum motivo eu senti confiança nele. Eu não conseguia falar com as outras pessoas que havia conhecido em Bergen, e nem mesmo com Yngve, da maneira como falei com Geir naquela tarde. Os assuntos mais íntimos e mais profundos eram coisas que as pessoas guardavam para si, dividindo-as talvez com o namorado ou a namorada, enfim, eu não sabia nada a respeito disso, mas a questão é que não se discutia esses assuntos durante uma saída à tarde, porque acabaria com tudo, era uma situação que as pessoas evitavam. Afinal, tudo se resumia a curtir a vida, rir, contar histórias ou discutir até não aguentar mais, porém sempre assuntos que se encontravam fora da esfera íntima, longe das relações que subsistiam entre as pessoas, longe de tudo aquilo que compartilhavam. Bandas, filmes, livros, outros estudantes, professores, garotas, experiências transformadas em histórias divertidas, piadas.

Naquela tarde não foi nada disso.

Eu falei sobre o ano que havia passado no norte da Noruega, falei que tinha me apaixonado de leve por uma garota de treze anos e dado uns amassos em outra, que eu tinha pirado correndo atrás de uma garota de dezesseis anos e quase engatado um namoro com ela, que eu ficava andando sem rumo e bebendo, totalmente fora de controle, e que esse hábito tinha continuado em Bergen, que eu sentia vergonha de mim, não de brincadeira, não para fazer tipo, mas de verdade, com medo do que eu seria capaz de fazer. Como eu havia tentado destruir meu próprio irmão, tudo era possível. Se eu tivesse uma faca na hora, será que eu o teria esfaqueado? Também falei a respeito da minha avó, sobre a dignidade que ela conservava em meio à miséria a que se encontrava presa. Mas acima de tudo falei a respeito de Ingvild. Falei sobre os nossos vários encontros, falei que ela era absolutamente incrível, mas que eu tinha feito tudo errado desde o início. Disse que eu era como o tenente Glahn, que eu também seria capaz de dar um tiro no meu pé para que ela olhasse para mim ao menos uma vez e pensasse em mim. Tenho até a cicatriz no pé, eu disse, colocando a perna no apoio do banco, veja, isso foi da vez que eu chutei um foguete que estava no chão na frente da Hanne. Mas quem é Hanne?, ele perguntou, uma garota por quem eu estava apaixonado, eu disse, outra?, disse Geir, e então riu. O que ele falou não apenas era diferente do que eu havia falado, mas diametralmente oposto.

Geir era um militarista, foi o que ele disse, ele tinha adorado a vida na escola de oficiais, o toque de corneta pela manhã, o cheiro de couro e de graxa, os uniformes, as espingardas e a disciplina, ele tinha sonhado com aquilo tudo a vida inteira, tinha sido aluno na Escola de Cadetes do Exército em Arendal e nunca tinha sentido qualquer tipo de dúvida quanto à carreira a seguir quando terminasse o colegial.

— Mas então por que você parou? Se você gostava tanto?

— Não sei. Talvez por ter descoberto que eu podia fazer aquilo, que eu sabia fazer aquilo, e que eu gostaria de fazer uma coisa que eu não sabia. E além do mais tinha a falta de individualidade. Eu falei com o meu chefe a respeito disso, expliquei que eu não queria ser uma ovelhinha, e ele me disse que o problema não era ser conduzido, mas saber para onde você estava sendo conduzido. Nesse ponto ele tinha razão. Mas o momento decisivo foi quando eu vi o regimento. Naquele instante percebi que alguém sempre ia saber onde eu estava. Não havia como. Então eu desisti e virei objetor de consciência.

— Você é *objetor de consciência?*

— Sou. Mas eu adoro o barulho de botas em marcha assim mesmo.

Eu nunca havia considerado a possibilidade de gostar do Exército, que representava tudo aquilo que eu era contra. Guerra, violência, autoridade, poder. Eu era um pacifista, mas infeliz, e Geir era um militarista, e feliz. Não seria fácil decidir quem tinha mais razão. Ele continuou falando sobre uma manhã em que tinha ido para casa com uma garota pela qual estava interessado havia muito tempo, o sol já tinha nascido, a cidade estava deserta, os dois andaram de mãos dadas pelo parque e se dirigiram ao estúdio dele e ao enorme colchão d'água que havia lá, onde tiveram um momento perfeito em todos os aspectos. Falou sobre tudo que tinha aprendido no curso de antropologia social, e riu de certos rituais bizarros que as pessoas executavam. Ele também riu muito de mim, porém não de uma maneira invasiva, pelo contrário, às vezes eu mesmo também ria. Pensei, fiz um novo amigo. E era verdade, mas não por muito tempo, porque logo depois ele disse que se mudaria para Uppsala quando o verão acabasse. Fiquei triste, mas não disse nada. Quando o Fekterloftet fechou estávamos bêbados, resolvemos dar uma passada nos clubes noturnos, acabamos no Slakteriet, como sempre a última parada noturna em Bergen, e, encorajado pelo céu claro e por todas as pessoas felizes que trafegavam pelas ruas no início de junho, sugeri que fôssemos à casa de Ingvild para que Geir pudesse vê-la com os próprios olhos, e eu pudesse dizer uma parte das coisas que havia pensado a respeito dela. Ele aceitou o convite, fomos em direção à Nygårdsgaten, eu sugeri que levássemos uma lembrança para a nossa visita inesperada, então corremos até os canteiros em frente ao Grieghallen, eu segurei e arranquei um pé de rododendros recém-brotado e muito bonito, soltei-o e fiquei parado com aquilo na mão enquanto Geir arrancava outro pé. Depois atravessamos a rua, eu juntei umas pedrinhas e comecei a jogá-las na janela de Ingvild. Talvez fossem quatro horas, quatro e meia. Ingvild abriu a janela, a princípio não queria nos receber, mas eu implorei, ela disse tudo bem, estou descendo. Assim que ela abriu a porta, uma viatura de polícia desceu a rua e parou ao nosso lado. Um policial desceu, Ingvild fechou novamente a porta e desapareceu, o policial perguntou o que estávamos fazendo, eu disse que entregaríamos as flores a uma garota, mas eu sabia que aquilo era errado, a gente tinha colhido os pés de rododendro no Grieghallen, mas veja, as raízes estão intactas, a gente pode correr de volta para lá e replantá-los, não tem problema nenhum. Tudo bem, disse o policial, e quando voltamos e começamos a ajeitar os pés de volta no lugar, eles nos seguiram e ficaram no meio da rua e esperaram até que tudo estivesse pronto antes de ir embora.

— A gente deu sorte — eu disse.

— Sorte? A polícia apareceu, não?

— Apareceu. Mesmo assim, eles podiam ter nos multado ou nos prendido por embriaguez pública. Mas vamos lá!

— Estou começando a entender um pouco — disse Geir. — Você quer voltar para a casa da Ingvild?

— Quero. Vamos!

Ele balançou a cabeça, mas foi comigo. Joguei pedrinhas na janela, desta vez ela não abriu e Geir me puxou, ele queria ir para casa, eu disse que ele podia ir embora se quisesse, mas que eu ainda não estava a fim de me deitar. Quando ele foi embora, passei por Høyden e por Møhlenpris, tentei abrir a porta de uns carros, entrei em uns quintais procurando bicicletas sem trancas, me sentei numa escada para fumar, logo seria dia claro, já havia uma listra de sol no horizonte. Desci à cabine telefônica que ficava além do campo de futebol e liguei para a república de Ingvild. Um dos rapazes atendeu, eu disse que gostaria de falar com Ingvild, ele disse, você sabe que horas são?, ela está dormindo, todo mundo está dormindo, você não pode ligar para cá no meio da noite, estou desligando. Bati o fone contra o topo do aparelho várias vezes, mas não consegui quebrá-lo, então saí e chutei a parede da cabine vermelha.

E puta que pariu nessa hora apareceu mais uma viatura!

O carro parou na minha frente, o vidro se abriu, um policial me perguntou o que eu estava fazendo. Eu disse que estava frustrado, minha namorada havia terminado comigo naquela noite, e por isso eu tinha chutado a cabine telefônica, enfim, me desculpe, eu prometo que não vai se repetir.

— Não, você precisa ir para casa dormir.

— É — eu disse.

— Muito bem então. Vá para casa!

Então subi até o Hulen enquanto os policiais ficaram me olhando de dentro da viatura. Quando dobrei a esquina eles vieram atrás, e só desapareceram quando entrei no parque.

A angústia e a vergonha que eu senti ao acordar eram tão profundas que era como se eu fosse me rasgar ao meio. Eu tinha vontade de me deitar no chão e gritar, eu não tinha aprendido nada, mais uma vez eu havia retornado àquele lugar sem nenhum tipo de controle ou limite, onde tudo podia acontecer. Uma coisa gritava dentro de mim, mas aquilo passaria. Bastava eu me aguentar ou encontrar outras pessoas. Assim tudo ficaria mais calmo e mais tranquilo. Desci ao apartamento de Morten, ele ficou reclinado no sofá me escutando, completamente transformado por fora, porque já não usava mocassins e jaquetas de couro vermelhas, e já não estudava mais direito, mas havia dado meia-volta e se transformado em estudante de humanas, com todas as calças pretas, camisetas pretas, sapatos pretos, brincos na orelha e Raga Rockers no aparelho de som que essa mudança envolvia. Ele já parecia um tanto experiente e com frequência encerrava os argumentos dizendo somos máquinas no Nirvana, Karl Ove, somos máquinas no Nirvana.

No dia seguinte recebi o envelope da Cappelen. A princípio não o abri, pensei que seria meio como o gato de Schrödinger: enquanto eu não abrisse o envelope e lesse o que estava escrito, eu tanto podia ter sido aceito quanto recusado. O envelope passou a manhã inteira em cima da mesa, eu olhava para ele a intervalos regulares, quando saí para fazer compras eu não pensava em outra coisa, e por fim, às quatro horas, quando já não aguentava mais, eu o abri.

Claro. Era uma recusa.

Tudo conforme o esperado, mas assim mesmo me senti frustrado, e a bem dizer tão frustrado que eu não aguentei ficar sozinho. Desci ao apartamento de Morten, ele não estava em casa. Pensei em Jon Olav, mas eu não queria dar a ele a notícia dessa derrota. Nem a Yngve. Pensei em Geir, ele morava a poucos minutos de mim, então resolvi encontrá-lo. Geir estava com tudo pronto para a mudança, havia caixas por toda parte, mas ele conseguiu encontrar duas canecas e café solúvel, nos sentamos no chão e eu comentei sobre a minha recusa.

— "Analisamos o seu original com grande interesse, mas infelizmente não podemos oferecer-lhe um contrato de publicação. O romance tem bons momentos e o estilo é leve, mas em geral parece-nos que há pouca coisa a narrar, e que a história se desenvolve em um ritmo demasiado lento. Mesmo assim, agradecemos a oportunidade de ler o seu manuscrito, que devolvemos em anexo", eu disse.

Geir riu.

— Em primeiro lugar, estou impressionado por saber que você decorou a recusa — ele disse. — Em segundo lugar, estou impressionado por saber que você escreveu um romance. Eu não conheço ninguém que sequer pudesse cogitar uma ideia dessas.

— Não me serve de consolo — eu disse.

Geir soltou vento pela boca.

— Escreva outro!

— É fácil falar — eu disse.

— Pode ser. Eu sou mais ou menos disléxico. Praticamente não li nenhum romance antes de vir para cá. Aliás, o que você me recomenda ler?

— *Dødt løp*, do Erling Gjelsvik, talvez?

— Esse é o melhor romance que você já leu?

— Não, não. Pensei que seria um bom romance para começar.

— Vamos lá. Não me subestime. Qual é o melhor romance que você já leu?

— *Lasso rundt fru Luna*, do Agnar Mykle, talvez? Ou *Pã*, do Knut Hamsun. Ou *Romance com cocaína*, do Agueiév.

— Vou ler o livro do Mykle, já que foi o primeiro que você mencionou. Você já me contou toda a história do *Pã*.

— Menos a parte em que ele se mata no final. Isso eu não contei.

— Ha ha.

— É sério!

— Você quer estragar todo o meu prazer com a literatura? — ele perguntou.

— Todo mundo sabe disso — eu respondi.

— Eu não.

— Bom, agora sabe.

— Mais alguma coisa que eu deva saber, sr. Literato?

— Na verdade, sim — eu disse. — Descobri um negócio umas duas semanas atrás. Eu estava deitado, olhando para a minha estante de livros. Comecei a ler o nome dos autores de trás para a frente.

— Ah, é?

— É. E sabe como fica T. Eliot ao contrário?

— Não.

— Toilet. Só é uma pena aquele S. Se ficasse *antes* do T, formaria Toilets.

— E você disse que pretende estudar letras?

— Disse.

Fez-se um silêncio.

— É uma pena que você esteja se mudando.

— Já estive em Bergen. Já sei o que acontece por aqui. Chegou a hora de experimentar outras coisas.

— Eu pensei em passar um tempo em Istambul a partir do outono — eu disse. — Alugar um quarto e passar um ano escrevendo.

— E por que você não faz isso, então?

Dei de ombros.

— Sinto que tenho assuntos a resolver por aqui. E além do mais não tenho nenhuma ideia para escrever. Ou melhor, simplesmente tudo que tem a ver com a escrita é deprimente. Preciso estudar. E para estudar eu não preciso sair daqui.

— Então vá para Uppsala!

— Não. Que porra eu vou fazer em Uppsala?

— Que porra *eu* vou fazer em Uppsala? Esse é justamente o objetivo. Ir para um lugar onde você não sabe o que vai acontecer.

— Mas não quero que nada aconteça — eu disse. — Sério mesmo.

Larguei a caneca de café em cima de uma caixa e me levantei. A janela de Geir dava para o parque e para o prédio onde eu morava, e um pouco depois se viam o fiorde e as ilhas mais além. O sol estava lá, brilhando laranja-escuro com o céu azul ao fundo, e as árvores do parque projetavam longas sombras estreitas em nossa direção.

— Bem, desejo tudo de bom para você. Escreva primeiro e depois eu respondo, combinado?

— Combinado.

Apertamos as mãos e eu desci os morros até a minha casa. Eu não tinha a menor ideia de que catorze anos se passariam até que voltássemos a nos encontrar quando abri a porta do meu estúdio, aquela lembrança tinha poucos minutos de idade, e eu imaginava que Geir fosse voltar a Bergen ao fim de um ano em Uppsala; embora às vezes eu brincasse com a ideia de abandonar tudo de uma vez por todas, essa não era para mim uma possibilidade real. Eu estava decidido a passar mais um ano em Bergen e *depois* ir para outro lugar.

Reli a carta de recusa. Depois me sentei em frente à salamandra, amassei umas folhas de papel, ateei fogo e comecei a colocar folha atrás de folha nas chamas. Eu tinha três cópias do romance, e queimei duas. A terceira eu daria para Ingvild. Era a última coisa que eu faria em relação a ela. Nada de mais visitas, nada de mais telefonemas, nada de mais idiotices, nada mais. O romance seria minha despedida.

Queimei meus diários na mesma tacada, e então coloquei o manuscrito numa sacola e desci em direção à cidade.

A porta do prédio estava aberta, eu subi até o segundo andar e toquei a campainha, ela mesma abriu.

— Oi! — ela disse. — Que bom te ver.

— Bom te ver também — eu disse.

— A gente está jantando — ela disse. — Sei lá, você quer entrar mesmo assim?

— Pode ser — eu disse.

Entrei, tirei os sapatos, larguei a sacola no corredor e a acompanhei até a sala. Havia oito pessoas ao redor da mesa. O pessoal da república e também amigos. Eu sabia quem todos eram. Mas eles tinham sido convidados, eu tinha simplesmente aparecido, e todos me olharam de um jeito meio forçado.

— Você não quer comer com a gente? — Ingvild perguntou.

Balancei a cabeça.

Seria humilhante receber um pratinho extra no canto, o pratinho extra do visitante não convidado.

— Não, eu só queria falar um pouco com você, mas podemos fazer isso depois.

— Pode ser, então — ela disse.

Senti meu rosto corar, tudo estava errado. Eu tinha chegado, feito minha entrada e estava a ponto de ir embora sem que nada tivesse acontecido.

— Até mais — eu disse, e pude ouvir que eu devia ter soado como um idiota.

— Até mais — os outros disseram.

Ingvild foi atrás de mim.

— Só vou dar uma passada no banheiro — eu disse, indo em direção à porta. Ela entrou na cozinha, eu saí de fininho, peguei a sacola plástica com o manuscrito, fui depressa até o quarto dela, larguei a sacola em cima da cama, tornei a sair e estava calçando os sapatos quando ela tornou a aparecer.

Pelo menos vou fazer uma surpresa, pensei enquanto descia a escada correndo e saía para a tarde quente de verão, com as ruas saturadas de luz do sol, e esse era justamente o objetivo.

A universidade foi um novo começo. E além disso foi uma coisa à qual eu podia me apegar. As aulas eram uma constante, a sala de leitura era uma constante, os livros eram uma constante. Independente do que acontecesse, independente do quão miserável eu me sentisse, eu sempre podia ir à sala de leitura e encontrar um lugar para mim e me sentar para ler pelo tempo que eu quisesse, ninguém poderia dizer nada, ninguém tampouco poderia achar estranho, pois aquela era a própria razão de ser da vida universitária. Comprei um panorama da literatura universal em dois volumes e aos poucos desbravei tudo aquilo, escritor atrás de escritor, de Homero até a década de 1960, tentando memorizar pelo menos uma ou duas linhas a respeito de cada um, a respeito daquilo que faziam. Eu frequentava as aulas, Kittang lecionava uma disciplina sobre a poesia antiga, Buvik sobre a épica antiga, Linneberg sobre o teatro antigo. Em meio a todos aqueles nomes e datas surgiam grandes e empolgantes revelações. Odisseu, que enganava o ciclope dizendo que o nome dele era "ninguém". Ele se perdia, mas ganhava a vida. O canto das sereias. Aqueles que as escutavam também se perdiam, eram atraídos, faziam tudo que era possível para se aproximar delas e morriam. As sereias eram a um só tempo eros e tânatos, o erotismo e a morte, a atração e o perigo. Orfeu, que cantava com tanta beleza que todos aqueles que o ouviam acabavam enfeitiçados e desapareciam para si próprios, Orfeu que desceu ao reino da morte para resgatar Eurídice, e que poderia resgatá-la se não se virasse para ver se ela o seguia, mas no fim ele se virou e a perdeu para sempre. Um filósofo francês chamado Blanchot tinha escrito sobre essa lenda, eu li o ensaio dele a respeito de Orfeu, onde constava que a arte era a força capaz de fazer a noite se abrir, mas que ele queria Eurídice, e que ela era o máximo que a arte poderia alcançar. Eurídice era a segunda noite, Blanchot escreveu.

Essas ideias eram grandes demais para mim, mas eu me senti atraído e tentei alcançá-las, forçá-las para dentro de mim, torná-las minhas, sem no entanto conseguir, eu as via de longe e sabia que o sentido completo me escapava. Devolver o sagrado ao sagrado? A noite das noites? Eu reconhecia a imagem principal, aquilo que aparece e desaparece no mesmo instante, ou a presença simultânea de uma coisa e de outra coisa que a nega, era uma figura que eu tinha observado em muitos poemas contemporâneos, e percebi também um certo desejo criado pelas ideias a respeito da noite, a segunda noite e a morte, mas assim que eu tentava pensar de maneira independente sobre o assunto, ou seja, ultrapassar a forma onde esses pensamentos se originavam, tudo parecia banal e idiota. Era como escalar uma montanha, o pé tem que ir exatamente aqui ou ali, a mão precisa segurar exatamente aqui ou ali, senão ou você fica parado ou escorrega e cai.

O sublime é aquilo que desaparece ao ser visto ou percebido. Essa era a essência do mito de Orfeu. Mas *o que* seria?

Quando eu estava na sala de leitura, que era velha e como que tomada por uma atmosfera sombria, lendo Blanchot durante a tarde, um sentimento completamente novo tomou conta de mim, um sentimento até então desconhecido, que parecia um entusiasmo enorme, como se eu estivesse na presença de uma coisa única, misturado a uma impaciência igualmente enorme, eu *precisava* chegar àquele lugar, e esses dois sentimentos eram tão contraditórios que eu tive vontade de me levantar e sair correndo e gritando ao mesmo tempo que tive vontade de continuar lendo em silêncio. O estranho era que essa inquietude começava a me afligir assim que eu lia um trecho bom, que eu descobria e compreendia, era como se aquilo fosse simplesmente insuportável. Nessas horas com frequência eu me levantava e fazia uma pausa, e enquanto eu caminhava pelos corredores e subia a escada até a cantina no segundo andar, esse entusiasmo e essa impaciência misturavam-se à boca aberta na minha consciência, a consciência de que eu estava sozinho naquele lugar, e assim, com o meu âmago num estado de agitação total e inexplicável, eu comprava um café, escolhia uma mesa e tentava parecer o mais tranquilo possível.

Essa vontade de adquirir conhecimento tinha um certo elemento de pânico, em momentos de revelações repentinas e terríveis eu compreendia que no fundo não sabia nada, e que havia pressa, eu não tinha um segundo a perder. Mas era quase impossível conciliar essa velocidade à lentidão exigida pela leitura.

No meio de setembro viajei a Florença com Yngve, pegamos o trem rumo ao sul e passamos quatro dias na Pensione Palmer, não muito longe da catedral, onde eu já tinha me hospedado no verão anterior durante a minha viagem de carona com Lars. Não conversamos muito sobre o que tinha acontecido entre nós, simplesmente pulamos aquilo tudo, nós éramos irmãos, esse laço era mais forte do que qualquer outra coisa, mas assim mesmo nosso relacionamento estava mudado, principalmente no que dizia respeito a mim, eu havia perdido meus últimos resquícios de naturalidade, tinha consciência de tudo que era dito e de tudo que era feito quando estávamos juntos. As pausas que surgiam eram sempre dolorosas, afinal nós éramos irmãos, devíamos ser capazes de conversar e rir despreocupadamente, mas de repente se fazia um silêncio, e então eu ficava pensando em uma coisa natural que eu pudesse dizer para quebrar o silêncio. Um comentário sobre uma banda? Um comentário a respeito de Asbjørn ou um dos outros amigos dele? Um comentário sobre futebol? Um comentário a respeito das coisas ao nosso redor, de uma cidade por onde o trem houvesse passado, um interlúdio na rua defronte à janela do pensionato, uma mulher bonita que tivesse entrado no bar onde estávamos? De vez em quando a estratégia funcionava, às vezes falávamos por exemplo sobre as diferenças entre as garotas norueguesas e as garotas que estávamos vendo naquele lugar, onde todas pareciam elegantíssimas, não apenas nas roupas, que incluíam jaquetas justas e casacos curtos, botas de cano alto e cachecóis chiques, mas também na maneira como andavam, com passos calculados e elegantes, em um contraste gritante com a maneira como as nossas garotas andavam, com passos no estilo Fjällräven, que não incluíam nada além do movimento, com o corpo levemente inclinado para a frente, como se estivessem sempre a postos para uma pancada de chuva, ligeiras, apressadas, sem nenhum extra, o importante era não parar! Ao mesmo tempo a visão dessas mulheres italianas, porque garotas parecia ser uma palavra equivocada, também era deprimente, pois estavam muito acima de nós, completamente fora do nosso alcance, uma vez que também fazíamos parte do mesmo universo sem nenhuma sofisticação no qual as garotas norueguesas viviam, bastava olhar de relance para os italianos, que eram tão elegantes e arrumados quanto as contrapartes femininas, que conheciam todos os truques possíveis e imagináveis, e que além de tudo as cortejavam com um refinamento que não conseguiríamos atingir nem depois de um ano inteiro treinando dia após dia, nem depois de seis anos estudando elegância e refinamento na universidade nós jamais chegaríamos sequer perto deles.

— Eu tinha vinte e dois anos quando comi um bife pela primeira vez — disse Yngve quando estávamos num café ao ar livre tomando um expresso, que sabíamos que devia ser tomado de pé, mas que assim mesmo tomamos sentados. Sendo noruegueses, podíamos igualmente beber o café de cabeça para baixo.

— Eu achava que bife e costeleta eram a mesma coisa — ele disse.

— E não são? — eu perguntei.

Ele riu e achou que eu estava brincando.

— Eu nunca comi bife — eu disse. — Por outro lado, eu só tenho vinte anos.

— É mesmo? — ele disse. — Nesse caso vamos comer bife hoje à noite. Está decidido.

Enquanto o outono havia chegado em Bergen, Florença tinha um clima quente de verão. Ao meio-dia o sol queimava mesmo quando o céu estava encoberto, e os únicos amarelos na vegetação eram resultado do clima seco. Entramos na Galleria degli Uffizi, andamos pelos corredores intermináveis olhando as pinturas, todas praticamente iguais, vimos o Davi de Michelangelo e outras obras inacabadas, que davam a impressão de que as figuras tentavam soltar-se dos blocos de mármore que as aprisionavam. Andamos pela enorme catedral, subimos as escadas e ficamos sob o domo, continuamos ao longo de um corredor estreito e chegamos à parte superior, com toda Florença abaixo de nós, bebemos café em pequenos cafés, tomamos sorvete e tiramos fotografias um do outro, Yngve em particular estava muito entusiasmado, eu parava em frente a todos os muros que eu via pela frente e posava com os meus Ray-Bans pretos, vestido de preto, com calças folgadas e camisas com estampas variadas. Era em Manchester que tudo estava acontecendo naquele instante, e se isso tinha passado despercebido na Itália, não tinha passado despercebido em Bergen. Primeiro eu tinha lido a respeito do Stone Roses, depois escutado a banda em uma loja de discos, mas o som era meio estranho, pensei, eu não estava convencido de que aquilo era bom, mas o Yngve comprou o disco, falou que era uma banda famosa, e eu também acabei comprando e concordando. Passei a gostar cada vez mais. O estranho foi que tinha acontecido exatamente a mesma coisa com o The Smiths, eu havia escutado o disco de estreia deles em Kristiansand depois de ler uma reportagem na NME, achei que aquilo era muito esquisito, mas depois a febre chegou à Noruega e a banda parou de soar de um jeito estranho para soar do jeito certo.

Ficamos andando por aquela cidade tão bela quanto cheia de vida, repleta de pessoas e pequenas cenas, ciclomotores e palácios; à noite voltamos para casa, trocamos de roupa e fomos a um restaurante. Era um restaurante chique, me senti desconfortável, não gostei de falar com os garçons, não gostei de ser servido, não gostei de ser visto, eu não sabia o que fazer nas diferentes situações que surgiam, que iam desde a maneira correta de provar o vinho até o que fazer com o guardanapo que ficava em cima do prato, mas por sorte Yngve se encarregou de tudo, e logo estávamos cada um comendo um bife e tomando vinho tinto.

Depois fumamos, bebemos grapa, que era tão ruim quanto aguardente caseira, e conversamos a respeito do nosso pai. Esse era um assunto frequente, nós contávamos pequenos episódios que havíamos passado com ele e discutíamos o que estava acontecendo naquele momento, a vida do nosso pai no norte da Noruega, que não era muito distante de nós, mesmo que o encontrássemos apenas duas vezes por ano e falássemos com ele talvez uma vez por mês ao telefone, porque ele ainda dominava nossos pensamentos. Yngve o odiava mais do que eu, ou pelo menos parecia completamente irredutível em relação a ele, não queria nem saber se o nosso pai tinha mudado e queria ser outra pessoa em relação a nós, não era verdade, ele era a mesma pessoa, não fazia nada por nós, não tinha o menor interesse em nós; e se demonstrava outra coisa era simplesmente porque tinha enfiado na cabeça que as coisas deviam ser daquele jeito, e não porque as coisas realmente fossem daquele jeito. Eu concordava, mas assim mesmo era bem mais fraco; falava com o nosso pai no telefone, tentava chamar a atenção dele e tinha mandado cartas para ele com fotografias da Skrivekunstakademiet, mesmo desejando *na verdade* que ele não existisse, enfim, que morresse.

Fraco, essa era a palavra.

Eu era fraco em relação a Yngve. Quando se fazia um silêncio, eu sentia como se fosse minha falta e minha responsabilidade. Eu sabia que Yngve não pensava assim, ele não se importava com essas interrupções, não se preocupava em preenchê-las a qualquer custo, porque tinha confiança em si. Era por esse mesmo motivo que ele tinha amigos e eu não. Yngve se comportava

267

de maneira natural, não abria espaço para o mundo inteiro em cada coisa que dizia ou fazia, e assim nada estava em jogo quando por exemplo ele saía com Asbjørn numa manhã de sábado para dar uma volta pela cidade, talvez passar umas horas sentado num café, ao passo que quando eu fazia qualquer coisa parecida, o tempo inteiro tudo se revestia de uma importância enorme, e assim cada movimento em falso, cada pequena dissonância trazia reflexos potenciais em todo o meu destino, de maneira que eu me sentia obrigado, ou obrigava-me a mim mesmo, a adotar um certo silêncio. No fim *o silêncio* acabava por caracterizar a situação, e quem gostaria de ter isso na sua vida? Quem aguentaria fazer companhia a tanta falta de jeito e a tanta falta de naturalidade? Como eu não desejava mal nenhum às pessoas, o melhor era manter-me afastado, ou então ficar ao abrigo de Yngve, sob aquele manto de sociabilidade.

A mesma falta de naturalidade me caracterizava também quando eu estava ao lado dele, mas nesse caso havia uma diferença decisiva, porque o nosso laço não dependia das conjunturas da situação; por mais estúpido que eu parecesse, eu continuava sendo o irmão dele, Yngve não tinha como escapar disso, e talvez nem quisesse. O copo que eu havia jogado no rosto dele dava-lhe uma vantagem, me colocava para sempre abaixo dele, o que no fundo eu achava razoável e justo.

Pagamos e saímos rumo à noite italiana, eu estava levemente embriagado e feliz, começamos a procurar um lugar agradável, por fim encontramos um, era um lugar recém-aberto e estava praticamente vazio, mas a música era boa, e de qualquer jeito não conhecíamos ninguém na cidade. Tínhamos pensado em pedir uma bebida e ir embora, mas os garçons foram muito amistosos, queriam saber a respeito da Noruega e de Bergen, nos perguntaram de que tipo de música gostávamos, e pouco depois o som do Stone Roses começou a ribombar nas caixas de som. Ficamos sentados, cada vez mais bêbados, e todas as inibições, todos os limites, todos os silêncios e todas as afetações se dissolveram dentro de mim, eu estava sentado num bar com o meu irmão e nós conversamos sobre tudo o que nos dava na telha, rimos e nos divertimos.

— Nenhum dos seus amigos sabe *fazer* nada — eu disse. — Só você. Você toca guitarra e compõe. Não entendo por que você não forma uma banda e não começa a tocar de verdade. As suas músicas são boas.

— Você acha mesmo? — ele perguntou.

— Claro — eu disse. — Os outros *falam* de música e de bandas. Mas não é o bastante para você, certo?

— Não, claro que eu quero tocar. Mas eu preciso encontrar outras pessoas.

— O Pål toca bem, não toca?

— Toca. São dois. Se você quiser tocar bateria, três. Mas também precisamos de um vocalista.

— Existem vinte mil estudantes em Bergen. Deve ter um que saiba cantar bem, não?

— Vou ver o que posso fazer.

Já não precisávamos ir ao bar fazer nossos pedidos, porque os garçons vinham até nós com novas bebidas no mesmo instante em que esvaziávamos os nossos copos, brincavam com a gente e pediam mais sugestões de bandas para tocar. Nos levantamos para ir embora com as pernas cambaleantes. Mas assim mesmo conseguimos voltar para casa, falamos sobre a nova banda, apagamos a luz e dormimos até tarde na manhã seguinte.

À tarde voltamos para aquele lugar incrível. Dessa vez havia uma multidão de gente, e os garçons não nos reconheceram. Era impossível acreditar que realmente não se lembrassem de nós, porque não tinha mais ninguém por lá durante a nossa primeira visita, que tinha acontecido na noite anterior, então deviam estar fingindo. Mas por quê? Pedimos uma cerveja cada um, bebemos e fomos embora, queríamos ir a uma discoteca recomendada pelo nosso guia de viagem, a discoteca ficava à beira do rio, então fomos seguindo pela margem, ao longo de uma avenida larga, cada vez menos movimentada à medida que nos aproximávamos do lugar. Começou a chover, as ruas brilhavam sob a luz, ao nosso lado o rio corria devagar em meio à escuridão, não se via ninguém. Já devíamos ter avistado a discoteca há um bom tempo, disse Yngve. Talvez a gente tenha passado, eu disse. Tínhamos percorrido uns três quarteirões e demos meia-volta. Fazia tempo que o efeito da bebida tinha passado. A chuva caía forte e constante. As luzes do morro na outra margem do rio pareciam flutuar. Encerramos nossa conversa, caminhar já era o suficiente. Meia hora mais tarde Yngve parou. Um pouco mais abaixo havia uma plataforma com uns fios correndo por cima e lâmpadas apagadas balançando devagar, e junto à borda havia pilhas de cadeiras. Será que não é aqui?, disse Yngve. Aqui?, eu disse. É, estamos meio fora da temporada. Mas tudo bem, vamos para casa dormir.

* * *

Dois dias mais tarde descemos na estação de Bergen, a cidade-funil, e foi bom chegar de volta, tudo parecia familiar e conhecido, meu lugar no mundo. Foi durante o entardecer, e eu sabia que não daria muito certo ir para o meu estúdio e ficar sozinho depois de uma semana inteira em boa companhia, então fui à casa de Yngve e Asbjørn, onde abrimos nossa garrafa de uísque e começamos a beber. Asbjørn disse que infelizmente tinha uma notícia ruim para nos dar. Ah, é?, eu disse, olhando para ele. É. A vó de vocês morreu. É sério? Ela morreu mesmo? Sim, a mãe de vocês ligou quando vocês estavam a caminho da Itália. Ela disse quando vai ser o enterro? Disse, mas já passou. Ela disse que não teria como entrar em contato com vocês.

Enchemos a cara e fomos ao Hulen, era um dia útil e portanto não havia muita gente, ficamos em volta do bar bebendo, e quando o lugar fechou voltamos para casa e continuamos. A atmosfera estava boa, era como se eu estivesse no meio de uma tempestade de pessoas e acontecimentos. A certa altura eu vesti um uniforme do Super-Homem e fiquei bebendo uísque com capa vermelha e tudo, ou então pulando no ritmo da música. Era uma festa, eu sentia como se o apartamento estivesse cheio de gente, eu andava de um lado para o outro, batucava na geladeira, bebia, trocava o disco, cantava junto, falava com Yngve e Asbjørn, sempre com aquela fantasia incrível de Super-Homem, até que de repente tudo virou, como uma maré forte, deixando para trás somente os fatos objetivos: apenas eu, Yngve e Asbjørn estávamos lá. Não havia mais ninguém. A festa estava na minha cabeça. E a minha avó, a minha avó tinha morrido.

Mesmo que a música continuasse, foi como se tudo de repente ficasse em silêncio. Afundei o rosto nas mãos.

Ahhhhh.

— O que foi, Karl Ove?

— Nada — eu disse, porém meus ombros se convulsionaram e as lágrimas escorreram pelo meu rosto, deixando meus dedos molhados.

Eles desligaram a música.

— O que foi? — eles tornaram a perguntar.

— Não sei — eu disse, olhando para eles. Eu comecei a soluçar, não havia como me conter. — Não foi nada.

— Você quer dormir aqui? Acho que seria bom — disse Asbjørn.

Fiz um gesto afirmativo com a cabeça.

— Deite-se no sofá. Já é tarde.

Fiz como eles haviam dito, me deitei no sofá e fechei os olhos. Um deles me tapou com um cobertor de lã, e então adormeci.

Na manhã seguinte tudo estava bem mais uma vez, a não ser pelo meu constrangimento em relação ao ocorrido, em relação a ter chorado na frente deles. No caso de Yngve eu ainda poderia admitir, mesmo que não fosse nada bom, mas chorar na frente de Asbjørn?

E aquele uniforme estúpido de Super-Homem!

Tirei aquilo de mim, tomei uma caneca de café com os dois na sala, Asbjørn criticou Yngve por nunca guardar o leite depois de usá-lo, porque afinal era uma droga chegar em casa com vontade de tomar um copo de leite e descobrir que estava morno como mijo.

Eu sorri e disse que os dois pareciam um casal. Eles não gostaram do comentário. Fui até Møhlenpris com minha antiga valise, entrei em casa, tomei banho. Com os cabelos ainda úmidos e uma camisa que grudava nos ombros e no peito eu me sentei e comecei a ler. Eu havia chegado ao fim do século XVIII, que era repleto de poetas e romancistas ingleses, dramaturgos franceses, dentre os quais eu sabia que Racine era o mais importante, e também alguns filósofos e missivistas. Fechei os olhos e tentei recordar o nome de uma obra de cada um, avancei rumo ao século XIX, deixei o livro de lado, peguei as folhas com as ementas das disciplinas, eu tinha aula durante a tarde e resolvi comparecer. Era uma aula de teoria literária moderna, e eu peguei os textos e comecei a ler partes escolhidas ao acaso antes de me pôr a caminho. Stanley Fish. Esse era outro nome. E Harold Bloom. Meu nome é Peixe. Não diga! O meu é Flor. E aquele é Paul the Man, o sr. o conhece? Claro, sou um grande fã de Paul the Man.

Isso era um texto!

Sou um grande fã de Paul the Man.

Quando terminei de escrever, coloquei meus livros e um caderno de anotações numa sacola e fui à universidade. O chão do parque estava seco, o céu estava cinza, as folhas nas árvores tinham uma coloração verde-pálida e amarelada. Um bando de viciados estava sentado debaixo de uma árvore, eu dei uma volta para não vê-los e não ser chamado, tudo a respeito deles me enchia de um profundo desconforto, desde as vozes altas e os movimentos agressivos quando não estavam dopados até a indolência total, que parecia inumana, eles ficavam lá sentados ou deitados sem nenhum contato com o mundo, mas assim mesmo de olhos abertos, olhos nos quais não se podia ler nada. E além de tudo havia também as agulhas, as tiras de couro, as caixinhas de milkshake ou de achocolatado, os pães doces e os sacos plásticos jogados ao redor, e as próprias roupas deles, sujas, esfarrapadas, como se tivessem passado muitos anos sem qualquer tipo de contato com outras pessoas, hibernando nas profundezas de uma floresta após a queda de um avião, talvez, com uma única muda de roupa. Eles viajavam, mas não viviam. E queriam somente aquilo, viajar, e não viver.

Deixei-os para trás e cruzei o portão, passei ao lado do Studentsenteret, subi o morro e tomei a estradinha de cascalho que seguia ao longo do jardim botânico até a passagem entre o Sjøfartsmuseet e a Universitetsbiblioteket, passei ao lado do prédio da Humanistiske Fakultet e atravessei o portão da Sydneshaugen Skole, quando então parei, larguei minha sacola no chão entre os meus pés e acendi um cigarro.

Mais além, ao lado da escada, um dos meus colegas também fumava. Ele olhou para mim de pronto e em seguida deixou o olhar correr para longe. O nome dele era Espen, eu sabia, ele tinha vindo direto do colegial, e mesmo que não tivesse dito muita coisa nas vezes em que eu estava por perto, eu sabia que ele tinha uma inteligência quase assustadora. Uma vez tinha falado a respeito de Beckett com Ole, um outro colega, e aquilo tinha me impressionado demais, mesmo que eu fosse dois anos mais velho. Ele tinha cabelos escuros e compridos, às vezes presos num rabo de cavalo, olhos castanhos, óculos, era magro, andava com um casaco de couro marrom, na maioria das vezes com um blusão de tricô por baixo, de vez em quando chegava para as aulas de bicicleta e volta e meia passava longos períodos na sala de leitura. Ele parecia tímido, sempre em alerta, mas não desconfiado, era mais como os bichos quando estão em alerta.

Peguei minha sacola e fui até onde ele estava.

— Você vai assistir à aula? — eu perguntei.

Ele sorriu, meio que para si mesmo.

— Era o que eu estava pensando — ele disse. — E você?

— Era o meu plano. Mas agora que cheguei eu perdi a vontade. Acho que vou me sentar e ler um pouco.

— O que você está lendo?

— Um pouco de tudo. Nada de especial. Stanley Fish.

— Ah.

— E você?

— Estou lendo Dante. Você já leu?

— Ainda não. Mas pretendo ler. É bom?

— É — ele disse.

— Sei.

— O Mandelstam escreveu um ótimo ensaio sobre A *divina comédia*.

— É mesmo?

— É.

— Talvez eu resolva dar uma olhada então. Mandelstam, você disse?

— Isso. Vale a pena. O ensaio é meio difícil de conseguir, mas eu posso fazer uma cópia para você, se você quiser.

— Claro — eu disse. — Seria ótimo.

Eu sorri, joguei meu cigarro no chão e pisei em cima dele.

— Nos falamos depois, então — eu disse, entrando no antigo prédio.

No caminho de volta eu liguei para a minha mãe. Por sorte a encontrei em casa. Perguntei como ela estava, ela disse que bem, mas que ainda não tinha se acostumado à ideia de que a minha avó não estava mais com a gente. Tinha acontecido muito depressa. Ela foi diagnosticada com uma inflamação pulmonar e poucos dias mais tarde soltou o último suspiro. Foi na clínica geriátrica, para onde a haviam levado no fim do verão, não havia mais como mantê-la em casa, a situação dela exigia mais cuidados e mais atenção do que ela podia receber na fazenda. O fato de que tinha acontecido tão depressa talvez estivesse ligado ao fato de que ela não estava mais em casa, não havia nada que a segurasse mais um pouco, como o ambiente da casa onde havia morado por mais de quatro décadas certamente devia ter feito. Mas Kjartan tinha estado ao lado dela na hora da morte, e ela não demonstrara nenhum medo.

Notei que a minha mãe estava triste, mas eu não sabia como tocar no assunto. Ela quis falar sobre a nossa viagem, eu disse apenas que tinha sido boa, não consegui entrar em detalhes, afinal estávamos cambaleando bêbados pela Itália enquanto nossa avó morria, era uma situação bastante inapropriada da qual minha mãe não precisava tomar conhecimento. Combinamos que eu apareceria em umas poucas semanas para visitar o túmulo, minha avó tinha sido enterrada no antigo cemitério no outro lado do fiorde, o lugar era bonito, minha mãe disse, e aquele era um pensamento reconfortante.

Desligamos, eu fui para casa em meio à escuridão cada vez mais densa, me deitei e fui ler Mark Twain, um autor mencionado por Ragnar Hovland, mas de vez em quando eu retornava à realidade, ou seja, à escuridão que rodeava o minúsculo ponto de luz na minha luminária de leitura, ao tecido do travesseiro azul-claro, aos pensamentos a respeito da minha avó, a primeira pessoa próxima a mim que havia morrido. Era incompreensível. Mas ela enfim tinha descansado. Ela tinha sofrido muito, e enfim havia descansado. Continuei a ler, tendo os pensamentos a respeito dela sempre na sombra da minha consciência, de vez em quando esses pensamentos se revelavam, ela tinha morrido, ela não existia mais, a minha avó, minha avó querida. Eu não a tinha conhecido, mas o que significa conhecer outra pessoa? Eu sabia quem ela era, o que ela representava para mim, e tinha sabido desde a minha infância. E era esse o sentimento que me preenchia naquele instante, a presença repleta de ternura, o olhar dela. Que desespero pensar que havia deixado o mundo para trás apenas porque o corpo não a obedecia mais, porque o corpo negava-lhe o que havia de mais elementar.

Eu precisava escrever a respeito disso, precisava escrever a respeito dela. Me levantei, sentei-me em frente à escrivaninha só de cueca e escrevi um texto.

O SILÊNCIO

Com os olhos longe dos dias
você aos poucos esmaece
Com os pensamentos como espelhos
eu perco o controle
Percebo-te em mim

Noites doces caem em mim
A escuridão adentra meus olhos
Quero voar
Quero crer em milagres
Percebo-te em mim

Evito a luz e a sombra
Quem sabe o que você vê
Quem sabe o que pode acontecer
O silêncio, o silêncio
cresce depressa

Os dias se perdem, desaparecem
Sem deixar rastros
Estou sempre acordado, à espera
Percebo-te em mim
Percebo-te em mim

Evito a luz e a sombra
Quem sabe o que você vê
Quem sabe o que pode acontecer
O silêncio, o silêncio
cresce depressa

No dia seguinte Espen se aproximou de mim na sala de leitura com o ensaio de Mandelstam. Tomamos um café, falamos um pouco sobre as aulas, sobre uns textos que haviam despertado o nosso interesse, eu fiz perguntas a ele, de onde vinha, o que fazia, e contei que eu havia frequentado a Skrivekunstakademiet. Ele disse que sabia disso. Espen segurava a xícara com as duas mãos, porém não em um abraço, era mais como se fosse uma constatação efetivada pelas mãos, aqui temos uma xícara, enquanto mantinha a cabeça levemente curvada ao lançar um olhar enviesado em direção à mesa. Quando se sentava daquele jeito, era como se cancelasse toda a situação, que parecia deixar de existir. Havia uma força enorme nele, que me atingia diretamente no âmago, será que eu tinha feito um comentário desinteressante? Um comentário aborrecido? Um comentário estúpido?

Depois ele olhou depressa para o relógio, sorriu e disse que esperava que eu gostasse do ensaio, e que gostaria de falar comigo sobre aquilo mais tarde.

Voltamos para a sala de leitura, comecei a ler o livro de Olof Lagercrantz sobre Dante e fiquei lá sentado até de tarde, quando saí para almoçar na cantina. Era sexta-feira, nesse dia o cardápio era sempre arroz-doce.

Em uma das mesas no segundo andar estava Ann Kristin. Ela sorriu ao me ver e eu fui até ela com a minha bandeja de arroz-doce, suco e café nas mãos.

— Oi, Karl Ove! — ela disse. — Quanto tempo. Sente-se! Esse é o Rolf.

Ela fez um gesto de cabeça em direção ao homem sentado no outro lado da mesa.

— Então você é o Karl Ove! — ele disse. — O seu pai foi meu professor no colegial. O melhor professor que eu já tive. Ele era simplesmente incrível.

— É mesmo? — eu disse. — Onde?

— Em Vennesla.

— Claro — eu disse enquanto me sentava, erguia o prato de arroz-doce, a xícara de café e o copo de suco, empurrava a bandeja para o lado e começava a comer.

— O que ele está fazendo agora?

— Trabalhando no norte. Ele se casou de novo e teve uma filha.

— Uma clássica crise de meia-idade — disse Ann Kristin. — Aliás, eu ouvi dizer que você andou pela Itália com o Yngve.

Fiz um gesto afirmativo com a cabeça enquanto engolia.

— A gente visitou Florença.

— Pena que vocês não puderam ir ao enterro.

— É. Como estava?

— Foi uma cerimônia bonita e digna.

Ann Kristin era a filha mais velha de Kjellaug, a irmã da minha mãe, e irmã de Jon Olav. Durante a nossa infância ela estava sempre na companhia de Yngve e eu na companhia de Jon Olav, e esse arranjo tinha se estendido à nossa época de estudante, pelo menos durante os primeiros tempos, quando Yngve e Ann Kristin tinham muito em comum. Mas depois os dois acabaram se afastando, talvez por causa de um episódio em particular, mas eu não sabia de nada, sabia apenas que os dois já não se viam mais a não ser em nossos encontros em família.

Ann Kristin era muito decidida e às vezes chegava a parecer brusca, particularmente em relação a Jon Olav, mas ela não tinha receio de falar também comigo sem papas na língua, embora eu não sentisse medo daquilo, era uma coisa que ocorria apenas na superfície, no fundo ela era gentil e muito atenciosa com os outros. Eu gostava dela, sempre tinha gostado.

E aquele Rolf, seria um namorado?

— Você também estuda russo? — eu perguntei.

Rolf acenou a cabeça.

— Nos conhecemos durante as aulas.

— O Rolf é o menino-prodígio do nosso curso — disse Ann Kristin.

— Não era você que só tirava a nota máxima no colegial, era? Lembro que uma vez o meu pai falou de um aluno assim.

— Lamento informar que era eu mesmo — ele disse com um sorriso.

— Você também era o aluno favorito dele — eu disse.

— O que mais você esperava? — Ann Kristin perguntou. — Claro que os professores gostam dos alunos que só tiram a nota máxima.

— Não o meu pai — eu disse para lisonjeá-lo.

— Mande um abraço meu para ele — disse Rolf.

— Pode deixar — eu disse.

— E como anda o Yngve? — perguntou Ann Kristin. — Faz tempo que eu não vejo ele. Ele ainda está com aquela menina, como era mesmo o nome dela...?

— A Ingvild?

— É.

— Não, eles terminaram na primavera — eu disse.

— Ela era muito parecida com a mãe de vocês.

— Você acha?

— Você nunca percebeu?

— Não. Eu não acho que as duas se pareçam tanto assim — eu disse.

— Abra os olhos, Karl Ove. As duas são iguais!

Ela sorriu e olhou para Rolf, que arqueou as sobrancelhas e pegou a jaqueta que estava no espaldar da cadeira.

— Você consegue se virar sozinho, né? — Ann Kristin disse para mim. — Ou a gente precisa ficar aqui cuidando de você?

— Acho que consigo — eu disse. — Mas foi bom encontrar vocês! Nos vemos por aí.

Eles saíram pela porta do segundo andar, de onde partiam corredores para as outras partes do prédio, e eu fiquei sentado comendo o meu arroz--doce sozinho.

No domingo encontrei Gunvor. Foi por acaso, eu estava com Yngve, que tinha acabado o expediente, e havíamos saído para beber uma cerveja, ele encontrou uns conhecidos, fomos para a casa de um deles, o pessoal acendeu velas, serviu chá, colocou uns discos de música relaxante para tocar. Eu estava sentado num pufe com vontade de ir embora quando uma garota sentou-se ao meu lado. Ela era baixa, tinha cabelos loiros, um narizinho pequeno e olhos bonitos e suaves. A energia dela era enorme, a essência era de vencedora.

— Quem é você? — ela perguntou.

— Sou o irmão do Yngve — eu disse.

— Bem, isso não me diz muita coisa. Quem é o Yngve?

— Aquele cara que está lá flertando com as outras garotas.

— Ah! Eu também não o tinha visto antes. Mas não é difícil perceber que vocês dois são irmãos!

— É verdade — eu disse.

— O que você está fazendo aqui em Bergen?

— Cursando letras.

— Você gosta do Ragnar Hovland? Ele é o meu escritor favorito! *Sjølvmord i Skilpaddekafeen*, só esse título já é demais!

— É, ele é engraçado. E você, estuda o quê?

— Administração. Mas vou começar o curso de história depois do Natal.

— História? Eu também consigo me imaginar estudando história.

Ela era aberta, mas não de maneira ingênua, não era como se revelasse coisas que não imaginava ser, ela simplesmente era segura de si.

Os outros começaram a ir embora, ficamos os dois sentados conversando, foi uma noite daquelas em que era possível dizer qualquer coisa, e isso é importante, porque faz com que surja uma atenção recíproca. Ela vinha do interior de Vestlandet, tinha dois irmãos e uma irmã, adorava cavalgar, especialmente em cavalos islandeses, tinha trabalhado em uma fazenda islandesa e falava islandês fluente. Eu pedi que ela dissesse qualquer coisa em islandês, ela disse, Þat er ekki gott að vita, hver Karl Ove er! Eu ri, porque tinha conseguido entender. Ela disse que os cavalos islandeses tinham dois andamentos a mais, e eu ri mais uma vez, para mim era difícil entender que alguém pudesse ser tão apegado aos bichos. Experimente cavalgar um dia e você vai entender, ela disse.

Ficamos lá até que o dono do apartamento resolveu se deitar. Depois ela me acompanhou até em casa, passamos o tempo inteiro conversando, talvez meia hora em frente à porta, até que ela me perguntou se poderíamos nos ver outra vez, e eu disse que sim, que eu gostaria muito.

— Amanhã?

— Claro, pode ser.

— Vamos ao cinema?

— Vamos!

Ela se despediu, eu me deitei e parecia estar estranhamente à vontade.

Duas semanas mais tarde ela se virou na escada quando estava em frente à porta de casa.

— Agora estamos namorando, não estamos, Karl Ove?

— Estamos — eu disse. — Quer dizer, pelo menos eu estou!

Tínhamos passado quase todas as tardes juntos desde o nosso primeiro encontro.

Na casa dela, na minha casa, no Opera, no Fekterloftet, em longas caminhadas pelas ruas de Bergen. Nós conversávamos muito, uma tarde nos beijamos e depois passamos a noite juntos, mas sem que nada acontecesse, ela queria esperar, queria ter certeza. Você pode ter certeza, eu disse, porque o meu corpo doía de tesão, o tempo inteiro, eu chegava a andar meio torto ao lado dela, mas não, o tempo estava do nosso lado, o tempo era nosso amigo. Amigo da onça, eu disse, vamos lá, que mal pode fazer? Não, não faria mal nenhum, mas ela queria esperar, afinal não me conhecia direito. Mas eu já mostrei tudo para você! Não há mais nada para ver! Eu não sou muita coisa! Ela riu e balançou a cabeça, eu teria que esperar. Ao lado daquele corpo nu e quente!

Era uma notícia dura, mas tudo mais era como uma febre, como um sonho, ela ia e vinha, e o resto era um estupor, uma coisa sem nenhuma importância, era ela que conferia forma e peso ao mundo, ela, Gunvor, a minha namorada.

Jon Olav tinha se mudado para um apartamento grande, próximo ao cinema, e eu já a tinha apresentado a ele havia bastante tempo, ele passaria uns dias fora, será que poderíamos usar o apartamento se a gente quisesse? Claro. Passamos dois dias inteiros lá, saíamos apenas para buscar comida, não conseguíamos nos separar um do outro, mas assim mesmo ela não queria, ainda não me conhecia bem o suficiente.

A irmã mais nova de Gunvor e o namorado dela nos convidaram para visitá-los em Hardanger, onde moravam em uma casa grande e antiga. Pegamos o ônibus, estava escuro, a paisagem do outro lado da janela estava branca com a neve iluminada pelo luar, e acima de nós, cintilando no céu, havia miríades de estrelas. Fazia menos vinte graus, a neve rangia enquanto subíamos os morros, o vento frio queimava nossos pulmões, a pele do nosso rosto se enrijecia e ao nosso redor tudo estava em silêncio.

Eles tinham acendido a lareira, preparado o jantar, sentamo-nos todos à mesa para conversar e beber vinho tinto, eu estava feliz. Dormiríamos em um quartinho no sótão, o lugar era gelado, mesmo debaixo das cobertas, e meu tesão era tão grande que eu já não sabia mais o que fazer, eu me agarrava a ela, beijava aqueles peitos lindos, aquela barriga linda, aqueles pezinhos lindos, mas não, eu tinha que esperar, ela ainda não me conhecia bem o suficiente, ainda não sabia quem eu era.

— Eu sou o Karl Ove Knausgård, e eu quero você! — eu disse.

Gunvor riu e se aconchegou em mim com o corpo macio e gracioso e o olhar terno, e ela era minha.

Mas não por completo, não por inteiro, ainda éramos dois, e não um só.

Não li muita coisa ao longo dessas semanas. Não me parecia importante, mas assim mesmo ela ia à universidade todos os dias, então eu fazia a mesma coisa, acima de tudo para manter as aparências, as frases não tinham muito significado para mim, porque tudo parecia fluir ao meu redor, tudo parecia aberto e indefinido, até que ela voltasse e mais uma vez transformasse o mundo em um lugar nítido e sólido. Ela, Gunvor, a minha namorada.

Espen me procurou num dos intervalos, perguntou se eu já tinha lido o ensaio de Mandelstam, não, eu tinha pensado em ler A *divina comédia* primeiro, ele achou que seria uma boa ideia.

— Que edição você está lendo? É a versão em *nynorsk*? Eu bem que tentei, mas o estilo me pareceu tão arcaico que o livro acaba praticamente ilegível. No fim comprei uma tradução sueca. É muito boa.

— Eu comprei a tradução para *nynorsk* — eu disse. — Tenho que ver.

O olhar dele, que até então parecia aberto e ingênuo, de repente tornou-se duro e introvertido, e ele olhou para o chão à nossa frente.

Com a velocidade de um raio, repeti mentalmente tudo que tinha sido dito durante aquela conversa. Após um breve intervalo durante o qual nenhum de nós disse mais nada, Espen me encarou.

— Você não quer aparecer em Alrek uma tarde dessas? Para a gente jogar xadrez ou fazer outra coisa juntos? Aliás, você joga xadrez?

— Eu sei as regras — disse. — Mas não posso dizer que sei jogar.

— Você pode treinar um pouco — ele disse.

— Claro — eu disse. — Mas de um jeito ou de outro eu apareço uma hora dessas.

Deixamos combinado para a tarde seguinte. Na sala de leitura eu peguei a tradução da *Divina Commedia* e comecei a ler sem tomar notas, o que fosse importante eu lembraria de qualquer maneira. Eu sabia mais ou menos o que me esperava porque tinha lido um terço do livro de Lagercrantz a respeito de Dante, e assim tinha uma ideia bastante clara a respeito. Mas apesar disso eu não estava preparado para a sensação de tempo causada pelas páginas iniciais, para o fato de que aquele não era um texto *sobre* o século XIV, mas de fato *remontava* àquela época, fazia *parte* daquela época, da qual eu também podia fazer parte *naquele momento*.

Deixai fora toda esperança, vós que entrais.

O portão do inferno, na Páscoa de 1300. Dante se perdeu no meio da vida e pretende salvar-se vendo tudo.

Ele há de ver tudo, para assim salvar-se.

Mas no início do primeiro canto ele não estava perdido na vida, mas na selva, e os animais que o atacavam não eram o pecado ou a traição, mas predadores de carne e osso, que rosnavam e arreganhavam os dentes. O inferno não era um estado da alma, a entrada realmente estava lá, em pleno mundo, no fundo de um precipício, rodeado em todos os lados por florestas e terras devastadas.

Eu compreendia que o texto das notas de rodapé, que explicava o que significavam os diferentes animais e lugares e acontecimentos, era bastante real, mas o que havia de único naquela abertura, que eu sentia em cada célula do meu corpo, como uma fome e um anseio, era o aspecto concreto, corpóreo e material, e não as sombras rumo ao mundo das ideias. Havia uma comparação feita com um navio num estaleiro em Veneza, e de repente, com uma força enorme, compreendi que Dante havia se concentrado em um lugar qualquer para escrever aquilo, talvez olhando para o nada em busca de uma comparação adequada, e então se recordado de um estaleiro que certa vez tinha visto, em Veneza, e que *ainda existia quando escreveu aquelas linhas.*

Eu tinha marcado um encontro com Gunvor à tarde, então guardei as minhas coisas e andei pelos corredores com uma sacola plástica balançando na mão, saí para o pátio entre os prédios e detive-me para fumar um cigarro quando então ela apareceu. Ela sorriu para mim com o corpo inteiro, se esticou na pontinha dos pés e me beijou na boca. Saímos de mãos dadas, descemos os morros e fomos até Nøstet, onde ficava o apartamento dela. Ela o dividia com uma amiga chamada Arnhild. A melhor amiga chamava-se Karoline, e no papel as três pareciam formar um trio aterrorizante com aqueles nomes pesados e antigos, Gunvor, Arnhild e Karoline, mas na verdade eram todas alegres, radiantes e maravilhosamente comuns. Arnhild estudava na Handelshøyskolen e às vezes usava um blusão de lã de carneiro e um colar de pérolas, Karoline estudava na universidade e era um pouco mais durona, mais parecida com Gunvor, as duas tinham o mesmo tipo de humor, davam a impressão de se movimentar juntas, por assim dizer, como eu já sabia que as boas amigas fazem. Uma vez ela falou sobre uma tentativa de cantada que havia levado, um cara se aproximou e perguntou se ela não gostaria de passar a noite na casa dele, ela perguntou por quê, ele respondeu que podia trepar com ela até que ela não aguentasse mais. E elas riram! Eram garotas que tinham senso do dever e a cabeça no lugar, que nunca jogariam a vida fora, e a segurança que havia nisso fazia com que nada ao nosso redor pudesse atingi-las. Sair na cidade à noite, por exemplo, era para elas um programa agradável, que não tinha nada de demoníaco.

Mesmo que eu morasse sozinho em um estúdio relativamente grande, preferíamos ir ao apartamento de Gunvor; meu estúdio era escuro, quase desprovido de mobília e triste, o apartamento dela era claro, de alto padrão e além do mais a decoração tinha um aspecto jovem e feminino que me agradava, nesses momentos ficava muito claro para mim que ela era minha namorada, com toda aquela estranheza macia e intrincada. Acordar lá, quase sempre com a chuva se derramando na rua, tão cedo que ainda era escuro, tomar café da manhã com ela e sair para a sala de leitura junto com ela era uma experiência que eu nunca tinha vivido antes e que eu apreciava com todo o meu coração negro.

Apresentei Gunvor a Yngve e a Asbjørn e aos outros amigos deles, que de certa forma também haviam se tornado meus amigos, ou melhor, não exatamente amigos, mas de qualquer jeito pessoas com as quais eu me relacionava por ser o irmão caçula de Yngve, meu defensor em Bergen, e ela foi motivo de grande alegria em meio a todos. Não havia nada de estranho nisso, era impossível não gostar de Gunvor, ela ria o tempo inteiro das coisas que os outros diziam, era sociável e simpática, não se levava demasiado a sério, mas tampouco se menosprezava, ela se dedicava com grande afinco às coisas dela, e não era uma estranha à seriedade absoluta, também havia um traço puritano nela, primeiro era preciso frequentar as aulas, primeiro era preciso estudar, para somente então se permitir um momento de lazer. Mas essa moral do dever, que eu também conhecia e encarava como um inimigo, uma coisa a ser combatida, uma coisa que representava o oposto de tudo que eu desejava ser, essa moral do dever não era pesada em Gunvor, não marcava a essência dela, era mais como se fosse uma linha guia, fina e reta e forte, um tendão na alma dela, invisível mas importante, que lhe conferia força e certeza, e que fazia com que jamais duvidasse de que o lugar onde estava e as coisas que fazia eram o lugar e as coisas certas.

Quando eu estava na companhia dela, era como se uma parte de mim fosse sugada para longe. A escuridão convertia-se em claridade, os desvios em retidão, e o mais estranho era que nada disso vinha de fora, não era como se ela iluminasse a escuridão, nada disso, tudo acontecia dentro de mim, porque eu me via no olhar dela, e não apenas no meu, e aos olhos dela não havia nada de errado comigo, muito pelo contrário. E assim o equilíbrio se alterava. Quando eu estava na companhia de Gunvor, eu não desejava mais o meu próprio mal.

Conforme havíamos combinado, no dia seguinte fui até a casa de Espen, subindo pelo morro atrás da estação de trem e seguindo pela longa planície até Alrek, onde eu só tinha estado uma única vez, quando eu tinha visitado Yngve aos dezesseis anos, quatro anos atrás.

Espen estava preparando o jantar na cozinha comunitária quando cheguei. Fiz um cozido de frango com molho de tomate, ele disse, você quer um pouco?

O tempero era forte, mas a comida estava boa, e o rosto dele se abriu quando fiz esse comentário.

Depois ele preparou café em uma cafeteira pequena, estranha e brilhante, que mais parecia uma escultura, nela havia a figura de um homenzinho com um chapéu, e primeiro Espen a desmontou, encheu uma parte de água, depois colocou um café especial moído em um negócio que parecia um funil e então o encaixou na parte de baixo, cheia d'água, antes de rosquear o topo, que terminava em uma tampa com uma bola preta em cima, e colocou aquilo na chapa do fogão. Nem pensei em perguntar que tipo de café ele estaria preparando, porque eu estava decidido a aceitar tudo que me fosse servido com uma grande afetação de naturalidade.

Quando estávamos cada um com uma caneca na mão, fomos ao quarto dele.

Ah, o café era forte, quase como um expresso.

Espen começou a mexer nos discos dele.

— Você gosta de jazz? — ele me perguntou.

— Go-osto — eu disse. — Não ouço muito, enfim, mas gosto.

— O que acha de ouvir um clássico, então? *Kind of Blue?*

— Claro — eu disse, tentando ler a capa para descobrir quem teria gravado o álbum. Miles Davis.

Espen sentou-se na cama.

— Eu fui ver um show dele em Oslo. Como eu não tinha ingresso, precisei entrar de furão.

— Você entrou de furão em um show? Como foi que você conseguiu?

— Eu entrei no prédio ao lado, desci até o porão, encontrei umas cadeiras e comecei a carregá-las, como se eu estivesse trabalhando no lugar. Então abri a porta e de repente eu estava bem no lugar do show.

Ele riu.

— Você está falando sério?

— Estou! O show foi incrível.

Uma música pálida e melancólica começou a preencher o quarto. Espen pegou o jogo de xadrez, colocou o tabuleiro entre nós dois, pegou um peão branco e um preto, levou-os às costas e estendeu as duas mãos fechadas.

— Este — eu disse.

Ele abriu a mão. Preto.

— Não sei muito bem onde as peças vão — eu disse. — Mas a primeira fileira é de peões, não?

— Isso mesmo — disse Espen, ajeitando as peças dele com uma velocidade impressionante. Fiz como ele havia feito.

Eu detestava xadrez, tinha a impressão de que perder no xadrez era bem mais sério e bem mais humilhante do que perder uma partida de tênis, por exemplo. Eu não era muito inteligente, não era muito astuto, mesmo pensando até minha cabeça dar estalos eu nunca conseguia me orientar, nunca conseguia planejar mais do que dois lances à frente, pelo menos não quando eu era pequeno e jogava com o meu pai ou com Yngve, que infalivelmente ganhavam de mim. Eu não tinha jogado desde então, mas pensei que por outro lado eu já não era mais criança. Talvez as experiências acumuladas no meio-tempo me servissem de um jeito ou de outro. No fundo, tudo se resumia a solucionar um problema.

— A gente não vai usar o relógio? — ele perguntou.

— Não — eu disse.

Começamos a partida e três minutos depois eu levei um xeque-mate.

— Você quer uma revanche?

— Claro.

Três minutos depois levei outro xeque-mate.

— Melhor de três? Assim você ainda pode virar.

— Pode ser.

Ele me destruiu pela terceira vez consecutiva. Mas não percebi nenhum sentimento de triunfo quando ele guardou o jogo e em silêncio começou a enrolar um cigarro.

— Você treina muito? — perguntei.

— Eu? Não. Não, não. Simplesmente gosto de jogar.

— Mas você lê as colunas de xadrez no jornal e tudo mais?

— De vez em quando leio, sim. É bem interessante refazer partidas antigas e decisivas passo a passo.

— É — eu disse.

— E você também aprende umas coisas básicas. Aberturas e outras coisas do tipo. Eu posso mostrar para você, se você quiser.

Fiz um gesto afirmativo com a cabeça.

— Na próxima vez?

— Pode ser.

Na rua o sol brilhava em meio às nuvens. A luz, que caía enviesada pela atmosfera, fazia com que as cores parecessem vivas em relação ao tom cinza dos arredores.

— O que você gosta de ler, afinal? Da literatura norueguesa contemporânea? — ele perguntou.

— Um pouco de tudo — eu respondi. — Kjærstad, Fløgstad, Jon Fosse. Enfim, tudo. E você?

— Também gosto de vários autores. Mas o Øyvind Berg é bom. O Tor Ulven é incrivelmente bom. E o Ole Robert Sunde, você já leu? Ele escreveu um romance inteiro sobre um protagonista que vai ao quiosque e volta para casa. Como se fosse Odisseu. A linguagem atira para todos os lados, o estilo é cheio de digressões, quase ensaístico. Você devia ler.

— Eu já ouvi falar dele — eu disse. — Acho que uma vez li um artigo na *Vinduet*.

— E também tem o Ekelöf, claro. E o Jan Erik Vold! Acho que *Entusiastiske essays* é o meu livro favorito. Um livro inacreditavelmente denso. Você já leu?

Balancei a cabeça. Espen se levantou da cama com um movimento brusco e começou a mexer na pilha de livros em cima da escrivaninha, e em seguida me entregou um livro azul e grosso com uma foto de Vold nadando na capa.

— É este aqui — disse. — Ele escreve a respeito de tudo. Não só a respeito de literatura. Tem muita coisa sobre jazz… enfim.

— Que legal — eu disse, folheando as páginas.

A música terminou e Espen tirou o disco.

— O que vamos ouvir agora? — ele perguntou.

— Não sei — eu disse.

— Você não quer dar uma olhada nos discos e ver se encontra uma coisa que você goste?

— Claro — eu disse, me ajoelhando.

Lá estava o *Heaven Up Here*.

— Você gosta de Echo and the Bunnymen? — eu perguntei.

— Claro que gosto. O Ian McCulloch tem uma voz muito boa. E além de tudo é totalmente arrogante!

— Podemos ouvir este? Talvez seja uma escolha meio preguiçosa, afinal eu tenho o álbum, mas gosto muito dele.

— Não tem problema. Faz tempo que eu não ouço este disco.

Quando fui embora uma hora mais tarde pelas encostas iluminadas pela luz enfermiça de novembro, eu estava cheio de expectativa. Espen era um sujeito que chamava a atenção. Tinha uma presença forte, e como eu era fraco, conseguia perceber as diferentes vibrações que emanavam dele, e que talvez ele mesmo não percebesse. Mas também havia nele uma certa introspecção, às vezes era como se o olhar não estivesse voltado para o exterior, mas permanecesse fixo no interior, o que causava a impressão de uma coisa dura e irreconciliável, mas em outras horas Espen era a própria encarnação da abertura, a própria encarnação da simpatia, de uma forma que eu nem ao menos sabia se ele mesmo notava, pois era como se o entusiasmo assumisse o comando e ele simplesmente acompanhasse as correntes que tinha dentro de si.

Eu estava bastante impressionado, ainda mais porque ele era dois anos mais novo do que eu. Mas o que eu não conseguia entender enquanto caminhava era por que ele tinha convidado justamente a mim para ir à casa dele. Nosso curso era cheio de gente interessante e culta, e ele havia se voltado justamente para a pessoa que não tinha profundidade nem qualquer tipo de insights relevantes no que dizia respeito à literatura.

Mas assim mesmo eu me senti feliz. Se eu não podia corresponder a essa expectativa naquele momento, talvez pudesse corresponder um pouco mais tarde.

Quando cheguei em casa encontrei uma carta enfiada na fresta da porta. Abri. Era uma notificação. O estúdio seria reformado e por esse motivo eu precisaria desocupá-lo até a primeira quinzena de dezembro.

Será que aquilo era legal?

Ah, que fosse tudo para o inferno! Eu já vivia muito além das minhas possibilidades financeiras de qualquer jeito. Não faria muita diferença. Mas nesse caso eu precisaria sair em busca de um outro lugar para morar.

Dormi cedo, mas acordei poucas horas depois com batidas na janela. Me levantei e fui ver do que se tratava. Era Gunvor. Ela sorriu e apontou para a porta, eu respondi com um aceno de cabeça e fui ao corredor para abrir.

Cinco minutos depois ela se deitou ao meu lado na cama estreita, e o peso daqueles peitos nas minhas mãos fez com que todo meu corpo explodisse de desejo.

— Ainda não — ela disse. — Mas logo.

Dei uma sorte tremenda com o meu novo apartamento. Descobri que Ben, o amigo de Jon Olav, tinha acabado de desocupar um grande apartamento de três quartos próximo a Danmarksplass, e que não havia ninguém morando lá. O apartamento tinha pertencido ao estaleiro de Solheimsviken e ficava em um anexo do prédio de escritórios, e naquele momento era propriedade de um banco. Liguei para eles, sim, o apartamento estava desocupado e eu podia me mudar para lá, mas era importante saber que todo o prédio seria demolido no futuro próximo, e que eu devia estar disposto a desocupar o apartamento com aviso prévio de um mês. Quando seria? A atendente não soube me dizer, mas não seria nada de imediato, enfim. Desliguei o telefone, e num fim de tarde eu e Gunvor fomos até lá e encontramos Ben, que nos mostrou todos os cômodos. Uma turma grande tinha morado por lá, mas o aluguel era tão baixo que daria para morar em dois. Na verdade eram dois apartamentos, um de um dormitório que dava para a cozinha e outro de um dormitório que dava para o banheiro. O assoalho era recoberto por carpetes que iam de uma ponta a outra, mas era possível retirá-los, devia haver um belo piso de taboão por baixo, as janelas eram simples, estavam sujas pela fuligem dos escapamentos, e o ruído do trevo no lado de fora era bastante perceptível, mas Ben disse que eu ia me acostumar. O padrão não era muito alto, a cozinha era antiga, o fogão parecia ter saído da década de 1960, mas havia um box no banheiro e o aluguel, como dito, disse Ben, era baixo.

Peguei as chaves e ele foi embora.

Na companhia de Gunvor, andei mais uma vez pelo apartamento. Era uma sensação boa. Nos abraçamos no meio do cômodo que eu havia escolhido como sala de estar na minha metade.

— Você não quer vir morar comigo? — eu perguntei.

— Não — ela disse. — De jeito nenhum! Mas quem sabe um dia. Quem sabe o que ainda pode acontecer?

— Então vou ter que arranjar outra pessoa para morar aqui. Você conhece alguém que esteja procurando um apartamento para dividir?

— Não. Mas posso ver se descubro. Só não pode ser outra garota, porque eu não quero correr um risco desses.

— Como? Você não tem nada a temer. Você acha isso mesmo? De verdade?

Gunvor foi até a janela. Eu a segui, parei atrás dela, beijei-lhe a nuca, passei a mão de leve nos peitos dela.

— Do que você mais gosta?

— Como assim?

— Estou falando de comida. Do que você mais gosta?

— De camarão, acho. Por quê?

— Eu só estava curiosa.

Tirei o carpete de um dos cômodos, limpei todos os restos de cola e todas as irregularidades e pintei tudo de verde, como o convés de um navio. Yngve levou a pouca mobília que eu tinha no furgão que alugamos, e o restante eu compraria na IKEA assim que recebesse o meu crédito estudantil. Ele me disse que havia encontrado um espaço para ensaiar no Verftet, o lugar estaria à nossa disposição duas tardes por semana. Falamos entusiasmados a respeito de músicas, letras e da necessidade de encontrar um vocalista. No dia seguinte nos encontramos em um café no Verftet. Eu com um par de baquetas, ele com o estojo da guitarra, Pål com a capa do baixo. Eu estava nervoso, não havia tocado bateria desde o início do colegial, e por conta disso não conseguia tocar nada além do mais elementar possível. Yngve sabia disso, mas com Pål as coisas não seriam tão simples, ele talvez esperasse uma jam session entre três músicos de verdade.

— Na verdade eu não sei tocar — eu disse. — O Yngve explicou essa parte? Eu toquei um pouco quando estava no colegial. Quase nada, enfim. Mas eu posso aprender.

— Relaxe, mini-Yngve — disse Pål. — Vai dar certo.

Pål era alto e magro e pálido, tinha cabelos escuros e uma atitude meio infantil em relação à vida. Ele não tinha grandes receios de mostrar essas pequenas excentricidades, e na verdade parecia cultivá-las. Era um excêntrico, e em Bergen era conhecido por ler poemas com guizos nos cabelos durante os protestos estudantis. Ele lia um pouco, balançava a cabeça, os guizos retiniam, então lia mais um pouco. Um sucesso estrondoso. Ele tocava numa banda experimental nascida na cena Shit Tape de Arendal, a banda chamava-se Coalmine Five, provavelmente em função do político Kullmann Five; ele adorava tudo que era estranho, inusitado e improvável. Yngve e Pål tinham sido colegas no primário, eu tinha ouvido o nome dele a minha vida inteira, mas somente naquele ano o conheci. Pål tinha publicado duas coletâneas de poemas em edições do autor e estudava biologia marinha. Na juventude havia tocado na banda do Exército da Salvação, e como baixista, disse Yngve, ele não fazia o tipo sólido e simples, mas o tipo melodioso, improvisativo e cheio de boas sacadas. Assim que começamos a tocar ficou claro que ele sabia muito bem o que estava fazendo. Ou melhor, assim que eles começaram a tocar. Eu não tive coragem. Fiquei sentado no banquinho com as baquetas na mão, atrás do kit com todos aqueles tambores e pratos, eles estavam um de cada lado, tocando, e eu não tinha coragem de fazer o acompanhamento porque tinha medo de fazer papel de idiota.

Os dois tocaram "Du duver så deilig". Pål começou a experimentar, como se estivesse à procura de uma coisa ou outra, e quando a encontrava, aquilo permanecia com a gente, enquanto ele saía mais uma vez à caça, improvisando novas linhas, e depois outra vez, até que se desse por satisfeito e a música estivesse pronta.

Yngve parou e olhou para mim.

— Vamos lá — ele disse.

— Toquem mais um pouco vocês — eu disse. — Assim eu posso ouvir como está ficando.

Os dois tocaram. Quando chegaram mais ou menos na metade eu entrei de maneira discreta e hesitante. Eu pelo menos conseguiria manter o ritmo, ainda que poucas coisas além disso estivessem dando certo.

— Muito bem, Karl Ove — disse Pål. — Mas tente fazer com que o bumbo acompanhe o baixo. Eu posso fazer a marcação para você. TUM-tum-TUM-TUM-tum. Está bem?

— E toque um pouco mais forte — disse Yngve. — A gente mal te escuta.

Fiquei lá sentado e senti meu rosto corar e toquei e desejei que tudo acabasse o mais depressa possível. Pål ficou olhando para mim e parecia erguer o tronco toda vez que eu devia tocar o bumbo. Depois de um tempo ele se virou mais uma vez e continuou simplesmente tocando, mas logo o contato visual e o tronco erguido voltaram.

Ensaiamos aquela música por duas horas, muitas e muitas vezes. A questão toda era fazer com que eu aprendesse a música, porque eles já sabiam tocá-la. Quando terminamos e Yngve e Pål começaram a enrolar os cabos e a guardar pedais e cintas, minha camisa estava completamente encharcada.

— Vocês precisam de outro baterista — eu disse.

— Não mesmo — disse Yngve. — Vai dar certo.

— Você se saiu muito bem — disse Pål. — Nem sei do que você está falando. Agora a gente só precisa de um vocalista e de um nome para a banda. Minha sugestão é Diverse D. Assim sempre vamos ter uma seção própria na loja de discos.

— Eu tinha pensado em Odd & Bent — disse Yngve. — É um nome que funciona tanto em norueguês como em inglês.

— Parece a descrição do pau de um cara qualquer — eu disse.

— Fale por você — disse Yngve.

— Ele está falando do próprio pau! — disse Pål, achando graça.

— O que vocês acham de Mao? — eu disse. — Era o nome em que eu vinha pensando. Curto e pop.

— Gemyttene — disse Pål. — Também é um bom nome. Como na frase "vamos acalmar os ânimos"! Por acaso alguém saberia me dizer ao certo o que é um ânimo?

— Não — eu disse. — Mas ao meu lado na sala de leitura senta um cara que tem um nome muito bom. Pensei um pouco a respeito. O nome dele é Finn Iunker. Será que a gente não podia usar o nome de um cara que a gente não conhece? Finn Iunker e não sei o que mais. Finn Iunker og Sjøflyene, por exemplo.

— É bobo demais — disse Yngve. — Eu pensei em Smiths og smule.

— Que tal Etnisk Rensekrem? — disse Pål.

Yngve riu tanto que precisou dar uma volta pelo estúdio para se recompor.

— Ou Holokaustisk Soda? — eu disse.

— Kafkatrakterne — disse Pål, remexendo os ombros para ajeitar a cinta que segurava o baixo. — Kafkatrakterne!

— Está resolvido — disse Yngve. — Esse é o nome da banda.

— Kafkatrakterne — eu disse. — É um bom nome!

Os dois últimos estúdios onde eu tinha morado ficavam no térreo, e tudo que eu via eram as cabeças e os guarda-chuvas de quem passava. O apartamento novo era completamente diferente. Ficava no último andar de uma antiga construção de alvenaria, e a sala dava para o grande cruzamento em Danmarksplass, com os prédios comerciais atrás, o grande cinema antigo, o novo supermercado Rema 1000, e do outro lado, a livraria onde eu, na minha ingenuidade e na minha imaturidade naquele momento já incompreensíveis, tinha comprado *Fome*. Uma turma de bêbados costumava ocupar os bancos próximos ao pequeno estacionamento perto do supermercado, onde havia um ponto de táxi — eu levei duas noites para entender que o ruído fraco que eu ouvia quase o tempo inteiro vinha de lá —, e a estrada era usada por todos que moravam naquela região para ir ou voltar do centro, de maneira que sempre havia coisas acontecendo do outro lado da janela. Além disso havia também um hospital nas proximidades, um fluxo constante de ambulâncias, com e sem luzes e sirenes, deslizava em meio ao tráfego dia e noite. Para mim aquilo era bom, muitas vezes eu parava e ficava olhando para a rua, como uma vaca no estábulo, porque nada se passava dentro de mim naqueles instantes, eu registrava os movimentos e prestava atenção ao que acontecia, não havia mais nada. Uma picape que tinha uma longa tábua saindo da caçamba com uma toalha branca amarrada na ponta, veja só! Um caminhão com a caçamba lotada de cordeiros que baliam, o que era aquilo, será que por acaso eu tinha ido parar na Iugoslávia de uma hora para a outra? Uma senhora com uma pele de raposa enrolada no pescoço, daquele tipo com a cabeça intacta, e claramente louca, pois não havia como se enganar a respeito dos movimentos duros e rígidos, andava depressa por um lado, depois voltava depressa pelo outro. Um grupo que a princípio tinha três, mas logo quatro, cinco homens reunidos no pé do morro junto à saída da passarela subterrânea às três e meia da madrugada, o que estariam aprontando? A mulher xinga o homem, o homem xinga a mulher, incontáveis variações sobre esse tema. Eu também via pessoas trôpegas, às vezes em uma situação tão precária que eu mal conseguia acreditar nos meus olhos, as pessoas apareciam cambaleando no meio de uma estrada de três pistas, as pessoas perdiam o equilíbrio e corriam para um lado, paravam quando conseguiam se reequilibrar, corriam para o outro lado, exatamente como fazíamos quando éramos pequenos e imitávamos os bêbados que tínhamos visto nos filmes mudos que passavam em ocasiões festivas.

Outra vantagem era que o apartamento tinha um telefone próprio. Solicitei a ativação e pela primeira vez tive meu próprio número.

Gunvor foi a primeira a me ligar.

— Você vai estar em casa amanhã? — ela me perguntou depois que havíamos conversado um pouco.

— Se você quiser aparecer, vou.

Combinamos que ela apareceria ao meio-dia. Exatamente ao meio-dia a campainha tocou. Gunvor tinha uma sacola na mão.

— Eu comprei camarão — ela disse. — Infelizmente não encontrei fresco, então eu trouxe congelado.

Gunvor pegou a embalagem, um pacote de camarões congelados da Groenlândia, e eu os coloquei numa bandeja para que descongelassem mais rápido. Ela também havia comprado manteiga, maionese, um pão e um limão.

— Por acaso hoje é um dia especial? — eu disse.

Ela sorriu e olhou para baixo, e de repente eu compreendi. Era naquele dia que ia acontecer. Nos abraçamos, entramos no quarto, eu tirei a roupa dela sem pressa e então nos deitamos no colchão encostado à parede. O tempo inteiro uma das minhas pernas tremia. A luz do céu encoberto no lado de fora preenchia o quarto, caía sobre os nossos corpos brancos, sobre o rosto dela, sobre aqueles olhos que não se desviavam de mim por um instante sequer.

Depois tomamos um banho juntos e fomos ver como estavam os camarões, estranhamente tímidos, como se de repente houvéssemos nos tornado estranhos um para o outro. Mas aquilo não durou muito, a lacuna entre nós se fechou, logo voltamos a conversar mais uma vez como se nada tivesse acontecido, até que nossos olhares tornaram a se encontrar e a situação novamente pareceu carregada de uma profunda seriedade. Era como se víssemos um ao outro pela primeira vez. Éramos os mesmos, porém o que antes era apenas um descompromisso havia se transformado em um compromisso, o que de certa forma mudava tudo. Estávamos nos encarando com olhares sérios e intensos, mas por fim a expressão dela se desfez em um sorriso, vamos comer os seus camarões?

Foi a primeira vez que um vislumbre do futuro apareceu em nosso relacionamento. Enfim estávamos namorando, mas o que isso significava?

Eu tinha vinte anos, ela tinha vinte e dois, estava claro que continuaríamos a fazer tudo como antes. Não havia nada a planejar, tudo estava dado. Até então tínhamos passado quase o tempo inteiro juntos, descobrindo um ao outro, havia muita coisa a contar sobre as nossas vidas, além de tudo que acontecia ao nosso redor, ao mesmo tempo que fazíamos coisas. Quanto às coisas que fazíamos, e aos motivos que nos levavam a fazê-las, não tínhamos uma ideia muito clara, pelo menos eu não tinha, como praticamente todas as outras pessoas que eu conhecia. Todos iam ao cinema de vez em quando, e também ao Filmklubben, todos iam ao Café Opera e ao Hulen, todos faziam visitas uns aos outros, todos compravam discos e às vezes assistiam a um show. Todos iam para a cama uns com os outros, ou pelo menos tinham vontade de ir para a cama uns com os outros, fosse de maneira casual, ao fim de uma noitada, fosse de maneira fixa e regular, como faziam os que acabavam engatando um namoro. De vez em quando uma criança nascia, mas era uma raridade absoluta, uma situação extraordinária, ninguém no mundo queria ser pai aos vinte anos, como muitas pessoas da geração dos nossos pais haviam feito. Muitos faziam passeios em Fløyen ou Ulriken, mas eu não, esse era o meu limite, eu nunca me envolveria com atividades ao ar livre, e Gunvor também não, ou pelo menos ela restringia esse aspecto da própria vida ao mínimo. Não acontecia muito além disso, mas assim mesmo tudo me parecia rico e repleto de significado, no sentido de que eu nunca me fazia perguntas, não havia alternativas, mais ou menos como as pessoas viveram séculos sem fazer qualquer tipo de pergunta a respeito dos cavalos e das carroças enquanto o carro não era inventado. E de certa forma essa também era uma experiência rica, e prenhe de sentido, porque cada uma destas pequenas arenas continha uma infinidade de nuances e diferenças, uma banda não era apenas uma banda, por exemplo, mas vinha carregada com uma miríade de outras coisas, e havia milhares delas. Um estudante de literatura não era apenas um estudante de literatura, mesmo que assim parecesse de longe; bastava se aproximar de um deles, como eu havia me aproximado de Espen, para descobrir que cada um era um mundo completo e à parte, havia centenas deles, e de estudantes, milhares. Como se não bastasse havia todos os livros, e todo o conhecimento que encerravam, além das relações que mantinham uns com os outros. Havia milhões deles. Bergen era um funil, mas não era somente a chuva que se derramava lá para dentro, tudo que se pensava e se fazia no resto do mundo encontrava o caminho até lá, até o fundo daquela cidade por onde andávamos. O 808 State lançou *808:90*, os Pixies *Doolittle*, a Neneh Cherry *Raw Like Sushi*, o The Golden Palominos *A Dead Horse*, o Raga Rockers *Blaff*. As pessoas começaram a comprar computadores. Começou-se a falar sobre um novo canal de televisão comercial que talvez fosse construído em Bergen. O Raga Rockers tocou no Maxime, Arvid gritou "É o Yngve, pô!", quando um cara subiu no palco e se atirou na plateia. Foi uma atitude totalmente inesperada, e todo mundo riu. Eu li A *divina comédia* na tradução para *nynorsk*, escrevi um artigo a respeito para o seminário de Buvik e fiz uma apresentação de quarenta e cinco minutos que tinha me atormentado por várias semanas, mas que deu certo, pelo menos na opinião de Espen. Buvik disse que eu tinha me apoiado bastante em Lagercrantz, mas que não havia problema, e foi a partir de então que ele começou a me chamar de vez em quando no meio das aulas, para todos os efeitos aparentando curiosidade em relação ao que eu pensava a respeito disso ou daquilo. Eu corava e começava a gaguejar e me sentia tão desconfortável que todo mundo devia perceber, mas eu também me sentia orgulhoso, afinal era para mim que ele havia perguntado. Eu gostava de Buvik, gostava do estilo dele, do entusiasmo à flor da pele, mesmo que tivesse lecionado por muitos anos e que nós ocupássemos o lugar mais baixo na hierarquia. Ele tinha cabelos loiros e curtos, usava óculos redondos, estava sempre vestido de maneira elegante, era um homem bonito com um toque feminino nos gestos e na linguagem corporal, mas tinha feito doutorado na França, pelo que eu havia entendido, e aquilo era acima de tudo uma expressão de refinamento, de uma formação tão completa que também se expressava através da linguagem corporal. Linneberg era o oposto dele em muitas coisas; falava um dialeto da classe trabalhadora de Oslo, muito carregado, usava brinco na orelha, tinha uma cabeça grande e pesada, o sorriso dele com frequência era sarcástico, e ele gostava de usar fantasias, como na vez em que deu aula com um nariz de palhaço vermelho, ou quando concluiu o doutorado com uma máscara de macaco. Se fosse falar a respeito de Brecht, ele tirava baforadas de um enorme charuto. Os dois tinham uma grande influência sobre nós, eram figuras importantes, e se aparecessem nas festas da primeira etapa do curso poderiam se arranjar com a garota que quisessem, eu volta e meia pensava nisso, sempre havia uma energia na sala quando eles lecionavam, e não se tratava apenas de curiosidade intelectual e de fome de conhecimento da parte dos alunos. Os dois tinham um status tão elevado que seria como se os deuses tivessem descido do Olimpo caso se dispusessem a sentar-se conosco na cantina. Claro que isso jamais acontecia. Receber uma pergunta de Buvik durante uma aula era para mim como obter o favor do Rei Sol. Quanto ao que os outros pensavam, eu não sabia, não trocava muitas palavras com eles, a não ser por Espen e Ole. Mas eu tinha começado a me orientar na disciplina, escrevi mais tarde um outro artigo, sobre a estética de Fløgstad, e achei que eu tinha desvendado o código. Escrever artigos consistia na verdade em ocultar aquilo que eu não sabia. Era uma linguagem, uma técnica, e eu a tinha dominado. Entre todas as coisas existiam abismos que a linguagem era capaz de cobrir, bastava saber como proceder. Eu nunca tinha lido Adorno, por exemplo, não sabia praticamente nada a respeito da Escola de Frankfurt além do pouco que eu havia pescado aqui e acolá, mas num ensaio eu conseguia apresentar o pouco conhecimento que eu de fato tinha de uma forma que o fazia parecer muito maior e muito mais amplo do que na verdade era. Outra coisa vista com bons olhos era buscar conhecimentos de outras áreas, de preferência coisas surpreendentes, o que também era simples, bastava construir uma ponte entre elas, e assim era possível acrescentar ao texto um elemento novo e original, mesmo que na verdade não houvesse nada de novo nem de original naquilo. Não era preciso ser brilhante, nem mesmo particularmente bom, porque o objetivo era demonstrar que estávamos pensando de maneira independente, que tínhamos um entendimento próprio a respeito de um determinado assunto, além claro de mostrar que tínhamos conhecimento a respeito do tema.

Eu chamava os artigos que havia escrito sobre Dante e Fløgstad de "ensaios" quando me referia a eles. Eu escrevi um ensaio sobre o Fløgstad, aliás; no meu ensaio sobre o Dante, escrevi a respeito de...

Um dia eu estava fumando com Espen sob a marquise do prédio da Humanistiske Fakultet enquanto a chuva caía do céu cinza-chumbo e notei que havia uma coisa diferente nele, como que uma vigilância aumentada, e pouco antes que eu perguntasse sem mais rodeios o que tinha acontecido ele lançou um olhar rápido na minha direção.

— Pensei em me candidatar a uma vaga na Skrivekunstakademiet — ele disse.

— É mesmo? — eu disse. — Que legal! Eu nem sabia que você escrevia. Mas eu tinha uma suspeita. He he.

— Será que você podia dar uma olhada nos meus escritos? Não sei muito bem o que enviar. Se você achar que faz sentido, enfim.

— Claro que posso — eu disse.

— Para dizer a verdade eu tenho uns textos aqui comigo. Você pode pegá-los depois, se quiser.

Quando Espen me entregou os textos mais tarde naquele dia, foi com a mais absoluta discrição. Era como se fôssemos espiões e os textos fossem documentos secretos que não apenas diziam respeito à segurança nacional, mas também à segurança de todo o pacto da Otan. Uma pasta plástica saiu depressa da bolsa, foi passada meio às escondidas por trás de nossos corpos empertigados e tão depressa como havia surgido desapareceu na minha sacola plástica. No mesmo instante em que a troca estava feita, começamos a discutir outros assuntos.

O envolvimento com a escrita não era vergonhoso, pelo contrário, nos estudos de literatura representava tudo que havia de mais importante ou de mais elevado, mas era vergonhoso se vangloriar disso, porque afinal quase todo mundo escrevia, e enquanto os escritos não tivessem sido publicados em um periódico ou, ó bem-aventurança, lançados por uma editora, a princípio não significavam nada, eram inexistentes, e revelar essas coisas a não ser em caso de necessidade era uma desonra, era revelar que no fundo você não queria estar aqui, mas em outro lugar, que você tinha um sonho que, e esse era o ponto mais importante, provavelmente não daria em nada. Até que houvesse uma prova definitiva, o lugar de tudo que os alunos de letras escreviam era na gaveta. A situação era um pouco diferente para mim, eu havia frequentado a Skrivekunstakademiet e portanto tinha "direito" a escrever, mas se eu me revelasse, o que seria uma péssima ideia, no mesmo golpe eu teria perdido toda a credibilidade.

Então o jeito era ser cauteloso. O que Espen havia me entregado no mais absoluto sigilo por um lado não era "nada", porque era invisível e assim devia ser tratado, mas por outro lado provavelmente era mais importante, *bem* mais importante para ele do que um documento relativo à segurança do pacto da Otan.

Tratei aquilo com o respeito e a dignidade que merecia. Só abri a pasta quando cheguei em casa e fiquei totalmente sozinho. Enquanto eu lia os textos, que eram poemas, me arrependi de não ter dito a Espen que na verdade eu não sabia nada, mesmo que tivesse frequentado a Skrivekunstakademiet, que na verdade eu era um farsante, pois vi na mesma hora que os poemas eram bons, reconheci a marca dos bons poemas já no primeiro verso, mas eu não tinha condições de dizer nada a respeito deles. Nada a respeito de por que eram bons, nada a respeito de como poderiam ficar ainda melhores. Eu poderia dizer apenas que eram bons.

Mas ele nem percebeu, não exigiu mais nada de mim, ficou contente de saber que eu tinha gostado.

Em um fim de semana levei Gunvor à casa da minha mãe. Ela tinha se mudado para uma casa em Jølster, a quinze quilômetros de Førde. Era uma casa antiga e bonita, que ficava em uma pequena planície um pouco abaixo de grandes propriedades rurais nas encostas dos morros que subiam em direção às montanhas mais altas. Do outro lado da estrada corria o rio Jølstra. Pegamos o ônibus, que parou a poucas centenas de metros da casa, a fumaça da geada se erguia do rio à medida que avançávamos, minha mãe nos esperou com a comida pronta, nos recebeu no corredor quando chegamos, as duas apertaram as mãos e sorriram, eu estava um pouco tenso, mas não tanto quanto Gunvor, ela mal tinha aguentado pensar naquilo e havia falado muito a respeito durante a viagem. Ela era a primeira namorada que eu apresentava para a minha mãe desde os meus dezesseis anos, a minha primeira namorada como adulto, e, pelo que sabíamos, seria também a última. Era importante para mim e para Gunvor que a minha mãe gostasse dela.

O que de fato aconteceu, claro. Não se percebia nenhum tipo de nervosismo ou tensão em Gunvor, ela foi ela mesma, como sempre, e as duas logo se descobriram, eu percebi a simpatia mútua e me alegrei com aquilo, e também em poder mostrar a Gunvor o espaço que eu e a minha mãe dividíamos, e sempre havíamos dividido, em vê-la participar de nossas longas conversas e me olhar daquele jeito, naquela situação, onde de certa forma eu também me encontrava mais próximo dela como a pessoa que eu era quando estávamos juntos, por assim dizer mais puro, menos ambivalente.

A lareira crepitava enquanto conversávamos ao redor da mesa. Na rua, em meio ao panorama gelado do rio, os carros passavam zunindo ao longe.

— Você tem uma mãe incrível — ela disse quando nos deitamos.

— Ela gostou de você — eu disse.

— Você acha mesmo?

— Claro, é fácil perceber.

No dia seguinte fizemos uma visita a Borghild, a irmã da minha avó. Ela tinha cabelos brancos e crespos, um corpo atarracado com braços compridos e usava óculos de lentes grossas que faziam os olhos parecerem assustadoramente grandes. Era viúva desde muito tempo, afiada como uma faca e saía-se com as coisas mais inesperadas do mundo, sempre pronta a tratar com preconceito as coisas que não a agradavam.

Ela ficou observando Gunvor descaradamente por vários segundos depois que as duas se cumprimentaram.

— Então os jovens estudantes vieram me fazer uma visita! — ela disse. Nos sentamos na pequena sala, onde havia revistas empilhadas em cima da mesa, ao lado de uma enorme lupa, Borghild foi à cozinha e preparou *lefser* e café, servidos cinco minutos mais tarde com uma série de desculpas sobre o excesso de simplicidade e a falta de jeito do que tinha a nos oferecer.

— A Borghild prepara comida para os casamentos aqui do vilarejo — minha mãe disse para Gunvor.

— Eu fazia isso antigamente — ela disse.

— Por acaso faz mais do que seis meses desde a última vez? — minha mãe perguntou com um sorriso.

— Ah, mas aquilo não foi nada — ela disse. — Os casamentos hoje em dia já não são como antes. Antigamente um casamento durava três dias!

Minha mãe fez perguntas sobre vários parentes, Borghild respondeu.

— A minha vó nasceu naquela propriedade logo abaixo — eu disse para Gunvor, e ela se levantou para ver. Me postei logo atrás dela. Resisti ao impulso de colocar a mão nos seios, que sempre me acometia quando eu estava naquela posição, e me dei por satisfeito pousando a mão no ombro dela.

— Quando eu era menina ainda havia construções do século XVI por lá — disse Borghild.

Olhei para ela e senti um calafrio nas costas.

O século XVI não estava muito longe de Dante.

— Mas demoliram tudo.

— E esse tempo todo é a mesma família que mora lá? — eu perguntei.

— É, pelo menos eu acho que é — ela disse.

Eu não tinha estado lá em muitas ocasiões, e nem ao menos sabia o nome de todos os irmãos e irmãs da minha avó, não sabia nada sobre os pais deles, a não ser que o pai, meu bisavô, havia sido um ávido leitor da Bíblia e não somente havia trabalhado muito e trabalhado duro, mas que também gostava do trabalho como ninguém. Quanto à minha bisavó, mãe de Borghild e avó da minha mãe, eu não tinha a menor ideia. Ela tinha dado à luz onze filhos na casa onde morava, isso era tudo. Eu me sentia culpado por saber tão pouco, era como se eu tivesse uma responsabilidade em relação a esse assunto, como se eu não tivesse direito a pertencer à família por saber tão pouco.

Decidi que um dia eu faria uma visita sozinho a Borghild para tomar notas do que ela me contasse, não apenas por mim, para que eu soubesse um pouco mais a respeito da família, mas também porque era um assunto interessante em si mesmo, todo aquele conhecimento que ela detinha.

Pegamos o carro e voltamos pela margem do grande lago profundo e plácido, onde segundo Borghild antigamente as pessoas faziam buscas com a ajuda de galos, baixando os equipamentos no lugar exato onde cantavam. Tudo estava escuro. A não ser pela estrada e pelas árvores ou pela água próxima, que juntas participavam da luz amarela que saía dos postes de iluminação pública, viam-se apenas os picos nevados das montanhas. O céu estava coalhado de estrelas e parecia grande e aberto.

O ônibus para Bergen partia às quatro horas da manhã, ficamos acordados e batemos os pés no ponto do ônibus para nos mantermos aquecidos enquanto ele chegava sacolejando pelas curvas mais acima. Durante as quatro horas e meia de viagem dormimos escorados um no outro, envolvidos pelo sibilo da estufa, o ronco do motor, os tossidos ocasionais dos outros passageiros, a porta que se abria e tornava a se fechar, distante como um sonho, o barulho característico dos veículos que sobem a bordo de um ferry e a paz que vem a seguir, quando a monotonia do caminho toma conta.

Da rodoviária fomos direto à universidade, nos despedimos, passei umas horas lendo e depois Yngve apareceu e me convidou para ir com ele à cantina, porque tinha boas notícias. Ele tinha passado o fim de semana em uma cabana com um pessoal da Studentradioen, e um dos caras por lá era vocalista e guitarrista, tinha uma voz boa, segundo Yngve, então ele simplesmente perguntou se ele não gostaria de entrar para uma banda. Sim, gostaria. Eles haviam combinado que sairíamos os quatro juntos numa tarde qualquer para nos conhecer melhor. O nome dele era Hans e ele era de Geiranger, estudava história e gostava de Neil Young, era tudo que Yngve sabia.

Nós o encontramos no Garage, o novo ponto de rock que consistia em um espaço pequeno com um bar comprido no primeiro andar e um porão grande e escuro com um palco. Eles tinham começado a anunciar uma quantidade razoável de shows de bandas inglesas e americanas, sem contar as várias bandas de Bergen que não paravam de se multiplicar, dentre as quais Mona Lisa Overdrive era indiscutivelmente a melhor, e Pogo Pops um bom segundo lugar.

Com base na breve descrição oferecida por Yngve eu esperava um cara com jeito durão, com camisa de flanela em estilo lenhador, calça jeans furada, botas resistentes, cabelos desgrenhados e olhar de louco, com certeza a menção a Neil Young tinha contribuído para essa imagem, mas a pessoa que entrou pela porta com um guarda-chuva recém-fechado que ainda pingava água numa das mãos e olhou ao redor à procura de Yngve não tinha nada a ver com o fantasma que eu havia criado, e que desapareceu no mesmo instante em que ele se aproximou da nossa mesa.

— Hans — ele disse, estendendo a mão para mim. — Você deve ser o caçula que toca bateria?

— Eu mesmo — respondi.

Ele tirou os óculos e limpou as lentes embaçadas.

— Estamos esperando o Pål — disse Yngve.

— Enquanto isso eu vou pegar uma cerveja — ele disse, indo até o balcão. Alguém colocou o *London Calling* do The Clash no jukebox e eu senti um calafrio nas costas, aquilo era um bom sinal.

— Este pode ser um momento lendário — disse Yngve quando Hans voltou. — A tarde em que o vocalista se encontrou com os membros da Kafkatrakterne pela primeira vez.

— A gente já se conhecia da faculdade de artes, mas não ia com a cara um do outro — disse Hans. — Talvez a gente tenha até brigado uma vez.

Mas depois o guitarrista me ouviu cantar e foi tomado por uma visão que para sempre redefiniria a história do rock.

— Tudo enquanto o baterista ficava de boca fechada, e o baixista nem havia chegado ainda — disse Yngve.

— O baterista nem deve falar nada mesmo — disse Hans. — Essa é a função mais importante do baterista na banda. Ficar quieto e ser durão. Beber muito, falar pouco e foder à beça.

— Na verdade eu sou quieto e delicado — eu disse. — Espero que vocês possam fazer bom uso de mim, apesar disso.

— Você não parece ser delicado — disse Hans. — Mas se você insiste, então que assim seja. Existem muitas variações sobre esse tema. Pequenos detalhes inesperados que deixam tudo superemocionante. E existe também o tipo Charlie Watts. O gentleman dedicado à esposa que toca jazz nas horas vagas. Gosta de jardinagem e essas coisas todas.

— Além de tudo eu não sei tocar — eu disse. — Com certeza o Yngve não comentou esse fato, mas infelizmente é verdade.

— Pode ser interessante — disse Hans.

— Um brinde — disse Yngve. — Ao nascimento da Kafkatrakterne!

Brindamos, esvaziamos nossos canecos, descemos e assistimos um pouco à banda que estava tocando, por fim Pål chegou e então ficamos conversando pelo bar. Eu não disse nada, eram os outros que estavam conversando, mas assim mesmo eu acompanhava a conversa, não tinha a impressão de estar fora.

Pelo que entendi, Hans havia tocado em bandas durante toda a adolescência. Ele escrevia para o jornal estudantil *Studvest*, fazia programas para a Studentradioen, era interessado em política, contra a UE, escrevia em *nynorsk* e era seguro de si, mas nem um pouco exibido, nada poderia estar mais longe da natureza dele. Hans era um irônico incorrigível, tinha facilidade para fazer comentários espirituosos, não raro meio perigosos, porém no mais a aura dele era tão amistosa que o perigo de certa forma era neutralizado. Eu tinha gostado dele sem nenhuma reserva, Hans me pareceu uma pessoa boa. Se ele havia gostado de mim era outra história. O pouco que eu dizia vinha como que do fundo de um poço, tinha um jeito escuro e por assim dizer coaxante.

Quando o Garage fechou e a noite acabou, não voltei para casa, mas fui para a estúdio de Gunvor. Ela tinha se mudado para um dos blocos nos arredores da Bystasjonen e alugado um estúdio no sótão. Entrei com a chave que ela tinha me dado, ela levantou um pouco a cabeça e sorriu em meio aos cabelos que lhe tapavam a metade do rosto, perguntou se meu passeio tinha sido bom. Respondi que sim e me deitei ao lado dela. Ela tornou a adormecer no mesmo instante, eu fiquei na cama acordado olhando para o teto e escutando o pouco tráfego nas ruas, a chuva que caía no telhado e no vidro das janelas enviesadas. Poucas coisas me davam mais satisfação do que ir à casa de Gunvor depois de sair, ter um lugar que não era meu, mas onde eu era bem-vindo, onde eu podia me aconchegar no corpo dela, sentir aquela pele nua contra a minha. Às vezes eu pensava se ela sentia a mesma coisa por mim, se acontecia de às vezes ela ficar acordada sentindo minha pele nua na dela com a alma tomada de paz. Era um pensamento estranho, quase sinistro, porque nessas horas eu me via pelos olhos dela ao mesmo tempo que tinha plena consciência da pessoa que eu era para mim.

O rádio-relógio tocou, abri os olhos ainda sonolento, Gunvor se levantou e foi ao banheiro do corredor, fechei os olhos, escutei o murmúrio fraco do chuveiro, o ruído do tráfego na estrada do outro lado da Bystasjonen, dormi, acordei quando Gunvor estava no quarto colocando um sutiã, uma camisa e por fim um par de calças.

— Você quer tomar café da manhã? — ela perguntou.

— Não — eu disse. — Vou dormir mais um pouco.

Então, aparentemente no instante seguinte, ela se inclinou por cima de mim e beijou o meu rosto, vestida com um par de calças de chuva e uma capa de chuva.

— Estou indo. Nos vemos de tarde?

— Pode ser — eu disse. — Você aparece lá em casa?

— Apareço. Até lá!

Ela desapareceu como em um sonho, em meio às ruas molhadas de Bergen, sob aquele céu cinzento, enquanto eu fiquei deitado até as onze horas.

Em vez de subir para a sala de leitura, tirei o dia para andar pela cidade. Passei em todas as lojas de artigos e livros usados, comprei uns discos e uns livros de bolso, além de um romance novinho em folha que Else Karin da Skrivekunstakademiet tinha acabado de publicar. O livro se chamava *Ut*, a capa era branca e tinha o desenho de uma mulher ajoelhada, com a metade do corpo nua e a outra metade vestida com trajes de arlequina. Eu não tinha nenhuma expectativa, comprei o livro só porque eu conhecia a autora e estava curioso para ver qual era o nível quando comparado ao que eu mesmo havia escrito.

A contracapa trazia as palavras CIÚMES — DOENÇA — LOUCURA? Caramba. Entrei na confeitaria frequentada por velhos e me sentei para ler. Já na segunda página veio a surpresa. O livro era sobre mim!

Você nunca se aproximou, Karl Ove.
O júri está de acordo comigo.
Teus dedos sumiram é só perguntar.
Nunca tiveste os meus sucos em ti
salvo tenhas mentido.

Continuei lendo, virando as páginas à procura do meu nome. Epa, epa, epa.

Karl Ove venha me amar.

Karl Ove, você não se aproximou.

Você causou uma catástrofe, Karl Ove —
e eu estava magra demais.

Um monte de coisas sobre cacetes e úteros, pelo que vi. Gritos e ovários inoculados. Chicotes e incêndios. Uma verdadeira loja de horrores. *Um dia talvez você entenda, Karl Ove,* continuei lendo. *Puta merda, Karl Ove,* continuei lendo. E de repente, em caixa-baixa, *por que, karl ove, por que precisaste me amar?*

Larguei o livro e olhei para o Torgalmenningen. Eu sabia que aquilo não era a meu respeito, mas assim mesmo fiquei abalado, era impossível ler o meu nome de maneira neutra, porque não era uma coisa neutra, ela tinha escolhido justamente aquele nome, o nome de um ex-colega de curso, e não outro, o que não seria problema nenhum, afinal existiam vários nomes.

Por outro lado, pensei, aquela era uma boa história, uma história que eu podia contar para as pessoas. Eu tinha frequentado a Skrivekunstakademiet e, mesmo que não tivesse feito a minha estreia logo em seguida, pelo menos eu era o personagem de um livro. *Karl Ove agitado estava desperto e com medo. Está bonito lá fora — Karl Ove sabe — e ele pega o mastro e fecha as persianas bem fechadas e o sol e os espruces desaparecem. Hoje ele não vai beber uma gota de álcool.*

Naquela tarde ensaiamos com Hans. A primeira coisa que ele fez foi traduzir as minhas letras para *nynorsk*. Elas soaram bem, melhor do que haviam soado antes. Ele também tinha levado duas outras músicas, e começamos a ensaiar uma delas, "Hei men Far Nasjon". Depois fomos ao espaço no fundo da construção industrial, onde havia um palco e umas bandas locais se apresentariam. Quando a luz se apagou e a primeira banda estava prestes a começar, notei para meu desespero que Morten havia subido no palco e estava se dirigindo ao microfone.

Morten!

Magro e vestido de preto, ele ficou segurando o pedestal com as duas mãos enquanto cantava. Eu não conseguia acreditar nos meus próprios olhos. Na última vez em que o tinha visto, quando ainda éramos vizinhos seis meses atrás, ele era um cara típico de Østlandet, por mais aberto e sensível que fosse; e de repente estava lá cantando, com uns trejeitos parecidos com os de Michael Krohn, cheio de uma confiança absurda. Ele também cantava como Krohn, e a banda tocava como o Raga Rockers, o que em suma queria dizer que não era boa, porque não tinha originalidade nenhuma, mas para mim a questão não era essa, era a transformação que Morten havia sofrido.

Ele tinha começado a estudar história, segundo me disse quando nos falamos depois do show. Mas o que mais fazia era tocar com a banda. E você?, ele me perguntou. Já estreou como escritor? Não, eu disse, infelizmente não, essa história não deu em nada. Mas eu também estou tocando em uma banda. Chama-se Kafkatrakterne.

Ele riu do nome e sumiu no gigantesco espaço que surgiu entre nós quando deixamos de ser vizinhos.

* * *

No começo de janeiro finalmente encontrei um colega para ocupar o outro apartamento, que até então eu vinha pagando sozinho. O nome dele era Jone, ele era de Stavanger e era ex-namorado de Kari, a namorada nova de Asbjørn. Trabalhava em uma empresa petrolífera e além disso tinha um pequeno selo, organizava feiras de discos e tinha conseguido licença para frequentar a Handelshøyskolen, e estava mais do que disposto a morar comigo. Fiquei contente e nem pensei que o padrão do apartamento podia ser baixo demais, até a tarde em que ele estacionou um caminhão branco do lado de fora e eu desci para ajudá-lo a carregar os móveis.

— Oi, Karl Ove! — ele disse, mesmo que nunca tivéssemos nos visto antes, e naquele instante compreendi que fazia o tipo extrovertido.

Cabelos ruivos, pele pálida, movimentos vagarosos.

— Oi — eu balbuciei de volta, porque não conseguia me imaginar usando o nome dele antes de conhecê-lo de verdade.

— Que tipo de espelunca é essa, afinal? — ele perguntou enquanto olhava para a fachada suja e decrépita.

— Uma espelunca barata — eu disse.

— Estou brincando com você — ele disse, rindo. — Será que você pode me ajudar com as coisas mais pesadas?

Ele abriu as portas, calçou um par de luvas e subiu na caçamba. Logo vi que tudo era de primeira linha. Um colchão d'água decente, uma mesa de centro decente, um sofá decente e uma grande TV e um aparelho de som incrível. Começamos com o colchão. Quando subimos e o largamos no apartamento eu tinha a consciência tão pesada que mal aguentava olhar para ele. O quarto e a sala com vento encanado e a velha cozinha e o velho banheiro não podiam representar nada para ele, eu devia ter sido mais claro ao falar sobre o padrão do apartamento, mas naquela altura já era tarde demais, ele estava de pé, olhando ao redor. Mas ele não disse nada, carregamos móvel atrás de móvel, caixa atrás de caixa, ele fazia gracejos e dava risada, como mais tarde ficaria claro que era costume, e não dava a impressão de ter pensado muita coisa a respeito do padrão baixo, a única coisa em que eu conseguia pensar. No dia seguinte ele tinha desencaixotado e arrumado tudo, mas a aura do apartamento dele parecia indicar que havia alguma coisa errada, um velho numa discoteca novinha em folha, uma senhora maquiada e vestida como uma garota, um dente podre com uma coroa branca e nova.

Mas ele parecia estar gostando. E eu gostava dele, era bom saber que estava lá, do outro lado do corredor, e era bom poder contar com ele no início das manhãs e no fim das tardes, era como se eu nunca ficasse completamente sozinho, mesmo que não tivéssemos muito a ver um com o outro.

Semanas depois fiquei sabendo que o apartamento abaixo do meu estava desocupado. Dei a notícia a Espen, com quem eu havia passado cada vez mais tempo ao longo do inverno, e sugeri que ele ligasse para o proprietário, ou seja, para o banco, e perguntasse se não poderia ocupá-lo. Deu certo, e poucos dias mais tarde éramos vizinhos. Espen fazia o tipo frugal, ele andou pela cidade em busca de contêineres com móveis antigos, e assim mobiliou todo o apartamento, que era idêntico ao meu, a não ser pela divisão total em relação ao apartamento vizinho, e também pelo banheiro, que ficava no corredor e sofria com o mesmo frio e as mesmas correntes de ar que afligiam todos os banheiros estudantis naquela cidade, onde nenhum apartamento tinha sido reformado desde a década de 1940. A mesa de centro dele era feita de blocos de concreto com uma tábua em cima, os móveis restantes eram velhos, mas totalmente funcionais, e a impressão geral era a de que aquele era um apartamento bonito, uma impressão reforçada pelos livros que ele tinha começado a juntar.

E assim foi. Eu tinha vinte e um anos, estava cursando a primeira etapa do curso de letras, tinha um colega de apartamento desconhecido, um amigo, que eu ainda não conhecia direito, morando no andar de baixo e uma namorada. Eu não sabia nada, mas estava aprendendo a fingir cada vez melhor. Eu tinha um irmão que me dava acesso ao mundo dele. E também havia Jon Olav e Ann Kristin, com quem eu às vezes me encontrava, e Kjartan, que havia se mudado para Bergen e começado a estudar quando minha avó morreu. Às vezes eu o via na cantina do Studentsenteret, onde se destacava por ter quarenta anos de idade e cabelos grisalhos e por estar sozinho na mesa, rodeado de jovens por todos os lados. Eu o via também na cantina de Sydneshaugen, onde por vezes sentava-se com outros colegas, todos jovens, claro, mas o brilho que havia nos olhos dele quando discursava a respeito dos filósofos preferidos em Sørbøvåg havia se apagado. Ainda eram Heidegger e Nietzsche, os pré-socráticos e Hölderlin, pelo menos quando ele falava comigo, porém já não mais carregados de uma promessa futura, como haviam sido antes, quando tudo na vida dele se concentrava naquele ponto incandescente.

Quanto a mim, eu também não tinha futuro, não porque se encontrasse em outro lugar, mas porque eu não conseguia imaginá-lo. A ideia de que eu poderia influenciar o futuro para que tudo acontecesse da maneira como eu gostaria estava completamente fora do meu horizonte. Tudo pertencia ao agora, eu vivia uma coisa de cada vez e agia com base em princípios que nem mesmo eu conhecia, sem no entanto saber que era assim. Eu tentava escrever, mas não havia como, tudo desmoronava após umas poucas frases, eu não tinha aquilo em mim. Espen, por outro lado, era um poeta de coração e alma. Claro que foi admitido na Skrivekunstakademiet, e por mérito próprio, pois não havia nenhum tipo de falsidade no que ele fazia, e eu não concebia outros motivos que não a pureza e a autenticidade no que dizia respeito à literatura.

Quando ele se mudou para o apartamento de baixo começamos a passar muito tempo juntos. Se queria companhia, ou se havia preparado uma comida que achasse que eu devia provar, o que acontecia com frequência, visto que era curioso e disposto a experimentar coisas novas tanto na cozinha como na poesia, ele batia com um cabo de vassoura no teto e eu descia. Jogávamos xadrez, ouvíamos um pouco dos discos de jazz dele e um pouco das bandas que eu apresentava, porque, no que dizia respeito ao pop e ao rock, nossos gostos eram mais ou menos parecidos, uma vez que os dois tinham sido marcados pela adolescência na década de 1980, havia muita coisa de pós-punk, mas também muitas coisas mais rítmicas, como Happy Mondays, Talking Heads, Beastie Boys, e Espen gostava de dançar, o que talvez parecesse improvável à primeira vista, e poucas coisas o deixavam tão entusiasmado quanto músicas cativantes, mas acima de tudo nós dois conversávamos. Líamos muito, nós dois, cada um no seu canto, e essas leituras eram o assunto das nossas conversas, ou pelo menos o nosso ponto de partida, já que no fim nossas vivências pessoais também eram incorporadas a essas conversas, que eram intermináveis, que podiam se estender noite adentro e continuar na tarde seguinte, mas nunca de maneira forçada ou artificial, tanto eu como ele sentíamos uma sede insaciável, nós dois tínhamos um desejo ardente de aprender pulsando no corpo, nós dois sentíamos uma grande alegria ao nos movimentar, porque no fim era isso o que acontecia, empurrávamos um ao outro sempre à frente, uma coisa levava a outra, e de repente eu me via falando sobre um assunto sobre o qual eu nunca havia pensado, e de onde podia vir aquilo?

Não éramos ninguém, apenas dois estudantes de letras que se sentava para conversar em um prédio caindo aos pedaços em uma pequena cidade nos confins do mundo, um lugar onde nada de importante jamais tinha acontecido e provavelmente jamais viria a acontecer, mal tínhamos começado as nossas vidas e não sabíamos nada a respeito de coisa nenhuma, mas o que líamos era muito diferente de nada, eram coisas grandiosas, escritas pelos mais influentes pensadores e escritores da cultura ocidental, e no fundo era um milagre que bastasse preencher um cadastro na biblioteca para ter acesso a tudo que Platão, Safo ou Aristófanes tinham escrito nas profundezas do tempo, ou Homero, Ovídio, Lúculo, Lucrécio ou Dante, Vasari, Da Vinci, Montaigne, Shakespeare, Cervantes, ou Kant, Hegel, Kierkegaard, Nietzsche, Heidegger, Lukács, Arendt, ou ainda os contemporâneos, Foucault, Barthes, Lévi-Strauss, Deleuze, Serres. Isso sem falar nos milhões de romances, peças de teatro e coletâneas de poemas que existiam. Tudo à distância de um cadastro e uns poucos dias. Não líamos nenhum desses livros no intuito de nos tornarmos capazes de reproduzir o conteúdo que encerravam, como no caso dos livros didáticos, mas porque eles tinham uma coisa a nos oferecer.

O que seria essa "coisa"?

No meu caso, era uma abertura. Todo o meu mundo era composto por grandezas que eu tomava por absolutas, imutáveis, como se fossem montanhas e grandes rochas na consciência. O extermínio dos judeus era uma dessas grandezas, o iluminismo era outra. Eu podia explicá-las, tinha uma imagem clara a respeito delas, como aliás todo mundo, porém eu nunca havia *pensado* nelas, nunca havia me perguntado que circunstâncias as haviam tornado possíveis, por que tinham acontecido justamente naquele contexto, e tampouco se existiam ligações entre todas elas. Assim que comecei a ler *A dialética do iluminismo* de Horkheimer e Adorno, um livro que eu não entendia muito bem, tudo se abriu, no sentido de que se as coisas podiam se comportar desta maneira, era porque também podiam se comportar daquela outra, as palavras deixavam de ter peso, já não havia mais uma coisa chamada "extermínio dos judeus", porque a coisa para a qual esse conceito apontava era de uma complexidade vertiginosa, e ia desde o pente no bolso de uma jaqueta na pilha de jaquetas que ficava no depósito e que havia pertencido a uma menininha, cuja vida inteira se encontra abarcada pela expressão "extermínio dos judeus", até os grandes conceitos como o mal, a indiferença, a culpa, a culpa coletiva, a responsabilidade individual, as massas, a produção em massa e o extermínio em massa. Dessa forma o mundo tornava-se relativizado, mas também mais verdadeiro: as mentiras e os mal-entendidos ou a desobediência dependiam de concepções da realidade, e não da realidade em si, que permanecia fora do alcance da linguagem.

Podia acontecer de Espen ler em voz alta uma passagem que Leonardo da Vinci havia escrito sobre os movimentos da mão, e de repente a coisa mais simples em meio a tudo que havia de simples, a coisa mais óbvia em meio a tudo que havia de óbvio deixava de parecer simples e óbvia para revelar-se como o mistério que na verdade era.

Sim, nós líamos um para o outro. Quase sempre Espen, ele às vezes se levantava no meio de uma conversa, voltava com um livro e começava a ler um trecho, mas eu também fazia a mesma coisa, quando acontecia de eu encontrar um trecho que julgava ser digno dele. Havia um desequilíbrio em nosso relacionamento, Espen era o guia, estava sempre à frente, enquanto eu seguia atrás e sempre me alegrava quando ele se entusiasmava com uma coisa que eu havia dito, ou então a julgava interessante, aquilo me deixava radiante, as conversas a seguir eram sempre boas, porque eu me sentia mais livre, mas se ele não esboçava reação, o que às vezes também acontecia, eu me afastava, me continha, sempre de acordo com a disposição dele, enquanto Espen, de sua parte, sempre atribuía a mesma importância ao que eu achava ou pensava; se não estava de acordo, dizia sem nenhum rodeio, encarava aquilo como um desafio, porém não em relação à própria capacidade, não cheio de questionamentos acerca dos próprios méritos, como eu fazia.

A única coisa sobre a qual não podíamos falar era aquilo que se movimentava entre nós. Espen nunca ouviu de mim que eu não poderia dizer mais nada a respeito do assunto porque a ausência de reação da parte dele havia me deixado inseguro, que eu não passava de um Zeitblom, enquanto ele era um Leverkühn, eu, condenado a ser um conhecedor de literatura ou crítico de cultura, ele, a tornar-se aquilo que era: um poeta, um escritor.

Não existiam em toda Bergen duas pessoas mais distantes do que Espen e Gunvor. Eu pelo menos não conseguia pensar em uma combinação mais díspar. Ter os dois no mesmo ambiente não fazia sentido, eles nunca conseguiam ir além do nível de oi, como vão as coisas?, não tinham nada a dizer um para o outro, não tinham o menor interesse um pelo outro. Assim eu vivia duas vidas separadas, uma com Gunvor, na qual tudo se resumia a estarmos próximos um do outro, a estarmos juntos e a fazermos coisas juntos, como tomar café da manhã, fazer amor, visitar os amigos dela, assistir a filmes, dar passeios, falar sobre o que estivesse passando em nossas cabeças, tudo sempre em uma relação muito estreita com os nossos corpos, o cheiro dos cabelos dela, por exemplo, o gosto da pele, a sensação de estar com o quadril colado ao quadril dela na cama fumando, em outras palavras, tudo se resumia a compartilhar nossas vidas. Falávamos sobre nossos irmãos e irmãs, nossos pais e amigos, e nunca sobre teóricos ou teorias, e se nos movimentávamos pela universidade em nossas conversas, era para contar sobre o sujeito que dormia na sala de leitura, como Gunvor havia feito certa vez, ele tinha acordado de repente com um sobressalto, e quando se levantou para ir embora acabou caindo. Estou paralisado! Estou paralisado!, ele gritou, mas logo a sensação voltou às pernas, elas tinham simplesmente adormecido, e o sujeito se levantou com uma expressão constrangida e estúpida no rosto enquanto todos ao redor davam risada, inclusive Gunvor, pelo menos era o que sugeriam as risadas que deu ao contar a história.

Yngve e Espen também não tinham nada a dizer um para o outro, também não eram duas pessoas que eu gostava de ter juntas, e essa era uma ruptura com a qual eu tinha mais dificuldade de me relacionar, pois se entre Espen e Gunvor havia também a diferença entre homem e mulher, namorada e amigo, o que a tornava de certa forma natural e aceitável, a diferença entre Yngve e Espen consistia em outra coisa. Às vezes eu tentava ver o que eu e Espen fazíamos juntos com os olhos de Yngve, e nessas horas nos transformávamos em dois nerds que ficavam sozinhos lendo em voz alta, jogando xadrez e ouvindo jazz, totalmente afastados da vida social e comunitária que envolvia bandas e garotas e saídas à noite. Yngve via que aquele não era eu, e eu levava esse olhar comigo, eu era um cara totalmente normal que gostava de futebol e de música pop, por quem eu estava querendo me passar com toda aquela literatura modernista e elitista? Mas essas coisas também aconteciam no sentido inverso, as opiniões de Yngve já não pareciam sempre tão convincentes, mas esses pensamentos eram tão dolorosos que eu tentava afastá-los assim que surgiam.

Encontrei Kjartan umas duas vezes durante a primavera e notei que ele havia sofrido uma transformação. Mesmo que continuasse a falar como antes, a chama havia se apagado, e no olhar dele havia um desânimo que eu nunca tinha visto até então. Certa noite minha mãe ligou e disse que Kjartan tinha sido internado em uma ala psiquiátrica. Tinha sofrido um surto psicótico bastante sério, tinha destruído todo o estúdio onde morava, quebrado tudo que havia por lá, jogado a televisão pela janela e por fim sido internado. Naquele instante estava em Førde, no hospital, onde a minha mãe, Ingunn e Kjellaug, as três irmãs dele, movimentavam o céu e a terra para garantir que recebesse os melhores cuidados possíveis. Minha mãe estava fora de si de tanta preocupação. A psicose talvez fosse duradoura, e Kjartan continuava sem contato com a realidade.

O exame de maio foi sobre Dante. Muitos colegas olharam para mim quando o exame foi distribuído, porque eu tinha me vendido como um grande fanático por Dante, havia me tornado quase um especialista em Dante, e aquilo tinha sido uma sorte e tanto.

Mas eu não tinha lido nada sobre o canto a ser analisado, então em vez de escrever sobre aquela passagem específica, que dizia respeito a dois amantes que vagavam de um lado para o outro em meio a um bando de pecadores que se movimentavam como uma revoada de pássaros ao vento, sem nunca chegar perto uns dos outros, reescrevi meu artigo sobre Dante da melhor forma possível, quase palavra por palavra, e inseri comentários vagos a respeito da passagem citada no início e no fim. Espen também havia escolhido Dante, ele achou que as coisas não tinham ido muito bem, mas tampouco haviam resultado em uma catástrofe.

Quando os resultados foram pendurados no quadro de avisos na frente do instituto, descobri que eu tinha conseguido tirar apenas 2,4. Ainda era uma nota de honra acadêmica e totalmente aceitável, mas não era nada do que eu havia desejado e esperado. Eu queria pelo menos ser o melhor aluno do ano. Espen, por outro lado, tirou 2,2, uma das melhores notas de todo aquele semestre. E eu compreendi por quê: ele tinha escrito a respeito daquele texto específico, tinha lido e feito uma interpretação por conta própria, na hora, enquanto eu tinha enfiado uma coisa pronta no texto e assim o tornado invisível.

Tive o que eu merecia, mas foi difícil engolir; a única razão para frequentar as aulas, da maneira como eu via as coisas, era ser o melhor. De que adiantava ser um estudioso de literatura mediano? Era completamente desprovido de sentido.

Decidi deixar de lado o exame de filosofia e me concentrar direto na segunda etapa do curso para uma revanche imediata. Afinal, Espen começaria a estudar na Skrivekunstakademiet e não representaria nenhuma ameaça para mim, o que era motivo de alegria. Ele não era competitivo, mas vencia assim mesmo, e era impossível se proteger contra esse tipo de coisa.

Eu tinha o verão inteiro pela frente, e como sempre não sabia o que fazer nem onde eu gostaria de estar. Minha única certeza era que eu precisava ganhar dinheiro. Gunvor, que trabalharia em um lar para idosos durante todo o verão, sugeriu que eu procurasse trabalho em uma instituição para pessoas com deficiência mental que ficava entre Haugesund e a casa dela, conhecida no meio estudantil como um lugar que estava sempre precisando de gente. Ela disse que dois colegas da faculdade trabalhariam lá durante todo o verão e que nenhum deles era do distrito, mas o município ofereceria hospedagem nos estúdios de uma certa escola.

Liguei para lá, disse que eu já havia trabalhado em outras instituições similares e também durante um ano inteiro como professor, e a mulher com quem eu estava falando disse que eu podia conseguir um emprego temporário por seis semanas. No meio de junho eu arrumei minha bolsa e peguei um ônibus rumo ao sul. Gunvor estava apoiada no carro do pai e sorriu quando horas mais tarde eu cheguei ao centro do município. Ela tirou os óculos escuros e nos abraçamos.

— Senti muita saudade! — ela disse, e então estendeu o corpo para me beijar.

— Eu também — eu disse.

As casas ao nosso redor eram brancas, o mar logo atrás era azul, as florestas por toda parte eram verdes e transbordavam com a luz do sol.

Entramos no carro, era a primeira vez que eu pegava carona com ela, e por um instante sofri com a subordinação que aquilo representava, ela que podia, eu que não podia. Eu, o eterno passageiro. Pegando carona com a minha namorada.

— É longe? — eu perguntei, colocando o banco para trás para ter mais espaço para as pernas.

— Três quilômetros — ela disse. — Estão esperando você com a mesa posta. Você está nervoso?

— Não — eu disse. — Acho que vai ser legal.

Gunvor me olhou com um sorriso no rosto antes de fixar os olhos mais uma vez à frente. Ela estava muito alegre, não eram apenas a boca e os olhos que expressavam esse sentimento, mas o corpo inteiro. Mesmo ocupada com a direção, ela emanava alegria.

Durante o trajeto ela falou sobre o que víamos ao nosso redor. Lá fica a escola, lá morava a melhor amiga, lá ficava uma rampa de esqui, lá ela tinha dado o primeiro beijo... Minutos depois ela diminuiu a velocidade e pegou uma estradinha de cascalho, passamos em meio a propriedades, a casas grandes, antigas e pintadas de branco, e no pé da encosta suave, junto à floresta, com o fiorde logo abaixo, ficava a casa da família dela.

— Chegamos! — ela disse. — Não é bonito?

— Muito bonito — eu disse.

Ela estacionou, saímos do carro e eu a segui até a porta, que no mesmo instante foi aberta por uma mulher que devia ser a mãe.

— Olá! Seja bem-vindo — ela disse com um sorriso. Apertei a mão que ela havia estendido.

— Obrigado — eu disse.

— Que bom que você enfim veio nos fazer uma visita!

— Que bom que pude vir para cá — eu disse. — Ouvi muita coisa a respeito deste lugar.

— O pai saiu? — Gunvor perguntou.

— Saiu — ela disse. — Pensei em esperá-lo para comermos juntos.

— Então eu vou mostrar o seu quarto para você — disse Gunvor, pegando a minha mão. — Venha!

Atravessamos o corredor e andamos pela casa, escura e fresca, até chegar ao cômodo mais afastado, onde larguei minha bolsa e olhei para Gunvor.

Ela sentou-se na cama arrumada e me puxou.

Antes da visita ela já tinha me avisado que dormir no mesmo quarto que eu estaria fora de cogitação.

— Você não consegue me fazer uma visita à noite? — eu perguntei. — Vir para cá de mansinho?

Ela balançou a cabeça.

— Não com os meus pais em casa. Mas eles saem amanhã cedo. Aí eu venho.

*

Quando nos sentamos ao redor da mesa, o pai dela juntou as mãos e fez uma breve oração. Gunvor e a mãe fizeram o mesmo. Sentindo-me pouco à vontade, coloquei as mãos no colo, para que ninguém pudesse ver se estavam postas ou não, e baixei o olhar como eles haviam feito.

— Amém — disseram todos, e como em um passe de mágica passamos a outra coisa, a mãos que se serviam, a perguntas que eram feitas e respondidas, a comida que era mastigada e engolida, a alegria e risadas. Como sempre quando eu estava na presença de pessoas que não conhecia, mantive-me totalmente aberto em relação aos pais de Gunvor. A mãe que estava de bom humor mas examinava-me o tempo inteiro, o pai que era mais duro e mais obscuro, forte e robusto, e Gunvor, no meio de todos, preocupada com o que eu estaria pensando a respeito deles e com o que eles estariam pensando a respeito de mim. Respondi as perguntas deles, tentei parecer educado e amistoso, derramar por cima deles o que eu achava que queriam de mim, por assim dizer. Se aparecia uma deficiência qualquer na conversa, por exemplo um silêncio repentino ou uma expressão facial repentina que eu interpretasse como reprobatória, ou mesmo potencialmente reprobatória, eu derramava ainda mais.

Terminada a refeição descemos ao fiorde para tomar um banho de mar.

— E então? — Gunvor perguntou enquanto pegava a minha mão. — Você ficou chocado com a oração antes da refeição?

— Não — eu disse. — Mas foi um pouco inesperado. Tive a impressão de que os seus pais são da geração anterior à geração dos meus.

— E é quase isso mesmo — ela disse. — Mas o que você achou deles?

— São legais — eu disse. — Os dois têm um temperamento bem diferente, pelo que eu pude ver, mas assim mesmo parecem estar no mesmo lugar, se é que você entende o que estou querendo dizer.

— Acho que entendo — ela disse, olhando para mim. — É estranho ter você aqui.

— É estranho para mim estar aqui — eu disse.

Escovamos os dentes juntos no banheiro, trocamos um beijo de boa-noite e fomos cada um para o seu quarto. Na rua havia começado a chover. Eu fiquei deitado, ouvindo o tamborilar suave, que desaparecia toda vez que o vento soprava em meio à floresta. Na sala um relógio tiquetaqueava, e a cada hora cheia um mecanismo era acionado e fazia soar uma nota delicada e melodiosa. Era uma casa onde tudo funcionava como devia, e onde as vidas eram vividas de forma organizada, pelo que eu havia entendido. Compreendi Gunvor melhor ao ver aquilo. Ela era uma estudante, vivia essa vida em Bergen, mas também tomava parte naquilo, era leal aos pais, em relação aos quais era muito próxima apesar de estar longe. O sentimento que tive enquanto estava lá, de que eu era uma pessoa falsa e maldosa, uma pessoa que tentava enganá-los, devia ser estranho a Gunvor.

O relógio soou meia-noite. Alguém foi ao corredor, uma porta se abriu e se fechou, ruídos vieram do banheiro. Pensei que eu gostava muito de estar na casa dos outros, sempre tinha gostado, mas ao mesmo tempo o que eu via por vezes me parecia insuportável, talvez porque eu visse coisas que não devia ver. A vida na intimidade, tudo que havia de característico para aquelas pessoas. O amor e a inevitabilidade em tudo que geralmente era feito longe dos olhares dos outros. Ah, os detalhes, as bagatelas, os hábitos da família, os olhares trocados. A vulnerabilidade naquilo tudo era enorme. Não para eles, afinal todos viviam naquilo, e nesse caso não havia vulnerabilidade, mas passava a haver quando tudo era visto por alguém que não morava na casa. Ao ver tudo eu me senti um intruso, senti que não tinha direito a nada daquilo. Ao mesmo tempo, me senti tomado de ternura por aquela família.

O relógio se preparou para mais uma batida. Abri os olhos, dormir em seguida estava fora de cogitação. As árvores do outro lado da janela eram pretas, a escuridão entre uma e outra era pálida. Já não estava mais chovendo, mas o vento continuava a se movimentar de vez em quando pela floresta, como uma onda de ar.

Um.

Pensei na vez em que eu tinha estado no hospital ainda pequeno. Minha clavícula estava quebrada, a dor era tanta que eu chorava, mas só fui entender que havia uma coisa errada quando reclamei para a minha mãe à noite e ela me levou ao médico em Kokkeplassen, onde trabalhava, um rapaz ruivo e sardento que disse que o osso provavelmente estava quebrado, e que precisaríamos ir ao hospital fazer um raio X. Quando terminamos, o médico disse que eu poderia dormir aquela noite no hospital. Era tudo que eu queria, aquilo era uma aventura, uma história para contar aos outros, mas se eu concordasse, talvez minha mãe achasse que eu preferia dormir no hospital a dormir em casa, ela ficaria triste com razão, e assim balancei a cabeça ao ouvir a sugestão do médico, eu disse que preferia dormir em casa, se não houvesse problema. Claro que não, ele me entendia perfeitamente, e então enrolou uma bandagem apertada em forma de oito ao redor dos meus ombros e me desejou melhoras quando fomos embora.

Já na hora eu me senti falso, uma pessoa que tinha ideias que ninguém mais tinha, e que ninguém jamais devia conhecer. O que emergiu disso tudo fui *eu mesmo*, era *aquilo* que *eu* era. Em outras palavras, aquilo em mim que sabia coisas que os outros não sabiam, aquilo em mim que eu jamais poderia compartilhar com outras pessoas. Essa solidão, que permanecia em mim, era uma coisa à qual eu sempre havia me apegado, uma vez que era tudo que eu tinha. Enquanto eu a tivesse comigo, ninguém poderia me fazer mal, porque estaria fazendo mal a outra coisa. Ninguém poderia tirar a solidão de mim. O mundo era um espaço no qual eu me movimentava, no qual tudo podia acontecer, mas no espaço que eu tinha dentro de mim, naquilo que eu realmente era, nada mudava. Todas as minhas forças estavam lá. A única pessoa capaz de encontrar o caminho era o meu pai, que de fato o encontrava quando eu sonhava com ele e ele dava a impressão de estar nas profundezas da minha alma gritando comigo.

Para todos os outros eu era inalcançável. Claro, nos pensamentos eram capazes de me alcançar, qualquer um podia agitá-los, mas de que valiam os pensamentos? O que era a consciência senão a superfície do oceano da alma?

Senão pequenos barcos coloridos, garrafas plásticas à deriva e destroços de madeira, ondas e correntes, e o que mais o dia pudesse trazer à tona de um mar com milhares de metros de profundidade?

Talvez profundidade não fosse a palavra certa.

O que era a consciência senão o facho de luz de uma lanterna nas profundezas de uma floresta escura?

Fechei os olhos e me deitei de lado. Dentro de seis ou sete horas ela apareceria, e eu ansiava por sentir o corpo dela no meu, ansiava por tocá-la. Fazia tanto tempo desde a última vez que tínhamos estado juntos que chegava a doer. Se ao menos eu conseguisse dormir naquele momento, pensei, a próxima coisa a acontecer seria tê-la ao meu lado. Mas eu não conseguia dormir. Sucumbi a um torpor de luxúria e expectativa, era insuportável, eu a desejava, e eu estava dormindo, ao mesmo tempo que registrava as badaladas do relógio na sala, ah, ainda são duas horas, três horas, quatro horas… Quando a porta finalmente se abriu e ela se deitou na cama comigo, com aquele típico jeito ávido e inseguro, acordei de um sono tão profundo que tudo que aconteceu foi como um sonho.

Tomamos café da manhã juntos, ela fez como a mãe, lavou a louça assim que terminamos a refeição, eu saí para o jardim e comecei a fumar com uma caneca de café na mão, ela também apareceu, sentou-se na escada, apertou os olhos por conta do sol alto.

— Você ainda não me viu cavalgar — ela disse. — E para mim isso é um escândalo.

— Não foi o que eu acabei de ver? — perguntei.

Gunvor corou de leve e desviou o olhar. Depois ela me olhou e sorriu.

— Como você é barato, Karl Ove — ela disse.

— Não pude resistir — eu disse.

— Mas a expressão também pode ser levada a sério! — ela disse. — Você não quer vir comigo agora? Você também pode cavalgar, se quiser.

— Nunca em toda a minha vida. Mas eu gostaria de ficar olhando você.

Meia hora depois subimos a encosta, ela com uma sela nas mãos. Paramos em frente ao portão, um cavalo-do-fiorde se aproximou da gente, Gunvor estendeu a mão e disse qualquer coisa para ele, ele baixou o focinho até

318

a mão dela, ela o afagou, colocou a sela, montou e logo estava cavalgando de um lado para o outro no terreno verde e ensolarado, enquanto eu a olhava e tirava fotografias. Às vezes eu batia palmas para fazê-la rir, havia uma certa artificialidade na situação, ela realmente queria me mostrar aquilo, que ela sabia cavalgar, mas ao mesmo tempo parecia ansiosa, ela não era do tipo que gostava de se mostrar, mas no fim deu tudo certo, foi um momento alegre, ela estava radiante quando terminou e desceu em frente a mim.

— Você devia entrar para um circo — eu disse, tirando uma fotografia dela com as rédeas numa das mãos e uma cenoura na outra.

— Você tem que ir comigo a um evento de equitação uma hora dessas — ela disse. — Com cavalos islandeses. De preferência na Islândia!

— Não sofra de *hybris* — eu disse. — Se dê por satisfeita ao saber que já vim até aqui.

— Isso é só o começo! — ela disse. — Quando eu tiver acabado, você vai ser um verdadeiro *hestamaður*.

— Um cara que gosta de cavalos?

— Mais ou menos. É um título honroso em islandês.

— Não duvido.

— Eu tive uma ideia pouco tempo atrás — ela disse. — Pensei em talvez cursar a minha segunda etapa na universidade de Reykjavík. Você vai comigo, se eu for mesmo?

— Vou.

— Mesmo? De verdade?

— De verdade.

À tarde ela me levou à pequena cidade onde eu moraria durante as seis semanas a seguir. Primeiro fomos até a instituição, que ficava um pouco afastada do centro, e pegamos a chave do meu quarto, para então descer até o internato, ou o que quer que fosse àquela altura, que ficava em uma encosta não muito longe do cais. Um cômodo com paredes nuas de gesso, piso reluzente de linóleo, uma cama, um armário e uma mesa de pinho, uma cozinha americana e um pequeno banheiro com box.

— Eu preciso voltar agora — disse Gunvor, que estava na porta com a chave do carro na mão.

— Tudo bem — eu disse. — Nos vemos no fim de semana que vem.

Trocamos um beijo rápido, pouco depois eu ouvi a partida do carro, o ronco do motor bateu na parede, e então sumiu pela encosta, foi embora.

Quando terminei de colocar a capa no edredom que eu tinha pegado emprestado, colocar o lençol na cama, as roupas no armário e os livros na escrivaninha, saí para dar uma volta, fui até a região do cais, que, a não ser por uns carros que davam a impressão de pertencer a jovens estacionados em frente a uma lanchonete e por um pequeno grupo sentado nas mesas de madeira que ficavam no lado de fora, estava completamente vazia. Eles tinham cabelos compridos, usavam jaquetas jeans e coletes jeans, um deles inclusive com sapatos de madeira, e todos olharam para mim quando me aproximei. Parei na beira do cais e olhei para a água, que parecia fria e preta junto da mureta. De um dos carros vinha música, e vi que estava com a porta aberta. "Forever Young". Passei mais uma vez pelo grupo, fui até o pequeno centro, que além de uma cooperativa e de um quiosque do Narvesen também contava com um pequeno centro comercial, um restaurante chinês e um punhado de lojas ao longo da rua principal. Não havia uma única pessoa à vista, mas não chegava a ser estranho, porque eram dez da noite de um domingo.

Enquanto eu subia o morro a caminho do estúdio, me virei e olhei para o meu novo local de trabalho, que daquele lugar não passava de um grupo de pontos luminosos em meio à floresta, ao pé de uma encosta íngreme. Notei que eu estava relutante, não pelo trabalho em si mas por todas as pessoas que eu encontraria, por todas as situações nas quais eu teria que causar uma boa impressão partindo da estaca zero.

Na manhã seguinte saí de banho tomado, desci o morro, atravessei o centro e saí pelo outro lado, cruzei um rio e segui rumo à floresta, onde oito ou dez construções erguiam-se em meio às árvores. O céu estava encoberto, o dia estava quente e sem vento. Um ônibus passou e parou junto ao retorno no fim da estrada, uma fileira de pessoas desceu e começou a andar rumo às construções. Comecei a segui-las. Dois pacientes, que estavam bastante para trás, ficaram nos olhando, tive a impressão de que era uma coisa que repetiam todas as manhãs. Ninguém dizia nada; havia apenas o barulho dos passos das pessoas que se movimentavam, deslocavam-se vagarosamente rumo aos prédios, rodeadas pelo silêncio da floresta por todos os lados.

A construção mais próxima era um grande prédio de alvenaria, lá ficava a administração, onde eu havia pegado minha chave na tarde anterior. Ninguém parou lá, as pessoas se espalharam por todas as construções ao redor. Em meio aos estreitos caminhos asfaltados havia gramados pálidos e secos. Uma cancha de handebol asfaltada ficava em um ponto mais baixo, como que rodeada por muralhas. Aqui e acolá havia pequenas ilhas de árvores, outrora partes da floresta ao redor, que começava poucos metros atrás das construções individuais.

Eu não tinha nenhuma ideia quanto ao que me esperava, e estava nervoso ao me aproximar. Eu me encaminhava ao setor E, essa construção ficava à esquerda e, segundo constatei, era comprida, pintada de branco e construída de alvenaria, como as outras, e tinha dois andares. Eu trabalharia no andar de cima. A entrada ficava nos fundos, havia carros no pequeno estacionamento asfaltado por lá. Abri a porta e entrei num corredor que tinha uma escada no fundo. Reconheci o cheiro, era o mesmo do Hospital Psiquiátrico Eg onde eu havia trabalhado três anos atrás, e o mesmo que havia na minha escola primária nos anos 1970, um misto de sabão verde e um odor que parecia vir de um porão, de um esgoto, uma coisa escura e úmida e subterrânea em meio a uma assepsia minuciosa.

Um banco ficava junto à parede, acima dele havia jaquetas e sobrecalças penduradas em uma fileira de cabides. Duas cadeiras de rodas estavam junto da outra parede, sob as pequenas claraboias que na década de 1950 se costumava pôr no alto das paredes.

Subi a escada, abri a porta e entrei num longo corredor com diversas portas nos dois lados. Junto a uma das paredes um homem que estava sentado numa cadeira me encarou com um olhar desvairado. As pernas dele eram cotocos, pareciam ter sido amputadas na altura do joelho. No mais, ele tinha uma aparência normal. Testa alta, cabelos ruivos, pele clara com sardas, tronco robusto. Ele usava calças vermelhas de corrida e uma camiseta branca com o logotipo das bananas Dole.

— Olá! — eu disse.

O olhar que ele lançou na minha direção foi cheio de desprezo. Ele apoiou as mãos no chão, passou o corpo entre os braços, ergueu as mãos e colocou-as mais à frente com um pequeno salto, passou o corpo novamente por entre os braços e assim, desta maneira incomum porém eficiente, afastou-se pelo corredor.

Uma mulher pôs a cabeça para fora da porta mais próxima. Ela devia ter uns trinta e cinco anos, tinha cabelos escuros e crespos e os dentes um pouco saltados.

— Karl Ove? — ela disse.

— Eu mesmo. Olá — eu disse.

— Marianne — ela se apresentou. — Venha, é aqui que nós ficamos!

Entrei na pequena sala, onde um homem de bigode, cabelos frisados, calça folgada e regata estava sentado com uma caneca de café ao lado de uma mulher rechonchuda afundada na cadeira com óculos e cabelos loiros meio desarrumados, que vestia uma calça jeans e uma jaqueta jeans, talvez com vinte e cinco anos, ela também com uma caneca de café.

— Oi — disse o homem. — Eu sou o Ove — ele disse. — Essa é a Ellen, e essa é a Marianne. A Marianne está terminando o turno agora, então hoje vamos ser nós três por aqui.

A mulher chamada Ellen acendeu um cigarro.

Tirei minha jaqueta, peguei meu pacote de tabaco e me sentei.

— Você já trabalhou aqui em outros anos? — perguntou Ove.

Balancei a cabeça.

— É só fazer o que a gente faz e logo você vai estar acostumado — ele disse. — Não é verdade, Marianne?

Ove olhou para Marianne, que estava vestindo a jaqueta, e piscou o olho. Ela sorriu.

— Bom trabalho para vocês — ela disse, saindo pela porta.

— Termine o cigarro e depois vamos começar — disse Ove.

O homem sem as pernas entrou na sala, sentou-se como um cachorro ao lado da mesa e ficou olhando para Ove.

— Esse é o Ørnulf — ele disse para mim. — Você quer um café, Ørnulf?

Ørnulf não respondeu, mas tomou fôlego bufando por entre os dentes. Os olhos dele brilhavam. Ele cheirava mal. Acendi meu cigarro e me reclinei no sofá. Ove pôs uma caneca sob a garrafa térmica e a encheu com duas longas apertadas sobre o botão, acrescentou leite e colocou a caneca na frente de Ove, que a pegou com as duas mãos e esvaziou-a em três longos goles. Então a largou em cima da mesa, soltou um arroto meio rouco, pegou-a outra vez e a segurou diante de Ove com um gesto suplicante.

— Não, não, você já tomou duas canecas — disse Ove. — Agora você precisa esperar o café da manhã.

Ørnulf largou a caneca, pôs-se a deslizar pela sala e foi até o outro lado do corredor, onde se sentou com as duas mãos sob os cotocos das pernas e ficou nos olhando.

Será que ele não sabia falar? Ou será que não queria?

— Tomamos café da manhã às oito horas — disse Ove. — Depois quatro residentes vão para a oficina. Três ficam aqui. Um deles, Are, precisa de cuidados especiais. Os outros dois se viram bem, mas você precisa ficar de olho neles. Depois o pessoal da oficina volta para o almoço. Quanto às outras coisas que você precisa saber, vamos deixá-las para quando for preciso. Tudo bem?

— Por mim está bem — eu disse.

Ele pegou um livro de capa verde que estava em cima da mesa, abriu-o e, pelas folhas pautadas e pela densidade das anotações, concluí que era o livro de relatórios.

— Mais tarde você pode dar uma olhada nesse livro — ele disse enquanto me olhava.

Respondi com um aceno de cabeça.

Ove não tinha gostado de mim, eu havia percebido de cara. As coisas que me dizia tinham a melhor das intenções, mas a simpatia na voz parecia forçada, e alguma coisa na postura dele, fosse o olhar ou a impressão causada pela aura que vinha dele, me deu a entender que já tinha formado uma opinião a meu respeito, e que não era uma opinião favorável.

Ellen, por outro lado, parecia indiferente.

Será que podia ser lésbica?

— Bem — disse Ove, se levantando. — Precisamos acordá-los. Venha comigo, assim você já conhece as pessoas que moram aqui.

Eu o acompanhei pelo corredor. No fundo à esquerda ficava a cozinha, à direita ficava um pequeno refeitório e dentro dele havia uma porta que dava para um escritório com uma parede envidraçada.

Ørnulf, que havia nos seguido, parou em frente à porta gradeada que dava para a cozinha.

— Ele sempre fica aqui esperando a comida — disse Ove. — Não é mesmo, Ørnulf?

Ørnulf fez uma careta e arreganhou os dentes, ao mesmo tempo que tomou um fôlego profundo e fez um som como o de uma bufada sinistra.

Será que aquilo era um sim?

— O Ørnulf fica na cadeira de rodas quando saímos para a rua. Mas aqui dentro ele se vira muito bem. Não é mesmo? — disse Ove, sem olhar para Ørnulf. — E tem uma coisa, você está vendo essa grade na porta da cozinha? É muito importante que esteja sempre fechada quando nenhum de nós estiver lá dentro. Certo?

— Certo — eu disse.

— Então podemos começar com o Hans Olav. Ele tem um cantinho próprio aqui dentro — disse Ove, abrindo a porta no fim do corredor. — Às vezes ele é meio intratável, por assim dizer, e é por isso que mora sozinho. Você entende o que estou dizendo? Mas ele é um bom rapaz.

Dentro havia um pequeno vestíbulo com uma mesa, e no corredor que se estendia à nossa frente havia três portas. A mais próxima estava aberta, e no fundo do quarto um homem de uns quarenta anos estava deitado na cama, batendo punheta. O pau dele era grosso e estava totalmente mole. Ove deteve-se na porta.

— Oi, Hans Olav — ele disse.

— Puieta! — disse Hans Olav.

— Não, nada de punheta agora — disse Ove. — Vista-se para a gente tomar o café da manhã.

— Puieta, puieta — disse Hans Olav. Ele tinha um nariz grande e meio achatado, rugas profundas nas bochechas e era praticamente careca. A cabeça era redonda, os olhos eram castanhos e senti um calafrio ao vê-lo, ele era igual às fotos que eu tinha visto de Picasso já mais velho.

— Esse é o Karl Ove — disse Ove. — Ele vai trabalhar aqui durante o verão.

— Oi — eu disse.

— Quer que eu ajude você a se levantar? — Ove perguntou.

Sem esperar pela resposta ele se aproximou de Hans Olav, segurou-o por um dos braços com as duas mãos e o pôs sentado. Um pouco irritado, Hans Olav tentou bater nele, não de forma agressiva, mais como se estivesse acertando uma mosca, levantou-se devagar, pegou a calça e se vestiu. Ele era mais alto que eu, e portanto devia ter quase dois metros, mas parecia fraco e praticamente não tinha senso de equilíbrio.

— O Hans Olav toma o café da manhã sempre com um membro da nossa equipe — disse Ove. — Hoje vou ser eu, mas amanhã pode ser você.

— Tudo bem — eu disse.

Retornamos ao setor, Hans Olav caminhava depressa, com o corpo recurvado e passos hesitantes, os dedos sempre futricando no queixo, e por três vezes notei que um dos braços se abriu de repente e bateu contra a parede enquanto o tempo inteiro ele ria baixinho. Hans Olav desviou ao passar por Ørnulf, como se tivesse medo dele, e desapareceu na sala.

Ove abriu a porta mais próxima, no quarto um senhor estava sentado na cama se vestindo. Ele usava óculos, tinha um rosto suave e lábios grossos, era calvo no alto da cabeça e tinha os cabelos das laterais penteados de um lado para o outro e, a dizer pela aparência e pelo estilo, parecia um contador em uma posição subordinada, ou talvez expedidor num armazém de construção, ou ainda, por que não, professor de carpintaria.

— Você já está de pé! — disse Ove. — Que bom, Håkon!

O homem chamado Håkon desviou o olhar com um jeito de menina tímida. Um bonito rubor se espalhou por aquelas bochechas vetustas.

— Obrigado — ele balbuciou.

No quarto ao lado um senhor de uns sessenta, sessenta e cinco anos com cabelos brancos arrumados em uma trança na cabeça quase toda calva estava sentado na beira da cama arrancando as páginas de uma pilha de revistas. Nas costas ele tinha uma corcunda enorme, e tão chata no topo que daria para largar uma bandeja em cima.

— Como você está, Kåre? — perguntou Ove.

— Ho, ho — disse Kåre, apontando para fora do quarto.

— Já está quase na hora do café da manhã. Eu chamo quando estiver pronto.

Os quartos eram mais ou menos como os de uma clínica geriátrica, havia coisas típicas daquele tipo de ambiente, como tapetes e toalhas de mesa, quadros da IKEA nas paredes, uns poucos objetos pessoais, fotografias em porta-retratos em cima das mesas, e também enfeites, como flores de plástico na janela.

Avançamos pelo corredor despertando todo mundo. Uns ainda estavam dormindo, outros já estavam acordados, e um deles, Egil, xingou-nos por termos acabado com o sono dele. Todos eram homens entre quarenta e sessenta anos, a não ser pelo residente que precisava de cuidados especiais e ficava a cargo de Ellen, ele não podia ter mais do que vinte e cinco anos. E também se diferenciava por outras razões, ele tinha o corpo totalmente paralisado, ficava meio deitado numa grande cadeira de rodas, usava fraldas e precisava ser alimentado, e tinha os olhos totalmente vazios, não havia personalidade nenhuma neles, eram apenas dois olhos. Senti um arrepio de desconforto quando vi aquilo. Os traços do rosto dele eram suaves e ele seria bonito, se não fosse pela boca sempre aberta e a baba que escorria pelos cantos. Às vezes ele fazia barulhos cavos, mas até onde pude entender não eram relacionados ao que estivesse acontecendo, ou pelo menos eu não consegui descobrir nenhum critério e nenhum sistema.

O último quarto foi o de Ørnulf. Mesmo que ele estivesse no corredor e totalmente acordado, Ove mostrou-o para mim. O quarto era menor do que os outros. A não ser por um colchão azul, não muito diferente dos colchonetes que usávamos nas aulas de educação física na escola, não havia mais nada lá dentro. Nenhum móvel, nenhum enfeite, nenhum quadro, nada. Ele não tinha sequer roupas de cama ou um edredom.

— Por que esse quarto não tem *nenhum* móvel? — eu perguntei.

Ove olhou para mim como se eu fosse um idiota.

— Por que você acha? Ele quebra tudo que vê pela frente quando está a fim, ou então rasga em pedaços. Você entende? Pode ser que passem uns dias sem que nada disso aconteça, mas logo começa tudo outra vez.

— Está bem — eu disse.

— Uma regra importante: nunca fale sobre os residentes na presença deles. Independente de você achar que eles não vão entender. Devemos agir como amigos. Você entende? Claro, claro, somos nós que tomamos as decisões. Mas devemos ser legais e boa gente com todo mundo.

— Sei — eu disse, e então o segui de volta ao corredor.

— Eu vou ajudá-los a tomar banho e a se vestir — ele disse. — Você pode preparar o café da manhã enquanto isso?

— Claro — eu disse. — O que devo preparar?

— Pão e acompanhamentos, nada mais. E também café. Eles gostam de café, como você já deve ter percebido.

— Certo — eu disse, indo em direção à cozinha. Foi um alívio ter uma atividade física e mecânica que não envolvesse os residentes. Tudo que eu tinha visto me enchia de repulsa.

Abri a geladeira e peguei os acompanhamentos que encontrei. Cortei uns tomates, umas rodelas de pepino e umas tiras de pimentão e coloquei tudo numa bandeja, coloquei salame e presunto em outra, arrumei o queijo e o queijo marrom em uma terceira. Fiz tudo com cuidado, eu queria causar uma boa impressão nas outras pessoas que trabalhavam lá. Liguei a cafeteira, peguei o leite e o suco, arrumei as duas mesas. Um dos residentes saiu do quarto sem nada além de uma cueca, ele tinha um porte atlético e um rosto sério e viril, à primeira vista eu o vi como um espécime magnífico da raça humana, mas havia uma coisa estranha na maneira de caminhar, como se ele apoiasse todo o peso do corpo sobre os calcanhares, o que dava a entender que as coisas não eram bem como deveriam ser também no caso dele. O homem parou em frente à porta do banheiro, deu um passo à frente, um passo atrás, um passo à frente, um passo atrás, e tive a impressão de que aquilo poderia continuar pelo resto do dia se Ove não tivesse aparecido, posto as mãos nos ombros dele e o empurrado para dentro. Håkon, o tímido, caminhava arrastando os pés ao longo do corredor, as costas dele estavam recurvadas. Egil chegou com a cabeça totalmente voltada para trás e o olhar fixo no teto, e foi desse jeito até a mesa. Hans Olav permaneceu imóvel junto à parede, com os dedos formando uma bola trêmula sob o queixo. Ørnulf continuou sentado como havia estado durante a última meia hora, com as mãos sob os cotocos. Ele passava o tempo inteiro tomando fôlego de maneira ruidosa por entre os dentes. Podia ser que a hiperventilação lhe desse um tipo de barato.

Coloquei o café em uma garrafa térmica e larguei-a em cima da mesa. Cortei um dos pães e procurei uma torradeira, mas pelo visto não havia nenhuma. Olhei para fora da janela, pelo asfalto cinza vinha um cortejo de deficientes mentais, a maioria parecia estar na casa dos quarenta anos, e em meio ao grupo dois cuidadores batiam papo, um deles com um cigarro fumegante na mão. O céu acima deles estava cinza e claro.

Ove levou uma bandeja com comida para o quarto de Hans Olav, Ellen avisou que a mesa estava servida, sentamo-nos cada um numa das mesas e os residentes começaram a chegar pelo corredor. O sujeito atlético, que se chamava Alf, caminhava com movimentos estranhamente bruscos, que faziam pensar em um robô. Logo atrás vinha Håkon, o senhor com jeito de menina que tinha um sorriso constrangido e um pouco angustiado nos lábios. Kåre, o sujeito de trança que estava às voltas com as revistas, andava com o corpo levemente curvado para a frente, levando a corcunda nas costas como se fosse uma mochila, e girava uma das mãos o tempo inteiro no ar, logo abaixo do rosto.

— De onde você é? — perguntou Egil, se abaixando e me encarando bem nos olhos.

— De Arendal — eu disse.

— E quantos anos você tem?

— Vinte e um.

— E que carro você tem?

— Infelizmente não tenho carro.

— Por que não? Por que você não tem carro? Hein?

— Egil, não fique tagarelando — disse Ellen.

Egil se afastou por um breve instante.

— Não — ele disse. — Não mesmo. Não, não, não.

Depois passou um tempo olhando para o teto antes de começar a refeição. Ele tinha a respiração pesada, e quando a comida se aproximava da boca era como estar ao lado de uma pequena máquina a vapor. A barra da camisa dele estava para fora da calça, por cima ele usava um pulôver vermelho, um pouco manchado, e os cabelos, que eram grossos e crespos, estavam lambidos para trás. As bochechas tinham uma leve coloração avermelhada, talvez por conta de pequenos vasos rompidos, e os olhos também estavam um pouco vermelhos. Ele causava uma impressão confusa e triste, e me fez pensar em acadêmicos das ciências naturais e exatas, ou em um professor do colegial que tivesse vivido sozinho por tempo demais, talvez sem as conquistas que imaginava merecer, mas que na verdade gostava de dar aulas, e por isso podia se lixar para a maneira como se apresentava. Assim era Egil. Mas no meio disso tudo vinham irrupções súbitas de braços, de uma mão que abanava no ar, por exemplo, como se ele tivesse visto um colega no corredor, ou então ele jogava o corpo para a frente com um gesto tão repentino que todos ao redor levavam um susto. E havia também o olhar fixo no teto.

Egil também ria sem motivo.

— Muito bom, muito bom! — ele às vezes dizia, como se tivesse acabado de ouvir uma piada e quisesse elogiar a pessoa que a tinha contado.

— Você tem namorada? — ele perguntou.

— Tenho — eu disse.

— Qual é o nome dela?

— Gunvor.

— E ela é bonita?

— Egil! — disse Ellen.

— Você vai tomar banho de mar hoje? — ele perguntou, olhando para ela.

— Não.

— Por que não? — ele perguntou.

— Porque o dia não está muito bonito.

— Por quê? — ele perguntou, suspirando e afundando na cadeira. Todas as perguntas dele tinham sido mecânicas, não havia nenhum sinal de espanto naquela voz. Ele era como uma criança que tivesse aprendido um texto de cor, sem no entanto compreender o que significava.

— Estava bom, Håkon? — Ellen perguntou.

— Estava — balbuciou Håkon com a cabeça baixa. — Muito obrigado. Muito obrigado.

Ellen sentou-se ao lado de Are e lhe deu comida. Ele estava meio deita-do na cadeira de rodas e tinha a boca aberta. Listras de mingau escorreram pelos cantos da boca. Kåre fazia pequenos barulhos e aparentemente não conseguia falar, mas comunicava-se usando sons, gestos e olhares. Ørnulf se balançava em cima da cadeira com os dentes arreganhados enquanto me encarava.

— Nós somos amigos? — perguntou Egil. — Eu e você somos amigos?

O que eu poderia dizer? Claro que não éramos amigos. Mas responder com uma negativa talvez causasse uma grande perturbação para ele.

— Acho que somos, não? — eu disse.

— Então você pode ir ao meu quarto e ver minhas fotos do rei.

— Claro, eu gostaria muito — eu disse.

— Que bom — ele disse. — Estamos combinados, então.

A porta se abriu no corredor e Hans Olav saiu correndo. Ele olhou para trás e riu, com as mãos sob o queixo, a boca sempre em movimento, correndo a toda velocidade pelo corredor, com passos um pouco hesitantes sob o peso do corpo. Ove foi atrás com uma bandeja nas mãos. A semelhança com Picasso era perturbadora, suficiente para alterar o equilíbrio do mundo como um todo, pensei. Mas os outros não pareciam se importar, e eu provavelmente me acostumaria a tudo aquilo depois de um tempo.

— Karl Ove, se você tirar a mesa depois do café eu posso levar os rapazes para a oficina.

Fiz um gesto afirmativo com a cabeça.

Os quatro que iam para a oficina se levantaram e voltaram aos quartos. Ørnulf deslizou da cadeira e se colocou a postos no corredor. Ellen limpou a boca de Are e empurrou a cadeira de rodas para dentro do quarto. Eu coloquei a comida na geladeira, os pratos e os copos na máquina de lavar louça, passei um pano na mesa, varri o chão com uma vassoura e uma pá.

Quando terminei, saí em busca de Ellen. Ela estava dando banho em Are, ele estava nu em cima da cama, ela passava o pano úmido pelo corpo dele enquanto conversava um pouco. Assim, ela disse, é importante lavar bem aqui embaixo, sabia? Vou pegar um pouco mais de água, assim você se aquece e relaxa um pouco.

Are olhava para o teto com os olhos vazios.

— Posso ajudar em alguma coisa? — eu perguntei.

Ela me olhou através das grossas lentes dos óculos.

— Não precisa — ela disse. — Pode sentar e tomar um café por enquanto. O Are está com prisão de ventre já faz uns dias e eu pensei em fazer um enema, talvez você possa me ajudar com isso.

— Pode ser — eu disse.

— Ou então você pode dar uma volta com o Ørnulf agora de manhã. Mas não se afaste muito.

Acenei a cabeça, ela torceu o pano e continuou a dar banho em Are.

Na coxa e em uma das nádegas ele tinha uma grande marca que parecia uma cicatriz.

— O que é isso? — perguntei. — É uma marca de nascença?

Ellen balançou a cabeça.

— Foi uma queimadura. O Are foi deixado sozinho na frente de um aquecedor. Faz muitos anos.

— Você está falando sério?

— Infelizmente, estou. Como você está vendo, ele não consegue se mexer sozinho. E também não fala. Então ele simplesmente ficou lá.

330

— Que horror — eu disse.

— É — ela disse. — Mas já faz muito tempo. O setor onde ele ficava foi desativado. Agora ele ganhou um quarto próprio, graças à reforma no sistema de atendimento às pessoas com deficiência mental. Mas enquanto não estiver tudo pronto a gente vai cuidar dele. Não é mesmo, Are?

Nenhuma expressão havia passado pelo rosto dele enquanto ela falava. Fiquei mais um tempo lá, para não parecer indiferente, e depois voltei à sala de plantão e servi uma caneca de café. Do corredor vieram os sons de mãos e de tecido sendo arrastado. Era Ørnulf, ele parou em frente à mesa e lançou um olhar suplicante em direção a mim. O barulho da garrafa térmica devia tê-lo atraído.

— Você quer café? — eu perguntei.

Com o rosto imóvel ele pegou uma caneca e a ergueu em minha direção.

— Você já tomou uma caneca no café da manhã — eu disse. — Agora espere.

Comecei a enrolar um cigarro. Ele se manteve exatamente na mesma posição, com a caneca estendida na minha direção. Por fim, como se um encanto fosse desfeito, como se um sono palaciano houvesse chegado ao fim, ele baixou a caneca e começou a hiperventilar.

— Acho melhor você ir para o corredor — eu disse. — Depois a gente pode dar uma volta.

Seria desprezo o que havia no olhar dele enquanto me encarava?

O certo foi que ele não se mexeu.

Passei a língua na cola, prendi a borda ao papel, coloquei o cigarro na boca e o acendi. Um fiapo de tabaco que estava mais para fora queimou na mesma hora e caiu aceso no chão, os outros pegaram fogo no instante seguinte e eu traguei uma nuvem de fumaça para dentro dos pulmões enquanto olhava pela janela da porta que dava acesso à sacada. Um pequeno grupo de cuidadores, cada um empurrando uma cadeira de rodas, se aproximou. Um carro estacionou em frente ao prédio da administração no outro lado. Do andar de baixo vinha um som que parecia um longo mugido, um som que seria difícil associar a qualquer coisa humana, enquanto Ørnulf continuava a respirar e a bufar a cinquenta centímetros de mim.

Tornei a olhar para ele.

Logo ele pegou a caneca e a ergueu com um gesto suplicante na minha direção.

— Não — eu disse.

Ele continuou a segurá-la naquela posição, era um novo sono palaciano.

— Você quer café, Ørnulf? — perguntou Ellen, que tinha acabado de entrar pela porta. — Venha, eu vou dar um pouco a você.

Ela pegou a caneca, encheu-a com partes iguais de leite e café, Ørnulf esvaziou-a e logo se arrastou para fora da sala e seguiu pelo corredor. Ellen suspirou e acomodou-se no sofá do outro lado da mesa, acendeu um cigarro e fechou os olhos.

Separei os residentes nos meus pensamentos. Havia sete naquele setor. Quatro tinham uma aparência mais ou menos normal, e desses quatro dois sabiam falar. Dois tinham deformações físicas grotescas, mas conseguiam se mexer, o outro era um vegetal. Ao pensar em deficientes mentais eu tinha imaginado que trataria em parte de pessoas com retardo mental, em parte de vegetais. Eu não sabia que havia todas as nuances imagináveis entre uma coisa e outra, mas era um tanto óbvio e não cheguei a me surpreender quando me dei conta.

Lá embaixo, Hans Olav e Ove davam um passeio ao longo da estrada.

— Onde está o Are? — eu perguntei.

— Está no quarto, deitado — ela disse. — Eu já vou cuidar dele, e depois vamos dar uma volta lá fora.

— Ele está dormindo?

— Não. Só descansando.

O mugido no andar de baixo ressurgiu. Do corredor vieram os bufos de Ørnulf. No mais, tudo estava em silêncio. Eu sentia repulsa ao pensar em meu passeio com Ørnulf. Seria a primeira vez que eu estaria sozinho com um dos residentes, e eu não sabia nada sobre como me comportar nessas horas, o que dizer para ele, o que podia acontecer. O que eu faria se ele precisasse ir ao banheiro? Será que poderia ir sozinho, ou será que precisaria de ajuda? Será que eu deveria colocá-lo na cadeira de rodas ou ele conseguia se virar sozinho? Será que conseguia se vestir? Será que eu devia empurrar a cadeira de rodas? Para onde iríamos? Afinal, se ele não falava, como entender o que ele queria?

Além de tudo eu estava com medo. O olhar dele ao me encarar era cheio de ódio, e ele tinha um quarto sem nenhum móvel e nenhum objeto, a não ser por um colchonete, porque quebrava tudo que via pela frente, ou então rasgava, segundo Ove havia dito.

O que eu faria se ele começasse a se comportar assim durante o passeio? Será que eu conseguiria contê-lo? E se ele viesse para cima de mim? Tudo bem que ele não tinha pernas, mas os músculos dos braços eram fortes.

A porta do corredor se abriu com um estrondo. No momento seguinte Hans Olav entrou caminhando, ele tinha o corpo inclinado para a frente e futricava no queixo com as mãos. Ove, que vinha logo atrás, parou na porta.

— Eu vou ficar mais um pouco com ele — disse. — Depois talvez ele durma.

Me levantei, era melhor dar um jeito em Ørnulf. Vi Ove descer a escada, ele era bastante pequeno, mas tão forte que os braços não encostavam direito no corpo, ficavam o tempo inteiro meio abertos, o que o levava a caminhar com um certo gingado. Ele devia passar um bom tempo fazendo exercícios, pensei.

Ørnulf estava agachado no quarto, com o rosto voltado para a parede.

— Oi, Ørnulf — eu disse. — Você quer dar uma volta?

Sem olhar para mim ele deu meia-volta, saiu do quarto e foi até a porta do corredor, que ele abriu esticando o corpo para cima. Ørnulf descia os degraus usando um braço de cada vez, como um grande inseto com movimentos rápidos e ágeis. Quando cheguei ao corredor, ele estava sentado com os braços ao redor das pernas ao lado da cadeira de rodas.

Eu detestei aquilo.

Procurei o nome dele no cabide, encontrei, peguei a jaqueta.

— Você precisa vestir uma jaqueta — eu disse. — Quer que eu ajude?

Ele não esboçou nenhuma reação, naquele rosto não havia expressão que pudesse me indicar o que estaria pensando.

Me abaixei e peguei um dos braços dele com todo o cuidado para vestir a jaqueta. Ele a puxou com força para si.

— Se vamos sair para a rua você tem que vestir essa jaqueta — eu disse. — Senão nada de passeio.

Ele continuou imóvel.

— Tudo bem — eu disse. — Então vamos voltar lá para cima.

Comecei a andar. Me virei, mas Ørnulf continuava na mesma posição. Subi os degraus, parei e escutei para saber se ele havia me seguido, nada.

Do sofá, Ellen olhou para mim.

— Não consegui pôr a jaqueta nele — eu disse. — Ele não quer.

— Será que precisa de jaqueta? Está bem quente na rua.

— Tudo bem — eu disse. — Mais alguma coisa que eu precise saber?

Ela balançou a cabeça e eu tornei a descer apressado, porque até onde eu sabia Ørnulf podia ter aproveitado aquele curto intervalo para fugir.

Mas ele continuava ao lado da cadeira de rodas com as mãos ao redor das pernas curtas e o queixo apoiado no peito.

— Vamos, então? — perguntei.

Ele subiu na cadeira, girou as rodas com movimentos hábeis e avançou até a porta, onde ficou olhando para mim. Assim que abri a porta ele começou a se afastar a uma velocidade alucinante. Precisei andar o mais rápido que eu conseguia para acompanhar o ritmo. Ele estava tomado por um ímpeto, girava as rodas com movimentos rápidos e constantes, apoiava as mãos nas rodas, levantava, apoiava, levantava. Passamos em frente ao prédio administrativo. Logo adiante um grupo veio em nossa direção, notei de cara que eram dois cuidadores e quatro residentes, não havia como se enganar a respeito daqueles movimentos.

Os dois cuidadores olharam para mim.

— Oi — eu disse.

— Oi — eles disseram. — Oi, Ørnulf!

Ørnulf não se importou com a saudação, e logo havíamos deixado o grupo e todas as construções muito para trás. O rosto dele havia se fixado em uma careta com os dentes arreganhados. Estava vermelho com o esforço. As árvores decíduas erguiam-se em um bosque denso ao lado da estrada, e entre uma e outra erguiam-se os espruces mais pesados e mais escuros. À nossa frente estava a estrada principal, ao longo da qual havia uma ciclofaixa, aquele era o caminho por onde eu havia pensado em seguir.

Ørnulf não quis. Apontou para a esquerda, onde havia um trevo ao redor de uma pequena zona residencial. Pensei que eu não podia deixar que ele me guiasse, e assim firmei as mãos nos pegadores da cadeira de rodas e comecei a conduzi-lo para baixo. Ele tentou frear com as mãos. O olhar estava tomado de pânico. Que idiota.

— Não adianta protestar — eu disse. — É *por aqui* que nós vamos.

Ele pulou da cadeira e começou a se locomover com as mãos, subindo em direção ao outro lado da estrada. Aquilo era perigosíssimo, ele estava andando por uma estrada principal e não era maior do que um cachorro, se um carro aparecesse as consequências poderiam ser desastrosas, então eu corri aos gritos com a cadeira e mandei que subisse outra vez.

Ørnulf parou do outro lado e ficou olhando para mim. O fato de que os cotocos se arrastavam pelo asfalto quando ele se deslocava não parecia incomodá-lo.

Parei em frente a ele. Ele subiu na cadeira. Eu não queria me dar por vencido, e novamente comecei a descer. Mais uma vez, Ørnulf saltou da cadeira e saiu correndo para o outro lado, com as mãos no asfalto e o tronco gingando por entre os braços. Eu o segui, mas dessa vez ele não quis mais subir na cadeira de rodas, ficou à solta, e foi assim que entramos na área residencial, ele no asfalto, seco e cheio de areia e pedrinhas em cima, com o olhar fixo à frente, eu caminhando logo atrás enquanto empurrava a cadeira de rodas. Eu não podia estar fazendo aquilo, se alguém nos visse naquela situação eu seria demitido, mas eu estava indignado, será que ele não podia simplesmente acomodar-se na cadeira e fazer o que eu pedia? O que havia naquele outro lado da estrada que era tão importante para ele? Era uma situação estúpida, afinal eu era o cuidador dele, estávamos dando um passeio matinal, qualquer lado seria tão bom quanto o outro, e mesmo que não fosse não valeria a pena sacrificar o conforto da cadeira de rodas.

Dei uns passos correndo, parei na frente dele e coloquei a cadeira de rodas no caminho. Ele desviou e tentou fazer a volta, eu mudei a cadeira de lugar. Ele segurou a roda e tentou arrancá-la.

— A gente *pode* ir pelo seu caminho — eu disse. — Estou prometendo. Suba na cadeira e a gente vai *para lá*.

Ele subiu na cadeira e, assim que se acomodou, os braços começaram a girar as rodas em uma velocidade alucinante uma vez mais. Eu o acompanhei pela zona residencial, composta na maior parte por casas relativamente novas, com jardins ainda inacabados. Um ônibus parou um pouco ao longe, duas pessoas desceram e vieram andando em nossa direção. Chegamos ao cruzamento e Ørnulf, que até então havia trabalhado com os braços de maneira frenética, de repente parou.

— Você quer que eu empurre? — perguntei.

Ørnulf não reagiu à pergunta, então foi impossível interpretar qualquer tipo de resposta, mas quando segurei os pegadores e comecei a empurrá-lo, ele pelo menos não protestou. Fui o mais depressa que eu conseguia, e logo estávamos de volta ao hospital psiquiátrico.

Assim que passamos em frente ao prédio administrativo, ele pulou da cadeira de rodas sem nenhum aviso prévio e postou-se na encosta ao lado, a poucos metros da entrada principal.

— Você não pode ficar aí — eu disse. — Venha. Você sabe que o caminho de volta ao setor é por aqui!

Ele não me olhou, não me deu atenção, simplesmente continuou plantado no chão, hiperventilando.

— Você não quer voltar para o setor, é isso? — eu perguntei.

Nenhuma reação.

Tentei erguê-lo, mas ele se agarrou com tanta força à cadeira de rodas que não consegui.

— Você quer ficar aqui? Enquanto os outros bebem café e se divertem?

Nenhuma reação.

— Por mim tudo bem — eu disse. — Afinal, vou receber a mesma coisa. Eu também posso ficar aqui.

Passei por baixo da marquise e acendi um cigarro, mas dois minutos depois notei que aquilo não causaria uma boa impressão, o residente à solta na rua e o cuidador fumando dez metros afastado, então apaguei o cigarro e mais uma vez parei ao lado dele.

— Vamos — eu disse. — Você já deixou bem claro o que quer. Não precisa ser teimoso agora. Suba, e então vamos.

Nenhuma reação.

As mãos em volta dos joelhos, os lábios tensos, a respiração resfolegante.

— Tudo bem — eu disse. — Como você preferir.

Cruzei os braços e olhei para o outro lado em uma tentativa de sair da situação em que eu me encontrava. Ørnulf talvez fosse teimoso e obstinado, mas descobriria em mim um adversário à altura. Eu podia ficar lá até escurecer, podia ficar lá até a noite passar e o dia seguinte amanhecer, se fosse o caso. Bastava pensar em outra coisa. Não em Ørnulf ou no tempo que passava devagar.

Mas era difícil, havia uma coisa nele, uma agressividade que eu pressentia, e que fazia com que a presença dele pairasse como uma nuvem sobre os meus pensamentos. Ele não podia ter muita coisa na cabeça, quase todos os gestos eram condicionados por um reflexo, como quando chegava apressado ao ouvir o barulho da garrafa térmica e estendia a caneca com um gesto mecânico. Ele não saboreava o café, era como se aquilo simplesmente tivesse de ser feito, uma coisa que tinha que ser forçada, tinha que acontecer. Quando acontecia, ele queria que acontecesse de novo. Na rua, o importante era somente aquela rota. Não o passeio em si, pois nesse caso poderia muito bem ter se deixado levar pelo outro caminho.

Olhei para ele. Senti um intenso desgosto por tudo o que havia nele, mas em especial pelo que havia de animalesco e estúpido. Era *ele* quem estava perdendo ao ficar naquele lugar, não eu. Eu estava sendo pago, não importava nem um pouco se estávamos lá ou no alto de uma árvore, eu estava pronto para tudo.

Ørnulf me encarou depressa, e quando tornou a desviar os olhos ele sorriu.

Foi a primeira vez que o vi sorrir.

Ele realmente achava que estava me castigando. Que estava levando a melhor naquela situação.

Dei uns passos para longe e me sentei no meio-fio do estacionamento. A maneira como ele se locomovia, o movimento pendular acelerado pelo chão ou pelo assoalho, me fazia pensar num caranguejo. O mais perturbador era que, se eu ignorasse todo o restante, o rosto parecia normal. Um homem ruivo e sardento, próximo dos cinquenta anos. Se ele *apenas* fosse aleijado, se *apenas* fosse deformado, eu não teria reagido da maneira como reagi. Mas os pensamentos dele também eram obviamente aleijados e deformados. A alma também era disforme. E no que isso o transformava?

Ah, puta que pariu. Puta que pariu.

Aquele homem representava o que havia de mais baixo na baixeza, o que havia de mais fraco na fraqueza, e eu ainda me sentia tomado de desprezo por ele.

Foi como se a falta de humanidade fosse um defeito meu. Mas não havia nada que eu pudesse fazer. Eu fiquei furioso com a estupidez dele, ao vê-lo sentado e relutante em ir para qualquer outro lugar, achando que assim estaria me castigando, enquanto o suor escorria da testa dele e ele respirava por entre os dentes amarelos e cerrados.

A camada de nuvens no céu havia se dissipado aos poucos e de maneira quase imperceptível. O sol que brilhava sobre nós vinha de um céu azul-pálido. Os carros no estacionamento foram abertos e ligados, desceram a estrada, outros chegaram, foram estacionados, tiveram os motores desligados, as portas abertas. Todos nos viram lá, ninguém disse nada. Eu não sabia se aquilo era comum ou não, se era uma coisa minha ou se acontecia com os outros cuidadores de Ørnulf todos os dias.

— Levante-se para a gente voltar — eu dizia a intervalos regulares. Ørnulf não reagiu. Dei uns passos em direção a ele, ele se agarrou com força à cadeira de rodas e eu não consegui terminar de levantá-lo.

Ele ficou lá por mais meia hora. Depois Ellen apareceu empurrando Are, que estava usando óculos de sol. Os dois pararam do nosso lado.

— Está na hora do almoço — ela disse. — Vamos, Ørnulf, suba na cadeira!

Ørnulf subiu na cadeira e colocou as mãos no colo. Será que eu devia empurrá-lo?

Devia, claro.

Ao lado de Ellen, fui empurrando a cadeira em direção ao prédio. O dia estava quente, a luz do sol quase chegava a queimar. Me odiei com todas as forças do meu ser.

O sono daquela noite foi vazio e indiferente, por muito tempo fui apenas um corpo de batimentos cardíacos desacelerados e respiração lenta que, junto com o sangue que circulava, manteve-se vivo, nada mais, até que os sonhos começassem a surgir, aqueles sopros de imagens e atmosferas que regem o cérebro enquanto dormimos, e que para mim traziam sempre a mesma coisa, eu estava sozinho, de costas para a parede, apavorado ou humilhado. Eram pessoas que riam de mim, pessoas que me perseguiam, e acima de tudo, nas mais variadas formas e vultos, estava o meu pai. Nos pesadelos mais comuns ainda morávamos em Tybakken, onde ele estava em casa comigo, mas os piores eram aqueles em que ele voltava enquanto eu estava visitando a minha mãe, e eu descobria que ele morava lá, porque na casa da minha mãe eu tomava liberdades, fazia como eu queria, e se havia uma coisa que o deixava furioso era justamente isso.

Toda manhã eu tinha esse sentimento de humilhação no corpo, era com ele que eu começava o dia, e se depois de um tempo a impressão se dissipava à medida que a rotina me prendia a um outro mundo, o mundo real, o tempo inteiro a sensação de ter sido humilhado e ridicularizado estava presente, e não era preciso nada, mais nada para que essa sensação queimasse dentro de mim, para que me queimasse por completo.

Naquela manhã acordei meia hora antes de o alarme tocar por conta de um pesadelo em que eu morria, e o alívio ao despertar e descobrir que não era verdade foi tão grande que uma risada escapou dos meus lábios.

Me levantei, comi uma fatia de pão, me vesti, tranquei a porta e voltei ao hospital psiquiátrico.

Ørnulf estava sentado junto à parede com os braços ao redor das pernas, balançando o corpo para a frente e para trás quando abri a porta. Ele me encarou depressa e logo olhou para baixo, totalmente desinteressado. Na sala de plantão estavam Ellen e uma outra garota da minha idade. Ela se levantou e apertou minha mão. Disse que se chamava Irene. Era alta e magra, tinha cabelos loiros com um corte curto, olhos azuis, maçãs do rosto altas. Era o tipo de beleza fria que sempre tinha me atraído. Uma presença daquelas complicava tudo, senti assim que me sentei e servi uma caneca bem cheia de café. Eu estaria sempre consciente de estar próximo a ela, e portanto consciente em relação a mim, à maneira como eu me apresentava aos olhos dela.

Irene disse que podia se encarregar de Ørnulf, enquanto Ellen se encarregava de Are e eu de Hans Olav. Em outras palavras, eu tomaria café da manhã com ele, relaxaria um pouco em seguida, depois limparia o "apartamento" dele e por fim o levaria ao setor até a hora do jantar, se ele não preferisse ficar dormindo. Ele passava um bom tempo dormindo lá dentro.

Preparei umas fatias de pão para ele, umas para mim, servi dois copos de suco e duas canecas de café, uma com leite, levei tudo em uma bandeja, coloquei-a na mesa dele, tranquei a porta que dava para o outro setor, bati na porta do quarto dele e abri.

Hans Olav estava na cama, mexendo no pau, que estava totalmente mole.

— Oi, Hans Olav — eu disse. — Já está na hora de levantar. Eu trouxe café da manhã para você!

Ele me olhou enquanto continuava a bater punheta.

— Eu posso esperar um pouco — eu disse. — Venha quando você estiver pronto!

Fechei a porta e me sentei junto à mesa, que ficava ao lado da porta que dava para uma pequena sacada. A sacada era cinza e desgastada e rachada, e mais abaixo estava a quadra de handebol; atrás, do outro lado da muralha, havia várias construções idênticas àquela onde eu me encontrava. Mais para trás, entre uma e outra, pinheiros e árvores decíduas solitárias.

Uns residentes se aproximaram, logo atrás vinham duas mulheres, cada uma empurrando a própria cadeira de rodas. Me levantei e dei uma volta. No quarto havia uma reprodução de Monet, dessas compradas prontas nas grandes lojas de móveis. Os móveis eram de pinho, e consistiam em um grande sofá com estofamento xadrez vermelho, uma mesa de centro baixa com pés torneados e uma estante. As prateleiras estavam vazias, a não ser por um bibelô de cachorro, um pequeno candelabro e um porta-vela de vidro. A ideia era passar a impressão de um lar, mas claro que não era nada disso.

Bati na porta do quarto e abri-a mais uma vez. Hans Olav estava como antes.

— Agora venha — eu disse. — Está na hora do café da manhã. Assim o seu café vai esfriar!

Parei ao lado dele.

— Venha, Hans Olav. Você pode continuar o que está fazendo depois.

Ele tentou me afastar com a outra mão.

Eu pousei a mão no ombro dele.

Ele gritou, um grito rouco, mas alto, eu me assustei e dei um passo para trás.

Mas eu não podia desistir, era preciso mostrar quem mandava para não ter problemas mais tarde, então eu o segurei pelo braço e tentei colocá-lo de pé. Mas enquanto tentava se livrar de mim com uma das mãos, Hans Olav continuava a bater punheta com a outra.

— Tudo bem — eu disse. — Você quer que eu leve o café da manhã embora, então? É isso que você quer?

Ele gritou de novo, com a mesma voz rouca e horrenda, mas dessa vez baixou as pernas, apoiou as mãos no colchão e com movimentos lentos e rígidos começou a se levantar. Assim que ficou de pé, a calça caiu aos pés dele. Ele a levantou, puxou-a e saiu do quarto enquanto a segurava com uma das mãos. Sentou-se na cadeira e bebeu todo o café de uma só vez. Comecei a comer minha fatia de pão e tentei fazer de conta que não havia nada de mais enquanto o coração batia forte no meu peito e todos os meus sentidos concentravam-se nele.

Com um movimento rápido e brusco da mão ele derrubou no chão o copo de suco, a caneca vazia e o prato com as fatias de pão. Tudo era de plástico, Irene tinha se encarregado desse detalhe, e portanto não se quebrou.

— O que você fez? — eu perguntei. — Assim não dá!

Ele se levantou. Então segurou a mesa, ergueu-a sobre os dois pés mais distantes e a virou.

Eu não sabia o que fazer. Estava com um medo tremendo de Hans Olav, e talvez ele tivesse percebido. Por sorte ele se afastou na mesma hora, entrando no banheiro ao lado, e eu recoloquei a mesa no lugar e estava começando a juntar a comida quando a porta para o setor abriu-se e Irene enfiou a cabeça lá para dentro.

— Problemas? — ela perguntou.

— Ele virou a mesa — eu disse.

— Você quer que eu assuma?

— Não — eu disse, mesmo que fosse tudo que eu queria naquele instante. — Está tudo bem. Precisamos nos acostumar à companhia um do outro. Com certeza vai levar um tempo.

— Tudo bem — ela disse. — Se precisar de qualquer coisa, estamos por aqui. Mas ele não representa nenhum perigo, fique tranquilo. Pense nele como se fosse uma criança de um ano!

Ela fechou a porta, eu larguei a última fatia de pão no prato dele e fui buscar um esfregão para secar a poça de suco amarelo.

Hans Olav estava em frente à janelinha do banheiro olhando para fora quando entrei.

— Só vou buscar um esfregão para limpar essa bagunça — eu disse. Ele não prestou atenção, embora por mim não houvesse problema nenhum desde que não me atormentasse.

De qualquer forma eu tinha que limpar o chão do apartamento pela manhã, então bastava aproveitar a ocasião, eu enchi o balde vermelho de água, despejei um pouco de sabão verde dentro, peguei um pano e uma vassoura e comecei a lavar a sala, que ficava do outro lado do quarto, depois o corredor, o quarto e a pequena copa. Enquanto eu me ocupava com aquilo, Hans Olav se aproximou, parou a poucos metros e ficou me observando. Um tempo depois chegou mais perto e cuidadosamente esticou o pé em direção ao balde, como que para me mostrar que podia virá-lo se quisesse.

Ele soltou uma risada entrecortada e de repente se encheu de entusiasmo e saiu depressa do cômodo, rindo alto enquanto retorcia as mãos sob o queixo. Quando entrei no quarto com o balde e a vassoura ele estava mais uma vez batendo punheta na cama, com o pau igualmente mole.

— Puieta! Puieta! — ele disse.

Fingi que não vi, terminei de limpar o quarto, pendurei o pano na borda do balde e me sentei na sala. Eu estava cansado e passei um tempo com os olhos fechados, pronto para me colocar de pé assim que eu ouvisse passos no corredor ou os movimentos de Hans Olav.

Passei meia hora dormindo sentado. Quando acordei a comida tinha desaparecido, e Hans Olav estava mais uma vez na cama.

Parei em frente à janela da pequena sala e olhei para a rua. Havia uma rocha pequena, nua em certos pontos, em outros coberta por grama e arbustos. Logo atrás a floresta se estendia encosta acima.

No quarto a cama rangia, ouvi Hans Olav balbuciar para si mesmo e resolvi entrar. Ele estava de pé, segurando a calça com a mão, como havia feito ao longo de toda a manhã.

— Hans Olav, vamos dar uma volta? — eu disse. — Acho que seria bom você tomar um pouco de ar fresco, não?

Ele olhou para mim.

— Quer que eu abotoe a sua calça?

Nenhuma reação.

Me aproximei, me abaixei e segurei a calça pela cintura, e com um movimento rápido ele tentou enfiar dois dedos nos meus olhos, um deles acertou em cheio, meu olho latejava de dor.

— Já chega! — eu gritei.

Primeiro eu não via nada, a não ser uma escuridão repleta de pontos luminosos, mas passados alguns segundos meu olho voltou a funcionar. Passei um tempo piscando, ele foi até o corredor e pôs-se a bater com as duas mãos na porta que dava para o outro setor.

Claramente Hans Olav não gostava de mim e queria ficar com os outros, ou então que eu fosse substituído. Quanto a isso, éramos dois.

— Venha — eu disse. — Nós vamos dar um passeio. Vista a sua jaqueta e vamos.

Ele continuou a bater. Depois se virou na minha direção, mas em vez de continuar como eu havia imaginado e tentar enfiar os dedos nos meus olhos outra vez, ele passou a uma boa distância de mim e entrou mais uma vez no quarto.

— Venha cá! — eu gritei. — Ei, me escute!

342

Ele se deitou na cama, mas o olhar parecia ansioso, então peguei a mão dele e puxei com força para colocá-lo de pé. Mesmo que não oferecesse resistência, mas tentasse corresponder ao puxão, ele deslizou para fora da cama e caiu no chão, devagar, mais ou menos como um navio adernado.

Que inferno.

Hans Olav deitou-se de lado, com lágrimas nos olhos. Tentou se levantar com a mão, eu não pude fazer nada além de olhar e torcer para que ninguém resolvesse aparecer justo naquele momento. Quando se sentou no chão, peguei a mão dele mais uma vez, e ele, que já não tentava mais resistir, fez força com as pernas e por fim conseguiu ficar de pé.

Ele olhou para mim e bufou, mais ou menos como um gato, e então saiu andando pelo corredor. Entrei e me sentei na cadeira da sala. Escutei-o andar de um lado para o outro.

Eram dez para as nove.

De repente ouvi o barulho de uma batida contra o chão, me levantei às pressas, eram o prato e a caneca. Hans Olav estava mijando em um canto.

Eu não disse nada, simplesmente busquei o balde e o esfregão, coloquei um par de luvas e limpei a sujeira. Ele parecia mais aliviado, mas continuou andando de um lado para o outro enquanto eu trabalhava.

— Vamos dar um passeio? — eu disse.

Ele vestiu a jaqueta, calçou os sapatos grandes. Não conseguiu fechar o zíper, eu me aproximei, ele se afastou, abriu a porta que dava para o corredor e pôs-se a descer a escada com movimentos curtos, cautelosos, quase trôpegos, e então parou em frente à porta que dava para a rua e ficou esperando. Abri a porta e saímos. Durante todo o tempo ele caminhava dez passos à minha frente. Minutos depois ele se virou, eu tentei fazer com que continuasse andando, mas ele disse nah!, nah!, e então voltamos ao apartamento, onde no mesmo instante ele se deitou na cama e começou a bater punheta. Me sentei na cadeira. Nem um terço do dia havia passado.

Não apenas a vida no hospital psiquiátrico era diferente da vida no lado de fora, mas também a passagem do tempo. Quando eu parava em frente às janelas e olhava para a floresta, eu sabia que se estivesse lá, sentado embaixo de uma árvore olhando para aquelas construções de alvenaria, o tempo mal seria perceptível, durante o dia eu me movimentaria com a mesma leveza das nuvens, ao passo que quando eu estava dentro olhando para fora o tempo parecia bem mais pesado, de uma lentidão quase telúrica, como se as pessoas no interior daquele lugar esbarrassem em obstáculos e fossem o tempo inteiro obrigadas a procurar desvios, mais ou menos como um rio que atravessa a última planície antes do mar, era o que talvez parecesse, um lugar que se desenhava em incontáveis curvas tortuosas e quase labirínticas.

Quando meu turno chegava ao fim era sempre como uma surpresa, e aquilo se tornou uma experiência que eu usava para tornar o dia suportável: tudo ia passar. No caminho de ida pela manhã eu relutava, mas quando tudo chegava ao fim, no ponto em que eu me via novamente livre, era como se o tempo entre uma coisa e outra não existisse, jamais tivesse existido, porque na verdade estava demonstravelmente perdido.

Não era estranho que o tempo passasse mais devagar no hospital psiquiátrico, aquele era um lugar onde nada podia acontecer, onde nenhum progresso era possível, esta era a primeira coisa que se notava ao atravessar a porta, aquele lugar era um depósito, um armazém de pessoas indesejadas, e essa ideia era tão terrível que as pessoas faziam tudo que estivesse ao alcance das próprias forças para fingir que não era assim. Os residentes tinham quartos próprios com suas coisas próprias, tudo muito parecido com os quartos e as coisas das pessoas que moravam lá fora, faziam as refeições com os colegas e os cuidadores, que representavam a família deles, e todos os dias eles "trabalhavam" na oficina. Mas as coisas que faziam não tinham valor nenhum, o único valor era que aquilo conferia à vida deles a aparência de um sentido que as vidas lá fora de fato tinham. E assim era com tudo naquele mundo. Tudo que os rodeava se parecia com outra coisa, e era nessa semelhança que estava o valor de tudo. Essa impressão tornou-se ainda mais clara para mim na primeira sexta-feira, quando eu estava trabalhando à tarde e todo meu setor participaria de um "baile" após o jantar. Tinham providenciado um salão de festas nas proximidades, uma grande sala com mesas e cadeiras em uma das metades e uma pista de dança na outra. A iluminação era baixa, as janelas estavam tapadas por cortinas. Música pop saía dos alto-falantes, um punhado de retardados se mexia de um lado para o outro na pista. O lugar estava cheio de cadeiras de rodas, bocas abertas, olhos revirados. Os residentes do meu setor estavam sentados ao redor de uma mesa junto à parede das janelas, cada um com sua coca-cola. Eu estava sentado ao lado de Ellen, que de vez em quando me lançava um olhar cansado. Egil usava uma camisa branca e amarrotada com manchas de ketchup no peito. O cabelo dele estava todo para cima. Ele tinha os olhos fixos no teto enquanto a boca se mexia. Håkon dava goles tímidos no refrigerante. Alf olhava para a mesa com um olhar sombrio. Ao nosso lado um cuidador se levantou e começou a empurrar um residente que usava cadeira de rodas para a frente e para trás no ritmo da música. O homem abriu a boca e fez barulhos cavos e alegres enquanto a baba escorria. Os outros cuidadores na mesa fumavam e falavam sobre a vida, era o que parecia. De vez em quando alguém dizia não, não faça isso ou então pare quieto ou você sabe que não pode fazer assim. Hans Olav estava sentado em um canto com aquele rosto de Picasso, ligando e desligando uma lâmpada. Era medonho. Todos aqueles corpos deformados e espíritos aleijados conduzidos em cadeiras de rodas até uma discoteca, o lugar mais importante da cultura jovem, criado para alimentar sonhos de um amor romântico, cheio de futuro e de esperança, era medonho, porque aquelas pessoas não conheciam sonhos, anseios, possibilidades, mas viam apenas cachorros-quentes e refrigerantes. E a música, que devia encher os corpos de alegria e desejo, não passava de uma sequência de barulhos. Quando eles dançavam, restavam apenas os movimentos, e quando sorriam, era porque aquilo se parecia com uma coisa que as pessoas normais faziam. Tudo se parecia com o mundo de verdade, porém o significado era subtraído, e o que restava era uma paródia, uma sátira, uma coisa grotesca e má.

— Lá tem café, se você quiser — disse Ellen.

— Pode ser — eu disse, e então fui em direção à mesa onde estava a garrafa térmica, servi minha caneca e olhei para aqueles retardados felizes, que talvez beirassem os quarenta anos. Era difícil observá-los, os rostos eram sempre jovens, tinham formas jovens, era como se não envelhecessem, a não ser pelas rugas que se espalhavam e conferiam-lhes a aparência de crianças idosas.

Tornei a me sentar com os residentes do meu setor, acendi um cigarro e olhei para Hans Olav, que tinha começado a rasgar as cortinas.

Alf levantou o rosto e me olhou fundo nos olhos. Senti um calafrio descer pelas costas. Era como se ele soubesse tudo a meu respeito, como se percebesse meus pensamentos mais íntimos e me odiasse de todo o coração.

— Hans Olav! — disse Ellen, se levantando. Alf voltou a olhar para a mesa. Ellen parou em frente a Hans Olav, ele manteve os olhos fixos no chão enquanto ela falava. De repente ele olhou para o lado e começou a andar naquela direção, como se nem ao menos tivesse percebido a situação em que ele e Ellen se encontravam. Kåre, como que recurvado sob o peso daquela corcunda que era difícil conceber como parte dele, saiu em direção a outra mesa. Os cuidadores o cumprimentaram, ele não percebeu, baixou a cabeça e sacudiu a mão próximo à orelha, como as pessoas fazem com uma caixa para descobrir o que pode haver dentro. Um pouco mais além, Irene e Ørnulf surgiram na porta. Me senti aliviado ao vê-la, de certa forma ela dizia respeito a mim. Tínhamos conversado um pouco durante os intervalos nos últimos dias, ela tinha perguntado o que havia me levado a procurar emprego lá, já que eu não era da cidade nem morava lá, eu disse que estava namorando uma menina que morava perto, ela perguntou quem era, eu respondi. A Gunvor!, ela exclamou. Nós fomos colegas de colegial! A revelação fez com que eu me sentisse desconfortável, afinal eu tinha ficado de olho nela e pensado a respeito dela, nada que desse na vista, eu gostaria de acreditar, mas com esse tipo de coisa não havia como ter certeza. Senti aquilo como uma infidelidade. Como se eu houvesse traído Gunvor. Um olhar roubado quando ela estava deitada nos lençóis e capas recém-lavados em um dos quartos, com as roupas de cama sujas no corredor, em frente a cada uma das portas. Quanto a este olhar não haveria nada a dizer, afinal nós dois trabalhávamos no mesmo setor, a questão eram os pensamentos, eu gostava dela um pouco além da conta. Ou então quando ela empurrava o carrinho de comida até as mesas e começava a arrumá-las, e olhava para mim e abria um sorriso simples, profissional, sem nenhum interesse por mim a não ser como um colega. E também era humi-lhante. Então lá estava eu, preso entre duas pequenas humilhações: por um lado eu gostava dela além da conta quando se considerava o fato de que eu era o namorado de Gunvor, pelo outro ela não tinha nenhum interesse por mim e por quem eu era. Claro que eu mantinha todas essas coisas afastadas, eu não fazia nada, não dizia nada, me comportava de maneira correta em todas as ocasiões, e na verdade mais a evitava do que tentava me aproximar, tudo que acontecia estava oculto a todos além de mim, e portanto não existia, certo?

Ela buscou refrigerante e salsicha para Ørnulf, que na mesma hora se inclinou para a frente e começou a chupar o canudinho. Quando achou que o volume de líquido não era mais suficiente ele arrancou o canudinho, o atirou no chão, colocou o gargalo na boca e bebeu tudo em um longo gole.

Ela me olhou e abriu um sorriso amistoso.

— O que você vai fazer no fim de semana? — ela perguntou.

— Acho que vou para a casa da Gunvor. Ela vem me buscar depois do expediente.

— Mande lembranças minhas.

— Pode deixar. E você?

— Ah, eu acho que vou dar um passeio em Stavanger. Ou então fico por aqui mesmo. Vai depender do tempo.

— Não parece estar muito claro na rua — eu disse, porque estava chovendo e tinha chovido o dia inteiro.

— Não — ela concordou.

"Good Vibrations", do Beach Boys, começou a tocar. Os retardados se balançavam de um lado para o outro, uns com um sorriso nos lábios, outros em profunda concentração. Ouviam-se gemidos e mugidos. Ellen limpou os lábios de Are, que estava de boca aberta olhando para o teto.

— Uma excelente música para o verão — disse Irene.

— Aham — eu disse.

A neblina pairava sobre as árvores, a chuva grossa caía forte sobre o chão, que brilhava com as luzes de janelas e postes de iluminação. Eu estava em frente ao prédio administrativo esperando Gunvor, que tinha ficado de me buscar. O céu do entardecer estava cinza e denso, parecia quase afundado em meio à paisagem. Era bonito. O asfalto estava úmido, a grama estava úmida, as árvores estavam úmidas, e o verde era atenuado pelo cinza, mas assim mesmo parecia forte e claro. A floresta dos corpos disformes e da consciência mutilada. Com as luzes das janelas e o silêncio em meio às árvores, o lugar era ao mesmo tempo assustador e atraente. Tudo despertava ambivalência, nada era uma coisa só: se os procedimentos rotineiros e o ritmo lento de tudo que acontecia por vezes me faziam sucumbir a um aborrecimento quase apático, estar lá também era ao mesmo tempo estimulante. Era como se eu estivesse correndo e parado ao mesmo tempo, com o fôlego entrecortado e o coração batendo depressa, enquanto o restante do corpo permanecia imóvel. Eu queria ser uma pessoa boa, cheia de empatia pelos menos favorecidos, mas quando eles se aproximavam de mim o que eu sentia era raiva e desprezo, como se aqueles defeitos mexessem com uma parte muito profunda de mim.

Quando eu e Gunvor descemos na praça em frente à casa da família dela ao fim da longa viagem de carro, eu ainda tinha o hospital psiquiátrico no meu corpo, aquilo ficava estagnado em mim como a água parada de um pântano. Todos os meus sentimentos eram coloridos por aquilo, mesmo que eu enchesse os pulmões de ar puro e limpo. Os pais dela já tinham se deitado, jantamos os dois sozinhos na cozinha, ela preparou chá, nos sentamos na sala e passamos um bom tempo conversando, trocamos um beijo de boa-noite e fomos para a cama, cada um no seu quarto, sem fazer nenhum gracejo. Naquele lugar eu me sentia como se estivesse em um romance da virada do século, o jovem casal que vive de acordo com uma moral alheia, rodeado de proibições, negações, o oposto da vida, quando na verdade estávamos no centro de uma vida efervescente, cheios de um desejo reprimido que de vez em quando atingia a superfície. Eu gostava deste sentimento, era a coisa mais romântica que eu conseguia imaginar.

Na manhã seguinte eu peguei emprestados um par de botas e um conjunto de roupas de chuva, fui ao porto escorregadio com Gunvor e o irmão dela, entrei no barco, que talvez medisse catorze pés, talvez dezesseis, e me sentei no paneiro da frente, enquanto o irmão deu a partida no motor de popa e devagar começou a dar ré, até que pudesse virar o barco e aumentar a velocidade. A chuva caía a cântaros. A floresta em terra se erguia como uma muralha verde nas bordas da superfície cinza-clara, que era rasgada pela proa e transformada em redemoinhos brancos, com uma camada meio transparente, quase vítrea na parte mais baixa, e tive uma impressão nítida daquelas profundezas, de estar na superfície de profundezas enormes, e essa impressão foi aumentada quando paramos em frente à rede e o barco começou a balançar nas próprias ondas e, à medida que a rede era recolhida, pude ver o dorso de um peixe lá embaixo. Ele nadava de um lado para o outro, cada vez mais próximo, e era enorme. Tinha o tamanho de uma criança e reluzia como a prata. O peixe chegou cada vez mais próximo, e quando enfim se encontrava no interior do barco e o irmão de Gunvor começou a atingi-lo repetidas vezes na cabeça com um porrete, a resistência oferecida foi tão grande que ele precisou sentar em cima do peixe enquanto o ajudávamos a segurá-lo. O ímpeto daquele corpo esguio era assustador.

A caminho de casa, quando o peixe estava imóvel entre os nossos pés, e apenas um espasmo ocasional o fazia estremecer, eu tinha comigo a imagem do peixe que havia subido desde as profundezas. Era como se viesse de uma outra época, como se tivesse cruzado as profundezas do tempo, uma besta, um monstro, uma força da natureza, e simultaneamente parecia ser também simples e claro. Nada além da água, o brilho da prata nas profundezas e a força enorme que trazia em si e que continuava a atravessá-lo mesmo já morto.

A chuva caía sobre o corpo morto e escorria pelas escamas e pela barriga perfeitamente branca.

Gunvor tinha que trabalhar naquela tarde de domingo, então peguei o ônibus logo após o meio-dia e cheguei em casa às cinco horas. Eu tinha imaginado que talvez pudesse escrever um pouco nas horas que tinha pela frente antes de me deitar, mas desisti após meia hora, era como se nada de novo pudesse ser começado em um lugar tão estranho como aquele. Em vez disso resolvi dar uma volta pelo centro, cedi ao impulso do momento e entrei no restaurante chinês, jantei lá, sozinho em um lugar repleto de famílias que faziam o jantar de domingo juntas. Passei muito tempo deitado lendo o romance de V. S. Naipaul que eu tinha comprado em promoção uns dias antes, o livro estava em uma caixa na calçada em frente à livraria e se chamava *O enigma da chegada*. Eu gostei, mesmo que o livro não tivesse nenhum tipo de acontecimento, somente a descrição de um homem que havia se mudado para uma casa no interior da Inglaterra, tudo era estranho para ele, mas aos poucos ele começava a conquistar aquela paisagem, ou a paisagem começava a conquistá-lo. Achei que era uma prosa na qual era possível descansar, como descansamos em um lugar qualquer, debaixo de uma árvore ou sentados em uma cadeira no jardim, e que isso tinha valor em si mesmo. Por que escrever sobre acontecimentos? X ama Y, Z mata P, Q comete um crime e é descoberto por R... o filho A se envergonha e se muda para outra cidade, onde conhece B, os dois passam a morar juntos e têm dois filhos, C e D... O que era a descrição de um pai comparada à descrição de uma árvore em um gramado?

A descrição do desenvolvimento de uma pessoa comparada à de uma floresta vista a partir de um morro?

Se ao menos eu soubesse descrever uma floresta vista a partir de um morro! O que há de livre e aberto nas árvores decíduas, a maneira como as copas parecem amontoar-se quando vistas de longe, verdes e belas e cheias de vida, mas não cheias de vida à nossa maneira, não, cheias de vida à maneira própria delas, ao mesmo tempo simples e enigmática. O que há de elevado e retilíneo nos espruces, o que há de melancólico e orgulhoso nos pinheiros, o que há de pálido e ávido nas bétulas, e os choupos, o tremor dos choupos quando o vento corre pelas encostas!

Verde, cinza, preto. Água e terra, raízes e charcos, clareiras e bosques, muralhas de pedra tão antigas que dão a impressão de haver se incrustado na paisagem. Lagos com nenúfares e leitos repletos de folhas mortas. Gramados e terrenos, fendas e precipícios, planícies de pinheiros e gandras de urze, rios e córregos, cachoeiras e piscinas naturais. Freixos, choupos, faias, carvalhos, tramazeiras, bétulas, salgueiros, amieiros, olmos, pinheiros, espruces. Todos com suas formas características e individuais, e no entanto representantes de uma mesma coisa.

Mas eu não poderia escrever sobre essas coisas, estava fora do meu alcance, porque a linguagem não era suficiente, ou seja, não havia maneira de me aproximar daquilo, não havia maneira de adentrar aquele espaço, e também porque eu não sabia o suficiente a respeito do assunto. A última vez em que eu tinha caminhado por uma floresta tinha sido no nono ano. Eu não sabia diferenciar uma tramazeira de um freixo, mal sabia os nomes das flores, a não ser pelas anêmonas e pelas hepáticas, e também por uma flor que chamávamos de "flor de manteiga", mas que provavelmente devia ter outro nome.

Eu não poderia descrever uma floresta, nem vista a partir de um morro nem vista do interior.

Será que eu poderia descrever a chegada a uma paisagem como Naipaul?

Não, a tranquilidade que ele detinha não existia em mim, e o traço seguro e esclarecido que havia em todos os bons prosadores eu não conseguiria reproduzir nem como um pastiche.

Assim era ler Naipaul, assim era ler quase todos os bons autores, um prazer mas também uma inveja, uma alegria mas também um desespero.

Pelo menos assim eu parava de pensar no hospital psiquiátrico, e naquela hora, no entardecer que antecedia uma nova semana de trabalho, isso era tudo que eu queria. A simples ideia do hospital, ou seja, de todos os dias que ainda me restavam por lá, era pior e ainda mais insuportável do que os dias em si, que no fim sempre passavam. Enquanto eu caminhava lá dentro, de um lado para o outro entre a cozinha e a sala de plantão, a lavanderia e a sala, era como se tudo mais desaparecesse, o setor, com a luz dura e o piso de linóleo, os cheiros fortes e as enormes quantidades de frustração e compulsão, era uma existência própria na qual eu me afundava, era como se aquilo tudo me cercasse, atravessar o limiar do corredor era cruzar uma fronteira. Essa transição era motivo de problemas, mas os problemas eram justamente a vida lá dentro, as pessoas lá dentro, tanto os cuidadores como os residentes. Era uma coisa ligada ao fato de estarmos presos lá dentro, de nos movermos em um espaço limitado, onde qualquer movimento para um lado ou para o outro se revestia de um peso quase insuportável, enquanto o lento passar do tempo e a ausência de qualquer coisa que apontasse para longe envolviam a vida lá dentro em um certo tipo de paz, em uma coisa totalmente estanque.

Quase todos os fins de semana eu ia para a casa de Gunvor, onde tomávamos banho de mar e relaxávamos juntos, passeávamos na floresta, assistíamos à TV e pegávamos o carro quando ela queria fumar, porque não fazia isso em casa. Eu gostava dela, mas sem minha vida em Bergen, onde todas as outras coisas aconteciam, ficou claro para mim que aquilo não era o bastante, que ela não era o bastante, e esse era um pensamento doloroso, em especial quando jantávamos com os pais, que tanto gostavam dela, ou então quando assistíamos à TV ou jogávamos Trivial Pursuit à noite, pois independente de Gunvor perceber ou não perceber, a mãe dela percebia, eu estava convencido. E nesse caso quem era eu para estar sentado com eles?

Numa tarde saímos para tomar banho perto dos escolhos. O dia estava quente e cheio de insetos, o sol pairava e ardia logo acima das árvores. Depois passamos um tempo sentados um ao lado do outro olhando para longe. Gunvor se levantou, postou-se atrás de mim e de repente pôs as mãos nos meus olhos.

— Qual é a cor dos meus olhos? — ela perguntou.

Eu gelei.

— O que é isso? Você quer me testar? — eu disse.

— É — ela disse. — Me responda. Qual é a cor?

— Pare com isso — eu disse. — Você não tem por que me testar. Claro que eu sei a cor dos seus olhos!

— Então diga!

— Não. Eu não quero. Não quero ser testado.

— Você não sabe.

— Claro que sei.

— Então diga. É simples.

— Não.

Ela me largou e começou a se afastar. Me levantei e fui atrás. Eu disse que a amava, ela pediu que eu parasse com aquilo, eu disse que era verdade, que eu a amava com toda a minha alma. Mas que eu era egocêntrico e distraído, ausente e alienado, e que nada disso tinha a ver com ela.

Nos fins de semana que passávamos juntos eu tirava muitas fotos, que eu mandava revelar na loja de fotografia à segundas-feiras. Mandei umas por carta para o meu pai. Essa é Gunvor, minha nova namorada, escrevi, e aqui estou eu ao lado do cavalo dela, na fazenda onde ela cresceu. Como você mesmo pode ver, não mudei muito. Pensei em fazer uma visita durante o verão, nesse caso eu ligo para combinar. Tudo de bom, Karl Ove.

Quando as seis semanas no hospital psiquiátrico chegaram ao fim, peguei o barco até Stavanger e de lá o trem para Kristiansand. Nos primeiros dias fiquei com Jan Vidar, que havia se mudado para uma casa geminada em um dos loteamentos nos arredores da cidade com Ellen, a namorada dele. Ficamos sentados no jardim bebendo cerveja e falando sobre os velhos tempos, sobre o que os nossos conhecidos estavam fazendo. Jan Vidar havia tirado um certificado de mergulhador, um velho sonho meu, e estava tentando se dedicar um pouco ao novo hobby, segundo me disse, porém no mais não havia muito além do trabalho. Sempre tinha sido assim com ele, já na escola técnica ele acordava de madrugada para trabalhar como confeiteiro e padeiro. Jan Vidar era incorrigível no cinema, lembrei de repente, após poucos minutos na escuridão os olhos dele se fechavam, independente do que estivesse passando na tela.

A casa dele ficava em um morro, o quintal tinha vista para um braço do fiorde, o céu estava azul e o vento soprava devagar em meio às árvores da encosta mais abaixo, como sempre fazia à tarde. Eles tinham uma gata, e

Jan Vidar me contou que ela tinha tido filhotes. Mas ela era pequena demais para aquilo, ou então havia outra coisa errada, pois numa tarde, quando Ellen chegou de volta em casa, a jovem mãe tinha matado todos os filhotes. Tinha sido um verdadeiro banho de sangue. Jan Vidar riu ao contar a história, mas eu fiquei abalado, fiquei imaginando a cena, os miados e os resmungos e as mordidas em cima do tapete.

No dia seguinte acordei com a casa vazia e peguei o ônibus até a cidade, tomado pelo meu velho sentimento de pânico, fazia um dia incrível, não se via uma nuvem sequer, e eu não saí mais daquele lugar, fiquei andando pelas ruas estreitas e apertadas, suando enquanto todos os outros estavam nas ilhas do arquipélago andando de barco e tomando banho de mar e bebendo cerveja e aproveitando a vida. Eu nunca tinha conseguido, nunca tinha recebido um convite, e esse não era o tipo de coisa que se fazia sozinho. O que era uma loja de discos em um dia bonito em Kristiansand? O que era a biblioteca, quem estaria enfurnado lá?

Passei na casa dos meus avós, eles ficaram surpresos ao me ver, contei um pouco sobre a minha vida em Bergen, disse que eu tinha arranjado uma namorada, que eu via Yngve com frequência e que ele estava muito bem. Na casa deles nada havia mudado, tudo estava como antes, era como se tivessem chegado à idade definitiva, pensei ao pegar o ônibus de volta para a casa de Jan Vidar, e a partir de agora eles não vão envelhecer mais nem um dia.

Em Kristiansand eu não tinha nada a fazer, aquele já não era mais o "meu lugar". Bergen também não, a ideia de voltar e começar um novo semestre não era muito alegre, mas quais seriam as alternativas?

No último dia das minhas breves férias em Sørlandet eu fui à casa do meu pai e de Unni. Eu estava razoavelmente feliz quando desci no ponto de ônibus da E18 e atravessei as ruas do loteamento onde eles moravam, mesmo que um pequeno rasgo de medo do meu pai sempre surgisse toda vez que eu me aproximava dele. Ele estava no sofá quando cheguei ao alto da escada, e eu não soube para onde olhar, porque ele tinha engordado muito. Sentado como um barril, ele olhou para mim. Moreno como uma noz, vestido com um calção e uma camisa enorme, o olhar completamente preto.

— É você! — ele disse. — Faz tempo que a gente não se vê.

— Obrigada pela carta! — disse Unni. — Muito boas as notícias a respeito da Gunvor. A gente estava torcendo para que você a trouxesse junto!

— Mas que nome — disse o meu pai.

— Ela vai trabalhar durante todo o verão — eu disse. — Mas está curiosa para conhecer vocês, claro.

— É história que ela estuda? — perguntou Unni.

— É — eu disse.

— E além disso anda a cavalo? Ou vocês simplesmente tiraram foto com um cavalo qualquer?

— Não, ela anda a cavalo mesmo. Morou um ano na Islândia só por causa dos cavalos islandeses — eu disse.

Meu pai e Unni passaram um tempo se olhando.

— Para dizer a verdade a gente está pensando em morar um tempo lá. Talvez no ano que vem.

— Que legal, Karl Ove — disse Unni.

Me sentei na cadeira do outro lado da mesa, em frente ao meu pai. Ele tomou um gole da cerveja que tinha à frente.

Unni foi à cozinha. Eu não disse nada, ele não disse nada.

— Como vão as coisas lá no norte? — eu perguntei depois de um tempo enquanto começava a enrolar um cigarro.

— Bem, como você deve imaginar — meu pai respondeu.

Depois ele olhou para mim.

— Você quer uma cerveja?

— Pode ser — eu disse.

— Pode pegar na cozinha.

Me levantei, entrei na cozinha, onde Unni estava sentada junto à mesa lendo um jornal, abri a geladeira e peguei uma cerveja. Ela sorriu para mim.

— A Gunvor parece bonita — ela disse.

— E é mesmo — eu disse, devolvendo o sorriso antes de voltar à companhia do meu pai.

— Veja só — ele disse.

— Saúde — eu disse.

Ele não respondeu, mas ergueu a garrafa e bebeu.

— Como vai a sua escrevinhação? — ele perguntou depois de um tempo.

— Agora estou concentrado nas aulas — eu disse.

— Você devia ter escolhido um curso mais útil que letras — ele disse.

— É — eu disse. — Depois vou pensar nisso.

— O que o Yngve está estudando agora?

— Comunicação.

— É, até que não é mau — ele disse, olhando para mim. — Você está com fome?

— Um pouco, acho.

— Eu já vou fazer o jantar. Mas está quente demais, não é bom comer num tempo assim, eu quase não sinto fome nesse calor. É por isso que as pessoas comem mais tarde no sul.

Esse pequeno raciocínio escondia uma intimidade que me deixou feliz. Esvaziei a garrafa, busquei mais uma e senti o desejo de me embebedar chegando aos poucos. Já fazia tempo.

E realmente me embebedei. Meu pai fez costeletas fritas com batata, nós jantamos, Unni se deitou cedo, nós dois ficamos sentados bebendo na penumbra. Ele não se preocupou em acender as lâmpadas, e eu também não. Ele disse que ele e Unni passavam o tempo inteiro juntos, que não conseguiam se desgrudar, que poucas horas depois já estavam com saudade um do outro, era o que tinha acontecido na vez em que ele havia trabalhado como avaliador em Kristiansand e quisemos visitá-lo, ele não tinha aguentado a separação e ficou bebendo sozinho e dormindo, você lembra, Karl Ove? O Hotell Caledonien pegou fogo dois dias mais tarde, podia ter sido a minha vez, eu podia muito bem estar lá. É, eu lembro, e eu também havia pensado nisso, eu disse.

Mais uma vez ele desapareceu em si mesmo, eu peguei mais uma cerveja, voltei, ele se levantou e desapareceu no banheiro, voltou, bebeu. Eu contei que minha avó materna tinha morrido no outono, ele disse é, ela estava muito doente. Eu terminei de beber, ele terminou de beber, busquei mais duas cervejas, pensei que não havia perigo, que estava bastante agradável. Eu me sentia forte. Se ele viesse para cima de mim, eu poderia revidar. Mas ele não veio para cima de mim, por que faria uma coisa dessas?, ele estava nas profundezas de si mesmo, e por fim se levantou à minha frente na penumbra, aquele homem gordo, barbado e bêbado que era o meu pai, e que em outros tempos havia sido a própria imagem da retidão; bem-vestido, magro e bonito, um professor e político jovem e bem-visto, e disse, bem, acho que está na hora de encerrarmos, porque amanhã é um novo dia.

Unni já havia preparado o quarto no andar de baixo para mim, e com a cabeça explodindo de pensamentos e sensações eu me deitei no colchão e aproveitei a roupa de cama limpa e fria, e a impressão de estar deitado em um quarto estranho, que não era meu, embora eu me sentisse em casa lá dentro, pelo menos de certa forma. Na rua o vento farfalhava nas árvores, o piso do andar de cima rangia, e mais além a escuridão cinza da noite de verão tornava-se cada vez mais pálida enquanto eu dormia na cama, até que o primeiro azul do céu aos poucos despontasse e um novo dia pudesse começar.

Passei as últimas semanas do verão na casa da minha mãe. Para mim era um refúgio, um lugar onde não existia nada do que em geral era motivo de conflito para mim. Kjartan, a quem minha mãe vinha fazendo visitas diárias após a internação, por fim recebeu alta, e tornei a encontrá-lo na casa dela. Ele parecia estar fraco e sem vida, um pouco mais rígido no jeito dele, porém no mais sadio. Ele mostrou-me uns poemas novos, eram todos incríveis. Disse que gostaria de voltar a Bergen e retomar os estudos. Não perguntei nada sobre o que tinha acontecido, era uma dessas coisas que não podiam ser abordadas de maneira direta, mas passado um tempo ele falou a respeito por vontade própria. Quando destruiu o apartamento, ele gritou que tinha quarenta anos. Eu tenho quarenta anos, ele gritou, e então destruiu tudo que havia ao redor. Quando chegou ao hospital em Førde, ele imaginava estar no Japão, imaginava que as pessoas que o recebiam eram japoneses e que tinham feito mesuras profundas ao vê-lo, como era costume no Japão. No ápice da psicose ele também ouviu vozes, recebeu ordens de um deus, e pensei que também parecia ter havido aspectos positivos na ideia de ser guiado por uma força externa, mas ao mesmo tempo era uma ideia completamente assustadora, porque essa força externa também era ele, uma parte dele.

De volta a Bergen comecei um novo romance. A ação se passava em um fiorde, na década de 1920, o personagem principal do primeiro capítulo jogava cartas em uma cabana na montanha, mas estava prestes a se casar e não queria usar o dinheiro do jogo para a cerimônia, então colocou tudo no pote e se reclinou na cama e ficou observando com enorme prazer a agitação dos outros, causada pela grande soma que podia ser deles. O personagem principal do segundo capítulo era um jovem em Bergen, na década de 1980, ele estava olhando para os livros na prateleira e esperando a namorada, na cozinha a cafeteira italiana borbulhava, ele pensou nos avós que moravam em uma propriedade junto ao fiorde, os dois estavam velhos, a avó estava doente, a vida deles não tardaria a acabar. Eu não tinha ido além quando o semestre recomeçou, pois cada frase foi escrita e riscada e reescrita incontáveis vezes, tudo foi cuidadosamente trabalhado, foi um processo muito demorado, e como eu precisava entregar um trabalho da segunda etapa do curso em poucos meses, acabei deixando o romance de lado.

"A intertextualidade no *Ulysses* de James Joyce" era o título provisório do trabalho. Era ambicioso, eu sabia, mas eu tinha um objetivo claro, tirar uma nota excepcional, e nesse caso era preciso correr riscos.

Como Julia Kristeva havia formulado o conceito de intertextualidade, me concentrei primeiro nela, lendo *Revolution in Poetic Language*, mas não consegui entender, era simplesmente complicado demais. Ela escrevia muito a respeito de Lacan, eu quis ir direto à fonte e li um livro dele em tradução sueca, o que embora possível foi difícil, em especial porque tanto os pensamentos dele como os pensamentos dela partiam de uma base estruturalista completamente estranha para mim. Em parte eu me sentia orgulhoso, já que estava fazendo uma coisa em nível tão elevado, e em parte eu me sentia desesperado e puto da vida, já que eu nunca conseguiria entender aquilo. Quase, mas não completamente. Outro problema era que muitas das referências citadas eram desconhecidas para mim; embora eu reconhecesse algumas, era sempre de forma aproximada, e não havia como levar aquilo adiante, a precisão era uma premissa básica para uma atividade que envolvesse as partículas elementares da literatura. O próprio *Ulysses*, no entanto, não era muito difícil de entender, era um romance sobre um dia na vida de três homens, narrado em capítulos com estilos totalmente díspares. Consegui um livro que examinava todas as referências a Dante no *Ulysses*, eu duvidava que os meus professores o tivessem lido, e assim podia usá-lo de maneira livre, talvez fazendo com que a presença de Dante em Joyce fosse o exemplo máximo da intertextualidade nessa obra.

Comprei um computador usado quando recebi o crédito estudantil, um Olivetti, de Borghild, uma das amigas de Yngve, eu a conheci na primeira vez em que fui ao Opera, ela tinha sido editora da *Syn og Segn* e por um breve período havia se envolvido com Asbjørn. Ela queria cinco mil coroas, era um quarto do crédito estudantil, mas aquilo dizia respeito a todo o meu futuro, então fechei o negócio e pela primeira vez na vida me sentei para escrever em um monitor e não em uma folha de papel. Eram letras verdes e futurísticas, repletas de luz e gravadas em pequenos disquetes, que era como aquelas coisas se chamavam, e podiam ser acessadas por mim a qualquer momento. Também havia um jogo de Yatzi no computador, eu podia ficar rolando dados por horas a fio, os dados também eram verdes e repletos de luz. Às vezes eu começava o dia assim, com uma hora de Yatzi antes do café da manhã. Yngve e Asbjørn também jogavam, e quando eu estabelecia um novo recorde eu sempre contava para eles quando nos encontrávamos.

Gunvor também havia comprado um computador, às vezes eu levava os meus disquetes para a casa dela e escrevia lá, ou depois que ela tivesse se deitado, quando já respirava fundo na cama a poucos metros de mim e se virava de um lado para o outro como as pessoas fazem ao dormir, em um mundo completamente distinto daquele onde eu me encontrava, ou depois que ela tivesse saído para estudar na sala de leitura. Quanto a mim, eu não aparecia na universidade, tudo naquele semestre resumia-se ao meu trabalho, e nesse caso eu podia muito bem estudar e escrever em casa, segundo pensei. Na prática o resultado era que com frequência eu não fazia nada, os dias se passavam enquanto eu fazia compras, tomava café da manhã e lia jornais, ficava olhando para a rua, de vez em quando ia às lojas de discos ou às lojas de artigos usados que vendiam livros na cidade, voltava para jantar e passava a tarde com Espen ou com Gunvor, quando eu não saía para beber com a minha reserva cada vez menor de dinheiro. Quando eu bebia com Espen ou com Gunvor e os amigos dela tudo sempre acabava bem, eu voltava para casa sem ter perdido o controle, mas se eu bebia com outras pessoas, ou seja, com Yngve e os amigos dele, a situação era um pouco mais arriscada. Certa manhã por volta das cinco horas eu voltei para casa sem chave e toquei a campainha, por sorte Gunvor estava dormindo na minha casa, ela abriu a porta com medo nos olhos, eu entrei, queria apenas dormir, não me lembrava de nada do caminho de volta para casa nem da noitada como um todo, para mim aquele instante em que eu havia parado em frente à porta sem ter encontrado a chave era tudo que existia.

— De quem é essa jaqueta? — Gunvor perguntou.

— Minha, claro — eu respondi.

— Não é — ela disse. — Você não tem uma jaqueta assim. E o que é isso? Está suja de sangue! O que aconteceu?

Olhei para a jaqueta. Era uma jaqueta jeans azul. A lapela estava suja de sangue.

— Eu tenho essa jaqueta há vários anos. Não sei do que você está falando. Vou me deitar. Estou realmente cansado.

Quando acordei era uma da tarde e a cama estava vazia, Gunvor tinha ido para a sala de leitura às nove como de costume.

Eu não me lembrava de nada do que tinha acontecido entre a saída do Garage e a porta da minha casa.

Sentindo o corpo gelado e com medo, fui até o corredor e olhei para a jaqueta que estava pendurada. Eu nunca a tinha visto antes.

O que em si não queria dizer nada. Eu podia ter ido a outra festa e pegado a jaqueta errada, afinal eu estava bêbado e não seria estranho.

Mas e o sangue?

Fui ao banheiro para me olhar no espelho. Nada, nem sequer um fio saindo do nariz.

Nesse caso com certeza o sangue já estava na jaqueta.

Lavei o rosto com água fria e entrei na cozinha. Ouvi o rádio de Jone ligado na casa dele, bati na porta e enfiei a cabeça para dentro. Ele estava sentado na poltrona com uma capa de disco na mão.

— Você quer café? Vou fazer agora mesmo.

Ele riu.

— Que cara é essa? Você saiu ontem à noite?

Fiz um gesto afirmativo com a cabeça.

— Bem, eu aceito um café — ele disse.

— Eu não me lembro de nada — eu disse.

— E você está apavorado?

— Estou.

— Vai passar. Com certeza não aconteceu nada. Você sente cheiro de perfume?

— Não.

Ele riu.

— Então está tudo bem. E você também não matou ninguém!

Mas esse era justamente o motivo do meu pavor.

Coloquei a cafeteira italiana no fogão e aqueci uma panela com leite. Jone entrou quando o leite havia fervido, pegou uma caneca do armário, serviu-se de café, colocou um pé na cadeira e soprou a superfície fumegante.

— A polícia estava aqui quando saí de casa hoje pela manhã — ele disse.

— Ha ha — eu ri.

— É sério! Eu desci as escadas e lá embaixo, sabe, na porta ao lado das caixas postais, tinha dois policiais. Estavam abrindo a porta com um pé de cabra. Eles não disseram nada, ficaram em silêncio total, nem ao menos olharam para mim. Toda a atenção deles estava naquela porta. Totalmente absurdo.

— Era uma busca e apreensão ou coisa do tipo, então?

Ele deu de ombros.

Imigrantes moravam no primeiro andar, havia sempre muita gente por lá, Espen achava que talvez estivessem vendendo drogas, e a presença da polícia reforçava a suspeita; por outro lado, podia ser que não tivessem visto de permanência ou coisa do tipo. Jone, que falava com todo mundo, também havia sondado esses vizinhos, porém sem muito sucesso.

— Como vai a banda? A "Kafkatrakterne"?

Jone riu, o nome era adolescente demais para o gosto dele.

— Bem — eu disse. — Vamos ensaiar hoje à tarde.

— A propósito, fiz umas compras excelentes durante a viagem — ele disse. — Você quer dar uma olhada?

Durante o fim de semana, Jone tinha feito uma viagem de ida e volta sentado em um ônibus para ir a uma feira de discos em Trondheim.

Tudo que pudesse desviar minha atenção da noite passada era uma coisa boa, e assim o acompanhei até a sala. Ele pegou uns singles, todos em capas de plástico, na maioria punk e new wave norueguês.

— Você lembra desses caras? — ele me perguntou enquanto me entregava o *La meg være ung* do Blaupunkt.

— Para dizer a verdade, lembro!

A seguir vieram Betong Hysteria, Kjøtt, Wannskrækk, Lumbago, The Cut e uns singles do DePress.

— E eu trouxe uma coisa para você — ele disse, pegando uma capa redonda do XTC, era o *The Big Express* em formato de roda de trem.

— Quanto você quer por ele?

— Não muito. Cento e cinquenta coroas? Duzentas?

— Por que não duzentas e cinquenta? — eu perguntei.

Jone riu.

— Vou passar — eu disse. — Já tenho esse.

Dei um tapa na testa.

— Ou melhor, *tinha*. Me esqueci daquele meu estande idiota na sua feira.

No fim do semestre anterior eu estava tão duro e devia tanto dinheiro que havia cedido à tentação de comprar um espaço de expositor na feira de discos da qual Jone participaria em Bergen, e tinha vendido todos os meus discos. Absolutamente todos. Ganhei uns milhares de coroas que eu já tinha bebido uma semana mais tarde, foi durante aquelas semanas em que Bergen fervilhava e todo mundo estava o tempo inteiro na rua — e então acabou. Seis anos de colecionismo jogados pela janela. Toda a minha alma estava naqueles discos. E foi meio por esse motivo que eu fiz o que fiz, eu queria me livrar de tudo, aquilo não passava de lixo, afinal de contas. Não a música, claro, mas as lembranças que os discos traziam.

— Se você não tem interesse em colecionar, o negócio agora é comprar CDs — disse Jone. — Você fez bem em vender. Não pense mais nesse assunto!

Ele riu mais uma vez.

— A jaqueta que eu estava usando tinha manchas de sangue quando cheguei em casa hoje de manhã — eu disse. — E além do mais não era minha. E eu não me lembro de porra nenhuma. Nada mesmo.

— Karl Ove, fique tranquilo. Você é um cara de bem. Não fez nada de errado.

— Eu sinto como se tivesse matado alguém.

— É sempre assim. Provavelmente você não fez mais do que andar de um lado para o outro dizendo que todo mundo era incrível.

— É.

— Bom, agora eu tenho que voltar para a escola. Tenho uma aula mais tarde hoje.

— Tudo bem. Eu também estou saindo. A gente se fala depois.

Já não ensaiávamos mais no Verftet, Pål tinha arranjado um lugar no porão do Høyteknologisenteret, que ficava do outro lado da ponte que levava ao meu apartamento, era uma construção cinza com linhas azuis e um logotipo azul que parecia uma daquelas embalagens plásticas de sabonete líquido feitas com plástico cinza, cheia de ranhuras e com uma tampa azul. O laboratório de Pål ficava naquele prédio, eu já tinha estado lá uma vez e andado de olhos arregalados pelas salinhas cheias de instrumentos, eu adorava o "conhecimento", ou melhor, a aura que rodeava esse tipo de atividade, não o conhecimento em si, que eu desprezava por ser uma coisa técnica, instrumental, inumana e demasiado racional. Mas o "conhecimento" era tudo, desde o submarino do capitão Nemo até a narrativa diária feita por Darwin durante a viagem com o *Beagle*, a condenação de Giordano Bruno à morte na fogueira e as confissões feitas por Galileu segundo as exigências da Igreja, as assustadoras pesquisas de Madame Curie com a radioatividade, a fissão do átomo promovida por Oppenheimer e outros cientistas do mesmo círculo, era o homem que por volta de 1880 sofreu um acidente que resultou em uma haste de ferro que lhe atravessou a cabeça e acarretou uma alteração completa da personalidade, antes doce, depois má, o que levou a medicina a dar um grande passo à frente, pois a partir desse instante foi possível saber que certas funções estavam situadas em certas regiões do cérebro e localizar uma delas, para assim desenvolver as teorias que possibilitaram a lobotomia. Haveria coisa mais insana e mais desvairada do que a lobotomia? Neste caso deviam ser as mesmas pessoas que prendiam os pacientes com cintas e aplicavam-lhes fortes choques elétricos para tirá-los um pouco da depressão. Surtia efeito, claro, esse era um passo na direção certa, e era isso o que eu mais gostava, de saber que alguém tinha descoberto como dominar por exemplo a eletricidade, como domá-la e estocá-la, nessa hora uma coisa nova havia surgido no mundo. Ao mesmo tempo havia elementos de insanidade, como toda a velocidade que foi liberada, por exemplo, ou toda a luz que se projetava mundo afora. O fato de que o corpo humano era visto como uma arena, um lugar por onde se podia fazer a eletricidade passar a fim de ver como reagia, ou um lugar onde se podiam fazer cortes, por exemplo nas ligações no cérebro, para então fazer surgir uma personalidade mais harmônica, era quase inacreditável, ou então parecia remontar a tempos pré-bíblicos, pois era assim que se agia naquela época, porém a aura de loucura consumada também existia lá, naquelas salinhas cheias de microscópios e espécimes de tudo quanto era tipo de criatura submarina, capturados nas profundezas do mar no navio de pesquisa deles. Não que eu soubesse o que as pessoas faziam por lá, ou que me importasse, mas tudo que eu via era "conhecimento", o romantismo das luvas de borracha azul.

Eu nunca conseguia imaginar Pål naquele ambiente, ele era a pessoa mais acientífica que eu já tinha conhecido, mas talvez justamente por isso conseguisse progredir tanto naquilo que fazia.

Encontrei Yngve e Hans na recepção, Pål chegou atrasado como de costume, pegamos o elevador e subimos até o setor dele, ele estava debruçado por cima da escrivaninha, com os longos cabelos cobrindo a lateral do rosto como uma pequena cortina.

— É verdade! — ele disse. — Está na hora do ensaio!

O baixo dele estava no canto, ele o pegou e tomamos o elevador para descer ao porão, onde Pål destrancou a porta. A sala era grande, o chão de concreto era coberto por uma camada de feltro amarelo e lá havia uma bateria, amplificadores e um pedestal com microfone.

Aquela simples visão, somada à visão dos outros três, que na mesma hora começaram a abrir os estojos e a retirar os instrumentos, cabos, cintas, palhetas, pedais e a plugar tudo e ligar os amplificadores, afinar as guitarras e ajustar o som, me encheu de entusiasmo, era com aquilo que eu sempre havia sonhado, fazer parte de uma banda, me envolver com assuntos de banda. Bati um pouco na caixa e apertei a pele, mesmo que na verdade eu não soubesse afiná-la, ou seja, perceber quando o som estava legal, bati um pouco no bumbo, apertei o parafuso do prato e o puxei um pouco mais para perto, no que para mim era uma imitação bem passável de um baterista de verdade.

— Falei com um cara que vai organizar uma grande festa de Ano-Novo hoje — disse Yngve.

Olhei para ele, ele tinha uma expressão misteriosa, um jeito quase infantil de fazer segredo, e sorriu.

— Enganaram você — disse Pål. — O Ano-Novo não é hoje.

— Você recebeu dinheiro para não chegar perto? — perguntou Hans.

— Ha ha ha — Yngve riu. — Eles nos convidaram para tocar.

— Vamos tocar na festa de Ano-Novo, então? — eu perguntei.

— É isso aí — disse Yngve. — Vai ser no Ricks e um monte de gente deve aparecer, então o jeito é ensaiar.

— E o que vamos tocar? — Hans perguntou.

— Não sei — disse Yngve. — Não podemos tocar todas as nossas músicas?

* * *

Já fazia quase um ano que tocávamos juntos, estávamos cada vez melhores, especialmente eu, pois mesmo que eu ainda fosse um péssimo baterista, e mesmo que o meu desempenho estagnasse para sempre, com a ajuda dos outros eu tinha conseguido tocar levadas diferentes nas diferentes canções, um padrão fixo em cada uma, ao qual eu me agarrava com todas as forças quando tocávamos. Em casa eu repassava em detalhe cada uma das músicas, diversas vezes ao dia, eu as tinha na ponta dos dedos, cada uma das batidas nos pratos, e ficava batucando nas pernas e batendo os pés no chão, tudo para conseguir o mínimo de ritmo e de força que a banda precisava. Levei meio ensaio para conseguir tocar um ritmo sincopado. Uma hora, a mesma música várias e várias vezes, eu que nunca conseguia acertar aquela parte, cada vez mais constrangido, aquilo estava acabando com a paciência de todo mundo, eu era um idiota completo, aquilo era *muito* fácil, até que de repente saiu. O tempo inteiro eu tinha medo de ser expulso, porque Yngve, Pål e Hans eram músicos talentosos, e eles podiam se tornar incrivelmente melhores de uma hora para outra caso se livrassem de mim, o que eu aliás com frequência repetia, mas eles diziam não, pare de falar bobagem, você é que vai tocar bateria para a gente.

No fim do ensaio eu, Yngve e Hans seguimos em direção à cidade, enquanto Pål tomou o ônibus para casa. Eu ainda estava abalado por conta da bebedeira da noite anterior, os pensamentos e as ideias mais terríveis não saíam por um instante sequer da minha consciência, eu sentia enjoo de tanta angústia, era uma sensação que somente uma coisa seria capaz de aplacar, Gunvor, passar uma noite ao lado dela. Mas quando Yngve sugeriu que a gente saísse para comemorar, não consegui abrir a boca para dizer não.

— Eu só tenho que dar uma passada em casa antes — disse Hans. — Mais tarde eu saio outra vez. Vocês vão para o Garage?

— Acho que vamos, né? — Yngve disse olhando para mim.

— Vamos — eu concordei.

Começou a chover, não muito, apenas uns pingos no rosto, mas o céu escureceu depressa, uma muralha totalmente preta estava a caminho do fiorde.

— Bem, vou indo então — disse Hans. — Nos vemos mais tarde!

Ele sumiu no morro à esquerda e nós dois seguimos em direção ao Garage. Hans morava um pouco além de Dragefjellet, onde dividia o segundo andar de uma casa com Tone, a namorada dele. Antes os dois tinham morado em uma pequena república em Sandviken, junto com Ingar e Kjetil, dois grandes amigos dele, ambos também envolvidos com a Studentradioen e o *Studvest*. Uma vez eu tinha ido a uma festa com Yngve, foi na mesma noite em que ele começou a namorar Gunnhild, com quem poucas semanas antes ele tinha se mudado para um apartamento em Marken. Ela era bonita de um jeito suave e introvertido, estudava biologia, vinha da zona rural de Hardanger e era tudo que Yngve ou qualquer outro cara jovem poderia desejar. Eu estava lá naquela noite, o lugar estava cheio de gente, e voltei uns dias mais tarde, sozinho, eu tinha dado voltas pela cidade e não sabia mais o que fazer, então pensei, vou dar uma passada na casa do Hans. Eu não o conhecia, mas tocávamos na mesma banda, então não pareceria estranho demais. A partir do Bryggen, subi os morros, segui pela estrada principal que levava a Sandviken e desci as ruelas em direção à antiga casa fora de prumo onde eles alugavam o segundo andar. Toquei a campainha, ninguém abriu. Toquei de novo, mas provavelmente não havia ninguém, então me virei e estava prestes a ir embora. No fim da ruela avistei Ingar. Ele também havia me descoberto, porque os nossos olhares se encontraram, mas ele agiu como se nada tivesse acontecido e se afastou.

Mas se afastou por quê?

Não estava indo para casa?

Com certeza devia estar indo às compras, pensei enquanto subia o morro. Ao mesmo tempo eu tinha uma suspeita de que ele estava me evitando, de que talvez não quisesse se envolver em uma situação que dissesse respeito a mim, talvez não quisesse se ver obrigado a me convidar para entrar.

Assim, em vez de descer em direção à cidade, subi na rua seguinte e fiquei parado à espera dele.

Ingar apareceu segundos mais tarde, olhou para baixo do morro e para o lado de onde tinha vindo, percorreu o último pedaço do trajeto até a entrada, pegou as chaves e abriu a porta após olhar de relance para cima do morro.

Meu coração estava pesado quando fui embora, ele realmente tinha me evitado, não restava mais dúvida, mas por quê, o que havia de errado comigo?

Ah, mas eu sabia, eu percebia o tempo inteiro, havia uma coisa em mim que as pessoas rejeitavam, uma coisa que faziam o possível para evitar. Era uma coisa minha, na forma como eu me comportava.

Mas o que seria?

Eu não sabia.

Eu falava bem pouco, claro, o que era percebido e não muito apreciado, esse parecia ser um bom ponto de partida. Mas o pouco que eu dizia com frequência parecia estar relacionado aos assuntos errados. Muitas vezes eram coisas sinceras, pelo menos quando eu estava a sós na companhia de alguém, e as pessoas fugiam dessas situações como se fugissem da peste. A alternativa seria não dizer absolutamente nada. Aquele era o meu único modo, meu único registro.

Ah, mas não quando eu estava com Gunvor. Ela sabia quem eu era.

A chuva aumentou enquanto eu e Yngve seguíamos em direção à Nygårdsgaten.

— Eu queria avisar a Gunvor — eu disse. — Pode ser que ela esteja me esperando.

— Tudo bem — disse Yngve. — Eu também preciso avisar a Gunnhild.

— Tem uma cabine telefônica aqui perto?

— Eu sei que tem uma no Festplassen. Na esquina logo abaixo do Garage.

— Vamos passar lá primeiro, então?

— Vamos.

— Você não quer trocar? — Yngve sugeriu quando paramos em frente à cabine telefônica e ele começou a remexer os bolsos à cata de moedas. — Você liga para a Gunnhild e eu ligo para a Gunvor? Para a gente ver se elas notam a diferença?

Eu e Yngve éramos parecidos, mas somente à primeira vista, o que tínhamos era uma espécie de semelhança genérica, que fazia com que eu pudesse ser confundido com Yngve por pessoas que não o conheciam muito bem. Mas as nossas vozes eram praticamente idênticas. Muitas vezes, quando eu ligava para a antiga república de Yngve, a pessoa do outro lado da linha achava que era Yngve passando um trote.

— Pode ser — eu disse. — Eu começo ligando para a Gunnhild, então?

— Isso. Diga que eu estou indo para o Garage com você, e que não sei que horas volto.

Peguei o fone e disquei o número.

366

— Alô? — Gunnhild atendeu.

— Oi! Sou eu — eu disse.

— Oi! — ela disse.

— Escuta, eu vou passar com o Karl Ove no Garage — eu disse. — Não sei a que horas volto. Mas não fique me esperando!

— Pode ser que eu fique — ela disse. — Mas assim mesmo, divirtam-se! E mande um abraço para o Karl Ove.

— Pode deixar — eu disse. — E até mais, então.

— Até mais.

Yngve riu.

— Vocês só estão juntos há uns meses — eu disse. — Eu e a Gunvor estamos juntos há mais de um ano. Ela vai notar.

— Quer apostar que não?

— Não, eu não tenho coragem.

Yngve pegou o telefone, depositou a moeda, discou o número.

— Oi, é o Karl Ove — ele disse.

Silêncio.

— Eu vou sair com o Yngve e o Hans. Mas depois vou para casa, tudo bem? Não sei bem quanto tempo vamos demorar, mas... Tá... Tá... Eu também te amo. Tchau!

Ele desligou e se virou para mim com um sorriso.

— Você disse que amava a Gunvor? — eu perguntei.

— Disse. Afinal, ela disse que me amava!

— Porra, você não devia ter feito isso — eu disse.

Yngve riu.

— A gente não precisa contar. Ela nunca vai descobrir.

— Mas eu sei.

Yngve soltou vento pela boca.

— Você é sensível demais — disse. — Foi apenas uma brincadeira!

— Eu sei, eu sei — respondi, e então comecei a andar em direção ao Garage.

Seis horas depois eu estava em uma festa num apartamento na Fosswinckels Gate, pensando que eu era muito talentoso, que na verdade não havia problema nenhum com a minha escrita, eu tinha uma força incrível, e que *na verdade* o mundo era meu. Não era o que parecia, e eu seria o primeiro a admitir, mas *a verdade* era esta. Umas garotas tinham ficado me olhando no porão do Garage, eram olhares demorados, cheios de desejo, mas naturalmente não tomei nenhuma atitude, afinal eu tinha namorada, Gunvor, que estava dormindo em casa à minha espera. Mas aquilo foi como uma derrota, uma tristeza, e enquanto Bendik, o dono do apartamento, colocava Happy Mondays para tocar e as pessoas andavam ao redor soltando gritos e gargalhadas desenfreadas, pensei que na verdade podia dar certo, bastaria terminar e eu estaria livre, e assim nada mais poderia me impedir.

Já eram quase quatro e meia, as pessoas começaram a ir para casa, restou apenas o núcleo duro, Bendik, Arvid, Erling e Atle, e quando a esperança de que mais coisas pudessem acontecer se viu frustrada, esvaziei o meu copo, me levantei e desci a escada sem me despedir e entrei no quintal ao lado, onde tentei pegar uma das bicicletas, mas todas estavam presas com trancas, o jeito seria andar, então, caso não houvesse nenhuma bicicleta sem tranca no quintal seguinte.

Não.

A chuva fina caía enquanto eu arrastava os pés morro abaixo. Em frente ao Garage, que estava vazio e escuro, com os pingos de chuva correndo devagar e dando voltas nas janelas, com os táxis saindo depressa do túnel sob Høyden um atrás do outro, eu parei e fiquei pensando no que fazer. Eu não queria voltar para casa, isso era certo. Corri até o Slakteriet, que também estava fechado. Acendi um cigarro, segurando a mão contra a chuva, e subi a encosta suave que terminava no teatro. O que eu queria era ir para a cama com alguém, uma garota com quem eu nunca tivesse ido para a cama, uma daquelas duas que tinham ficado olhando para mim. Por que eu não tinha aproveitado a chance, por que eu era tão imbecil? Gunvor nunca saberia de nada, e não seria nada contra ela, era simplesmente uma coisa que eu queria, e que eu queria tanto que não consegui pensar em mais nada ao longo de toda a noite. Corpos macios de garotas, olhos fechados, seios desconhecidos, uma bunda desconhecida, ela se inclina para a frente, fica como uma cadela, de quatro pra mim, e eu, ah, eu meto pra dentro, claro. No fundo era a única coisa que eu queria, mas não restava nenhuma esperança em uma cidade onde a chuva caía sem dar trégua, completamente vazia, a não ser por um que outro táxi escuro às quatro e meia da manhã, como aquilo poderia acabar?

Tinha uma garota que morava em Nøstet, eu achava que tinha sido apaixonada por mim uns anos atrás, e ela com certeza me receberia de braços abertos.

Fui até lá. Meus cabelos grudavam-se à testa, minha jaqueta e minha calça estavam encharcadas, as ruas vazias, tudo que se ouvia era o barulho dos meus passos chapinhantes.

Tentei girar a maçaneta da entrada. Estava trancada.

Ela morava no segundo andar, e eu me ajoelhei e juntei umas pedrinhas, comecei a jogá-las contra as três janelas do apartamento dela.

Nenhuma reação.

Fiquei um tempo parado pensando no que fazer. Gritar não daria certo, toda a vizinhança ia me ouvir.

Coloquei a mão na guarda da porta, apoiei o pé e tomei impulso. Havia pequenas cornijas e projeções em várias partes da fachada, janelas com parapeitos salientes, e devia ser perfeitamente possível usá-los para subir até o andar onde ela morava e bater nas janelas ou, se eu desse sorte e encontrasse uma das janelas destrancada, simplesmente abri-la e entrar para fazer uma surpresa e tanto.

Talvez eu tenha subido três metros antes de deixar a mão escapar e escorregar para baixo, por sorte de forma relativamente controlada, eu não me bati com muita força, levei apenas uma pancada no joelho, que passou um tempo latejando enquanto eu começava a escalar mais uma vez. Mas eu caí de novo, desta vez de forma brutal, caí de peito e todo o ar deixou os meus pulmões. Era como se eu estivesse me afogando, eu não conseguia respirar, e ao mesmo tempo a dor surgiu no meu cérebro vinda de mil lugares diferentes. A dor brilhava como uma estrela.

Eu disse AAAAAHHHHH.

AAAAAAHHHH

AAAAAHHHH

Fiquei deitado, respirando. Senti a água da poça onde eu havia caído sendo absorvida pelas minhas roupas. Minhas pernas, meus braços e meu peito estavam gelados. Mesmo assim me ocorreu que eu podia fechar os olhos e dormir. Só um pouquinho...

Mas no instante seguinte, puta que pariu, que dor!

Me coloquei de joelhos e levantei a cabeça em direção ao céu, de onde vinha toda aquela chuva. Por fim me levantei e comecei a me afastar, primeiro com o corpo duro, mas aos poucos cada vez mais solto. Por um motivo ou outro eu subi os morros que levavam ao Klosteret, e ao longo do trajeto uma viatura passou e parou ao meu lado e o vidro se abriu e um policial me perguntou o que eu estava fazendo.

— Estou voltando de uma festa — eu disse. — Ao passar lá por baixo eu vi um cara que estava subindo na fachada de um prédio, não tenho ideia do que ele pretendia fazer, mas não deve ser coisa boa.

Devo ter parecido são o bastante para que me deixassem seguir adiante, e não apenas isso, mas os policiais desceram o morro para investigar minha denúncia.

Ha ha ha, eu ria enquanto continuava a descer os morros em direção ao Torgalmenningen.

Ha ha ha.

Ha ha ha.

Para a casa de Gunvor eu não poderia ir, depois de toda aquela função, então dobrei à direita e fiz sinal para um táxi que estava parado no ponto. Cinco, seis minutos depois eu desci e atravessei o portão, notei que a porta dos imigrantes estava pregada no marco e lacrada com fita plástica, escorei o ombro na fileira de caixas postais, subi os dois andares, destranquei a porta, entrei e parei.

Ouvi barulhos no armário da cozinha.

Será que eu enfim conseguiria vê-los? Eu já estava farto de encontrar os resquícios deixados para trás sem nunca vê-los, e rápido como um gato eu entrei na cozinha e abri a porta do armário, que estava vazio. Não havia nada.

Mas o saco de lixo tinha pequenas mordidas, e café e cascas de ovo haviam escapado pelo buraco.

Deviam ser ratos grandes, não podia ser outra coisa, pois ratinhos não faziam aquele tipo de estrago, certo? No dia seguinte eu compraria uma ratoeira ou veneno para rato, pensei enquanto tirava as roupas e apagava em minha cama no instante seguinte.

Acordei com o telefone tocando. Deve ser Gunvor, pensei, eu não posso atender, preciso antes pensar no que dizer, mas os toques não paravam, e por fim atendi, com o coração batendo forte no meu corpo dolorido.

— É o Yngve.

— Oi.

— Ouvi dizer que você surtou depois da festa no apartamento do Bendik.

— É mesmo? Quem disse? Quem foi que contou para você?

— O Bendik. Eles ficaram olhando você da janela. Você correu para o quintal e tentou pegar as bicicletas. E depois você saiu e entrou no quintal vizinho. Esse seu irmão não pode ser um cara de bem, disse o Bendik. Como foi depois? Você aprontou mais alguma coisa?

— Não. Deu tudo certo, eu consegui chegar em casa. Mas estou um pouco assustado, para dizer a verdade.

— Você sabe que não pode beber. A questão é essa. Não dá certo. Você não consegue.

— Não.

— Bem, eu não quero dar lição de moral em você. Você é que decide como viver a sua vida.

— Isso é certo.

— Você pode vir para cá, se quiser. Só estamos nós aqui. A gente pode assistir TV junto ou fazer qualquer outra coisa.

— Não, acho que não. Eu tenho que trabalhar. O semestre vai ser curto.

— Tudo bem. A gente se fala depois, então.

— Combinado. Tchau.

— Até mais.

Em geral o medo levava um dia inteiro para passar após uma noitada, se tivesse acontecido qualquer coisa de especial, dois, às vezes três. Mas sempre passava. Eu não entendia de onde vinha aquilo, por que a vergonha e o medo eram tão profundos, e a bem dizer cada vez maiores, afinal eu não tinha matado ninguém nem machucado ninguém. Eu também não havia traído ninguém. Eu tinha sentido tesão e feito coisas idiotas para satisfazê-lo, mas no fim não tinha acontecido nada, eu só tinha escalado uma fachada, porra do caralho, será que eu devia sentir medo por três dias a fio por conta disso? Andar pelo apartamento tendo sobressaltos ao ouvir o menor ruído, dar um pulo cada vez que uma sirene disparava na rua, tudo enquanto eu sentia por dentro uma dor que não havia como suportar, embora eu a suportasse todas as vezes, o tempo inteiro.

Eu era falso, eu era um traidor, eu era uma pessoa má. E eu podia dar um jeito nisso, para mim não seria problema nenhum, desde que eu estivesse sozinho. Mas eu estava com Gunvor e essas coisas também a afetavam, porque nesse caso ela passava a ser uma pessoa que estava na companhia de um falso, de um traidor, de uma pessoa má. Ela não pensava nada disso, muito pelo contrário, aos olhos dela eu era uma pessoa boa, uma pessoa que desejava o bem, que demonstrava carinho e amor, mas era justamente esse o motivo da dor, porque eu não era assim.

Liguei o computador e, enquanto eu esperava que aquecesse, comecei a folhear o que eu tinha escrito até então. Eu estava cagando para o meu trabalho, não havia como ler sobre o pré-conceito da língua nas condições em que eu me encontrava, o importante era o meu romance, que já tinha quase cinquenta páginas e seguia em várias direções, algumas delas promissoras. Mas os anos 1920, sobre os quais eu tinha escrito um pouco, permaneciam fora do meu alcance, tinha muita coisa que eu não sabia a respeito daquela época, e essa ausência de conhecimento me travava, eu mal conseguia escrever uma frase por medo de que não correspondesse à realidade. Além do mais era uma época longínqua demais para que eu pudesse conferir-lhe traços da minha própria vida, um pouco daquilo que naquele instante corria nas minhas veias. Assim o texto ficou um pouco duro e sem vida, eu percebia, mas ao mesmo tempo aquilo era tudo que eu tinha, era minha última esperança.

Ouvi uma batida no chão da sala. Salvei o arquivo, calcei meus sapatos e desci até o apartamento de Espen. Ele estava me esperando na porta, com o dedo nos lábios, e fez sinal para que eu o acompanhasse à cozinha. Um banco estava no meio da peça, ele apontou para o teto, onde havia uma rachadura através da qual ele provavelmente queria que eu olhasse.

Subi no banco, inclinei a cabeça para trás e olhei pela fresta. Um grande rato preto me encarou.

— Você está vendo? Ele ainda está aí? — Espen me perguntou em voz baixa.

— Puta que pariu! — eu exclamei, descendo. — Que nojo!

— Pelo menos agora você sabe qual é o problema — ele disse.

— Amanhã a gente tem que comprar veneno.

— Ou então ratoeiras. Ouvi dizer que com veneno os ratos podem morrer atrás das paredes e apodrecer num lugar impossível de alcançar.

— O que eu já ouvi dizer é que tem alguma coisa no veneno que faz os ratos sentirem sede ou coisa do tipo, e então eles saem da casa.

Me dei conta do quão estranho aquilo soava e abri um sorriso cauteloso enquanto eu dava de ombros.

— O problema com as ratoeiras é que elas ficam espalhadas pela casa, e depois você precisa pegar tudo com a mão para jogar no lixo. Não estou a fim de fazer isso.

— Nem eu — disse Espen. — Mas se é assim que tem que ser, é assim que tem que ser.

— Um rato é um rato é um rato é um rato — eu disse.

— E então? — Espen perguntou olhando para mim. — Uma xícara de café?

Fiz um gesto afirmativo com a cabeça.

— Notei que você está trabalhando lá em cima. Dá para ouvir daqui. Primeiro eu achei que você estava tamborilando os dedos. Mas depois me ocorreu, ah, ele está escrevendo!

— Já tenho cinquenta páginas — eu disse. — Você precisa ler de uma vez. Se não der para aproveitar nada, não quero desperdiçar um ano inteiro em cima disso.

— Posso começar a ler agora — disse Espen.

— Você está me pedindo para buscar?

— Por que não?

— Primeiro um café, depois eu subo e imprimo, está bem?

Espen respondeu com um aceno de cabeça, fomos à sala e nos sentamos.

— Eu tinha certeza de que eram ratos — disse Espen. — Dava para ouvir os passos no forro. E além disso havia o problema com o seu lixo. Não podia ser outra coisa.

— Mas são uns ratos bem espertos. Quando a Gunvor passou a noite aqui uns dias atrás ela preparou o lanche do dia seguinte à noite, para não ter que preparar tudo na manhã seguinte, já que ela tinha que acordar cedo...

— E o que aconteceu? — perguntou Espen.

Eu olhei para ele, será que estava impaciente?

Não parecia.

— Ela colocou o lanche na mochila. Quando chegou a hora de comer, não havia mais nada. Mas o papel estava intacto. Os ratos entraram na bolsa, abriram o papel, pegaram as fatias de pão e deram o fora. Claro que tinha uns farelos, mas enfim. Parece que havia uma gangue à solta. Eles devem ter feito planos muito detalhados. Será que o rato que a gente descobriu é o líder do bando? No buraco?

— O demiurgo, você diz?

— Isso. Sei lá. Mas, enfim, temos que dar um jeito neles. A Gunvor não vai mais querer vir para cá se o lugar estiver pululando de ratos.

— Ela é tão mimada assim?

— Ha ha.

— Não é o seu telefone que está tocando? — ele perguntou.

Passei uns segundos escutando. Sim, era isso mesmo.

— Vou correr e atender. Já aproveito e imprimo o meu romance! — eu disse, saindo às pressas.

— Alô?

— Oi, sou eu — disse Gunvor. — Então você está em casa? Eu já estava quase desistindo.

— Eu estava no apartamento do Espen.

— Achei que você ia vir passar a noite comigo aqui, não?

— Isso. Mas estava tão tarde e eu estava tão bêbado que achei melhor poupar você.

— Mesmo assim eu gosto quando você vem — ela disse. — Não tem problema se você está bêbado.

— Às vezes tem — eu disse. — Agora mesmo eu estou assustado de verdade. Foram duas noites em sequência. Você não pode vir para cá? A gente pode fazer waffles ou qualquer outra coisa parecida. Quero demais fazer um negócio comum e normal.

— Pode ser, claro. Agora?

— Pode vir. Você pode comprar leite para a gente?

— Posso. Até daqui a pouco, então. E vou levar umas roupas sujas também, está bem?

— Claro.

Prendi os buracos nas laterais do rolo de papel nas rodas da impressora, reli depressa as últimas partes que eu havia escrito, as primeiras eu sabia praticamente de cor, conferi o papel com os códigos que eu havia colado na mesa e cliquei em "print". Pouco depois o cabeçote de impressão começou a correr de um lado para o outro, e eu, ainda desacostumado àquela invenção, permaneci fascinado com as palavras, frases e páginas que eu havia escrito e que saíam daquela fonte oculta no interior da máquina.

Quanto à relação existente entre o disquete e o monitor eu não tinha a menor ideia; uma coisa qualquer devia "falar" para o computador que um "n" digitado no teclado devia aparecer como um "n" no monitor, mas como fazer com que uma coisa sem vida "falasse"? Para não mencionar o que acontecia toda vez que aquelas letras no monitor eram salvas no pequeno e fino disquete, quando bastava apertar um botão para que tudo voltasse à vida, como as sementes presas no gelo há séculos, que em certas condições podiam revelar de repente o que haviam guardado por todo aquele tempo e brotar. Porque os caracteres que eu salvava também poderiam ser redescobertos cem anos no futuro, certo?

Destaquei uma das laterais perfuradas, coloquei as folhas em ordem e desci mais uma vez ao apartamento de Espen.

— A Gunvor está vindo — eu disse. — Vou ter que subir daqui a pouco. Mas aqui está o manuscrito. Para quando você acha que consegue ler?

— Depois de amanhã, talvez? Eu te aviso!

Subi novamente e, quando Gunvor chegou, preparei waffles enquanto ela ficava me olhando, eu os assei, preparei chá e levei tudo para a sala. Pode ter sido o aroma familiar dos waffles, mas logo começamos a falar sobre ter filhos. Era uma experiência estranha para nós e para todo mundo que a gente conhecia, mas quando eu ainda estava em Kristiansand, Jan Vidar me contou que duas ex-colegas nossas do ginásio tinham tido filhos, uma sem nem ao menos saber quem era o pai.

Saber que de fato éramos capazes de ter um filho, e assim determinar todo o nosso futuro, era uma ideia ao mesmo tempo atraente e apavorante.

— Isso tem consequências enormes — eu disse. — Deixa marcas para o resto da vida. As outras coisas não são assim. Se você estuda história ou antropologia, por exemplo, é tudo a mesma coisa.

— Acho que não, né?

— Eu quero dizer quando visto com um pouco mais de distanciamento. Se a gente se forma com notas altas ou baixas não faz diferença nenhuma.

Mas puta que pariu, como a gente se esforça por essas coisas pequenas! Poucas coisas são *realmente* decisivas, poucas coisas fazem uma diferença real.

— Eu entendo o que você quer dizer.

— Quando eu escrevo, por exemplo, trato o que estou fazendo como se fosse uma questão de vida ou morte. Mas claro que não é nada disso! É só uma coisa que eu tenho para me distrair.

— É — ela disse. — Mas nem tudo precisa ser uma questão de vida ou morte. Nem tudo precisa ser preto ou branco. A gente precisa se divertir um pouco também!

Ela riu.

— Posso usar essa citação sua? — eu perguntei.

— Pode, mas você não concorda? Imagine que a gente tivesse um filho juntos hoje. Seria uma grande coisa. Definiria as nossas vidas, como você disse. Mas as nossas vidas continuariam sendo as mesmas apesar disso, não? Claro que a gente teria que trocar fraldas e dar passeios de carrinho, mas não seria um desastre, ou por acaso seria?

— Não. Você tem razão.

Ela abriu a boca e deu uma mordida no waffle.

— Está bom? — eu perguntei.

Gunvor estava de boca cheia e respondeu com um aceno de cabeça.

Coloquei açúcar no meu, dobrei-o e dei uma mordida.

— Está bom mesmo — eu disse quando terminei de engolir.

— Muito bom — ela disse. — Ainda tem chá?

Servi a caneca dela.

— Mas me conte a respeito de ontem! — ela disse. — Quem estava lá?

Eu estava deitado com a cabeça no peito de Gunvor. Ela passava a mão pelos meus cabelos enquanto eu ouvia o coração dela bater. Naquela hora ela tinha um jeito de menina, uma inocência que me comovia, enquanto eu, deitado como estava, subordinado como um cachorro, por assim dizer entregue, embora de forma consciente, eu gostava e não gostava de ficar deitado recebendo consolo daquele jeito, era ao mesmo tempo bom e humilhante.

Passado um tempo nos levantamos e fumamos um cigarro na sala, Gunvor enrolada num edredom. Falamos sobre Robert, o marido da irmã dela, ele era cinco ou seis anos mais velho do que eu, tinha uma aura forte e masculina, na festa em que eu o havia conhecido umas semanas antes ele havia falado sobre o episódio em que havia sido perseguido por um bando inteiro. Ele pegou um pedaço de pau e gritou como um louco, o bando por fim se afastou e ele largou o pedaço de pau e continuou o que estava fazendo. Se você quer fazer uma coisa, ele disse, basta fazê-la. Não há nada a temer. Mas é preciso chegar ao ponto onde nada mais importa, entrar em uma zona onde você para de sentir medo. A partir de então você pode fazer tudo. Ele tinha pintado em outra época, mas parou depois de um tempo, disse que tinha medo de acabar louco.

— Ele disse isso para você? — Gunvor me perguntou.

— Disse exatamente isso. Mas não sei se acredito. Pareceu uma bravata. Parei de pintar porque eu tinha medo de ficar louco. Mas também não me pareceu inacreditável, da maneira como ele falou. Aquele cara vem de algum lugar.

— Como assim?

— Digamos que ele não é como um estudante típico. Para ele a universidade não é um começo da mesma forma como é para nós. Parece ser mais um fim, um refúgio tranquilo para onde está indo ao fim de uma tempestade.

— É engraçado pensar em você e no Robert, pensar que são justamente vocês dois que estão com a minha irmã e comigo. Vocês têm coisas em comum. Não acha?

— Não.

— Não?

— Não. Eu sou um garoto, ele é um homem.

— Ele só é mais velho que você.

— É mais do que isso.

Robert tinha orgulho da garota que estava namorando, a irmã de Gunvor, e sabia muito bem o que pretendia fazer com ela. Sempre a tratava com respeito e parecia apreciar as diferenças entre os dois. Eu não tinha orgulho de Gunvor, não daquele jeito, eu não sabia direito o que pretendia fazer com ela e nem sempre a tratava com respeito. Ele falava de um jeito claro, um jeito másculo, bem definido e simples, enquanto eu tinha um jeito obscuro, vago e acovardado. Não quando estávamos a sós, mas assim que aparecia uma terceira pessoa. Nessas horas o negócio era tentar entender o que desejavam e agir de acordo com essa vontade.

Trocamos um olhar e sorrimos.

— Vamos colocar as roupas para lavar? — eu disse. — Você trouxe umas roupas sujas, não?

Gunvor fez um gesto afirmativo com a cabeça e se levantou.

— Pode deixar comigo — eu disse.

Ela balançou a cabeça e sorriu.

— Não mesmo! Eu que vou cuidar disso.

— Você que sabe — eu disse.

Levei um tempo para encontrar uma loja que vendesse ratoeiras. Comprei algumas, além do veneno, e voltei depressa para casa com tudo em uma pequena sacola. Na minha conta restavam apenas umas poucas centenas de coroas, então eu me preocupava em saber no que eu estava gastando, era um problema que ressurgia todo outono e toda primavera, meu crédito estudantil terminava e era preciso esperar meses antes do próximo, na primavera às vezes um semestre inteiro. Na primeira primavera eu havia trabalhado para Kjartan, na primavera seguinte eu vendi todos os meus discos, enquanto no outono eu tinha pedido dinheiro emprestado aqui e acolá, ou então ido para a casa da minha mãe e vivido à custa dela. Mas não havia como me manter assim a longo prazo, era um problema estrutural que tinha a solução meramente adiada por estas soluções ad hoc. Dito de outra maneira, estava na hora de arranjar um emprego. E para conseguir um emprego era preciso ter qualificações ou contatos. Eu não tinha nenhum dos dois. Ou melhor, eu havia trabalhado um ano como professor, o que provavelmente me qualificaria para arranjar um emprego temporário numa escola infantil, embora não no centro, disso eu duvidava, as vagas por lá eram muito disputadas, teria que ser em um lugar mais afastado da cidade. Outra possibilidade seria o serviço de saúde. Eu não tinha vontade nenhuma de trabalhar lá, mas se o jeito fosse esse não havia mais nada a fazer. Havia duas grandes instituições na cidade, uma para loucos, o hospital psiquiátrico de Sandviken, e uma para pessoas com retardo mental, o Vestlandsheimen, e pelo que eu sabia as duas faziam amplo uso de funcionários temporários sem especialização na área. Se eu pudesse escolher, iria para Sandviken; melhor gente com distúrbios mentais do que pessoas com retardo.

Liguei assim que cheguei em casa. Primeiro liguei para as escolas, consegui uns números de uma funcionária do município, a maioria já tinha um número suficiente de funcionários temporários, e eu era meio jovem demais, segundo me disseram, embora assim mesmo duas pessoas tenham ficado com o meu nome e o meu número de telefone, sem no entanto prometer nada, porque a lista de candidatos era longa. No hospital de Sandviken talvez precisassem de gente, mas quiseram falar comigo primeiro, perguntaram se eu podia aparecer durante a semana e levar os meus documentos.

Claro, claro que eu podia.

Quinta-feira, pode ser?

Quinta-feira fica ótimo.

Antes de me deitar à noite coloquei duas ratoeiras no armário da pia, bati na porta de Jone, que se deitava tarde, e o avisei para que não enfiasse os dedos lá dentro. Ele deu a risada de sempre e disse que achava que os ratos estavam na minha cabeça, e não em outro lugar. Mas assim mesmo ficaria longe do armário.

Eu não podia assumir a responsabilidade pelos ratos perante Jone, pensei já na cama enquanto tentava dormir, sentindo meu pulso nos ouvidos, mas era o que eu fazia mesmo assim, e quase o tempo inteiro, não havia o que fazer, porque simplesmente era assim.

Ratos. Nossa casa tinha ratos.

No dia seguinte eu adiei a inspeção das ratoeiras, antes preparei um café e o bebi na sala enquanto eu fumava um cigarro e folheava uma antologia sueca de ensaios sobre Lacan que eu havia comprado, passei um tempo olhando para fora da janela, para a fila de carros que se formava quando a luz do semáforo trocava para o vermelho, se desfazia, se formava outra vez. Os carros eram continuamente substituídos, bem como as pessoas no interior deles, mas os padrões que formavam eram sempre os mesmos. E as coisas mortas também formavam padrões. Os pingos de chuva que escorriam pelas vidraças, a areia soprada pelo vento que se acumulava em montes, as ondas que batiam na orla e se afastavam. E se você se aproximasse dessas coisas, como por exemplo de um grão de areia, também encontraria padrões. Os elétrons que se movimentam ao redor do núcleo atômico. Se você se afastasse, havia planetas que se deslocavam por rotas definidas ao redor de sóis. Tudo estava em movimento, tudo entrava e saía de tudo. O que não sabíamos, e o que jamais saberíamos, era o que significa um tamanho. Imagine o universo, que sempre concebemos como se fosse tudo, como se fosse a definição do infinito, e imagine que na verdade ele pode ser pequeno. Pequeno, muito, muito pequeno. Imagine que o universo na verdade pode estar contido em um grão de areia de um outro mundo! E que esse outro mundo também pode ser pequeno e estar contido em um outro grão de areia!

Esse era o rei de todos os meus pensamentos. Era bom que fosse assim, porque era uma ideia que não admitia contraprova. Mas se as coisas realmente fossem daquele jeito, então nada teria sentido. Para que as coisas que fazemos tivessem sentido, era preciso que não existisse um outro mundo, era preciso que o nosso mundo fosse o único. Assim seria importante estudar literatura, por exemplo. Mas se existisse um outro mundo, um contexto maior, o estudo da literatura não passaria de uma bobagem, de uma bagatela no universo.

Entrei na cozinha, larguei minha caneca e abri a porta do armário, me abaixei e dei de cara com o rato preso em uma das ratoeiras. A haste de metal havia se fechado sobre as costas dele. Senti ânsia de vômito. Abri a gaveta de baixo, peguei um saco plástico e puxei a ratoeira na minha direção segurando-a cuidadosamente pelo bloco de madeira com o polegar e o indicador. Meu plano era fechar a ratoeira no saco plástico e jogar aquilo fora, o rato e a ratoeira e tudo mais, em vez de mexer e futricar para soltá-lo.

A parte de trás do corpo do rato se mexeu.

Larguei a ratoeira o mais depressa que pude, encolhi o braço e me levantei. Será que ainda estava vivo?

Não, deviam ser espasmos. Uma contração muscular. Me abaixei outra vez e cutuquei a ratoeira de maneira a virá-la para mim.

Foi como se o rato estivesse me encarando com aqueles olhinhos pretos. Mais um espasmo atravessou uma das perninhas que pareciam nuas. Será que estava vivo?

Essa não.

Ele estava vivo.

Fechei a porta do armário e passei um tempo andando de um lado para o outro.

Eu precisava agir depressa, tirá-lo de lá sem pensar em mais nada. Abri a porta, segurei a ratoeira, joguei-a no saco plástico, desci a escada depressa, corri até as lixeiras, abri uma delas e joguei o saco lá dentro, voltei com o passo acelerado, lavei as mãos no banheiro, me sentei na sala e acendi um cigarro.

Pronto.

Às sete horas minha mãe ligou, ela me lembrou que meu avô estaria chegando à cidade na segunda-feira, ele passaria umas semanas no hospital. Minha mãe perguntou se eu poderia esperá-lo quando chegasse de barco e acompanhá-lo no táxi. Respondi que não haveria problemas. Depois combinaríamos diferentes horários de visita entre os netos que estivessem na cidade, para que ficassem distribuídos ao máximo. Minha mãe talvez aparecesse também, pelo menos no último fim de semana.

Assim que desliguei e me virei para voltar à sala ouvi batidas na porta. Era Espen.

— Entre — eu disse. — Você quer um café?

— Quero — ele disse. — Se você tiver pronto.

— Eu tenho.

Busquei as canecas, nos sentamos. Ele parecia não estar de todo presente, talvez se encontrasse perdido nos pensamentos.

— Eu li o seu manuscrito — ele disse.

— Que bom — eu disse. — E você tem um tempo para conversar agora? Ele fez um gesto afirmativo com a cabeça.

— Mas quem sabe vamos dar uma volta? Acho que assim pode ser mais fácil. É meio claustrofóbico ficar parado sem fazer mais nada.

— Tudo bem, eu passei o dia inteiro em casa, então pode ser bom sair um pouco.

— Vamos, então? — Espen perguntou enquanto se levantava.

— Mas e o café?

— Tomamos na volta.

Vesti minha capa de chuva e calcei minhas botas e já no andar de baixo fiquei esperando por Espen, que logo apareceu com a velha e grossa capa de chuva dele e se virou para trancar a porta.

— O papel higiênico sumiu outra vez essa noite — ele disse, olhando para mim enquanto guardava o chaveiro no bolso. O banheiro de Espen ficava no corredor, e qualquer um podia usá-lo.

— Eu sei quem foi. Eu ouvi e depois olhei pela janela. Sabe aquele cara de Sunnmøre que mora um pouco mais para lá?

Eu balancei a cabeça e comecei a descer a escada.

— Bom, foi ele. Ele saiu correndo pela rua com um rolo de papel higiênico em cada mão. A que ponto as pessoas chegam! Roubar papel higiênico!

— É — eu disse.

— É extremamente irritante. O que você acha que eu devo fazer? Tirar o assunto a limpo com ele? Dizer que sei que foi ele?

— Não, você está louco? Esqueça o assunto.

— Mas é muita cara de pau! — Espen insistiu.

— Esse cara é um criminoso — eu disse. — Você não sabe o que pode acontecer se você mexer com ele.

— Você tem razão — disse Espen. — Mas eu tenho nojo dele. Esse cara é um pervertido. Ele não puxa a descarga, sabia? A merda dele está sempre no vaso quando eu entro no banheiro.

— Puta que pariu — eu disse.

Chegamos ao térreo e descemos os degraus rachados e desgastados que davam acesso ao prédio. A chuva caía e tinha caído por muito tempo. Tanto o prédio de onde saíamos como aquele que se erguia três metros à nossa frente estavam mais escuros e brilhavam com a umidade sob a luz dos postes, e pingos gotejavam de todas as calhas, parapeitos e cornijas. O corredor externo estava cheio de plantas nascendo no meio da passagem e atulhado de lixo velho, o espaço entre os dois prédios tinha uma cobertura que mais parecia um túnel ou uma gruta, de tantas manchas verdes e rachaduras.

Eu vi as lixeiras e me lembrei do rato, que eu tinha conseguido esquecer, já que havia passado o dia inteiro sem pensar nele.

Talvez ainda estivesse vivo. Se arrastando lá dentro e se empanturrando com todo aquele lixo delicioso. O que importava que estivesse preso a uma ratoeira? Se ele usasse as pernas traseiras, poderia deslizar ao longo do plástico em direção aos sacos mais abarrotados, mordiscar um pouco para abri-los e logo toda sorte de maravilha escorreria direto para a boca dele. E se estivesse vazio? Nesse caso bastaria deslizar mais um pouco.

Seguimos ao longo dos outros prédios, onde ficavam todos os nossos apartamentos-irmãos, pois os prédios eram iguais, e então descemos a passarela subterrânea à esquerda. Lá dentro tudo escorria e gotejava, havia diversos slogans e símbolos incompreensíveis pichados ao longo das paredes, algumas das lâmpadas no teto estavam quebradas, e ninguém jamais parava lá dentro a não ser que quisesse fazer compras no quiosque do Narvesen, que ficava bem no meio, onde eu tinha por hábito comprar jornais todas as manhãs. Atravessamos a passarela e saímos do outro lado, seguimos a estrada em direção à cidade.

— Vamos dobrar à direita lá adiante e seguir por lá? É uma região bonita — disse Espen.

— Pode ser — eu disse.

A estrada subia até o hospital, incrustado no pé da encosta como uma fortaleza iluminada em meio às profundezas da névoa sob as montanhas. Estrategicamente colocado logo abaixo ficava um dos maiores cemitérios da cidade, para que os doentes entendessem de uma vez por todas que não viveriam para sempre.

Avançamos lado a lado. Espen não disse nada, eu não disse nada.

— Não sei por onde começar — Espen disse por fim. — Em primeiro lugar eu me perguntei se você não tinha escrito um romance juvenil.

Tudo desabou dentro de mim.

— Um romance juvenil? — eu disse. — Como assim?

— Por causa do tom — ele disse. — Da forma como você se dirige ao leitor. Mas não tem problema nenhum com os romances juvenis!

Eu não disse nada, simplesmente fixei os olhos no chão à nossa frente, no brilho da luz que se refletia no asfalto molhado.

— Mas eu gostei de várias coisas, várias mesmo — ele prosseguiu. — Gostei muito das descrições da natureza.

— Mas? — eu disse.

Espen olhou depressa para mim.

— Da maneira como eu vejo, o todo não se sustenta — ele disse. — Parece não ser o bastante. É difícil entender por que a história está sendo narrada. Simplesmente falta inspiração.

— E a linguagem? — eu perguntei.

— Me desculpe a sinceridade — ele disse. — Mas achei meio inexpressiva. Meio impessoal. Fico triste de falar essas coisas para você e gostaria que fosse diferente. Mas não posso. Não faria sentido.

— Fico muito contente por você ter me dito — eu disse. — Muita gente não teria feito o que você fez. A maioria das pessoas teria jogado o jogo e simplesmente dito que tinha gostado. Você é muito corajoso por ter dito o que pensa. Obrigado.

— Não é que seja *ruim* — disse Espen. — Quer dizer, não é disso que estamos falando. Mas eu acho que você não aproveita bem o material que tem.

— E você acha que posso aproveitar bem? Que posso continuar trabalhando para elevá-lo de uma forma ou de outra?

— Talvez — ele disse. — Mas vai ser um trabalho e tanto. Talvez fosse melhor você começar uma história totalmente nova.

— É mesmo? — eu disse.

— Me desculpe — ele disse. — Pode saber que não é nada bom para mim falar essas coisas para você. Passei o dia inteiro evitando pensar nessa conversa.

— Mas é bom que você tenha me dito. Fico contente. E eu sei que você tem razão. Eu sabia o tempo inteiro. Na verdade é um alívio ter o meu pressentimento confirmado. Não tem problema nenhum.

— Que bom que você está encarando desse jeito — ele disse.

— Ora, por que atirar no mensageiro? — eu disse.

— Existe uma diferença entre falar esse tipo de coisa e realmente pensar assim. Quase todo mundo levaria os meus comentários para o lado pessoal. Seria uma ofensa. Bem, você, que frequentou a Skrivekunstakademiet por um ano, sabe do que estou falando.

— Sei — eu disse. — Mas nós dois somos amigos. Quando você fala com esse nível de sinceridade eu sei que você não tem nenhuma motivação oculta.

Continuamos andando em silêncio.

Eu realmente pensava tudo que eu havia dito. Espen tinha sido corajoso, e eu podia confiar nele. Mas isso não impedia que eu me sentisse triste. Aquela tinha sido minha última esperança, que a partir daquele momento estava destruída. Eu não conseguia escrever melhor do que eu havia escrito.

De volta em casa, joguei a cópia que Espen havia lido na lixeira e apaguei o documento que estava salvo no disquete. Restava-me apenas o meu ensaio. "Sobre o conceito de intertextualidade, com uma visada sobre o *Ulysses* de James Joyce", como então se chamava.

O hospital de Sandviken não ficava muito longe do centro, escondido junto ao pé da montanha. As construções eram pesadas e monumentais, como todas as instituições psiquiátricas erguidas naquela época. Desci do ônibus e comecei a subir a encosta. Mais acima as janelas reluziam em meio à névoa. Depois de passar uns minutos andando em meio às construções, encontrei por fim o prédio certo e entrei.

A entrevista se resumiu à mulher que incluiu meu nome no sistema, consultou o setor que estava mais carente de funcionários, fez um telefonema para o pessoal de lá e informou o meu nome, desligou e me perguntou, você pode começar amanhã? À tarde?

— Pode ser — eu disse.

— Se tudo der certo, e acredito que vai dar, você depois pode vir e trabalhar em mais turnos. Se você quiser, enfim.

— Muito obrigado — eu disse, me levantando.

— Não há de quê — ela disse, e então voltou o olhar em direção à pilha de papéis que tinha diante de si.

*

Na tarde do dia seguinte desci do ônibus mais uma vez no mesmo lugar e, com o coração batendo forte, subi as escadas que levavam ao setor para o qual eu fora designado. Uma mulher magra de cabelos ruivos e com uma expressão meio infantil, de uns trinta e cinco anos, me cumprimentou e apertou minha mão quando entrei na sala de plantão. O nome dela era Eva. Uma outra mulher, loira e de olhos azuis, com pele morena e muitas curvas, talvez com uns trinta anos, se levantou atrás dela. Os peitos eram incríveis, pelo que pude observar com o canto do olho. Ela tinha uma personalidade expansiva e também um pouco atrevida, pois o que foi que disse ao me observar por sob as lentes estreitas do par de óculos que tinha apoiado na ponta do nariz?

— Finalmente mandaram um rapaz bonito desta vez!

Senti meu rosto corar e tentei esconder o rubor com os gestos que fiz a seguir, para tirar a capa de chuva, pôr a caneca sob a garrafa térmica, apertar o botão, erguer a caneca em direção aos lábios e tomar um gole de café, ainda cheio de bolhas e espuma, me sentar e abrir um sorriso contido.

— Você ficou tímido? — ela perguntou. — Eu não quis constranger você. Esse é o meu jeito, simplesmente. Vou direto ao ponto. Aliás, eu sou a Mary.

Ela me olhou sem sorrir.

— Coitado, agora você deixou o rapaz confuso — disse Eva.

— Não — eu disse. — Logo eu me acostumo.

— Que bom — ela disse. — Precisamos do maior número possível de pessoas por aqui. Eu sou a coordenadora do setor. Temos sofrido um pouco com o rodízio de pessoal. Claro que o núcleo duro é sempre o mesmo, mas o pessoal que trabalha nos fins de semana tende a sumir.

— Não diga — eu disse, tomando mais um gole de café. Um homem barbado entrou, ele devia ter perto de trinta anos, tinha braços e pernas magros, usava óculos e me fez pensar nos apoiadores do Sosialistisk Venstreparti. O nome dele era Åge, e ele sentou-se ao meu lado.

— Estudante? — ele perguntou.

Fiz um gesto afirmativo com a cabeça.

— E você estuda o quê?

— Estou cursando a segunda etapa de letras — eu disse.

— Ah, isso não vai servir de muita coisa por aqui — disse Mary. — Já tivemos geólogos, arquitetos, historiadores, cientistas sociais, artistas, sociólogos e antropólogos por aqui, enfim, tudo que você imagina. Quase todos vão embora quando encontram coisa melhor. Mas uns poucos ficam. Não é mesmo, Åge?

— É verdade — disse Åge.

— Quando você terminar o cigarro eu vou mostrar o setor para você e explicar os nossos procedimentos — disse Eva. — Nesse meio-tempo vou preparar os medicamentos.

Me ocorreu que acender um cigarro logo de cara não tinha sido uma boa ideia. Por outro lado, ainda faltavam dez minutos para o meu turno começar.

Mary começou a escrever no livro de registros. Åge se levantou e saiu. Eu o segui, não tive coragem de ficar sozinho com Mary, a presença dela era elétrica demais.

* * *

Reconheci muitas partes do setor graças ao meu emprego de verão, a única diferença de verdade eram os residentes, que naquele lugar eram pacientes e mantinham uma proximidade maior com os cuidadores. Mas a atmosfera era mais densa, o silêncio mais ameaçador. As pessoas balançavam o corpo para a frente e para trás em frente às janelas, fumavam um cigarro atrás do outro nos sofás, permaneciam deitadas na cama em uma apatia total. A maioria estava lá havia muito tempo. Quase ninguém se preocupou comigo, com o fato de que eu era novo, afinal todos estavam acostumados a ver gente nova. Mantive uma presença discreta, fiz tudo que era possível, eu queria tomar a iniciativa, exceto no que dizia respeito aos pacientes, eu torcia para que essa atitude fosse vista e apreciada, o fato de que eu conhecia o meu lugar. Lavei o chão, servi a comida, tirei a mesa e coloquei os copos e os talheres na máquina de lavar louça e perguntei o tempo inteiro se havia mais alguma coisa que eu pudesse fazer. O tempo passou de forma infinitamente lenta, mas passou. No fim do dia, quando o turno de Åge e Eva havia terminado e os pacientes estavam nos quartos, me vi sozinho com Mary na sala de plantão. Ela acendeu um cigarro com movimentos pequenos, quase nervosos, que a meu ver não se ajustavam ao que ela havia mostrado até então, mas de repente, quando ela tragou a fumaça para os pulmões e depois a expirou, ao mesmo tempo que a afastava dos olhos abanando a mão, o jeito seguro de antes retornou.

Eu perguntei onde ela morava, ela disse que morava em um apartamento próximo, nos arredores da Handelshøyskolen. O tom de flerte que ela havia usado a princípio tinha desaparecido por completo. Mas havia uma outra coisa, a maneira como ela evitava olhar para mim, e os sorrisos repentinos que apareciam de vez em quando, e que pareciam carregados em um grau bem maior, talvez porque o tom de flerte fosse aberto, e portanto seguro, enquanto aquilo não existia senão através de coisas não ditas e não feitas.

Ela me contou que era enfermeira psiquiátrica e que trabalhava no hospital havia cinco anos. As palavras dela soavam como uma confissão.

— Muito bem — ela disse por fim enquanto se levantava. — Vou fazer uma ronda. Pode ir, se você quiser.

— Mas falta mais de meia hora para o meu turno acabar.

— Pode ir, eu me viro sozinha. Assim você tem mais tempo para você e para a sua namorada.

Me virei para vestir a jaqueta com um leve rubor no rosto.

— Como você sabe que eu tenho namorada? — eu perguntei.

Mary se deteve junto à porta.

— Seria difícil imaginar um homem bonito como você sozinho por aí — ela disse, e então continuou a andar pelo corredor.

Me sentei no fundo do ônibus e peguei meu walkman, comecei a ouvir Sonic Youth, uma banda da qual eu havia tentado gostar sem conseguir, até o outono em que *Goo* saiu. Uma noite eu tinha ouvido o disco na casa de Espen, a gente tinha fumado haxixe e eu desapareci naquela música, literalmente, eu vi aquilo como se fossem cômodos e corredores, assoalhos e paredes, valas e encostas, pequenos bosques entre blocos residenciais e linhas férreas, e essa impressão só parou quando a música chegou ao fim, como se para que eu pudesse tomar fôlego antes que a próxima começasse no instante seguinte, quando novamente me vi capturado. A exceção era a segunda faixa, "Tunic", que andava sempre para a frente, eu fiquei sentado de olhos fechados e me deixei levar. Que estranho, pensei quando ouvi a música nos fones de ouvido, porque a letra, ou pelo menos o refrão, era explicitamente o oposto disso.

You aren't never going anywhere
You aren't never going anywhere
I ain't never going anywhere
I ain't never going anywhere

Como Gunvor morava perto da rodoviária e o meu turno seguinte começava às sete horas da manhã, dormi aquela noite na casa dela. Falei um pouco sobre como tinha sido o meu dia no hospital, porém sem muito entusiasmo, o mais importante era a atmosfera do lugar, o desespero que se encontrava preso no corpo daquelas pessoas, que era um desespero incomunicável. Com um olhar repentinamente sério ela se aconchegou em mim, fixou os olhos em mim, e então em poucos minutos éramos apenas nós dois, no estúdio com as janelas enviesadas pelas quais a chuva escorria, acima das ruas por onde as pessoas andavam para lá e para cá, mas depois, quando nos largamos e nos deitamos cada um para um lado a fim de dormir, me vi sozinho mais uma vez, até que o sono viesse e me libertasse de tudo.

Acordei antes do despertador, quase destruído pelo que eu havia sonhado, que no entanto sumiu assim que abri os olhos. Mas a atmosfera do sonho permaneceu comigo. Me levantei, comi uma fatia de pão na cozinha fria de Gunvor, me vesti fazendo o menor barulho possível, fechei a porta com todo o cuidado ao sair e caminhei ao encontro da chuva e da escuridão.

— Sente-se e fume um cigarro — disse Mary quando eu cheguei. — As horas passam devagar aos domingos por aqui. Não precisamos fazer esforço a não ser em caso de necessidade.

— Que bom — eu disse. — Mesmo assim, me senti meio perdido ontem, porque eu não sabia direito o que fazer. Será que você não pode me dar uma lista de tarefas?

Mary sorriu.

— Você sempre pode lavar roupa. Mas antes me conte um pouco sobre você.

— Não tenho nada a contar — eu disse. — Pelo menos não a esta hora da manhã.

— Sabe o que a Eva disse ontem a seu respeito?

— Não?

— "Águas calmas são mais profundas."

— Foi uma interpretação bem-intencionada — eu disse, sentindo meu rosto corar.

— Se tem uma coisa que a gente aprende neste lugar é a interpretar as pessoas. — Ela piscou o olho. — Mas vá ligar a máquina de lavar, então. Depois você pode preparar o café da manhã.

Fiz como ela havia dito. Os primeiros pacientes já estavam de pé e sentaram-se ao redor das mesas na "sala" para fumar cigarros com os dedos amarelados de nicotina. Uns balbuciavam consigo mesmos. Eram os pacientes crônicos, pelo que Eva tinha me falado na tarde anterior, aqueles que haviam passado muitos anos lá, e a princípio eram calmos, mas se o alarme disparasse por um motivo qualquer eu devia largar o que estivesse fazendo e correr para ver o que estava acontecendo. Essa foi a única instrução que recebi em relação aos pacientes. Ninguém havia me dito nada na outra instituição tampouco, mas lá tudo parecia um pouco mais claro, porque era possível conversar com aquelas pessoas de uma forma totalmente diferente. O que eu devia fazer caso se aproximassem de mim e quisessem falar sobre assuntos importantes? Bater papo? Dizer o que eu pensava? Recorrer a uma das pessoas com formação na área?

Tirei da geladeira os acompanhamentos, o leite e o suco, peguei uma pilha de pratos, facas de manteiga, copos e canecas, coloquei tudo no carrinho e comecei a pôr a mesa. Como era domingo, cozinhei uns ovos e acendi uma vela em cada mesa. Um sujeito magro e de cabelos escuros com mãos trêmulas que parecia Ludwig Wittgenstein já estava sentado. Ele tinha o olhar voltado para baixo, quase como se estivesse fazendo uma oração.

Coloquei o prato na frente dele.

— Eu não sou veado, porra! — ele exclamou.

Coloquei na mesa a bandeja com queijo e as caixas de leite e suco. Ele não disse mais nada, e fiquei com a impressão de que sequer havia notado a minha presença. Mary entrou e entregou ao homem uma cápsula de medicamento, encheu o copo dele com suco, ficou ao lado dele até que ele tivesse engolido a cápsula e depois foi mais para o fundo da sala. Tirei os ovos da panela, passei-os na água fria, liguei a cafeteira, umedeci um pano e comecei a limpar o balcão e a tábua do pão. Havia um carro vazio com as luzes acesas no estacionamento do lado de fora. Åge chegou pela outra ponta do corredor e ergueu a mão para me cumprimentar, eu devolvi o cumprimento.

— E então? — ele disse, parando ao meu lado depois de largar a jaqueta e a mochila na sala de plantão. — Teve um fim de tarde agradável ontem?

— Tive — eu disse. — Bem calmo e tranquilo. Fui cedo para a cama.

— Você parece ser um cara responsável — ele disse.

— Pode ser — eu disse.

— Pensei que a gente podia levar os pacientes para fazer um passeio agora pela manhã — ele disse. — O que você acha?

— Claro — eu disse. — Mas eu não tenho carta. Você tem?

— Tenho. Assim a gente se livra um pouco da mulherada por aqui, sabe como é.

Foi um comentário idiota, mas eu não queria que ele percebesse que eu pensava dessa forma e se sentisse rejeitado, então fiquei parado mais um tempo antes de pegar os ovos e os porta-ovos.

Åge pediu um carro para depois do café da manhã, reuniu cinco pacientes e então nos acomodamos no carro e partimos. Atravessamos o centro e saímos do outro lado, onde ele parou em um terreno coberto de cascalho junto ao pé da montanha, aquele era o Svartediket, ele disse, e o lugar merecia esse nome, pelo menos naquela altura do outono, quando as cores de fato davam lugar ao preto. Descemos do carro e subimos por uma crista não muito íngreme, Åge falava sem parar, a voz dele era estridente e fazia uma longa série de queixas em relação às condições no hospital de Sandviken. Reclamou até mesmo das relações sociais entre os cuidadores do setor, segundo disse eram todos conspiradores que falavam pelas costas uns dos outros, eu acenava a cabeça repetidas vezes enquanto pensava que ele era um idiota completo, será que esse cara não pode calar a boca de uma vez, que porra eu tenho a ver com essa história toda?

Paramos, olhamos ao redor, para o lago um pouco mais adiante, preto como o mais preto asfalto, para a montanha que se erguia quase a pique logo atrás e então voltamos ao carro. Åge seguiu pelo mesmo caminho, fez uma curva em Nesttun e começou a voltar. O tempo inteiro ele havia tocado Bob Dylan no sistema de som, e eu pensei que aquilo era bem condizente com a situação, os dois eram caras amargos.

— Pronto, já se passaram três horas — ele disse enquanto subíamos os morros do outro lado da cidade.

— É verdade — eu disse.

— Foi bom falar com você — ele disse. — Notei que você entendeu o que eu estava dizendo.

— Eu que agradeço o convite — eu disse.

Que idiota.

Mas havia a outra história com Mary, pensei, e senti um calafrio na barriga. Tudo bem que ela tinha trinta anos, tudo bem que era enfermeira, tudo bem que eu não devia ter dito mais do que cinco frases para ela, mas nada disso importava, porque não aconteceria mais nada. Seria mesmo tão arriscado o fato de que eu sentia uma tensão no ar quando estava perto dela?

Horas mais tarde, quando eu estava prestes a ir embora, Eva me perguntou se eu tinha interesse em trabalhar mais. Fiz um gesto afirmativo com a cabeça e ela incluiu meu nome na lista interna de empregados temporários. No ponto de ônibus, em meio à chuva fina, comecei a calcular meus ganhos mensais de cabeça. Fui para a cama assim que cheguei em casa, dormi um sono pesado, fui acordado pelo telefone, tudo estava completamente às escuras ao meu redor e achei que aquela era a manhã do dia seguinte, mas ainda eram cinco e meia da tarde. Era Yngve, ele estava trabalhando no hotel e me perguntou se eu não queria dar uma volta quando ele terminasse o expediente. Eu disse que queria, claro, e combinamos de nos encontrar no Opera a partir das dez horas.

Eu tinha prometido levar uma letra para ele, já estava quase pronta, e quando terminei de fazer um lanche eu coloquei música para tocar e a peguei mais uma vez. Jone estava em Stavanger e Espen não devia estar em casa, a dizer pelo silêncio no andar de baixo, então aumentei o volume e aproveitei o momento; quando eu escrevia letras para Yngve eu não me continha, o negócio era escrever sem parar.

Uma hora mais tarde a letra estava pronta.

HUN, HUNDEN, HUN

Hun stopper bilen,
hun stiger ut,
hunden snuser opp et lik,
øynene dine ser det som skjer,
et blikk for detaljer
Bevegelsen mellom to ord,
litt lenger ut hver gang

Han ligger foran føttene hennes
han later som han sover,
hunden springer rundt i ring,
hun reiser seg, kler på seg,
går stille ut.

Hun stopper bilen,
hun stiger ut,
hunden snuser opp et lik
ingen ennå har fortært

Det første ordet, lille mann
Litt lenger unna hver gang
Litt lenger unna enn det du kontrollerer

Det første ordet, lille mann
Litt nærmere hver gang,
Litt nærmere enn det du tror går an

Han ligger foran føttene hennes
han later som han sover,
hunden springer rundt i ring,
hun reiser seg, kler på seg,
går stille ut.

Ut i gatene, går,
lysene går av og på, går,
utover gatene, går,
av og på, går utover gatene, går
av og på, går utover gatene,
går

Tomei um banho e, como eu ia sair, aproveitei para me masturbar, era uma forma de minimizar o risco de ser infiel, eu não queria acabar mais uma vez onde eu já tinha acabado, na violência da luxúria. Eu não podia confiar em mim, uma cerveja eu podia beber, mas se bebesse duas eu continuaria a beber mais, e se eu bebesse mais tudo podia acontecer.

Enquanto eu estava sob o chuveiro com o pau na mão uma imagem surgia em minha cabeça a intervalos regulares, a imagem de Hans Olav batendo punheta na cama, e era como se aquilo me conspurcasse, acabasse com o meu tesão. Mas assim mesmo deu certo. Depois fiquei parado sob o jato d'água por quase meia hora. Se a água não tivesse esfriado eu poderia ter ficado lá por outra meia hora, eu não tinha forças, não tinha vontade, queria apenas deixar a água correr pelo meu corpo para todo o sempre.

Quase não aguentei me secar, e para me vestir precisei recompor-me e juntar todas as forças necessárias. Quando terminei, me senti melhor. Seria bom beber, talvez ficar levemente bêbado, arranjar outras coisas em que pensar.

Com a escuridão como um mar do outro lado da janela e os cômodos parcamente iluminados, vi-os como eu os via quando eu era pequeno. Tudo naquela imagem parecia ter dado as costas para mim, parecia estar concentrado apenas em si mesmo. Era a estranheza, a estranheza do ser. Tudo era daquele jeito, pensei, e me postei junto à janela numa tentativa de levar o pensamento adiante para ver se tudo lá fora também apresentava a mesma estranheza do ser, de costas para mim, para nós, as pessoas que vagavam mundo afora.

Ah, era uma ideia perturbadora! Estávamos rodeados pela morte, vagávamos à sombra da morte, mas não percebíamos, pelo contrário, usávamos essas coisas a nosso favor, e empregávamos a morte para atingir nossos próprios objetivos. Quanto a nós, éramos ilhas de vida. As árvores e a vegetação eram nossos semelhantes, e também os bichos, mas isso era tudo. O restante, quando não era hostil, tinha as costas viradas para nós.

Me vesti e desci pelos degraus, mortos, saí pelo portão, morto, subi a encosta, morta, atravessei a passarela subterrânea, morta, atravessei a estrada, morta, segui ao longo do fiorde, morto, e entrei no parque, que me envolveu numa escuridão viva porém adormecida.

Bebi duas cervejas sozinho enquanto esperava por Yngve, foi uma sensação agradável, tanto porque havia pouca gente lá dentro, o que criava uma atmosfera especial, com a escuridão no lado de fora, a luz no lado de dentro e todo aquele espaço entre as pessoas, como também porque a embriaguez que aos poucos surgia em mim vinha carregada de promessas, eu estava em ascensão, e quando chegasse ao topo da região que me aguardava, tudo podia acontecer.

Além do mais, eu tinha ganhado dinheiro nos últimos dias e tinha a perspectiva de ganhar ainda mais.

— Olá — Yngve disse às minhas costas.

— Olá — eu disse. — Como vão as coisas?

— Bem. Você está me esperando faz tempo?

— Uma meia hora. Estou curtindo a sensação de não trabalhar.

— É a melhor parte de trabalhar — ele disse. — Aprender a apreciar quando você não está trabalhando.

Ele largou o guarda-chuva e a pequena mochila, comprou uma cerveja e sentou-se.

— E então, como foi? No hospital de Sandviken?

— Para dizer a verdade, foi terrível. Mas vou ganhar dinheiro.

— Eu trabalhei um tempo lá — ele disse, limpando a espuma do lábio superior.

— É mesmo? — eu disse.

— As coisas mudam depois que você trabalha uns dias por lá e se acostuma.

— Com certeza — eu disse.

— E você pensou sobre a Kafkatrakterne depois do nosso último ensaio?

— Pensei. Eu escrevi uma letra nova. O nome é *Hun, hunden, hun.*

— Você tem aí com você?

— Tenho — eu disse, tirando o papel do bolso traseiro da calça. Yngve o desdobrou e começou a ler.

— Muito bom — ele disse. — Mais duas músicas e vamos ter um setlist completo para o Ano-Novo.

Conversamos mais um pouco a respeito desse assunto e depois ficamos em silêncio. Yngve olhou ao redor, um pessoal havia chegado depois de nós, mas os clientes ainda não eram muitos.

— Você não quer ir para o Christian? — Yngve me perguntou. — De repente a gente encontra mais gente por lá.

— Pode ser — eu disse.

Enquanto caminhávamos Yngve disse que domingo era o dia em que todo mundo que trabalhava nos bares e discotecas saía, e que quase todo esse pessoal ia para o Christian. Pagamos, escolhemos uma mesa ao lado da pista de dança, Yngve comprou gim-tônica para nós e eu bebi aquilo como se fosse suco. Depois outro e depois outro.

Puxamos conversa com duas garotas, uma era simpática e tinha dentes desalinhados e cabelos ruivos, ela devia ter uns trinta anos e trabalhava no correio, segundo nos disse, e ria toda vez que dizíamos qualquer coisa. Eu era jovem demais, ela disse, e além disso ela tinha namorado, ele era grande e forte e ciumento, ela disse, mas sem que aquilo me assustasse, eu me sentia atraído pela risada dela. Mas passado um tempo elas se levantaram para sair, e Yngve me segurou para que eu não as seguisse.

A morte também estava lá dentro, todo o lugar onde nos encontrávamos estava morto, bem como tudo lá dentro, a não ser por aqueles que dançavam. Eles dançavam na morte, dançavam na morte.

Continuamos bebendo, em certas músicas chegamos a ir para a pista de dança, durante o restante do tempo ficamos sentados falando sobre a banda, sobre como estávamos nos saindo e como ainda tínhamos grandes chances se a gente apostasse naquilo. Eu disse que preferia tocar em uma banda a escrever. Yngve me encarou com um olhar surpreso, ele não esperava por aquilo. Mas era verdade. Escrever era uma derrota, era uma humilhação, era deparar-se com o próprio âmago e perceber que aquilo não era bom o suficiente. Tocar em uma banda era totalmente diferente, era se entregar junto com outras pessoas e deixar que uma coisa surgisse a partir daquilo. Eu era um baterista ruim, mas assim mesmo, apesar disso, em determinadas ocasiões havia surgido uma coisa ao nosso redor, de repente nos vimos no meio de uma outra coisa dotada de movimento próprio, não éramos nós que a guiávamos, mas simplesmente nos deixávamos levar, e essa sensação, de estar no meio disto tudo, era incrivelmente prazerosa.

Nessas horas eu sentia um calafrio na espinha e sorria. O sentimento tornava-se cada vez mais intenso, e então passava. A música seguinte voltava ao lugar onde cada instrumento e cada riff e cada golpe na bateria se deixava separar.

— A gente tem que apostar tudo — eu disse para Yngve. — É o que a gente precisa fazer. Sem nenhuma rede de proteção. Largar os estudos para tocar em tempo integral. Ensaiar todos os dias por dois anos. Porra, a gente seria uma banda boa pra caramba!

— É verdade. Mas a gente nunca vai convencer o Hans e o Pål.

— Não. Mas é o que a gente precisa fazer. É o único jeito!

Nesse ponto eu estava completa e absolutamente bêbado, mas como sempre não havia muitos sinais externos, eu não cambaleava ao andar, não enrolava a língua ao falar. Mas por dentro não havia dúvida nenhuma, eu havia começado a seguir cada impulso e zombava dos impulsos contrários que surgiam. Assim, quando o Christian fechou e fomos ao Slakteriet, para aproveitar a noite ao máximo, eu só tinha olhos para uma coisa, uma garota que pudesse me convidar para dormir na casa dela ou que eu pudesse convidar para dormir na minha casa.

Escolhemos uma mesa, alguém olhou para nós, eu percebi com o rabo do olho e me virei, dei de cara com uma garota de lábios carnudos e olhos brilhantes, ela sorriu quando nossos olhares se encontraram e eu fiquei de pau duro. Ela era rechonchuda e ninguém a descreveria como bonita, mas nada disso importava, a única coisa que eu queria era rolar na cama com ela em um lugar qualquer.

Olhei para ela mais umas vezes, sempre depressa, só para ver se estava mesmo de olho em mim, e ela estava. Passado um tempo ela se aproximou e perguntou se podiam sentar-se com a gente. Deixei que Yngve respondesse, ele disse que sim, claro, podem se acomodar. A gente está indo para casa, mas...

— Indo para casa? — ela perguntou.

— É, daqui a pouco — ele disse.

A garota me lançou um olhar provocador.

— Você também?

— Depende — eu disse. Minha voz estava quase sufocada pela excitação.

— Depende do quê? — ela perguntou.

— De acontecer ou não uma coisa especial.

— Uma coisa especial? — ela repetiu.

Meu coração batia desesperadamente no peito, porque ela também me encarava com desejo no olhar, ela também queria.

— É — eu disse.

— Como o quê, por exemplo?

— Uma outra festa, por exemplo. Onde você mora?

— Em Nøstet. Mas lá não vai ter festa nenhuma.

— Sei — eu disse.

— E você, onde mora?

— Perto de Danmarksplass — eu disse, acendendo um cigarro.

— Ah, lá — ela disse. — Você mora sozinho?

— Moro.

— E você pretende dar uma festa por lá? — ela perguntou.

Yngve olhou para mim.

— Não, acho que não — eu disse.

— Lembre que amanhã você tem que acompanhar o vô até o hospital — disse Yngve.

— Claro — eu disse. — Não vou demorar.

Logo em seguida Yngve se levantou e seguiu em direção ao banheiro.

— Posso falar um pouco com você? — eu perguntei. — Lá fora? Eu estou indo para casa. E quero dizer uma coisa só para você.

— O que pode ser? — ela perguntou, sorrindo. A garota olhou para a amiga, que conversava com um cara agachado em frente à cadeira dela.

Eu me levantei, ela se levantou.

— Vá para casa comigo — eu disse. — Você não está a fim?

— Parece interessante — ela disse.

— Vamos pegar um táxi — eu disse. — Agora.

Ela acenou a cabeça, vestiu a jaqueta, pendurou a bolsa no ombro.

— Estou indo — ela disse para a amiga. — Nos falamos amanhã, está bem?

A amiga fez um gesto afirmativo com a cabeça, nós saímos, um táxi vinha andando pela rua, eu estendi a mão e trinta segundos depois estávamos atravessando a cidade rumo à minha casa.

— E o seu irmão? — ela perguntou.

— Ele sabe se virar sozinho — eu disse, colocando a mão na coxa dela. Meu Deus.

Engoli em seco, deslizei a mão para cima tanto quanto possível, ela sorriu, eu inclinei o rosto para a frente e a beijei. Ela me abraçou. Tinha cheiro de perfume, e senti o peso daquele corpo contra o meu. Meu tesão era tanto que eu não sabia o que fazer no táxi, quando ainda faltavam vários minutos para a minha casa e a cama que nos esperava.

Enfiei a mão por baixo da jaqueta dela, acariciei um dos seios. Ela beijou minha orelha. Tinha a respiração pesada.

Começamos a atravessar Danmarksplass.

— Pegue à esquerda aqui — eu disse. — E depois à esquerda outra vez. No segundo portão.

Tirei uma nota de cem do bolso, entreguei-a para o taxista assim que paramos, abri a porta, peguei a garota pela mão e a puxei em direção à porta. Ela riu. Subimos as escadas abraçados, eu a apertava com toda a minha for-

398

ça, quando chegamos eu abri a porta e no quarto, onde nos encontrávamos segundos mais tarde, eu primeiro tirei a blusa dela, em seguida abri o sutiã, desabotoei a calça, abri o zíper e a despi. Ela estava usando uma calcinha preta, eu apertei o rosto contra aquilo enquanto abraçava as pernas dela. Ela se entregou para mim, eu tirei a calcinha e apertei o rosto contra ela mais uma vez, e então, ah, então fizemos o que eu havia imaginado quando nossos olhares se encontraram.

Assim que acordei eu percebi o que tinha feito e me senti tomado de medo.

A garota dormia tranquila ao meu lado.

Eu ainda precisava salvar o que dava para salvar. Não podia ter qualquer tipo de consideração com ela.

Eu a acordei.

— Você tem que ir embora — eu disse. — E não conte nada do que aconteceu para ninguém. Se eu encontrar você por aí, faça de conta que não me conhece. Eu tenho namorada. O que aconteceu não devia ter acontecido.

Ela sentou-se na cama.

— Você não disse nada — ela disse, erguendo os braços para fechar o sutiã.

— Eu estava bêbado — eu disse.

— A velha história — ela disse. — E eu, que achei que tinha encontrado o príncipe dos meus sonhos!

Ficamos lado a lado e nos vestimos sem dizer nada. Eu me despedi quando ela partiu, ela não disse nada. Mas eu não podia me importar com aquilo.

Já eram dez horas e logo o meu avô chegaria com o barco. Joguei as roupas de cama na máquina de lavar e tomei um banho o mais depressa possível. Eu ainda estava bêbado e tão exausto que precisei mobilizar toda a minha vontade para conseguir fazer o que me aguardava.

Na hora em que eu devia sair, Jone abriu a porta que dava para o apartamento dele.

— Você teve companhia essa noite? — ele perguntou.

— Não — eu disse. — Por quê?

Ele riu.

— Karl Ove, a gente ouviu vocês dois — ele disse. — A sua voz e uma voz de garota. E não era a Gunvor, certo?

— Não, não era. Eu agi como um idiota. Não sei o que deu em mim.

Eu olhei para Jone.

— Você pode me fazer um favor e não contar nada para a Gunvor? De preferência para ninguém?

— Claro — ele disse. — Não vi nem ouvi nada. Nem você, né, Siren?

Esta última frase foi gritada para dentro do apartamento.

— A Siren também está aqui?

— Está, sim. Mas isso fica entre nós. Não se preocupe.

— Obrigado, Jone — eu disse. — Mas agora eu tenho que sair.

Me arrastei escada abaixo, apertei o passo ao sair para a rua, enjoado e com a cabeça doendo, mas não havia problema nenhum, o problema era que eu estava tão exausto que não aguentava fazer aquilo. Consegui alcançar um ônibus que já estava no ponto junto ao cinema Forum e desci no Fisketorget dez minutos depois, quando o barco expresso de Sogn se aproximava lentamente do porto.

Havia um sol esplêndido e um céu perfeitamente azul, todas as cores ao meu redor brilhavam claras e fortes.

Eu precisava agir como se nada tivesse acontecido. Toda vez que eu pensasse naquilo eu precisava repetir para mim mesmo que nada tinha acontecido.

Que *na verdade* nada tinha acontecido.

Nada tinha acontecido.

Fiquei próximo ao terminal do barco expresso com a cabeça latejando e vi o barco de Sogn atracar enquanto eu pensava que o que tinha acontecido naquela noite não tinha acontecido.

Baixaram o portaló e uns passageiros já aguardavam impacientes junto à porta, esperando o sinal para desembarcar.

Lá estava o barco no cais.

As pessoas começaram a andar.

Não tinha acontecido nada.

Eu era inocente.

Eu não tinha sido infiel.

Nada disso.

Os passageiros cruzaram o portaló um atrás do outro, quase todos levando uma ou duas malas. Meu avô não estava em lugar nenhum.

O vento fazia com que as bandeiras tremulassem e a água se encrespasse. O ronco do motor batia contra as pedras no cais, a fumaça do escapamento se erguia ao longo do casco branco.

Lá estava ele. Pequeno, vestido com um terno escuro e um chapéu preto, caminhava devagar em direção ao portaló. Trazia a mala em uma das mãos. A outra segurava a balaustrada, e por fim ele começou a andar com passos curtos em terra. Dei uns passos à frente.

— Oi, vô — eu disse.

Ele parou e olhou para mim.

— Aí está você — ele disse. — Você acha que a gente consegue arranjar um carro por aqui?

— Claro — eu disse. — Vou perguntar se podemos chamar um táxi.

Fui até um dos taxistas, que naquele instante colocava bagagens no porta-malas. Ele disse que logo chegariam mais carros, e então fechou a tampa.

— Vamos ter que esperar um pouco — eu disse ao meu avô. — Mas outros táxis já estão a caminho.

— Bem, temos tempo de sobra — ele disse.

Meu avô não disse nada quando nos sentamos no táxi. Aquilo não era muito característico, mas podia estar relacionado ao ambiente pouco familiar, pensei. Eu também não disse nada. Quando passamos por Danmarksplass evitei olhar para o meu apartamento para não ser lembrado do que tinha acontecido, para não ter que imaginar tudo outra vez, e quando o táxi parou fomos praticamente correndo em direção à porta. Aquilo não tinha acontecido, aquilo não existia, pensei, e então dobramos à esquerda e começamos a subir os morros em direção ao hospital de Haukeland, eu e o meu avô. Com movimentos vagarosos ele tirou a carteira do bolso interno e começou a contar as cédulas que havia lá dentro. Era eu que devia pagar, mas eu não tinha dinheiro, então deixei que ele pagasse.

Os raios de sol refletiam-se em todas as janelas mais acima quando descemos do táxi e atravessamos a praça em frente à entrada principal. O lugar parecia escuro depois de tanta luz no lado de fora. Caminhamos até o elevador, eu apertei o botão e começamos a subir pelo interior do prédio. O elevador parou, uma mulher entrou, ela tinha uma mangueira presa ao braço, que subia até um saco que ficava pendurado em uma armação com rodas. Quando ela parou e se apoiou no corrimão com a mão oposta, uma nuvem de sangue se espalhou a partir da parte inferior da mangueira.

Eu quase vomitei, e precisei desviar o rosto. Meu avô tinha o olhar fixo no chão.

Será que estava com medo?

Era impossível saber. Mas toda a autoridade parecia tê-lo abandonado. Eu já tinha visto acontecer numa outra vez, quando ele nos fez uma visita em Tybakken muitos, muitos anos atrás. Devia ter relação com o fato de que ele não estava em casa. Em casa ele era diferente, tinha uma aura muito clara de segurança e tranquilidade.

— Chegamos — eu disse quando a porta se abriu.

Saímos do elevador, eu li as placas indicativas, tínhamos de seguir à esquerda. Lá havia uma campainha, eu toquei, uma enfermeira abriu a porta.

Eu disse o nome do meu avô, ela acenou a cabeça, cumprimentou-o, eu desejei que ele ficasse bem, disse que eu faria uma visita assim que possível, ele disse que tudo bem, e então seguiu ao lado da enfermeira enquanto a porta à minha frente tornou a fechar-se.

Fui tomado por um sentimento de vergonha. Minha vida era indigna, eu era indigno, e tudo havia se tornado muito claro quando encontrei o meu avô, naquela situação, doente, num hospital, já no fim da vida. Ele tinha mais de oitenta anos, se tivesse sorte viveria mais uns dez anos, talvez quinze, mas talvez apenas dois ou três, era impossível dizer.

Estava com um pequeno tumor no pescoço, não era nada que ameaçasse a vida dele, mas teria que ser removido mesmo assim, era por isso que ele estava lá.

Minha avó tinha morrido, e logo o meu avô também morreria. Os dois haviam trabalhado duro a vida inteira, como os pais deles haviam trabalhado duro a vida inteira. Para botar a comida na mesa, para se virar na vida. Era a grande batalha que haviam travado, e que naquele instante acabava, ou ao menos se encaminhava para o fim. O que eu estava fazendo, o que eu tinha feito, era uma indignidade, um crime, um ato covarde e absolutamente desprezível. Eu tinha uma namorada, ela era linda, uma pessoa incrível, e mesmo assim eu tinha feito aquilo com ela.

Por quê?

Ah, não havia motivo. Eu nem ao menos queria. Não naquele momento, não quando eu sabia o que estava fazendo, nessa hora eu não queria.

Saí à praça em frente ao hospital, parei no asfalto cinza e fiquei olhando para longe enquanto eu fumava. Nada tinha acontecido, a questão era essa, nada, absolutamente nada tinha acontecido, eu simplesmente havia saído com Yngve, voltado sozinho para casa, dormido e saído para buscar o meu avô.

Se eu fosse encontrar Gunvor mais uma vez e olhá-la nos olhos, essa era a versão a que eu tinha de me agarrar.

Nada tinha acontecido.

Uma hora mais tarde eu estava sentado na confeitaria do prédio da Sundts Varemagasin bebendo café e olhando para as pessoas que andavam pelo Torgalmenningen. Era por lá que eu costumava ficar quando estava sozinho na cidade, rodeado por antigas mulheres e antigos homens de Bergen, lá ninguém queria nada de mim, eu ficava totalmente em paz, e mesmo que houvesse um odor meio nauseante lá dentro, que o cheiro de fornadas recém-assadas não conseguia ocultar, eu me sentia bem de uma forma meio inexplicável naquele lugar. Ler sentado, escrever no meu livro de anotações caso eu tivesse uma ideia, de vez em quando levantar o rosto, todas as pessoas que entravam e saíam, e as pombas que viviam como que no fundo daquelas vidas, com movimentos similares, embora diminuídos, o tempo inteiro atrás da comida que caía das mãos daquelas pessoas ou era jogada numa lixeira. Um sorvete, um pedaço de salsicha, a metade de um pão. De vez em quando eu era importunado por um filhote, eles corriam num semicírculo com aqueles movimentos súbitos e, se não fosse suficiente, alçavam voo e deslizavam cinco, seis metros pelo ar antes de pousar e retomar a busca por comida.

Eu não queria voltar para o apartamento, mas por outro lado não podia ficar para sempre na confeitaria, e menos ainda me sentindo atormentado como eu me sentia. O melhor seria ir à sala de leitura e pegar o touro pelos chifres, encontrar Gunvor e deixar aquilo tudo para trás. Se os primeiros minutos corressem bem, se ela não percebesse nada, o resto também correria bem, quanto a isso eu tinha certeza. Bastava me atirar.

Eu saí, coloquei os óculos de sol e comecei a subir pelo árduo caminho até Høyden.

Gunvor estava lendo, com um dos braços repousando na carteira em frente ao livro, o outro apoiando a testa.

Parei na frente dela.

Ela me olhou e sorriu, o corpo inteiro tornou-se radiante.

— Oi! — ela disse.

— Oi — eu disse. — Você não quer tomar um café?

Ela acenou a cabeça, se levantou e me seguiu.

— O que você acha de a gente sentar na rua? — ela perguntou. — Está um dia lindo!

— Pode ser — eu disse. — Mas preciso tomar um café de um jeito ou de outro. Você também quer um? Pode me esperar aqui.

— Quero, obrigada — ela disse, e então sentou-se na mureta com os olhos apertados e o rosto voltado em direção ao sol.

— Eu saí ontem à noite, sabe — eu disse ao voltar, ao mesmo tempo que entregava o café para ela e tirava os óculos de sol, para que ela não tivesse a impressão de que eu estava me escondendo.

— Estou vendo — ela disse. — Você parece um pouco cansado.

— É, a gente ficou na rua até tarde.

— Com quem você estava?

— Só com o Yngve.

Me sentei ao lado dela. Eu sentia ódio de mim pelo que estava fazendo, mas o perigo havia passado, ela não tinha desconfiado de nada.

— Você não quer tirar o resto do dia de folga? — ela perguntou. — Para a gente dar um passeio na cidade? Estou a fim de tomar sorvete!

— Ah, que se dane então, vamos lá!

Três dias mais tarde fomos ao hospital visitar o meu avô. Descemos do ônibus na floricultura que ficava em uma espécie de arco junto à estrada, logo abaixo do hospital, e que era um tanto macabra, porque além dos buquês de flores comprados por uma parte dos visitantes do hospital o lugar também vendia coroas fúnebres. Chovia e ventava, nós subimos o morro de mãos dadas, eu me sentia preto por dentro, a ideia da minha falsidade era como um abismo, mas eu não tinha escolha, ela não podia saber de nada, e mais cedo ou mais tarde a lembrança da coisa terrível que eu havia feito desbotaria e acabaria como todas as outras lembranças, uma coisa passada em outro mundo.

Meu avô estava sentado no quarto de TV quando chegamos. Ele abriu um sorriso, se levantou e cumprimentou Gunvor, disse que podíamos ir ao quarto dele, onde havia uma mesa e cadeiras. Ele ficou sentado na cama. Era um quarto duplo, e na cama ao lado estava um senhor magro e de aspecto enfermiço que tinha os olhos fechados.

Meu avô nos encarou por um bom tempo.

— Vocês deviam aparecer num filme — ele disse. — Bonitos como são, deviam aparecer num filme. É aí que está o futuro de vocês.

Gunvor sorriu e olhou para mim. Os olhos dela brilhavam.

— Foi muita gentileza de vocês terem vindo de tão longe para me ver — ele disse.

— Não há o que agradecer — eu disse.

Na cama ao lado o homem magro sentou-se e tossiu, primeiro com um som ríspido, depois gorgolejante, e por fim com um arquejo.

Ele não pode ter muito tempo de vida, pensei.

Tendo ao fundo a escuridão e o vento do outro lado da janela, ele parecia saído de um filme de terror. Por fim tornou a se deitar e fechou os olhos.

— Ele não me deixa dormir à noite — meu avô disse em voz baixa. — Quer conversar. Ele tem certeza de que vai morrer. Mas eu não quero me deixar envolver.

Ele riu um pouco. Depois começou a falar. Contou uma história atrás da outra, e tanto eu como Gunvor ficamos vidrados, o pano de fundo conferia uma intensidade especial às coisas que ele dizia, ou talvez ele simplesmente as contasse melhor do que de costume. Mas era hipnótico. Ele falou sobre os pioneiros dos EUA que moravam próximo dos índios e que haviam sofrido ataques dos índios. Falou sobre a própria juventude, quando havia andado pelos bailes do distrito, e falou sobre como havia conhecido a minha avó, numa fazenda em Dike, não muito longe de Sørbøvåg, onde ela trabalhava com a irmã Johanna. Certa noite ele foi até lá com um amigo. Minha avó e Johanna dormiam em um quarto no sótão, meu avô começou a subir por uma escada, sentiu uma fisgada na barra da calça, era o amigo, ele estava nervoso e queria voltar para casa. Na noite seguinte meu avô voltou sozinho e conseguiu chegar até o alto. O amigo era organista, ele disse. Não um organista muito talentoso, para dizer o mínimo, e foi a vida inteira solteiro. Meu avô riu da lembrança, com as lágrimas escorrendo pelo rosto. Mas também foi como se a própria situação desaparecesse para ele, como se não soubesse mais onde estava ou com quem falava, mas houvesse desaparecido naquelas histórias, porque de repente ele disse que não a tinha convencido na primeira vez, a resposta tinha sido não, mas somente na segunda vez, quando enfim a tinha convencido, ele disse, e não podia estar ciente de que era para o neto e a namorada que estava contando aquilo tudo. Ou então era justamente o que estava fazendo. De qualquer maneira eu não queria saber daquilo e fiz outra pergunta sobre um assunto qualquer para mudar o rumo da conversa. Ele ouviu o que eu disse e respondeu com uma nova história. Mas não foi apenas para ele que a situação desapareceu, para mim também, tudo começou a se misturar, tinha sido assim nas últimas noites sem que Gunvor soubesse de nada, e Gunvor, da maneira como estava naquele momento, atenta e vidrada, eram a escuridão e o vento, era o homem magro com olhar desvairado e os tossidos que pareciam um arquejo de morte, era o meu avô que falava sobre a construção das casas na década de 1920, quando junto com o pai viajava e erguia casas para outras pessoas, sobre a época em que andava com uma mochila cheia de livros que ele vendia no distrito, sobre a pesca de *sild* na década de 1930, quando havia passado o inverno inteiro no arquipélago de Bulandet, sobre a construção da estrada na montanha na década de 1940, quando ele tinha sido técnico de detonação, sobre a guerra, sobre o avião que havia caído em Lihesten, sobre a vida do irmão nos Estados Unidos. Ele vagava de um lado para o outro na própria vida, e a minha impressão foi de que aquilo era um grande acontecimento, de que estávamos diante de uma coisa extraordinária. Saímos alegres e empolgados, passamos pelo cemitério e atravessamos o bairro residencial até chegar a Danmarksplass, entrar no prédio e subir ao meu apartamento, onde todo o horror retornou sem que eu me permitisse exibir qualquer marca daquilo, nada tinha acontecido naquela outra noite, eu havia saído com Yngve e voltado sozinho de táxi para casa, e se alguém dissesse outra coisa era porque estava mentindo.

Quando acordei na manhã seguinte, Gunvor tinha ido assistir uma aula na faculdade. Comecei a trabalhar no meu ensaio, faltavam poucas semanas para a data de entrega e eu tinha escrito apenas umas poucas páginas. O pior era que eu não sabia como fazer aquilo. Tudo crescia e se expandia, porém não de forma organizada, as ideias corriam para todos os lados, e a consciência de que eu não apenas devia levá-las em conta, mas também reuni-las em uma ideia única, me fez entrar em pânico. Ao meio-dia o telefone tocou, era do hospital de Sandviken, queriam perguntar se eu não tinha interesse em fazer um turno extra naquela noite. Eu disse que gostaria, afinal eu precisava do dinheiro, e me afastar de tudo que pudesse estar relacionado à intertextualidade pareceu uma boa ideia. Dormi um pouco durante a tarde e peguei o ônibus às dez e meia. O turno era num setor diferente daquele onde eu havia trabalhado durante o fim de semana, mas embora o prédio fosse outro, a atmosfera era a mesma. Um homem com cerca de cinquenta anos me recebeu e me explicou o que eu devia fazer. Era simples, eu devia ficar "colado" a um dos pacientes, ele apresentava risco de suicídio e precisava ser vigiado vinte e quatro horas por dia. Naquele momento ele estava dormindo, completamente dopado de remédios, e provavelmente continuaria daquele jeito a noite inteira.

O homem estava deitado de costas em uma cama encostada à parede. A única luz disponível vinha da luminária no outro lado da sala. Um colega fechou a porta às minhas costas e eu me sentei numa cadeira a poucos metros da cama. O paciente era jovem, devia ter dezoito ou dezenove anos. Estava totalmente imóvel, e seria impossível perceber naquele momento que estivesse tão atormentado a ponto de pôr fim à própria vida. A pele dele era pálida, a fisionomia delicada. Uns pelos mais grossos já despontavam na pele do queixo.

Eu não sabia nada a respeito dele, nem ao menos como se chamava. Mas eu estava sentado lá para vigiá-lo.

*

Por fim aquela noite também passou, e então pude descer os morros até voltar ao ônibus em meio à escuridão preta do amanhecer, sentar-me no meio de todos aqueles que estavam a caminho do trabalho na cidade, descer em Danmarksplass, arrastar os pés ao longo da passarela subterrânea que gotejava, descer ao lado das casas decrépitas, entrar no portão torto que parecia uma gruta e subir até o meu apartamento. Parecia errado me deitar no momento em que a escuridão da rua se desbotava e o dia começava, mas eu dormi como uma pedra e só acordei às quatro horas da tarde, quando a luz já havia praticamente desaparecido.

Fritei uns bolinhos de peixe e os comi com um pouco de cebola e umas fatias de pão. Passei um tempo olhando para o meu ensaio, resolvi começar com uma descrição de *Ulysses* para depois apresentar e discutir o conceito de intertextualidade, e não o contrário, como eu havia imaginado a princípio. Satisfeito enfim por ter abordado o meu tema, me vesti e subi mais uma vez em direção ao hospital. Meu avô estava sozinho por lá e, sociável como era, sem dúvida ficaria alegre ao receber minha visita.

Quando cheguei ao topo do morro e vi o hospital à minha frente, um helicóptero baixou devagar e aterrissou num dos helipontos que havia no alto dos prédios. Imaginei a equipe pronta e à espera, talvez por um órgão numa caixa, um coração que tivesse acabado de ser removido de um cadáver em outra cidade, talvez um paciente que tivesse sofrido um AVC ou morrido num acidente de carro, e que naquele momento estaria a caminho de um peito que o esperava.

No grande foyer, onde havia um quiosque do Narvesen, além de uma agência bancária e um salão de cabeleireiro, não se via nada da atividade que se desenrolava no heliponto ou na garagem da emergência, aonde as ambulâncias não paravam de chegar com doentes, claro, e tampouco da atividade que devia se desenrolar nas grandes salas de operação nos andares mais acima, porém a consciência em relação a essas coisas deixava marcas no ambiente mesmo assim. A atmosfera que reinava era particularmente sombria.

Peguei o elevador até o andar onde ficava o setor do meu avô, percorri o corredor bem iluminado, deixando para trás as camas de metal onde os pacientes, meio ocultos por trás de cortinas provisórias, mas assim mesmo indefesos contra os olhares de quem passava, permaneciam deitados, olhando para o teto, e segui até a porta, onde parei e toquei a campainha. Uma enfermeira abriu, eu disse o nome do paciente que eu gostaria de visitar, ela disse que aquele não era o horário de visita, mas que eu poderia vê-lo mesmo assim, já que tinha ido até lá.

Meu avô estava na sala de TV.

— Oi, vô — eu disse.

O estado mental dele apareceu estampado no rosto mesmo depois que se virou para me ver, e o que eu vi naquele instante, uma expressão dura e quase hostil, me fez pensar que na verdade ele devia sentir desprezo por mim. Mas logo o rosto dele se iluminou e eu afastei esse pensamento.

— Podemos ir para o meu quarto — ele disse. — Você não quer tomar um café? Eu posso pedir, se você quiser. O pessoal daqui tem sido muito gentil comigo.

— Não, obrigado — eu disse, acompanhando-o ao quarto.

O homem magro estava na cama como na última vez, a escuridão fechava-se sobre as janelas como na última vez e o rosto do meu avô estava corado e parecia quase infantil como havia parecido durante a visita que eu tinha feito com Gunvor dois dias antes, mas apesar disso a atmosfera era outra, eu estava sozinho, me sentindo desconfortável, fazendo perguntas de forma quase mecânica e com vontade de ir embora.

Meia hora se passou antes que eu partisse. Meu avô falou sobre o reino de mil anos, e pela maneira como falava sobre aquilo percebi que ele acreditava que chegaria uma época em que as pessoas seriam capazes de viver mil anos. A medicina fazia grandes avanços, a expectativa de vida tornava-se cada vez maior, havia remédio para quase todas as doenças que ainda matavam quando ele era menino. Esse otimismo com o progresso era enorme, porém não sem motivo; numa vez que fui com minha mãe a Ålesund fazer uma visita a Ingunn, a filha mais nova do meu avô, ele falou sobre a vida das pessoas naquela época. Havia muita pobreza, as condições de vida eram duras, mas veja só hoje, ele disse, abrindo os braços, não há nem como medir o bem-estar das pessoas. De repente vi aquilo tudo pelos olhos dele, todo mundo tinha carro, casas grandes, quase espalhafatosas, jardins bonitos, e os centros comerciais nas periferias das cidades e distritos por onde passávamos transbordavam de mercadorias e riquezas.

Era difícil entender aquela fala sobre as pessoas viverem mil anos de outra forma, a não ser como uma expressão de que ele tinha medo da morte. Decidi visitá-lo novamente em breve, seria importante que ele tivesse outras coisas em que pensar. Ele me agradeceu pela visita, se levantou com dificuldade e foi arrastando os pés até a sala de TV enquanto eu pegava o elevador para descer. Comprei um pacote de chicletes Stimorol no quiosque, lancei um olhar em direção às manchetes do *Verdens Gang* e do *Dagbladet,* parei no meio do saguão para abrir o pacote, enfiei dois chicletes na boca e o sabor fresco e marcante encheu-me com uma espécie de leveza.

Homens em uniforme de taxista estavam sentados nas cadeiras sob a fileira de janelas do outro lado. Por trás do balcão de recepção, monitores de TV cintilavam. Ao lado havia um poste com várias placas de indicação. Comecei a ler, *Laboratório de bioquímica clínica, Setor de neurocirurgia, Setor de patologia.* Aqueles nomes me causaram desconforto, havia um elemento desconfortável em tudo naquele lugar. A explicação mais simples talvez fosse que tudo que eu via me fazia pensar em uma única coisa, no meu próprio corpo, na pouca influência que eu tinha sobre ele. A rede de vasos sanguíneos que se espalhava delicadamente por mim, esses canais minúsculos, será que um dia a pressão do sangue não se tornaria forte demais, será que uma parede não poderia se romper e um pouco de sangue vazar para o líquido cerebral? E o coração que batia, será que não poderia simplesmente parar?

Saí para o estacionamento. A fumaça dos escapamentos pairava acima dos prédios. Do lado de fora a chuva caía forte em meio ao brilho das lâmpadas, como diminutos pontos de luz. As árvores estavam negras e tinham os galhos estendidos, a escuridão mais acima era densa. Desci o morro, atravessei a estrada movimentada, deixei para trás o cemitério e entrei no bairro residencial, o tempo inteiro com os pingos de chuva tamborilando suavemente no capuz da minha capa de chuva.

O hospital era uma coisa estranha. Acima de tudo, uma ideia estranha: por que reunir todo o sofrimento físico no mesmo e único lugar? Não apenas durante uns anos, como um experimento, não, lá não havia qualquer tipo de limite temporal, a concentração de doentes era o tempo inteiro constante. Assim que um ficava curado e voltava para casa ou morria e era enterrado, uma ambulância era despachada para buscar mais um. Haviam buscado o meu avô desde o fiorde, e era assim por toda a região, as pessoas vinham de ilhas e distritos, eram trazidas de cidades e vilarejos por um sistema que já havia durado três gerações. O hospital existia para nos deixar saudáveis, era o que parecia quando visto a partir de uma perspectiva simples, mas essa relação era invertida e vista a partir do ponto de vista contrário, era como se o hospital se alimentasse das pessoas. Imagine que os andares tinham sido divididos com base nos órgãos do corpo! Pulmões no sétimo, coração no sexto, cabeça no quinto, braços e pernas no quarto, ouvidos, nariz e garganta no terceiro. Havia quem criticasse esse procedimento, dizendo que a especialização havia resultado no esquecimento das pessoas como um todo, e que era apenas como um todo que as pessoas poderiam recuperar a saúde. Não tinham compreendido que o hospital era organizado segundo os mesmos princípios que regem o corpo. Será que os rins conheciam a vesícula? Será que o coração sabia em que peito batia? O sangue em que veias corria? Ah, não, não. Para o sangue somos apenas um sistema de canais. E para nós o sangue revela-se apenas nas raras vezes em que as coisas dão errado e o corpo se abre numa ferida. Nessa hora o alarme soa, nessa hora os helicópteros decolam e avançam para buscar você, pousam como uma ave de rapina na estrada, no local do acidente, você é colocado para dentro e levado embora, posto em uma mesa de cirurgia e anestesiado, para acordar horas mais tarde pensando nos dedos enluvados que estiveram no interior do seu corpo, nos olhos que sem pestanejar viram seus órgãos nus reluzindo sob as luzes na sala de cirurgia, sem pensar uma única vez que tudo aquilo era seu.

Para o hospital todos os corações são iguais.

Pouco antes de o meu avô receber alta, minha mãe apareceu na cidade. Ela passou uma noite comigo e uma noite com Yngve, e no dia seguinte à partida dela Gunvor apareceu na minha casa. Ficamos sentados falando sobre tudo e mais um pouco no sofá quando de repente ela se levantou e parou.

— O que é isso? — ela perguntou para mim.

— Isso o quê? — eu perguntei.

— Tem cabelo aqui no chão.

Ela pegou o fio com a ponta dos dedos e o levantou. Eu a encarei sentindo o rosto corar.

— Esse cabelo não é seu — ela disse. — E com certeza também não é meu.

Ela olhou para mim.

— De quem é? Alguém mais esteve aqui?

— Eu sei lá — respondi. — Você por acaso está insinuando que eu traí você?

Ela não disse nada, simplesmente continuou me olhando.

— Vamos ver, então — eu disse enquanto me levantava, consciente de cada movimento meu.

Ela me entregou o fio de cabelo. Era um fio grisalho. Claro. Graças a Deus!

— É da minha mãe — eu disse do jeito mais tranquilo possível. — Ela penteou os cabelos aqui. O fio é grisalho, está vendo?

— Me desculpe — disse Gunvor. — Achei que era de outra pessoa. Juro que não vou mais ser tão desconfiada.

— Sei — eu disse. — Já é a segunda vez. Você também abriu aquela carta no outono.

— Eu já pedi desculpas — ela disse.

Certa tarde Gunvor tinha admitido que havia aberto e lido uma carta enviada a mim por Cecilie, minha namorada do segundo ano do colegial. Ela disse que era ciumenta.

Tinha pressentido que havia uma coisa meio estranha, não havia dúvida. Se não fosse assim, não haveria nada de suspeito com o fio de cabelo. Nesse caso a primeira coisa que Gunvor devia ter pensado era que minha mãe havia me feito uma visita. Mas não foi o que aconteceu.

— Me desculpe, Karl Ove — ela repetiu, me dando um abraço. — Você me perdoa? Não quero ser tão desconfiada.

— Tudo bem — eu disse. — Mas não faça de novo.

Na tarde anterior à entrega do meu artigo eu mal tinha conseguido passar da metade. Eu havia trabalhado o fim de semana inteiro no hospital de Sandviken, e quando me sentei em frente à escrivaninha para retomar os trabalhos senti vontade de desistir. Simplesmente mandar tudo para a puta que pariu e ir para a cama. Mas então notei que a coisa estava fluindo, era como se a pressão do tempo me deixasse mais focado no texto, bastava escrever, e foi o que fiz, durante toda a noite até de manhã, quando sem querer apertei um botão e tudo que eu havia escrito durante aquelas horas todas de repente sumiu. Fui correndo até a universidade e expliquei a situação para Buvik, que me acompanhou até o setor de computação, onde examinaram meu disquete para ver se conseguiam reaver o que eu tinha perdido. Me perguntaram qual era a senha, eu hesitei, por um motivo ou outro a senha era "abacaxi", e para mim foi infinitamente doloroso revelar esse detalhe da minha vida íntima naquele lugar, na presença daquele que provavelmente era um dos maiores especialistas em computação de toda a Noruega, tendo ao meu lado um dos mais importantes pesquisadores de literatura do país.

— Abacaxi — eu disse, sentindo meu rosto corar.

— Abacaxi? — ele repetiu.

Fiz um gesto afirmativo com a cabeça, ele abriu o documento, mas não encontrou as páginas desaparecidas, e eu, tomado pelo desespero, porque aquela era a minha última chance, sem aquilo todo o semestre estaria arruinado, andei ao lado de Buvik de volta ao instituto, onde ele pediu que eu me sentasse um pouco enquanto ele discutia o assunto com outros colegas.

Ao voltar, ele disse que tinha conseguido uma extensão de prazo de vinte e quatro horas. Eu agradeci com os olhos rasos de lágrimas, voltei depressa para casa, dormi cerca de duas horas e comecei mais uma noite infernal com Joyce e a intertextualidade. A manhã veio, eu ainda não tinha acabado, tudo no ensaio suscitava uma grande discussão que no entanto não vinha nunca, fui obrigado a escrever uma conclusão de duas linhas, descer a escada correndo e bater na porta de Espen para pedir a bicicleta dele emprestada, pedalar como um louco até a universidade e entregar o ensaio pontualmente às nove horas.

Quando as notas foram afixadas no quadro em frente ao instituto semanas mais tarde e vi que mais uma vez eu havia tirado 2,4, não me decepcionei, eu tinha esperado coisa pior, e ainda era possível aumentar a nota em até dois décimos no exame oral. Ou melhor, seria possível, caso eu tivesse feito as leituras necessárias. Mas eu não tinha lido nada e precisaria improvisar, sobretudo no caso de Kittang. Ele gostava de mim, toda vez que notava que eu não sabia uma coisa ele tentava me levar um passo à frente, mas nem mesmo ele poderia me tirar da enrascada em que me vi metido quando ele perguntou sobre o que Kittang pensava a respeito de uma determinada questão. Eu havia anotado o nome de vários artigos dele mas não tinha lido nenhum, e com ele presente na sala não havia como fugir do assunto, a pergunta exigia uma resposta clara e bem formulada, que eu no entanto não tinha.

Mas não foi tão desastroso assim. De qualquer jeito a minha intenção não era ser um acadêmico. Eu queria escrever, era a única coisa que eu queria, e eu não conseguia entender as pessoas que não queriam escrever, não conseguia entender como podiam se contentar com um trabalho comum, independente de qual fosse, professor, cameraman, burocrata, acadêmico, agricultor, apresentador de TV, jornalista, designer, publicitário, pescador, motorista de caminhão, jardineiro, enfermeiro, astrônomo. Como poderia ser o bastante? Eu compreendia que essa era a norma, a maioria das pessoas fazia um trabalho comum, certas pessoas investiam tudo que tinham nesses trabalhos, outras não, mas para mim aquilo tudo parecia desprovido de sentido. Se eu aceitasse um trabalho daqueles, minha vida pareceria desprovida de sentido, independente do quão bom eu fosse e do quão longe eu pudesse chegar. Jamais seria o bastante. Toquei no assunto umas vezes com Gunvor, e ela tinha a mesma impressão, só que ao contrário: ela entendia que eu me sentisse daquela forma, mas não conseguia se identificar com o sentimento.

Que sentimento era aquele?

Eu não saberia dizer. Era uma coisa que não se deixava analisar, não se deixava explicar ou justificar, não tinha nenhum traço de racionalidade, mas ao mesmo tempo tinha uma clareza tão ofuscante quanto o sol: qualquer coisa que não fosse escrever era desprovida de sentido para mim. Nada mais seria o bastante, nada mais saciaria a minha sede.

Mas sede de quê?

Como podia ser tão intensa? Escrever palavras no papel? Que ainda por cima não diziam respeito a uma tese, a uma pesquisa, a uma análise ou a qualquer outro tipo menor de escrita, mas à literatura?

Era loucura, pois justamente isso era o que eu não sabia fazer. Eu sabia escrever bons trabalhos, bons artigos, boas resenhas e boas entrevistas. Mas assim que eu me sentava para escrever literatura, a única coisa à qual eu gostaria de dedicar minha vida, a única coisa que me parecia *suficientemente* dotada de sentido, eu não conseguia.

Eu escrevia cartas com grande desenvoltura, frase atrás de frase, página atrás de página. Muitas vezes eram histórias do meu cotidiano, coisas que eu tinha vivido e pensado. Se eu conseguisse transmitir esse sentimento, essa atitude, esse movimento para a prosa literária, talvez desse certo. Mas eu não conseguia. Eu me sentava junto à escrivaninha, escrevia uma linha e então parava. Escrevia mais uma linha, parava.

Pensei que eu devia procurar um hipnotizador que pudesse me hipnotizar, me colocar em uma situação em que as palavras e as frases transbordassem de mim, como faziam quando eu escrevia cartas, talvez desse certo, eu já tinha ouvido falar em pessoas que tinham usado a hipnose para parar de fumar, então por que não usar a hipnose para conseguir escrever com leveza e desenvoltura?

Abri as Páginas Amarelas, não havia ninguém com a profissão de hipnotizador e eu não tive coragem de perguntar a outras pessoas, uma história como aquela se espalharia como fogo em vendaval, o irmão do Yngve quer ser hipnotizado para conseguir escrever, então no fim deixei a ideia de lado.

Na véspera do Ano-Novo levamos nossos instrumentos e amplificadores para o local da festa, que aconteceria no último andar do Ricks. Enquanto os organizadores cuidavam da decoração e de outros detalhes, fizemos a passagem de som. Não seria um show de verdade, porque não tínhamos um sistema de som completo, a bateria não seria microfonada e tocaríamos direto no chão, sem palco, mas assim mesmo o nervosismo estava me deixando enjoado.

Hans foi até o outro lado e ficou ouvindo enquanto a gente tocava, ele disse que estava bom e então voltamos para casa para trocar de roupa.

Se eu não fizesse parte da banda, jamais teria recebido um convite para aquela festa. Era um aniversário de cinquenta anos, no sentido de que dois aniversariantes que estavam completando vinte e cinco anos cada foram somados, e as pessoas que estavam lá eram todas ligadas ao que me parecia ser a máfia de Vestlandet, eram estudantes que tinham ligações com o jornal *Syn og Segn*, o jornal semanal *Dag og Tid*, o Mållaget e o Nei til EU. Mesmo que fossem poucos anos mais velhos do que eu, já estavam todos no centro. Corriam rumores de que Ragnar Hovland também faria uma aparição, como se fosse um carimbo final de aprovação, este é o lugar onde vale a pena estar, estas são as pessoas que vale a pena conhecer.

Voltei sozinho, subi a escada larga e opulenta, entrei no local da festa, que àquela altura estava repleto de garotas com vestidos de festa e rapazes em ternos escuros, os típicos habitantes distintos e blasés e confiantes de Vestlandet. Um burburinho de vozes, a efervescência das risadas, a atmosfera carregada de expectativa que surge logo antes da festa. Dei mais uns passos à frente e tentei encontrar Yngve.

Yngve, Yngve, onde você está quando eu preciso de você?

Lá estava Hans, pelo menos. Mas ele também era um habitante de Vestlandet, distinto e blasé e confiante, sempre com uma resposta irônica na ponta da língua. Eu tinha orgulho de estar na mesma banda que ele, mas não de estar na mesma banda que Yngve, porque todo mundo sabia que era por causa dele que eu tinha conseguido entrar, e também que era por causa dele que eu estava na festa.

Entrei devagar em meio à multidão. Muitos dos rostos eram conhecidos, eu os tinha visto em Høyden e no Opera, no Garage e no Hulen, mas de nome eu só conhecia uns poucos.

Avistei Ragnar Hovland e pensei se eu devia fazer um avanço. Ser visto na companhia dele faria maravilhas para a minha reputação.

Avancei rumo ao lugar onde ele estava. Ragnar Hovland conversava com uma mulher de trinta e poucos anos e não me viu quando parei na frente deles.

— Olá — ele disse. — Você está aqui!

— É — eu disse. — Vou tocar mais tarde.

— Você faz parte da banda? Que bacana!

O olhar dele era sorridente, mas também fugidio.

— Como estão as coisas na academia?

— Bem. Tivemos que passar a exigir frequência dos alunos depois que você andou por lá. Mas agora todos estão se comportando.

— Eu conheço o Espen — eu disse. — Ele é um bom amigo meu.

— Não diga — ele disse.

Fez-se um silêncio. Eu e ele olhamos ao redor.

— E você, está com um livro novo a caminho? — eu por fim perguntei.

— É, estou mexendo com umas coisas — ele disse.

O natural seria que naquele ponto ele perguntasse como andava a minha escrita, se eu estava com um livro novo a caminho, mas não foi o que aconteceu. Eu conseguia entender por que e não o culpei por aquilo, mas assim mesmo doeu.

416

— Muito bem, então — eu disse. — De repente a gente conversa mais um pouco depois. Vou dar uma volta por aí.

Ele sorriu e voltou a conversar com a mulher. Percebi quando Yngve chegou e me virei em direção à entrada, onde ele estava olhando para o interior do salão. Levantei a mão e me aproximei.

— Você está nervoso? — ele perguntou.

— Estou completamente apavorado — eu disse. — E você?

— Não muito. Mas talvez eu fique mais daqui a pouco.

Acendi um cigarro, nós dois fomos até onde Hans estava e passamos uns minutos conversando, até que uma garota bateu as mãos e o silêncio se espalhou, repentino como um bando de gansos assustados. Ela desejou boas-vindas a todos. Primeiro viria o jantar, depois o orador, depois o programa de entretenimento e por fim o show da Kafkatrakterne.

Senti um frio tão profundo na barriga que chegou a doer.

Fomos até a mesa, havia um nome em cada lugar, encontrei o meu e me sentei, infelizmente longe de Yngve e de Hans.

No cartão com o nome havia uma frase escrita para cada pessoa, que supostamente a descrevia. O meu dizia, Vinte anos por fora, mil anos por dentro.

Então era assim que me viam? Era daquele jeito que eu era visto?

No último ano eu falava cada vez menos, estava cada vez mais quieto, e essa era a referência feita no cartão.

A garota ao meu lado, que estava usando um vestido preto curto com um negócio que parecia tule na parte de baixo, meia-calça escura e sapatos vermelhos de salto alto, abriu o guardanapo e o ajeitou no colo. Eu fiz o mesmo.

Ela olhou para mim.

— Quem você conhece por aqui? Das pessoas que organizaram a festa?

— Ninguém — eu disse, sentindo meu rosto corar. — Eu toco na banda.

— Ah — ela disse. — E o que você toca?

— Bateria — eu disse.

— Ah — ela disse.

Passei um tempo olhando para o outro lado e ela parou de fazer perguntas.

Comi sem dizer mais nada a ninguém, de vez em quando eu olhava para Yngve ou para Hans, que conversavam cada um no seu canto.

O jantar durou uma eternidade.

Na rua uma tempestade caía. O vento estava tão forte que chegava a derrubar as lixeiras, eu ouvi o barulho lá embaixo, e de vez em quando as vidraças chacoalhavam.

No mesmo instante em que o jantar acabou eu me juntei a Yngve e a Hans, e fiquei com eles até a hora do show.

Fomos apresentados, eu mal conseguia me aguentar de pé, as pessoas bateram palmas, fomos até os nossos instrumentos, eu me sentei no banquinho da bateria, ajeitei na cabeça o boné do Felleskjøp que eu havia levado como um pequeno gesto de respeito ao público de esquerda, os convidados já deviam estar bem encaminhados em brilhantes carreiras acadêmicas, embora todos houvessem crescido em meio a tratores, colheitadeiras e galões de ácido fórmico, sequei bem as mãos na toalha e peguei as baquetas. As pessoas ficaram nos olhando em silêncio. Era eu quem devia fazer a contagem inicial, mas não tive coragem, porque eu não sabia se Pål e Yngve já estavam prontos.

— Prontos? — eu perguntei.

Yngve acenou a cabeça.

— Pål, você está pronto?

— Pode contar — ele disse.

Cantarolei mentalmente o primeiro riff de *Sveve over all forstand*. Muito bem.

Eu contei e começamos a tocar. Para meu horror, descobri que o bumbo se movia cada vez que eu o tocava. Não muito, porém o suficiente para que ao final da música eu tivesse a perna completamente esticada, e como ao mesmo tempo eu precisava tocar o chipô e a caixa, eu devia parecer uma aranha monstruosa de pernas compridas.

O público aplaudiu, eu puxei o bumbo de volta para o lugar, fiz a contagem para a música seguinte e adotei minha postura de aranha. Mas as pessoas começaram a dançar, tudo estava correndo bem, Hans estava dando o máximo, ele era um verdadeiro *frontman*, destemido e sem nenhum senso crítico.

Quando cheguei em casa, depois de ter atravessado a cidade vazia e açoitada pelo vento no raiar do dia, chorei. Sem nenhum motivo, tudo estava bem, o show tinha sido um sucesso, pelo menos em nossa opinião, mas não houve jeito, assim que me deitei na cama as lágrimas vieram.

No Ano-Novo me ofereceram um emprego temporário regular no hospital de Sandviken, que aceitei. Além disso, coloquei o meu nome na lista de funcionários temporários, e de uma forma tão lenta que praticamente não me dei conta, comecei a trabalhar quase em tempo integral por lá. Deixei os estudos de lado e comecei a aceitar tudo, havia um desejo nisso, uma espécie de pulsão, eu queria trabalhar o máximo possível, e assim passei o ano inteiro. Em certos dias eu trabalhava dois turnos, começava em um setor pela manhã e ia para outro à tarde, e assim eu trabalhava dezesseis horas sem intervalo. Às vezes eu passava semanas trabalhando nos setores mais complicados, nesses lugares o pessoal trabalhava em boa medida como segurança e eu não gostava nem um pouco daquilo, sentia medo o tempo inteiro, percebia que ao menos dois moradores ofereciam perigo mortal, mesmo que os seguranças rissem deles, e chegassem a ponto de pegá-los no colo para afagá-los, como se fossem gatos.

Um deles era particularmente assustador. O nome dele era Knut, tinha perto de quarenta anos, mas era forte como um adolescente. Magro, corpo musculoso e uma cabeça bonita e raspada. Knut tinha a cabeça raspada porque de outra forma arrancava os cabelos e comia os fios. Ele também comia bolas de pó quando as encontrava, e uma tarde eu o vi abrir a porta da geladeira e pegar uma cebola. Ele deu uma mordida, as lágrimas começaram a correr, mas ele deu outra e mais outra, e logo tinha comido a cebola inteira, com casca e tudo, enquanto as lágrimas jorravam. E ele às vezes ficava agressivo. Quase sempre machucava a si mesmo, uma vez ele tinha batido a cabeça com tanta força na parede que o crânio rachou. O que ele mais gostava era de caminhar. Se não houvesse ninguém para impedi-lo, caminharia até a Sibéria, como uma máquina que simplesmente caminhava e caminhava e caminhava. Quando ele se aproximava de mim com aquele olhar obscuro, que não expressava nada além disso, obscuridade, eu sempre tinha medo. Uma vez fui encarregado de raspar a cabeça dele enquanto ele ficava sentado dentro da banheira, e ele percebeu o medo em mim, porque me agarrou pela mão, eu não conseguia mexê-la, e então mordeu. Eu precisei tomar uma vacina antitetânica. Disseram que eu podia ir para casa, mas eu não quis, claro que eu estava com medo, mas ninguém precisava saber.

Eu trabalhava quase sempre "colado" nos pacientes suicidas, muitos eram mais presentes do que os outros que moravam nas alas de pacientes crônicos, muitos tinham problemas com drogas, uns eram psicóticos ou paranoicos ao extremo, outros eram maníacos ou deprimidos, quase todos jovens.

No setor onde eu tinha trabalho fixo eu comecei a me dar bem com os meus colegas, e logo passei a sair junto com eles. Uns moravam nas proximidades ou perto do Åsane Senter, às vezes nos reuníamos antes no fim de tarde da sexta ou do sábado, e então eu ia para lá, onde eu enchia a cara com elas, aquelas mulheres que tinham entre vinte e cinco e quarenta anos, para depois pegar o ônibus até a cidade e sair. Enquanto os estudantes frequentavam os lugares ao sul do centro, nos arredores de Høyden, o pessoal de Sandviken frequentava os lugares ao norte, próximos ao Bryggen, onde os estudantes, ou pelo menos os estudantes de humanas, jamais colocavam os pés, a não ser com uma intenção irônica. Havia bares com música de piano, cantorias em grupo, nativos de Bergen e da zona litorânea ao redor de todos os tipos imagináveis. Eles gostavam de mim, eu não fazia corpo mole no trabalho, e o meu frequente silêncio era interpretado por todos da melhor forma possível, segundo eu entendia. Todos eram simpáticos e receptivos, e era assim que eu também ficava quando bebia, nessas horas tínhamos um encontro verdadeiro, uma vez eu tinha carregado uma das minhas colegas escada acima em meio a gritos, estardalhaço e risadas, outra vez eu tinha feito elogios aos meus colegas e dito tudo que eu sentia no fundo do meu coração, com os olhos marejados e reluzentes de bondade. Eu havia me dado especialmente bem com uma colega chamada Vibeke, eu e ela podíamos nos sentar e conversar por uma manhã inteira quando o setor estava calmo, e às vezes ela me fazia confissões, por um motivo ou outro tinha passado a confiar em mim. E havia outros casos um pouco mais complicados. Åge em particular era muito cansativo. Ele era um dos estudantes que tinha aceitado horários fixos no hospital de Sandviken e depois começado a trabalhar lá em tempo integral. Tentava se aproximar de mim, se pendurava em mim, estava sempre às voltas com inúmeros conflitos, em primeiro lugar queria que eu escutasse as queixas dele sobre os comentários maldosos feitos pelas costas, e em segundo lugar queria que eu o apoiasse, e eu acenava a cabeça e concordava, você tem razão, não diga, é mesmo?, de um jeito que o levava a crer que de fato era meu amigo. Acontecia quase sempre quando estávamos na rua com os pacientes, ele reclamava e se queixava e me encarava com aquele olhar intenso e repleto de loucura, ele tinha barba e uma tez pálida, era um coitado, um perdedor, um derrotado, que imaginava ser um estudante, como se isso fosse infinitamente melhor do que a conduta de dona de casa adotada pelas auxiliares de enfermagem do nosso setor, ou a conduta adotada pelos enfermeiros psiquiátricos que estavam sempre tramando contra ele, e de repente ele quis que eu fosse à casa dele, que saíssemos juntos, e esta foi a primeira vez desde a minha infância em que eu respondi com um não claro e decidido a uma pessoa que me pedia uma coisa qualquer.

— Não, acho que não — eu disse.

Ele se afastou e começou a me evitar.

Depois voltou atrás e começou a me chamar de traidor. Que tipo de verme era aquele?

Um pensamento assustador passou pela minha cabeça enquanto eu voltava para casa ao fim daquela noite: será que ele na verdade era eu? Será que eu acabaria daquele jeito? Como um ex-estudante que fica de um lado para o outro por anos, fazendo bicos até que fosse tarde demais, até que todas as oportunidades tivessem passado e aquilo tivesse se transformado na *vida cotidiana*?

Será que eu chegaria aos quarenta anos contando para os estudantes que chegavam e saíam do hospital de Sandviken em empregos temporários que na verdade eu queria ter sido escritor? Você não gostaria de ler um dos meus contos? Ele foi recusado, mas só porque as editoras são convencionais demais e não sabem o que fazer com autores que apostam em coisas meio diferentes. Os editores não reconheceriam um escritor genial nem que tivessem um enfiado no rabo. Veja, por acaso eu tenho um exemplar na minha bolsa. O conto fala sobre certos aspectos da minha vida, e você com certeza vai reconhecer um que outro detalhe da instituição que eu descrevo, mas, enfim, *não é* este hospital. O que mesmo você disse que estuda? Filosofia? Ah, eu também passei um tempo envolvido com isso. Mas no fim acabei na literatura. Eu escrevi um ensaio sobre o Joyce, sabia? Sobre a relação dele com a intertextualidade e esse tipo de coisa. Disseram que o meu ensaio era brilhante. Mas eu não sei. Acho que de certa forma parece meio datado, mas por outro lado existem certos aspectos universais da literatura que... enfim, que se lançam *para além* de cada época. Mas, de qualquer jeito, leve com você e me diga o que você achou quando vier amanhã. Combinado?

Eu não tinha quarenta anos, tinha só vinte e dois, porém no mais a situação era quase a mesma. Eu trabalhava para ter dinheiro para viver, e vivia para escrever, o que no entanto eu não sabia, era apenas uma coisa a respeito da qual eu gostava de falar. Mas se eu não sabia escrever, pelo menos ler eu sabia. Por esse motivo eu comecei a fazer turnos à noite, quando eu podia ficar lendo até as quatro horas da madrugada, em geral sem que ninguém me incomodasse, para então lavar o setor nas duas últimas horas, quando eu me sentia tão sonolento que era difícil me concentrar no que eu estava fazendo. Eu li *Autisterna* e *Komedin 1* de Stig Larsson e admirei muito aquele realismo prosaico, que no entanto apresentava sempre um elemento ameaçador. A ameaça era o surgimento repentino de uma ausência de sentido. Eu li Flaubert, os três contos dele, que eram a melhor coisa que eu havia lido em muito tempo, a maneira como esses contos acertavam em cheio, a maneira como tocavam em coisas absolutamente essenciais, em particular o conto sobre a sede de sangue, o caçador que abate todos os bichos que encontra pela frente, eu entendi aquilo, porque estava ligado a um sentimento que eu conhecia e que eu sabia ser importante, embora não de uma forma que admitisse discussões racionais acerca do assunto, porque não havia nada acerca daquele assunto, o conto era a própria coisa em si. Eu li *Salambô*, o romance histórico de Flaubert, um fracasso completo, mas um fracasso grandioso, ele tinha apostado tudo naquele romance, empregado todo o conhecimento e toda a amplitude do talento que tinha, porém fracassou mesmo assim, não existia vida naquilo, tudo era morto, os personagens eram como marionetes de madeira, a ambientação era como o cenário de um palco, mas esse jeito artificial não era totalmente desprovido de apelo, havia uma coisa naquilo, não apenas porque a época a respeito da qual ele escrevia de fato estava morta, para sempre, mas também porque o romance em si, como artefato, como realização artística, tinha méritos próprios. Depois li o romance que Flaubert escreveu sobre a estupidez, *Bouvard e Pécuchet*, que era genial, porque ele não colocava a estupidez no fundo, na camada mais baixa, mas na camada intermediária, na classe média, e assim a revelava em todo seu pretensioso esplendor. Eu li Tor Ulven e admirei cada uma das frases que ele escreveu, a enormidade e a precisão quase sobre-humana que apresentavam, a maneira como ele fazia com que tudo parecesse igualmente importante. Conversei muito com Espen a respeito disso, o que tornava a prosa de Ulven tão excepcional, o que realmente se passava com aquilo. Havia uma certa equivalência entre as coisas materiais e humanas, onde a psicologia não tinha lugar, de maneira que o drama existencial se desenrolava o tempo inteiro, não apenas durante as crises, quando um personagem se divorciava ou perdia o pai ou a mãe, ou então se apaixonava ou tinha um filho, mas também quando bebia um copo d'água ou pedalava em uma bicicleta com o farol mal-ajustado ao longo de uma estrada sombria ou simplesmente não estava lá, no espaço vazio descrito com maestria. E não era uma coisa dita ou escrita, não estava *no* texto, mas *era* o texto. A linguagem fazia esse trabalho, como a gente costumava dizer, através de movimentos e imagens, não no nível do enunciado, mas na forma. Eu li Jon Fosse, e para mim foi como se uma porta se abrisse para os livros dele quando *Naustet* foi publicado, graças à simplicidade naquilo, ao movimento naquilo. Li *As geórgicas* de Claude Simon e com Espen admirei a complexidade daquele estilo, e o fato de que nunca havia uma perspectiva superordenada, tudo parecia encontrar-se nas profundezas, tudo era uma bagunça, o caos que o mundo *de fato* é. Mas o melhor que li naquela época foram mesmo os textos de Borges, tanto pelos elementos dos contos de fada, que eu reconhecia da minha infância e cuja falta eu não percebia até o momento em que comecei a ler as obras dele, quanto pela maneira como as imagens, todas simples, revestiam-se de sentidos quase infinitamente complexos.

Eu não escrevia praticamente nada. Brinquei um pouco com uma história sobre um homem que estava amarrado a uma cadeira em um apartamento próximo a Danmarksplass, ele era torturado e por fim morto com um tiro na cabeça, nesse ponto eu tentei parar o tempo quase por completo, descrever a maneira como a bala atravessava a pele e o osso, a cartilagem e o líquido intracraniano, para então adentrar o cérebro e as diferentes partes que o compunham, eu adorava aqueles nomes vindos do latim, que soavam como os nomes de um panorama, como vales e planícies, mas não deu em nada, não havia motivo para nada daquilo, e no fim apaguei tudo. Duas páginas, o trabalho de seis meses. Fomos com a banda a Gjøvik e gravamos uma demo, a NRK tocou duas músicas nossas e arranjamos um primeiro trabalho no Hulen durante a época dos festivais. Deu certo, um artigo no *Studvest* disse que a nossa banda, que nem ao menos aparecia nos cartazes de divulgação, tinha sido o ponto alto da noite, e depois conseguimos um show de verdade, desta vez com a noite inteira só para a gente. O lugar estava lotado, ficamos um pouco nervosos, pouco ou nada deu certo; no meio da nossa gravação uma voz no meio do público gritou Puta merda, que horror! Mas o *Studvest* nos elogiou de novo. Desta vez não me senti tão lisonjeado em nome da banda, porque o jornalista que fez o comentário era conterrâneo de Hans, e tinha até tocado com ele em outras bandas. Quando começamos a falar em um segundo guitarrista o sugerido foi ele, ninguém fez nenhuma objeção, e logo ele apareceu em um dos nossos ensaios, introvertido, mas não tímido, e aprendeu todas as músicas de cara. O nome dele era Knut Olav, ele tinha longos cabelos avermelhados, um rosto aberto e um gosto musical seguro e espartano, quase refinado. Knut Olav tocava bateria muito melhor do que eu e baixo provavelmente melhor do que Pål, e eu não teria ficado surpreso caso descobrisse que ele cantava melhor do que Hans. Com ele na banda demos mais um passo adiante, e eu arranjei um novo conhecido que podia me deixar mais afiado. Ele falava pouco a respeito de si, jamais sonharia em usar palavras elogiosas para comentar o próprio desempenho, nem mesmo de forma indireta, daquela forma como as pessoas em geral se exaltam sem dar pistas sobre o que estão fazendo. O rosto dele era aberto, o olhar era aberto e ele não tinha um comportamento introvertido em ocasiões sociais, mas assim mesmo tinha um jeito oculto e misterioso. Era uma das raras pessoas que ficavam nas casas dos outros até o raiar do dia quando saíamos das festas, um dos que nunca iam embora enquanto ainda houvesse o que fazer, este era um traço que tínhamos em comum, e por isso muitas vezes acabamos os dois sentados num apartamento em um lugar qualquer em Bergen, bebendo café às oito horas da manhã, bêbados e à vontade, falando sobre coisas que já teríamos esquecido ao acordar. Mesmo assim uma dessas conversas ficou gravada na minha lembrança, eu estava falando sobre o universo, sobre a maneira como podia se revelar no futuro, sobre como haveríamos de saber cada vez mais a respeito dele, e por extensão a respeito de nós mesmos, afinal éramos feitos de partículas siderais, eu disse, perdido naquele modo iluminado e cintilante, quase festivo que a junção da embriaguez com a visão de um céu estrelado despertava em mim, quando ele disse que na verdade era o contrário, que a revelação viria de dentro, que nosso futuro estava no que vinha de dentro. Na nanotecnologia. Na engenharia genética. Na energia atômica. Toda a força e toda a explosividade se encontravam nestas coisas pequenas e microscópicas, não nas coisas grandes e telescópicas. Eu o encarei, ele tinha razão, estávamos avançando cada vez mais para dentro. O dentro era o novo fora.

Escrevi um conto sobre um homem que morria, o conto era narrado em primeira pessoa, ele era colocado em uma ambulância próximo à passarela subterrânea de Danmarksplass, o coração dele parava, mas a história prosseguia com o legista, com o caixão, com o cemitério, com a terra que o envolvia. Três meses de trabalho, duas páginas e meia completamente desprovidas de sentido e apagadas. Certa tarde a polícia fez uma busca no apartamento vizinho, que tinha a janela da cozinha praticamente ao lado da minha, a dois metros de distância, no dia seguinte eu li no *Bergensavisen* que haviam encontrado muitas armas de fogo e cinquenta mil coroas em dinheiro. Levei o jornal e mostrei a reportagem para Espen, ficamos os dois chocados; poucas noites antes tínhamos chegado bêbados em casa e entrado na minha cozinha para beber um café, vimos sombras se mexendo por trás das cortinas no outro lado, eu abri a janela e atirei uma lata de patê de fígado contra aqueles vultos, a lata acertou a vidraça com um baque, um cara afastou a cortina e olhou para fora e nada mais aconteceu. Mas aquelas pessoas eram ladrões de banco!

Mais do que qualquer outra coisa, no entanto, eu trabalhava no hospital de Sandviken. Às vezes eu sentia como se a minha vida inteira se passasse lá. Meus colegas não tinham qualquer tipo de prestígio, era disso que eu precisava. Eu ganhava dinheiro, era disso que eu precisava. E talvez de outra coisa também, uma coisa prática, distante da universidade, que oferecesse uma imagem diferente de mim, uma imagem da qual eu também precisava para me manter de pé: afinal, o verdadeiro objetivo de tudo que eu fazia era a escrita. Tudo convergia, ou ao menos devia convergir, para isto.

Num sábado à tarde eu estava sozinho no trabalho, e uma hora antes de começar o turno da noite Mary ligou.

— Oi — eu disse. — Esqueceu de alguma coisa?

— Não — ela disse. — É só que estou aqui sozinha e pensei que talvez você quisesse me fazer uma visita quando terminar o expediente! A gente podia beber uma garrafa de vinho.

Senti meu rosto corar. O que era aquilo?

— Acho que não — eu disse. — Preciso ir para casa.

— Vou ser bem direta, Karl Ove — ela disse. — Eu quero ir para a cama com você. E sei que você tem namorada. Mas ninguém precisa ficar sabendo. Não há o que temer. Eu garanto. Uma vez. Depois nunca mais.

— Mas eu não posso — eu disse. — Não tem como. Enfim, eu lamento.

— Tem certeza? Essa é a sua resposta definitiva?

Ah, a minha vontade era gritar VAMOS! VAMOS! VAMOS! e sair correndo para a casa dela.

— Eu não posso. Não tem como.

— Sei — ela disse. — Mas espero que você não me ache uma tonta por ter feito uma pergunta tão direta. Não quero que você tenha a impressão de que sou uma tonta.

— Não, não mesmo — eu disse. — É a última coisa que eu pensaria.

— Jura?

— Juro.

— Então nos vemos amanhã. Tchau!

— Tchau.

A manhã chegou e eu estava nervoso com a ideia de reencontrar Mary, porém ela não deu nenhum sinal de que algo fora do comum tivesse acontecido, foi exatamente a mesma de sempre, talvez apenas um pouco mais reservada em relação a mim, nada mais.

Por semanas a fio pensei na proposta que ela me havia feito. Por um lado eu estava feliz por não ter caído em tentação, eu não queria trair Gunvor, e desde que eu não estivesse bêbado não seria difícil resistir. Por outro lado eu ardia por dentro ao pensar naquilo, porque eu teria ido até o fim se pudesse escolher livremente. Mas eu não podia. No Ano-Novo eu me mudaria com Gunvor para a Islândia, ela queria fazer a segunda etapa em história na universidade de lá e eu queria me dedicar à escrita em tempo integral. Nesse meio-tempo eu trabalhei o quanto pude no hospital de Sandviken. Tirei excrementos das paredes, segurei os residentes fixos durante surtos psicóticos, levei um soco na cara e fiz passeios intermináveis na área ao redor ou um pouco mais além, quando não dávamos voltas pelo condado no ônibus do hospital.

Hans, que tinha virado editor do *Studvest*, me perguntou se eu não queria resenhar livros para o jornal. Eu quis, e logo comecei a escrever as resenhas. Escrevi uma crítica arrasadora a respeito do romance de Atle Næss sobre Dante, e escrevi uma página inteira a respeito de *Psicopata Americano*, que também estava relacionado a Dante, porque o protagonista lê um grafite em um muro enquanto atravessa a cidade de táxi, *abandonai toda a espe-*

rança, vós que entrais. O portão para o inferno, só que agora, puta merda, era genial! Que romance incrível. Que romance. Hans perguntou se eu não gostaria de escrever um conto de Natal para o *Studvest.* Eu queria, mas não consegui, escrevi apenas umas poucas linhas a respeito de um cara que estava no ônibus a caminho de casa para os festejos de Natal e de repente tudo parou. Eu havia pensado em um sequestro, em uma pessoa que era amarrada e torturada na véspera de Natal, mas a ideia não passava de uma bobagem, como aliás tudo que eu escrevia. Eu li Paul Auster, *A trilogia de Nova York,* eu nunca conseguiria fazer aquilo. Fiz pizza para os pacientes em uma tarde de sábado e senti como se com aquilo eu estivesse querendo humilhá-los. Fui à casa da minha mãe passar o Natal, arranjei um inquilino para ocupar o apartamento enquanto eu estivesse longe, um dos amigos de Yngve, de Arendal, passaria um tempo lá, eu fui a Bergen e arrumei duas malas cheias, me despedi de Espen, peguei o avião para Fornebu, depois para Kastrup e de lá para Keflavík, onde o avião pousou tarde da noite. A escuridão era densa e impenetrável, eu não vi nada do panorama por onde eu passava uma hora mais tarde com o ônibus do aeroporto, e também não tive qualquer tipo de impressão sobre a cidade à qual cheguei, que era Reykjavík. Entrei num táxi, mostrei para o taxista o papel que Gunvor havia me dado com o nome da rua, Garðastræti, passamos por uma orla, subimos um morro, as casas eram grandes e monumentais, paramos em frente a uma delas.

Era lá que moraríamos. Em uma casa chique numa cidade no meio do Atlântico.

Paguei a corrida, o taxista pegou as malas e as entregou para mim, eu atravessei o portão e segui pela estradinha que ia até a casa. A porta que dava para o apartamento do porão se abriu e Gunvor apareceu com um sorriso no rosto. Nos abraçamos e eu percebi que estava com saudades dela. Gunvor, que já tinha passado uma semana no lugar, mostrou-me o nosso apartamento, que era grande e mobiliado de maneira impessoal, mas era nosso, era lá que haveríamos de morar pelo semestre a seguir. Transamos e depois fomos tomar um banho, mas a água cheirava a ovo podre, eu não aguentei ficar embaixo daquilo, Gunvor disse que toda a água da Islândia tinha aquele cheiro, era por causa do substrato vulcânico, aquele cheiro horrível era cheiro de enxofre.

Semanas mais tarde eu estava adorando o cheiro, bem como tudo que dizia respeito a Reykjavík e à nossa vida por lá. Depois que Gunvor saía para a universidade pela manhã eu tomava um café da manhã demorado e ia à cidade ou me sentava em um café com o meu caderno de anotações ou um romance, sempre impressionado pela beleza das pessoas de lá, as garotas eram inacreditavelmente bonitas, eu nunca tinha visto nada igual, ou então eu pegava as minhas roupas de banho e ia para a piscina ao ar livre, onde eu nadava mil metros a céu aberto, tanto na chuva como na neve, antes de entrar devagar numa *heitapottur*, que é como se chamam as pequenas piscinas quentes dos islandeses. Depois eu ia para casa escrever. À tarde assistíamos à TV, eu também adorava aquilo, porque o idioma era muito parecido com norueguês, muito parecido na sonoridade e na entonação, mas completamente incompreensível. Gunvor fez amigos na universidade, quase todos alunos estrangeiros, e arranjou um amigo da casa, Einar, que não apenas estava à nossa disposição dia e noite mas também nos fazia visitas pelo menos quatro vezes durante a semana. Einar tinha grandes olheiras escuras sob os olhos, uma barriga saliente, trabalhava e bebia demais, mas assim mesmo sempre arranjava tempo para nos fazer uma visita e perguntar se precisávamos de ajuda. Eu nunca entendi o que ele queria, ele não ganhava nada em troca de todo aquele esforço, pelo menos nada que eu visse, e eu não gostava muito daquilo, ele parecia uma mutuca, porém era a minha única companhia para beber, então as coisas teriam mesmo que ser daquele jeito, pensei, e comecei a ir com ele aos bares islandeses para beber destilados, bêbado e quieto.

Através de um dos amigos estrangeiros de Gunvor eu conheci um americano da minha idade, ele se interessava por música, disse que compunha músicas próprias, era entusiasmado e ingênuo, nós falamos sobre começar uma banda, ele conhecia um islandês que tocava, certa tarde fomos à casa dele, o sujeito morava em um porão úmido, um ambiente que me remetia ao século XIX, tossia como um mineiro e era tão magro quanto, e a esposa dele fumava e carregava um bebê no colo e gritava, mas ele simplesmente deu de ombros e nos conduziu a um quartinho ainda menor, repleto de toda sorte de coisas imprestáveis, aquele seria o nosso local de ensaio, mas antes, ele disse em inglês, precisávamos fumar um. O baseado passou de mão em mão, ele pegou a guitarra dele, Eric, o meu conhecido americano, pegou a dele, e eu recebi um balde para usar como bateria. Era um balde plástico comum, vermelho com pegador branco, eu o virei de cabeça para baixo, coloquei-o no meio das pernas e comecei a bater enquanto os dois arranhavam qualquer coisa num estilo meio blues nas guitarras e a criança berrava a plenos pulmões do outro lado da parede.

Gunvor chorou de tanto rir quando ouviu a história.

Visitamos a fazenda onde ela havia trabalhado, os proprietários a receberam de maneira calorosa, estavam tímidos por minha causa, eles não falavam inglês, segundo disseram, porém mais tarde, quando fomos de carro ao centro comunitário participar de um grande evento com todos os outros moradores do distrito, os dois ficaram mais à vontade. Comi testículos de carneiro, tubarão fermentado e outras iguarias esquisitas, tudo regado a aguardente típica, e o silêncio tímido daquela gente, para mim tão libertador, já que eu também era daquele jeito, desapareceu de um instante para o outro, por todos os lados e ao mesmo tempo a atmosfera ficou mais carregada, logo eu estava de braços dados com os meus companheiros de mesa balançando de um lado para o outro enquanto tentava cantar qualquer coisa parecida com aquilo que estavam cantando. Todos estavam bêbados, todos estavam felizes, eram todos como eu, e quando a festa acabou, já ao raiar do dia, todos dirigiram bêbados de volta para casa. No nosso caso precisávamos cuidar das vacas, então depois de tomar um uísque na cozinha junto com o fazendeiro eu o acompanhei até o interior do galpão. Enquanto ele cambaleava lá dentro com a pá de esterco e mexia na forragem e nas bolas de feno eu devia limpar os dentes delas, ele achou a cena tão engraçada que precisou sentar-se para não cair em meio às gargalhadas.

Na rua ventava. Na Islândia venta o tempo inteiro, um vento forte e constante que sopra do mar dia e noite. Um dia eu estava a caminho da Nordens Hus para ler jornais noruegueses e vi uma senhora ser derrubada pelo vento. Escrevi três contos e enchi um caderno de anotações inteiro com observações a respeito deles e de tudo que eu gostaria de fazer com a minha escrita. À noite eu sonhava com o meu pai, mais apavorado durante o sono do que eu jamais havia me sentido em vigília. As amigas de Gunvor eram chatas, eu as evitava o quanto podia. Um estudante sueco com uns dez anos a mais do que eu convidou Einar e a gente para jantar na casa dele, era um sujeito amistoso, tímido e tinha um coração enorme, morava em um apartamento incrível e serviu um jantar digno de um gourmet que devia ter custado um dia inteiro de trabalho. Retribuímos o convite e o convidamos para jantar conosco, eu encontrei uma receita de cordeiro que parecia bastante sofisticada e nós tínhamos cordeiro em casa, o pessoal da fazenda de Gunvor havia nos dado um pacote com carne de cordeiro e um pacote com carne de cavalo. As duas carnes eram parecidas, eu precisei adivinhar, mas adivinhei errado, a apresentação que aparecia na foto, com os ossinhos elegantemente dispostos em um cenário de champignons, cebolas e cenouras, passou longe do meu prato, a carne estava se despregando dos ossos, e assim o que servimos aos nossos convidados naquela tarde de sábado, reunidos ao redor da mesa em nossa pequena cozinha, foi sopa de cavalo. Ah, estava salgada pra cacete e tinha um gosto terrível! Mas Carl, o sueco, abriu um sorriso e acenou a cabeça e disse que estava muito bom. Einar, que era islandês o bastante para entender que aquilo era carne de cavalo, não disse nada, apenas sorriu aquele sorriso insondável mas assim mesmo amistoso dele. Comecei a compreender aquela situação, ele não tinha amigos. Nós éramos os amigos dele.

Enchemos a cara e saímos. Passei a noite inteira fazendo especulações a respeito de Carl, ele tinha um jeito refinado, mesmo que se parecesse com um camponês; refinado e talvez um pouco feminino também, e além disso a maneira como ele falava sobre a pessoa com quem morava na Suécia, sem nunca mencionar um nome ou dar a entender um gênero, enfim, o jeito como ele se referia a essa pessoa, me levou a pensar que talvez fosse um homem.

Expliquei a situação para Gunvor e Einar, estávamos em um bar lotado, a música estava alta e eu precisava falar alto para ser ouvido.

— Eu acho que talvez o Carl seja gay! — eu gritei.

Einar me lançou um olhar desvairado. Depois olhou para mais além.

Me virei. Puta merda, Carl estava atrás de mim.

Chorando!

E depois saiu correndo do bar.

— Karl Ove! — disse Gunvor. — Corra atrás dele e peça desculpas.

Fiz como ela havia dito. Saí para a rua naquela ventania infernal, olhei de relance para cima, nada, para baixo, lá estava Carl voltando depressa para casa.

Corri atrás dele e o alcancei.

— Carl, escute, eu lamento pelo que aconteceu — eu disse. — Mas era o que eu estava pensando, e eu simplesmente falei. Eu estou bêbado, sabe? Mas não quis magoar você. Independente de qualquer outra coisa eu acho você um cara sensacional. Eu gosto muito de você. E a Gunvor também.

Ele olhou para mim e fungou.

— Eu queria manter segredo aqui — ele disse. — Não queria que ninguém soubesse.

— Mas não tem problema nenhum! — eu disse. — Venha, vamos voltar para o bar. Nunca mais precisamos falar sobre esse assunto. Vamos. Vamos tomar mais um gim-tônica!

Carl enxugou as lágrimas e me acompanhou. Ele foi o primeiro gay que conheci. Depois passou a chamar o companheiro pelo nome, semanas depois ele chegou a Reykjavík, os dois nos convidaram para jantar e ele demonstrou estar completamente a par da nossa vida na Islândia. Carl tinha exagerado muito a nosso respeito, aos olhos do companheiro éramos pessoas importantes, e eu, pelo que entendi, era uma espécie de enigma. Eu nunca tinha dito o que estava fazendo na Islândia, nem mesmo quando Einar e Carl haviam me perguntado de maneira direta. Eu ficava de bobeira, nadava, lia, e à noite, eu tinha dito isso uma vez, ficava em frente ao forno olhando os pães que eu fazia aos poucos ficarem dourados e crocantes. Para mim era justamente o oposto, para mim Carl e o companheiro dele é que eram enigmáticos naquela igualdade, pois como aquilo era possível, buscar um igual? Será que eles queriam o igual? Será que amavam o igual?

Por um motivo ou outro eu mesmo fui parar em um clube gay logo depois. Eu tinha bebido destilados com Einar e, como em várias ocasiões anteriores, estava vagando pela cidade depois que havíamos nos despedido, à procura de lugares que ficassem abertos até mais tarde, eu queria que mais alguma coisa acontecesse, qualquer coisa, na verdade, e nessa noite eu descobri um clube que ficava em um porão, eu desci, a princípio não percebi nada de diferente, pedi uma bebida e fiquei olhando ao redor, estavam tocando Bronski Beat, muita gente estava dançando, eu fui ao banheiro mijar e lá, na parede do banheiro, havia um pôster com um caralho enorme. Eu estava tão bêbado que me senti meio como num sonho, mas tornei a sair e percebi que só havia homens naquele lugar. Na rua, com a cabeça baixa por conta do vento, alguém gritou por mim. Me virei. Um homem na casa dos trinta anos veio correndo na minha direção.

— Sean! — ele disse. — É você?

— O meu nome não é Sean — eu disse.

— Pare com essas bobagens — ele disse. — Por onde você andou? Não achei que a gente fosse se ver outra vez!

— O meu nome é Karl — eu disse.

— Por que você está dizendo isso? — ele perguntou.

— Veja — eu disse, tirando o passaporte do meu bolso interno. — Karl, está vendo?

— Você é o Sean — ele repetiu. — Você é o Sean. Você é o Sean.

O homem deu uns passos para trás enquanto me olhava e em seguida deu meia-volta e desapareceu em uma rua lateral.

Balancei a cabeça, avancei em meio às ruas mortas e arrasadas pelo vento, entrei em casa, me deitei ao lado de Gunvor, que logo estaria se levantando, e apaguei como se tivesse levado um tiro na cabeça.

Desde o momento em que decidimos nos mudar para a Islândia eu havia pensado em escrever artigos de lá e vendê-los para jornais noruegueses. Por isso, quando descobri que Einar conhecia Bragi, o baixista do Sugarcubes, não hesitei por um instante sequer, acertei os detalhes para uma entrevista e fui à casa dele. Ele tinha acabado de ter um bebê, que ele mostrou para mim, nos sentamos junto à mesa da cozinha, fiz minhas perguntas, ele respondeu e, como a banda tinha acabado de lançar um disco novo, que talvez não fosse tão bom quanto o primeiro, mas por outro lado era melhor que o segundo, e ainda por cima tinha uma canção absolutamente cativante logo na abertura, "Hit", não seria difícil convencer um jornal a aceitar minha entrevista. Bragi sorriu quando eu disse que o jornal se chamava *Klassekampen*. O nome devia soar completamente maluco aos ouvidos de um estrangeiro. Quando eu estava prestes a sair, ele disse que o Sugarcubes faria um show em breve, e que eu não podia deixar de aparecer no camarim para conhecer a banda.

No dia do show Gunvor estava na fazenda, então fui sozinho, enchi a cara de destilado e antes do show fiquei balançando um enorme suporte de iluminação de um lado para o outro, eu podia ter morrido, mas nem pensei no assunto. Um segurança correu até onde eu estava e pediu que eu parasse, eu disse *yes sir* e fui embora. Se aquilo tivesse acontecido na Noruega eu teria sido agarrado à força e atirado no chão, mas na Islândia as pessoas estavam acostumadas a ver um pouco de tudo; devido a uma antiga proibição da cerveja, quase todo mundo bebia destilados no país, e quando finalmente a cerveja foi introduzida, o costume estava tão arraigado que beber aquilo era quase exótico. Além disso, um caneco de meio litro custava uma pequena fortuna. Todos bebiam destilado, então eu não era o único a andar pela cidade feito um louco. À noite a parte mais baixa da rua principal ficava tomada de jovens. A primeira vez que vi aquilo me perguntei que diabos estaria acontecendo, mas Gunvor me disse que era sempre daquele jeito. Era um amontoado de gente, todo mundo bêbado. A Islândia era cheia dessas peculiaridades que eu via e registrava, mas continuava sem entender absolutamente nada a respeito.

O Sugarcubes começou a tocar. Eles eram bons, e com o público de casa o show foi realmente incrível. Quando acabou, fui ao camarim. Me pararam, eu disse que trabalhava para o jornal norueguês *Klassekampen* e que tinha um encontro marcado com Bragi. O segurança voltou, tudo bem, eu atravessei o corredor, entrei numa sala lotada de gente, todos estavam empolgados e felizes, a atmosfera era quase eufórica, Bragi estava empoleirado na borda de uma cadeira e piscou o olho para mim. Ele me apresentou ao baterista, disse qualquer coisa em islandês para ele, eu entendi o nome *Klassekampen* e os dois explodiram em gargalhadas.

Eu não tinha nada a dizer, mas fiquei satisfeito, Bragi me passou uma cerveja, eu me sentei e fiquei olhando para aquela companhia improvável e excêntrica ao meu redor, especialmente para Björk, claro, era difícil tirar os olhos dela. O Sugarcubes era uma das melhores bandas em atividade, e o lugar onde eu me encontrava representava o núcleo central do rock naquele momento. Me alegrei de saber que eu poderia contar tudo aquilo para Yngve.

Bragi se levantou.

— Agora nós vamos para uma festa. Você quer ir junto?

Respondi com um aceno de cabeça.

— *Just stick to me* — ele disse.

Foi o que fiz. Mantive-me próximo a ele em meio à multidão de músicos e artistas enquanto atravessávamos a cidade até o porto, onde ficava o apartamento de Björk.

O apartamento tinha dois andares, com uma escada larga bem no meio, e logo ficou lotado de gente. Björk sentou-se no chão em frente a uma *boom box* rodeada por CDs e ficou colocando uma música atrás da outra. Eu estava tão cansado que mal aguentava ficar de pé. Me sentei na parte superior da escada, apoiei a cabeça na balaustrada e fechei os olhos. Mas não dormi, porque senti uma coisa se erguer dentro de mim, uma coisa que subiu desde a minha barriga e atravessou o meu peito, e logo estava na minha garganta, eu me levantei de repente, subi os dois degraus que faltavam para chegar ao segundo andar, corri até o banheiro, abri a porta, me ajoelhei em frente à privada e vomitei uma deslumbrante cascata cor de laranja que mais parecia uma explosão.

Semanas depois minha mãe foi nos visitar, num dia fomos com ela à Gullfoss e ao Geysir e ao Þingvellir, no outro fomos ao litoral sul, onde a areia era preta e escolhos colossais se erguiam do mar.

Fomos juntos a um museu de arte, as paredes e o chão eram totalmente brancos, e com o sol entrando pelas grandes claraboias no teto a luz naquele lugar chegava quase a queimar. Pelas janelas eu pude ver o mar, azul com ondas e cristas brancas, e ao longe se erguia uma grande montanha rodeada de branco. Naquele ambiente, naquela sala branca e iluminada nos confins do mundo, a arte desaparecia por completo.

Será que a arte era um fenômeno interior? Uma coisa que se movimentava nas pessoas e entre as pessoas, tudo que não podíamos ver, mas que assim mesmo deixava marcas em nós, que *era* nós? Seria esta a função das pinturas de paisagem, dos retratos, das esculturas, a de levar o mundo exterior, tão estranho a nós, rumo ao interior?

Quando minha mãe estava voltando para casa, acompanhei-a até Keflavík e me despedi por lá, no caminho de volta li o *Stephen Hero* de Joyce, o primeiro livro dele que eu havia comprado, e visivelmente o livro mais fraco que havia escrito, era uma obra inacabada que não se destinava à publicação, mas também era possível aprender com aquilo, sobre o modo como Joyce havia transformado o elemento autobiográfico, que nesse texto era evidente, em outra coisa, como havia feito em *Ulysses*. Stephen Dedalus era um personagem jovem e marcante, chamado de volta a Dublin por um telegrama do pai, "mãe morrendo volte para casa", mas no romance, ou seja, em *Ulysses*, esse jovem brilhante e arrogante era acima de tudo um palco. Em *Stephen Hero* ele era uma pessoa, separada do mundo ao redor, em *Ulysses* o mundo o atravessava, e a história, Santo Agostinho, São Tomás de Aquino, Dante, Shakespeare, tudo se movimentava dentro dele, e o mesmo acontecia com o pequeno judeu Bloom, porém nesse caso não eram as coisas elevadas e sublimes que se encontravam em movimento, que o atravessavam, mas a cidade repleta de pessoas e fenômenos, de anúncios publicitários e artigos de jornal, Bloom pensava nessas coisas todas como as pessoas em geral, ele era Everyman. Mas havia um nível adicional por cima disso tudo, a saber, o lugar de onde os personagens eram vistos, e este lugar era a linguagem e todos os insights e preconceitos que as diferentes formas de linguagem traziam em si, quase em segredo.

Mas em *Stephen Hero* não havia nada disso, nesse caso era somente o personagem, Stephen, ou seja, Joyce, separado do mundo, que era descrito, porém jamais integrado. *Finnegans Wake*, o último livro dele, que eu tinha comprado, mas não lido, era a culminação desse processo, pelo que eu tinha entendido, neste livro os personagens haviam desaparecido na linguagem, que vivia uma vida própria.

Desci do ônibus no ponto entre a universidade e o Perlan e percorri o último trecho em meio ao bairro diplomático até chegar em casa. Estava chovendo e havia neblina, eu me sentia vazio, como um nada, talvez a despedida tivesse feito aquilo comigo. No apartamento Gunvor estava sentada, lendo encolhida na poltrona com uma caneca de chá na mesa ao lado.

Pendurei meu casaco e me aproximei.

— O que você está lendo? — perguntei.

— A respeito da grande fome na Irlanda — ela disse. — *The Great Famine.* Tudo certo com a partida da sua mãe?

— Tudo.

— Foi bom receber a visita dela.

— É, foi mesmo.

— O que você pretende fazer hoje à noite?

Dei de ombros.

Ela estava usando uma camiseta, sem nada por baixo, e uma calça de corrida. De repente a desejei e me inclinei por cima dela.

Fazia tempo, aquilo me incomodava, não por minha causa, porque eu queria apenas estar em paz, mas por causa dela, talvez ela achasse que havia um problema, que eu não a desejava mais.

Mas não era nada disso. Eu só queria ter espaço ao meu redor, e era justamente isso o que eu tinha na Islândia, onde eu andava sozinho numa cidade estranha durante o dia, nadando e parando em cafés, e à noite, quando eu me sentava junto à escrivaninha para escrever e Gunvor dormia no quarto, mas até mesmo esse espaço parecia ser pequeno demais, mesmo lá ela parecia estar próxima demais.

Por isso fiquei feliz ao notar que meu desejo era forte o suficiente para deixar tudo de lado. Naquele instante não pude compreender por que eu estava me privando daquilo, naquele instante não havia nada que eu quisesse mais, e depois voltamos a nos aproximar, como se estivéssemos de volta aos primeiros tempos do namoro, quando não havia nada além de nós dois, e nada precisava ser dito para que fosse assim. Tudo estava na atração e na alegria, eram coisas que se bastavam. Mas sem isso a distância era uma coisa que precisava ser desfeita ou enfrentada, com palavras ou ações, e quando eu não queria, ou não tinha forças suficientes para que minha vontade prevalecesse, nessas horas éramos apenas duas pessoas jovens que moravam juntas, sem compartilhar mais nada além da faixa etária e da cultura.

Ela nunca tinha me feito nenhum mal. Ela tinha sido boa para mim, sempre havia desejado o meu bem. Ela não tinha nenhuma falta, nenhuma falha e nenhum defeito. Ela desejava o bem e fazia o bem. As faltas, as falhas e os defeitos eram meus. Em relação a Gunvor eu tentava esconder essas coisas da melhor forma possível, e na maior parte das vezes dava certo, mas o tempo inteiro elas estavam lá, dentro de mim, como uma sombra que eu projetava, o que me levava a sentir a consciência pesada. Eu queria me afastar daquilo, queria estar sozinho, porque assim essa impressão desapareceria, já que não afetaria mais ninguém, permaneceria apenas como uma coisa minha. Mas para ficar sozinho eu tinha que pôr um fim a tudo, acabar com aquilo em que ela tanto havia investido, e no que eu também de certa forma tanto havia investido. Gunvor dizia com frequência que me amava, e por nada no mundo eu desejaria magoá-la, virar as costas para ela, que me olhava com um olhar tão cheio de ternura.

Mas naquela noite tudo voltou a ficar bom. Eu tomei banho, atravessei o carpete de pés descalços, eu adorava aquela sensação, Gunvor estava vendo TV, eu me sentei ao lado dela, coloquei as pernas no colo dela, ela me explicava o que as pessoas estavam dizendo quando eu pedia, mas eu não pedia com muita frequência, quase todas as imagens dos noticiários islandeses eram de barcos pesqueiros ou mercados de peixes.

Ela foi para a cama, eu liguei o PC e comecei a escrever. O telefone tocou, eu atendi, a pessoa do outro lado da linha permaneceu em silêncio.

— Quem é? — Gunvor perguntou do quarto.

— Ninguém — eu disse. — Você não ia dormir?

— Ia. Mas o telefone me acordou.

De vez em quando ouvíamos vozes na linha ao tirar o telefone do gancho, sem que ninguém tivesse ligado e sem que tivéssemos feito uma ligação. Era estranho, mas havia embaixadas por todos os lados, e um pouco mais abaixo, em uma diagonal no outro lado da estrada, ficava a embaixada da Rússia, e eu achava que os cabos telefônicos das redondezas deviam ser monitorados tão de perto que as autoridades islandesas já deviam ter se perdido em relação a qual era qual. No país viviam apenas duzentas e cinquenta mil pessoas, seria impossível manter o nível elevado em todos os campos exigidos por uma nação moderna.

Apaguei a luz no corredor e na sala, de maneira que a escrivaninha do computador se transformasse em uma pequena ilha de luz em meio à escuridão, coloquei os fones de ouvido e comecei a escrever.

Um dos contos era sobre um homem em uma piscina pública, mais uma vez a prótese aparecia escorada de pé contra a parede do vestiário, mas não consegui levar a ideia adiante, transformá-la em uma história que não fosse desprovida de sentido. As descrições estavam boas, eu tinha investido muitas semanas naquilo, mas não era o bastante. Uma página e meia, e um mês e meio. Dei mais uma olhada no texto, deixei-o de lado, dei uma olhada no conto seguinte, um homem com uma câmera que anda pela cidade tirando fotografias, no canto de uma das fotos ele vê um homem que conhece, mas não vê há talvez dez anos, e relembra o verão que haviam passado juntos, quando a namorada do homem na foto tinha morrido afogada. Ela tinha nadado e se afastado um pouco do porto, no fundo havia sobras de alvenaria e ferros de armação deixados pelas obras feitas no porto dois anos antes, e ela tinha nadado para lá, a uns três metros de profundidade, e prendido as mãos nos ferros de armação. E assim a tinham encontrado, presa, com os cabelos ondulando na corrente, enquanto uma tempestade se aproximava da ilha com o céu monumentalmente preto.

Três páginas, três meses de trabalho.

O problema com esse conto era que eu não acreditava nele, uma mulher que se afogava, como tornar aquilo verossímil?

Deixei-o de lado e abri um novo documento, peguei meu caderno de anotações, reli as ideias que eu tinha anotado e me decidi pela seguinte: *homem com valise num vagão de trem.*

Na manhã seguinte eu havia terminado. Dez páginas. Fiquei contente, não porque o conto fosse bom, mas porque estava pronto, e porque tinha várias páginas. Nos últimos dois anos eu tinha escrito entre quinze e vinte páginas no total. Dez páginas em uma noite era um feito impressionante. Será que eu conseguiria mesmo aprontar um volume de contos para o verão, apesar de tudo?

*

No fim de semana seguinte fomos para Vestmannaeyjar, tomamos o ônibus para a costa sul da ilha e de lá pegamos o barco rumo ao mar. Saímos para o convés e tiramos fotografias um do outro, Gunvor com o capuz da capa de chuva azul na cabeça e pingos de chuva nas lentes dos óculos, eu com uma das mãos na balaustrada, a outra apontando com uma pose meio Leiv Eiriksson para o mar infinito.

Por fim as ilhas surgiram, elas apareceram do nada e eram uma visão impressionante, com penhascos elevados recobertos por grama envolta em névoa de um lado, onde carneiros pastavam, eles pareciam flutuar como nuvenzinhas lá no alto, e uma costa íngreme e nua do outro, que despencava quase na vertical em direção ao mar, onde por toda parte, em todas as projeções e saliências na rocha, havia pássaros.

O barco deslizou sem pressa em meio a dois penhascos, mais ao fundo aquele espaço se alargava e transformava-se em um porto natural, nós desembarcamos, largamos nossas coisas na pensão e saímos para a ilha, que era minúscula. As casas ficavam bem no sopé do vulcão, e as mais altas tinham sido invadidas pela lava durante a erupção na década de 1970. Subimos no vulcão, as cinzas por lá ainda estavam quentes.

— Eu consigo me imaginar morando aqui — eu disse quando estávamos descendo rumo à pensão. — Seria incrível.

— Mas o que você faria aqui?

Dei de ombros.

— Simplesmente ficaria por aqui. Numa ilha em pleno mar. O que mais alguém pode querer?

Gunvor riu.

— Na verdade, bastante coisa.

Mas eu estava falando sério. Alugar uma casa lá, em pleno mar, rodeada por grama viçosa, aos pés de um vulcão ainda quente. Eu conseguia me imaginar lá.

Uma tarde Gunvor ligou para Einar, ele trabalhava com computadores, estávamos com problemas no nosso, será que ele podia aparecer para dar uma olhada? Ele não se fez de rogado; uma hora depois estava sentado na frente do nosso PC, trabalhando. Gunvor serviu-lhe chá, eu perguntei o que podia ser, ele disse que não era nenhum problema sério, logo tudo estaria resolvido. Einar se demorou mais um pouco, conversamos sobre assuntos variados, ele demonstrava interesse por tudo que fazíamos, mas não falava muito a respeito de si. Eu sabia que ele morava sozinho, que trabalhava muito e que conhecia metade das pessoas de Reykjavík, pelo menos a dizer por todas aquelas com quem trocava meia dúzia de palavras ao longo de uma noite passada longe de casa.

— Quando o seu irmão chega? — ele perguntou já de pé no corredor, enquanto vestia a jaqueta.

— Na semana que vem — eu disse. — Você acha que pode passar aqui e nos levar para um passeio na cidade?

— Claro — ele disse. — Com prazer. É só você me ligar.

E então ele foi embora.

Yngve apareceu com o amigo Bendik e Åse, a namorada dele. Fui buscá-los no aeroporto, em parte feliz porque realmente tinham ido me visitar, porque iam ficar em nossa casa, em parte aterrorizado pelo mesmo motivo, eu não tinha nada a propor, nada a dizer, e eles passariam quase uma semana com a gente.

Preparei o jantar, Bendik disse que estava muito bom, eu baixei o rosto e corei, todo mundo percebeu. Eles alugaram um carro, fomos à região de Geysir, Bendik levou um ovo que ele cozinhou numa minúscula piscina natural cheia de água fervente. O gêiser em si estava morto, não tinha mais expelido

439

os jatos d'água, mas havia como provocá-lo, bastava enchê-lo de sabão verde para que explodisse como nos velhos tempos. Mas pelo que eu tinha entendido esse método era empregado apenas em situações realmente excepcionais, como visitas de Estado e coisas do tipo, então tivemos de nos contentar com Strokkur, o irmão menor, que expelia os jatos d'água a intervalos de talvez quinze minutos. Depois a água ficava parada, com um aspecto totalmente normal, uma superfície brilhante que refletia o céu cinzento, mas em seguida o chão sob os nossos pés começou a roncar, e logo a água subiu e formou uma cúpula, que de repente explodiu em uma enorme coluna d'água. Havia água e vapor por toda parte na atmosfera ao redor. Por todo o chão havia pequenos olhos-d'água fumegantes e borbulhantes. A paisagem era totalmente inóspita e sem nenhum tipo de vegetação.

Eu podia ter passado o dia inteiro admirando o Strokkur, mas logo continuamos o nosso passeio de carro, em busca de uma piscina natural onde pudéssemos nos banhar. Todos sentiam-se atraídos por esta ideia, tomar banho em uma água fumegante e escaldante no meio daquele terreno desolado. Vimos fumaça a quilômetros de distância, seguimos para lá, era uma piscina, nos demos por satisfeitos, eu estava calado e sério, incomodado pela consciência de estar agindo desta forma. Em especial na presença de Bendik, que falava e ria o tempo inteiro, e que era do tipo que diz o que está pensando sem papas na língua. Você está tão quieto, Karl Ove, o que foi, por acaso se cagou nas calças? Os dois ficaram como que possuídos ao descobrir o quanto as lojas em Reykjavík eram boas, compraram sapatos de corrida, calças jeans, camisas de treino, jaquetas e CDs de bandas islandesas, que eram a febre da vez. Também gostaram dos bares e restaurantes, a gente saiu todas as noites, na primeira com Einar, que pareceu bem mais passivo e retraído na presença de Yngve, Bendik e Åse do que quando estava só com a gente, nessas ocasiões ele costumava tomar a iniciativa. Mais tarde, quando estávamos num bar qualquer bebendo destilados, ele disse que tinha um compromisso e precisava ir embora, mas desejou-me que nos divertíssemos, disse que nos falaríamos em seguida e sumiu noite afora. Fiquei com pena, era como se eu e Gunvor fôssemos a arena dele, um lugar onde podia ser especial, mas por outro lado não consegui entender aquilo, estava bem claro que ele conhecia um monte de gente em um monte de lugares, então que necessidade poderia ter em relação a nós? Mas poucos minutos depois que ele se foi eu já o havia esquecido, a embriaguez aumentou, eu relaxei, comecei a falar, eu avançava cada vez mais em meio à noite, mas a certa altura a situação mudou, senti a necessidade de quebrar uma coisa, bater em alguém, eu sentia ódio de tudo, de mim e de toda a minha vida de merda, mas eu não disse nada, não fiz nada, simplesmente continuei bebendo, cada vez mais transtornado, e quando cheguei em casa eu senti que precisava falar para Gunvor tudo que eu havia pensado durante aquele último ano, eu estava completamente doente da cabeça, não via nada do que estava ao meu redor, eu simplesmente estava com aquela ideia fixa, repentina e imotivada, de falar a verdade.

Ela estava dormindo, eu tinha bebido mais um pouco sozinho na cozinha, e então a acordei e falei tudo de uma vez só.

— Você está bêbado, Karl Ove — ela disse. — Você não pode estar falando sério. Por favor diga que você não está falando sério.

— Eu estou falando sério — eu disse. — E agora estou indo embora.

Abri a janela e pulei para a rua. Desci até a estrada, sob o céu iluminado de maio, e continuei a descer rumo à cidade, a subir e a descer pelas ruas, tudo estava morto e em silêncio, até que de repente me senti tão cansado que comecei a procurar um lugar para dormir. Depois de procurar ao longo de uns quarteirões encontrei uma garagem com telhado reto ao lado de uma casa, subi até o alto, me deitei lá e dormi.

Eu estava congelando de frio quando acordei, tinha chovido, eu estava encharcado. Me lembrei vagamente do que tinha acontecido. Mas não do que eu havia dito.

Será que estava tudo acabado? Será que estava tudo destruído?

Fiquei jogado naquele telhado, em seguida desci para que ninguém me encontrasse por lá e comecei a cambalear de volta para casa.

Os quatro estavam tomando café da manhã quando cheguei. Bendik sorriu, Yngve estava sério, Gunvor nem me olhou, Åse fez de conta que nada tinha acontecido.

— Me desculpem — eu disse. — Bebi demais ontem à noite.

— Deu para notar — disse Bendik.

— Por onde você andou? — Gunvor me perguntou.

— Eu dormi no telhado de uma casa na cidade — eu disse.

— Karl Ove, você tem que parar de beber — disse Yngve. — Ficamos realmente preocupados com você. Você entende?

441

— Entendo — eu disse. — Me desculpem. Mas agora eu preciso me deitar. Estou quase caindo de sono.

Gunvor e eu saímos para conversar quando acordei. Eu disse que não pensava nada do que eu tinha dito, que eu nem sabia por que tinha dito aquelas coisas, mas que eu era duas pessoas diferentes, uma quando eu bebia e outra quando eu não bebia, ela disse que sabia, mas eu te amo, eu te amo de verdade, eu disse, e mesmo que aquilo que eu nem sabia o que era, as coisas que eu tinha dito, nunca tenha desaparecido por completo, mas permanecido sempre conosco daquele momento em diante, continuamos juntos, o que tínhamos era uma coisa valiosa, especialmente para mim. Decidi maneirar na bebida, o problema era aquele, mas já no dia seguinte eu saí outra vez, era a nossa última noite, depois eu voltaria para a Noruega com Yngve, Bendik e Åse, enquanto Gunvor ficaria na Islândia por mais umas semanas, tínhamos combinado assim desde o início, e aquilo me causou uma impressão boa, eu tinha esgotado a minha existência naquele lugar, o que antes parecia bom, o céu enorme, as ruas açoitadas pelo vento por onde eu andava sozinho, as piscinas públicas e os cafés, meu trabalho com a escrita à noite, nossos passeios por Reykjavík nos fins de semana, tudo estava de certa forma conspurcado, preso na escuridão do meu âmago, na insuficiência da minha alma, e nesse contexto Bergen, com o trabalho no hospital de Sandviken e a implícita renúncia da responsabilidade em relação à minha própria vida, parecia muito atraente.

Gunvor e Åse foram cedo para casa, e logo Yngve e Bendik também quiseram ir embora, Yngve quase me puxou, mas os bares ainda estavam abertos, seria uma idiotice ir para casa àquela hora, mas podem ir vocês, eu já estou indo. O que você pretende fazer na rua sozinho?, Yngve me perguntou. Pode ser que eu encontre alguém conhecido, eu disse. Quem sabe o que pode acontecer?

E foi mesmo o que fiz. Quando entrei no Filmbarin, Einar estava no balcão. Ele acenou e sorriu ao me ver, eu me aproximei, ficamos bebendo e conversando até que o bar fechasse uma hora mais tarde. Ele conhecia um pessoal que ia para uma festa na casa de alguém, logo estávamos em um apartamento no sótão em um lugar qualquer com outras cinco ou seis pessoas, cada uma com um copo de uísque na mão.

Eu acendi um cigarro, Einar inclinou o corpo na minha direção com um sorriso nos lábios.

— São bons os contos que você escreveu — ele disse.

Eu o encarei.

— Do que você está falando? — eu perguntei.

— Dos contos que você escreveu. São muito bons. Você tem talento.

— Como diabos você pode saber disso? — eu perguntei enquanto me levantava. — Você por acaso leu os meus contos? Como é que…

— Eu fiz uma cópia enquanto arrumava o computador de vocês — ele disse. — Afinal, você nunca me contou o que estava fazendo aqui. Eu fiquei curioso. Então eu vi os seus arquivos e resolvi copiá-los.

— Puta que pariu! — eu disse. — Você é um merda!

Me levantei e saí, eu desci a escada com o cigarro numa das mãos, o copo de uísque na outra e fui para o quintal, onde eu estava prestes a atirar o copo contra a parede, mas consegui me controlar, eu não estava muito bêbado, então o larguei em cima de uma pequena caixa de disjuntores ou o que quer que fosse aquilo, o pequeno armário pendurado na parede, e desci a rua em direção ao pequeno parlamento e aos morros do nosso apartamento, onde todos dormiam um sono profundo.

Depois de seis meses naquela ilha sem árvores, preta e quase totalmente inóspita no meio do Atlântico, a visão das árvores sob o avião parecia irreal, e quando horas mais tarde andávamos pelas ruas de Copenhague, quentes e cheias de pessoas, com parques e alamedas verdejantes, tive uma impressão quase paradisíaca, como se fosse bom demais para ser verdade que o mundo também pudesse ser daquele jeito.

Eu tinha contado para Yngve a estranha história a respeito de Einar, ele simplesmente balançou a cabeça e disse que o pouco que tinha visto não havia inspirado muita confiança. O fato de ele ter lido os meus contos não era tão grave assim, e já ao ir embora eu me arrependi da minha reação, seria melhor se eu tivesse feito perguntas a ele e conseguido uma avaliação mais detalhada dos contos. Mas para mim não se tratava disso, tratava-se da forma como ele tinha obtido os contos, e do motivo que o tinha levado a agir daquela maneira.

Que tipo de pessoa copia os arquivos pessoais dos outros? E por que depois ele me contou tudo?

O que queria da gente?

Certos problemas têm uma origem geográfica, e este era um deles; quando atravessamos os portões do aeroporto Flesland naquela noite e saímos para o lugar onde o ônibus nos esperava, nem Einar nem a Islândia ocupavam os meus pensamentos. O fim de maio em Bergen tinha encostas verdejantes, noites claras, pessoas cheias de entusiasmo e uma vida pulsante. A gente não podia ir para casa dormir, tínhamos que sair, porque a atmosfera era quente e pura, todos os cafés e restaurantes estavam lotados de gente, e no céu levemente escurecido as primeiras estrelas começaram a brilhar.

Na tarde seguinte bati na porta de Espen. Eu tinha passado seis meses sem vê-lo, era um tempo e tanto; antes nos falávamos praticamente todos os dias.

Falei um pouco sobre a nossa estada na Islândia, Espen falou um pouco sobre o que tinha acontecido em Bergen; ele tinha começado a cursar filosofia naquele ano e além disso estava escrevendo.

— E como está o seu manuscrito? — eu perguntei.

— Está pronto — ele disse.

— Que bom! — eu disse. — Você já o mandou para alguém?

Ele respondeu com um aceno de cabeça.

— E ele já foi aceito.

— Aceito? Você vai estrear como escritor?

Roxo de inveja, olhei para ele enquanto forçava um sorriso. Ele respondeu com mais um aceno de cabeça.

— Que incrível! — eu disse.

Ele sorriu e mexeu no isqueiro em cima da chapa de madeira que usava como mesa.

— Qual é a editora?

— A Oktober. Consegui um editor muito bom por lá. O Torleiv Grue.

— Qual vai ser o título?

— Pensei em *Sakte dans ut av brennende hus*.

— Bom. É um bom título. E quando vai sair? No outono?

— É, provavelmente. Ainda tenho uns acertos a fazer, mas deve sair no outono.

— Bem, não estou exatamente surpreso — eu disse.

Na cozinha a cafeteira parou de gorgolejar. Espen se levantou, foi até lá e voltou com duas canecas de café fumegante.

— E você? — ele me perguntou. — Conseguiu escrever na Islândia?

— Um pouco. Uns contos. Não ficaram muito bons, mas... eu pelo menos trabalhei neles.

— A *Vinduet* vai ter um número só com novos escritores agora no outono — ele disse. — Pensei em você assim que vi o anúncio. Por que você não envia uns contos? Eu já enviei os meus.

— Mal não pode fazer — eu disse. — Melhor uma recusa na mão do que duas publicações voando.

— Ha ha!

A inveja permaneceu comigo por uma hora inteira, não desejei coisas boas para Espen naquele momento, porém logo passou, ele sempre tinha estado em um lugar muito distante de mim, escrevia coisas excepcionais desde o momento em que havíamos nos conhecido e, se havia uma pessoa que merecia, era ele.

Espen tinha vinte e um anos e ia estrear como escritor. Que coisa incrível! E ele tinha aberto a literatura para mim. Ele tinha sido muito abnegado, nunca havia guardado nada para si, nunca havia cogitado uma escrita solitária, um insight para chamar de seu, nunca tinha sido assim com Espen, ele sempre compartilhava tudo, e não para ser generoso, não porque pegava bem, não porque era uma boa ação, mas porque ele era assim mesmo, porque borbulhava com um entusiasmo que tinha vontade de compartilhar comigo. E eu não o achava *merecedor* daquela estreia?

Eu o achava merecedor com todo o meu coração. Se aquilo doía um pouco em mim, era porque me colocava a mim e à minha vida em relevo.

— Quais são os seus planos para o verão? — ele me perguntou.

— Vou trabalhar no hospital de Sandviken. E depois acho que vou a Kristiansand visitar o meu pai. E também passar umas semanas em Jølster, talvez. Você?

— Quero ir a Oslo. E além disso preciso encontrar um lugar novo para morar.

— Por quê?

— Você não soube? Pediram a desocupação dos apartamentos. Vão demolir o prédio.

— Como é?

— É isso mesmo. Temos que sair durante o verão.

— Puta merda. Essa notícia não foi nada boa.

— Você não quer ir para o mesmo lugar que eu?

— Dividir um apartamento, você diz?

— É.

— Por que não? — eu disse.

Eu tinha conseguido um emprego temporário de um mês no hospital de Sandviken, e tive a impressão de que todos ficaram contentes de me ver no setor, não os pacientes, que como sempre permaneceram indiferentes, mas os meus colegas, e assim eu me readaptei de imediato à vida por lá como se nada tivesse acontecido. Imprimi o conto sobre o homem com a valise e o mandei para a *Vinduet* sem grandes esperanças, não escrevi mais nada de novo, tanto porque o trabalho exigia todas as minhas forças como porque eu não sentia nenhuma vontade. Gunvor estava trabalhando no vilarejo natal dela, então quando eu tinha as noites livres eu ficava lendo em casa. Saí duas ou três vezes com Yngve, e também fizemos uns ensaios com a banda, mas nós todos estávamos levando aquilo sem muito entusiasmo. Durante os dois anos que havíamos levado o projeto adiante, tínhamos tocado duas vezes no Hulen, uma vez no Garage, tínhamos gravado uma demo e entrado num estúdio de verdade para gravar uma música, que saiu numa coletânea com bandas de Bergen, e tudo isso era bom, mas se quiséssemos chegar mais longe precisaríamos nos dedicar mais, e era isso o que ninguém queria, pelo que dava para ver.

Em um fim de tarde não aguentei mais ficar dentro de casa, o verão na rua era irresistível, parecia quase doentio ficar lendo numa cadeira, então eu saí, atravessei o parque e fui até o Opera. Geir, o amigo de Yngve que eu não conhecia, mas que assim mesmo tinha alugado meu apartamento durante a minha temporada na Islândia, estava lá, eu comprei um caneco de cerveja e me sentei com ele e os amigos dele. Era um dia de semana, não havia muita gente por lá, mas duas garotas que eu mal e mal conhecia da primeira etapa do curso apareceram, eu comecei a conversar com elas, uma era loira e bonita, eu costumava ficar de olho nela, era uma das meninas que me deixava alegre quando eu a via na sala de leitura, pelo simples motivo de que era bonita, e então, quando o Opera fechou e eu estava no meu melhor humor, convidei quase todo mundo que estava lá para ir à minha casa, anunciando que eu ainda tinha destilados do free shop sobrando. Levei para casa Geir, um dos amigos dele, as duas garotas e seis africanos. Eu não conhecia esses seis, mas tinha conversado um pouco com eles no Opera, pensei que talvez não conhecessem muitos noruegueses, talvez ainda não tivessem se aclimatado à vida no novo país, então perguntei se não queriam ir à minha casa para que a gente pudesse continuar bebendo e conversando. O cara com quem eu tinha conversado acenou a cabeça e sorriu, claro, parece uma ótima ideia. Porém enquanto atravessávamos a noite clara e quente não eram eles que ocupavam os meus pensamentos, mas a garota loira, e ela, que estava no outro lado no banco de trás, devia estar pensando em mim, porque assim que entramos, depois que eu paguei pelos três táxis e nos sentamos para beber — aquele grupo que havia parecido pequeno no Opera, mas que no meu apartamento era enorme, quando eu tinha colocado onze pessoas dentro de casa? —, ela olhou para mim e me perguntou o que eu estava fazendo, como eu estava, o que eu realmente tinha achado da primeira etapa e também delas.

— O que eu achei de vocês?

— É. Você parecia bem arrogante!

— Arrogante? Eu?

— É. Você era um dos caras que lia Dante e tinha frequentado a Skrivekunstakademiet. Um dos caras que sabia o que estava fazendo.

— Eu sabia o que estava fazendo? Eu não sabia nada!

Ela riu, eu ri, nós fomos para a cozinha, ela se escorou contra a parede, eu me apoiei contra o banco, continuamos a conversa, mas eu mal prestava atenção ao que ela dizia, e logo me inclinei para a frente e a beijei. Me aproximei dela, abracei-a, agarrei-a, ela era macia e aconchegante e estava a fim. Eu cochichei no ouvido dela que podíamos ir para o quarto ao lado. Era o quarto de Jone, mas ele estava em Stavanger, então afundamos naquele enorme colchão d'água. Ah, ela era deliciosa. Eu estava em cima dela e ela me enlaçava com os braços quando percebi um movimento às nossas costas e me virei.

Era um dos africanos. Ele estava na penumbra, nos olhando.

— Você precisa sair daqui — eu disse. — A gente quer ficar a sós.

Ele continuou parado.

— Você sabe que não pode ficar aqui agora — eu disse. — *Will you please leave the room?*

Ele continuou parado.

— Não se preocupe com ele — ela disse. — Venha para cá.

Foi o que fiz, e logo tudo estava acabado. Quando me deitei de costas, o africano saiu do quarto.

— Foi bem rápido — ela disse.

Será que estava sendo irônica?

Não, ela sorriu e acariciou meu rosto.

— Por muito tempo eu senti vontade de fazer isso — ela disse. — Pena que não durou mais. Mas agora eu tenho que ir. Já é tarde. Nos falamos depois!

Ela se foi, eu dormi e, quando tornei a acordar, com uma dor de cabeça latejante, o apartamento estava completamente vazio. As duas garrafas de destilado haviam sumido, e a carteira que eu havia deixado na chapeleira havia sumido.

Aquele era todo o meu dinheiro.

Me sentei e apoiei a cabeça nas mãos.

Por que eu tinha feito aquilo? Por quê, por quê, por quê?

A culpa que eu sentia era infinita. A vergonha ardeu dentro de mim do momento em que acordei até o momento em que fui dormir. Eu não conseguia tirar da cabeça o que eu havia feito. Era um pensamento constante.

Aquilo era o inferno. Ser dilacerado pelos próprios sentimentos era o inferno. E o culpado era eu, eu que havia feito tudo aquilo.

Por quê, por quê, por quê?

Eu não queria aquilo para mim. Queria apenas viver uma vida calma, tranquila, afetuosa e terna com Gunvor, era isso o que eu queria, e devia ser uma coisa simples, não havia nenhum segredo, todo mundo conseguia e sempre tinha conseguido.

E Gunvor, será que era infiel? Será que já tinha feito coisa parecida?

Não, claro que não.

Será que já tinha pensado em fazer?

Não, claro que não.

Ela era correta, sincera, honrada, gentil e boa.

Jamais poderia saber o que tinha acontecido.

A garota loira tinha dito que trabalharia num hotel em Hardanger naquele verão, e eu liguei para lá no dia seguinte e pedi para falar com ela.

Eu tinha evitado ao máximo aquele momento, era uma coisa vil e humilhante, porém necessária, não havia como escapar.

Ela ficou alegre ao perceber que era eu.

— Oi! — ela disse. — Adorei estar com você ontem!

— É por isso mesmo que eu estou ligando — eu disse. — Eu tenho namorada. Ela não pode saber o que aconteceu. Você me promete que não conta para ninguém? Que a história toda fica entre nós?

Ela ficou em silêncio.

— Claro — ela disse. — Foi para isso que você ligou?

— É.

— Tudo bem — ela disse.

— Combinado, então.

— Tchau.

— Tchau.

Deixei que várias horas se passassem antes de ligar para Gunvor, eu queria que a nossa conversa fosse tão pura e afastada de tudo o que tinha acontecido quanto possível.

Claro que ela ficou contente. Claro que estava com saudade. Claro que mal podia esperar a hora de me rever.

Eu já tinha demonstrado que não a merecia. Mas assim mesmo eu me apegava a ela. Eu menti, e a distância entre nós aumentou sem que ela percebesse. Eu me odiava, e eu devia terminar o namoro, não por mim, mas por ela, porque ela merecia coisa melhor.

Por que eu não terminava?

Eu estava quase lá, mas não conseguia.

Na manhã seguinte peguei o ônibus até o hospital de Sandviken, o que foi um alívio, mesmo o cheiro do hospital psiquiátrico, mesmo a visão de pessoas segregadas foi um alívio. Aquilo era a vida, e o que eu tinha feito também era a vida. Não havia como fugir, era preciso aceitar. O que estava feito estava feito. Eu estava dilacerado, claro, e continuaria assim por semanas, mas o tempo, o tempo suaviza tudo, mesmo as coisas mais terríveis, porque se interpõe entre as coisas, minuto após minuto, hora após hora, dia após dia, ano após ano, e acaba ocupando um espaço tão enorme que aquilo que aconteceu solta-se e fica para trás. Continua lá, mas existe tanto tempo, tantos minutos, horas, dias e meses interpostos que nada mais é sentido. E são os sentimentos que contam, não os pensamentos, não as lembranças. E aos poucos eu me recuperei daquilo, sempre agarrado a este pensamento, a este pensamento redentor, se ela não souber nada a respeito, não existe nada.

Não existia nada, ela voltou para a cidade e a princípio tudo se reacendeu, eu era um mentiroso e um traidor, uma pessoa ruim e má, por semanas era nisso que eu pensava quando estava com ela, mas depois tudo se aplacou e perdurou apenas como um sentimento constante mas suportável próximo à consciência.

Me doía vê-la sorrir, me doía ouvi-la dizer que me amava e que eu era a melhor coisa que tinha acontecido para ela.

Mas depois parou de doer.

Por semanas eu e Espen procuramos um novo apartamento sem muita vontade, saímos para olhar dois ou três, mas nenhum servia, então fomos cada um para um lado; Espen para um apartamento fora da cidade, eu para o antigo estúdio de Asbjørn em Nøstet.

Certo dia recebi um envelope da *Vinduet*. Eu o abri e li a carta o mais depressa possível ainda de pé ao lado das caixas postais no corredor. Eles tinham recebido mais de mil e quinhentas contribuições, trinta haviam sido escolhidas e eles tinham a satisfação de me comunicar que o meu conto era uma delas.

Não consegui entender aquilo e precisei ler a correspondência mais uma vez. Sim, era isso mesmo. O meu conto seria publicado no volume dedicado a novos escritores.

Desci a escada do novo estúdio, me sentei na cadeira com a folha na mão e li tudo de novo.

Devia ser um engano. Ou então o nível das contribuições recebidas tinha sido excepcionalmente baixo. Mil e quinhentas contribuições? De quinhentos autores diferentes? Seria mesmo possível que todos fossem tão ruins?

Não era possível.

Deviam ter me confundido com outra pessoa. Com um Kramsgård ou Knutsgård ou outro nome parecido.

Comecei a rir.

Eu tinha sido aceito!

Poucos dias mais tarde fui convocado para o serviço civil. Eu teria de ir a Hustad no fim do outono, para então ser realocado por dezesseis meses em outro lugar qualquer. Na verdade foi uma boa notícia, mais de dois anos no hospital de Sandviken já tinha sido mais do que suficiente, e eu não tinha vontade de estudar.

Continuei a trabalhar por lá ao mesmo tempo que continuava a escrever resenhas de livros para o *Studvest*, bem como entrevistas em estilo retrato, por sugestão de Hans, principalmente com escritores, já que essa era a minha área, mas também com acadêmicos e outras pessoas que um jornal estudantil tinha interesse em apresentar. Eu não tinha nenhum envolvimento com o restante do jornal; simplesmente passava lá e pegava um gravadorzinho, fazia a entrevista, escrevia o texto em casa, voltava para entregá-lo já pronto e nada mais. Hans parecia gostar, e disse que outras pessoas também gostavam.

Pouco antes de ir a Hustad recebi pelo correio dois exemplares do número da *Vinduet* dedicado a novos escritores. Abri na página do meu conto, que se chamava "Déjà-Vu", ao lado do título havia uma fotografia minha, uma pequena foto de passaporte que tinha sido ampliada, e na apresentação constava apenas o meu nome, meu ano de nascimento e a ocupação, que eu havia feito constar como desempregado. Estava bom, não havia pose nenhuma, não havia pretensão nenhuma, não havia praticamente nada do que se espera em uma apresentação.

O número dedicado a novos escritores foi noticiado por todos os grandes jornais, pois não se podia esquecer que o número anterior com a mesma proposta, publicado em 1966, tinha apresentado obras de escritores que mais tarde viriam a se tornar famosos, como Øystein Lønn, Espen Haavardsholm,

Knut Faldbakken, Kjersti Ericsson, Olav Angell e Tor Obrestad, então quando a *Vinduet* repetiu a ideia vinte e seis anos depois, muitos acreditavam que uma geração tão forte quanto aquela talvez estivesse a caminho. A conclusão na maioria dos lugares era de que não era o caso. Em todos os artigos havia indicações dos nomes que pareciam mais promissores; o meu nunca era mencionado. Era compreensível, meu conto era uma das contribuições mais fracas no volume e talvez nem devesse fazer parte daquilo. Quando peguei o avião para Molde e de lá o ônibus que seguiu até Hustadvika eu já tinha deixado tudo para trás. Logo eu completaria vinte e quatro anos, e durante os últimos anos minha vida tinha permanecido estagnada, eu não tinha me desenvolvido em nenhum aspecto, não tinha feito nada de novo, simplesmente continuei no mesmo padrão que havia se desenhado ao longo dos meus primeiros meses em Bergen. E quando olhava ao redor eu não via nenhuma abertura em lugar nenhum, por toda parte havia apenas mais do mesmo. Neste contexto o serviço civil foi um alívio. Ganhei um adiamento de dezesseis meses. Por mais de um ano cuidariam de mim, eu não teria responsabilidade sobre a minha vida, pelo menos não pela parte que dizia respeito aos estudos, ao trabalho e à carreira.

Numa manhã bem cedo um dos empregados de Hustad entrou no meu quarto e me acordou. Era uma ligação para mim. Como eram seis horas da manhã, eu compreendi que alguma coisa tinha acontecido, me apressei até a pequena cabine telefônica no fim do corredor e encostei o fone no ouvido.

— Alô? — eu disse.

— Oi, é a mãe.

— Oi.

— Karl Ove, tenho uma má notícia para dar. É o seu avô. Ele morreu esta noite.

— Essa não.

— Morreu a caminho do hospital. Ligou para a Kjellaug ao entardecer, ela chamou uma ambulância e o Jon Olav foi para lá. Estava lá quando ele morreu. Mas não acho que ele tenha sofrido. Tudo aconteceu muito rápido.

— Ele descansou — eu disse.

— É — minha mãe concordou.

— Já estava muito velho.

— É, estava mesmo.

O enterro seria dali a uma semana, eu pedi licença, a licença foi concedida, peguei um avião para Bergen uns dias mais tarde, de lá peguei o barco até Rysjedalsvika com Gunvor, minha mãe nos buscou de carro, nos conduziu por aquele panorama chuvoso de novembro e pela pequena região montanhosa até o Åfjorden, onde o meu avô tinha morado a vida inteira. Nascido em 1908, de pais que tinham uma vida difícil, como todo mundo da região naquela época. A mãe tinha morrido quando ele ainda era pequeno. O pai construía casas e pescava. Mais tarde o pai se casou outra vez, teve uma filha, e quando adoeceu enquanto pescava em um inverno no começo dos anos 1930, e pouco depois morreu no hospital de Florø, meu avô reivindicou a casa, onde a segunda esposa morava com a filhinha do casal. Houve um processo judicial e apelos que chegaram até a Suprema Corte, onde meu avô venceu. A esposa do pai dele precisou ir embora e levar junto a meia-irmã, enquanto meu avô tomou conta da casa, onde havia morado até então. Ele se casou em 1940 com Kirsti Årdal, teve quatro filhos entre 1942 e 1954, cuidava da pequena propriedade com a esposa, trabalhava como motorista, criava visons, abelhas, cultivava frutas silvestres e tinha umas poucas vacas e umas poucas galinhas. Todos os filhos a não ser pelo caçula saíram de casa, ele se aposentou, a filha mais velha era professora do ginásio, a filha do meio era professora de enfermagem e a filha mais nova era psicóloga, enquanto o único filho homem era encanador de navio e poeta. Assim era, assim tinha sido, e naquele momento tudo havia acabado.

Percorremos a encosta que subia até a casa, abrimos as portas do carro e saímos. Estava chovendo, os calcanhares dos meus sapatos afundaram no cascalho úmido quando abri o porta-malas e peguei a capa com o meu terno e a minha pequena mala.

O macacão azul do meu avô estava pendurado no cabide do corredor, junto com a boina preta. No chão estavam as botas dele.

Havia passos na sala, eu larguei minha bagagem e entrei. Kjellaug, Ingunn, Mård e Kjartan estavam lá, eles nos cumprimentaram, perguntaram como eu e Gunvor estávamos nos saindo em Bergen. Ingunn perguntou se estávamos com fome. Havia uma alegria naquele cômodo, era sempre assim quando os irmãos se encontravam. Pensei: esse foi o legado que ele deixou.

Kjellaug, Sissel, Ingunn e Kjartan. Os maridos delas, Magne, Kai Åge e Mård. Os filhos deles, Ann Kristin, Jon Olav, Ingrid, Yngve, Karl Ove, Yngvild, Odin e Sølve. No dia seguinte nós o enterraríamos. Naquele momento, faríamos uma refeição juntos e conversaríamos.

Uma neblina espessa pairava sobre o amontoado de espruces verde-escuros, quase pretos na encosta junto à outra margem do lago. Eram nove horas, minha mãe perguntou se eu não podia colocar galhos de espruce na estrada, junto ao portão. Era um antigo costume. Desci em meio à chuva, larguei os galhos em cima do cascalho, olhei para a casa, para as janelas que reluziam na manhã cinzenta. Comecei a chorar. Não por causa da morte e do frio, mas por causa da vida e do calor. Chorei pela bondade que existia no mundo. Chorei pela luz em meio à neblina, chorei pelos vivos naquela casa da morte e pensei, não posso jogar minha vida fora.

Jon Olav faria o discurso na igreja, mas chorava tanto que não conseguiu articular sequer uma palavra. Ele tentava, mas não conseguia, toda vez que abria a boca para falar vinha um novo soluço. Quando o culto acabou, levamos o caixão para fora da igreja e o colocamos no carro fúnebre que aguardava. Fomos de carona com a minha mãe, percorremos lentamente o vilarejo, passamos em frente à casa e fomos até o cemitério que ficava em um morro acima do fiorde, onde a sepultura aberta aguardava. Levamos o caixão até lá. Cantamos, o som parecia estranhamente pequeno no espaço aberto em que nos encontrávamos. Mais abaixo estava o fiorde, pesado e cinza, e do outro lado o penhasco despencava na vertical, envolto por nuvens e neblina. O pastor jogou terra em cima do caixão. Terra à terra, pó ao pó. Por um instante minha mãe se postou sozinha diante da sepultura aberta. Ela baixou a cabeça, uma nova onda de choro atravessou meu corpo, foi a última antes que saíssemos do cemitério para ir ao centro comunitário, onde serviram sopa de carne quente, a atmosfera estava um pouco mais leve, estava acabado, a partir de então a vida continuaria sem ele.

Depois voltei a Hustad, comecei a ligar para os lugares que ofereciam serviço civil em Bergen, consegui um resultado logo de cara na Studentradioen, já que eu tinha dois anos de experiência em rádios locais, e poucos dias após minhas férias de Natal na casa da minha mãe em Jølster eu fui ao Studentsenteret para começar meu primeiro dia de serviço civil. A porta para o ambiente que ficava no segundo andar, onde a Studentradioen, o *Studvest* e várias outras organizações estudantis tinham sede, estava trancada, então precisei aguardar a chegada do redator no andar de baixo, fiquei andando de um lado para o outro, lendo as manchetes, olhando os livros que a Studia tinha colocado em exposição, fumando sentado, já havia se passado quase uma hora, o que estava acontecendo, será que eu tinha errado o dia?

Uma hora e meia depois do horário combinado um homem apareceu caminhando. Seria *ele*?

Um cara gordo de óculos e cabelos compridos se aproximou. Estava usando uma jaqueta jeans, calça jeans e um par daquelas chuteiras altas pretas e amarelas com travas de borracha que a gente costumava usar na infância, antes que o futebol fosse organizado e a gente começasse a usar chuteiras de verdade.

Uma noite, três anos atrás, eu tinha bebido e fumado haxixe no estúdio dele. Era como se as portas do inferno tivessem se aberto. Como *ele* podia ser o redator?

— Olá — ele disse.

— Oi — eu disse. — *Você* que é o redator da Studentradioen?

— Isso aí.

— Uma vez eu fui a uma festa na sua casa, você não lembra? Faz bastante tempo.

— Claro. Você estava totalmente chapado, não?

— Não. Não estava. Mas você estava!

Ele soltou uma risada baixa e efervescente. A risada era como uma parte dele, dava a impressão de flutuar ao redor dele, quase tudo que era dito levava-o a rir.

Mas logo ele voltou a ficar sério.

— Naquela noite a gente sentiu que tinha ido longe demais. Acho que saímos mais duas ou três noites e depois paramos. O Per Roger viajou para o exterior e quando voltou tinha se endireitado. Quanto a mim, bem, você está vendo onde estou! Mas venha comigo, vou mostrar o estúdio para você — ele disse, e então remexeu num grande molho de chaves.

Subimos a escada e entramos no escritório. As salas da Studentradioen ficavam bem no fundo. Eram três mesas, um sofá de canto e uns armários que serviam para separar aquele espaço do outro espaço ao lado.

— Esta é a sua mesa — ele disse, apontando com a cabeça para a mesa mais próxima. — Eu sento lá. E a última mesa é usada por todo mundo. Mas a maior parte do trabalho acontece no estúdio. Você já esteve lá?

Balancei a cabeça.

— É lá que você deve passar a maior parte do tempo. A coisa mais importante que você tem a fazer é catalogar o nosso acervo de discos no computador.

— Sério? — eu perguntei.

Ele riu.

— Arquivar planilhas de programação. Planilhas da TONO. Arquivar rolos de gravação. Talvez regravá-los em DAT quando você tiver um tempo sobrando. Preparar café. Comprar café. Vamos ver... o que mais? Ah! Ir ao correio. A gente recebe um volume enorme de correspondências. Ha ha ha! Será que não temos mais nada de chato a fazer por aqui? Talvez fazer as atas das reuniões de redação? Limpar o estúdio. Passar o aspirador de pó. Fotocopiar panfletos. Fotocopiar os documentos das reuniões. Você não imagina como estamos felizes de ter trabalhadores civis por aqui. Você é o mais baixo de todos na hierarquia. Vai ser praticamente um cachorro! Essas são as instruções para o seu posto. Você vai ser praticamente um cachorro e vai fazer tudo que eu mandar! Sou eu que decido tudo por aqui.

Ele sorriu, eu sorri de volta.

— Tudo bem — eu disse. — Por onde começo?

— Tudo começa com um café. Você pode preparar um bule?

Foi o que fiz, busquei água no banheiro, coloquei o café em pó no filtro e liguei a cafeteira enquanto Gaute sentava-se em frente ao computador e começava a trabalhar. A não ser por nós dois não havia mais ninguém naquele andar. Me sentei diante da minha mesa, abri as gavetas para ver o que havia lá dentro, dei uma volta para ver o que havia nas prateleiras, olhei para a rua, em direção ao parque, onde os galhos pretos estendiam-se rumo ao céu. Quando o café ficou pronto, servi duas canecas e larguei uma delas na frente de Gaute.

— Obrigado — ele disse.

456

— Com o que você está trabalhando? — eu perguntei.

— Wolfenstein — ele disse.

— Wolfenstein?

— É. Tudo se passa no bunker de Hitler. Você tem que subir pelos diferentes andares. O velho está no último. Mas não é nada fácil, tem nazistas por toda parte. E quanto mais alto você chega, mais durões eles são.

Postei-me atrás dele.

Na parte mais baixa da tela havia um cano de metralhadora, que se movimentava para a frente ao longo de uma parede de tijolos. No fim havia um elevador. De repente a porta se abriu e soldados vestidos de branco apareceram.

— Ops — disse Gaute.

Os soldados deram de cara com "ele", houve uma troca de tiros, os soldados estavam escondidos em um canto, dois caíram para a frente, mas logo o elevador se abriu novamente e revelou mais soldados, e "Gaute" foi atingido e o monitor se encheu de sangue.

Era uma sensação assustadora, porque os corredores e os soldados eram vistos como que através dos olhos do computador, e quando o sangue apareceu pensei que morrer devia ser daquele jeito, com os olhos cheios de sangue, *game over*.

— Eu só joguei umas duas ou três vezes — ele disse. — Mas também está instalado no seu computador. E você tem Doom.

Ele se espreguiçou.

— Vamos dar o dia por encerrado?

Eu o encarei.

— Eu preciso trabalhar oito horas por dia todos os dias aqui na rádio. Eles são muito rigorosos com isso. Tenho que preencher formulários e outras coisas que você precisa assinar.

— "Eles" quem? Não estou vendo mais ninguém por aqui.

— Por mim tudo bem — eu disse. — Mas a gente pode ao menos terminar de beber o café, não?

Um tempo depois ficou claro que as aparências enganavam no que dizia respeito a Gaute. Eu achava que ele era um preguiçoso, um imprestável e um vadio, mas não era nada disso. Ele era ambicioso, tinha ideias nas mais diversas áreas sobre como tornar a rádio melhor e, durante o tempo em que eu estive lá como trabalhador civil, reorganizou toda a rádio para deixá-la mais profissional em todos os aspectos, do trabalho de redação ao perfil musical, e renovou todo o equipamento técnico, de maneira que as fitas que eu precisava cortar durante os meus primeiros meses de trabalho, quando todos os programas eram feitos analogicamente, haviam desaparecido por completo seis meses mais tarde, quando tudo passou a ser feito digitalmente. As partidas de Wolfenstein só vinham após o expediente, mas assim mesmo eu estava possuído por aquilo; não foram poucas as vezes em que saí de lá às duas horas da manhã depois de ter jogado sem parar desde as quatro da tarde; às vezes eu ainda estava jogando quando os outros chegavam para fazer a transmissão da manhã seguinte. Também arranjamos um simulador de gerente de futebol que era ainda mais viciante, eu passava todo o meu tempo livre comprando e vendendo jogadores e disputando partida atrás de partida até que o meu time vencesse a Champions League, o que podia levar várias semanas. Ao fim dessas sessões de doze horas minha cabeça ficava gelada e eu me sentia completamente vazio, aquilo era uma verdadeira sistematização da ausência de sentido, mas eu não conseguia evitar, fiquei viciado.

Outra coisa que havia na rádio, sobre a qual eu nunca tinha ouvido falar, era Internet. Também era viciante. Pular de uma página à outra, ler jornais canadenses, ver as condições de tráfego em Los Angeles naquele exato momento, ou conferir as modelos do pôster da *Playboy*, que se revelavam com uma lentidão interminável, primeiro a parte de baixo da foto, que podia ser qualquer coisa, depois cada vez mais para cima, devagar, o quadro se enchia com a imagem mais ou menos como um copo se enche d'água, lá estavam as coxas, e lá, ah... puta que pariu, ela estava de *calcinha*?, até que por fim os peitos, os ombros, o pescoço e o rosto se revelassem no computador da Studentradioen em plena madrugada naquele escritório vazio. Eu e Rachel. Eu e Toni. Eu e Susy. Será que a *Hustler* não tinha uma página? E Rilke, será que eu não poderia encontrar comentários sobre as *Elegias de Duíno*? Será que não havia fotos de Tromøya?

Depois do Natal o trabalhador civil que estava próximo da dispensa voltou e começou a fazer todas as tarefas comigo. Ele ficou bastante surpreso ao perceber que eu não sabia editar, não sabia trabalhar como técnico de transmissão, enfim, não sabia fazer coisa nenhuma. Na rádio de Kristiansand eu tinha o meu próprio técnico, a única coisa que eu precisava fazer era falar no microfone, fosse na rua, quando eu fazia uma entrevista, fosse no estúdio, quando eu tinha o meu programa. Todo o restante era trabalho do técnico. Na Studentradioen era diferente. Ele também ficou bastante surpreso ao descobrir que eu anotava tudo que eu precisava dizer, até mesmo as coisas mais simples, como olá, obrigado por acompanhar essa transmissão da Studentradioen, em vez de simplesmente falar de improviso, como ele e todos os outros faziam. Mas eu aprendi depressa. Nas férias o trabalhador civil se encarregava das transmissões, então precisei andar com as minhas próprias pernas, ou seja, ligar o transmissor, pôr o jingle da rádio para tocar, pôr o jingle do programa para tocar, fazer a apresentação do programa, caso eu resolvesse fazer uma reprise, ou ficar lá tocando discos e falando, talvez fazendo entrevista no ar por telefone, uma coisa que eu gostava cada vez mais de fazer, era um grande barato cuidar de um programa ao vivo sozinho, e quanto mais complicado fosse, maior o barato. Mas via de regra eu não fazia as transmissões, a não ser por um pequeno boletim de notícias estudantis que era transmitido todos os dias e que me custava manhãs inteiras de planejamento, eu lia os jornais em busca de assuntos relacionados aos estudantes, tomava notas e depois as lia no ar. Além disso eu preparava boletins culturais, entrevistava escritores ou lia resenhas de livros, e todos os dias me considerava feliz de ter acabado naquele lugar, e não no hospital de Sandviken ou em outra instituição do tipo. Olav Angell tinha traduzido o *Ulysses*, então eu telefonei para ele e fiz perguntas sobre esse trabalho. Fredrik Wandrup tinha feito comentários duros a respeito de Ole Robert Sunde, então primeiro liguei para Wandrup, depois para Sunde, li os comentários e depois fiz a edição do material. Dag Solstad estava na cidade, então fui até o hotel dele fazer uma entrevista. Foi a primeira vez que trabalhei com uma coisa da qual eu realmente gostava. E eu não era o único, a atmosfera do lugar era bem animada, mas ao mesmo tempo leve, aquele não era um lugar onde os estudantes poderiam construir uma carreira, pelo contrário, tanto no estúdio quanto no escritório havia gente que passava dias inteiros sem fazer nada de especial além de beber café, fumar, conversar, talvez dar uma olhada nos novos CDs que haviam chegado ou então folhear jornais ou revistas. Durante as primeiras semanas eu não dizia nada, simplesmente acenava a cabeça quando os outros chegavam e trabalhava com o maior afinco possível, quando eu tinha quinze minutos livres eu catalogava o acervo de discos no PC, quando eu ia ao correio, eu sempre corria pelas escadas. Nas reuniões entre os redatores eu não dizia uma palavra sequer, mas anotava tudo que era dito. Passado um tempo eu comecei a reconhecer os diferentes rostos e até mesmo a lembrar dos nomes. Como eu era o único que estava sempre por lá, todo mundo me conhecia, e passado um tempo eu comecei a trocar umas palavras com as outras pessoas, e até mesmo a fazer uma brincadeira de vez em quando. Durante uma das reuniões Gaute de repente olhou para mim e perguntou, o que você acha, Karl Ove? Para minha grande surpresa percebi que todos me olhavam cheios de expectativa, como se realmente achassem que eu teria qualquer coisa a dizer.

No início de cada semestre novos colaboradores eram recrutados. Gaute pediu que eu fizesse um panfleto, era a primeira tarefa de verdade que eu havia recebido e eu estava preocupado com a ideia de que talvez não ficasse bom o suficiente, trabalhei uma tarde inteira apenas na chamada, que no fim dizia apenas Estúdio Gratuito, e sacrifiquei minha página favorita na edição de Dante com gravuras de Doré que eu tinha, eu cortei a última ilustração, na qual os dois encontram Deus, a última e a primeira luz, e colei-a na folha, que logo se transformou em duzentas fotocópias, distribuídas ao longo de todo o dia seguinte na entrada do Studentsenteret, que fervilhava de novos alunos. O encontro de orientação que ocorreu poucos dias mais tarde estava lotado. A maioria dos alunos estava sentada ou de pé ouvindo Gaute falar, mas outros faziam perguntas, e no meio dessas pessoas chamou a minha atenção um cara jovem de cabeça raspada e óculos à la Adorno, que além do mais tinha um exemplar do romance *Naturligvis måtte hun ringe* de Ole Robert Sunde na mesa à frente. Aquilo era uma afirmação e um sinal, um código para os iniciados, que não eram muitos, e portanto uma coisa muito valiosa. Se ele lia Sunde, *com certeza* devia escrever também.

Poucos dias depois começaram as entrevistas. Me sentei com Gaute em uma sala de reunião e comecei a fazer perguntas a uma pessoa atrás da outra enquanto anotava palavras-chave a respeito delas. Era um papel estranho para mim, porque afinal de contas eu não sabia nada, pelo menos não mais do que os entrevistados, porém mesmo assim eles precisavam sentar-se bem comportados, se retorcer na cadeira e responder tudo da melhor forma possível, o que ninguém exigia de mim. Depois repassamos a lista de nomes e falamos sobre as nossas impressões, o que também me pareceu estranho, porque eu gostei de escolher e rejeitar aquelas pessoas. Três das garotas eram particularmente bonitas, uma sentou-se e ficou nos olhando com olhos azuis e apreensivos por baixo dos cílios maquiados de preto, ela tinha as maçãs do rosto altas, os cabelos claros e compridos, devia ter por volta de vinte anos, ela precisava entrar. Outra tinha os cabelos escuros presos em uma longa trança e o tempo inteiro fazia pequenos movimentos com os lábios, que deviam ser os lábios mais lindos que eu já tinha visto, ela ficou empertigada na cadeira com as mãos no colo, em uma pose da mais absoluta elegância, e quando disse que tocava bateria eu me convenci na hora, ela precisava entrar. Gaute riu e acrescentou que além de tudo ela tinha experiência em rádios locais, e que de qualquer jeito era uma candidata óbvia. O cara com o livro de Sunde precisava entrar, o cara com jeito de aluno da Handelsskole precisava entrar, para que não ficássemos só com o pessoal de humanas, e sem dúvida a garota que entendia de música clássica...

Passadas umas semanas de treinamento as diferentes redações estavam bem definidas, e ao mesmo tempo eu comecei a entender o trabalho e a não ficar mais nervoso todas as vezes que eu subia a escada até o escritório. Pelo contrário, eu me alegrava com aquele trabalho. A rádio foi o primeiro ambiente ao qual me integrei por conta própria em Bergen, até então tudo na minha vida tinha passado por Yngve ou por Gunvor, mas não naquele caso, o que me alegrava, ao mesmo tempo que criava problemas. Era como se uma coisa nova tivesse começado na minha vida, e de certa forma aquilo acontecia longe de mim e de Gunvor, longe da nossa relação, que permanecia como antes, estávamos juntos fazia quase quatro anos, éramos o melhor amigo um do outro, sabíamos tudo a respeito um do outro, a não ser pelas coisas horríveis que eu havia feito para ela, que continuavam a existir, em mim, não nela, porque ela não sabia de nada e acreditava que eu era uma pessoa boa. Mas quando ela ia me visitar na rádio tudo parecia errado, eu me sentia desconfortável, sentia quase como se eu a estivesse traindo simplesmente por estar lá. Compreendi que estava tudo acabado, mas eu não conseguia terminar, não queria magoá-la, não queria decepcioná-la, não queria destruir nada que dissesse respeito a ela. Além disso nossas vidas também estavam ligadas de outras formas; em casa ela era um membro da minha família, especialmente para a minha mãe, que tinha se afeiçoado a ela, e para Yngve, que gostava muito dela, mas também para outras pessoas mais distantes, como os irmãos da minha mãe, por exemplo, e o mesmo acontecia comigo na família de Gunvor. Como se não bastasse, ela tinha se aproximado de Ingvild durante o último ano, as duas haviam se tornado amigas, e Gunvor se mudou para a mesma república onde Ingvild havia morado, aquela que remontava à época em que Fløgstad havia morado em Bergen, que nos últimos tempos vinha sendo dominada por gente de Arendal, ou seja, pelos amigos de Yngve.

Será que eu conseguiria cortar todos esses laços?

Não.

Eu era fraco demais.

No fim passei a viver uma vida dupla, ergui uma parede entre essas diferentes partes e torci para que tudo se endireitasse por conta própria.

O cara que estava com o romance de Ole Robert Sunde no encontro de orientação chamava-se Tore, ele era de Stavanger e passou a ser uma importante fonte de ideias nas reuniões da redação. Uma tarde em que ele estava no escritório começamos a conversar. Perguntei como estava indo o romance de Sunde, ele disse que tinha atirado o livro na parede de tanta frustração, e que naquele exato momento estava trabalhando em um ensaio a respeito do livro, que ele tentaria vender para um jornal.

— Você já leu o Sunde? — ele perguntou.

— Não esse livro que você está lendo. Não consegui passar das primeiras vinte páginas. Mas eu li aquele sobre O, sabe?, o romance que ele escreveu sobre Odisseu. Não lembro como se chama.

— *Kontrapunktisk* — ele disse.

— Esse mesmo. Escrevi o meu trabalho da segunda etapa de letras sobre o Joyce, aliás. Então eu tenho um certo interesse por esse elemento da tradição.

— Eu faço mais o tipo Beckett.

— Prefere o secretário ao mestre?

Ele sorriu.

— Não soa muito bem quando você fala desse jeito. Mas, enfim, o Beckett é um baita escritor.

— Claro, sem dúvida.

— Na verdade estou escrevendo um pequeno romance beckettiano agora. Quer dizer, mais ou menos beckettiano. Mas é um romance com elementos do absurdo.

— Você está escrevendo um romance?

— Estou. Quero enviá-lo para uma editora na primavera. Para depois receber as recusas de sempre. Muito interessante blá-blá-blá, mas infelizmente blá-blá-blá. Já tenho dezesseis correspondências dessas em casa.

— *Dezesseis* recusas?

— É.

— Que idade você tem?

— Vinte. E você?

— Vinte e quatro. Mas só tenho *uma* recusa.

— Então você também escreve?

— Escrevo... quer dizer, na verdade não.

— Escreve ou não escreve?

— Depende do que você quer dizer com...

— Depende? Ou você escreve ou você não escreve, não? Não existe meio-termo entre uma coisa e a outra, até onde eu sei.

— Nesse caso eu escrevo. Mas não é bom, enfim.

— Você já tem alguma coisa publicada?

— Um conto. Saiu na edição da *Vinduet* dedicada a novos escritores. E você?

Ele balançou a cabeça.

— Está dezesseis a um para mim nas recusas e um a zero para você nos aceites.

— Eu sei, eu sei — eu disse. — Foi legal esse negócio da *Vinduet*. Mas o meu conto não é bom.

— A gente está conversando há três minutos e você já disse duas vezes que o que você faz não é bom. Estou pressentindo um padrão. Um traço de personalidade.

— Verdade. Mas não tem nada a ver com a minha personalidade. É um fato objetivo.

— Sei, sei — ele disse, olhando para o relógio. — Bem, tenho que ir para a aula. Mas você não quer tomar uma cerveja mais tarde? Que horas termina o seu expediente?

— Quatro e meia.

— Cinco horas no Opera?

— Ah, por que não? — eu disse, e então fiquei olhando enquanto ele atravessava o corredor em meio às paredes divisórias e sumia na escada.

Encontrei-o sozinho numa mesa do primeiro andar quando entrei no Opera naquela tarde. Comprei uma cerveja e me sentei.

— Eu li o seu conto. "Déjà-Vu" — ele disse, sorrindo. — É um bom conto.

— Você leu? Hoje? Como você conseguiu?

— Estava na Universitetsbiblioteket. O conto tem uma inspiração de Borges, você não concorda?

— Concordo. Ou então de Cortázar.

Olhei para ele e sorri. Aquele era um sujeito que realmente se interessava pelas coisas. Será que eu me daria o trabalho de ir à Universitetsbiblioteket para conferir o conto de um cara que eu nem conhecia antes de me encontrar com ele? Nunca na minha vida. Mas foi o que Tore fez.

Ele tinha um porte pequeno, mas também uma energia enorme, por um lado tinha um jeito aberto e receptivo — era do tipo que olha ao redor enquanto ri, e que joga comentários para tudo quanto é lado, pouco se importando com a impressão que os outros pudessem ter —, mas por outro lado tinha um jeito meio fechado, que se revelava ao fim dessas imersões sociais, quando ele parecia se ausentar de repente, o olhar se esvaziava e ele já não ouvia mais nada do que era dito, esse estado durava poucos instantes e era quase imperceptível, mas eu o notei já nas primeiras reuniões da redação e me interessei por ele.

— Você mora aqui faz tempo? — ele perguntou, olhando para mim por cima da borda do caneco em que bebia.

— Há quatro anos e meio — eu disse. — E você?

— Seis meses, apenas.

— E o que você estuda?

— Letras. Acho que depois vou cursar filosofia. E você?

— Eu concluí a segunda etapa de letras. Mas já faz tempo. Minha vida está parada há três anos. Não aconteceu nada nesse tempo.

— Tenho certeza de que aconteceu — ele disse.

Era como se ele se recusasse a aceitar que as coisas podiam ir mal. Mas eu não disse nada, simplesmente continuei bebendo e olhei para a rua, para as ruas frias e cinzentas, os passantes com jaquetas e sobretudos, uma que outra jaqueta estofada.

Tornei a olhar para ele. Tore estava sorrindo, e foi como se aquele sorriso e a risada que veio a seguir o erguessem e o empurrassem para a frente.

— Eu toquei em bandas em Stavanger — ele disse. — Nesse círculo todo mundo se conhece. Um dos caras que eu conheci na minha época de colegial tem um selo próprio e uma pequena loja de discos em Stavanger. O nome dele é Jone. E ele veio passar um ano estudando aqui em Bergen. Disse que estava dividindo um apartamento com um cara totalmente louco. Ele tocava bateria e lia muito e queria ser escritor. Não fazia mais nada além disso. O lugar era abarrotado de livros, o sujeito era completamente possuído por essa ideia. Sabe, com romances do Dostoiévski no armário da cozinha e as obras completas do Sandemose no banheiro. E ele tocava numa banda. Uma banda de estudantes.

— Como era o nome da banda? — perguntei.

— Kafkatrakterne — ele disse. — Você conhece?

Respondi com um aceno de cabeça.

— Conheço. Eu era o baterista.

Tore se reclinou na cadeira e ficou me olhando.

— Então era *você*? Você que dividia o apartamento com o Jone?

— Eu mesmo. Achei que você tinha contado a história por isso, não? Porque você tinha entendido que era eu?

— Não. Não. De jeito nenhum.

Ele ficou em silêncio.

— Quais são as chances disso? — ele perguntou. — De que fosse você?

— Não me parecem *tão* pequenas assim — eu disse. — Bergen é uma cidade pequena, como você não vai demorar para descobrir. Mas mande um alô para o Jone quando você falar com ele e peça para ele não exagerar tanto na próxima vez. Tudo era completamente normal no apartamento. Eu lia bastante, tudo bem, mas não teve nada dessa história de o lugar ser abarrotado de livros. Mas pode ser que para o Jone fosse assim, afinal ele não é uma pessoa muito literária.

— Mas é verdade que havia ratos por lá?

— É.

Eu ri. Que tipo de retrato o Jone tinha pintado? Imaginei-o na loja de discos, com um círculo de colegiais ao redor, *Em Bergen, garotos, é uma loucura*.

Mas eu nem tinha lido tanto assim. Tinha folheado um bocado, mas sem me aprofundar como Espen, por exemplo. Bateria eu praticamente não tocava. E os ratos... bem, foram dois. Um que peguei na ratoeira e outro que morreu com o veneno de rato e ficou preso na parede da escada apodrecendo.

— Vocês ainda tocam? — Tore perguntou.

Balancei a cabeça.

— E você?

— Não. Não aqui em Bergen.

Ficamos duas horas conversando. Tínhamos mais ou menos o mesmo gosto musical, pop e indie britânico, embora o gosto dele fosse mais apurado e mais categórico que o meu. O Kinks era a banda favorita dele. O xtc vinha em segundo lugar. Ele também falou muito sobre o Smiths e sobre o Japan. R.E.M., Stone Roses, Bowie, Depeche Mode, Costello, Blur. Toda vez que eu mencionava o nome de uma banda que ele não conhecia eu via que ele se concentrava para gravá-lo. Boo Radleys, eu disse, você tem que ouvir! E o The Aller Værste, você realmente não sabe nada a respeito deles? Eles são a maior banda da Noruega!

Depois falamos sobre literatura. Ele estava a par de tudo que era lançado. Todos os romances, todas as coletâneas de poemas, tudo.

— Você já ouviu falar do Espen Stueland? — perguntei depois de um tempo.

— *Sakte dans ut av brennende hus?* — disse Tore.

— Ele é o meu melhor amigo — eu disse.

— É sério? — ele disse. — Esse livro é demais! Uma das melhores estreias literárias em muito tempo! E *você* o conhece?

— Conheço. A gente cursou a primeira etapa juntos. E depois ele foi meu vizinho de baixo por dois anos.

— Como ele é? Um garoto-prodígio, não?

— É, quase. Inacreditavelmente dedicado. E tem insights incríveis a respeito de tudo que lê.

Tore passou uns segundos com o olhar fixo à frente dizendo em voz baixa, *sei, sei*. Depois ele se endireitou de repente.

— E o Rune Christiansen, você já leu? — ele me perguntou.

— Ouvi falar dele. Mas ainda não li nada — eu disse.

— Então vou trazer a última coletânea dele para você. Øyvind Berg?

— Mal e mal. *Totschweigetaktiken* e *Et foranskutt lyn*. Mas preciso admitir que eu sou um péssimo leitor de poesia. Aliás, o Espen é um grande fã do Berg. E do Ulven, claro.

— Ah, puta merda, o Ulven é *sensacional* — disse Tore.

Nossos olhos quase se encheram de lágrimas quando começamos a falar sobre o quanto os livros de Tor Ulven eram bons. Tore também gostava de Jan Kjærstad, e do *Kniven på strupen* de Kjartan Fløgstad, mas não do restante da obra dele, como eu gostava. Imaginei que devia ser por causa do elemento acadêmico. O maior dentre os poetas noruegueses, na opinião dele, era Eldrid Lunden.

— Você nunca leu Lunden? Porra, Karl Ove, você tem que ler! É importante! *Mammy, blue* é a melhor coletânea de poesia norueguesa de todos os tempos. Depois do Obstfelder, claro. Obstfelder, Lunden, Ulven. Eu vou trazer para você. E *Det omvendt avhengige*. Você *tem que* ler!

Quando voltei do almoço na cantina no dia seguinte, encontrei uma discreta pilha de coletâneas de poesia em cima da minha mesa. Em cima havia um bilhete.

Karl Ove:
Para a sua leitura,
do seu amigo Tore.

Meu amigo?

Levei os livros para casa, folheei as páginas como eu costumava fazer, para que eu soubesse do que se tratava quando fosse conversar a respeito, como eu sempre havia feito antes com Espen. Tore apareceu no dia seguinte, tomamos um café na cantina, ele queria saber o que eu tinha achado dos livros, em especial de *Mammy, blue*, que segundo entendi era um livro importante para ele. Um livro que ele gostaria que fosse importante para mim também.

Quanta energia!

Eu gostava que aquilo tudo estivesse concentrado em mim, de certa forma me envaidecia, porque afinal havia uma sugestão de que ele me admirava, eu era quatro anos mais velho, tinha frequentado a Skrivekunstakademiet, tinha um conto publicado na *Vinduet* e logo começaria a escrever resenhas para a mesma revista. Essa oportunidade tinha surgido poucas semanas antes, eu havia entrevistado Merete Morken Andersen para o *Studvest*, ela assumiria o cargo de editora da *Vinduet* e, como estudante da Universitet i Bergen, era uma escolha óbvia para uma entrevista. Eu a encontrei no prédio da Humanistiske Fakultet, conversamos durante uma hora, quando terminei e desliguei o gravador ela disse que tinha pensado em chamar pessoas novas quando assumisse o cargo de editora, era fácil procurar os mesmos velhos nomes de sempre, mas ela queria promover uma renovação de verdade na revista, e me perguntou se eu não gostaria de escrever para ela.

Quando tentei ver a situação pelos olhos de Tore eu compreendi a impressão que aquilo podia causar. Mas a impressão duraria apenas umas poucas semanas até que ele me conhecesse de verdade e compreendesse a verdadeira situação, compreendesse que eu não passava de um *poser* que na verdade não sabia escrever, porque eu não tinha nada a dizer, mas que assim mesmo não era suficientemente honesto comigo mesmo para arcar com as consequências disso, e assim tentava manter um pé fincado no mundo literário a qualquer custo. Não como alguém capaz de criar por conta própria, não como alguém que escrevia e era publicado, mas como um parasita, alguém que escrevia sobre o que os outros escreviam, uma pessoa de segunda categoria.

Eu era uma pessoa de segunda categoria, e por esse motivo era doloroso notar o interesse que Tore demonstrava por mim. Mas o que eu poderia fazer? Dizer não, afaste-se de mim, você está enganado?

Tore continuou a aparecer na rádio de vez em quando, íamos para a cantina conversar, às vezes ele nos acompanhava quando saíamos ao fim das transmissões, ou então nas sextas-feiras, quando os interessados se reuniam para beber cerveja no escritório e depois sair, ou ainda nas várias festas particulares oferecidas pelos colaboradores. Mas o coração dele não estava na rádio, isso eu percebi de cara, ele não se importava com tudo que acontecia por lá, não se envolvia nas intrigas, não tinha a menor ideia a respeito dos antagonismos que existiam, não se importava em saber se este tinha aprontado com aquele, começado a namorar aquele, terminado o namoro com aquele, e no que dizia respeito aos aspectos práticos da produção ele não tinha a menor ideia, e nem ao menos gostaria de ter. Ele fazia os boletins semanais, e os fazia bem, como no caso da entrevista com Jon Fosse que ocupou uma transmissão inteira, ou no caso das resenhas de livro e de teatro que ele escrevia, mas parava por aí. Ele pertencia a um dos tipos de colaborador que a Studentradioen recrutava, aqueles que desejavam ganhar experiência para depois seguir adiante. O outro tipo era composto pelos colaboradores que ficavam na rádio por vários anos, para estes a rádio acabava virando como que um clube de lazer, um lugar onde era possível dar um tempo e sempre encontrar outras pessoas com quem beber no fim da tarde. Esse segundo tipo incluía um número considerável de nerds e perdedores, que de outra forma não encontrariam um lugar no mundo, mas permaneceriam nos respectivos estúdios de nerds e perdedores na companhia de amigos nerds e perdedores. A presença dessas pessoas transformava a rádio em um lugar bem mais simpático do que era por exemplo o *Studvest*, onde todos estavam em busca de experiências práticas que os levassem adiante na carreira — mas ao mesmo tempo eram presenças que me deixavam perturbado, afinal eu era tão dependente do ambiente social da rádio quanto eles, tinha tão pouca coisa fora daquele ambiente quanto eles e na realidade era exatamente como eles, eu às vezes pensava em meus instantes mais negros. Mas já não havia tantos desse segundo grupo como antes, a rádio estava cheia de pessoas boas com as quais eu tive contato, principalmente as pessoas que trabalhavam na redação de cultura, como a redatora Mathilde, uma nortista atrevida, espirituosa e atraente, ou Therese de Arendal, que tinha risada suave, ou Eirik, um bergenense alto e forte e igualmente conversador, ou Ingrid de Trøndelag, que não dizia muita coisa, e que eu e Tore — pois ele também havia notado a presença dela — chamávamos de Garbo. Numa tarde em que eu estava trabalhando no estúdio após a transmissão ela também havia ficado para organizar umas coisas, e quando entrou na sala onde eu estava, escrevi uma frase no sintetizador de voz que havíamos conseguido, e a frase em seguida foi lida por uma voz completamente mecânica e sem vida.

Ingrid morreu, disse a voz.

Ingrid morreu.

Ingrid gelou e me olhou com olhos assustados e pretos.

Ingrid morreu.

Na sala pouco iluminada, onde estávamos somente nós dois, a impressão criada foi lúgubre. A voz parecia vir de além-túmulo.

— Desligue esse negócio — ela disse. — Não tem graça nenhuma. Não tem graça nenhuma.

Eu ri. Claro que tinha graça. Mas ela tinha se assustado de verdade, e eu pedi desculpas. Ingrid saiu, eu fiquei sozinho, não queria ir para casa, então fiquei jogando Wolfenstein até as três horas da manhã, quando desci até a república da Nygårdsgaten, abri a porta e me deitei na cama ao lado de Gunvor, que não acordou, mas colocou o braço por cima de mim ainda dormindo enquanto balbuciava coisas incompreensíveis.

Na tarde seguinte eu fui jantar na casa de Tore. Ele tinha aparecido para me convidar, eu aceitei e fiquei feliz com aquele gesto, pelo que eu sabia toda a turma de amigos dele morava em Bergen, e não seria nem um pouco óbvio me convidar junto com eles. Comprei uma garrafa de vinho depois do expediente, dormi por uma hora, tomei um banho e depois comecei a andar pela cidade e pelas encostas no lado de Sandviken, onde Tore morava em uma das construções mais altas. Ao chegar no alto me virei e olhei para a cidade, que reluzia e cintilava em meio ao mar de escuridão entre as montanhas.

O apartamento dele ficava no segundo andar, a porta do térreo estava aberta, então subi a escada, onde estava tão frio que pude ver minha própria respiração sob a luz dura, atravessei um corredor estreito que cheirava a mofo e cheguei a uma porta. Em um pedaço de papel colocado acima da campainha lia-se "Renberg/Halvorsen". Aquele era o sobrenome de Tore, não? Renberg?

Toquei a campainha.

Ele abriu a porta e me recebeu com um sorriso no rosto.

— Entre, Karl Ove! — disse.

Tirei os sapatos, pendurei minha jaqueta e entrei no cômodo que se revelou como a sala. O lugar estava completamente vazio. A não ser por três velas em cima da mesa, estava também completamente às escuras.

— Fui o primeiro a chegar? — eu perguntei.

— Como assim? — Tore disse. — Não tem mais ninguém além de você.

— É mesmo? — eu disse, olhando preocupado ao redor. A mesa estava posta, dois pratos estavam lá, junto com duas taças de vinho, que reluziam no brilho das velas bruxuleantes.

Ele continuou a me olhar com um sorriso no rosto.

Estava usando uma camisa preta e calça preta.

Será que Tore era gay?

Será que era disso que se tratava?

— A comida está pronta — ele disse. — Podemos comer agora mesmo, se você quiser.

Fiz um gesto afirmativo com a cabeça.

— Eu trouxe um vinho tinto para você — eu disse. — Aqui está.

— Quer ouvir uma música em especial? — ele perguntou.

Balancei a cabeça e deixei meu olhar correr ao redor em busca de mais sinais.

— Pode ser David Sylvian? *Secrets of the Beehive?*

— Pode ser — eu disse, me aproximando da parede. Lá havia um grande pôster emoldurado do xTC.

— Você está vendo o autógrafo? — Tore perguntou às minhas costas. — Fui a Swindon em um verão e bati na porta do Andy Partridge. Ele abriu e eu disse oi, eu sou da Noruega e gostaria de saber se você poderia autografar umas coisas.

Ele riu.

— Ele disse que fazia muitos anos desde que tinha atendido o último fã na porta de casa. Fiquei com a impressão de que ele achou a situação engraçada.

— E quem é essa? — eu perguntei, apontando para a fotografia de uma garota bonita de cabelos loiros.

— Essa? Essa é a Inger. Minha namorada.

Fiquei tão aliviado que deixei escapar uma risada.

— Você não a acha bonita? — ele perguntou.

— Acho — respondi. — Onde ela está?

— Saiu com umas amigas. Afinal, eu precisava arrumar a casa para receber você. Mas agora vamos comer!

Ficamos conversando durante o entardecer, revelando nossas vidas um para o outro, por assim dizer, como as pessoas fazem ao conhecer umas às outras. Combinamos de fazer uma série a respeito dos dez melhores álbuns pop de todos os tempos, um programa sobre cada um dos discos, a série levaria o nome de Popkarusellen, no espírito dos anos 1960, e tentaria abordar as dez regras do pop ao mesmo tempo. E combinamos de montar uma banda. Tore cantaria e escreveria as letras, ele já tinha bastante material, eu tocaria

471

bateria, podíamos chamar Yngve para tocar guitarra e ainda precisaríamos de um baixista.

Tore passava o tempo inteiro entre a cadeira e o toca-discos, colocando novos singles de bandas que ele gostava e queria que eu ouvisse, chamando minha atenção para os detalhes, para a maneira como uma determinada linha melódica era fraseada, por exemplo, ou para um trecho particularmente bom da letra. Ah, esse trecho é demais!, ele dizia. Porra, você ouviu? É incrível! Agora! Você ouviu?

Ele contou que o vizinho do andar de baixo era um louco que passava a manhã inteira na janela encarando-os quando saíam e que uivava e mugia à noite. Contou que tinha frequentado o colegial com Inger, tinha se irritado com ela na época, ela era uma das garotas cheias de si da organização ambiental Natur og Ungdom, mas depois tinha se apaixonado violentamente por ela. Contou que tinha um irmão mais velho, que os pais dele eram separados, que a mãe era uma pessoa incrível, e que ele venerava a avó, enquanto o pai era um alcoólatra totalmente fora de controle. Ele era professor. Eu disse que os meus pais também eram separados, e que o meu pai também era professor e alcoólatra. Falamos longamente a respeito deles. Era como se fôssemos irmãos. Senti uma grande ternura por ele.

Tore se levantou e entrou no quarto, e logo voltou com um manuscrito na mão.

— Aqui está — ele disse. — Meu romance. Terminei ontem. Mas pensei em perguntar se você não poderia dar uma lida antes de eu mandar a versão final para a editora!

— Claro — eu disse. — Com o maior prazer.

Ele me entregou o manuscrito. Olhei de relance para a página do título.

Takks kube
Romance
Tore Renberg

No mesmo instante a porta se abriu e a garota da fotografia entrou. As bochechas dela estavam vermelhas por causa do frio que fazia na rua, ou talvez por causa da subida íngreme.

— Oi — ela disse.

— Olá — eu disse.

Ela entrou e apertou minha mão e sentou-se na cadeira ao lado de Tore, com as pernas em cima do assento.

— Finalmente estou conhecendo o famoso Karl Ove! — ela disse. — Como você é alto!

— Nós é que somos baixos — disse Tore. — Pertencemos a uma linhagem de pouca estatura.

Eles riram.

— Bem — ela disse. — Eu estou com fome. Sobrou comida?

— Ainda tem um pouco na cozinha — disse Tore.

Ela se levantou e foi para lá.

— Que horas são, afinal? — eu perguntei.

— Meia-noite e meia — disse Tore.

— Então já está na hora de eu ir para casa — eu disse, me levantando. — Muito obrigado!

— De nada — disse Tore, me acompanhando ao corredor. — Quanto tempo você acha que precisa para ler o manuscrito?

— Eu leio durante o fim de semana. Apareça lá em casa na segunda-feira e a gente conversa.

— Ótimo!

Inger apareceu no corredor, me despedi deles, fechei a porta às minhas costas e desci rumo à cidade.

O romance de Tore praticamente não tinha ação, praticamente não tinha enredo, tudo girava em torno do protagonista, chamado Takk, e da vida solitária e monótona que levava em um apartamento. Não era ruim, mas a influência de Beckett era tão profunda que o livro parecia incapaz de sustentar-se como uma obra independente. Aquilo não tinha nada a ver com Tore, não se percebia nada da aura e do temperamento dele no manuscrito. Quando nos encontramos para conversar a respeito eu não disse nada disso de maneira direta, eu não queria machucá-lo ou magoá-lo, mas dei a entender o que eu havia pensado, e o meu veredito não pareceu causar surpresa. Apesar disso ele enviou o manuscrito para a editora sem nenhuma alteração, e recebeu de volta uma resposta positiva do parecerista.

Minha primeira resenha literária saiu na *Vinduet* e pouco tempo depois eu fui contatado pelo *Morgenbladet,* que me perguntou se eu não gostaria de escrever resenhas literárias para o jornal. Respondi dizendo que eu gostaria. Nada disso parecia exclusivamente positivo, uma vez que tudo apontava para o caminho do crítico, não do escritor, e senti quase como se fazer qualquer outra coisa fosse melhor, pois como resenhista eu precisava encarar minha própria derrota nos olhos toda vez que eu escrevia. Eu sabia escrever sobre literatura, sabia dizer se um livro era bom ou ruim e sabia explicar por quê, mas eu não conseguia ir além disso. Havia uma parede de vidro a me separar da literatura: eu podia vê-la, mas continuava apartado.

Kjartan apareceu na rádio umas duas ou três vezes e me convidou para tomar um café, e havia uma coisa tão vagarosa nos movimentos dele, ele parecia sofrer com tanta dificuldade para arrastar o corpo para a frente que as outras pessoas no estúdio perguntavam, *quem diabos* seria aquele? Todos eram jovens, a não ser talvez pelos funcionários de manutenção e limpeza, e a visão daquele homem grisalho e desalinhado, que executava movimentos tão lentos, era bastante incomum. Ele prestaria os exames em maio, mas não conseguia mais estudar, segundo disse. Estava pensando em desistir. Eu disse para ele não desistir, era preciso aguentar, mesmo sem estudar ele sabia tanta coisa que seria o suficiente. Os exames eram importantes, eu disse, e se ele não comparecesse, o ano inteiro seria jogado fora. Kjartan me olhou e disse que talvez eu tivesse razão. Perguntou se eu não gostaria de aparecer no apartamento dele um dia à tarde, ele tinha uns poemas novos para me mostrar, se eu quisesse. Eu queria, claro, então no sábado à tarde fui até lá com Gunvor. Mesmo que Kjartan não morasse longe de mim, eu ainda não conhecia o apartamento dele. Era um estúdio no térreo, mas não tinha nenhum jeito de apartamento no porão. As cortinas estavam fechadas, sentamo-nos juntos e bebemos café na penumbra, Gunvor manteve a conversa viva e eu percebi o quanto Kjartan gostava dela e parecia mais leve na companhia dela. Mas não muito, o peso que havia nele subsistia. Quando fomos embora, pensei que a força da gravidade parecia ter uma influência maior sobre ele, como se a Terra o atraísse com mais ímpeto, que era esse o motivo daqueles movimentos tão vagarosos, ele precisava arrastar os pés no chão, arrastar a mão com a caneca para longe da mesa. Assim era ele, que tanto escrevia sobre ares e céus, luzes e sóis, ele, que vivia no reino diáfano do espírito.

Semanas depois Kjartan foi internado mais uma vez.

* * *

No fim de abril viajei a Praga com Espen. Ele tinha recebido boas críticas pelo livro de estreia e tinha entrado para a redação da *Vagant* em Oslo. Ele discutia literatura com Henning Hagerup e Bjørn Aagenæs, Arve Kleiva e Pål Nordheim, saía para beber cerveja com eles após os encontros da redação e tinha conhecido vários escritores, entre eles o romancista Jonny Berg e o poeta Rune Christiansen. Mesmo que Espen fosse Espen, e eu o conhecesse havia mais de três anos, sofri com um complexo de inferioridade durante toda a viagem. Ele era escritor, eu não. Quando ele olhava para a esquerda eu olhava para a esquerda para descobrir o que podia ter chamado a atenção dele. Eu era tão capacho que quase acabei estragando a nossa amizade. Em Berlim tínhamos umas horas livres antes que o trem seguisse viagem, Espen comprou uma revista e descobriu que haveria um evento com um poeta romeno na embaixada da Romênia, os poemas dele tinham acabado de ser traduzidos para o alemão. Mesmo que eu não soubesse alemão, e portanto o evento fosse completamente desprovido de sentido para mim, eu não disse não, será que a gente não pode arranjar outra coisa?, já que eu não queria interferir na necessidade que ele tinha de poesia.

Encontramos a embaixada e entramos. Lá dentro havia garçons de luvas brancas carregando bandejas com aperitivos, além de um grupo de homens bem-vestidos e mulheres arrumadas. Eu e Espen, que não estávamos cheirando nada bem após uma noite inteira no trem e um dia inteiro na rua e tampouco estávamos bem-vestidos, para dizer o mínimo, chamamos atenção ao entrar. As pessoas nos encararam, e eu pensei, graças a Deus o Espen é poeta, assim pelo menos temos o que dizer caso nos perguntem o que a gente está fazendo aqui. Um poeta norueguês explicaria tanto as roupas como o cheiro azedo que exsudávamos.

Ficamos parados no meio do salão sem dizer nada um para o outro.

— Pelo menos vou ter uma ideia da língua — eu disse. — O som, o tom e o ritmo.

— É — disse Espen.

As portas se abriram e entramos numa sala repleta de cadeiras, com uma plataforma em um dos lados, onde havia uma mesa com três microfones.

Espen andou pela primeira fileira, eu o segui, nos sentamos bem no meio e ficamos com os melhores lugares. O público era pequeno, talvez umas vinte pessoas. Três pessoas, dois homens e uma mulher, estavam sentadas atrás dos microfones. A mulher falou por um tempo. Todos riam e se divertiam entre um comentário e outro. Eu não entendia uma palavra. Depois o homem que imaginei ser o poeta começou a ler, enquanto o outro homem continuava sentado ao lado, de braços cruzados e com os olhos semicerrados, escutando.

O poeta olhou para o livro que estava em cima da mesa e depois olhou direto para mim. Não apenas uma vez, mas o tempo inteiro. Por conta disso tive que permanecer sentado e acenar a cabeça, como se eu estivesse aproveitando imensamente a leitura, e de vez em quando eu sorria. Seria impossível dizer por que ele havia escolhido justamente a mim, talvez fosse por causa do posicionamento central, talvez fosse por causa da aparência diferente.

Para meu horror ouvi um ronco de Espen. Olhei depressa para o lado. Ele estava sentado de braços cruzados, com a cabeça meio de lado e os olhos fechados. O peito se erguia e se abaixava a intervalos regulares.

Cutuquei-o discretamente, ele se endireitou com um sobressalto.

O poeta ficou nos olhando enquanto aquelas palavras em alemão saíam da boca dele uma atrás da outra.

Eu sorria e acenava a cabeça.

Espen dormiu outra vez.

Eu o cutuquei. Desta vez ele não se mexeu, simplesmente abriu os olhos, piscou algumas vezes e tornou a dormir.

Toda a responsabilidade estava sobre mim. Se Espen havia dormido, eu precisaria demonstrar o dobro de interesse. Arregalei os olhos, fiquei olhando concentrado para o teto, apertei os olhos, aquilo era interessante, eu acenei a cabeça, olhei direto no rosto dele tentando demonstrar reconhecimento.

Tudo que vinha daquele homem eram sons e palavras incompreensíveis.

Por fim ele terminou. A mulher agradeceu, pelo que entendi, e falou mais um pouco antes que todos se levantassem. Olhei para Espen, que estava novamente acordado.

— O que ela disse? — eu perguntei.

— Que é hora do intervalo — Espen respondeu. — Mas nós vamos embora, não?

— Vamos — eu disse, e então me levantei e fui depressa até a saída, antes que o poeta resolvesse puxar conversa. Me virei e acenei a cabeça para ele antes de me afastar às pressas. Do outro lado da porta os garçons esperavam com bandejas, que por pouco não derrubamos ao sair.

Eu tinha perdido todo o senso de proporção, não havia dúvida, pois meu sentimento de inferioridade tornou-se ainda mais forte quando chegamos a Praga e começamos a andar pelas belas ruas medievais da cidade. Nós dois não éramos o mesmo tipo de pessoa, nem ao menos buscávamos a mesma coisa, eu era apenas um cara estúpido e comum que não prestava atenção em nada e não tinha nenhum interesse por nada. Espen queria ver o cemitério judaico, eu não sabia nem ao menos que existia um cemitério judaico. Fomos até lá, ficamos andando de um lado para o outro, depois ele me perguntou se eu havia reparado nos papéis colocados em cima das lápides, eu balancei a cabeça, não tinha visto nada, *como foi* que você não viu?, ele perguntou, não sei, eu disse. Ele queria ver umas casas projetadas por arquitetos famosos na década de 1920, fomos até lá, não vi nada além de casas. Entramos numa igreja, quando ele olhava para a esquerda eu olhava para a esquerda, quando ele olhava para a direita eu olhava para a direita. Ele sentou-se num banco e abaixou a cabeça. Por que ele baixou a cabeça?, perguntei-me em pânico. Será que está meditando? Mas por que estaria meditando? Será a atmosfera aqui dentro? Será que está sentindo uma atmosfera sacrossanta? Será que essa igreja é especial? Será que de repente o Kafka andou por aqui? Não, o Kafka era judeu. Devia ser a atmosfera. O sagrado. Enfim, uma força existencial qualquer.

Passado um tempo Espen se levantou e saímos. Durante o trajeto perguntei da maneira mais desinteressada possível o que tinha sido aquilo.

— Você por acaso estava meditando?

— Não, eu estava tirando um cochilo. Dormi pouco nesses últimos dias.

Quando voltamos, passei duas noites na casa dele em Oslo, nós saímos nas duas, e na última fomos ao Barbeint, acabei indo para a casa de uma garota que eu havia conhecido, fomos para a cama no estúdio dela, mas foi uma cena triste, eu gozei já de cara e não devo ter ficado mais do que meia hora por lá. No dia seguinte eu não recordava o nome nem a aparência dela, apenas que ela tinha uma coletânea de poesias de Øyvind Berg no criado-mudo. Durante a viagem de trem na tarde seguinte resolvi terminar o namoro com

Gunvor. Não havia mais como levar aquilo adiante, não havia mais como levar nada adiante, eu liguei para ela de um quiosque na estação de trem, disse que eu tinha feito uma coisa que não devia e que precisávamos conversar. Fui até a casa dela. Por sorte não havia mais ninguém por lá. Ela preparou chá, sentamo-nos juntos na sala. Chorei ao dizer que havíamos nos afastado um do outro, que o que tínhamos entre nós dois pertencia ao passado, não ao futuro. Ela chorou também, eram quatro anos das nossas vidas que chegavam ao fim. Depois começamos a rir. Pela primeira vez em muito tempo abrimo-nos um para o outro, e passamos horas conversando. Eu sentia a consciência pesada por ter chorado, já que na verdade eu sentia um grande alívio, e minhas lágrimas portanto eram falsas. Mas ao mesmo tempo não eram, a própria situação, a proximidade que havia surgido, não era falsa, e foi aquilo que me levou a chorar. Gunvor não tinha como saber dessa diferença, não tinha como saber que as lágrimas estavam escondendo outra coisa, e para ela deve ter parecido que eu realmente estava lamentando o fim do nosso namoro.

No meio da noite eu me levantei para ir embora. Nos abraçamos, passamos um bom tempo no corredor, abraçados, e por fim eu desci a escada cegado pelas lágrimas. Eu a havia traído, mas a partir de então tudo estava acabado, e a culpa que eu sentia tornou-se mais fácil de carregar quando passei a me preocupar apenas comigo mais uma vez.

No verão não aconteceu muita coisa na Studentradioen, na cidade praticamente não havia estudantes e Yngve estava em Arendal, então eu passava a maior parte do tempo sozinho, matando tempo na rádio ou então no meu estúdio, tentando escrever, mas sem conseguir nada, apenas um conto de três páginas chamado "Zoom", sobre um homem que encontrava uma mulher, ela o acompanhava até em casa, ele começava a fotografá-la em poses cada vez mais pornográficas, e então fim, ela ia para casa e ele ouvia os passos dela sumirem na rua. Ah, isso não era nada, apenas uma invencionice, uma pequena insensatez. Mostrei o conto para Tore quando ele voltou à cidade, ele disse que estava bom, eu tinha um personagem interessante, mas será que eu não poderia desenvolvê-lo um pouco melhor num conto um pouco mais longo? Mas eu não conseguia, eu tinha me esforçado ao máximo, melhor seria impossível. Cada frase tinha sido cuidadosamente escrita, assim cada palavra tornava-se importante, mas apenas no sistema interno composto pelo conto, para a pessoa que o lia, neste caso, Tore, não importava se estava escrito "dedos ávidos como garras" ou "movimentos sequiosos, semelhantes aos de uma garra" ou qualquer outra das frases que eu havia escrito com tanto cuidado.

No outono escrevi uma resenha arrasadora do romance *Det nye testamentet* de Stig Sæterbakken em uma página inteira do *Morgenbladet,* o livro reunia todos os estilos e todos os pastiches que me desagradavam, a cena em que o personagem principal aparecia sentado numa poltrona em uma festa e começava a xingar todos os convidados para si mesmo, em silêncio, era tão parecida com Thomas Bernhard que eu não conseguia ver o que aquilo poderia trazer de interessante. Era um grande romance, fazia anos que um jovem romancista não se atrevia a fazer uma aposta tão alta, mas infelizmente o livro não funcionava. Passei a noite inteira escrevendo na rádio, e quando Tore chegou pela manhã eu li a resenha para ele. Eu tinha escrito que o romance era como um cacete enorme, à primeira vista imponente, mas grande demais para que o sangue conseguisse levantá-lo e torná-lo funcional, aquilo tudo funcionava apenas a meia-bomba. Tore gritou de tanto rir enquanto eu lia.

— Você quer publicar *isso* no *Morgenbladet? Ha ha ha! Não tem como,* Karl Ove! Não existe como!

— Mas é uma imagem apropriada, o romance é exatamente assim. Grande e ambicioso, sim, porém grande *demais* e ambicioso *demais.*

— Eu sei, eu sei. Pode ser mesmo que seja igual a um cacete, ha ha ha, mas isso não quer dizer que você possa escrever uma coisa dessas, seu idiota!

— Você acha que eu devo cortar essa parte?

— Você tem que cortar.

— Mesmo que seja a descrição mais precisa do romance?

— Ora, pare com isso! Corte esse negócio de uma vez e vamos tomar um café.

Semanas depois Alf van der Hagen ligou da NRK P2, perguntou se eu não gostaria de resenhar um romance no *Kritikertorget,* o primeiro volume do romance serial de Thomas Mann *José e seus irmãos,* eu me senti muito lisonjeado, claro que eu gostaria. Peguei o ônibus até Minde, onde ficava a NRK. Estavam me aguardando, imagine só, constar no livro da recepcionista, Knausgård às 13 horas, *Kritikertorget,* estúdio 3. O *Kritikertorget* era sem dúvida o mais importante programa de literatura que existia, todos os grandes crí-

479

ticos apresentavam resenhas lá, tanto Hagerup como Linneberg, e de repente eu estava junto com eles. Eles me ligariam de novo, eu teria minha própria voz, todos os sábados à tarde o telefone soaria, eu me tornaria um nome da casa. O Knausgård acha que esse livro foi supervalorizado, você concorda? O Knausgård destacou seu livro como o ponto alto da literatura neste outono, o que você acha disso? Claro que fiquei lisonjeado, esse homem sabe o que diz.

Fui conduzido pelos corredores de Minde por uma mulher, atravessamos uma redação onde todos trabalhavam em um espaço aberto e entramos num estúdio, maior e mais bonito do que o nosso, onde eu coloquei os fones de ouvido e pude conversar diretamente com Alf van der Hagen. Aquele simples nome, austero e nobre, era o bastante para me dar calafrios na espinha. Ele me cumprimentou de maneira amistosa, disse que a minha resenha estava boa e que bastava eu ler. Ele me interromperia e me pediria para reler trechos, mas era assim mesmo. E lá estava eu, o crítico de rádio van de Knausgård, uma nova voz, pertencente à nova geração de críticos, lendo a minha resenha sobre Thomas Mann. Ler no rádio era uma coisa que eu sabia fazer, logo eu completaria um ano inteiro fazendo aquilo diariamente, mas Van der Hagen não se deu por satisfeito, eu precisei repetir diversas vezes, e quando por fim terminamos tive a impressão de que na verdade ele não tinha achado bom o suficiente, mas havia parado mesmo assim porque não poderíamos continuar infinitamente sem nenhum tipo de progresso.

A resenha foi transmitida, avisei todo mundo que eu conhecia para que todos me ouvissem, afinal desta vez era a NRK, não uma pequena rádio local em Sørlandet ou uma rádio estudantil em Bergen. Todo mundo achou que eu tinha me saído bem, mas o outro telefonema não veio nunca, a NRK nunca mais deu notícias, eles não quiseram mais saber de mim, provavelmente não tinha sido bom o suficiente.

Mesmo assim notei que alguma coisa tinha acontecido com o meu nome, recebi um convite do *Kritikkjournalen* para resenhar o romance de um escritor japonês, o nome dele era Murakami, o livro era sobre um jovem que caçava cordeiros especiais, e eu escrevi uma crítica arrasadora, acima de tudo porque o livro era ocidental demais. Eu escrevi várias resenhas arrasadoras para a *Vinduet*, fiz várias entrevistas para o *Studvest*, trabalhei na Studentradioen, fui ao Rica, ao Garage, ao Opera, ao Fotballpuben beber cerveja com os meus colegas da rádio, às vezes eu voltava para casa sozinho, às vezes voltava com uma garota, porque notei que alguma coisa tinha acontecido também em relação a isso, as garotas não diziam mais não para mim, talvez porque eu já não me importasse muito com elas ou com dizer qualquer coisa, eu simplesmente as encarava com meu olhar desvairado e desesperado, ou talvez porque elas já soubessem quem eu era. Mas eu não tinha amigos por lá, a não ser por Tore, que tinha ido morar com Inger em um apartamento grande próximo à universidade. Eu ia até lá com tanta frequência, aparecia com uma sacola de cerveja na mão, vamos beber e dar uma volta?, que precisei restringir minhas visitas para que não começassem a suspeitar de mim, a desconfiar que eu realmente não tinha outro lugar para onde ir.

Inger achava que aquilo era além da conta, eu percebia, ela disse em tom de brincadeira que a personalidade de Tore havia mudado depois que ele me conheceu, que ele só queria saber de sair e beber, mas havia uma coisa por trás disso, e eu percebi, eles estavam presos a um lugar, os dois, eles tinham uma coisa só deles, enquanto eu não estava preso a nada, e assim eu me via pelos olhos deles, um cara alto e fracassado que não tinha nenhum amigo e que ficava importunando o Tore, que era *quatro anos* mais novo.

Na rua, quando estávamos em uma mesa do Garage conversando e bebendo, eu já tinha me esquecido disso tudo, naquela hora o que tínhamos parecia bom. Nos encontrávamos todas as manhãs de sábado e preparávamos o programa da nossa série *Popkarussell*. Até então tínhamos Kinks, Beatles, Jam, Smiths, Blur e Police. Fiz uma recomendação de Tore para o *Morgenbladet*, eles ficaram interessados, ele começou a resenhar livros de poesia ao mesmo tempo que escrevia textos curtos para o jornal. Tore me mostrou alguns, e os textos eram bons, bons de verdade. De repente ele tinha desenvolvido uma linguagem própria. Roxo de inveja, li tudo ao lado dele, mas não demonstrei nada, eu simplesmente disse, porra, Tore, esse negócio ficou bom *de verdade*. Ele brilhou como um pequeno sol, largou os textos em cima de uma pilha preocupantemente alta e disse que tinha começado a encontrar um caminho. Depois de sessões como essa eu ia direto para casa e me sentava na frente do PC. Comecei a escrever um conto chamado "Blank", sobre um homem que acordava em um parque e não se lembrava quem era. O homem andava pela cidade, não reconhecia ninguém. De repente era parado por um outro homem que começava a chamá-lo de Sean. Será que esse sou eu?, ele pensava. Escrevi três páginas, cada frase lapidada como um diamante, que no entanto não tinha brilho. Eram frases como as de uma porcaria de romance policial, ou ainda pior, frases escritas no estilo da escola beletrística. Não havia *nada* da personalidade que Tore de repente havia infundido nos textos dele, aquela incrível concentração da atmosfera, que *não estava* nas descrições, e portanto no espaço onde a ação se desenrolava, mas *na linguagem*. Em outras palavras, ele escrevia como um poeta. Para não falar de Espen, que *era* um poeta. Nesse caso não se poderia falar de atmosferas, mas de movimentos repentinos da linguagem, revelações súbitas, imagens tão inesperadas que davam margem a novas associações.

Espen já estava nesse ponto desde o nosso primeiro encontro, então eu não sentia nenhuma inveja dele, mas com Tore era diferente, e havia também o fato humilhante de que ele era quatro anos mais novo do que eu. Eu devia ser como um modelo para ele, um estudante com mais idade e mais experiente capaz de aos poucos levá-lo aonde gostaria de chegar, a figura de um irmão mais velho, mas em vez disso eu me sentia ultrapassado ao fim de seis meses.

Trocávamos de posição o tempo inteiro, o maduro e o imaturo, o experiente e o inexperiente, tudo era misturado, num instante eu percebia a fragilidade dele, que ele não mostrava para mais ninguém, mas se revelava apenas quando eu chegava muito perto, no instante seguinte ele aparecia como soberano e superior a todas as outras pessoas que eu conhecia. Com Inger acontecia a mesma coisa. Às vezes eu os via quase como crianças, e me sentia como o cara de vinte e quatro anos mais velho do mundo na casa deles, no instante seguinte eles riam de mim e das minhas sacolas plásticas e se revelavam como dois estudantes de grande talento acadêmico com a perspectiva de uma carreira brilhante, enquanto eu tinha abandonado o curso tendo como único mérito uma segunda etapa em letras concluída três anos atrás.

Certa vez em que apareci eles haviam tentado fritar um carapau defumado para o jantar.

Outra vez eu estava no sofá e por acaso disse que logo teria que cortar o cabelo, e Tore, sempre tomado por impulsos repentinos, sugeriu que Inger cortasse o meu cabelo naquela mesma hora. É ela que corta o meu, sabia?, ele me disse. Ou então faz a minha barba com a máquina.

— Ei, Inger! Você pode cortar o cabelo do Karl Ove?

Ela apareceu e nos olhou com a cabeça enviesada, meio constrangida, esse era o jeito dela.

— Claro, posso sim — ela disse.

— Então está tudo certo! — disse Tore. — Assim já fica resolvido.

Fiquei meio cético, mas ele parecia tão entusiasmado que me levantei e fui com Inger até o banheiro. Ela pegou uma cadeira, eu me sentei, ela colocou uma toalha nos meus ombros, passou o pente algumas vezes pelos meus cabelos.

Nossos olhares se encontraram no espelho.

Ela sorriu e baixou o rosto.

— Como você quer? — ela me perguntou.

— Pode tirar tudo — eu disse.

— Tudo bem — ela disse.

Inger colocou a mão na minha cabeça, nossos olhares se encontraram novamente. Desta vez fui eu que corei.

Lentamente ela começou a passar a máquina pela minha cabeça, da nuca até a parte da frente. Ela se reposicionou ao meu redor, tocou na lateral do meu corpo com a coxa, se esticou para terminar o movimento com a máquina e roçou um dos seios no meu ombro. Ela tentava ocultar o constrangimento com aquela situação por trás de uma expressão fechada e profissional, mas de vez em quando o rubor se espalhava pelo rosto dela, e pressenti um alívio enorme nela quando enfim terminou e pôde tirar a toalha dos meus ombros.

— Pronto — ela disse. — Satisfeito?

— Muito satisfeito. Obrigado!

— Eu devia ter um espelhinho agora para mostrar a você como ficou a parte de trás, mas infelizmente não tenho.

— De qualquer jeito não tem cabelo na nuca — eu disse enquanto me levantava e passava a mão nos fios de um centímetro.

Tive a impressão de que ela reclamaria com Tore assim que eu tivesse ido embora, como ele podia ter criado uma situação tão difícil quanto aquela? Por que ela deveria cortar os cabelos dos amigos dele?

No meio de setembro encontrei Gunvor pela primeira vez desde que havíamos terminado. Nos encontramos em Nøstet, perto do meu estúdio, ela estava a caminho do Verftet para encontrar alguém no café, era um domingo de tarde, o dia estava incrível.

Perguntei como ela estava, ela disse que estava bem.

— E você? — ela me perguntou.

— Tudo bem — eu disse.

— Que bom! — ela disse. — Qualquer hora dessas a gente se vê por aí. Até mais!

— Até — eu disse, e desci o morro enquanto seguia adiante.

Quando entrei no apartamento, que parecia escuro como breu depois de tanta luminosidade na rua, eu chorei. Me deitei na cama e tentei dormir, mas não consegui, a fonte do meu sono havia secado. Não era muito estranho, afinal naquela noite eu já tinha dormido catorze horas. O jeito seria ficar lendo deitado até que fosse possível dormir mais uma vez.

Semanas depois eu e Tore começamos a tocar juntos. Yngve finalmente havia terminado a terceira etapa do curso universitário e estava à procura de um trabalho enquanto recebia o seguro-desemprego, então ele ficou mais do que satisfeito em se juntar a nós. Conseguimos uma sala numa fábrica que estava prestes a ser demolida, lá havia uma bateria vagabunda, um microfone velho com equalizador e caixas de som e uns amplificadores Peavey, o chão era cheio de lixo nos cantos, as paredes de concreto eram rachadas e tinham manchas de umidade, no outono era gelado lá dentro, mas apesar disso a gente se reunia uma vez por semana e tentava fazer alguma coisa.

Comecei a visitar Espen em Oslo sempre que possível, tanto a viagem de trem pela montanha, quando eu me sentava no vagão-restaurante e passava o tempo lendo e admirando a paisagem, incrivelmente bela com as cores do outono, como a visita em si no enorme apartamento luxuoso de que ele dispunha me animavam por semanas a seguir. Quando conversávamos eu às vezes dizia coisas que nunca havia pensado antes, coisas que surgiam no calor do momento como resultado do entusiasmo de Espen, de repente uma coisa surgia no espaço entre nós, tornava-se central, não para mim e para a minha autocrítica, meu hábito de sempre estar alerta para o que os outros pensavam de mim, não, os nossos assuntos se afastavam disso tudo, eu desaparecia por completo até que o momento acabasse e de repente estivéssemos os dois lá outra vez, um ao lado do outro ao redor da mesa, que por assim dizer reaparecia. A caminho de casa depois de todos esses fins de semana, que eram sempre muito proveitosos para mim, porque ou nós saíamos à noite ou então Espen convidava outras pessoas para jantar na casa dele, eu costumava ter a mochila cheia de livros que eu havia comprado e que eu lia no caminho por entre as montanhas. Certa vez li *Extinção* de Thomas Bernhard, para mim foi um choque, um livro muito frio e muito claro que girava o tempo inteiro em torno da morte; os pais e a irmã do protagonista morrem num acidente de carro, ele volta para casa a fim de enterrá-los, cheio de ódio, como todos os personagens de Bernhard, porém nesse livro existe uma objetividade que eu não havia encontrado antes nas obras de Bernhard, era como se as circunstâncias estivessem todas à vista, como se fossem tão fortes e tão dominantes que tomavam conta daqueles monólogos repletos de fúria e de ódio, que a presença da morte fazia até mesmo o ódio e a fúria parecerem bagatelas, de certa forma aquilo tudo se alojava no personagem, tudo era muito frio e muito duro e implacável, mas ao mesmo tempo bonito, tudo surgido no ritmo insistente e elaborado da linguagem de Bernhard, que tomou conta de mim enquanto eu lia e que continuou em mim também depois que eu havia largado o livro e estava olhando pela janela do trem, para a neve que mal havia acabado de cair sobre o urzal do outro lado, o rio tresloucado que se derramava por uma fenda na rocha, e eu pensei, tenho que escrever assim, eu consigo escrever assim, basta escrever, não existe nenhum segredo, e então comecei a formular a abertura de um romance na minha cabeça, no ritmo de Bernhard, e ficou bom, logo veio mais uma frase e então mais outra, e o trem começou a avançar mais uma vez com um movimento brusco, e eu fui pensando frase atrás de frase, mas quando me sentei em frente ao PC naquela tarde tudo havia desaparecido. As frases que eu havia pensado eram repletas de força e de vida, as que eu via no monitor eram vazias e mortas.

Um dia Yngve apareceu na rádio e perguntou se eu não queria tomar um café com ele no Grillen. Ele ainda não tinha arranjado um emprego e estava aborrecido, pronto para avançar na carreira, como muitos dos amigos dele tinham feito, mas nada acontecia, ele ainda estava recebendo o seguro-desemprego e morando sozinho num estúdio em Møhlenpris, já não mais estudante, mas tampouco qualquer outra coisa nova ou diferente.

Eu aceitei o convite, claro, e desci a escada ao lado dele.

— Quem é a garota que está vindo atrás de nós? — ele me perguntou.
— Não olhe agora.

Não precisei me virar, eu tinha visto as garotas quando saímos do escritório.

— São a Tonje e a Therese.

— Qual delas está à esquerda?

— À nossa esquerda como estamos agora ou à nossa esquerda se a gente se virar para trás?

— À nossa esquerda como estamos agora.

— É a Tonje.

— Ela é muito linda!

— É, a Tonje é bonita.

— O que ela faz?

— Estuda comunicação. E trabalha na redação de sociedade.

Chegamos ao topo da escada no outro lado e entramos no Grillen.

— Com certeza ela vai aparecer na festa dos alunos de comunicação antes do Natal, então — ele disse.

— Vai, claro — eu disse. — Mas você não.

— Claro que vou. E você vai junto.

— Eu? O que eu vou fazer por lá?

— Tocar bateria. Eu vou tocar umas músicas com o Dag e a Tine e estamos precisando de um baterista. Eu disse que você com certeza aceitaria. Não?

— Claro que aceito. Só precisamos ensaiar um pouco.

— São apenas seis músicas. E para sua informação, o nome da banda é Di Derrida-Da.

— Está bem.

Tonje era uma das garotas que tinha chamado a minha atenção nas entrevistas do ano anterior. O rosto dela era ao mesmo tempo aberto e cheio de segredos, ela tinha uma postura elegante, com frequência usava os cabelos compridos em uma trança grossa, mas às vezes também soltos. Os lábios, que foram o que primeiro chamou minha atenção, eram bonitos, mas também meio enviesados, e o olhar dela era escuro, não de um jeito triste, não de um jeito melancólico, era outra coisa que eu não saberia dizer o que era, mas que eu havia notado mesmo assim. Ela começou a trabalhar na redação de sociedade, era uma garota séria e ambiciosa, que no entanto ficava de fora dos círculos que eu frequentava e tinha outros amigos na rádio, em especial Therese e Tonje pareciam ter se achado, e assim a atenção que eu dedicava a ela começou a diminuir. Meus dias eram repletos de trabalho e paixões discretas por um gesto com a mão ou por uma coxa à mostra, por uma sobrancelha escura ou por uma determinada forma de virar o corpo. Em um entardecer fiquei conversando de pé no Landmark com uma garota de cabelos loiros e olhos pintados quase de preto, alta e magra e voluptuosa, ela era tímida, eu a deixei quieta, mas depois ela encheu a cara e voltou, quis me desafiar, eu subi com ela os morros que levavam ao Studentsenteret, ela arrancou o brinco que eu tinha na orelha, fugiu de mim levando-o na mão, eu a alcancei e a segurei com força, e então nos beijamos, ela morava perto, quando chegamos ao apartamento dela ela colocou Motorpsycho para tocar no volume máximo, jogou tudo que havia em cima da mesa no chão com um gesto brusco da mão enquanto eu ficava ao lado da parede olhando, ela era realmente muito bonita e atraente e eu me sentia atraído, mas ela não queria saber de nada além de quebrar coisas e chorar, nos demos uns amassos e logo ela disse que eu precisava ir embora, mas também me fez prometer que eu voltaria no dia seguinte às cinco horas, quando tudo estaria bem novamente, mas claro que não foi o que aconteceu, quando eu toquei a campainha no dia seguinte ao fim do meu expediente, tão cheio de tesão quanto um bode, ninguém abriu, e quando a encontrei de novo ela estava bêbada mais uma vez e me contou que estava em casa, mas não tinha arranjado coragem para abrir. Mas se eu aparecesse mais uma vez, ela disse que abriria. Tudo bem, eu disse, ela desapareceu na pista de dança, eu fiquei no bar, pouco depois a banda parou de tocar, alguém tinha jogado cerveja em cima do teclado, eu tinha visto tudo, era ela.

Outra garota de vez em quando aparecia ao entardecer na minha casa, mas ela tinha começado a se apaixonar, então eu tinha parado de abrir a porta. Além disso havia mais duas garotas com quem eu tinha uma espécie de relacionamento, eu me sentia realmente atraído por uma delas e tinha dito tudo para ela, e uma vez a acompanhei até em casa, mas ela se limitou a dizer que tinha sido um engano, que não tinha interesse nenhum por mim, e chegou a ponto de me pedir que eu não contasse nada para ninguém. Chegavam telefonemas para ela durante a programação da rádio, eu sabia quem estava ligando e sentia ciúmes loucos, mesmo não tendo nenhum direito em relação a ela, afinal eu nem ao menos a conhecia.

Tonje ficava de fora de tudo isso. Eu conversava um pouco com ela quando a situação pedia, quando ela passava no estúdio enquanto eu trabalhava, por exemplo, ou quando ela precisava de um técnico para fazer um boletim ou coisa do tipo, mas eu não sabia nada a respeito de quem ela era ou o que ela pensava.

Ela era incrivelmente linda, como Yngve tinha dito, mas não significava nada para mim.

Na primeira semana de dezembro eu completei vinte e cinco anos. Tinha sido um ano redondo, era uma ocasião importante, eu devia ter dado uma festa, mas não conhecia gente suficiente para que desse certo, então apareci na rádio naquele dia, ninguém sabia que era um dia grandioso para mim, e esta situação me agradava, era condizente com a pessoa que eu havia me tornado, uma pessoa que não gostava de chamar mais atenção do que o necessário, uma pessoa que não contava vantagem, mas sabia colocar-se no devido lugar.

Saí de casa cedo, o escritório estava totalmente vazio, ajeitei a mesa no canto do sofá, liguei a cafeteira e comecei a ler os jornais para ver se havia notícias relacionadas à vida estudantil que eu pudesse recortar. Na rua havia neve no chão, um brilho tênue se estendia em meio à escuridão do outro lado da vidraça, e não foi preciso mais do que aquilo para que toda a atmosfera do escritório se transformasse.

A porta que dava para a escada se abriu, eu olhei para lá.

Ingvild!

Ela sorriu e acenou e se aproximou de mim.

— Quanto tempo! — eu disse, recebendo-a com um abraço. — O que você está fazendo aqui?

— Vim desejar um feliz aniversário a você — ela disse.

— Obrigado — eu disse. — Como foi que você descobriu?

— Eu tenho uma memória de elefante.

— Você aceita um café? — eu perguntei.

— Aceito, obrigada — ela disse. — Mas não vou demorar muito.

Ingvild sentou-se na beira do sofá. Peguei o bule e servi duas canecas o mais depressa possível enquanto o filtro escorria e gotejava em cima do fogão.

— Mas então, como é ter vinte e cinco anos? — ela me perguntou. — É bom?

— Não estou notando nenhuma diferença. Você notou?

— Não, a não ser pelo alívio de não ter mais vinte anos.

— Entendo o que você quer dizer.

— Eu trouxe uma coisinha para você — ela disse, tirando um pacote da bolsa e entregando-o para mim. — Aqui está.

— Você comprou um presente para mim?

— Não vi outro jeito — ela disse meio tímida enquanto desviava o olhar para o lado.

Abri o pacote. Era um blusão de lã de carneiro cinza da Benetton. Olhei para ela, depois para o blusão.

— Não gostou? — ela perguntou.

— Achei bonito — eu disse. — Mas um blusão? Por que você comprou um blusão para mim?

— Achei que você estava precisando — ela disse. — Mas se você não gostou é só trocar.

Ela ficou sentada com as mãos no colo, olhando para mim.

— Muito obrigado — eu disse.

Percebi que ela tinha interpretado a minha reação como se quisesse dizer que eu não tinha gostado do blusão, e fez-se um silêncio doloroso até que eu tivesse a ideia de experimentá-lo. Mas aquilo deixou a situação ainda mais dolorosa, porque tinha sido justamente o fato de se tratar de um blusão que havia me deixado confuso. Por que ela tinha comprado um blusão? Aquilo devia ter custado centenas de coroas. E de certa forma era um presente pessoal. Se queria me dar um presente qualquer, ela podia ter optado por disco, um livro, uma flor. Mas um blusão?

Ingvild se levantou.

— Tenho que ir. Minha aula começa daqui a pouco. Mas desejo um ótimo dia de aniversário para você!

Ela desapareceu na escada e eu continuei a ler os jornais com uma tesoura na mão.

Durante a tarde Yngve apareceu, ele só queria me dar os parabéns e dizer que não tinha dinheiro para me dar presente nenhum, mas que logo a situação ia melhorar e então ele ia comprar uma coisa realmente legal para mim.

Foi tudo que aconteceu naquele dia. Voltei para casa como de costume, me sentei para ler e ouvir meus discos como de costume e falei um pouco com a minha mãe, que me contou o que tinha acontecido naquele dia vinte e cinco anos atrás. Meu pai não ligou, ele nunca ligava, eu achava que ele talvez não soubesse ao certo a nossa data de nascimento, minha e de Yngve, ou então sabia mas não se importava, de qualquer jeito eu estava acostumado, não havia problema, ele vivia a vida dele, eu vivia a minha.

Na semana seguinte foi a festa dos alunos de comunicação. A festa aconteceria no Uglen, o lugar mais infame da cidade, frequentado por desiludidos e desesperados, uma escolha bastante típica para os humoristas da comunicação, que tinham Madonna em tão alta conta quanto Mahler. Cheguei ainda no começo do entardecer, tínhamos planos de passar o som e ensaiar as músicas, que quase não tínhamos conseguido ensaiar, pela última vez. Havia neve no chão, estava frio em Bergen, e pela primeira vez nos cinco anos em que eu tinha morado lá as ruas estavam tomadas pelo espírito natalino.

Tocamos cinco covers, entre os quais estavam "Forelska i lærer'n" e "Material Girl", além de uma música que Yngve tinha composto e para a qual Marit, a vocalista, tinha escrito a letra.

Depois nos sentamos numa mesa e começamos a beber as cervejas que havíamos ganhado em troca da apresentação. Yngve conhecia um monte de gente, fazia apenas seis meses que ele havia se formado, para mim quase todos os rostos eram desconhecidos, a não ser por Tonje, claro, que se aproximou e nos cumprimentou logo que acabamos de tocar.

— Você por aqui? — ela disse.

— É — eu disse. — Já estou me cansando de tocar bateria por toda a cidade. É especialmente cansativo nessa época de Natal.

Ela sorriu.

— Você não vai nos apresentar? — Yngve perguntou.

— Tonje, esse é o Yngve, meu irmão, Yngve, essa é a Tonje, da Studentradioen.

Os dois se cumprimentaram, Yngve sorriu e olhou nos olhos de Tonje enquanto perguntava o que ela estudava.

Os dois passaram um tempo conversando, tinham mais em comum do que eu e ela, e eu fiquei olhando ao redor enquanto virava uma cerveja e aproveitava o sabor, talvez nem tanto o leve gosto amargo, mas todas as promessas de noites repletas de aventuras e a euforia cada vez maior que aquilo me proporcionava.

Tonje voltou para o grupo de amigos dela, Yngve tomou um longo gole, largou o copo em cima da mesa e disse que Tonje era incrivelmente simpática.

— É.

Eu olhei para Tonje, que estava falando com um outro sujeito, mas ergueu o rosto na mesma hora, encontrou os meus olhos e sorriu.

Eu sorri de volta.

Yngve começou a falar sobre os vários empregos a que havia se candidatado e sobre as dificuldades de conseguir uma vaga quando não se tinha contatos, sobre a decisão talvez equivocada de cursar a terceira etapa do curso universitário em vez de trabalhar.

— Foi o que você fez — ele me disse. — E hoje você escreve para o *Morgenbladet* e faz trabalhos freelance para a NRK. Você teve bem mais oportunidades assim do que se tivesse simplesmente continuado a estudar.

— Pode ser — eu disse. — Mas posso garantir que escrever resenhas literárias não é muito lucrativo.

Encontrei os olhos de Tonje mais uma vez. Ela abriu para mim um sorriso que atravessou todo aquele espaço, e eu sorri de volta. Yngve não percebeu nada.

— Resenhas literárias não — ele disse. — Mas se você continuar assim, logo vai ser um nome conhecido. Depois tudo fica mais fácil. Quando você tem um trabalho concreto para mostrar. Eu só tenho o meu currículo acadêmico e as minhas notas.

— Vai dar tudo certo — eu disse com um sorriso no rosto. Meu corpo inteiro parecia leve. Todas as vezes que eu olhava para Tonje eu sentia um frio na barriga. Ela parecia ter um sexto sentido, pois independente do quanto estivesse concentrada na conversa, sempre olhava para mim quando eu olhava para ela. Os amigos dela não perceberam nada. Yngve não percebeu nada. Era como se tivéssemos um segredo. Toda vez que ela sorria, era por esse motivo.

Era como se o sorriso dissesse, ei, nós dois vamos acabar juntos, não?

Juntos?, respondia o meu sorriso. Nós dois? Você está de brincadeira?

Não.

Não?

Chegue mais perto e vamos ver o que acontece.

Você parece incrível.

Você também.

Nós dois, juntos?

É.

Mesmo?

Chegue mais perto e vamos descobrir.

— Por que você está sorrindo? — perguntou Yngve.

— Por nenhum motivo especial — eu disse. — Simplesmente estou de bom humor. O show foi bom e tudo mais.

— É, foi mesmo. Estava bom.

Passamos mais um tempo bebendo, Yngve se levantou para dar uma volta, eu fiquei sozinho de pé e ela se aproximou.

— Oi — ela disse.

— Que bom que você veio — eu disse. — Não conheço ninguém por aqui.

— Fiquei surpresa ao te ver. Mas logo tudo foi explicado.

Ela olhou para baixo e apertou os lábios por um instante antes de olhar mais uma vez para mim e sorrir.

— Eu estava torcendo para que você estivesse aqui — eu disse.

— É mesmo? — ela disse. — Você sabia que eu estudava comunicação?

— Sabia. Mas isso é tudo que eu sei a respeito de você.

— Parece que a distribuição de conhecimento está bem desigual — ela disse. — Eu sei bastante coisa a respeito de você.

Yngve voltou.

— Você é parecido demais com o Karl Ove — disse Tonje. — Eu soube que você era irmão dele assim que te vi.

Ela passou um tempo com a gente, pela primeira vez falou mais com Yngve, mas a tensão estava toda concentrada entre nós dois.

— Você não vai embora logo em seguida, né? — ela disse, olhando para mim quando estava prestes a voltar à companhia dos amigos.

— Não — eu respondi.

Ela se afastou, eu a segui com os olhos. As costas eram retas, o pescoço era longo e delicado, com a nuca meio coberta pelos cabelos, presos em uma trança. Na rádio ela se escondia em roupas grandes, como tantas garotas fazem, aparecia de jaqueta militar, blusão grosso e botas pretas, mas naquela noite ela usava um vestido preto e simples que realçava a silhueta esguia e conferia a ela uma aura muito diferente.

— Por essa eu não esperava — disse Yngve.

— O que foi? — eu perguntei.

— Quando eu perguntei quem ela era você não disse que tinha uma coisa rolando entre vocês dois.

— E não tinha mesmo. A gente mal tinha se falado.

— Mas o que está rolando agora, então?

— Eu é que pergunto — eu disse, sorrindo.

Todas as vezes em que encontrei o olhar de Tonje naquela noite foi como se todo o resto desaparecesse, Yngve, todos os alunos e todos os professores que estavam lá, todas as mesas e cadeiras, mas não apenas isso, tudo na minha vida, tudo que eu carregava comigo e que às vezes parecia tão opressivo, de repente sumia. Tudo que existia quando nos olhávamos naquele lugar era eu e ela.

Foi estranho.

E o mais estranho de tudo era que eu estava me sentindo muito à vontade com a situação. Não havia nenhum motivo para ter medo, nada com o que se preocupar, eu não tinha que provar nada, não tinha que fazer nada, não tinha que ser ninguém em especial. Eu nem ao menos tinha que falar.

Mas falei mesmo assim.

Tentamos nos aproximar naquela noite, ela andava para lá e para cá, trocávamos certas palavras de vez em quando, e de repente estávamos conversando, totalmente perdidos um no outro, eu não via nada além dela, brilhando com uma luz tão intensa que tudo mais desaparecia.

Durante toda a noite outros caras deram em cima dela, como as pessoas fazem em festas como aquela, na qual todos passaram um semestre inteiro juntos em salas de aula e salas de leitura, na cantina e na biblioteca, e enfim se encontram com roupas de festa e tomados por uma embriaguez cada vez maior, dispostos a aproveitar qualquer chance que aparecer. Eu via que muitos tentavam puxar assunto com ela, mas o que ela fazia, senão olhar para mim e sorrir?

Quando enfim restamos só nós dois, Sverre Knudsen sentou-se à mesa com a gente. Ele havia tocado no The Aller Værste e era um dos meus antigos heróis, mas obviamente não estava preocupado com esse detalhe nem comigo, estava apenas de olho em Tonje. Ele não parava de falar, empolgado feito um maníaco, queria saber tudo a respeito dela, segundo disse, ela hesitou, ele disse que sabia quem havia tentado matar William Nygaard, o editor da Aschehoug, e que no dia seguinte viajaria a Oslo e contaria tudo, ela tinha que ler o *Dagbladet* em dois dias, quando toda a história seria contada. Ele disse que temia pela própria vida, que estava sendo seguido havia vários dias, porque ele sabia de tudo, porém era mais esperto do que os perseguidores, estava sempre um passo à frente, porque conhecia Bergen tão bem quanto a palma da mão.

Yngve se aproximou e disse que estava indo embora. Eu olhei ao redor, ele não era o único, a festa estava chegando ao fim.

Sverre Knudsen queria continuar na companhia de Tonje, ela riu e olhou para mim, estava na hora de ir embora, será que eu não poderia acompanhá-la por um pedaço do trajeto? Estava nevando quando saímos.

— Onde você mora? — eu perguntei.

— Agora estou morando na casa da minha mãe — ela disse. — Perto do Støletorget. Você sabe onde fica?

— Sei. Eu já morei lá perto.

Descemos em direção ao Hotel Norge, ela com uma longa capa preta, eu com o meu velho sobretudo. Com as mãos nos bolsos, a dois metros dela, e a encosta cintilando na escuridão mais adiante.

— Você ainda mora em casa? — eu perguntei. — Quantos anos você tem, aliás?

— Vou me mudar depois do Natal. Arranjei um estúdio perto da rodoviária. Lá atrás — ela disse, apontando o lugar.

Seguimos ao longo da fachada do hotel e entramos no Torgalmenningen, que estava deserto e coberto por uma camada fina e branca de neve.

— Eles vão fazer uma viagem para a África depois do Natal. Por isso eu vou me mudar.

— Para a África?

— É. Moçambique. Minha mãe, o marido dela e a minha irmã. Ela tem apenas dez anos. Vai ser duro. Mas ao mesmo tempo ela está contente.

— E o seu pai? Também mora em Bergen?

— Não. Ele mora em Molde. Eu vou passar o Natal por lá.

— E você tem mais irmãos?

— Mais três irmãos.

— Três irmãos?

— É, por quê? Algum problema?

— Problema? Nã-ão. Mas é um número que impressiona! E quando você falou assim, três irmãos, eu tive a impressão de que são do tipo que cuida da irmã. De que estão agora mesmo esperando por você em um lugar qualquer.

— Pode ser — ela disse. — Mas nesse caso eu vou dizer para eles que você tem boas intenções.

Ela olhou para mim e sorriu.

— É a *mais pura verdade!* — eu disse.

— Eu sei muito bem — ela disse.

Continuamos andando em silêncio por um tempo. A neve caía. As ruas ao nosso redor estavam em completo silêncio. Olhamos um para o outro e sorrimos. Atravessamos o Fisketorget, com a água preta bem ao lado. Eu estava feliz como nunca havia me sentido antes. Nada tinha acontecido, tínhamos apenas conversado um pouco na companhia um do outro, e de repente estávamos andando por lá, eu a dois metros dela, com as mãos nos bolsos do sobretudo, não havia mais nada. Mesmo assim, era uma felicidade. A neve, a escuridão, a luz do letreiro no Fløibanen. Tonje andando ao meu lado.

O que tinha acontecido?

Nada tinha acontecido.

Eu era o mesmo. A cidade era a mesma.

Mesmo assim, tudo estava diferente.

Havia uma abertura.

Mas o que havia se aberto?

Andei ao lado dela em meio à escuridão, subimos o morro em direção ao Fløibanen, ao longo do muro da antiga escola, em direção a Steinkjellersmauet, e tudo que eu via, tudo que eu pensava, tudo que eu fazia, mesmo que não passasse de colocar um pé à frente do outro, estava carregado de esperança.

Ela parou em frente à porta de uma casa de madeira estreita e antiga com pintura branca.

— Chegamos — ela disse. — Já que você fez todo esse caminho, pode entrar também um pouco, não?

— Seria um prazer — eu disse.

— Mas temos que ficar em silêncio. Todo mundo está dormindo.

Ela abriu a porta e entramos em um corredor. Tirei os sapatos com todo o cuidado e a acompanhei pela escada. Na curva uma cozinha se revelou, mas ela subiu mais um andar, onde havia duas salas, ambas com telhados enviesados nas paredes mais distantes. Os ambientes pareciam saídos de uma revista de decoração.

— Que bonito — eu disse.

— É a minha mãe — disse Tonje. — Ela leva jeito para essas coisas. Está vendo aquilo ali?

Ela apontou para uma tapeçaria com a figura de um coral repleto de pequenas bonecas, todas com traços individuais no rosto.

— Ela é artista. Mas já não se dedica como fazia antigamente.

— Que bonito mesmo — eu disse.

— É engraçado — ela disse. — Esses trabalhos vendem que nem água.

Tirei o sobretudo e me sentei numa cadeira.

— Você quer alguma coisa? Chá?

— Um chá seria ótimo — eu disse.

Tonje desapareceu no andar de baixo, e eu permaneci sentado e imóvel até que ela voltasse cinco minutos depois, com uma caneca em cada mão.

— Você gosta de jazz? — ela perguntou.

Balancei a cabeça.

— Infelizmente não. Eu estaria mentindo se dissesse que gosto. Mas você gosta, pelo visto?

— Ah, gosto sim. Adoro jazz.

— Então coloque para tocar.

Ela se levantou e colocou um disco no antigo aparelho da Bang & Olufsen que havia no cômodo.

— O que é isso?

— Bill Frisell. Você vai ver. É incrível.

— Só escuto barulhos — eu disse. — Uns barulhos tensos.

— Eu trabalho no Moldejazz todo ano — ela disse. — Desde que eu tinha dezesseis anos.

— E o que você faz lá?

— Cuido dos músicos que participam do festival. Busco-os no aeroporto, levo-os para dar passeios e tento distrair todo mundo da melhor forma possível. No ano passado levei alguns dos jazzistas para uma pescaria.

Imaginei-a com um quepe de motorista e ri.

— Do que você está rindo? — ela perguntou.

— De nada — eu disse. — É só que gostei muito de você.

Ela desviou o olhar, apertou os lábios por um breve instante daquela maneira que eu já havia percebido como habitual e então olhou para mim e sorriu.

— Eu não imaginava que estaria na sala da minha casa com o Karl Ove ao raiar do dia quando saí ontem à noite — ela disse.

— E para você esse desfecho é positivo ou negativo? — eu perguntei.

— O que você acha? — ela disse.

— Não posso ser presunçoso a ponto de dizer que é positivo. Então a resposta é negativo.

— Você acha que se fosse assim eu teria convidado você para vir comigo até aqui?

— Não sei — eu disse. — Eu não conheço você.

— E eu não conheço você — ela disse.

— É verdade — eu disse.

O sentimento da neve havia permanecido comigo; enquanto permanecíamos sentados, imaginei os flocos rodopiando nas alturas e pousando em silêncio no teto acima da nossa cabeça, um a um. Conversamos sobre a Studentradioen e sobre o nosso trabalho lá, conversamos sobre música e sobre tocar bateria, ela queria que eu a ensinasse, eu expliquei que eu mesmo não sabia tocar. Ela contou que havia trabalhado em rádios locais desde a época do ginásio, e que havia trabalhado muito tempo em uma das estações mais controversas de Bergen, liderada por um redator muito crítico em relação aos imigrantes, um sujeito tão famoso que até eu tinha ouvido falar dele. Ela disse que ele era um homem amistoso, porém muito original, que ela não concordava com as opiniões dele, mas que a liberdade de expressão estava acima de tudo, e que era estranho que tão poucas pessoas levassem esse detalhe em conta quando julgavam o redator e a rádio. Ao falar, Tonje mostrou-se cada vez mais engajada e inflamada, compreendi que tinha verdadeira paixão por aquilo, pelo rádio e pela liberdade de expressão, e gostei de ouvi-la, mesmo que tudo aquilo fosse muito estranho para mim, porque eram assuntos de nicho. O ambiente que ela descrevia era completamente de nicho, por mais decidida que ela soasse ao discuti-lo.

— Eu não parei mais de falar — ela disse por fim. — Em geral não sou assim.

— Acredito — eu disse.

No andar de baixo uma porta se abriu.

— Eles devem ter acordado.

— Muito bem, vou embora — eu disse.

Uma garotinha subiu discretamente pela escada. Magra como um fiapo, com olhos grandes e castanhos, vestida com uma camisola que descia até os tornozelos.

— Oi, Ylva! Já se levantou? — perguntou Tonje. — Esse é o Karl Ove. Um amigo meu.

— Oi — ela disse, olhando para mim.

— Oi — eu disse, me levantando — Bem, estou indo.

Peguei meu sobretudo no descanso da poltrona.

— Como você é alto! — a garotinha disse. — Quanto você mede?

— Um e noventa e três — eu disse. — Você não quer experimentar o meu sobretudo?

Ela acenou a cabeça. Eu segurei o sobretudo às costas dela, ela enfiou primeiro um braço, depois o outro. Em seguida deu uns passos ao redor, a parte de baixo se arrastava pelo chão como um véu. Ela riu.

Eu estava no meio de uma família.

Tonje me acompanhou até a porta, nos despedimos e eu desci em direção à cidade, que durante o tempo que havíamos permanecido dentro de casa tinha mudado de caráter: ônibus pesados cruzavam as ruas, as pessoas subiam e desciam, caminhavam apressadas pelas ruas, a maioria com guarda-chuvas, porque o tempo estava mais ameno, e a neve que tinha caído estava úmida e pesada. Já eram mais de sete horas, voltar para casa não faria sentido nenhum, então segui rumo ao Studentsenteret, abri a porta e fui até o escritório.

Na sala de reuniões havia uma pessoa dormindo no chão.

Era Sverre Knudsen.

Ao lado dele havia um pedaço de madeira que reconheci na mesma hora, porque tinha a mesma cor da porta.

Dei uns passos para trás para ter certeza: de fato, a parte superior, acima do lintel, tinha sido arrancada. Ele tinha invadido a peça. No entanto, como havia entrado no prédio continuava a ser um mistério.

Entrei, me agachei ao lado dele, toquei-o no ombro.

— Você não pode dormir aqui — eu disse.

— Do que você está falando, porra? — ele disse enquanto se sentava.

— Você não pode dormir aqui — eu disse. — Logo as pessoas vão chegar.

— É você — ele disse. — Eu me lembro de você. Você é o cara que estava com a Tonje.

Me levantei.

— Você não quer tomar um café? — eu perguntei.

Ele fez um gesto afirmativo com a cabeça e me acompanhou, sentou-se no sofá e esfregou o rosto com as mãos. Em seguida pôs-se de pé com um sobressalto, foi até a janela e ficou olhando para a estrada.

— Você não viu um Fusca verde quando chegou? — ele me perguntou.

— Não — eu disse.

— Estão atrás de mim — ele disse. — Mas acho que não sabem que estou aqui. Talvez estejam me esperando em Oslo. Eu sei quem tentou matar o Nygaard.

— Foi o que você disse ontem — eu disse.

Ele não falou mais nada e sentou-se no sofá.

— Talvez você ache que estou paranoico — ele disse.

— Não — eu disse. — Mas por que você dormiu aqui?

— A Tonje disse que trabalhava na Studentradioen. Achei que talvez eu pudesse encontrá-la por aqui.

— Eu sou fã do The Aller Værste desde pequeno — eu disse. — Para mim é uma honra conhecer você. Eu também li um dos seus livros. *Sommerfuglbensin.*

Ele fez com a mão um gesto que indicava pouco-caso.

— Não quer fazer uma entrevista? — eu perguntei. — Aproveitar que você já está aqui? Para a gente falar sobre a época do The Aller Værste?

— Pode ser — ele disse.

Entreguei-lhe uma caneca de café e bebi a minha de pé ao lado da escrivaninha. Vi Johannes chegando pela escada.

— Acordou cedo hoje? — ele me perguntou.

— É — eu disse.

— Nos falamos depois — ele disse, sumindo no outro lado do escritório, onde ele prestava o serviço civil.

Liguei o rádio para ver o que estava acontecendo na programação e para saber quem estava lá.

Sverre Knudsen olhou para mim.

— Vai ser uma sensação — ele disse. — Espere só.

Meia hora depois entramos no estúdio. Preparei um rolo de fita, deslizei o botão na mesa de mixagem para cima e cheguei perto dele. Eu estava muito cansado, mas ao mesmo tempo transbordando com tudo que tinha acontecido na noite anterior, e assim tive dificuldade em me concentrar, embora não por causa de Sverre Knudsen. O suor escorria pelo rosto dele enquanto tentava relembrar os acontecimentos de quinze anos atrás, pelos quais ele não conseguia demonstrar nenhum interesse naquele instante, nem mesmo com a maior boa vontade. Passados vinte minutos eu disse que já estava bom, ele pareceu aliviado, apertei a mão dele, ele cambaleou pelos degraus íngremes e saiu apressado em direção à cidade enquanto eu retornava ao escritório e tentava fazer com que as horas passassem depressa para que eu pudesse... para que eu pudesse fazer o quê?

Ficar pensando em Tonje.

Clarões súbitos de alegria lampejaram o dia inteiro dentro de mim. Tinha acontecido uma coisa incrível.

Mas o que era?

Nada tinha acontecido. Tínhamos conversado um pouco, nada mais.

Por um ano ela havia trabalhado na rádio, por um ano eu a tinha visto de um lado para o outro, como ela também havia me visto. Eu nunca tinha sentido nada parecido com o que eu sentia naquele momento. Nunca, jamais havia chegado perto daquilo.

Depois tínhamos nos encontrado numa festa e sorrido um para o outro — será que não havia mais nada?

Não, não havia.

Como era possível? Como aquilo podia mudar tudo?

Porque tudo havia mudado, quanto a isso eu tinha certeza. Era meu coração que me dizia. E o coração nunca erra.

Nunca, jamais o coração erra.

Cheguei em casa, dormi por cerca de duas horas, tomei um banho e parei em frente ao telefone, eu precisava ligar para ela e agradecer, convidá-la para sair mais uma vez. Hesitei, de repente tive medo de destruir alguma coisa. Mas era preciso.

Me obriguei a discar o número, parei um pouco antes do último, mas enfim o disquei também. Uma mulher que devia ser a mãe atendeu.

— Oi, aqui é o Karl Ove que está falando — eu disse. — A Tonje está em casa?

— Não. Ela deu uma saída. Você quer deixar recado?

— Por favor diga que eu liguei. De repente eu tento de novo mais tarde.

Me deitei na cama sentindo dores pelo corpo inteiro.

Fui até a janela, olhei para as enormes antenas da tv2, com a escuridão sequiosa mais acima.

Depois me vesti e saí. Eu sentia dor. Segui em direção a Nordnes, um caminhão de limpeza de neve passou roncando com as luzes acesas. Atravessei o Akvariet e continuei em direção ao parque, fui até a entrada, deixei o vento soprar em mim e olhei para as ondas que batiam na terra mais abaixo em meio à escuridão enorme que envolvia a tudo naquele momento.

Olhei ao redor. Não havia vivalma.

— AAAAAAAAAAAH — gritei.

Depois fui até o totem e o fiquei observando, pensando no continente de onde tinha vindo, nos índios que em outra época tinham vivido sem saber nada a respeito de nós, e sem que nós soubéssemos nada a respeito deles. Era um pensamento inacreditável, a liberdade que havia em não saber, em apenas viver, em acreditar que aquelas eram as únicas pessoas, e que o ambiente que as rodeava era o único mundo.

Pensei em Tonje e uma onda de alegria e tristeza se ergueu dentro de mim.

Como terminaria?

Como aquilo terminaria?

* * *

Esperei mais uma hora para ligar de novo quando voltei para casa.
Desta vez foi ela quem atendeu.

— Oi! — ela disse. A voz era calorosa e muito próxima.

— Gostei muito daquela visita que fiz a você — eu disse.

— Eu também — ela respondeu. — Minha irmã passou o dia inteiro falando de você. Agora há pouco eu estava na rua com ela.

— Mande um alô para ela — eu disse.

— Pode deixar.

Silêncio.

— Quando a minha mãe disse que você tinha ligado eu precisei me deitar no chão — ela disse.

— No chão?

— É. De tanto frio na barriga.

— Ah — eu disse.

Silêncio.

— Eu pensei se... bem... é que... se... — eu disse.

— No que foi que você pensou?

— Se você... ou a gente... quer dizer, enfim, você gostaria de me ver outra vez? Sair comigo ou coisa parecida?

— Gostaria.

— Mesmo?

— Mesmo.

— Só para tomar um café ou outra coisa do tipo — eu disse. — Mas não na rádio. Não na cantina nem no Grillen. E nem no Opera.

Ela riu.

— No Wessel?

— É, pode ser? Amanhã?

No dia seguinte havia uma reunião na sala de redação. Eu não tinha pensado nisso, mas claro que ela estaria junto.

O olhar dela me roçou logo na chegada, isso foi tudo, depois ela abriu um sorriso discreto como que para si, mas afora esses pequenos detalhes foi como se não houvesse nada de diferente.

Eu os via do outro lado do vidro que dava para a sala de reuniões, onde todos falavam e gesticulavam em silêncio. Tonje olhou para mim, sorriu depressa, desviou o olhar.

O que significaria aquilo?

Tore apareceu no corredor.

— Como vão as coisas, Karl? — ele perguntou.

— Estou apaixonado pra cacete — eu disse. — Sinto dor pelo corpo inteiro. Nas juntas. Minhas juntas *doem*.

Ele riu.

— Eu te vi dois dias atrás. Você não me falou nada sobre isso.

— Não, porra. Começou anteontem.

— Esse lugar é como o primário — ele disse. — Você já se declarou?

— Não.

— Se você me disser quem é eu posso fazer a gentileza.

— É a Tonje.

— A Tonje? A Tonje aqui da Studentradioen?

— É.

— A Tonje que está ali sentada?

— É.

— E ela sabe?

Balancei a cabeça.

Tore riu mais uma vez.

— Mas ela deve suspeitar — eu disse. — Vamos nos encontrar depois. Eu liguei ontem. Mas agora vamos sair daqui. Você não quer ir comigo até a cantina?

Eu não tinha comido nada o dia inteiro, nem depois de chegar ao trabalho, eu não conseguia, e tinha a impressão de que nem ao menos seria necessário. Afinal, eu estava queimando por dentro.

Durante as duas horas que precisei esperar antes de sair eu fiquei zanzando dentro de casa, me deitei na cama e olhei para o teto, me levantei, continuei andando de um lado para o outro. Foi terrível, eu estava em uma altura tão grande que nada mais poderia estar à minha espera senão uma queda.

Sobre o que eu falaria?

Aquilo não daria certo, eu estava num lugar completamente diferente, não faria nada além de me sentar e balbuciar e corar e agir como um idiota completo, eu me conhecia muito bem.

Eu não tinha espelho no meu apartamento, e assim eu evitava me ver, mas naquele momento esta pareceu ser uma necessidade absoluta, então depois que troquei de roupa e passei gel no cabelo eu virei um CD e passei um tempo segurando-o em frente ao meu rosto em ângulos variados.

Por fim bati a porta e saí.

Minha barriga doía.

Aquilo não tinha graça nenhuma.

Tudo se resumia a dor.

A neve cintilava nas ruas ao meu redor enquanto eu subia a encosta suave que levava ao pequeno quiosque um pouco além da piscina pública, passava em frente ao teatro e ao Opera, dobrava a esquina e entrava no Wesselstuen.

Tonje não estava lá, eu dei graças a Deus, pois assim teria mais uns minutos a sós comigo mesmo. Encontrei uma mesa e me sentei, disse para a garçonete à minha frente que eu esperaria mais um pouco antes de fazer meu pedido.

Ela chegou dez minutos depois. Tremi ao vê-la. Ela estava carregando várias sacolas, e em seguida largou-as junto da parede e tirou o casaco antes de sentar-se, com tudo que havia lá fora, os postes de iluminação e as vitrines das lojas, o fluxo de pessoas e a neve, por assim dizer contido na aura que emanava, como um gato que traz consigo a floresta e a escuridão nos primeiros minutos depois que entra em casa pela manhã.

— Eu estava comprando presentes de Natal — ela disse. — Me desculpe o atraso.

— Não tem problema — eu disse.

— Você já fez o seu pedido?

— Não. O que você quer?

— Uma cerveja, talvez?

Em seguida estávamos os dois com um caneco de cerveja em cima da mesa. O lugar estava lotado, a atmosfera era de entusiasmo, os últimos jantares de Natal estavam sendo encerrados, ao nosso redor homens com ternos dos anos 1980 e mulheres com vestidos de ombros largos e decotes profundos faziam brindes e riam. Só nós dois estávamos em silêncio.

Eu podia ter dito a Tonje que ela era uma estrela, uma luz, meu sol. Eu podia ter dito que estava doente de anseio pela companhia dela. Eu podia ter dito que nunca tinha vivido nada parecido em toda a minha vida, e que eu já tinha vivido muita coisa. Eu podia ter dito que gostaria de ficar ao lado dela para sempre.

Mas eu não disse nada.

Simplesmente olhei para ela e abri um sorriso tímido. Ela respondeu com outro sorriso tímido.

— Você tem orelhas incrivelmente bonitas — eu disse.

Ela sorriu, olhou para a mesa.

— Você acha mesmo? — ela disse. — Eu ainda não tinha ouvido nada parecido!

O que eu tinha dito?

Que ela tinha orelhas bonitas?

Era verdade, as orelhas dela tinham uma beleza incomum, mas o mesmo podia ser dito a respeito do pescoço, dos lábios, das mãos, estreitas e pálidas, e dos olhos. Fazer um elogio às orelhas era uma loucura.

Senti um rubor profundo tomar conta do meu rosto.

— Eu estava prestando atenção nas suas orelhas — eu disse. — E simplesmente deixei escapar o comentário. Sei que pode ter soado meio esquisito. Mas é verdade! Você tem orelhas bonitas!

A explicação deixou tudo ainda pior.

Tomei um gole longo.

— Mas apesar de tudo eu gostei muito da sua irmã — eu disse.

"Apesar de tudo?"

— Vou contar para ela — disse Tonje. — Ela gostou muito de conhecer você. Está naquela idade. Ela não sabe o que é, mas talvez ache que sabe. E assim absorve tudo que vê.

Ela girou o copo com a mão, fez um leve biquinho com os lábios e me olhou com a cabeça meio enviesada.

— Você vai tirar férias agora no Natal? Ou vai continuar fazendo as transmissões?

— Vou para a casa da minha mãe no dia 23. Passar uma semana lá.

— Eu já viajo amanhã — ela disse. — Com o meu irmão.

— Ele também mora em Bergen?

— Mora.

Nada do que tinha havido entre nós dois no primeiro entardecer e na primeira noite existia naquele momento. Tudo estava dentro de mim.

— E quando você volta? — eu perguntei.

— No início de janeiro.

Era bastante tempo. Naquele intervalo tudo podia acontecer. Talvez ela encontrasse alguém, um ou outro cara com quem não falava havia muito tempo, e acabasse engatando um namoro.

Quanto mais tempo eu passasse com ela, menores seriam as minhas chances. Ela precisava entender uma coisa ou outra.

Falamos sobre a rádio, sobre trivialidades, tudo marcado pelo que havia de mais corriqueiro, como se fôssemos apenas dois colegas da Studentradioen que estavam tomando uma cerveja juntos.

Ela olhou para o relógio.

— Vou encontrar a minha mãe e a minha irmã daqui a pouco — ela disse. — Elas também estão fazendo as compras de Natal.

— Tudo bem — eu disse. — Nos vemos depois do Natal, então!

Saímos juntos, paramos no Torgalmenningen, Tonje dobraria à esquerda, eu à direita. Ela ficou parada com as sacolas nas mãos. Eu devia tê-la abraçado, não haveria problema nenhum, seria um gesto natural, afinal tínhamos acabado de tomar uma cerveja juntos, mas não tive coragem.

— Bom Natal para você — eu disse, erguendo a mão com um gesto desengonçado.

— Bom Natal, Karl Ove — ela disse.

Depois saímos cada um para um lado, eu em direção a Høyden e a Møhlenpris, rumo ao apartamento de Yngve, que ele dividia com uma colega. Por sorte ela não estava em casa.

— Como você está? — ele perguntou. — Aconteceu mais alguma coisa depois da festa?

Ficamos na sala, ele colocou My Bloody Valentine para tocar.

— Eu fui para a casa dela. Mas não aconteceu mais nada, a gente só ficou conversando. Agora mesmo eu estava com ela no Wesselstuen. Estou tão apaixonado que não sei o que fazer.

— E ela?

— Não tenho ideia! Não consegui falar nada que fizesse sentido. Sabe o que eu fiz?

Yngve balançou a cabeça.

— Eu elogiei as orelhas dela! Dá pra imaginar? Você tem orelhas muito bonitas! De tudo que eu podia ter dito, escolhi dizer justamente isso.

Yngve riu.

— Não me parece tão idiota assim. Pelo menos é original!

— O que eu faço?

— Ligue de novo, convide-a para sair de novo. O que tiver que acontecer vai acontecer por conta própria.

— Esse é o conselho que você tem para me dar, que as coisas vão acontecer por conta própria?

— É.

— De qualquer jeito ela viaja amanhã para passar o Natal em casa. A gente não vai se ver antes de janeiro. Pensei em escrever uma carta. O que você acha?

— Você pode escrever, não?

— E em comprar um presente de Natal. Quero surpreender a Tonje. Tentar pôr as coisas nos trilhos outra vez. E pensei em comprar um presente que pudesse impressionar. Não um livro ou um disco ou coisas desse tipo, mas uma coisa diferente. Uma coisa mais pessoal. Mas não consigo pensar em nada.

— Protetores de orelha, claro — disse Yngve. — Assim você pode escrever que o presente é para que ela cuide bem daquelas orelhas tão bonitas.

— Boa! — eu disse. — É isso que eu vou fazer. Você não pode ir comigo comprar presentes de Natal amanhã à tarde? De repente a gente já compra um presente para a mãe também.

E assim foi. Junto com Yngve, andei pela cidade em busca de protetores de orelha. Não era exatamente uma coisa que as pessoas usassem, mas por fim encontrei um par. Era horrível, revestido com uma espécie de pele verde, mas não havia problema. Pedi que fizessem um pacote, passei o entardecer do dia seguinte escrevendo uma carta e despachei tudo para Molde.

Minha mãe notou que tinha acontecido alguma coisa assim que entrei na casa dela.

— Você conheceu alguém? — ela perguntou.

— Parece tão bom assim? — eu disse.

— Parece — ela respondeu.

— Por enquanto não aconteceu nada — eu disse.

— Eu recebi um cartão de Natal da Gunvor — minha mãe disse. Olhei para ela.

— Falando bem sério... a gente terminou. Claro que você é livre para manter contato com ela, mas da minha parte acabou.

— Eu sei — ela disse. — Só achei simpático ela ter lembrado de mim. E como se chama a menina que você conheceu agora?

— Se der em alguma coisa eu conto.

Minha mãe parecia cansada, ela estava pálida e eu notei que já não tinha mais as forças de sempre, até mesmo pôr e tirar a mesa parecia custoso.

Na noite de Natal ela abriu o presente que Kjartan havia mandado e ficou com o rosto branco como um papel.

— O que foi que você ganhou? — eu perguntei.

— Uma coroa de flores — ela disse. — Com certeza ele queria ter me dado uma guirlanda bonita, mas acabou mandando uma coroa de velório. Uma coroa usada em enterros.

— Pare de pensar em símbolos — disse Yngve. — Isso não significa nada. O Kjartan simplesmente se enganou. É a cara dele.

Ela não respondeu, mas eu vi que aquilo tinha calado fundo, e que ela acreditava que tinha um significado.

Os presentes foram abertos, comemos biscoitos e tomamos café e por fim eu subi ao escritório e telefonei para Tonje.

— Oi! — ela disse. — Obrigada pelo presente! Gostei muito.

— Quer dizer então que chegou?

— Sim, chegou ontem. Me perguntei se eu devia abrir o pacote na frente de todo mundo, afinal eu não tinha como saber o que você havia comprado, mas abri mesmo assim. Todo mundo me olhou com cara de interrogação. "Quem é Karl Ove?" "Por que ele deu protetores de orelha para você?"

Conversamos por um bom tempo. Ela me contou que todos os amigos tinham ido passar o Natal em casa, todos estavam se visitando e ainda eram muito próximos, mesmo que já fizesse cinco anos desde que haviam terminado o colegial. Ela também contou que havia muita neve por lá, e que os três irmãos haviam passado a manhã tirando a neve do telhado. Eu imaginava tudo, tanto a casa, que ficava na parte mais alta de uma encosta e tinha vista para toda a cidade e para o fiorde mais à frente e as montanhas mais além, pelo que Tonje havia me dito, como os três irmãos dela, que no mundo da minha imaginação tinham um jeito meio de conto de fadas, eram os três exatamente iguais, estavam sempre juntos e tinham a maior consideração do mundo pela irmã caçula.

Quando retornei à sala, fui tomado por uma saudade quase insuportável. Eu não sabia que a felicidade podia causar uma dor como a que senti naquele momento.

Entre o Natal e o Ano-Novo voltei à cidade para fazer as transmissões. Tonje voltou no início de janeiro, eu liguei e a convidei para um jantar na minha casa.

Yngve costumava fazer um espaguete com bacon, alho-poró, gorgonzola e nata, era um prato simples e gostoso e eu decidi preparar a receita. Mesa de jantar eu não tinha, então precisaríamos comer no sofá com os pratos no colo. Mas seria melhor assim; se nos encontrássemos na rua, não poderíamos fazer nada além de conversar sentados, em casa estaríamos mais livres, eu podia cozinhar, servir um vinho, colocar uma música para tocar. Em casa tudo estaria em movimento.

Yngve sugeriu que eu colocasse um pouco de vinho branco no molho. Segui o conselho, mas quando provei o resultado, minutos antes que Tonje chegasse, o molho estava doce e tinha um gosto terrível. Liguei para ele.

— O que eu faço?

— Coloque um pouco mais de vinho. Ajuda.

— Espere um pouco. Não desligue.

Coloquei mais vinho no molho. Mexi, provei.

— Ficou ainda mais doce! Puta merda, que desastre! Ela já está chegando!

— Que vinho você tem aí?

Li o nome.

— Não me diz nada. Mas o vinho é seco, não?

— Seco?

— É.

Examinei o rótulo.

— Diz aqui que é demi-sec. Achei que seria bom, que não seria muito doce.

— Nesse caso não é estranho que o molho tenha ficado doce. Tempere com sal e pimenta e torça para dar certo. Até mais e boa sorte!

Ele desligou, eu coloquei mais sal e mais pimenta e comecei a provar com a minha colher de chá.

A campainha tocou.

Tirei o avental, subi a escada correndo e fui até a porta.

Tonje estava virada em uma touca e um cachecol, um par de olhos grandes e uma boca sorridente.

— Oi — ela disse, inclinando-se à frente para me dar um abraço.

Foi a primeira vez que nos tocamos.

— Entre — eu disse.

Ela me seguiu quando desci a escada e entrei no corredor, e por fim pendurou o casaco enquanto olhava ao redor. O que havia para ver? Paredes decoradas com pôsteres, uma cozinha um pouco além, mais paredes, e o cômodo ao lado, com uma cama, uma estante de livros, uma poltrona, uma escrivaninha, mais uns pôsteres e duas ou três bugigangas da IKEA.

E claro: três velas acesas em um castiçal no parapeito.

— Que bonito — ela disse. Então ela olhou para as duas panelas. — Qual é o cardápio?

— Nada de mais, apenas um espaguete.

Servi o espaguete em dois pratos, virei o molho em cima, peguei o banquinho preto e o coloquei na frente dela, para que ao menos tivesse uma coisa para usar como mesa, ajeitei o meu prato no colo e pusemo-nos a comer.

— Hm, estava muito bom! — ela disse.

— Ah, pare com isso — eu disse. — Não estava. Eu coloquei um pouco de vinho branco no molho, mas ficou doce demais.

— É, estava um pouquinho doce — ela disse, sorrindo.

Recolhi os pratos, coloquei um disco para tocar, o *Siamese Dreams* do Smashing Pumpkins, ficamos sentados bebendo vinho branco doce, ela na poltrona amarela, eu na cama. Eu não queria que ela achasse que eu queria levá-la para a cama, e assim não fiz nenhuma tentativa de me aproximar. Simplesmente conversamos, nada mais. Por um motivo ou outro começamos a falar sobre diversas bandas de Bergen. Do nada, ela disse que o vocalista de uma das bandas que estávamos discutindo era bissexual. Nossos olhares se encontraram no momento exato em que ela disse aquilo, e eu corei. Acho que ela pensou que eu era bissexual. Mesmo que não tenha pensado, meu rubor no momento exato em que ela dizia aquela palavra devia ter despertado uma suspeita. Tentei mudar de assunto, mas não consegui, e o silêncio que veio a seguir foi desconfortável e desagradável.

Não havia como. Eu jamais a conquistaria. Como eu poderia fazer para conquistá-la?

Seria bem mais fácil desistir, me despedir de maneira fria e nunca mais retomar o contato. Assim todos os problemas, toda a dor, toda a derrota cessariam.

Mas eu não conseguia.

Ela se levantou, era tarde, já estava na hora de ir para casa. Eu a acompanhei até a porta, me despedi e acompanhei-a com os olhos, ela subiu o morro sem virar-se para trás.

Quando tornei a descer, coloquei o *Siamese Dreams* para tocar mais uma vez, me deitei de costas na cama e deixei que os pensamentos relacionados a ela tomassem conta de mim.

Na vez seguinte em que nos encontramos as coisas foram um pouco melhor, acabamos num café um pouco abaixo de Steinkjellersmauet, era tarde e não havia mais ninguém além de nós dois. Estávamos sentados junto à janela, do lado de fora a neve deixava marcas em todas as superfícies, que davam a impressão de interromper a queda em que a cidade se encontrava quando chovia no outono, quando tudo parecia afundar, ruas, travessas, casas, parques. A neve mantinha a cidade presa, e eu amava aquilo, amava a luz nova que aquilo espalhava, as atmosferas que criava. E eu amava Tonje. Ela falou sobre a família, havia a avó e a mãe, os irmãos e a irmã, o pai e o irmão gêmeo do pai, eu disse que a história toda parecia um filme de Bergman. Ela sorriu e disse que se mudaria no fim de semana, será que eu podia ajudá-la? Claro que eu podia. Encontrei-a em frente ao apartamento entre a rodoviária e a estação de trem na tarde de sábado, um furgão estava parado junto ao meio-fio e cinco pessoas ocupavam-se com a descarga e o transporte de móveis e caixas. Tonje ficou radiante ao me ver. Cumprimentei os outros depressa, eram três rapazes, um deles o irmão, e uma garota, e logo comecei a ajudar. A escadaria era antiga e tinha vento encanado, o apartamento ficava no quarto andar e era grande, mas também decrépito, e o banheiro, segundo descobri, ficava na outra ponta de um corredor estreito e aberto, praticamente uma ponte localizada na parte externa do prédio.

— O próprio Nansen pensaria duas vezes antes de ir ao banheiro pela manhã — eu disse. — Imagine só quando estiver chovendo! Ou nevando!

— Mas também é charmoso — ela disse. — Você não acha?

— Acho. O jeito é imaginar que você está no passadiço de um navio ou coisa parecida quando uma tempestade cair.

Larguei a caixa em cima da mesa da cozinha e desci para buscar outra, fiz um discreto aceno de cabeça para os outros quatro que subiam a escada. Meu papel naquilo tudo não estava muito claro para mim. Os outros sem dúvida eram amigos próximos. Não se poderia dizer o mesmo a meu respeito. Mas nesse caso, quem era eu?

Independente da resposta, eu não queria estar em outro lugar. Carregar as coisas dela para o apartamento dela. Ver uma batedeira numa caixa e pensar, aquela é a batedeira dela. Ver uma sola de sapato em outra caixa e pensar, aquele é o sapato dela. Panelas, tigelas, pratos, canecas, copos, talheres, frigideiras, discos, fitas cassete, livros, roupas, sapatos, o aparelho de som, a TV, cadeiras, mesas, estantes de livros, bancos, a cama, plantas, o que passei carregando naquela tarde de sábado era todo o mundo dela, toda a vida dela.

O furgão precisou fazer duas viagens, e quando a última carga chegou, Tonje buscou pizzas, que comemos sentados em meio àquele caos. Eu não disse nada, não queria ocupar espaço, os outros a conheciam melhor e eu queria manter-me no meu lugar.

Foi bom, porque quando eu estava lá sentado no chão, com as costas escoradas na parede e uma fatia de pizza na mão, ouvindo a conversa ao meu redor, eu soube que ela era minha. De vez em quando ela lançava pequenos olhares sorridentes na minha direção, e todas as vezes eu sentia arrepios. Meus pensamentos a respeito dela eram leves, pairavam como a abóbada celeste acima de tudo, mas a ideia de me aproximar era pesada. E se eu errasse? E se ela dissesse não? E se ela risse de mim? O que você está pensando? Quem você pensa que é? Por acaso acha que *eu* vou namorar alguém como *você*? Você não passa de um cretino e de um coitado!

Mas eu não podia deixar passar daquela noite.

Eu não podia.

O irmão dela se despediu e foi embora. Um dos outros fez o mesmo. Continuei sentado no chão. Quando os dois últimos se levantaram para ir, fiz a mesma coisa.

— Você também está indo? — ela me perguntou.

— Foi o que pensei — eu disse.

— Você não quer ficar mais um pouco e me ajudar a desencaixotar as coisas? Preciso montar a estante de livros, e sozinha é difícil.

— Claro, pode ser — eu disse.

Ficamos a sós.

Eu estava sentado junto à parede fumando e bebendo coca-cola, e ela estava sentada numa caixa de madeira no meio do cômodo, balançando os pés.

Eu queimava por dentro. E era ela que me fazia queimar. Quando Tonje olhava para mim, eu sentia minhas bochechas corarem.

— Você é do tipo faz-tudo? — ela me perguntou.

— Eu? Não — eu disse.

— Imaginei.

— E você? — eu perguntei.

— Para dizer a verdade, sou. Eu gosto de consertar as coisas. Meu sonho era ter uma casa antiga. Para reformar e deixar exatamente como eu gostaria.

— E do que mais você gosta? — eu perguntei.

— Gosto de costurar. E de fazer comida. E de tocar bateria, também.

— Sei — eu disse.

— E você? Do que você gosta?

— Eu não gosto de costurar. E não gosto de cozinhar. *Eu gosto de você. Fale. Fale, fale agora!*

— Eu perguntei do que você gosta. Não do que você não gosta!

Eu gosto de você, eu gosto de você!

— Eu gosto de jogar futebol — disse. — Mas faz muitos anos que não jogo. E gosto de ler.

— Não é o meu forte — ela disse. — Eu prefiro assistir a filmes, para dizer a verdade.

— Do que você gosta?

— Woody Allen. É o meu diretor favorito.

Ela se levantou.

— Vamos montar a estante? Também podemos colocar uma música para tocar.

Respondi com um aceno de cabeça. Depois que encontramos todas as partes, eu segurei a estante de pé enquanto ela parafusava os suportes na parte de trás e colocava as prateleiras no lugar. Depois ela começou a montar o aparelho de som.

— Não é o mesmo que estava na casa da sua mãe? — eu perguntei.

— É. Ela disse que me emprestava se eu prometesse cuidar bem dele.

Ela colocou um alto-falante em cada lado da sala, abriu uma caixa de CDs e começou a escolhê-los.

— Jazz? — eu perguntei.

— Não — ela disse. — Tem uma música que eu quero que você escute.

— De quem?

— Do Smashing Pumpkins. É de uma coletânea com faixas de um monte de bandas diferentes. Não encontrei essa música em nenhum outro lugar. Lá vai!

Tonje colocou a música para tocar.

Ela ficou olhando para mim enquanto a música preenchia o cômodo. A melodia parecia onírica e infinita, como se dissesse respeito a coisas que acontecem sem parar e jamais terminam.

— Não é bom? — ela perguntou.

— É — eu disse. — Incrivelmente bom.

Tive um pressentimento de que daria certo se eu me levantasse e a abraçasse. De que ela corresponderia naquele instante, e de que o meu único sonho podia se tornar realidade.

Mas não tive coragem. Continuei sentado e o momento passou; Tonje começou a organizar as caixas.

Ajudei a levá-las para a cozinha, Tonje as abriu e começou a pôr as coisas no lugar. Fiquei observando-a por um tempo, pensando no que aconteceria se eu desse um salto à frente e a enlaçasse pela cintura e desse-lhe um beijo por trás naquele pescoço incrível.

Ela se inclinou para a frente, largou uma pilha de panelas em cima do banco, abriu o armário.

— Acho que vou indo — eu disse.

— Tudo bem — ela disse. — Muito obrigada pela ajuda!

Vesti a jaqueta e os sapatos, abri a porta, ela me acompanhou e, quando saí ao corredor frio e parcamente iluminado, me virei em direção a ela.

— Até mais — eu disse.

— Até mais — ela disse.

E então pensei, é agora.

Inclinei o rosto à frente para beijá-la. Naquele exato instante ela virou a cabeça para o lado, foi um movimento que começou ao mesmo tempo que o meu, e assim, em vez de tocar os meus lábios nos dela, toquei-a na orelha.

Me virei e desci a escada o mais depressa que eu podia. Quando saí para a rua, comecei a correr para pôr a maior distância possível entre mim e aquele fiasco.

O que ela devia estar pensando? Eu tinha agido como um garoto de dez anos. Como se não bastasse, eu também me sentia como um.

Logo eu não teria mais chances. Ela jamais levaria aquela situação adiante. O que ela faria com aquilo? O que faria comigo?

Resolvi voltar no dia seguinte, apenas para dar uma passada rápida no apartamento, na esperança de que ela me convidasse para entrar e assim eu pudesse agir com decisão e confiança. Já bastava de indecisão, já bastava de hesitação, já bastava de bochechas coradas e frases entrecortadas.

Se ela dissesse não, então seria não.

Passei toda a tarde de domingo na casa de Yngve e fui ao apartamento dela às sete horas, toquei a campainha, dei uns passos atrás na rua e olhei para as janelas do quarto andar.

Pareciam escuras, não?

Essa não, será que ela não estava em casa?

Uma das janelas se abriu e Tonje pôs a cabeça para fora.

— Oi! — ela disse. — Já estou descendo para abrir.

Fui até a escada. Meu coração martelava no peito.

A porta se abriu.

— Karl Ove... — ela disse. — Entre.

Ela disse o meu nome de um jeito tão íntimo que senti meu corpo inteiro se derreter. Na escada, que ela subia com passos leves e rápidos, minhas pernas tremiam.

Que inferno seria aquele?

Entrei na cozinha, que ficava logo na entrada, tirei os sapatos e a jaqueta, a boina e as luvas.

— Você aceita um chá? — ela perguntou.

— Aceito, obrigado — eu disse.

Fui até a sala, que já estava quase pronta. Me sentei na poltrona baixa, enrolei um cigarro.

— Você enrola um para mim também? — ela pediu.

— Claro — eu disse.

Empenhei toda a minha concentração e todo o meu talento naquilo, já que era para ela, mas assim mesmo o cigarro ficou meio duro na parte do meio, e um pouco mais grosso numa ponta do que na outra. Tonje estava na cozinha, então rasguei o cigarro e comecei a enrolar outro, que ficou melhor.

— Tome — eu disse, entregando-o para ela.

Ela o pôs entre os lábios e o acendeu. Inalou com cuidado, e a fumaça pairou no ar entre nós dois por um breve instante antes de se dissipar.

— E então, gostou? — ela perguntou.

— Gostei. Gostei demais.

— Você apareceu numa excelente hora — ela disse. — Agora mesmo eu queria trazer a estante para cá. E não queria ter que desmontar tudo.

— O que você acha de mudar a estante de lugar agora mesmo? — eu perguntei.

— Pode ser — ela disse, largando o cigarro no cinzeiro e se levantando.

Quando pusemos a estante no lugar, ela colocou a mesma música que havia tocado na tarde anterior. Olhamos um para o outro, ela deu um passo na minha direção.

— Você tentou me dar um beijo ontem? — ela perguntou com um sorriso.

— Tentei — eu disse. — Mas você desviou.

— Você sabe que não foi de propósito — ela disse. — Tente outra vez.

Nos abraçamos.

Nos beijamos.

Eu me aconcheguei no corpo de Tonje e sussurrei o nome dela.

Eu jamais a deixaria. Jamais, jamais.

Passei a noite inteira com ela. Nós procurávamos um ao outro, fomos totalmente abertos um com o outro, tudo estava repleto de luz. Meu corpo doía de tanta felicidade, porque eu *estava* com ela, ela *estava* comigo, o tempo inteiro. O tempo inteiro ela esteve lá, ao meu redor, e meu corpo doía de tanta felicidade, tudo estava repleto de luz.

A vida pode mesmo ser incrível. Viver pode mesmo ser incrível.

Ouvimos a mesma música várias vezes seguidas. Não conseguíamos soltar as nossas mãos. De manhã cedo dormimos umas poucas horas, eu tinha de ir para o trabalho, mas não conseguia, não com ela ao meu lado, e então fomos à cabine telefônica. Enquanto eu ligava ela ficou rindo no lado de fora, com luvas sem dedos nas mãos, uma touca na cabeça e um grande cachecol no pescoço. Ninguém tinha chegado, eu deixei um recado na secretária eletrônica, disse que eu estava doente e não poderia aparecer, desliguei, saí, abracei-a e me afastei com ela, tendo-a o mais próximo possível de mim.

— Eu nunca matei serviço antes — eu disse. — Nunca mesmo. Estou com a consciência pesada.

— Você está arrependido? Não quer voltar e dizer que você já está melhor?

— Claro que não estou arrependido!

— Bem que eu achei!

Com tudo que havia para fazer, naquele dia resolvemos visitar o Akvariet. Era janeiro, não havia praticamente ninguém e nós dois ficamos andando lá dentro, rimos quando os pinguins chegaram por baixo d'água, eu tirei fotografias dela com a câmera que eu tinha ido buscar, ela falou longamente sobre o que faria para o jantar, tinha que ser uma refeição especial, era o nosso primeiro dia de namoro. Nós dois tínhamos começado a namorar!

Ondas e mais ondas de felicidade atravessaram o meu corpo naquele dia.

Ela preparou boeuf bourguignon, eu fiquei olhando, e então ela pegou uma colher e a mergulhou na panela, se virou para mim, colocou-a na boca e revirou os olhos.

— Nham! Muito bom! — ela disse.

— Eu te amo — eu disse.

Tonje ficou tensa, me olhou quase assustada. Se virou, tirou a tampa da outra panela e enfiou uma pequena agulha numa batata que estremecia na água fervente. O vapor se espalhou.

— Mais dois minutos — ela disse.

Eu me aproximei e a abracei, beijei-lhe o pescoço. Ela virou o rosto para mim e me beijou.

— Eu tive um dia assim quando eu era criança — ela disse. — Um dia em que tudo foi incrível. Foi minha mãe que me levou. A gente teve um dia de pato. Assistimos a um filme do Pato Donald, demos comida aos patos no parque, eu ganhei um gibi do Pato Donald e depois fomos a um restaurante e comemos pato.

— É sério? Não foi um fim meio bárbaro para o dia de vocês?

Ela riu.

— Eu adoro pato. É o meu prato favorito. E ele já estava lá! Mas o melhor de tudo foi que eu estava sozinha com a minha mãe. O dia inteiro. Eu pensei nesse dia muitas vezes hoje. Eu me senti tão feliz!

Quando terminamos de comer, Tonje descobriu que não tinha café em casa. Disse que ia correndo até o posto de gasolina comprar um pacote. Eu disse que não precisava, mas ela insistiu, e pouco depois estava descendo os degraus.

Fiquei preocupado. O dia inteiro tinha sido infinitamente feliz. Naquele instante pensei que ela ia morrer na rua. Eu sabia que era um pensamento obsessivo, que a chance de acontecer era tão pequena que dificilmente poderia ser menor do que já era, mas assim mesmo imaginei a cena, o ônibus que se aproximava sem vê-la, o motorista de caminhão que se distraía olhando para o para-sol por um instante, ele tinha um maço de cigarros preso ali, e não a via quando ela atravessava a estrada...

Passaram-se dez minutos. Vinte. Meia hora.

Por que ela não voltava?

Alguma coisa tinha acontecido.

Essa não, não pode ser. Não pode ser.

Eu estava quase vomitando.

De repente ouvi passos no corredor e ela entrou com um sorriso de orelha a orelha e um pacote vermelho de café Friele na mão.

— Encontrei uma pessoa que eu não via há muito tempo no caminho — ela disse, tirando o cachecol. — Demorei muito?

— Você não pode ficar tanto tempo longe de mim outra vez — eu disse.

— Então na próxima vez me acompanhe!

Quando chegou perto da meia-noite fomos ao meu estúdio, ela levando as coisas numa bolsa. Na maçaneta da minha porta havia uma sacola pendurada. Eu a abri e olhei para dentro. Um pacote de café e uma barra grande de chocolate.

— Quem mandou para você? — Tonje perguntou.

— Não tenho a menor ideia — eu disse.

Devia ter sido uma das garotas da rádio, mas eu não poderia dizer isto. E além do mais eu não tinha certeza.

— Estou vendo que muita gente em Bergen gosta de você — ela disse.

— É o que parece — eu disse.

Entramos, ela tomou banho e entrou no quarto com uma toalha enrolada na cintura.

Na mão ela tinha um frasco de xampu para crianças.

— Você usa xampu para crianças? — eu perguntei, puxando-a na minha direção.

— Uso. É melhor para o meu cabelo.

— Você é cheia de segredos — eu disse.

— Mas esse foi um segredo bem pequeno, né?

Três dias mais tarde eu disse na Studentradioen que tinha estado doente, uma gripe, uma febre leve, nada muito grave, mas o suficiente para que eu não pudesse trabalhar.

Tore apareceu de manhã e o enigma da sacola na maçaneta foi enfim revelado, era ele que tinha passado na minha casa.

— Ouvi dizer que você estava doente, então achei que seria bom levar uma coisa para te dar um pouco mais de ânimo.

Não tive coragem de contar para ele que eu não estava doente. Mas contei a respeito de Tonje, não havia como evitar, eu estava repleto daquilo.

Naquela tarde fomos ao cinema assistir a *Amor à queima-roupa*. Depois a gente ia para a casa dela fazer waffles, eu estava com a chapa numa sacola entre as minhas pernas na sala de projeção, e quando saímos pensei que aquilo era a antítese de tudo a que tínhamos assistido. Os personagens do filme tinham bolsas cheias de armas, eu tinha uma chapa de assar waffles. Não consegui parar de rir da situação.

Na sexta-feira fomos ao Opera, foi a primeira vez que aparecemos juntos para as outras pessoas, andamos pelas ruas de mãos dadas e ficamos nos dando uns amassos na fila enquanto esperávamos a nossa vez de entrar, tinha muita gente da rádio por lá, eu vi que estavam falando a nosso respeito, a Tonje e o Karl Ove estão namorando, e eu não queria estar lá, eu não queria beber, eu só queria estar com ela.

Todos os espaços que adentrávamos sofriam uma transformação, eram tomados pelas atmosferas mais incríveis, independente do aspecto real, o apartamento dela, o meu estúdio, os pequenos cafés que frequentávamos, as ruas por onde andávamos.

Ao fim de duas semanas fiz uma coisa estúpida. Yngve ia assistir a um show no Garage, ele me ligou e me convidou para ir, eu aceitei, vou perguntar para a Tonje se ela quer ir junto, tudo bem?

Tudo bem. Fomos até lá de mãos dadas, pagamos o ingresso, recebemos o carimbo nas mãos e descemos ao porão, onde Yngve já se encontrava. Comprei cerveja para nós três, nos sentamos na mesa dele, conversamos de um jeito meio travado, afinal os dois não se conheciam e eu por um motivo ou outro não consegui fazer a conversa andar.

A banda começou a tocar, a gente foi até a frente para ver o show melhor, Yngve e Tonje estavam conversando, ele se aproximou para falar no ouvido dela, ela acenou a cabeça e olhou para ele, primeiro eu fiquei contente, aquelas eram as duas pessoas mais importantes na minha vida, voltei e comprei mais cerveja para todo mundo, comecei a me sentir meio bêbado, apertei a mão de Tonje, ela apertou a minha mão de volta, mas eu não estava bem lá, não estava no mesmo lugar onde tinha estado antes, e alguma coisa mudou em mim, eu comecei a ficar cada vez mais triste, comprei mais cerveja e, quando tornamos a nos sentar, eu não tinha nada a dizer, toda a alegria tinha me deixado, eu bebia e olhava para o nada, sorria para Tonje quando ela sorria para mim, ela não percebeu a minha transformação, porque Yngve estava alegre e falante, e ela estava alegre e falante, os dois emendavam um assunto no outro, rindo e aproveitando a companhia um do outro.

Os dois estavam aproveitando a companhia um do outro. E por que não? Yngve era Yngve, um cara charmoso, divertido, experiente, melhor do que eu em todos os aspectos.

Ela ria dele. Ele ria dela.

O que tinha acontecido?

Eu me sentia pesado, mal conseguia me mexer, estava completamente preto por dentro.

Cada olhar que os dois trocavam era uma punhalada.

Yngve era melhor do que eu. Naquele instante Tonje havia descoberto. Por que ela ficaria comigo, quando podia ter Yngve?

Yngve se levantou para ir ao banheiro.

— Karl Ove, o que você tem? — ela perguntou.

— Nada — eu disse. — Só fiquei meio pensativo. Aconteceu muita coisa nestes últimos dias.

— É verdade — ela disse. — Eu estou superfeliz. O seu irmão é um cara muito legal.

— Que bom — eu disse.

Mas aquilo não parou, simplesmente continuou, os dois seguiram conversando como se eu não existisse, eu segui bebendo e me sentindo cada vez mais desesperado. No fim achei que eu devia mandar todo aquele inferno à puta que pariu. Para o inferno com aquela merda toda!

Me levantei e fui ao banheiro. Apoiei a testa na parede. Vi um copo de cerveja quebrado no chão. Me abaixei, peguei um caco na mão, me olhei no espelho. Passei o caco pela minha bochecha. Uma listra vermelha surgiu, um pouco de sangue brotou junto à borda. Sequei o sangue, não veio mais. Passei o caco pela outra bochecha, dessa vez o mais forte que eu aguentava. Sequei o sangue com um pedaço de papel, joguei-o no vaso, puxei a descarga, larguei o caco no chão, atrás da lixeira, saí e me sentei na mesa deles.

Por um motivo doentio qualquer, foi como se o que eu havia feito tivesse me dado novas forças. Comprei cerveja para nós, Tonje pegou a minha mão e a apertou contra a coxa dela enquanto falava com Yngve, ela não tinha a menor ideia sobre o que eu estava pensando e queria me consolar. Puxei a mão de volta, bebi meio caneco de cerveja em um longo gole, de repente senti uma vontade súbita de ir ao banheiro, de repente era a única coisa que eu queria fazer, tranquei a porta ao entrar, peguei o caco mais uma vez e fiz dois longos cortes ao lado dos cortes anteriores, e depois um no queixo, onde a pele era mais macia e a dor maior. Sequei o sangue, mais um pouco brotou, enxaguei o rosto com água fria, me sequei e voltei novamente para a companhia deles.

Sorri e disse que eu estava muito contente de ver que os dois pareciam ter gostado um do outro. Fizemos um brinde.

— O que tem na sua bochecha? — Yngve perguntou. — Você se acidentou fazendo a barba hoje de manhã?

— É, mais ou menos — eu disse.

O lugar estava às escuras, lotado de gente, e tanto Tonje como Yngve bebiam e distraíam-se um com o outro, então ninguém percebeu o que eu estava fazendo, a não ser por esta vez em que Yngve fez um comentário. Mas ele não tinha fantasia suficiente para imaginar que eu estaria cortando o meu próprio rosto. Eu repeti aquilo pelo resto da noite, de maneira fria e metódica, todas as partes do meu rosto aos poucos foram cobertas por cortes, cada vez mais dolorosos, e por fim, enquanto eu bebia ao lado deles, a dor era tanta que eu podia ter gritado, não fosse pelo fato de que ao mesmo tempo eu estava gostando daquilo. Havia uma alegria na dor, havia uma alegria na consciência de que eu podia suportá-la, de que eu podia suportar tudo, tudo, tudo.

— Vocês não querem dar uma passada no Opera antes que eles fechem? — Yngve perguntou.

— Boa ideia — disse Tonje. Eu já tinha me levantado, vesti o meu sobretudo, enrolei o cachecol no pescoço, tomando cuidado para que a parte inferior do meu rosto ficasse coberta, afundei a touca na testa e andei à frente deles pela escada e depois na Nygårdsgaten. O ar estava frio e agradável, e fazia minhas feridas arderem enquanto a gente caminhava. Eu estava completamente bêbado, porém meus passos eram firmes, a atmosfera parecia ser de absoluta normalidade.

Minha cabeça estava vazia. A não ser pela consciência triunfante do que eu havia feito.

Tonje pegou minha mão, Yngve baixou a cabeça um pouco para a frente, como sempre fazia ao caminhar.

Havia fila para entrar no Opera, entramos no fim.

Tonje olhou para mim.

Ela soltou um grito.

— O que foi que aconteceu? O que foi que aconteceu? VOCÊ ESTÁ SANGRANDO!

Fui para o outro lado da rua.

— Karl Ove, o que foi que você fez? — Yngve perguntou enquanto vinha atrás de mim.

— Não fiz nada — eu disse. — Me cortei um pouco, nada mais.

Tonje veio atrás de nós.

Ela chorava, estava completamente histérica.

— O que foi que você fez? — ela perguntou. — O que foi que você fez?

Comecei a descer o morro. Yngve me seguiu.

— Estou indo para casa — eu disse. — Cuide da Tonje por mim.

— Tem certeza? Você não vai inventar mais nada?

— Vá para o inferno e me deixe em paz. Cuide dela.

Ele parou, eu continuei sem olhar para trás, subi o morro junto ao Tabernaklet, entrei na Skottegaten e desci até o prédio onde ficava o meu estúdio. Abri a porta, me deitei na cama ainda vestido e fiquei esperando que ela tocasse a campainha, ela precisava ir atrás de mim, ela precisava, ela precisava deixar Yngve e ir para a minha casa, tocar a campainha, ela precisava, e fiquei deitado escutando, mas não ouvi nada, e no fim dormi e deixei tudo aquilo para trás.

Enquanto adormecia eu sabia que não devia acordar, que uma coisa terrível estaria à minha espera, e por muito tempo consegui manter-me naquela zona logo abaixo da consciência, até que a fonte do sono houvesse secado e não fosse mais possível manter-me naquele lugar.

Meu rosto doía, eu me sentei, tudo que tinha acontecido voltou de repente. Pensei, agora eu preciso acabar com a minha vida.

Eu já tinha pensado muitas vezes naquilo, mas era como uma brincadeira, eu jamais, em circunstância nenhuma, levaria a coisa até o fim, nem mesmo naquele instante.

Mesmo assim, a dor era tanta que a única coisa capaz de aliviá-la era esse pensamento.

Meu travesseiro estava ensanguentado. Fui até o corredor e peguei o CD que eu mantinha pendurado em um prego, olhei para o meu rosto.

Eu o havia destruído. Eu parecia um monstro.

Se ficassem cicatrizes, minha aparência seria para sempre aquela.

Tomei banho. Me deitei na cama. Tentei imaginar como Tonje devia ter se sentido. O que estaria pensando naquele momento. Se o nosso namoro estaria ou não acabado.

Com certeza ela não tinha imaginado nada daquilo quando começamos a namorar.

Me sentei e ergui a cabeça.

Deus, eu disse. Por favor faça com que tudo acabe bem.

Entrei na cozinha, olhei para o quintal.

Eu precisava encontrá-la.

Mas talvez não naquele mesmo dia.

Talvez fosse bom manter-me longe por um dia.

À tarde eu havia combinado de tocar com Yngve e Tore na fábrica desativada. Horas antes fui à casa de Yngve.

— Sua cara está horrível — ele disse. — Por que você fez uma coisa dessas?

— Não sei. Eu simplesmente fiz. Estava bêbado demais. Será que eu posso entrar?

— Claro.

Nos sentamos na sala. Eu não tinha coragem de encontrar os olhos dele e ficava olhando para o chão como um cachorro.

— No que você estava pensando? — ele me perguntou. — Com certeza não era na Tonje.

— Como ela ficou? — eu perguntei. — O que aconteceu?

— Eu a levei de volta para casa.

— E o que ela disse?

— O que ela disse? Ela não disse nada. Foi chorando o caminho inteiro. Ou melhor: ela disse que não tinha entendido nada. Disse que vocês dois estavam muito felizes. Disse que achou que você também estava feliz.

— E eu estava mesmo.

— Bom, não foi o que pareceu.

— É.

Fez-se um silêncio.

— Você tem que parar de beber. Você *não pode* beber mais.

— É.

Novo silêncio.

— Você acha que ela vai terminar comigo agora?

— Como vou saber? Só existe um jeito de descobrir. Você tem que falar com ela.

— Agora não. Eu não aguentaria.

— Mas você precisa.

— Você vai comigo? Não para a nossa conversa, mas só para me fazer companhia no caminho? Eu não quero ficar sozinho.

— Vou. Eu preciso dar uma volta, de qualquer jeito.

Yngve começou a falar sobre outras coisas, sobre trivialidades, assim que saímos. Mesmo sem dizer nada, eu estava feliz com a companhia dele, aquilo me deu forças. Pedi que ele esperasse, para o caso de Tonje não estar em casa. Toquei a campainha, olhei para cima, nada aconteceu, voltei até onde Yngve estava. Fomos ao café vinte e quatro horas frequentado por trabalhadores noturnos, caminhoneiros e taxistas, onde a chance de encontrar um conhecido era mínima. Quando começou a escurecer, buscamos a guitarra na casa dele e fomos encontrar Tore.

Tore me olhou com o rosto totalmente pálido.

— O que você fez? — ele perguntou. Precisei desviar o rosto, ele começou a chorar.

— Parece bem pior do que na verdade é — eu disse. — Os cortes não são profundos. São apenas uns arranhões.

— Puta que pariu, Karl Ove! — ele disse.

— Vamos tocar um pouco — eu disse.

Depois de tocar por uma hora naquele lugar gelado, com toucas, cachecóis e jaquetas grossas, com o ar saindo como nuvens das nossas bocas, nós fomos embora. Yngve ia para casa, eu e Tore ficamos conversando na esquina. Ele me contou que certa vez uma pessoa próxima a ele havia tentado se suicidar. Tinha ido à floresta e se dado um tiro de espingarda no peito. Mas ele foi encontrado e sobreviveu.

— Eu não sabia disso — eu disse.

— Não, como você poderia saber? — ele disse. — Mas não invente uma coisa dessas.

— Mas, Tore, eu não fiz nada disso, não foi nem parecido. Eu simplesmente enchi a cara e achei que seria uma boa ideia me cortar.

— Bem, não foi.

— Não, agora estou vendo que não.

Rimos e começamos a ir embora. Nos despedimos na esquina do Grieghallen, ele começou a subir em direção à casa dele e eu fui ao apartamento de Tonje.

Desta vez ela abriu a janela. Mas não desceu, como havia feito todas as vezes até então, simplesmente jogou a chave para baixo. Eu abri a porta e subi. Ela tinha visita. A melhor amiga estava lá, junto com o namorado dela.

Fiquei parado na porta.

— Me desculpem — eu disse. — Sei que a minha aparência está terrível. Eu enchi a cara e cortei o meu rosto.

Tonje não olhou para mim.

— A gente já estava de saída — disse o namorado da amiga.

Eles se levantaram, vestiram as roupas de frio, se despediram e foram embora.

— Eu lamento muito pelo que aconteceu — eu disse. — Você me perdoa?

— Perdoo — ela disse. — Mas não sei se podemos continuar juntos. Não sei se eu quero.

— Eu sei — eu disse. — Eu entendo.

— Você já tinha feito isso antes?

— Não. Nunca. E nunca mais vou fazer.

— Por que você fez, então?

— Não sei. Não tenho a menor ideia. Eu simplesmente fiz.

Me sentei na cadeira, olhei para Tonje, ela estava olhando para a rua.

— Claro que eu quero continuar junto com você — ela disse, se virando. As lágrimas escorriam pelo rosto dela.

*

Um ano mais tarde fomos morar juntos. Era um apartamento de um dormitório próximo ao prédio de ciências naturais e exatas, que tentamos decorar da melhor forma possível com os poucos móveis que tínhamos. O quarto ficava nos fundos, meio como a cabine de um barco, e não tinha lugar para muita coisa além da cama. Do outro lado ficava a sala, também pequena, e para conseguir um pouco mais de espaço nós a dividimos com uma estante de livros. Num lado eu tinha o meu escritório, e no outro pusemos o sofá, a mesa e cadeiras.

Foi lá que tivemos as nossas primeiras brigas, era a parte prática de morar juntos com a qual tínhamos de nos acostumar, mas também a nossa primeira vida realmente juntos um com o outro, porque de repente estávamos dividindo tudo. Naquele pequeno apartamento nós dormíamos juntos, comíamos juntos, ouvíamos música ou assistíamos à TV juntos, e eu gostava de saber que ela estava sempre ao meu lado, e que sempre voltaria para o meu lado depois de sair. Tonje tinha assumido como redatora da Studentradioen e trabalhava muito. Eu tinha retomado os estudos após quatro anos parado, cursei uma primeira etapa de história da arte e senti vergonha por ser mais velho do que praticamente todos os outros alunos, por não ter nenhum tipo de contato com eles. Quando eu não estava em aula vendo slides de obras de arte, eu ficava debruçado por cima dos livros na sala de leitura, lendo como um maníaco. Depois que o serviço civil havia chegado ao fim em março do ano anterior eu tinha ido com Jon Olav e uns amigos dele a Vats, onde estavam construindo uma enorme plataforma de petróleo chamada Troll, onde eles tinham arranjado emprego. Fui junto na esperança de que passado um tempo fossem precisar de mais gente, e depois de três noites dormindo no sofá de uma cabana administrativa restamos somente eu e Ben de todos os que buscavam a bem-aventurança, e mesmo que nós, ou pelo menos eu, devêssemos ser os candidatos com as piores qualificações para fundidor que a empresa já tivesse um dia avaliado, no fim conseguimos emprego. Por dois meses e meio eu trabalhei lá, em uma das pernas, que talvez se erguesse vinte metros acima da superfície do mar quando eu comecei e que se erguia a mais de cem metros quando terminei. Ao chegar eu tinha medo de altura, mas a perna crescia tão devagar que aos poucos me acostumei, e foi com um sentimento de triunfo que nos últimos dias eu dei voltas por um andaime que consistia em apenas três ripas de madeira e uma estrutura fina, cem metros acima da superfície d'água, sem o menor resquício de medo. Eu era um péssimo trabalhador, mas o trabalho era tão simples que eu servia. Trabalhávamos em turnos de doze horas, às vezes durante o dia e às vezes durante a noite, e ficar andando por aquele lugar à noite, sob a luz das estrelas, em meio ao ruído das máquinas, vendo a luz das outras três pernas no meio do fiorde, rodeado por uma escuridão imensa enquanto o vento uivava em nossos ouvidos, era mágico, era como se fôssemos as únicas pessoas em todo o universo, a pequena colônia de uma nave espacial luminosa em meio ao grande nada. Tonje estava brava comigo quando voltei, não porque eu tivesse me afastado para trabalhar poucas semanas depois que começamos a namorar, mas porque não liguei uma única vez. Expliquei que uma vez eu havia tentado, mas ela não estava em casa, e além do mais não havia tempo. Eu dormia, comia e trabalhava, nada mais. Ela não acreditou em mim, pelo que entendi, achou que aquilo *significava* alguma coisa, que era *sinal* de alguma coisa. Talvez fosse mesmo, eu não tinha pensado muito nela, estava completamente absorto em tudo de diferente e de incrível que havia no trabalho, mas afinal o que isso importava, desde que eu pudesse olhá-la nos olhos e dizer que a amava *com um sentimento verdadeiro*? Olhá-la nos olhos e dizer que para mim ela era tudo que existia, naquele instante e para todo o sempre?

O dinheiro não parava de entrar na minha conta, mas eu queria mais. Meu trabalho na Troll Olje tinha acabado, mas eu ainda poderia continuar na Troll Gass, que estava sendo construída em Hanøytangen, nos arredores de Bergen. Liguei para lá e, quando mencionei que eu havia trabalhado para a Norwegian Contractors, me disseram que bastava aparecer lá. Sem dúvida esperavam um especialista, e com certeza decepcionaram-se ao ver que eu não passava de um cara desajeitado com inclinações acadêmicas, porém mesmo assim eu mantive o emprego até que o trabalho acabasse. O trabalho em si era pesado e monótono, mas eu gostei tanto que comecei a pensar em me candidatar a vagas em outros grandes projetos, como o novo aeroporto que seria construído em Østlandet, a respeito do qual eu ouvia comentários durante os intervalos.

Enquanto trabalhava em Hanøytangen eu morava em casa, e nas semanas de folga eu e Tonje passávamos o tempo inteiro juntos no meu estúdio, onde eu acordava de manhã bem cedo e saía depressa para comprar camarões frescos, pães frescos, café recém-moído, frutas e sucos para o nosso café da manhã, ou então subia até o apartamento torto e açoitado pelo vento onde Tonje morava, que estaria para sempre iluminado pela luz abrasadora da primeira paixão.

Um dia finalmente conheci a mãe dela e o marido, que estavam morando havia meses na África. Os dois estavam passando umas semanas na Noruega, tinham alugado a casa de amigos, nós jantamos ao ar livre, no jardim, eu estava nervoso, mas deu tudo certo, eles gostaram de mim e demonstraram curiosidade a meu respeito, e quando estávamos prestes a ir embora disseram que devíamos visitá-los na África no Natal, por exemplo. Aceitamos o convite. Afinal, tínhamos o dinheiro e o tempo necessários.

Tentei voltar a escrever, mas não consegui, me faltava seriedade, aquilo não era sério, pelo menos não se comparado às coisas que Kjartan e Espen escreviam. Pensei que talvez eu pudesse viajar um pouco, escrever em tempo integral, e já que era possível receber seguro-desemprego da Noruega nos países da UE, eu podia muito bem morar em qualquer um deles, como por exemplo na Inglaterra, pensei, e então escrevi uma carta para Ole, com quem eu tinha estudado. Ele tinha se casado com uma garota inglesa e morava em Norwich, e disse que sem dúvida o lugar seria bom para mim.

Na manhã da viagem eu quebrei um espelho. Tonje não disse nada, mas notei que ela ficou revoltada. No táxi a caminho do barco eu disse que não tinha sido de propósito.

— Não é pelo espelho, seu bobo — ela disse com lágrimas nos olhos. — É porque você está me deixando.

— E você está triste por isso?

— Você não sabia?

— Não. São apenas três meses. E você vai me visitar. E depois vamos para a África, porra! Além do mais, eu preciso ter material pronto de uma vez.

— Eu sei — ela disse. — É só que eu vou sentir muita falta de você. Mas vai dar tudo certo. Você não precisa ficar com pena de mim.

Ela sorriu.

Quando subi o portaló uma hora depois e me virei e a vi parada em terra e acenamos uma última vez um para o outro, pensei que eu a amava, e que eu queria casar com ela.

Foi um desses pensamentos que mudam tudo. Um desses pensamentos que surgem de repente e colocam tudo no devido lugar. Era um pensamento carregado de futuro e de sentido. Justamente o que me faltava, e o que havia me faltado por muito tempo. Futuro e sentido.

Claro que também podíamos simplesmente continuar juntos e ver o que acontecia. Não haveria menos futuro e menos sentido nessa situação. Tonje seria Tonje, independente de estarmos casados ou apenas morando juntos. Mas assim mesmo... eu não conhecia ninguém da minha idade que houvesse casado, o casamento era uma instituição que pertencia às gerações passadas, um anacronismo do século XIX, criado em função de uma moral sexual rígida e de uma visão igualmente rígida sobre as pessoas, segundo a qual o lugar da mulher era em casa com os filhos e o do homem era na rua com o trabalho, conceitos tão antiquados quanto a cartola e o urinol, o esperanto e os barcos a vapor. O razoável para qualquer pessoa em nossa época seria não casar, o razoável para qualquer pessoa em nossa época seria morar junto, respeitando um ao outro por aquilo que cada um era em si mesmo, sem depender de maneiras externas de viver nossa vida. Não havia nada que nos *obrigasse* a zanzar por aí usando calças de corrida e assistir a vídeos de noite, ter filhos, nos separar e tê-los em casa em semanas alternadas. Podíamos viver nossa vida de maneira digna com os meios que estavam à nossa disposição. Este seria o razoável e o certo. Mas o amor não era razoável, o amor não era adequado, o amor não era certo, era mais do que isso, precisava ser mais do que isto, então puta merda, por que não resgatar o casamento das profundezas do tempo, novamente trajado com as vestes do amor? Por que não voltar a usar essas palavras impressionantes? Para não dizer solenes, se vamos amar um ao outro para sempre? Por que não insistir na seriedade que tudo isso representa? Por que não cultivar os compromissos vitalícios? Afinal, tudo que fazíamos não passava de uma bobagem, independente do que fizéssemos o resultado era sempre uma bobagem, no fundo ninguém acreditava em mais nada. Pelo menos ninguém que eu conhecesse. A vida era uma brincadeira, a vida era um passatempo, e a morte nem ao menos existia. Ríamos de tudo, inclusive da morte, o que aliás não era de todo um equívoco, porque a risada sempre vinha por último, como o sorriso da morte quando um dia estivéssemos prostrados com a boca cheia de terra.

Mas eu queria, eu acreditava, eu faria.

Peguei a chave da cabine na recepção, larguei minha mala e subi até o café. Tudo estava aberto para mim. Eu estava a caminho de um país novo, de uma cidade onde eu nunca tinha estado antes, não tinha onde ficar e não sabia o que me esperava.

Eu passaria três meses por lá. Depois viajaríamos à África, onde eu estaria livre.

Era perfeito.

O barco começou a deslizar. Agora Tonje deve estar a caminho de casa, pensei, e então fui ao convés para ver se eu ainda conseguia vê-la, ainda que de relance. Mas já estávamos longe da costa, era impossível distinguir os vultos escuros que andavam por Bryggen àquela distância.

O céu estava cinza, a água que singrávamos, preta. Coloquei as mãos na balaustrada e olhei em direção a Sandviken. O velho pensamento de abandonar tudo voltou por um breve instante. O pior de tudo era que daria certo. Eu sabia que podia simplesmente me virar de costas e deixar tudo aquilo para trás, sem jamais me arrepender. E eu também podia deixar Tonje para trás. Eu não sentia falta dela quando ela não estava ao meu lado. Eu não sentia falta de ninguém, e nunca tinha sentido. Eu nunca sentia falta da minha mãe, nem de Yngve. Eu nunca sentia falta de Espen, nem de Tore. Eu não tinha sentido falta de Gunvor quando a namorava, e não sentia falta de Tonje naquele momento. Eu sabia que podia andar pelas ruas de Norwich e ficar escrevendo num apartamento, e talvez sair para beber com Ole, sem sentir falta dela. Às vezes eu pensava nela com ternura, mas não com saudade. Havia uma rachadura em mim, um defeito, um frio no coração. Quando eu me aproximava das pessoas, eu pressentia o que elas queriam, e então me subordinava àquilo. Se Gunvor sentia que eu estava distante, eu pressentia esse sentimento e tentava ir ao encontro dele. Não por mim, mas por ela. Se eu fazia um comentário que Espen achava estúpido, eu me envergonhava e tentava corrigi-lo, nessas horas a avaliação que ele fazia de mim era tudo o que importava. Será que eu não podia ser distante e me assumir assim? Será que eu não podia ser estúpido e me assumir assim? Não, não assim, não na frente deles.

Mas quando eu estava sozinho nada disso tinha importância.

Esse frio no coração era terrível, às vezes eu chegava a pensar que não era humano, que eu era um Drácula que se alimentava dos sentimentos das outras pessoas, mas não tinha nenhum. Minhas paixões, o que eram senão um espelho? De que se ocupavam, senão dos meus próprios sentimentos?

Mas o que eu sentia por Tonje era verdadeiro, e como para mim um sentimento genuíno era mais valioso do que qualquer outra coisa, eu precisava apostar tudo que eu tinha naquilo.

Mas eu não sentia falta dela.

Passei o dia inteiro ora lendo, ora tomando nota de ideias e pensamentos no meu caderno de anotações. Se não fosse naquela hora, não seria nunca. Eu não podia continuar sendo um cara que escrevia mas não era publicado por muito tempo, tanto por razões práticas — eu já estava vários anos atrasado na minha formação em relação às pessoas com quem eu havia estudado, e além disso precisava ganhar dinheiro para viver — como também por razões de dignidade. Um sujeito de vinte anos que escreve em tempo integral porque quer ser escritor é encantador, mas um sujeito de vinte e cinco que faz a mesma coisa é um fracassado.

Um conto como "Os mortos" de Joyce, escrevi no meu caderno de anotações. *Uma reunião de família na qual os participantes representam os estágios da vida, a criança, o jovem, a pessoa de meia-idade, a pessoa idosa, mas que ao mesmo tempo é uma coisa à parte, idiossincrática em meio à vida. Uma reunião dessas, repleta de conflitos, na qual a década de 1940 está próxima, a década de 1960 está próxima, como que em bolhas no presente, esse tipo de complexidade, sem qualquer tipo de história, antes que as pessoas separem-se e a pequena família principal esteja no carro a caminho de casa. No banco de trás estão os dois filhos, o mais velho dorme, o mais novo está acordado de olhos fechados escutando a conversa dos pais sobre um assunto terrível. Talvez o passado, uma coisa importante, ou talvez uma coisa ainda por acontecer. Na rua a neve cai. Eles chegam, a casa está escura e silenciosa, eles entram... e depois? O que acontece? O que seria grande o bastante para que tudo que ocorreu até esse ponto possa ser levado ainda mais longe?*

Fechei o caderno de anotações e comecei a ler *Ulverton*, de Adam Thorpe. A tradução era de Svein Jarvoll, e o livro era sobre um lugar fictício na zona rural da Inglaterra, os capítulos diziam respeito cada um a uma época diferente, o primeiro se passava no século XVII, o último na época atual. Os capítulos eram escritos em diferentes formas e dialetos. Jarvoll tinha optado pelo dialeto de Skjåk em um dos capítulos, e fiquei impressionado ao ver como o resultado era bom; os portões nas cercas que eram abertos e cruzados a cavalo, o solo e as árvores e as casas baixas e meio desabadas, tudo se adequava ao dialeto de Skjåk. Talvez porque o dialeto nascesse da paisagem, de certa forma, do jeito de falar que existia somente naquele lugar, naqueles vales onde a pronúncia de uma palavra havia surgido junto com o grande carvalho, que logo completaria mil anos, a pronúncia de outra havia surgido junto com aquele terreno que foi limpo e onde o vetusto muro de pedras foi erguido. Em outros vilarejos havia outras palavras e outros carvalhos, outros terrenos e outros muros.

O tempo atravessava o romance, rodopiava por entre as vidas dos personagens. Havia um anseio enorme.

Será que eu me senti tão atraído por aquilo tudo por ter nascido num lugar onde havia somente o contemporâneo, enquanto o antigo era uma coisa que existia apenas nos livros?

Comprei uma cerveja, escrevi *século XVII* no caderno de anotações, olhei para o relógio, logo seria meia-noite, terminei de beber e fui me deitar.

A cabine ficava na parte de baixo do barco, próximo à sala de máquinas. Aquilo me fez pensar no meu avô, que sempre reservava cabines acima da linha d'água. Quando não era possível, ele dormia numa cadeira. Eu não me importava com esse tipo de coisa, por mim o navio podia muito bem afundar enquanto eu estivesse dormindo que não haveria problema.

Tirei a roupa, li umas páginas de *Ulverton*, apaguei a luz e dormi. Horas depois, acordei no escuro do sonho mais incrível que eu tivera em toda a minha vida.

Me sentei e fiquei rindo sozinho.

Eu tinha descido a estrada em frente à nossa casa em Tybakken. De repente ouviu-se um ronco nos arredores. O ronco era forte, eu sabia que nada parecido jamais havia soado por aquelas bandas, o som ribombava no céu como um trovão, porém infinitamente mais alto.

Aquela era a voz de Deus.

Eu parei e olhei para o céu.

E de repente comecei a flutuar!

Eu estava flutuando em direção ao céu!

Que sensação. O ronco, a presença magnífica de Deus e o momento inacreditável em que comecei a flutuar. Foi um momento de paz e plenitude, de felicidade e alegria.

Tornei a me deitar.

Tudo bem, tinha sido apenas um sonho. Mas o sentimento era real. Eu havia sentido tudo aquilo de verdade. Foi uma pena ser invadido por aquele sentimento enquanto eu estava dormindo, mas pelo menos eu sabia que aquilo existia, pensei, e então fechei os olhos e mergulhei novamente no sono, na esperança de que coisas ainda mais fantásticas estivessem à minha espera.

* * *

Quando eu tinha sete anos fomos passar férias na Inglaterra, as memórias da viagem eram as melhores da minha infância, e tudo aquilo voltou quando na tarde seguinte eu apoiei as mãos na balaustrada e olhei em direção a uma listra que havia despontado ao longe. Era a Inglaterra. Passamos por barcos pesqueiros que rumavam para o mar aberto, as gaivotas voavam acima dos conveses, à nossa frente a terra parecia afundar à medida que nos aproximávamos, eu via cada vez mais longe, e por fim adentramos um canal e realmente chegamos ao meio daquilo tudo. Havia galpões e prédios industriais nos arredores, com grandes regiões desertas e tomadas pelo lixo nos espaços vazios entre uma construção e outra.

A grama era amarela, o céu estava cinza, e se havia uma coisa que brilhava eram os tijolos dos prédios, que no entanto brilhavam com as cores da ferrugem, da transitoriedade e da decadência. Ah, aquilo me preencheu, lá estava a Inglaterra; as construções que víamos sem dúvida remontavam à primeira fase da industrialização, eu amava aquele império caído, que no entanto mantinha o orgulho, e as pessoas que haviam crescido naquele cinza implacável tornavam-no mágico, primeiro a geração dos anos 1960, com o pop, os Beatles e o Kinks, depois a geração heavy metal dos anos 1970, com todas as bandas malignas das cidades metalúrgicas no centro da Inglaterra, todas podres de ricas aos vinte anos, depois o punk, nascido em meio às montanhas de lixo que atulhavam a Inglaterra em 1976, depois o pós-punk e o gótico, a enorme seriedade que haviam conferido à música, e por fim aquele momento, com Madchester, as festas rave, as cores e o ritmo. A Inglaterra, eu amava a Inglaterra e tudo que dizia respeito à Inglaterra. O futebol, o que mais alguém poderia querer além de um estádio velho e desgastado construído no início do século com dez mil, vinte mil operários soturnos e violentos, com a neblina pairando sobre o campo pesado e barrento e carrinhos tão fortes que chegavam a ecoar nas placas dos patrocinadores? As casas escuras com carpetes de uma parede à outra por toda parte, até mesmo nas escadas dos pubs?

Quando o barco atracou, peguei um ônibus *double-decker* para ir até o centro. Os gritos dos jornaleiros foram a primeira coisa que percebi ao descer. O ar parecia bem mais quente do que em Bergen, eu estava num país estrangeiro outra vez, tudo era diferente. Fui até a estação de trens e comprei um bilhete para Norwich, esperei cerca de duas horas num café e embarquei no trem.

Chegando a Norwich peguei um táxi até os arredores da universidade, Ole tinha me dito que por lá as pessoas costumavam alugar quartos antes do início do semestre, ele tinha razão, eu consegui um, larguei minha bagagem e fui ao pub de estudantes que eu havia notado ao chegar. Passei umas duas horas bebendo sozinho enquanto eu observava os estudantes e tentava dar a impressão de que me sentia à vontade por lá. No dia seguinte fui à cidade. O lugar era pequeno, rodeado por uma muralha da Idade Média e repleto de pequenas igrejas que naquela época serviam a todos os propósitos imagináveis, eu vi um pub e uma loja de artigos esportivos funcionando em igrejas. Também havia canais por lá, com barcos-casa amarrados ao longo da margem, e uma grande catedral da Idade Média. Comprei um pão e umas fatias de salame e me sentei num terreno próximo. Uns garotos, provavelmente estudantes, jogavam rúgbi na minha frente. A visão dos uniformes e daquele jogo tão diferente para mim despertou sentimentos estranhos e tristes, pensei na época da rainha Vitória, do império, dos internatos, das fábricas e das colônias, e da qual aquelas crianças faziam parte. Era a história delas, e jamais seria a minha.

Comprei dois jornais locais e me sentei num pub ao lado do canal, pedi uma sidra e comecei a ler os anúncios, circulei três que poderiam ser interessantes.

O primeiro alugava somente para estudantes e eu ainda fui estúpido a ponto de dizer que eu estava desempregado, a mulher simplesmente desligou na minha cara. Com o segundo as coisas deram mais certo. A mulher tinha um quarto na cidade, segundo disse, porém morava em outro endereço, será que eu podia ir até lá?

Claro. Anotei o endereço, comprei um chiclete para disfarçar o cheiro do álcool e me sentei num táxi.

Um homem maltrapilho com brincos e barba abriu a porta e apertou a minha mão, disse que o nome dele era Jim e chamou a esposa, que apareceu e me cumprimentou. Você vem comigo, disse o homem, me entregando um capacete redondo. A motocicleta estava no jardim. Tinha um daqueles carrinhos laterais, onde eu podia sentar. O carrinho lateral era na verdade uma banheira adaptada. Ele empurrou a geringonça para a frente e fez um gesto com a palma da mão aberta, *take a seat*. Subi naquele negócio e me acomodei, um tanto hesitante. O homem deu a partida na motocicleta, pegou a estrada e seguiu em direção à cidade. As pessoas nas calçadas e nos carros ficaram olhando para mim. Um norueguês de dois metros com um capacete redondo atravessando as ruas de Norwich em uma banheira.

O apartamento ficava em um bairro operário. Uma longa fila de casas idênticas de alvenaria em ambos os lados de uma encosta suave. Ele abriu a porta, eu o acompanhei. Primeiro uma escada, recoberta por um carpete, que levava a dois quartos, um dos quais estaria à minha disposição. Uma cama, um armário, uma escrivaninha e uma cadeira, nada mais.

Ele me perguntou o que eu achava.

— *It's brilliant* — eu disse. — *I'll take it.*

Descemos, entramos na sala. O lugar estava cheio de coisas, do chão ao teto. Havia todo tipo de tralha, de antigas peças de automóveis a pássaros empalhados. O homem disse que era colecionador.

Mas esta não foi a única surpresa. Em um enorme aquário do outro lado havia uma enorme cobra constritora.

O homem disse que em geral me convidaria a segurá-la, mas que naquele instante a cobra estava faminta demais.

Olhei para ele para ver se aquilo era uma brincadeira.

Ele estava completamente sério.

Depois da sala havia uma cozinha, e depois da cozinha um banheiro com banheira.

— *It's brilliant* — eu disse mais uma vez, e então paguei dois meses adiantados, ele me ensinou a usar o fogão a gás, disse que eu podia usar tudo que estivesse por lá e que apareceria em poucos dias para alimentar a cobra.

Depois foi embora, e eu fiquei sozinho com a cobra. Ela deslizou vagarosamente pelo aquário e se encostou no vidro. Senti um arrepio ao observá-la e logo comecei a sentir um enjoo cada vez maior. Mesmo depois, enquanto eu desfazia as malas no quarto, o arrepio de mal-estar permanecia no meu corpo, a ideia de que aquele bicho estava lá embaixo não saía da minha cabeça, nem mesmo durante o sono, porque tive vários pesadelos com cobras de todos os tipos imagináveis.

* * *

Ole tinha escrito para dizer que estaria na Noruega quando eu chegasse, então tudo que eu tinha nos primeiros dias era um minúsculo quarto acarpetado, de onde eu saía de manhã para andar pela cidade e para onde eu voltava à tarde. Os barulhos na rua eram estranhos, as crianças que brincavam por lá falavam e gritavam em inglês, e a longa e suja fileira de casas que eu via jamais poderia se tornar uma visão corriqueira, porque era como se eu estivesse em uma série de TV inglesa, tudo enquanto a fome da cobra aumentava no andar de baixo. Às vezes ela se erguia e batia a cabeça contra o vidro. Nessas horas eu estremecia por dentro. Mas eu também me sentia fascinado, às vezes eu me sentava em frente ao aquário para examinar de perto aquela criatura estranha com a qual eu dividia o espaço.

No fim da semana o senhorio voltou. Ele me chamou, dizendo que eu tinha que ver aquilo.

Pegou uns ratos que estavam no freezer. Na mesma prateleira onde eu tinha guardado as minhas salsichas, segundo notei. Ele esquentou os ratos de leve no forno, estavam todos de barriga para cima com as perninhas estendidas. Enquanto os ratos descongelavam o senhorio fumou cachimbo e me mostrou um pacote de tabaco norueguês Eventyr Blanding da década de 1970 que ele tinha na coleção, era o mesmo tabaco que o meu pai fumava quando eu era pequeno, e então pegou um dos ratos pela cauda, empurrou a tampa do aquário para o lado, bateu no vidro, para que a cobra adormecida despertasse, e começou a balançar o rato de um lado para o outro. A cobra, indolente e apática, ergueu a cabeça devagar, e então, com a mesma rapidez do meu sobressalto, avançou contra o rato. Ela comeu quatro. Depois ficou dias completamente imóvel no aquário, com quatro grandes protuberâncias ao longo do corpo esguio.

Em outra época o mundo inteiro era habitado por criaturas como aquela, que se arrastavam primitivamente pelo chão, ou então faziam a terra ribombar com enormes patas similares às garras de pássaros. O que era a vida naquela época, quando não existia nada além daquilo? Quando sabíamos que certa vez tudo que existia era aquilo, e que na verdade continuava a ser assim? Nada além de um corpo, comida, luz e morte?

Uma coisa eu havia compreendido na primeira vez que trabalhei num hospital psiquiátrico. A vida não era moderna. Todos os desvios, todas as deformidades, todas as monstruosidades, toda a debilidade, toda a loucura, todas as feridas, todas as doenças continuavam a existir, eram tão presentes quanto haviam sido na Idade Média, porém nós as escondíamos, nós as tínhamos colocado em uma enorme construção no meio da floresta, organizado acampamentos próprios para elas, sempre mantendo-as longe dos olhos, para que tivéssemos a impressão de que o mundo é vigoroso e saudável, de que assim eram o mundo e a vida, mas não era verdade, a vida também era grotesca e disforme, doentia e torta, indigna e humilhada. A raça humana era repleta de cretinos, idiotas e monstros, que ou nasciam assim ou terminavam assim, porém não estavam mais nas ruas, não corriam mais à solta e não atormentavam mais as pessoas, porque viviam na sombra ou na noite da nossa cultura.

Esta era uma verdade.

A vida da cobra naquele aquário era uma outra verdade.

Houve um tempo em que não existiam criaturas com olhos na Terra. Depois os olhos desenvolveram-se.

Ao fim de poucos dias naquela casa notei que eu podia esquecer por completo minha intenção de escrever. Eu tentava, mas não vinha nada, sobre o que eu escreveria? Quem eu pensava que era para criar qualquer coisa que pudesse interessar as pessoas além da minha mãe e da minha namorada?

Em vez disso, escrevi cartas. Para Espen, para Tore, para Yngve, para a minha mãe, para Tonje. Descrevi os meus dias em detalhe, desde o carteiro que me acordava assoviando a Internacional todos os dias ao passar pela manhã, tudo o que eu via nos meus diversos e longos passeios na cidade, até minhas vivências mais estranhas no escritório do seguro-desemprego, com toda a pobreza e toda a miséria que se revelavam por lá, uma seriedade absoluta que se mostrava como um profundo contraste em relação à minha vida, já que para mim nada estava em jogo, o seguro-desemprego que eu recebia era com certeza dez vezes maior que o daquelas pessoas, e na verdade não passava de uma bobagem, que eu havia pedido apenas para conseguir um tempo para escrever. O curador que me foi designado devia suspeitar do que estava acontecendo, pelo menos ele às vezes erguia a voz ao falar comigo e ameaçou suspender todos os pagamentos a não ser que eu provasse que de fato estava procurando emprego na cidade.

Ole voltou da Noruega, eu fiz uma visita a ele e à esposa no apartamento deles. O apartamento era minúsculo e bastante inglês. Ole continuava exatamente como eu lembrava, de uma gentileza absoluta, mas ao mesmo tempo intensa. Continuava estudando, mas não prestava os exames, o nervosismo o paralisava, independente do quanto soubesse, independente do quanto fosse brilhante ele não conseguia entrar num local de exame. Andamos pelos sebos, o autor favorito dele era o Samuel Johnson, que ele de vez em quando traduzia, por diversão mesmo, e Boswell, e também Beckett, como havia sido cinco anos atrás.

Eu gostava muito dele. Mas nada disso justificava a minha presença em Norwich. Eu *precisava* escrever. Mas o quê? Às vezes passavam-se cinco dias sem que eu dissesse uma palavra para quem quer que fosse. Tudo era estranho, as casas, as pessoas, as lojas, a paisagem, nada daquilo me pertencia, ninguém se importava comigo, era perfeito, era isso que eu queria, simplesmente andar de um lado para o outro e ver tudo que existia, sem que me vissem de volta.

Mas com que objetivo? E com que direito? Qual era o fundamento de ver, quando eu não sabia escrever as coisas vistas? Qual era o fundamento de viver, quando eu não sabia escrever as coisas vividas?

Enchi a cara com Ole algumas vezes, ele sempre ia para casa quando o pub fechava, mas eu não queria, então ele me acompanhava até os clubes noturnos, se despedia na rua e depois eu entrava e continuava bebendo sozinho, sem dizer mais nada para ninguém. Às quatro ou cinco horas eu cambaleava de volta para casa e me deitava. No dia seguinte eu dormia até tarde, tomado de angústia, ouvia o canal pop da BBC, lia todos os grandes jornais, o que levava o dia inteiro, e depois me deitava mais uma vez para dormir.

O single de estreia do Supergrass tocava dia e noite, eu o havia comprado. O Elastica estava na cidade, eu fui ver o show, bêbado e sozinho. Com o dinheiro que recebia da Noruega eu comprei jaquetas de treino usadas da década de 1970, sapatos, calças jeans, discos e livros. Fui a Londres com o ônibus pela manhã, arrastei os pés nos arredores de Tottenham Court Road o dia inteiro, voltei para casa no fim da tarde.

Depois de dois meses e meio passados assim, Tonje foi me visitar. Passamos por Londres, compramos passagens para Johannesburgo e Maputo, pegamos juntos o avião de volta para Bergen.

Na África eu perguntei se ela gostaria de casar comigo.

Ela respondeu que gostaria, sim.

*

De volta a Bergen, no novo apartamento, compreendi que eu não poderia continuar daquele jeito. Em poucos meses chegaria a hora do nosso casamento, e eu não poderia deixar que Tonje se casasse com um idiota que se achava escritor, que jogava a vida fora pensando nisso, eu a respeitava demais para agir dessa forma, então comprei os livros mais importantes sobre história da arte, retirei os outros da Universitetsbiblioteket e comecei a ler.

Tore, que estava fazendo a segunda etapa de letras com um trabalho sobre Proust e o nome, me disse que um editor de Oslo tinha ligado para ele, o sujeito tinha lido as resenhas de Tore no *Morgenbladet* e perguntou se Tore não gostaria de trabalhar como consultor. Tore aceitou. De quebra disse que escrevia ficção, e o editor, que se chamava Geir Gulliksen, disse que gostaria de ler.

Eu também havia escrito resenhas para o *Morgenbladet*. Na verdade, *eu* que havia conseguido aquela oportunidade para Tore no *Morgenbladet*. Então por que esse Geir Gulliksen não tinha ligado *para mim*?

Mas por volta dessa época uma outra coisa aconteceu com a minha escrita. Eu recebi por correio um convite para uma antologia. Era um aniversário qualquer da Skrivekunstakademiet e eles gostariam de receber contribuições de todos os ex-alunos. Mandei "Zoom". Não era nenhum concurso, a antologia era restrita aos ex-alunos e eu não tinha sequer cogitado a possibilidade de que pudessem recusar o meu conto. Mas foi o que aconteceu. Eles não quiseram aceitar.

Até então as recusas tinham sido recebidas com tranquilidade, eram esperadas, todas. Mas essa me destruiu. Passei semanas fora de mim, e tomei a decisão final de parar de escrever. Era simplesmente humilhante demais. Eu tinha vinte e seis anos e estava prestes a casar, já não era mais possível viver num sonho.

Semanas depois fui buscar Tore, a gente ia para o Verftet ensaiar com a nossa banda nova. A banda era composta por Hans e Knut Olav da Kafkatrakterne, além de mim e de Tore. O nome da nova banda era Lemen, em homenagem aos cabelos curtos e à energia interminável de Tore.

Descemos o morro em direção ao centro. Era começo de março, à uma da tarde as ruas estavam secas e iluminadas pela luz pálida e pura do outono, que aos poucos havia vencido a interminável sequência de dias escuros, cinzentos e úmidos do inverno.

Tore olhou para mim.

— Eu tenho uma boa notícia — ele disse.

— Ah, é? — eu disse, pressentindo o pior.

— O meu manuscrito foi aceito. E vai sair no outono! Eu vou ser publicado!

— É sério? Tore, que notícia incrível! — eu disse.

Todas as minhas forças me deixaram. Sentindo-me preto por dentro, continuei andando ao lado dele. Era injusto.

Era completamente injusto, puta que pariu. Por que *ele*, que era *quatro anos* mais novo que eu, tinha o talento necessário, e eu não? Já fazia muito tempo que eu tinha feito as pazes com a ideia de que Espen tinha o talento necessário, a estreia dele não era uma surpresa, mas o esperado. Mas saber que *Tore* tinha o talento necessário? Tão jovem?

Caralho.

Tore brilhava como um sol.

— "Temos que publicar", foi o que o Geir Gulliksen disse. Passei a noite inteira pensando no título. Tenho uma lista de opções. Você quer dar uma olhada?

Ele tirou uma folha dobrada do bolso interno e a entregou para mim. Li enquanto caminhávamos.

Julians kalender
En gang usynlig som kvalme Fnugg
Sovende floke
En frisatt rødme
Et floket sekund
For skams skyld
En gang for alle

— *Julians kalender* — eu disse. — Sem dúvida.

— Eu gosto de *Sovende floke* — disse Tore.

— Não. É críptico demais. Além disso, o que seria um dilema adormecido?

— Uma atmosfera, um problema que existe mas ainda não se manifestou. Esse título tem um aspecto passivo. De uma coisa deixada para trás. Mas acima de tudo evoca uma atmosfera.

— *Julians kalender* — eu disse, entregando a folha para ele. Tore a guardou novamente no bolso.

— Vamos ver — ele disse. — Mas deve estar pronto logo, só falta polir um pouco mais o texto.

— Você quer que eu leia? — eu perguntei.

— Ainda não. Mas seria bom se você pudesse dar uma olhada na versão final.

Eu já tinha lido muitos textos de Tore e sabia: não haveria como ajudá-lo. Eram todos muito melhores do que qualquer coisa que eu já tivesse escrito. Mesmo assim, o mais perturbador era que ele não havia simplesmente pegado uma forma para enchê-la com aquilo que havia julgado ser o preenchimento ideal, de maneira a causar a impressão de uma grata coincidência na carreira de um estreante de vinte e dois anos. Ele havia pegado uma forma, quanto a isso não havia dúvida, mas o projeto inteiro, tudo aquilo sobre o que ele escrevia, mantinha uma relação perceptível, mas assim mesmo obscura, com o que havia de mais íntimo nele, com todas as obsessões que ele tinha e quase nem se dava conta, o que lhe permitia escrever a respeito delas com a profunda alegria de um descobridor.

— Meus parabéns — eu disse. — É uma notícia incrível.

— Porra — ele disse. — Até que enfim! Precisei de dezessete recusas. Mas enfim cheguei aonde eu queria!

Ensaiamos muito com a banda por volta dessa época, tínhamos um show marcado para o novo Studentkvarteret na primavera e a banda ainda era nova, então tínhamos muito a fazer. Tore, que era o vocalista, tinha escrito metade das músicas, e Knut Olav, que tocava guitarra, tinha escrito a outra metade, a não ser por uma, que Hans, agora baixista, tinha escrito. Knut Olav era muito talentoso, sabia tocar todos os instrumentos, compunha melodias pop incríveis e poderia chegar longe com aquilo se estivesse na companhia de músicos melhores. Mas ele não queria nem ouvir esse tipo de conversa. Era um baterista mil vezes melhor do que eu, mas gostava de me ter sentado no banquinho para aumentar e diminuir o ritmo das músicas dele, e quando as arranjava, tinha sempre uma profunda simplicidade em mente. Com Tore no vocal, trazendo aquela enorme disposição de se expor, que era quase uma falta de vergonha na cara, a fórmula deu certo.

Não havia nada que eu gostasse mais de fazer do que tocar com eles e depois sair. Talvez ligar para Tonje e convidá-la para se juntar a nós. Tudo enquanto a luz ganhava mais força e as folhas começavam a brotar nas árvores.

Nosso show no Studentkvarteret seria no dia 19 de maio. Cheguei umas horas antes para a passagem de som, Tore estava me esperando na porta, mas assim que o vi eu notei que tinha alguma coisa errada.

— Você ficou sabendo? — ele me perguntou.

— Do quê?

— O Tor Ulven morreu.

— Morreu? É mesmo?

— É. O Geir Gulliksen ligou para me dizer.

— Mas ele era muito jovem.

— É. E era o melhor autor da Noruega.

— Verdade. Puta que pariu. Que horror.

— É.

Fomos ao café e ficamos conversando sobre aquilo. Tanto eu como Tore o considerávamos um autor melhor e completamente à parte do que em geral se fazia na literatura norueguesa. Pensei em Espen, que tinha me apresentado à obra de Ulven, e que tinha feito leituras mais profundas dela do que qualquer outra pessoa que eu conhecesse.

Hans e Knut Olav chegaram, entramos no local do show, passamos o som e aos poucos o nervosismo foi tomando conta de nós; meia hora antes do início eu estava quase vomitando, mas como era costume o pavor desapareceu assim que subimos ao palco e começamos.

Depois ficamos no camarim bebendo cerveja e conversando sobre o que tinha acontecido — o que você fez naquela hora, eu perdi o controle e não sabia mais onde a gente estava — quando alguém enfiou a cabeça na porta e disse que o príncipe tinha nos assistido, nós demos risada, mas Tore estava distante, abalado com a notícia daquela morte repentina, eu percebia os breves segundos de ausência completa que de vez em quando tomavam conta daquela aura tão social. Se havia uma inspiração para o livro dele, essa inspiração era Ulven. Depois saímos de lá e fomos para o Garage, e quando a festa terminou por lá eu fui para casa com Tonje pelas ruas claras e silenciosas da noite sob as montanhas e o céu coalhado de estrelas.

Eu e Tonje começamos a falar cada vez mais sobre o nosso casamento e a fazer planos. A cerimônia aconteceria na casa dela, em Molde, ela queria que fosse em Hjertøya, e assim seria, eu queria que tudo fosse o mais simples possível, só com as nossas famílias, ela concordou, desde que mais tarde fizéssemos uma festa com todos os nossos amigos.

Liguei para o meu pai e disse que eu ia me casar. Ele continuava tendo uma grande influência sobre mim, não se passava sequer um dia sem que eu pensasse nele, e eu havia me atormentado por muito tempo pensando naquele telefonema. Ele tinha se divorciado e se mudado para Østlandet, mas encontrei-o na casa da mãe.

— Pai, eu tenho uma boa notícia — eu disse.

— Vamos ouvir — ele disse.

— Eu vou me casar.

— Ah. Você não é meio jovem demais?

— Não. É o que eu quero. Você também só tinha vinte anos quando se casou.

— Era outra época. Você sabe que eu não tinha escolha.

— A gente vai se casar em Molde no verão. E eu gostaria que você fosse, claro.

— Claro, eu dou um jeito. Acho que eu e a sua vó podemos ir de carro. Como é o nome da garota com quem você vai se casar?

— Tonje.

— Tonje, muito bem. Que boa notícia. Mas agora eu preciso desligar.

— Até mais.

— Até mais.

*

A presença do meu pai era motivo de apreensão para mim, em parte porque ele bebia demais, e em parte porque a ideia de vê-lo ao lado da minha mãe pela primeira vez desde os meus dezesseis anos me deixava apreensivo. Por outro lado, eu queria que ele estivesse lá. Eu ia me casar, ele era o meu pai, era importante. Neste caso era menos relevante que a família de Tonje fosse perceber a situação dele, mesmo que chegasse a fazer escândalo.

Também era importante que Tonje o conhecesse. Eu havia contado muita coisa, mas um encontro pessoal era diferente. O que eu havia contado ganharia um novo significado a partir de então.

Dias mais tarde Tore disse que se mudaria para Oslo, ele queria estar lá quando o livro fosse lançado, era lá que tudo acontecia. Inger ia junto, claro, senão ele não teria ido; Tore não podia estar sozinho.

— Mas e a banda? — eu perguntei. — Agora que as coisas estão começando a dar certo? Você não precisa se mudar só porque o seu livro vai ser lançado!

— Já estamos morando há muito tempo em Bergen — ele disse. — Sinto como se a cidade tivesse se esvaziado para mim.

— Não diga! — eu exclamei. — Eu estou morando aqui há sete anos, porra!

— Do jeito que você fala parece que tem alguém te obrigando. Pegue a Tonje e se mudem vocês dois também para Oslo, ora.

— Jamais vou fazer uma coisa dessas. Você pode dizer muita coisa a respeito de Bergen, e talvez não aconteça muita coisa por aqui, mas pelo menos o centro não é aqui.

— Não, e é no centro que as coisas acontecem.

— É. E eu não quero estar lá.

— Ah, você pretende ficar por aqui e ser um gênio não reconhecido da periferia?

— Não é nada disso... mas, enfim, vá embora. O cemitério está cheio de pessoas insubstituíveis, como o Einar Førde disse.

— O que deu em você hoje?

— Estou falando sério. A Lemen está dando certo.

Tore abriu os braços com as palmas das mãos para cima.

— A vida é assim — ele disse. — Não posso ficar aqui sentado sem fazer nada só porque você quer.

— Não, no fundo você tem razão.

Ele entregou o trabalho da segunda etapa do curso, me deu o manuscrito, que a princípio estava pronto para publicação, eu li, fiz uns poucos comentários que Tore agradeceu, mesmo que não tenha feito nenhuma alteração, e um dia os vi indo embora, Tore e Inger, a caminho de um novo apartamento em Oslo. Com frequência eu atravessava o fiorde para visitar Espen; a partir daquele momento, eu também poderia visitar Tore. Minha vida era lá, com Tonje, em Bergen.

Três semanas antes do casamento meu pai ligou. Disse que não poderia comparecer. Disse que minha avó estava mal, que a viagem era longa e que não poderia se responsabilizar por ela.

— Então não tenho como, Karl Ove — ele disse.

— Mas é o meu *casamento*!

— Não tenho como, você precisa entender. Sua vó está muito frágil, e… Enfim, não podemos ir a Molde agora.

— Você é o meu pai! — eu disse. — Eu sou o seu filho! E é o meu casamento. Você *não pode* dizer não.

Comecei a chorar.

— Claro que posso — ele disse. — Eu já disse que não vou, então chega.

— Você vai acabar igual aos seus pais, que não foram ao seu casamento — eu disse. Nem no primeiro nem no segundo. Você quer fazer o mesmo comigo?

— Não vou ficar ouvindo esse tipo de coisa — ele disse, e então desligou.

Chorei como eu nunca havia chorado em toda a minha vida, completamente dominado pelos sentimentos, prostrado no chão enquanto onda atrás de onda atravessava o meu corpo. Eu não conseguia entender aquilo, eu nem sabia que era tão importante que o meu pai estivesse presente no casamento, eu não tinha a menor ideia, mas de fato era assim, segundo constatei, e então coloquei meus óculos de sol e fui andar pela cidade para tirar aquilo da cabeça. Chorei por todo o caminho até a rodoviária, fazia um dia ensolarado e as ruas estavam cheias de gente, mas eu estava como que apartado daquilo tudo, perdido em mim mesmo, e quando a comoção passou e eu consegui me sentar no café do Hotel Terminus, não entendi nada. Ao pensar com frieza e calma a respeito daquilo, eu na verdade me alegrava ao saber que ele não estaria presente. Eu estava preocupado com aquela possibilidade, e na verdade, no fundo, eu não queria o meu pai lá, nem no meu casamento nem na minha vida. Mas ele disse que não compareceria ao casamento e eu desabei.

Entenda quem puder, pensei, completamente exausto pelo choro, em meio ao belo, espaçoso e praticamente vazio café da década de 1920, com um pequeno bule de café na mesa à minha frente, onde naquele mesmo instante uma gota soltou-se do bico e caiu na toalha branca, que de pronto a absorveu.

Fomos a Molde poucos dias mais tarde. Mesmo que o casamento não fosse grande, havia muito a fazer. Era preciso arranjar o barco para fazer a travessia até a ilha, era preciso arranjar a comida e tudo de prático que dizia respeito a servir os convidados e eu precisava escrever um discurso e aprender a dançar valsa, as duas coisas que eu mais temia. Quando os outros haviam se deitado eu pegava uma almofada e ficava treinando os passos na sala enquanto ouvia Evert Taube e pensava no meu avô, que dizia que tem gosto para tudo. Minha mãe havia me dado o terno de presente, um dia fomos a Bergen e encontramos um modelo verde-oliva. O vestido de Tonje, que ela adorou, era simples e amarelo-creme.

O dia chegou, fomos ao lugar onde a cerimônia aconteceria, eu estava nervoso e achava que tudo estava sob controle, mas quando encontrei Mård e Ingunn do lado de fora e elas me deram os parabéns eu entendi que não era nada disso, de repente nada estava sob controle, porque nesse instante eu comecei a chorar. Eu não sabia por quê, mas reuni todas as minhas forças para conter aquele impulso.

Quando dissemos "sim" tínhamos lágrimas nos olhos, os dois. Depois todos os convidados desceram até a orla, onde o barco estava à nossa espera. Tiraram fotografias nossas, o jantar foi servido, eu fiz o meu discurso, Yngve, que era o meu padrinho, fez um discurso, o pai de Tonje fez um discurso e a minha mãe fez um discurso. O dia estava ensolarado, dançamos em um deque na parte externa, eu me sentia ao mesmo tempo alegre e triste, porque Tonje estava feliz, mas eu não era digno dela.

Em nossa lua de mel fomos à Inglaterra, eu insisti para que viajássemos para lá, Tonje havia sugerido um hotel à beira-mar num país quente, onde tudo seria simples, mas eu não quis saber, então acabamos pegando um ônibus para a Cornualha, onde eu havia estado aos seis anos, mesmo que não reconhecesse nada, e passamos uma semana indo de cidadezinha em cidadezinha ao longo da costa, nos hospedando em quartinhos de hotel pequenos e sujos, a não ser por um, tão esplendoroso e romântico quanto Tonje havia desejado, com sacada e vista para o mar, champanhe à nossa espera quando chegamos, passeios ao longo da orla repleta de colinas, jantar no restaurante, eu de terno, ela de vestido, afinal éramos recém-casados, os garçons sabiam, todos foram muito atenciosos, mas eu corei e não parava de me remexer na cadeira, me sentindo desconfortável com toda aquela atenção, desconfortável com o meu terno, eu estava parecendo um idiota, incapaz de sair de uma situação pequena rumo a uma situação grande. Tonje, linda e esbelta, não entendeu esse meu lado, mas no fim acabaria por entender.

De volta para casa nos mudamos para um apartamento novo, que ficava em Sandviken, logo acima da igreja, o apartamento consistia em uma longa peça com uma sala e uma cozinha conjugadas, além do quarto, e, ao contrário de todos os outros estúdios e apartamentos onde eu tinha morado nos últimos sete anos, era de alto padrão. Não tínhamos dinheiro para aquilo, mas resolvemos alugar mesmo assim. Eu me sentia bem lá, em especial com a vista para a igreja e para as árvores que a rodeavam.

No fim de agosto fomos visitar a minha mãe, e eu e Yngve pintamos a casa dela. Kjartan foi nos ver, ele havia preparado um manuscrito, segundo disse, mas não tinha muita esperança, porque aquele livro já tinha sido recusado diversas vezes, porém assim mesmo tinha pensado em mandá-lo para a editora Oktober. O que eu achava?

Mande, mande, está muito bom.

Kjartan era escritor. Espen era escritor. Tore era escritor. Mas eu não era escritor, eu era um estudante, eu tinha feito as pazes com essa ideia e me dediquei a ela com todas as minhas forças. Eu ia à sala de leitura de manhã cedo, acompanhava todas as aulas, voltava para a sala de leitura até o fim da tarde. Eu gostava do curso, em especial das aulas, já que em muitas delas ficávamos olhando slides das mais impressionantes construções, esculturas e pinturas que existiam. Tudo que antes me parecia difícil e hermético, quando aos vinte anos eu havia me aventurado na teoria hardcore, naquele momento parecia descomplicadamente compreensível, e era estranho, já que eu não tinha lido teoria desde então, mas este não era um detalhe a respeito do qual eu pensasse muito, eu estava lá para estudar, e era o que eu fazia.

O livro de Tore saiu, recebeu boas críticas e ele foi convidado para a redação da *Vagant*, onde de repente dois amigos meus trabalhavam. Tonje continuava na rádio, aos fins de semana visitávamos a mãe dela ou a família do irmão, ou então ficávamos só nós dois, em casa assistindo à TV ou então com nossos amigos. As coisas haviam se acomodado, a vida estava boa, e assim que eu terminasse as duas disciplinas de que eu precisava e começasse a terceira etapa do curso, tudo que dizia respeito ao meu emprego e à minha carreira se ajeitaria. Além disso, fiz uma última tentativa desesperada de escrever. Aconteceu contrariamente ao meu juízo, eu já não achava mais que pudesse dar certo, mas continuei graças à força de vontade. Nada de contos, eu queria escrever um romance. Era um romance sobre o navio de escravos *Fredensborg*, que tinha afundado próximo a Tromøya no século XVIII e sido encontrado quando eu era pequeno, graças a um time de pesquisadores do qual o diretor da minha escola participava. Eu sempre tinha guardado aquela história comigo, sempre tinha me sentido fascinado por ela, em especial quando vi os objetos exibidos no Aust-Agder-Museet, o mundo e a história concentrados em um ponto próximo ao lugar onde eu havia crescido, e assim comecei a escrever a respeito. Meu progresso foi lento, havia muita coisa que eu não sabia, como por exemplo a respeito da vida cotidiana em um navio a vela que singrara os oceanos quase trezentos anos atrás, eu não tinha a menor ideia, não sabia o que as pessoas faziam e não conhecia as ferramentas que usavam nem os nomes pelos quais eram chamadas, a não ser pela vela e pelos mastros, e o que aconteceu foi que não tive nenhuma liberdade. Eu sabia descrever o mar e o céu, mas não era o suficiente para um romance. E os pensamentos daquelas pessoas? O que pensava um marujo do século XVIII?

Eu não desisti, mas continuei batalhando, eu retirava livros da Universitetsbiblioteket, escrevia uma ou duas frases ao chegar da sala de leitura à tarde e também durante as manhãs de domingo, não estava dando muito certo, porém cedo ou tarde aquilo teria que funcionar, como havia funcionado para Kjartan: a Oktober tinha resolvido publicar a coletânea de poemas dele, que sairia no outono seguinte. Após vinte anos escrevendo poemas ele finalmente havia chegado aonde queria, e eu senti uma alegria enorme por ele, porque ele tinha abandonado o emprego e ainda precisava concluir os estudos, então a escrita era tudo que ele tinha.

No fim do outono recebi um telefonema de Yngve em Balestrand, Gunnar tinha ligado para ele, nosso pai tinha desaparecido.

— Desaparecido?

— É. Não está no trabalho, nem no apartamento, nem na casa da vó nem no Erling.

— Ele pode muito bem ter viajado para o sul ou coisa do tipo, não?

— Não sei. Aconteceu alguma coisa. A polícia está fazendo buscas. O caso foi registrado como desaparecimento.

— Puta que pariu. Você acha que ele morreu?

— Não.

Dias mais tarde Yngve tornou a ligar.

— Encontraram o pai.

— Ah, é? Onde?

— Num hospital. Ele está paralisado. Não consegue andar.

— Você está brincando? É sério?

— É, pelo que ouvi é sério. Mas pode ser que não seja permanente, que tenha a ver com o alcoolismo.

— E agora o que vai acontecer?

— Ele vai ser internado numa clínica de reabilitação.

Liguei para a minha mãe e dei a notícia para ela. Ela me perguntou o nome da clínica, eu disse que não sabia, mas que Yngve com certeza devia saber.

— Para que você quer? — eu perguntei.

— Pensei em desejar melhoras.

O exame chegou, eu escrevi sobre as estátuas gregas, me saí bem, os professores me disseram que pouco importava o que eu dissesse no exame oral, porque seria impossível conseguir uma nota melhor do que a que eu já tinha. Continuei estudando para a segunda etapa e cursei uma disciplina de estética filosófica em paralelo, li a *Crítica da razão pura* de Kant durante a Páscoa, Tonje se candidatou a um emprego numa rádio em Volda, Tore ligou e disse que estava preparando uma antologia e que gostaria que eu participasse. Mas eu não tenho nada, eu disse. Escreva um conto novo, ele disse. Você tem que participar. Olhei o pouco que eu tinha pronto, mas nada valia a pena, a não ser talvez por uma passagem do romance que já estava quase pronta. O *Fredensborg* navega entre Mærdø e Tromøya naquele dia do século XVIII, vindo de Copenhague a caminho da África para buscar escravos, um membro da tripulação olha para a terra e vê uma fazenda, uma mulher está retirando água do poço com um balde e então olha para a casa decrépita. O ar ao redor zune de moscas. Na casa há um homem numa espécie de coma, ele dorme por períodos cada vez mais longos do dia, tudo parece decadente ao redor, e por fim o sono por assim dizer se fecha ao redor dele, o envolve por completo, e a mulher, que lutou contra tudo, é libertada. Transformei esse texto em um conto, dei-lhe o título de "Søvn" e mandei-o para Tore.

Na primavera recebi uma ligação de Eivind Røssaak, ele tinha sido redator de cultura no *Klassekampen* e me convidou para escrever resenhas de livros. Aceitei o convite. O exame da segunda etapa chegou, eu escrevi cinquenta páginas sobre o conceito de mímese, praticamente um livrinho, que entreguei para os vigias da universidade antes de voltar para casa. Minhas notas foram quase obscenas de tão boas, e comecei a fazer as pazes com a ideia de que eu estava a caminho de me tornar um acadêmico.

Tonje conseguiu o emprego em Volda e teria de se mudar para lá, enquanto eu continuaria morando em Bergen e começaria a terceira etapa do curso, para depois ir morar com ela durante o último ano por lá. A essa altura Tore havia aceitado o meu conto, a antologia havia sido publicada sem que ninguém percebesse, mas deve ter surtido um efeito qualquer, porque um dia

Geir Gulliksen me ligou e perguntou se eu não pretendia ir a Oslo em breve, porque neste caso ele gostaria que eu passasse na editora para conversarmos sobre a minha escrita.

Por acaso eu estava pensando em ir a Oslo, menti, e então combinamos um encontro.

Em Oslo me hospedei na casa de Espen, como eu sempre fazia. Naquela altura Tore também estava em Oslo, nos encontramos os três, fomos de bicicleta até a capela mórbida de Emanuel Vigeland e à tarde nos encontramos de novo para jantar. Era um jantar da *Vagant*, todos os que trabalhavam na revista estavam lá, Kristin Næss, Ingvild Burkey, Henning Hagerup, Bjørn Aagenæs, Espen, Tore — e eu. Tinham me pedido para fazer uma entrevista com Rune Christiansen, marcada para o dia seguinte, então eu seria meio como um assistente de redação durante o fim de semana. O jantar foi na casa de Kristin Næss, sentamo-nos ao redor de uma pequena mesa, o ambiente era íntimo e bonito, meus dois melhores amigos estavam lá, eu estava dentro, eu estava onde eu queria estar, mas o respeito que eu tinha por aquelas pessoas era grande demais, eu não conseguia dizer nada, só escutava. Henning Hagerup, o melhor crítico da geração dele, estava ao meu lado e fez umas perguntas de cortesia, mas eu *não respondi.* Não disse nada, simplesmente mantive o olhar baixo e acenei a cabeça, espiei-o com um rápido lance de olhos, ele sorriu para mim e se virou para o outro lado. Comemos, a conversa fluía, mas eu permanecia calado. Eu não conseguia dizer nada. Num lugar grande com bastante gente não faria diferença, porque ninguém perceberia, mas lá, onde estávamos em número tão pequeno, era facilmente perceptível. Quanto mais tempo eu permanecia em silêncio, mais perceptível aquilo se tornava, e quanto mais perceptível aquilo se tornava, mais impossível era dizer qualquer coisa. Fiquei puto da vida comigo, eu me retorcia por dentro o tempo inteiro, ouvia tudo que era dito, formulava comentários em pensamento, mas não os externava, eu os guardava para mim, guardava tudo para mim. Passou-se uma hora, passaram-se duas horas, passaram-se três horas. Passamos três horas sentados, e eu não tinha dito uma palavra sequer. A atmosfera tornou-se mais animada, havia cerveja, vinho e conhaque em cima da mesa. Passaram-se quatro horas, passaram-se cinco horas e eu não tinha dito nada. E então surgiu um novo problema. Logo eu precisaria ir, mas como fazer uma coisa dessas, simplesmente se levantar depois de cinco horas e dizer obrigado, estava muito bom mas eu preciso ir, era impossível. E eu tampouco poderia ir embora sem dizer nada. Eu estava preso, como tinha passado a noite inteira preso; todos haviam notado, e tanto Espen como Tore a princípio me lançaram um olhar interrogativo, depois preocupado, mas naquela companhia, composta exclusivamente por escritores e críticos, eu não conseguia falar, eu não tinha nada a oferecer, eu era um idiota, um merda envergonhado e calado que tinha chegado a Oslo vindo da província e achava que, com as críticas arrasadoras que havia escrito para o *Klassekampen* e as excelentes notas que tirava na universidade, pelo menos *teria* o que dizer, mas eu não tinha, eu não era ninguém, eu era um zero, sim, tão insignificante que eu nem ao menos conseguia sair de uma mesa. Eu não conseguia falar e não conseguia ir embora. Eu estava preso.

Passaram-se cinco horas e meia, passaram-se seis horas.

Então eu fui ao banheiro. Saí ao corredor, calcei os sapatos e vesti a jaqueta, enfiei a cabeça para que todos ao redor da mesa pudessem me ver, e disse:

— Preciso ir agora. Obrigado pelo convite. Estava muito bom.

Todos se despediram e agradeceram a minha presença, eu fechei a porta com cuidado ao sair, desci a escada e, quando cheguei à rua e senti o ar frio e cortante do outono no meu rosto, comecei a correr. Corri o mais depressa que eu conseguia pela estrada do bairro, sentindo o coração na garganta, a respiração ofegante, e o motivo para tanto, segundo me pareceu, o motivo para tanto foi que eu tive necessidade de sentir que eu de fato estava vivo.

Eu tinha lido Rune Christiansen por anos, aquela poesia visual, quase fílmica que ele escrevia tinha um apelo enorme para mim, e as atmosferas que aquilo conjurava, ou que eram evocadas em mim, funcionavam como uma constante na minha vida, eram uma coisa que eu sentia e com a qual eu me relacionava, mas sobre a qual eu jamais refletia. Se havia uma sistematização da transitoriedade nos poemas dele, não era uma sistematização cruel, como a de Tor Ulven, aquela dureza como a dos ossos, que de vez em quando se rachava para revelar um sorriso no crânio descarnado da morte, a alegre dança dos ossos se batendo, o riso como o último bastião da vida contra o vazio, não, em Rune Christiansen a transitoriedade era mais suave, aparecia banhada na luz da reconciliação, era a ferrugem, o outono, um rato, um porco-espinho que caminhava por entre as folhas, as moscas que cruzavam o céu, o romantismo de um quarto de hotel, de uma entrada de metrô, de um trem que sacoleja pela floresta de um lugar qualquer.

Eu o encontrei domingo, num café vazio em Lommedalen. Na floresta do lado de fora a escuridão sedimentava-se enquanto conversávamos com o gravador em cima da mesa. Praticamente nenhum jornal ou periódico publicava matérias sobre poesia, e aquela seria uma entrevista longa, e ele havia se preparado, levou folhas cobertas de anotações, onde provavelmente havia lembretes a respeito de tudo que imaginou que pudéssemos falar. Eu não era nenhum leitor especializado de poesia, mas por um motivo ou outro as minhas perguntas tocaram em questões importantes para ele, ou então ele sabia como fazer com que tudo apontasse para o cerne que buscava ao escrever, porque a entrevista ficou boa, conversamos por quase duas horas, e quando peguei o ônibus para voltar à cidade senti como se tudo estivesse ao meu alcance, como se eu estivesse na presença de uma coisa importante, que eu poderia alcançar com um simples estender da mão. Era um sentimento vago, que não serviria como base para muita coisa, mas eu tinha absoluta certeza de que estava lá. Na neblina, na escuridão da floresta de espruces, nas gotas de orvalho que pingavam das agulhas dos pinheiros. Nas baleias que nadavam pelo mar, no coração que batia no peito. Neblina, coração, sangue, árvores. Por que essas coisas exerciam um fascínio tão profundo? O que me atraía com tanta força? Me enchia de um desejo tão intenso? Neblina, coração, sangue, árvores. Ah, se eu ao menos *soubesse* escrever a respeito, não, não escrever, mas fazer com que a escrita *fosse* essas coisas, então eu me daria por feliz. Então eu poderia estar em paz.

Na manhã seguinte eu tinha a reunião com Geir Gulliksen. Ele trabalhava na Tiden, o escritório da editora ficava na Operapassasjen, eu parei em frente à porta e enxuguei as mãos nas pernas da calça, quase não podia acreditar que aquilo estava acontecendo, que eu tinha uma reunião com um editor de Oslo. Era verdade que aquilo tinha acontecido graças a Tore, e também era verdade que eu não tinha nada a mostrar, mas assim mesmo, eu *de fato* estava lá e *de fato* tinha uma reunião marcada, ninguém poderia tirar isso de mim.

Peguei o elevador e subi à recepção.

— Eu tenho um horário marcado com o Geir Gulliksen — eu disse.

No mesmo instante ele apareceu numa curva do corredor, magro, desengonçado, sorridente, senhor de si.

Eu o reconheci das fotografias que tinha visto.

— Karl Ove? — ele perguntou.

— Eu mesmo.

— Olá!

Apertamos as mãos.

— Vamos para a minha sala — ele disse.

O lugar tinha pilhas de manuscritos, grandes envelopes que sem dúvida também continham manuscritos, e montes de livros.

Sentamo-nos.

— O conto que você escreveu é bom *pra caramba* — ele disse. — Pode saber.

— Obrigado — eu disse.

— Você está escrevendo outra coisa? Ou tem qualquer coisa pronta no mesmo estilo?

Balancei a cabeça.

— Não. Mas eu tenho planos de trabalhar em um projeto maior.

— Eu gostaria muito de ler.

Depois ele começou a me fazer perguntas variadas, o que eu tinha feito, o que eu gostava de ler. Mencionei Stig Larsson.

— Porra, *todos* os escritores jovens têm falado no Stig Larsson. Dois anos atrás *ninguém* falava a respeito dele.

— É realmente bom — eu disse.

— Claro que é — ele disse. — Mas o que mais você lê?

— Tor Ulven?

— Claro — ele disse, rindo. E em seguida ajeitou um manuscrito. Seria o sinal de que minha reunião havia chegado ao fim?

Me levantei.

— Eu dou notícias assim que tiver qualquer coisa pronta, então.

— Por favor — ele disse. — Mas pode levar *um tempo* até você ter uma resposta nossa.

— Tudo bem — eu disse.

Ele se levantou e me acompanhou, acenou para mim, se virou e voltou para a sala. Pensei que ele devia ter vários manuscritos importantes a ler, vários escritores importantes a encontrar. Eu não fazia parte desse grupo e a reunião tinha acontecido graças a Tore, mas eu tinha colocado o pé lá dentro, já não era mais um simples nome, mas também um rosto, e Geir Gulliksen tinha se comprometido a ler o que eu mandasse.

Passamos o Natal com o pai de Tonje, em Molde. Eu gostava de estar lá, era uma casa grande com vista para o fiorde e as montanhas mais além, havia uma piscina no térreo e um quartinho com sauna e equipamentos de mergulho, uma grande sala ampla no segundo andar e acima um mezanino com uma mesa de pingue-pongue. O lugar estava sempre arrumado, tudo funcionava, limpávamos a neve pela manhã, passeávamos de esqui, fazíamos boas refeições, passávamos tardes agradáveis e, se havia quaisquer problemas na casa, se aquele lugar escondia segredos, eu nunca os descobri. Costumávamos descer à cidade ainda pela manhã para encontrar os amigos dela, na frente dos quais eu nunca consegui me comportar de maneira totalmente natural, eu sempre ficava quieto e me sentia incomodado, a não ser quando saíamos juntos, claro, e eu bebia, ou como na noite de Natal, quando fizemos a ceia na casa do pai de Tonje, com todos os amigos dela, e de repente descobri que eu conseguia falar de maneira sincera com eles. Até mesmo o medo no dia seguinte era menor por lá, naquele ambiente ordeiro eu me sentia menos como uma pessoa má e mais como um genro de pouca idade que se excedia um pouco nas férias.

No começo de janeiro Tonje retornou a Volda enquanto eu peguei o meu PC e fui para Kristiansand, onde eu tinha alugado uma antiga propriedade rural em Andøya, que ficava sob os cuidados da Secretaria de Cultura do município. Aquilo tinha sido ideia do poeta Terje Dragseth. Depois de morar por anos em Copenhague, ele quis trabalhar com a difusão da literatura ao voltar para a cidade natal. Terje Dragseth trabalhava na Tiden, era considerado um dos melhores poetas da geração dele, os poemas eram com frequência descritos como hinos, embora eu mesmo não os tivesse lido. Era uma pessoa enérgica e extrovertida, e tinha uma aura afiada como faca. Ele me levou à propriedade, que em outras épocas ficava muito longe da cidade, no interior, mas naquele exato instante se encontrava no meio de um loteamento. Mostrou-me os arredores, disse que se eu precisasse de qualquer coisa era só ligar, passou um tempo trabalhando no escritório dele, que ficava na outra ponta da construção, e que eu também podia usar se quisesse, e então voltou para a cidade e eu fiquei sozinho. Tirei meu PC da caixa de papelão, conectei as diferentes partes umas às outras e larguei os livros que eu havia levado em uma pilha ao lado. Dois volumes de *Em busca do tempo perdido, Avløsning* de Tor Ulven e o livro de estreia de Tore, *Sovende floke.*

O quarto era pequeno, uma cama, uma escrivaninha e uma copa, mas a construção que abrigava os cômodos era enorme. Pelo que eu tinha entendido, o lugar havia pertencido ao violinista e compositor Ole Bull em outra época. À noite fiquei andando pelo lugar, onde os móveis, os tapetes, tudo estava intacto como em um museu. Bisbilhotei um pouco no escritório de Dragseth, conferi os livros, voltei e me sentei em frente ao PC, mas tinham acontecido coisas demais naquele dia para que eu conseguisse trabalhar, então liguei para Tonje e em vez disso conversei com ela por uma hora antes de ir para a cama.

Acordei às onze horas, tomei café da manhã, liguei o PC e me sentei.

Sobre o que eu escreveria?

Eu não tinha a menor ideia.

Abri uns dos vários arquivos que eu tinha para ver se encontrava qualquer coisa que eu pudesse continuar.

Existe um tempo para tudo. Agora é aqui, nesta casa, em frente a esta janela com um recorte preciso da natureza lá fora, que descansa em meio à densa escuridão de maio; não há como ser de outra forma.

Os passos na grama molhada, pliche-plache na chuva. A chuva que cai na terra, que pinga dos galhos no pescoço quando ele para e abre a porteira. A porteira se abre com um leve rangido, bate novamente contra o marco, é presa com um arame. As mãos dele estão geladas. Ele as enfia nos bolsos e segue ao longo do caminho estreito e úmido.

O vulto surge em meio à nevasca, correndo, com a cabeça mantida baixa contra o vento. Ele vê aqueles movimentos da janela, a maneira como a figura se torna nítida, cada vez mais nítida contra o fundo cinza e pesado; o rosto ávido e corado de um garoto com notícias importantes e uma grande responsabilidade. Ele sabe do que se trata, porque também ouviu o tiro poucos minutos atrás. Aquilo o enchera de uma relutância tão profunda que chegou a duvidar e a pensar que podia muito bem ser um trovão; porém, em vez de sair em meio à nevasca, de subir a colina para examinar a situação, ele colocou uma acha de lenha na lareira e sentou-se em frente à janela, com as ideias ainda turvas por conta do sono. Mas naquele momento teria de sair, porque o garoto batia com os punhos na porta e gritava o nome dele.

Todas as noites era a mesma coisa. No andaime, lá no alto, com um cano de metal na mão. As ruas vertiginosas da cidade lá embaixo. Uma sirene em um lugar qualquer. O clangor repentino do metal contra a parede. Um grito. Eu vou até a balaustrada. Uma das gruas balança-se acima do telhado. O contêiner pendurado nos cabos balança devagar de um lado para o outro. Como se fosse uma presa, eu penso. Eu me viro, bato com o cano na fechadura. Como é bom. Eu seguro a balaustrada. Meus dedos estão na luva, posso sentir o material áspero na pele dos dedos. Sei que o metal está frio, que posso sentir o frio se eu continuar segurando. Mas eu passo por baixo, avanço pelas tábuas do andaime. Levanto o capacete, tiro uma das luvas, coço a cabeça. Sinto o frio agradável na minha testa suada. Sinto como se o arrepio viesse de dentro. Um dos trabalhadores mais velhos está perto da balaustrada, olhando para longe. Eu vou até lá. Ele não diz nada. Ficamos olhando para a cidade. O sol parece quase branco no céu azul e implacável. Aquilo confere a tudo que vemos uma precisão enorme, eu penso. O sol faz o gelo reluzir. Sinto vontade de falar com ele. A sombra do quarteirão mais abaixo se estende pela calçada, estabelece uma divisão nítida. O arco suave da ponte de concreto sobre as águas congeladas. A fumaça que se ergue dos telhados, quase invisível, nada além de uma onda no ar, um som mais escuro. Calor. E os movimentos tranquilos e hidráulicos das gruas. Eu não digo nada, nunca digo nada.

Eu não conseguia enxergar além da colina que ficava a vinte metros da casa, onde havia um arvoredo de tramazeiras e uma cerca bamba no alto, que marcava a divisa com o terreno vizinho. A paisagem lá fora, com o fiorde e a montanha íngre-

me do outro lado, perdia-se em uma neblina cinzenta e pesada. Abri uma fresta na janela. O murmúrio do riacho cada vez mais caudaloso tornou-se mais claro. As marcas profundas deixadas na terra pelas rodas do trator haviam se enchido com a água marrom e cheia de sedimentos trazida pela chuva. Pensei naquele barulho brutal. A cada volta o trator afundava mais, o barulho ganhava mais força, mais agressividade e mais energia; um alerta sobre a impaciência, sobre a atividade a seguir e a crença inabalável de que para todos os problemas há uma solução. Logo tudo ficou em silêncio. O vizinho desceu ao lado do trator, com as botas de cano alto e capa de chuva, deteve-se e passou um tempo olhando antes de voltar pelo mesmo caminho dos rastros. Ele subiu a encosta, cruzou os arbustos de groselha, atravessou a cerca, derrubada pelo trator, e desapareceu para nós, que o acompanhávamos da janela. Pouco depois ouvimos o barulho de outro trator, que chegou pela estradinha de cascalho e entrou no terreno; o vizinho estava de pé no estribo, agarrado à beirada da porta, e um outro vizinho estava sentado ao volante. Meu avô continuou de pé junto à janela enquanto os dois amarravam os cabos entre os dois tratores e davam a partida nos motores, olhando para a fumaça gorda e preta que saiu dos escapamentos assim que os motores foram exigidos, o trator que se mexeu para a frente e para trás até que, passados alguns minutos, tivesse sido rebocado de volta à terra firme e o outro vizinho pudesse voltar para casa. Ele observava a cena sem nenhuma expressão, eu não conseguia ler os pensamentos dele, e tampouco podia fazer perguntas. Dois dias antes, quando passei minha primeira noite lá, ele tinha mencionado casualmente os planos de Kjartan em relação ao que ainda chamava de pântano, tudo que ele havia pensado em fazer naquele ano. Depois de vê-lo observar toda aquela atividade em frente à própria janela de casa, sem que houvéssemos nos envolvido — por que o vizinho não tinha entrado e pedido ajuda? Por que não usou nosso telefone, que ficava no corredor, quando podia muito bem ter feito uma ligação? — pensei que os comentários a respeito da maneira como Kjartan pretendia tocar a propriedade não eram uma explosão de maldade calculada, como havia me parecido a princípio, e tampouco um sinal de senilidade, como se ele tivesse esquecido a situação, não; era uma derrota tão grande que ele não conseguia aceitá-la, ele precisava agir como se tudo fosse como era antes, recriar tudo o que acontecia diariamente por aquelas redondezas, oferecer uma explicação que ele mesmo pudesse aceitar. Tem certeza de que você tem dinheiro para contratar toda essa gente?, ele perguntou a Kjartan mais tarde naquele mesmo dia, enquanto comíamos waffles na sala. Ele bebeu a mistura morna de café com nata, chupou um cubo de açúcar e esperou pela resposta. Olhei para Kjartan. Ele não deu qualquer sinal de que fosse responder, seguiu comendo, porém de forma que eu pude notar que estava refreando uma profunda irritação. A situação se estendeu por mais um tempo. Mas afinal você tem mais uma fonte de renda, disse o meu avô, e então se deu por satisfeito. Eu não sabia o que dizer, então continuamos a comer em silêncio. Não havia o que perguntar, não havia o que conversar.

Tirei a tampa da panela. Círculos de gordura haviam flutuado, duas salsichas já haviam se rompido. Tirei a panela do fogo e encontrei um pegador na gaveta. O relógio acima da janela marcava quase meio-dia. Mesmo que o terreno estivesse compactado e tudo que se podia chamar de cuidados com a fazenda houvesse cessado muitos anos atrás eles mantinham os horários das refeições: café da manhã às seis, almoço ao meio-dia, lanche às cinco, jantar às nove. Os costumes ligados ao trabalho. Assim tinha sido por lá durante séculos. E tinha sido assim por um motivo. A raiva que eu sentia de vez em quando, assim que eu me sentava para almoçar exatamente ao meio-dia, era totalmente injustificada, não fazia sentido irritar-se por causa daquilo. Mas assim mesmo, sim, fazia sentido: que vida era aquela, acordar cedo para passar a manhã inteira, como ela fazia, sentada numa cadeira, ou como ele, sempre deitado no sofá, com o rádio ligado num volume tão alto que o chiado das vozes chegava a se distorcer; que vida era aquela, viver dia após dia, como se estivessem à espera, para então entrar na cozinha, fazer uma refeição e sair novamente para dar continuidade àquilo? Estava gravado neles, era quase um instinto, diante do qual o menor desvio causava abalos capazes de criar raízes e crescer até o insuportável, segundo parecia, e talvez até mesmo ameaçar-lhes a vida.

Tirei os pães do forno, desliguei o fogão e coloquei as salsichas em uma bandeja antes de chamá-los na sala. Meu avô estava como de costume no sofá, vestido com um terno preto, uma gravata e uma camisa um pouco manchada, não de todo branca. Olhei de relance para a televisão e a imagem de crianças desarrumadas e encharcadas que andavam em fila ao longo de uma estrada em um lugar qualquer da Noruega, com gritos ocasionais de viva!, desliguei-a com o controle remoto e me inclinei em frente à cadeira onde minha avó estava sentada. Ela também estava arrumada, usava um vestido azul com bordados brancos e tinha um broche festivo no peito. Na gargantilha havia guardanapos de papel.

* * *

Era o que eu tinha. Dois anos de trabalho. Eu sabia as frases de cor. O esforço investido naquilo era simplesmente inacreditável. E a alegria com certos fraseados: "com a cabeça mantida baixa contra o vento", "pliche-plache na chuva". Mas não havia nada a continuar, tudo havia parado nesse ponto.

Sobre o que eu escreveria?

Desliguei o PC, me vesti, saí de casa, fui até o ponto de ônibus na estrada principal e tomei o ônibus para a cidade. A cidade era menor do que eu lembrava, e parecia mais integrada à paisagem, em especial o mar, que surgia com todo aquele peso logo além das ruas. Passei um tempo andando pela Markens Gate, havia pouca gente na rua, mas a atmosfera era agradável, as pessoas cumprimentavam-se ou paravam para conversar. O céu estava cinza, e tudo que eu via, segundo pensei, era a vida cotidiana, apenas um de uma sequência interminável de dias que começavam e terminavam naquele lugar. As pessoas que passavam estavam no meio da própria vida, em meio às profundezas da própria existência. Era como se eu estivesse fora daquilo, eu não pertencia àquele mundo, para mim era apenas um lugar, e o sentimento de estar em casa tornou-se místico. No que consistia? Não era o lugar em si, porque o lugar não passava de um punhado de casas e umas rochas nuas à beira-mar, mas aquilo em que as pessoas transformavam o lugar, o significado que lhe atribuíam.

Tudo envolto em memórias, tudo colorido pelo temperamento. E assim, através dos casulos que são nossas vidas, o tempo corre. Uma vez tínhamos dezessete anos, uma vez tínhamos trinta e cinco anos, uma vez tínhamos cinquenta e quatro anos. Será que ainda recordamos aquele dia? O dia 9 de janeiro de 1997, quando fomos ao Rema 1000 fazer compras e saímos com uma sacola em cada mão e fomos até o carro, largamos as sacolas no chão e abrimos a porta, colocamos as sacolas no banco de trás e nos sentamos? Sob o céu cinzento, perto do mar, e com a floresta que se erguia nua e negra logo adiante?

Comprei uns CDs e uma pilha de livros em promoção, que eu imaginei usar para a minha escrita.

561

Eu devia visitar a minha avó, não podia estar na cidade sem visitá-la, a qualquer momento eu podia topar com Gunnar, por exemplo, e ele acharia estranho e talvez antipático que eu estivesse na cidade sem ter dado qualquer notícia.

Mas eu ainda podia esperar uns dias, afinal eu estava lá para trabalhar, acima de tudo, e com certeza eles entenderiam. Então fui ao café da biblioteca, comprei um café e comecei a olhar os livros enquanto de vez em quando eu espiava para o outro lado da janela. Percebi que a garota que trabalhava no balcão tinha sido minha colega na época do ginásio, mas eu não a conhecia a ponto de cumprimentá-la, e ela não deu qualquer sinal de ter me reconhecido. A cidade era repleta de rostos assim, que em outra época tinham constituído a minha existência, mas que naquele momento já não significavam mais nada, a não ser aquilo mesmo que eram.

Uma garota parou a bicicleta do lado de fora, executou todos os movimentos necessários com uma segurança admirável, colocou a roda para a frente, pegou a tranca, colocou-a no lugar, endireitou o corpo, olhou ao redor, caminhou em direção à porta e tirou o capuz da capa de chuva.

Ela cumprimentou uma outra garota atrás da minha mesa, pediu uma xícara de chá, sentou-se e começou a conversar. Ela começou a falar sobre Cristo, a dizer que havia tido uma vivência com Cristo.

Escrevi exatamente o que ela disse.

O romance começaria lá. Exatamente naquela cidade à beira-mar, naquele café da biblioteca, com aquela conversa sobre Cristo.

Entusiasmado, fiquei tomando notas. Um jovem chega à cidade natal, Kristiansand, escuta uma conversa em um café de biblioteca, encontra um velho amigo do colegial, Kent, e volta no tempo.

De volta ao meu quarto horas mais tarde, comecei a escrever. Às dez da noite liguei para Tonje e li o que eu tinha escrito. Ela achou que estava bom. Continuei noite adentro. Toda vez que eu parava ou achava que estava ruim demais, eu folheava um dos livros que eu tinha à minha volta, especialmente Proust, e assim, tomado pelas atmosferas daquela linguagem incrivelmente rica e clara, eu continuava. Não havia nenhum tipo de ação, eu queria fundir o interior com o exterior, as redes neurais do cérebro com os barcos pesqueiros no porto, e para que o protagonista não fosse eu, passei a usar uma linguagem mais conservadora, parei de usar as terminações do passado em —a, reescrevi tudo, tinha dado meia página, e me deitei.

Quando o fim de semana chegou eu tinha oito páginas.

Liguei para a minha avó. É você?, ela perguntou. Eu disse que estava na cidade, será que eu podia fazer uma visita? Ela disse que o meu pai estava lá, e que seria bom se eu aparecesse.

Eu não via o meu pai fazia quase dois anos. Tampouco sentia vontade de vê-lo, mas agora eu sabia que ele estava por lá, e nesse caso não poderia deixar de ir.

Fiz todo o caminho desde a rodoviária, atravessei a Lundsbroa e o último quilômetro que levava até a casa, o tempo inteiro nervoso e tenso, e por breves instantes também assustado, ele me daria um sermão, por que eu não tinha mais dado notícias?

Toquei a campainha, alguns minutos se passaram, minha avó abriu.

Ela estava mudada. Estava magra, o vestido dela estava manchado e desalinhado. Mas os olhos eram os mesmos. De repente brilhantes, de repente distantes.

— O seu pai está lá em cima — ela disse. — Que bom que você veio!

Subi a escada atrás dela.

Meu pai estava sentado no sofá em frente à televisão. Ele virou a cabeça quando entrei. O rosto estava molhado de suor.

— Eu vou morrer — ele disse. — Estou com câncer.

Olhei para baixo. Ele mentia sobre tudo, e também sobre essas coisas, mas eu não podia demonstrar que sabia, eu precisava fingir que acreditava.

— Que horror — eu disse, lançando um olhar rápido em direção a ele.

— Acabo de voltar do hospital. Abriram as minhas costas. Você pode ver as cicatrizes, se quiser.

Eu não disse nada. Ele olhou para mim.

— O seu pai vai morrer — ele disse.

— É — eu disse. — Mas pode ser que você melhore, não?

— Não — ele disse. — Está fora de cogitação.

Ele estava assistindo à televisão, eu me sentei no banco. Minha avó sentou-se na outra poltrona, que ficava bem de frente para a televisão. Passamos um tempo em silêncio, assistindo.

— As coisas estão bem por aqui, vó? — eu perguntei.

563

— Estão, como você pode ver — ela disse. Uma nuvem de fumaça pairava sobre a cabeça dela. Meu pai se levantou devagar, atravessou a peça com passos pesados em direção à cozinha e voltou com uma garrafa de cerveja.

Os dois estavam na antiga sala de visitas, que só era usada em ocasiões especiais.

— Eu estou escrevendo um livro em Andøya — eu disse.

— Que bom, Karl Ove — disse o meu pai.

— É — eu disse.

Ficamos os três assistindo à grande TV. Uma menina tocava flauta.

— Dizem que a filha mais nova do Erling toca muito bem — disse a minha avó.

Meu pai olhou para ela.

— Por que você fala dela o tempo inteiro? — ele perguntou. — Eu também sei tocar muito bem.

Me senti gelado por dentro. Ele disse aquilo completamente a sério.

Depois de meia hora sentado em frente à televisão eu me levantei e disse que estava na hora de ir.

— Vamos jantar em um restaurante enquanto você está por aqui — disse o meu pai. — Por minha conta.

— Está bem — eu disse. — Eu ligo. Tchau.

Ninguém me acompanhou até a porta. Fui embora um tanto abalado, peguei o ônibus para Andøya, onde havia uma densa neblina entre as casas do loteamento, abri a porta, fritei três ovos e coloquei-os cada um numa fatia de pão, comi de pé em frente à janela, me sentei e comecei mais uma vez a escrever.

De volta a Bergen três meses depois eu tinha sessenta páginas, que mandei por email a Geir Gulliksen. Nas duas semanas que se passaram até que ele me ligasse, sofri com profundas crises de vergonha e horror. Primeiro tentei reprimir tudo que eu havia escrito, fingir que nada daquilo existia, mas não havia como, e para controlar aqueles sentimentos violentos e humilhantes eu me sentei um dia pela manhã e tentei ler meu texto com os olhos dele. Liguei o PC, abri o documento e a página do título se iluminou no monitor.

EN TID FOR ALT
Um romance de Karl Ove Knausgård
1997

PRIMEIRA PARTE

O PIONEIRO DO TEMPO

A cidade fica lá, em um lugar no mundo, com suas construções e empresas, suas ruas, seu porto, seus arredores. Geografia, arquitetura, materialidade. Um lugar. Às vezes eu penso naquela cidade pouco antes de adormecer, desço por uma das ruas, passo casa atrás de casa, quarteirão atrás de quarteirão; talvez eu pare em frente a uma fachada e deixe o olhar correr por aquela profusão de detalhes. O sol brilha sempre na parede branca e suja da casa, ilumina uma porta entreaberta; à frente há uma jardineira cor de terracota, duas garrafas vazias e uma sacola plástica que o vento soprou contra as barras da varanda. Uma mão segura a porta, um rosto se revela por breves instantes, a porta se fecha mais uma vez. Tem alguém lá dentro, eu penso, naquela sala escura, e assim é por toda a cidade. Uma senhora puxa a cortina para o lado e olha para a rua, um barulho despertou-lhe a atenção. É o vizinho, que abre a porta da garagem; como muitas vezes antes, ela o vê entrar no carro e dar ré no pátio, e então larga a cortina e baixa a cabeça para concentrar--se mais uma vez nas palavras cruzadas em cima da mesa da cozinha. Às vezes ela acende um dos muitos cigarros fumados pela metade que estão no cinzeiro, escreve um pouco. Um estudante cansado olha para a televisão, com o som desligado e a imagem pouco nítida em função do sol matinal. Uma mulher baixa a cabeça e passa a mão no pescoço, um garoto doente segue o carrinho que tem na mão com os olhos, por várias e várias voltas na pista; um outro, sentado em frente ao computador, atira em tudo que se mexe. Não há ninguém para vê-los, e todos agem sem pensar; ela atravessa a cozinha na diagonal e abre um armário enquanto a cebola crepita na panela e o rádio emite sons ríspidos. Um gato acorda e se espreguiça antes de levantar-se para ver se há comida na tigela, um bebê chora. E assim é, pensei, ao meu redor, e então vi a sombra da fileira de casas estabelecer uma divisão nítida mais ou menos no ponto onde o gelo e os restos de neve se acumulam entre a calçada e a rua. O semáforo apita caso um cego deseje atravessar para o outro lado. Os carros ficam em ponto morto à espera, brilhantes, bonitos; está frio

*e posso sentir a mistura de ar gelado e cortante com um leve cheiro de escapamento
ao atravessar a estrada para descer a Dronningens Gate com o sol brilhando em
mim naquele dia, como fiz tantas vezes antes, naquela cidade onde às vezes caminho de olhos fechados. No quarto do apartamento em Bergen, no quarto de visitas
na propriedade dos meus avós em Sogn, até mesmo em um quarto de hotel à noite
no sul da África, na região de Transvaal, eu posso imaginá-las, as ruas, mesmo no
instante em que caminho ao longo da bela praia de Cromer me ocorre: a luz, o
mar; eu os tenho em mim, eu os levo comigo, na escuridão do meu cérebro.*

*O céu azul e claro, o sol baixo que brilha por trás do grande hotel, a multidão
de pessoas. Você se aproxima para ver melhor, entra no meio das pessoas, atrás
dos suportes e cordas provisórias que servem para mantê-las afastadas. Os corpos
avançam na sua direção, todos com o pescoço dobrado para trás, a cabeça de lado
e o olhar voltado para o alto da construção. Uma fumaça azulada surge e se ergue,
segue os golpes imprevisíveis do vento, desaparece. Uma nova fumaça e preta não
para de ser despejada no ar puro. Uma grua desliza no alto, você ouve o ruído
discreto, que se mistura aos comentários baixos e respeitosos dos presentes. Uma
pessoa havia pulado. A geada no asfalto à sua frente, e o céu azul. Tudo é limpo,
tudo é clínico, o mundo é preciso. Mas a fumaça continua a ser despejada, grossa
e preta. Você não vê chamas, somente fumaça. Foi uma catástrofe silenciosa, da
mesma forma como a dor é silenciosa. Os corpos avançam às suas costas. Outra
ambulância chega, dois homens saem, se apoiam na lateral do veículo e olham
para cima, eles também. O hotel está vazio. Somente os bombeiros com máscaras
e roupas que mais parecem trajes espaciais se movimentam pelos corredores, entrando em quarto atrás de quarto lá em cima, em busca de mais pessoas que não
tenham conseguido sair antes de se asfixiar e que possam estar prostradas no lugar
onde estavam quando o corpo não aguentou mais a fumaça. Deve ser como se afogar, você pensa, porém muito pior, porque existe ar nas proximidades, as pessoas
têm uma esperança que no entanto acaba por matá-las. Hoje é o dia da sua morte.
Você vai jantar no restaurante do hotel, voltar cedo para o quarto, passar os canais
da TV e talvez parar em um filme antigo, durante o qual você dorme. Horas mais
tarde você acorda, a televisão está com chuvisco, em um canal fora do ar, você a
desliga, tira a roupa, volta para debaixo das cobertas e dorme de novo. Quando
você acorda, é pela última vez. Em meio a gritos e portas que batem, em meio ao
clamor das chamas, e é assim que você há de morrer, por causa da fumaça que aos
poucos enche o quarto que você reservou, turva a sua visão, você está completa-*

mente desorientado, e é assim que você morre, sentado no chão do banheiro com um pano molhado sobre o rosto. E agora está tudo acabado, você pensa, os mortos são levados, os vivos evacuados. Mas o incêndio continua. O fogo se movimenta lá dentro, cego e lúgubre, surgindo em lugares novos, totalmente fora de controle.
— *Oi, Henrik.*
Você se vira ao ouvir seu nome e vê Kent cumprimentá-lo, ele vem na sua direção com o longo sobretudo cinza e um capacete branco de motocicleta numa das mãos.
— *Você também está cabulando aula?*
— *Ouvi as notícias hoje cedo. Mas já deve ter acabado.*
— *Ainda está queimando* — *ele diz, olhando para cima.*
— *Mas disseram que o prédio já foi esvaziado.*
— *Que horror* — *diz Kent, sorrindo.*
— *O pior mesmo são as pessoas que vieram assistir. Puta merda* — *você diz, também sorrindo, porque está feliz de poder conversar com Kent como garotos de dezessete anos fazem. A alegria repentina que um garoto de dezessete anos pode sentir pelas coisas mais comuns e indiferentes, como conversar, de maneira completamente trivial, com um colega da mesma idade, uma alegria que, se continuasse, ameaçaria tornar-se senhora daquela situação, a voz pode se encher de sentimento, ou de riso, ele pode rir sem parar de bagatelas, entregar-se ao sentimento de embriaguez cada vez maior e perder o controle, e por conta disso precisa evitar essas situações. Precisa desviar o rosto em vez de encarar os outros nos olhos, guardar os comentários em vez de fazê-los em voz alta para despertar o riso e o reconhecimento alheio. Você já não pode mais confiar em você mesmo, você pensa, alguma coisa está acontecendo. Também no sentido contrário, o impulso repentino de chorar que toma conta de você nas situações mais improváveis, seus olhos ficam úmidos, você não sabe lidar com aquilo e desvia o olhar, guarda tudo para você. Como agora, em frente ao hotel, você sente a alegria efervescer, mas contenta-se em manter o olhar fixo na fumaça lá em cima, como se tivesse um profundo interesse por aquela fumaça e por aquilo que anuncia: incêndio no hotel. Mais tarde as imagens do hotel em chamas serão transmitidas por todo o mundo, os alemães estarão reunidos ao redor da TV assistindo às filmagens do hotel, foi aqui que aconteceu, ingleses, suecos, franceses, nesta cidade, suíços e dinamarqueses, neste hotel.*
Catorze pessoas morreram.

De lá o texto vai para Bergen, onde o protagonista morava, um episódio no qual ele dorme na rua é narrado, e depois ele atravessa o Torgalmenningen a caminho de casa, essa tinha sido a minha ideia estúpida, ele para em uma cabine telefônica, disca o número que a família tinha na época em que ainda era menino e do outro lado da linha ele mesmo atende, aos dez anos de idade, e começa a falar sobre a vida naquele instante.

O que Geir Gulliksen pensaria?

Ele tinha se envolvido com uma pessoa imatura que não apenas enviava textos pavorosamente idiotas, sem nenhuma vergonha na cara, mas que também, na mais absoluta seriedade, achava que aquilo devia ser publicado, e que outras pessoas além dele próprio demonstrariam interesse.

Como era possível?

Como eu podia ser tão burro?

Tão ingênuo?

A ligação enfim veio.

— Olá, aqui é o Geir Gulliksen.

— Oi.

— Poxa! Você escreveu um texto incrível!

— Você acha mesmo?

— Claro. É muito, muito bom. Especialmente aquela passagem em que o protagonista liga para ele mesmo, sabe...? Quando está atravessando a praça. Você sabe do que estou falando, não?

— Sei.

— Você está definitivamente no caminho certo.

— Que bom.

— Mas você precisa continuar trabalhando. Escreva mais. Essa história tem futuro. Achei-a *realmente* boa. Se você quiser que eu vá lendo à medida que você escreve, é só me enviar o texto. Ou posso ler quando tudo estiver pronto, se você preferir.

— Está bem — eu disse.

— E tem uma outra coisa que eu pensei. No fim da sequência você escreve dentro do mundo, fora do mundo, dentro do mundo, fora do mundo. Lembra?

— Lembro.

— Ficou incrível. E eu pensei, será que isso não é um título? Um possível título? *Ute av verden.* Pense a respeito.

Me sentindo profundamente motivado eu escrevi mais duzentas páginas, entre as quais havia uma longa passagem sobre o meu pai, e chorei ao escrever aquilo, quase não enxergava o monitor em meio a tantas lágrimas, e eu sabia que o texto era bom, que era uma coisa totalmente diferente do que eu havia feito até então.

Naquela primavera teríamos uma reunião de família em Kristiansand, era a confirmação de um dos filhos de Gunnar. Fui para lá e encontrei o pessoal na casa da minha avó de manhã cedo. Meu pai estava sentado na cozinha, grande e pesado, com as mãos tremendo e o rosto molhado de suor. Estava usando terno, camisa, gravata. Na sala às nossas costas estava Erling, o irmão dele, e o restante da família, junto com a minha avó.

Pela primeira vez na vida me senti mais forte do que ele, pela primeira vez na vida não senti o menor resquício de medo ao estar no mesmo cômodo que ele.

Ele não representava perigo nenhum.

Perguntei se ele ainda estava com a mulher que havia encontrado, cujo nome eu nem ao menos sabia.

— Não, não estou — ele disse. — Ela queria me dizer o que eu devia fazer com a minha vida. Não dá.

— É verdade — eu disse.

— Você decide o que vai fazer da sua?

— Acho que sim...?

— Que bom. Você não pode abrir mão da sua liberdade. Jamais, Karl Ove!

— É verdade — eu disse.

Ele olhou para o jornal que estava em cima da mesa. Estava lerdo e pesado, mas a aura não, a aura parecia nervosa e perturbada.

— Você precisa me ajudar com a gravata antes que a gente saia — eu disse. — Ainda não aprendi a dar o nó.

— E quem é que dá o nó nas suas gravatas, então?

— Em geral é o Yngve.

— Ele sabe?

— Sabe.

Meu pai se levantou devagar.

— Vamos dar um jeito nisso agora mesmo. Onde está a sua gravata?

— Aqui — eu disse, tirando a gravata do bolso do paletó.

Meu pai a colocou em volta do meu pescoço. A respiração dele estava ofegante. Colocou as duas pontas uma em cima da outra, deu uma olhada, apertou mais um pouco.

— Pronto — ele disse.

Nossos olhares se encontraram, meus olhos ficaram marejados, ele se virou e sentou-se. Erling entrou, ele tinha um molho de chaves na mão.

— Vamos, então? — ele perguntou. — Não queremos chegar atrasados na igreja.

— O Karl Ove não está bonito hoje? — disse o meu pai.

Ele realmente disse isso.

— Está, sim — disse Erling. — Mas agora vamos.

*

Durante o sermão o pastor falou sobre as orações. Disse que Deus não era como uma máquina de Coca-Cola, onde você põe a moeda de um lado e a lata de Coca-Cola sai pelo outro. Eu não conseguia acreditar nos meus ouvidos. Aquele homem tinha estudado teologia por seis anos e acumulado uns outros trinta de prática, a dizer pelas aparências, para falar sobre Deus daquela forma?

Quando o culto terminou, encontrei uma velha conhecida na rua. Eu não a via desde muitos anos. Ela me deu um abraço, conversamos um pouco, ela disse que tinha voltado para Kristiansand de um jeito meio apologético, como se houvesse se resignado a forças maiores do que ela. Enquanto estávamos lá eu olhei para o meu pai, que estava a caminho do carro. E talvez por causa de todas as pessoas que estavam lá, talvez por causa do lugar, onde eu não estava acostumado a vê-lo, de repente eu o vi como era naquele instante. Tudo que em geral atraía o meu olhar em direção a ele, toda a nossa vida juntos, tudo que ele havia feito, sido e dito, tudo aquilo que junto havia se transformado em "meu pai", e que estava nele, ou na maneira como eu o via, independente da aparência real, tudo isso de repente sumiu. Ele parecia um bêbado que havia posto as melhores roupas. Parecia um alcoólatra que a família tinha buscado, enfeitado e levado para dar um passeio.

No carro começou uma conversa sobre o caminho mais conveniente para voltar. Meu pai disse que devíamos fazer uma curva à direita mais adiante. Ninguém deu ouvidos, e ele se exasperou, começou a falar de maneira insistente sobre a curva à direita, a dizer que ele estava certo e que todos nós íamos ver. Com um frio na alma, fiquei observando-o. A regressão tinha sido enorme. Ele agia como uma criança. Durante todo o caminho até a casa de Gunnar, ficou emburrado e resmungou que devíamos ter feito o trajeto dele. Quando chegamos, ele desceu cuidadosamente do carro e andou pela estradinha de cascalho até a porta. Durante o jantar ele permaneceu como que sozinho, completamente alheio às conversas; de vez em quando fazia um comentário, sempre fora do contexto. Suava o tempo inteiro, e a mão tremia quando levava o copo de sidra aos lábios. Depois da refeição as crianças logo começaram a brincar e a correr, e passado um tempo descobriram uma nova brincadeira, que consistia em gritar o nome do meu pai, correr em direção a ele e agarrá-lo enquanto os outros continuavam gritando o nome dele e rindo. Ele não fazia nada, simplesmente levava um pequeno susto e ficava olhando. Erling teve que pedir às crianças que parassem. Pelo restante do tempo em que estivemos lá as vozes zombeteiras das crianças que gritavam o nome dele soaram nos meus ouvidos.

Aquele era um homem que em outra época tinha uma força e uma aura como as de um rei.

Mas não havia restado nada dele.

E apenas naquele momento, quando tudo estava acabado, ele tinha voltado os olhos para mim. Apenas naquele momento ele pôde dizer que eu estava bonito. Mas eu já tinha vinte e oito anos, não oito, já não tinha mais utilidade nenhuma para aquilo, e já não tinha mais utilidade nenhuma para ele.

Voltamos para casa em dois carros menores, a família de Erling e a minha avó em um, eu e o meu pai no banco traseiro do outro. Eu não tinha muito tempo, precisava pegar um avião e já estava com a minha bolsa e as minhas roupas do dia a dia no corredor. Meu pai ficou de pé em frente à porta, mexendo nas chaves. Por fim encontrou a chave certa, destrancou a porta. O alarme antifurto começou a apitar com um som baixo. Meu pai olhou para o aparelho.

— Você tem que digitar o código — eu disse.

— Eu sei — ele disse. — Mas eu não lembro.

— Preciso pegar a minha bolsa — eu disse. — Está logo ali. Você acha que eu posso entrar depressa e pegá-la? Correndo?

— Pode — ele disse.

Entrei depressa. O alarme começou a gritar no mesmo instante, um barulho forte e estridente. Peguei a bolsa e saí correndo. Eu tinha certeza de que meu pai me daria um sermão, mas ele continuava apenas olhando para o painel com um olhar tomado pelo desespero, e de repente começou a mexer nos botões. Minha avó subia o morro a pé.

— De novo você fez o alarme disparar! — ela exclamou. — Quantas vezes preciso repetir que você tem que digitar o código antes de entrar?

Ela passou por ele, digitou um número.

— Eu não me lembrava do código — ele disse.

— Mas é tão simples — gritou minha avó. — Você não tem jeito, mesmo! Não sabe fazer nada!

Ela encarou o meu pai com um olhar de fúria. Meu pai tinha os braços soltos ao longo do corpo e os olhos fixos no chão.

De volta a Bergen, continuei a escrever meu romance. No meio de maio eu já tinha cerca de trezentas páginas, que mandei para Gulliksen. Ele me convidou a aparecer na editora para que pudéssemos falar sério a respeito do material, eu fui a Oslo, me hospedei na casa de Espen e, quando entrei na sala dele, meu manuscrito estava em cima da mesa.

Gulliksen falou a respeito por uns dez minutos.

E no fim disse:

— Você já quer assinar o contrato? A gente pode assinar agora. Ou você prefere terminar a versão final? Se nos apressarmos um pouco, conseguimos publicar o livro no fim do outono.

— Publicar o livro? — eu perguntei. Eu não tinha sequer cogitado a possibilidade.

— É — ele disse. — Está praticamente acabado. Se você fosse atropelado pelo tram ao sair daqui, já teríamos o que publicar.

Ele riu.

* * *

Na luz branca da primavera eu saí para a rua e comecei a andar em meio aos pedestres da calçada como que em transe. Eu estava tomado pelo que ele havia dito; tudo ao meu redor parecia distante. Um tram passou, um homem gordo desceu de um táxi, dois ônibus subiram o morro, um atrás do outro. Eu não podia acreditar que fosse verdade, então fiquei repetindo para mim mesmo. Eu vou fazer minha estreia. Meu romance foi aceito. Eu sou escritor. Era quase como se eu estivesse cambaleando sob o peso da minha alegria. Eu vou fazer minha estreia. Meu romance foi aceito. Eu sou escritor.

Espen abriu quando toquei a campainha, se virou e voltou para dentro no mesmo instante, sem dúvida eu o havia interrompido. Peguei o telefone e liguei para Tonje. Claro que ela não estava em casa. Então liguei para o escritório de Yngve. Eu disse que meu romance tinha sido aceito.

— Ah — ele disse.

Não entendi aquele desinteresse na voz.

— Não é incrível? — eu perguntei.

— Claro — ele disse. — Mas você sabia que ia acontecer, não? Enfim, já fazia tempo que você tinha conseguido contatos numa editora.

— Eu não tinha a menor ideia. Para dizer a verdade, achei que nunca ia acontecer.

— Muito bem, então — ele disse. — Você andou saindo aí por Oslo?

Depois que desliguei eu fiquei sentado na sala, esperando que Espen terminasse o que estava fazendo para dar-lhe a notícia. Mas ele também não demonstrou muito entusiasmo.

— Eu ouvi o que você estava dizendo no telefone — ele disse. — Meus parabéns.

Para ele talvez fosse óbvio, eu pensei. Afinal, praticamente todas as pessoas que conhecia eram escritores.

— Você já imaginava? — eu perguntei. — Que um dia eu ia fazer a minha estreia também?

— Imaginava, sim. Mas talvez não uma estreia literária. Eu imaginava que seria uma coletânea de ensaios ou coisa do tipo.

No início do verão esvaziamos o apartamento e colocamos tudo em um depósito nos arredores da cidade, onde nossas coisas ficariam até o fim de agosto, quando levaríamos tudo a Volda. Tonje havia se candidatado a um emprego de verão da NRK Hordaland, mas não foi chamada, e para ganhar um dinheiro resolveu trabalhar no consultório médico do pai, em Molde. Fomos juntos para a casa da minha mãe em Jølster, onde meu plano era terminar o romance. Enquanto estávamos lá, Tonje ligou para a NRK Sogn og Fjordane e como que por um milagre conseguiu um trabalho, largou o emprego de secretária e então passamos o verão inteiro morando por lá. Ela ia à NRK pela manhã, eu ficava em casa escrevendo, ela atravessava o condado no carro branco da NRK enquanto eu suava em um cômodo tão cheio de luz que eu mal conseguia enxergar as letras no monitor à minha frente, ela voltava à tarde, saíamos para tomar um banho juntos, ou então grelhávamos salsichas no jardim, ou ainda ficávamos assistindo à TV. Com o romance eu não conseguia fazer mais nada, o livro estava como que estagnado, eu estava cada vez mais desesperado, então comecei a trabalhar o tempo inteiro, inclusive de madrugada. Era a única coisa em que eu pensava. Publicá-lo da maneira como estava seria um grande erro, o romance não tinha nenhum motivo para a história narrada. Um jovem volta para a cidade natal, aluga um estúdio, encontra velhos conhecidos e a vida inteira dele ressurge, uma longa série de memórias, uma ideia que em si não era ruim, mas por que aquilo estava sendo narrado? Não havia um motor narrativo. Eu precisava criar um. Mas como? Obviamente o personagem tinha que vir de um lugar qualquer, e nesse lugar devia ter havido um acontecimento suficientemente grave, suficientemente arrasador para que ele precisasse fugir, que ao mesmo tempo seria o motivo para que revisitasse toda a própria vida, à procura de um motivo, em busca de um sentido, na tentativa de compreender a si próprio.

Em mim não havia lugar para mais nada. Todo o restante eu mantinha afastado. Uma noite Tonje gritou comigo de frustração.

— Eu não quero que as coisas sejam assim! Eu só tenho vinte e seis anos! Eu quero viver a vida, Karl Ove! Você entende?

Eu tentei acalmá-la, não tinha nada a ver com ela, mas eu precisava escrever, e nesse caso não havia lugar para mais nada, mas logo aquilo passaria, eu a amava, e continuaria a amá-la para sempre. Falar a respeito ajudou, em especial para Tonje, ela abriu o coração naquela noite, nos aproximamos um do outro, foi como se começássemos tudo outra vez.

Dias mais tarde escrevi uma parte sobre o norte da Noruega, na qual fiz com que Henrik Møller-Stray, que era o protagonista, viajasse para lá e começasse a trabalhar como professor. Fiz com que ele entrasse na sala dos professores, falasse com os outros professores, encontrasse os alunos da turma em que era conselheiro de classe, e assim que escrevi esse trecho eu encontrei a solução para todos os meus problemas.

Ele tinha se apaixonado por uma das alunas, ido para a cama com ela, mas ela tinha apenas treze anos, ele precisou fugir, e não tinha nenhum outro lugar para ir a não ser Kristiansand.

Era uma ideia que se encaixava à perfeição, mas eu não podia fazer aquilo, não podia ter um protagonista que se apaixonava por uma garota de treze anos, ou pelo menos não podia fazer com que os dois fossem juntos para a cama. Era imoral, e seria especulativo, porque o motivo que eu tinha para fazer isto no romance era de ordem técnico-literária. Eu precisava de um enredo que envolvesse uma transgressão profunda. Ele podia ter matado alguém, mas esse era o tipo de conflito que não me interessava em nada. E se tivesse roubado? Não, não. O motivo devia ser bom, um sentimento bonito e desejável, uma paixão, nada mais serviria.

Mas eu não conseguia.

Ninguém ia falar sobre mais nada, senão a respeito dos aspectos morais do meu romance, mas esse tipo de coisa também não me interessava em nada.

Em outro momento foi o desconforto que eu mesmo sentiria ao me inscrever nas páginas daquela forma, parte daquilo era uma verdade que, uma vez escrita, passaria a existir no mundo, e não apenas em mim, independente do quanto eu a ficcionalizasse.

Tonje foi a Molde, eu fiquei para me encontrar com Tore, tínhamos combinado de ir para a cabana da minha família escrever um script. A história girava em torno de um condomínio, eram várias histórias paralelas, a mais importante dizia respeito a uma mulher que ouvia barulhos estranhos no duto de ventilação, que no fim do script, após muitas tribulações, têm a origem revelada no apartamento de dois irmãos que mantêm o pai aprisionado no duto e o maltratam.

Numa tarde em que havíamos parado de trabalhar no script eu expliquei o meu dilema para ele.

— Faça isso mesmo, porra, não tem nem o que pensar. Vá em frente! Vai ficar genial!

Passamos quatro dias por lá, diversas vezes expus minhas dúvidas e a minha insegurança, Tore foi sempre categórico, vá em frente, faça. Andamos pela estradinha de cascalho que atravessava a floresta e descia até o lago, onde fizemos compras na lojinha, eu o levei à casa de Borghild, que riu de nossas cabeças raspadas, vocês parecem uma dupla de prisioneiros. Ela nos serviu café e eu perguntei a respeito da época em que ainda era menina, ela disse que tinha contraído tuberculose e passado meses num sanatório acima de um fiorde, a cura era tomar a maior quantidade possível de sol, então as mulheres ficavam sentadas em cadeiras na varanda do segundo andar, e os homens na varanda do primeiro andar, porque a gente ficava de topless, como se diz hoje, antes de contar como foi voltar para casa, a vergonha ligada àquela doença e ao bronzeado que os pacientes adquiriam nos sanatórios. Tore mostrou-se fascinado por Borghild, e ela gostou de Tore. Todo mundo gostava de Tore. Voltamos e continuamos o nosso trabalho, um cavalo enfiou o focinho para dentro da janela enquanto estávamos lá, demos cubos de açúcar e uma maçã para ele, no fim da tarde nos sentamos na rua e ficamos bebendo cerveja e fumando, rodeados pelo murmúrio da cachoeira no alto da floresta, com a neve que cobria o pico das montanhas do outro lado a reluzir com a luz do sol poente.

No meio de agosto peguei o ônibus para Volda. Tonje estava me esperando no ponto de ônibus, subimos os morros e fomos para a casa onde tínhamos alugado todo o segundo andar, era uma casa antiga e o padrão não era particularmente alto, mas o apartamento tinha dois quartos e éramos apenas dois. Durante todo o ano anterior ela tinha dividido aquele espaço com outra pessoa, naquele instante o lugar era nosso. Éramos marido e mulher, e esse pensamento ainda me fazia sentir arrepios. Dividiríamos toda a nossa vida, e estávamos lá, em um pequeno vilarejo em meio às montanhas, repleto de estudantes.

O cômodo que eu usava como escritório tinha vista para o fiorde e para o ferry que ia e voltava praticamente sem parar dia e noite, quando reluzia em meio à escuridão, e eu soube assim que larguei o PC em cima da mesa que eu conseguiria trabalhar bem por lá.

Tonje estava bem, tinha muitos amigos, e de vez em quando alguns deles iam nos visitar, mas quase sempre ela marcava encontros na rua. Às vezes eu ia junto, porém não com muita frequência. Eu estava lá para escrever, era a minha última chance, em dois anos eu completaria trinta anos, e eu precisava apostar tudo para conseguir. Ao contrário de todos os outros lugares onde eu já tinha morado até então, não desenvolvi nenhum tipo de relacionamento com Volda. Eu me levantava à tarde, escrevia noite adentro e me deitava pela manhã, ansiando pela tarde, quando poderia voltar a escrever. Às vezes eu ia de bicicleta até o pequeno centro da cidade para comprar CDs ou livros, mas ainda que o tempo gasto fosse muito pequeno, aquele parecia ser um grande sacrifício que eu não podia me permitir. O que descobri naqueles meses foi a enorme força da rotina e da repetição. Eu fazia exatamente a mesma coisa todos os dias, assim eu não precisava gastar minhas forças com nada disso, mas apenas com a escrita em si. E a escrita também buscava forças na mesma fonte, pois o que num dia eram três páginas passados cem dias transformava--se em cem páginas, e passado um ano em mais de mil. Dos cigarros que eu enrolava talvez vinte no mesmo lugar ao longo da noite caíam sempre fiapos de tabaco, que ao fim de um ano formavam um montinho considerável junto à perna da cadeira. As letras do teclado aos poucos foram desaparecendo de acordo com um sistema para mim incompreensível, umas ainda estavam claras e intocadas ao fim de seis meses, enquanto outras estavam praticamente apagadas. Mas a rotina tinha ainda uma outra função, que consistia em impedir que eu visse a minha escrita de fora. A rotina fazia com que eu estivesse no interior da mesma coisa, dia após dia. Se eu saísse do padrão, ou seja, se eu fizesse uma visita a alguém ou fosse beber umas cervejas com Tonje em um bar qualquer, este equilíbrio era perturbado, eu saía daquele lugar, eu percebia a rotina e tudo que eu escrevia, que era de uma ruindade completamente ridícula, o que eu estava pensando, quem se interessaria pelos meus pensamentos imaturos e infantis? Assim que eu pensava desta forma esses pensamentos ganhavam força, e quanto mais força ganhavam, mais difícil era retornar às privações e à tranquilidade da rotina. Assim que eu retornava, eu decidia que não podia mais fazer aquilo, não podia encontrar mais ninguém e não podia sair com Tonje para beber. E assim o poder de decisão também desaparecia, pois assim eram as coisas lá dentro, tudo que estava fora desaparecia. Muitas vezes eu ficava perto da salamandra na parede do banheiro e olhava pela janelinha durante o meu horário de trabalho, mais ou menos como um gato acompanha com os olhos tudo o que se move, às vezes eu me demorava meia hora, uma hora antes de entrar e continuar. Era uma forma de dar um tempo e ter um pouco de descanso, sem me afastar do lugar onde eu me encontrava.

O sentimento que eu tinha era incrível. Eu tinha passado mais de dez anos sem conseguir nada, e de repente, do nada, bastava escrever. E o que eu escrevia era de uma qualidade que, em comparação com o que eu havia feito antes, me surpreendia todas as tardes, quando eu relia o que tinha escrito durante a noite anterior. Era como uma embriaguez, ou como o andar de um sonâmbulo, uma situação em que eu estava fora de mim mesmo, porém o mais estranho neste caso foi que a sensação era contínua.

Tonje sabia o quanto aquilo era importante para mim, e agiu como uma mulher independente, vivendo a própria vida, cultivando as próprias ambições, mas de vez em quando eu notava que ela queria mais, de mim, de nós, eu notava que aquilo não era o bastante, e então tentava oferecer o que ela gostaria, não por mim, porque eu não precisava de nada além do que eu já tinha, mas por ela.

Uma vez ela pediu o meu PC emprestado por um tempo, apenas por meia hora, ela precisava escrever qualquer coisa e seria muito trabalhoso ir até a escola só para isso. Eu fiquei enormemente irritado, mas não disse nada, claro que eu podia emprestar o meu PC por meia hora, e para que ela compreendesse o sacrifício que aquilo representava para mim eu me sentei na cadeira do corredor, do outro lado da porta, e fiquei esperando, numa fúria de impaciência.

De vez em quando Tonje mencionava as opiniões que um dos amigos tinha a respeito da nossa vida, de que era estranho eu passar o tempo inteiro em casa trabalhando e nunca sair com ela, ela devia fazer esses comentários porque no fundo tinha a mesma opinião, mas eu ficava bravo, o que ele tinha a ver com a nossa vida?

Numa tarde durante a primavera ela começou a sentir uma dor forte na barriga. Disse que precisava ir ao pronto-socorro, eu perguntei se ela queria que eu fosse junto, ela disse, não, pode ficar escrevendo, eu consigo ir sozinha, eu a vi subir o morro com o corpo encolhido e pensei que tinha sido uma generosidade e tanto me deixar escrevendo em vez de pedir que eu a acompanhasse ao pronto-atendimento. Eu não me importava nem um pouco de fazer esse tipo de coisa sozinho, não tinha nenhum tipo de sentimentalismo em casos como esse, e me alegrei ao perceber que ela agia da mesma forma.

Duas, três horas mais tarde ela ligou, tinha sido internada no hospital, os médicos não sabiam o que era aquilo e fariam um pequeno procedimento para descobrir.

— Você quer que eu vá até aí?

— Quero, você pode?

Tonje estava na cama quando cheguei, tinha um sorriso delicado e apologético, a dor tinha desaparecido, no fim não era nada.

No dia seguinte eu voltei ao hospital, ainda não tinham descoberto nada, era um mistério total. Eu tinha viagem marcada a Oslo para a última reunião sobre o meu manuscrito, as passagens já estavam compradas havia muito tempo, então ela precisaria voltar para casa sozinha, não era nenhum problema, ela tinha vários amigos que podiam acompanhá-la, se fosse preciso.

Em maio eu reli o manuscrito pela última vez, tudo que eu ainda quisesse fazer teria de ser feito naquele momento, mas quando o Dezessete de Maio chegou Tonje me perguntou se eu não poderia passar o dia com ela, primeiro em um café da manhã na casa de amigos, depois na cidade para ver o desfile e por fim no bar para tomar umas cervejas, eu disse que não havia como, eu tinha pouco tempo para revisar o manuscrito, não podia perder um dia inteiro, e além disso vai estar cheio de gente que você conhece!

Tonje saiu com a jaqueta de marinheiro, ela parecia um sonho, foi o que pensei quando a vi pela janela antes de me sentar ao sol no deque externo para ler o manuscrito de caneta na mão. Passado um tempo eu entrei e comi um pouco, continuei a ler, o telefone tocou. Era Tonje.

— Estou sentindo tanto a sua falta! — ela disse. — Você não pode vir? Só um pouquinho? Tudo está ótimo por aqui. Mas seria ainda melhor se você aparecesse. E os outros estão se perguntando se tem alguma coisa errada entre nós. Já que você não está aqui.

— Por favor — eu disse. — Você sabe que eu tenho que trabalhar. Não tem como. Você entende, não?

Claro, claro que ela entendia.

Desligamos.

Eu olhei para o fiorde.

O que era aquilo que eu estava fazendo?

Por acaso eu era um idiota completo?

Por acaso eu queria que ela passasse o Dezessete de Maio sozinha com aquela jaqueta de marinheiro? Vesti o casaco, calcei os sapatos e subi o morro depressa.

Assim que cheguei ao topo eu vi Tonje. Ela caminhava devagar e tinha a cabeça baixa.

Será que estava chorando?

Sim, ela estava chorando.

Ah, Tonje!

Corri ao encontro dela e a abracei.

— Não se preocupe comigo — ela disse. — Não sei o que deu em mim.

Ao dizer esta última frase ela sorriu.

Descemos novamente à cidade, entramos no lugar onde os amigos dela estavam e depois fomos ao bar, onde todos enchemos a cara, como se deve fazer no dia da independência. Enquanto estávamos por lá eu disse que o meu romance apareceria na primeira página do *Dagbladet* quando fosse lançado. Tonje me olhou. Quer apostar?, eu disse. Quero, ela disse. Uma viagem a Paris. Se você ganhar, eu te levo. Se eu ganhar, você me leva.

Voltamos para casa agarrados um ao outro no fim daquela tarde. Ela falou sobre como a nossa situação era desgastante para ela, eu disse que logo tudo estaria acabado, que faltava apenas um mês, e depois tudo mudaria.

— O pior é que eu acredito em você — ela disse.

Na tarde em que a Inglaterra jogou contra a Argentina na Copa do Mundo, uma firma de mudança foi buscar todas as nossas coisas. Pegamos um avião para Bergen e no dia seguinte estávamos em frente ao apartamento novo, aguardando o caminhão de mudança. Tínhamos respondido um anúncio de jornal, Tonje havia escrito uma carta falando sobre nós dois e conseguimos o apartamento, o imóvel pertencia a uma senhora que não queria praticamente nada em troca, mesmo que o lugar fosse grande, pelo menos para o nosso padrão.

O celular tocou, era o motorista da mudança, ele estava no pé do morro e não conseguia subir. Descemos correndo para encontrá-lo.

— Não tem jeito — ele disse, coçando a bochecha. — Vou ter que descarregar as coisas de vocês aqui mesmo.

— Aqui? Na rua? — eu perguntei.

O homem fez um gesto afirmativo com a cabeça.

— Mas não tem como! — eu disse, quase aos gritos. — A gente pagou por uma mudança! É claro que você precisa levar tudo para dentro do apartamento!

— Mas eu não consigo subir o morro — ele disse. — Eu posso emprestar um carrinho, se vocês prometerem me devolver.

Eu desisti e o ajudei a descarregar todos os móveis e todas as caixas. A mudança inteira era da minha altura. O motorista foi embora, eu liguei para Eirik, que era a única pessoa conhecida que estava na cidade naquele momento, mas ele disse que não podia, então o jeito era começar.

As pessoas que passavam olhavam para a nossa mudança. Aquilo estava profundamente errado, pensei enquanto eu colocava três caixas em cima do carrinho e começava a empurrá-lo morro acima. Era obsceno, indecente, ultrajante. Um divã no meio da rua. Nossa cama no meio da rua. Um sofá, uma cadeira, uma luminária. Quadros. Uma escrivaninha. Tudo reluzindo ao sol, contra o asfalto seco e cinza.

Nos dias a seguir nós pintamos o apartamento e, quando enfim colocamos todos os móveis e todas as nossas coisas no lugar, nos sentimos felizes. Aquele parecia ser o nosso primeiro apartamento de verdade, já não éramos mais estudantes, nosso futuro começava ali. Tonje havia conseguido emprego na NRK Hordaland, meu romance estava pronto; a única coisa que ainda faltava era a revisão. E a capa, que me levou a Stavanger para buscar a ajuda de Yngve. Minha ideia era usar fotografias de zepelins, eu tinha pensado desde o início que seria a coisa certa, pois a atmosfera que eu buscava no romance, um sentimento arrebatador em relação a tudo que havia se perdido, todos os tempos e todas as épocas, dificilmente poderia ser tão bem expressa com outra imagem que não a de um zepelim, aquela baleia voadora, aquele Moby Dick do futuro, tão belo e estranho que chegava a doer. Como alternativa eu tinha um livro que meu pai havia me dado, era um livro sobre o espaço, não havia fotografias, somente ilustrações. No início da década de 1950 as viagens ao espaço ainda não existiam, mas já se especulava a respeito; os trajes apareciam nas ilustrações, assim talvez estivessem vestidos os primeiros viajantes espaciais. Os foguetes apareciam nas ilustrações, casas em planetas inóspitos, carros lunares. Tudo no estilo típico da década de 1950, com aquele otimismo americano de anúncio publicitário. Um pai com o filho, apontando para o céu estrelado. O futuro, a aventura, o universo inteiro de repente aberto à humanidade. As capas que Yngve e Asbjørn tinham preparado, com zepelins e ilustrações da década de 1950, ficaram bonitas, mas não eram precisas o bastante em relação ao romance. Os dois continuaram experimentando com outras opções, e eu comecei a me resignar quando de repente Asbjørn apareceu com umas imagens de Jock Sturges, um fotógrafo americano, em uma revista de fotografia. Numa delas havia uma menina, de talvez doze anos, talvez treze, ela estava nua e de costas, e quando vimos aquela imagem tudo ficou resolvido. Afinal, o tema do meu romance era aquele. Não o tempo perdido, mas o desejo do protagonista por uma menina de treze anos.

Em casa eu passava os dias lendo jornais e assistindo à TV, às vezes eu ia ao Verftet e tomava café com um livro nas mãos enquanto Tonje trabalhava, completamente fora de mim, porque a rotina já não fazia mais nada avançar, era apenas uma rotina, e os dias nela eram vazios. Yngve e Asbjørn moravam em Stavanger, Espen e Tore moravam em Oslo, Hans e quase todas as outras pessoas que eu conhecia também haviam se mudado para lá. Em Bergen restavam apenas uns poucos. Ole estava na cidade, eu sabia, ele havia se divorciado e voltado, eu liguei para ele, saímos juntos para beber uma cerveja. Eirik, que eu havia conhecido na Studentradioen, estava escrevendo a tese de doutorado em letras, eu fui de bicicleta até o escritório dele e tomei um café com ele na cantina da universidade.

Quando voltei eu liguei para a minha mãe, Borghild tinha morrido. Ela tinha dormido, não tinha adoecido, não tinha sentido nada, simplesmente morreu enquanto dormia. Fazia um ano desde que eu a vira pela última vez, quando pedalei da casa da minha mãe até a casa dela, nos sentamos juntos na varanda e eu comecei a perguntar sobre como era a vida na fazenda nos velhos tempos. Eu registrei o que ela falava num caderno de anotações; o que para ela eram lembranças, para mim eram histórias. Era inacreditável perceber o quanto aquele mundo era diferente do mundo em que eu vivia. Borghild havia pertencido aos dois, mas naquele momento estava morta, e eu percebi o quanto minha mãe lamentava a perda. Eu disse que compareceria ao enterro. Tonje estaria trabalhando e não poderia, mas eu fiz a mala na tarde anterior, tomei banho ao acordar, fiz o desjejum e estava prestes a sair para a rodoviária quando o telefone tocou. Era Yngve. Ele disse que nosso pai havia morrido.

Quatro dias mais tarde eu saí da capela em Kristiansand depois de ver o meu pai, ou aquilo que havia restado, apenas um corpo com a fisionomia dele, pela segunda vez. O céu estava claro, mas encoberto. Uma fileira de carros andava pela estrada à minha frente. Tinha sido horrível vê-lo, e em especial perceber que, nos poucos dias desde que eu o havia visto pela primeira vez, ele havia mudado. A pele tinha se tornado mais amarela, mais afundada, por assim dizer. Ele estava a caminho da terra, e alguma coisa parecia levá-lo embora com uma força imensa. Atravessei a passarela, abaixo de mim os carros passavam, o barulho dos motores chegava até mim, eu acendi um cigarro e olhei para o alto das construções à minha frente. Elas pareciam dizer coisas simplesmente por estarem lá, não eram coisas humanas, não eram coisas vivas, mas aquilo era uma declaração. A casa no outro lado da estrada, que talvez remontasse à década de 1930, dizia outra coisa, e assim era por toda a cidade, em todas as cidades. Um sorriso sob o céu, de onde as pessoas entravam e saíam.

De onde diabos teria vindo o sangue?

Na primeira vez em que o vimos o agente funerário tinha nos avisado de que havia muito sangue, podia ser uma imagem chocante. Claro que já o haviam lavado, mas não havia saído, o sangue estava como que impregnado na pele. E o nariz dele estava quebrado. Mas na sala onde o encontraram não havia sangue nenhum. Será que as dores tinham sido tão profundas a ponto de fazê-lo se levantar, cair sobre a mureta da lareira, por exemplo, quebrar o nariz, subir de novo na cadeira e morrer, para então ser encontrado lá? Ou será que teria quebrado o nariz no dia anterior, durante um passeio na cidade? Ou será que a fratura e o sangue tinham levado o coração a parar?

Mas onde estava o sangue?

Eu precisava ligar para o médico no dia seguinte e perguntar o que tinha acontecido no dia em que o encontraram.

Minha avó estava sentada junto à mesa da cozinha quando voltei. Ela ficou radiante por um breve momento, não queria ficar sozinha, nem por um segundo: toda vez que eu ou Yngve saíamos da casa ela nos seguia.

Eu preparei um bule de café, fui à sala e liguei para Yngve depois de fechar a porta que dava para o cômodo onde a minha avó estava.

— Você falou com o médico? — ele perguntou.

— Não, ainda não consegui. Vou falar com ele amanhã, eu acho.

— Tudo bem — disse Yngve. — No mais, como estão as coisas por aí?

— Hoje eu cortei a grama de praticamente todo o jardim. Ou o trigo, ou sei lá como se chamava aquilo. E amanhã acho que vou lavar a casa.

— E o pastor?

— É verdade! Eu tenho que resolver isso também. Vou ligar mais tarde. Mas acho que a funerária já deve ter entrado em contato.

— Já, sim. Mas vocês precisam falar sobre a cerimônia em si. Afinal, o pastor vai dizer umas palavras sobre o pai, então você precisa falar um pouco com ele.

— Mas falar o quê?

— Dar uma ideia sobre a vida dele, nada mais. Professor em Tromøya, envolvido com a política local, filatelista. Dois filhos no primeiro casamento, uma filha no segundo. Gostava de… do que ele gostava, afinal?

Eu chorava sem fazer nenhum som.

— De pescar — eu disse. — Ele gostava de pescar.

Fez-se um silêncio.

— Mas… você acha que eu devo falar sobre o fim? — eu perguntei. — Sobre esses últimos anos?

— Talvez não de maneira direta.

— Dizer que foram anos difíceis?

— É. Me parece adequado.

— Eu só quero que seja uma cerimônia digna.

— Eu sei. É o que eu também quero.

— Quando você chega?

— No dia do enterro, provavelmente. Ou na tarde anterior.

— Tudo bem. Mas eu te ligo amanhã de qualquer jeito.

— Ligue mesmo.

— Fique bem até lá.

— Você também.

No fim do entardecer a camada de nuvens se desfez e o sol baixo projetou a luz alaranjada por toda a cidade, enquanto o crepúsculo aos poucos se erguia, para logo encher todo o caminho até o céu, o último bastião da luz, que pairava azul e profundo lá no alto, e então, de forma quase imperceptível, a luz de uma estrela se revelava, delicada como um bebê recém-nascido, e então ganhava força, era rodeada por outras luzes, e logo o céu ainda claro de verão estava repleto delas.

Enquanto minha avó ficava na sala assistindo à TV, eu fui à varanda e fiquei olhando alternadamente para a cidade e para o mar. Eu pensava no livro da década de 1950 que o meu pai tinha me dado. Ele tinha lido aquilo. Sonhado com o espaço, como as crianças fazem, pensado sobre os foguetes e os robôs que o futuro havia de trazer, sobre as invenções e descobertas. Como ele tinha se sentido?

Onde tinha estado?

Naquele verão ele tinha conhecido a minha mãe, na época os dois tinham dezessete anos, ou seja, era 1961, ele disse para ela que tinha câncer testicular e que talvez não pudesse ter filhos.

Era mentira, claro, como também era mentira na vez em que ele me disse que tinha câncer e que ia morrer.

Mas não era mentira que ele ia morrer.

E talvez não fosse mentira que ele não poderia ter filhos? Ou melhor, que ele não queria, que ele sabia que não devia.

Meu Deus, eles tinham vinte anos. Se fossem tão imaturos quanto eu era aos vinte, realmente tinha sido uma empreitada e tanto.

Apaguei o cigarro e entrei na casa.

O telefone tocou.

— Atenda você — minha avó disse sem olhar para mim. Mais uma vez foi como se ela estivesse falando com outra pessoa que não eu, o tom era diferente, e essa outra pessoa não podia ser outra senão o meu pai.

Entrei na sala de jantar e atendi.

— Olá, aqui é o Gunnar. Como vocês estão?

— Dadas as circunstâncias, bem — eu disse.

— Eu sei que é uma situação horrível, Karl Ove — ele disse. — Mas pensamos em levar vocês para dar um passeio na cabana amanhã. Para vocês espairecerem um pouco. A previsão é de tempo bom. O que você acha?

— Acho ótimo.

— Combinado, então. Chegamos amanhã de manhã para buscar vocês. Estejam prontos! É melhor sair bem cedo para aproveitar melhor o dia, você não acha?

— Claro — eu disse. — É melhor assim.

Nos deitamos à mesma hora, eu subi a escada atrás da minha avó, ela se virou no corredor e me deu boa-noite e sumiu no quarto dela, eu abri a porta do meu, me sentei na cama, apoiei a cabeça nas mãos e chorei por um bom tempo. Minha vontade era de me deitar com roupa e tudo e simplesmente dormir, mas Gunnar chegaria na manhã seguinte, eu não queria parecer mal-arrumado e desleixado, então mobilizei as últimas forças que ainda me restavam, fui ao banheiro e escovei os dentes, lavei o rosto, dobrei minhas roupas e coloquei-as em cima de uma cadeira antes de ir para a cama. Eu temia aquele momento, o pior de tudo era fechar os olhos e estar naquela casa sem ver nada, era como se todos os pensamentos terríveis se atirassem em cima de mim, enfim libertos, e assim foi naquela noite, ao mesmo tempo que aos poucos e de maneira como que pendular eu afundei no sono, não muito diferente de um anzol na linha, pensei, levado ao fundo pela chumbada até que a escuridão me envolvesse e eu sumisse do mundo.

Quando acordei às oito horas minha avó já estava de pé. Estava usando o mesmo vestido sujo que tinha usado nos últimos dias, ela exalava um cheiro forte e estava completamente fechada em si mesma.

Ela devia ter tomado banho, vestido roupas limpas e novas. O colchão devia ter sido posto fora, ela devia ter ganhado um novo e bonito, com um jogo de cama novo e bonito. Ela devia ter comido uma boa refeição quente, e devia ter descansado.

Mas eu não tinha como proporcionar nada disso para ela.

— Eles já devem estar chegando — eu disse.

— Quem? — ela perguntou, me encarando com o cigarro fumegante entre os dedos.

— O Gunnar e a Tove — eu disse. — Hoje eles vão levar a gente para um passeio na cabana, lembra?

— É verdade — ela disse. — Vai ser um dia bem agradável.

— É — eu disse.

Pouco depois das nove o carro deles parou no pátio. Minha avó olhou para a rua do mesmo jeito que eu lembrava de quando ainda era pequeno, depois olhou para mim e levantou os cabelos da nuca com um movimento rápido da mão.

— Lá está o Gunnar — ela disse.

— Vamos, então? — eu perguntei.

— Você acha que eles não vão subir? — ela disse.

— Eles vão nos levar para um passeio na cabana — eu disse.

— É verdade — ela disse.

Descemos a escada. Gunnar estava no corredor, esperando.

Loiro, bronzeado, alto e magro. Ele me encarou com os olhos cheios de ternura.

— Como você está?

— Bem — eu disse, com os olhos rasos de lágrimas. — Vai ser bom dar uma volta.

Minha avó vestiu um casaco e pegou uma bolsa, que carregou sob o braço enquanto descíamos a escada e andávamos em direção ao carro.

Tove, que tinha os olhos apertados por conta do sol forte, nos cumprimentou, segurou o braço da minha avó e a ajudou a entrar no carro.

Eu dei a volta e entrei pelo outro lado.

A cabana ficava a cerca de vinte quilômetros, no arquipélago. Fazia muitos anos que eu não ia para lá.

Quando eu ainda era menino, costumávamos ir para lá talvez uma vez por ano. Vários rituais envolviam esses passeios naquela época, e tudo parecia uma grande aventura.

O estacionamento ficava em um pequeno terreno no meio da floresta, as vagas eram todas marcadas com um número, pintado numa pedra ou num pedaço de madeira.

Meu avô estacionava na vaga deles, próxima a um muro de pedra, sob a sombra trêmula dos galhos de um grande carvalho, eu abria a porta e saía, e o ar por lá, que recendia a terra e grama e ar e flores, era tão quente que eu tinha a impressão de pisar em cima dele.

Tudo permanecia em silêncio, a não ser pelo canto dos pássaros e talvez vozes dispersas ou o ronco do motor de um barco vindos do pequeno atraca-douro para onde estávamos indo.

Estacionar o carro na grama!

A caixa térmica grande e quadrada que a minha avó tirava do porta-malas. O musgo seco nas rachaduras do muro de pedra, todos os cheiros que havia, uns realmente fortes e bolorentos, porque se você levantasse uma pedra, o chão às vezes estava molhado e cheio de pequenas criaturas raste-jantes que saíam correndo para todos os lados. O mesmo valia para a grama dura, que tinha um cheiro seco e quente, mas logo abaixo, se você cavasse um pouquinho, havia cheiros totalmente distintos em grande abundância e profundidade, que lembravam o cheiro de podridão.

As mamangavas que zumbiam ao redor da roseira além do muro de pe-dra. O ar em certas partes do caminho, onde o sol havia batido por toda a ma-nhã, que pareciam bunkers de calor, lugares nos quais entrávamos e saíamos.

O cheiro de maresia cada vez mais forte, e o cheiro de algas podres.

Os gritos das gaivotas.

Sempre éramos levados até a ilha pelo mesmo velho barqueiro. Minha avó e meu avô ficavam no cais e entregavam a ele tudo que precisávamos levar, ele colocava tudo no fundo do barco e depois nós entrávamos e nos sentávamos.

Minha avó, uma mulher elegante com sessenta e poucos anos e cabelos desgrenhados pelo vento, que resistia e tentava colocá-los de volta no lugar, meu avô, um homem próspero uns poucos anos mais jovem, com cabelos pretos penteados para trás e lábios delicados. O velho barqueiro, com botas e um boné preto, uma das mãos no acelerador do motor de popa e a outra no colo. Aos poucos nós avançávamos, cruzávamos o estreito e descíamos no trapiche do outro lado, logo abaixo da cabana humilde e branca. Tanto eu como Yngve ansiávamos por aquele lugar. Lá havia cerejas selvagens e também maçãs selvagens. Dava para tomar banho nos escolhos um pouco além da cabana. Do cais dava para pescar caranguejos. Havia um pequeno barco da Pioner no qual podíamos remar. Mas o que mais gostávamos era de jogar futebol no pequeno terreno logo atrás da cabana, em especial quando os adultos jogavam com a gente, meu avô, Gunnar, às vezes também o meu pai.

Todas estas cenas estavam no meu olhar durante aquela manhã. O es-tacionamento não era mais de grama, mas de asfalto. O longo caminho pela floresta não era longo, mas podia ser percorrido em poucos minutos. O barqueiro não estava nos esperando, porque havia morrido muito tempo atrás, e a atmosfera de trabalho que tinha existido ao redor do cais naquela outra época tinha desaparecido por completo, naquele instante a atmosfera era de pequenos barcos e de lazer na cabana.

Mas assim mesmo. A floresta era a mesma, os sons e os cheiros eram os mesmos, e o mar com ilhas e ilhotas era o mesmo.

Gunnar entrou no barco, Tove ajudou minha avó a subir a bordo, logo estávamos avançando pelo estreito sob o céu azul. Minha avó permaneceu sentada, olhando para baixo, era como se aquele cenário, a abertura e a leveza que vinham ao nosso encontro, não a alcançasse. O rosto pálido e magro, que me fazia pensar em um pássaro, parecia ainda mais sofrido do que na casa. Afinal, lá havia peles bronzeadas por longos dias ao sol, sal nos cabelos ao fim de banhos refrescantes, sorrisos e risadas, olhares alegres e coquetes e tardes com camarões e caranguejos e lagostas.

Tove pôs a mão no meu ombro e olhou para mim com um sorriso consolador nos lábios.

Comecei a chorar.

Aaah. Aaah. Aaah.

Afastei o rosto, olhei em direção à boca do fiorde. O estreito estava repleto de barcos, aquele era um trajeto popular entre os turistas no verão. As pequenas ondas batiam e chocavam-se contra o casco, um que outro jato de água salgada espirrava em nós.

Quando Tove ajudou minha avó a descer e Gunnar estava amarrando o barco, ele olhou para mim.

— Por acaso a vó bebeu ontem? — ele perguntou.

Senti meu rosto corar, olhei para baixo.

— Acho que bebeu um pouco, sim — eu disse.

— Achei mesmo que eu tinha sentido o cheiro — ele disse. — Mas isso não pode acontecer.

— Você tem razão — eu disse.

— Ela não pode continuar morando sozinha.

— Não pode mesmo — eu disse. — Está bem claro.

— Nós ajudamos naquela casa por muitos anos — ele disse. — Você sabe que tanto o seu pai como o Erling foram embora da cidade. E no fim a gente que precisou se encarregar de tudo.

— Não sei como vocês aguentaram — eu disse.

— Ninguém falou em aguentar — ele disse. — Era simplesmente o que a gente tinha que fazer. Ela é minha mãe, como você sabe.

— É — eu disse.

— Vá pegar um café! — ele disse.

Fui até a cabana com os olhos úmidos de lágrimas. Eu estava completamente fragilizado. Bastaria apenas mais um sorriso, uma mão amiga para que tudo explodisse.

Minha avó era a mãe dele. Meu pai tinha sido o meu pai. Eu sabia qual era a situação dele, sabia que ele ia morrer. E eu não tinha levantado um dedo. Eu podia ter feito uma visita, conversado com ele, dito que ele precisava se internar numa clínica de reabilitação. Yngve podia ter ido comigo, podíamos ter nos sentado juntos, os dois filhos dele, e assumido a responsabilidade por aquilo.

Mas esse pensamento era tão estranho quanto impossível. Eu podia fazer muita coisa, podia me obrigar a praticamente qualquer coisa se fosse necessário, mas não isso, jamais.

Será que eu podia ter dito para ele, venha com a gente para Bergen, você pode morar um tempo comigo e com a Tonje até a gente arranjar um apartamento próximo para você?

Ha ha.

Ha ha ha.

— Karl Ove, sente-se um pouco e relaxe — disse Tove. — Você passou por um bocado de coisas. Aqui você pode desopilar um pouco. Logo vocês têm que voltar.

Comecei a soluçar e cobri os olhos com uma das mãos.

Minha avó estava fumando e olhando para o cais, de onde Gunnar chegava.

Uma hora mais tarde ele me levou para dar uma volta pela ilha. A princípio não vimos nada, simplesmente andamos lado a lado pela trilha, rodeados por árvores, grama alta e seca, moitas e arbustos, flores vistosas aqui e acolá, cristas nuas de montanhas, totalmente cinzentas com manchas de líquen colorido, um que outro recôndito onde folhas de grama fina balançavam na brisa, mas depois tudo se abriu em um terreno comprido, onde casas brancas reluziam com telhados laranja e flâmulas vermelhas nos mastros.

— Reconhece o lugar? — Gunnar perguntou.

— Reconheço — eu disse.

— Eu lembro de quando a gente era pequeno e vinha para cá — ele disse. — Na época o seu pai ainda era jovem. Estudava em Oslo. Eu o admirava como só um irmão mais novo é capaz de admirar o irmão mais velho.

— Sei — eu disse.

— Ele era uma pessoa especial. Não era como a gente. Eu lembro que ele costumava ficar acordado até tarde. Ninguém mais fazia isso.

— Sei — eu disse.

— Ele era tão mais velho do que eu que não chegamos a crescer juntos — ele disse. — Quando eu tinha dez anos, ele já tinha um filho. Já tinha a vida dele.

— É — eu disse.

— Não estava sendo fácil para ele nesses últimos tempos. Pena que as coisas acabaram do jeito que acabaram. Mas talvez no fundo seja melhor assim. Você entende o que eu quero dizer?

— Entendo, acho.

— Aqui tem um restaurante que funciona no verão — ele disse, apontando uma pequena casa com a cabeça.

— Parece bonito — eu disse.

Durante todo o tempo que andamos, eu chorei sem fazer nenhum ruído. Eu já nem sabia mais por que estava chorando, já nem sabia mais como eu me sentia, de onde vinha tudo aquilo.

Paramos em frente ao antigo cais, onde as casas dos comandantes de navio se erguiam bem conservadas e reluziam com bem-estar e riqueza. O horizonte longínquo era muito nítido. Céu azul, mar azul. Velas brancas, risadas em um lugar qualquer, passos sobre o cascalho. Uma mulher com um grande regador regava um canteiro. Os jatos d'água reluziam ao sol.

Quando Gunnar estacionou o carro em frente à casa, na cidade, eram cinco horas e todas as árvores farfalhavam com a brisa que soprava do mar.

— Vamos aparecer amanhã — disse Gunnar. — Para dar uma mão a vocês. Afinal, muita coisa ainda precisa ser feita.

Ele sorriu.

Fiz um aceno de cabeça e entramos. Depois de toda aquela luz e todo aquele ar fresco a decadência da casa, à qual eu tinha de certa forma me acostumado, novamente se revelou. Assim que voltamos, dei continuidade à limpeza. Desta vez eu lavei as duas salas. O banco, a mesa de jantar, as cadeiras, tudo no estilo da década de 1930, com entalhes levemente vikings, a mesa de centro, o lambril colocado na década de 1980, o parapeito da janela, a porta da varanda, os degraus. Aqueles dois cômodos tinham carpete de uma parede à outra, eu passei o aspirador de pó, mas não adiantou grande coisa; amanhã preciso comprar produtos de limpeza, eu pensei, e então joguei a água fora e liguei para Tonje.

Ela tinha comprado uma passagem de avião para ir me ver e duas passagens para que voltássemos juntos. Falei sobre o que tinha acontecido, disse que eu encontraria o pastor no dia seguinte e que havia uma quantidade absurda de coisas ainda por fazer, mas que no fim daria tudo certo. Eu disse que estava com saudade e que gostaria de tê-la ao meu lado. A primeira parte era verdade, a segunda não. Eu precisava estar sozinho naquele lugar, ou então na companhia de Yngve. Mas com o enterro era diferente, nessa hora ela precisava estar ao meu lado. Tonje disse que pensava em mim o tempo inteiro, e que me amava.

Quando desligamos, telefonei para Yngve. Ele não conseguiria chegar antes do enterro, seria complicado para as crianças, mas ele se dispôs a fazer o que pudesse de longe. Ligar para os parentes e fazer o convite, fazer contato com a agência funerária, tudo que eu achava tão difícil.

Gunnar e Tove apareceram no dia seguinte. Tove ajudou minha avó a tomar banho, escolheu roupas limpas para ela e preparou comida enquanto eu e Gunnar lavávamos tudo e jogávamos coisas fora, eu agindo da forma mais subordinada possível, afinal ele tinha crescido naquela casa, aquela era a mãe dele, enquanto eu era o filho do homem que havia destruído tudo. A organização fez maravilhas para a minha avó, ela voltou a si, por assim dizer, de repente a vi descer a escada com uma bacia d'água nas mãos e um cigarro na boca. Tove, que estava limpando o guarda-roupa, riu e piscou o olho para mim. Parece que trabalha numa cervejaria!, ela disse.

Às duas horas fui ao escritório da igreja em Lund. Entrei por um longo corredor, espiei para dentro de uma porta aberta, uma mulher estava sentada atrás de uma escrivaninha lá dentro, ela se levantou meio surpresa, eu disse o que eu queria, ela me indicou a porta certa, eu bati e entrei.

O pastor, um homem de meia-idade com olhar amistoso, apertou minha mão, e então nos sentamos. Eu não confiava muito nos pastores noruegueses, lembrei horrorizado da comparação com a máquina de Coca-Cola que eu tinha ouvido na primavera anterior, e o único motivo para que eu quisesse dar um enterro religioso para o meu pai era a tradição e a dignidade que havia naquilo tudo. A merda da palavra de Deus seria lida para ele. Assim, comecei a falar com o pastor cheio de ceticismo. Eu queria uma cerimônia tradicional, com salmos, culto, um punhado de terra, o menos pessoal possível, com a maior distância possível. Eu queria que a vida do meu pai fosse vista a partir daquela perspectiva, não como uma coisa pequena, não o homem temido pelos filhos que depois bebeu até morrer, mas como uma coisa grandiosa, uma pessoa que nasceu neste mundo, inocente e pura como todas as pessoas ao nascer, viveu uma vida como todas as outras pessoas e por fim morreu.

Mas não deu muito certo. Depois que resolvemos os assuntos práticos, começamos a falar sobre o que o pastor diria ao longo da cerimônia.

— Quem foi o seu pai? — ele me perguntou.

Eu disse que ele tinha estudado em Oslo, trabalhado como professor de ginásio em Arendal e se casado com Sissel, era pai de dois filhos, Yngve e Karl Ove, depois tinha se divorciado e casado mais uma vez, morado uns anos no norte da Noruega, tido mais uma filha, voltado para o sul e por fim morrido aos cinquenta e quatro anos.

— Quem foi o seu pai para você, Karl Ove? — ele me perguntou.

Não gostei da intimidade que o emprego do meu nome sugeria, mas ao mesmo tempo eu ansiava por aquela entrega. Aquilo era uma técnica do cacete, eu sabia muito bem, porque aquele cara não me conhecia, porra, mas assim mesmo eu encontrei os olhos dele, e o que vi não foi nenhum idiota, nenhum ignorante que encontrou a salvação, mas ternura e compreensão. Compreendi que o pastor não era um estranho a pessoas que bebem até morrer, que não era um estranho ao fato de que existiam pessoas más, e que não era um estranho ao fato de que talvez aquilo não fosse o fim do mundo, mas simplesmente o mundo.

— Eu tinha medo dele — eu disse. — Eu sempre tive um medo terrível dele. Para dizer a verdade, mesmo agora eu ainda tenho medo dele. Eu vi o corpo duas vezes essa semana, mas ainda não me convenci de que ele está morto, se é que você entende o que eu quero dizer. Eu tenho medo de que ele se levante e... e esteja bravo comigo, enfim. É só isso. Ele tinha uma influência muito forte sobre mim que eu nunca consegui superar. Estou feliz com a morte dele. Na verdade é isso. Um alívio enorme. Mas eu tenho um remorso enorme por me sentir assim. Afinal de contas eu sei que ele não fez o que fez e que não foi como foi *de propósito*.

Olhei para o pastor.

— Como era o relacionamento do seu irmão com o pai de vocês? Ele se sentia da mesma forma?

— Não sei. Acho que não. Eu acho que o Yngve o odeia. Eu não. Mas não sei. Ele sempre tratou o Yngve muito pior. Às vezes ele se voltava para mim, tentava endireitar as coisas, mas o Yngve não queria saber, simplesmente o rejeitava.

— Você disse que o seu pai não fez nada de propósito. Por que você acha que foi assim, então?

— Porque ele era atormentado. Ele era uma pessoa atormentada. Hoje eu sei disso. Ele não queria viver a nossa vida, mas se obrigava a vivê-la mesmo assim. Depois ele se separou para fazer o que queria de verdade, mas tudo ficou muito pior, ele começou a beber, e a certa altura simplesmente largou de mão. Ele mandou tudo para o inferno. Nos últimos tempos ele estava morando com a mãe. Foi na casa dela que ele morreu. Ele ficava lá, bebendo. Na verdade ele se matou. Ele queria morrer, tenho certeza.

Comecei a chorar. Não me importei que aquilo estivesse acontecendo diante de um estranho. Eu estava além desse tipo de preocupação. Eu chorei e chorei, me esvaziei de tudo que eu tinha dentro de mim, e o pastor me ouviu o tempo inteiro. Passei uma hora lá, chorando e falando sobre o meu pai. Quando eu estava prestes a ir embora, o pastor apertou a minha mão e me agradeceu, me encarou com aquele olhar terno, e eu chorei mais uma vez e disse que quem tinha que agradecer era eu, e então saí, atravessei o portão e desci a escada, saí para a área residencial e segui rumo à estrada, e foi como se eu tivesse deixado um fardo para trás, como se eu não precisasse mais carregar o fardo que vinha carregando. Havíamos falado apenas sobre mim e sobre o meu pai, mas a presença e a atenção do pastor, uma presença e uma atenção que ele já devia ter colocado à disposição de incontáveis outras pessoas que tinham aberto o coração para ele, a partir das profundezas de uma vida difícil, fizeram com que o assunto da nossa conversa não fosse apenas eu e o meu pai, mas a vida como um todo: assim foi esta vida. A vida do meu pai tinha sido daquele jeito.

Tonje chegou, eu a abracei com força, nos balançamos de um lado para o outro, agarrados.

— Que bom ter você comigo — eu disse.

— Eu senti tanta saudade! — ela disse.

A casa estava lavada, ainda decrépita, porém tão limpa quanto poderia estar. Eu tinha lavado todos os pratos, talheres e copos, tinha posto a mesa e havia flores por toda parte. Yngve, Kari Anne, Ylva e o pequenino Torje tinham chegado. Erling, o irmão de meu pai, estava lá com a esposa e os três filhos. Numa cadeira junto à mesa de jantar, que havíamos levado para a sala de visitas, estava a minha avó. Ela enterraria o primeiro filho naquele dia, eu não conseguia olhar para ela, para aqueles olhos fixos e vazios. Mas uma hora antes eles haviam cintilado, quando Yngve mostrou-lhe Ylva e minha avó mexeu nos cabelos dela.

Olhei para Tonje.

— Você pode dar o nó na minha gravata?

Ela fez um gesto afirmativo com a cabeça, entramos na cozinha, ela colocou a gravata em volta do meu pescoço e zás-trás, no instante seguinte o nó estava pronto. Era a mesma gravata que eu tinha usado em nosso casamento.

Tonje deu um passo para trás e olhou para mim.

— Está bom?

— Está ótimo — ela disse.

Voltamos para a sala de visitas, eu encontrei os olhos de Yngve.

— Vamos?

Ele respondeu com um aceno de cabeça, e minutos depois pegamos o carro e saímos. O céu estava branco, o dia estava quente, nós batemos as portas e caminhamos em direção à capela. Um dos agentes funerários se aproximou e nos entregou um convite. Yngve correu os olhos pelo papel.

— O nome está errado — ele disse.

O agente funerário olhou para ele.

— Minhas sinceras desculpas — ele disse. — Mas agora infelizmente não há mais tempo para corrigir.

— Não tem problema — disse Yngve, olhando para mim. — O que você acha?

— Tudo bem — eu disse. — Essas coisas acontecem.

Cada um de nós tinha uma opinião a respeito daquele nome, que não tínhamos herdado. Ele o havia inventado, assim como o avô dele tinha inventado o nosso.

Gunnar chegou com a família. A filha de Alf chegou com Alf, que estava do mesmo jeito de sempre, e que devia ter uns oitenta e poucos anos. Estava ficando senil, mas a filha o conduzia de forma amistosa e decidida em direção à entrada.

Peguei a mão de Tonje e entrei.

A primeira coisa que vi foi o caixão branco.

Pai, você está aí?, eu perguntei dentro de mim. É aí que você está, pai?

Sentamo-nos. As lágrimas escorriam pelo meu rosto. Tonje apertou minha mão por duas ou três vezes. Afora os membros da família, que era pequena, havia outras três pessoas lá dentro.

Me senti mal, eu sabia o que estava por vir.

Atrás de mim ouvi um barulho feito pelo filho de Erling. Um som alto e claro. O som continuou, e então parou de repente, entendi que ele estava chorando, mas depois aquilo voltou, ele começou a soluçar, foi de partir o coração, a pequena alma dele tinha visto o caixão, e então ele começou a chorar com todo o coração.

O culto teve início. O cantor que havíamos contratado era velho, a voz dele estava quebrada, e a sonata de cello que tocou não foi executada com muito virtuosismo, mas tudo bem, afinal a vida não é perfeita, apenas a morte, e aquela cena era a vida contemplando a morte, o garoto que chorava em cima do caixão.

O pastor começou a falar. Falou sobre a vida do meu pai, e sobre as pessoas que estavam lá para se despedir. Disse que o importante era manter o olhar num ponto fixo. Quem não mantém o olhar num ponto fixo cai. E é importante ter o olhar fixo nos filhos, nas pessoas queridas, em tudo aquilo que é importante em nossa vida. Quem não age dessa forma perde essas coisas e acaba sem nada. Ninguém é uma pessoa completa sozinho.

Yngve chorou, e quando vi aquilo, que ele estava soluçando com o rosto todo contorcido, e que dava a impressão de abrir a boca para tomar fôlego, desatei a chorar em voz alta de tristeza e alegria, tristeza e alegria, tristeza e alegria.

Nos levantamos e colocamos cada um uma coroa de flores em cima do caixão.

Ficamos os dois parados com a cabeça baixa.

Adeus, pai, eu pensei.

Quando nos sentamos e o cellista tocou Bach de um jeito estridente e rachado, chorei de um jeito que me deu a impressão de que eu podia me rasgar ao meio, minha boca ficou aberta, ondas e mais ondas dos meus sentimentos mais profundos, daqueles que surgem apenas quando tudo mais se foi, atravessaram o meu corpo.

Quando acabou, Yngve me abraçou, ficamos de pé chorando no ombro um do outro e então, quando saímos para o cascalho no lado de fora e vimos os carros passando ao longe, e um casal de idosos no cemitério, e uma gaivota planando no céu, tudo estava acabado. Enfim estava tudo acabado. Passei um tempo respirando fundo, e depois o choro não veio mais.

O casal de desconhecidos se aproximou de nós. Se apresentaram como os pais de Rolf, o marido de Ann Kristin. Disseram que o nosso pai tinha sido um professor incrível, e que Rolf tinha falado muito bem dele. Agradecemos a presença deles e fomos até o carro.

— Quem é aquela? — Yngve perguntou, fazendo um gesto discreto de cabeça em direção a uma mulher. Ela usava um chapéu e tinha um véu cobrindo o rosto.

— Não tenho ideia — eu disse. — Mas todos os enterros dignos têm uma mulher que ninguém conhece.

Nós dois rimos.

— Bom, o pai acabou — disse Yngve, e então rimos mais uma vez.

A família mais próxima voltou para a casa da minha avó, onde comemos sanduíches abertos, não houve discursos nem palavras em memória do falecido, e sentado entre Yngve e Tonje eu desejei que fosse de outra forma, neste caso eu mesmo precisaria tomar a iniciativa, mas não daria certo, eu não conseguiria. Depois nos sentamos na varanda, Alf disse que havia um homem no telhado, e eu compreendi que ele tinha voltado a um dia muito, muito tempo atrás, quando tinha estado lá e havia um homem no telhado. Tudo estava bem, ele se encontrava em um dia em que tanto o meu pai quanto o meu avô eram vivos.

O romance tinha saído havia umas poucas semanas e nada tinha acontecido quando um dia o telefone tocou pela manhã. Tonje, que estava tomando café, atendeu, eu fiquei acordado na cama e ouvi ela falar que ia ver se eu já estava acordado.

Fui à sala, encostei o telefone no ouvido.

— Alô? É o Karl Ove que está falando.

— Aqui é o Mads da Tiden. Você já leu o *Dagbladet* de hoje?

— Não, eu estava dormindo.

— Acho que talvez seja boa ideia você sair de casa e comprar um exemplar o quanto antes.

— Saiu uma resenha?

— Digamos que sim. Não vou dizer mais nada. Vá lá, depois nos falamos!

Eu desliguei e olhei para Tonje, que estava ao lado da mesa bebendo o último gole de chá. Ela passou a mão pelos lindos lábios e sorriu.

— Saiu uma resenha hoje no *Dagbladet* — eu disse. — Vou sair para comprar.

— Ele não contou nada sobre o que escreveram?

— Não. Preferiu fazer segredo. Mas estou achando que devem ter elogiado o livro.

Tonje foi até o corredor e vestiu a jaqueta enquanto eu me vestia no quarto e estava ao lado da bicicleta quando eu saí.

Nos demos um beijo e ela saiu pedalando morro abaixo enquanto eu subi o morro sob as pesadas copas das árvores, atravessei a estrada e segui a encosta que levava ao hospital. Um homem pálido estava olhando a prateleira de revistas, uma mulher gorda numa cadeira de rodas estava em frente ao caixa com a carteira no colo, ela queria um exemplar da *Hjemmet*.

Parei em frente ao mostruário com o *Verdens Gang* e o *Dagbladet*.

No alto, à direita do logotipo, havia uma pequena fotografia minha. Estreia sensacional, dizia o texto.

Era uma boa notícia. Pelo menos eu tinha vencido a aposta com Tonje.

Peguei o jornal, paguei e fui ao saguão, abri no caderno de cultura. A resenha ocupava duas páginas. Era assinada por Øystein Rottem. Ele me comparava com Hamsun, Mykle e Nabokov.

Que bom. Na verdade, não podia ser melhor.

Coloquei o jornal debaixo do braço e voltei para casa, preparei uma caneca de chá, me sentei à mesa e acendi um cigarro. Depois liguei para Tonje. Ela tinha acabado de ver o jornal e estava muito feliz por mim. Eu não estava particularmente feliz, de certa forma eu havia contado com aquilo.

Ainda pela manhã um jornalista do *Dagbladet* me ligou, ele queria fazer uma entrevista para dar continuidade à resenha. Combinamos de nos encontrar no Hotel Terminus às duas horas.

Estava chovendo, então peguei um ônibus em vez da bicicleta para ir à cidade, e passei no meu cabeleireiro, que em outra época eu tinha escolhido porque o salão era o menos descolado possível, e também porque o proprietário, um cara jovem e cheio de energia, era muito simpático.

— Olá — ele me cumprimentou quando entrei.

— Você tem um horário disponível para mim? De preferência agora?

— Daqui a dez minutos — ele disse. — Sente-se e eu já atendo você.

Será que era tão simples?

Do outro lado da janela as pessoas andavam balançando os guarda-chuvas. O cabeleireiro havia terminado de fazer o corte do cliente anterior, um homem mais velho, ele pareceu satisfeito, no chão estavam os cabelos brancos e mortos. Quando a porta se fechou atrás do homem, me sentei na cadeira, coloquei a capa, disse que eu queria o cabelo curto, como de costume, e ele começou a cortar.

— Eu tenho uma entrevista depois — eu disse. — Preciso ficar o mais arrumado possível.

— O que foi que você fez? — ele perguntou.

— Escrevi um romance. O livro foi bem recebido pela crítica e agora querem falar comigo.

— Você está ganhando dinheiro com isso? Quanto você vende?

— Não sei. O livro acabou de sair.

— E sobre o que trata?

— Um pouco de tudo.

— Assassinato?

— Não.

— Amor?

— Para dizer a verdade, sim.

— Então não é para mim. Minha mulher acabou de me deixar.

— É mesmo?

— É.

Fez-se um silêncio. A tesoura dele andava pela minha cabeça.

— Você quer que fique por cima da orelha? E depois raspamos a nuca?

— Perfeito.

Somente quando paguei me senti nervoso por conta da entrevista. Eu já tinha dado uma antes, foi no dia da coletiva de imprensa, o *Dagsnytt 18* tinha me ligado e perguntado se eu poderia falar durante a transmissão. O programa era ao vivo, eu estava tão nervoso que mal consegui tomar um gole do café que me ofereceram enquanto eu aguardava sentado num sofá do lado de fora do estúdio. Tomm Kristensen, que era o apresentador do programa, saiu e disse que infelizmente não tinha lido o meu livro.

— Então eu vou fazer umas perguntas sobre como foi a sua estreia e assim por diante — ele disse. — Mas a contracapa diz que é um livro sobre a vergonha masculina. Você acha que poderia falar a respeito disso?

— Não fui eu que escrevi a contracapa — eu disse. — Até agora eu não sabia que o meu livro era sobre vergonha.

— Então vamos falar sobre outra coisa — ele disse. — Vai dar tudo certo.

Pouco depois eu entrei na cabine de transmissão. Kristensen já estava com os fones de ouvido, rabiscando num papel, eu coloquei os fones de ouvido que estavam à minha frente e pude ouvir a programação antes da minha entrevista.

Em seguida ele fez a minha apresentação.

— Nesse exato momento existe um grande escândalo de pedofilia na Bélgica — ele disse. — Você escreveu um romance sobre um professor que tem um relacionamento sexual com uma menina de treze anos. Você diria que faz parte de uma onda de pedofilia?

Olhei apavorado para ele. Que tipo de comentário era aquele?

— Não — eu disse. — Não diria nada parecido. Não tem nada a ver com a Bélgica.

Notei que eu de fato conseguia falar, e assim meu nervosismo desapareceu.

— Você é um estreante. Como foi o seu processo criativo? Você acha que a editora tolheu você, decidindo por exemplo o que seria publicado na contracapa e assim por diante?

— Não, não acho. Fui eu que escolhi a fotografia da capa, para dar um exemplo.

— É a fotografia de uma menina nua. Por que você a escolheu? Foi uma provocação?

— Não, não. Na verdade é uma fotografia apropriada ao tema do livro.

Eu estava todo suado quando a entrevista chegou ao fim, e também meio puto da vida, afinal eu tinha apenas publicado um romance, mas a dizer pelo tipo de pergunta daria para imaginar que eu tinha matado alguém.

A nova entrevista não seria ao vivo, e provavelmente tenderia às críticas positivas, então não havia motivo para temer. Mesmo assim eu estava nervoso, e enquanto eu cruzava as ruas que brilhavam com a chuva, com todas as luzes dos carros diluídas na luz cinzenta do dia, pensei mais uma vez em tudo que eu precisava dizer. Dentro do café o sujeito que devia ser o jornalista se levantou, o nome dele era Stang, conversamos por mais de uma hora e tudo deu muito certo, eu não parava de falar, sobre literatura, tanto norueguesa como internacional, e sobre o meu livro, o que eu havia tentado fazer, ah, era muito distante do minimalismo, era parte do maximalismo, da exuberância e do exagero, do barroco, de *Moby Dick*, porém não de maneira épica, o que eu havia tentado fazer era pegar um pequeno romance sobre uma pessoa, no qual não existem grandes acontecimentos externos, no qual tudo se resume a movimentos internos, e apresentá-lo em um formato épico, você entende o que estou dizendo?

Ele acenava a cabeça e escrevia, escrevia e acenava a cabeça.

Eu estava curioso quando comprei o *Dagbladet* no dia seguinte.

Mas a entrevista era minúscula, dizia que eu estava feliz e orgulhoso com a resenha e que eu lia o *Dagbladet* desde os meus doze anos.

Fui de bicicleta até a universidade e bati na porta do escritório de Eirik.

— Fiquei sabendo que você lê o *Dagbladet* desde que tinha doze anos — ele disse, rindo. — E você ainda *se gaba* disso!

Me sentei numa cadeira e ele compreendeu que eu estava arrasado com aquela entrevista, que eu tinha sido apresentado como um idiota, um débil mental completo, "feliz e orgulhoso", pelo amor de Deus, eu não sabia onde me enfiar de tanta vergonha.

— Não é tão importante assim — ele disse.

— Não, talvez não — eu disse. — Mas você sabe que todo mundo lê o jornal. Que imbecil total!

— Você sabe que não é nenhum imbecil — disse Eirik. — Relaxe.

— Estou começando a ter dúvidas — eu disse. — Eu *realmente* disse o que está escrito aí.

— Basta um pouco mais de sutileza no momento da entrevista — disse Eirik. — E no fim tudo dá certo.

Eirik era do tipo que tem opinião sobre tudo. Não uma opinião aproximada ou infundada, ele tinha lido sobre tudo que existe entre o céu e a terra, e para mim ele foi uma bênção durante aqueles meses, como Espen e Tore haviam sido anteriormente, porque afinal ele tinha lido o meu romance, e os comentários que fez a respeito, como por exemplo ao dizer que aquilo era uma autogeografia, foram usados descaradamente por mim nas entrevistas, que se tornavam cada vez mais numerosas. Eu me sentava no Terminus e começava a falar, ou então convidava os entrevistadores para a minha casa e me sentava com eles à mesa e começava a falar, e quando Tonje chegava em casa eu falava sobre tudo que havia falado. Quando eu lia as mesmas entrevistas eu queimava de vergonha. Eu não conseguia dormir e ficava rolando de um lado para o outro na cama, pensando no idiota completo que eu era. Quando semanas passavam-se em silêncio, tudo parecia vazio. Eu queria mais, e quando conseguia, o resultado era sempre terrível. Ao mesmo tempo começaram a me convidar para diversos eventos. Fui a Kristiansand para ler junto com um cara chamado Bjarte Breiteig e outro cara chamado Pål Gitmark Eriksen, os dois também haviam estreado naquele outono, e tinham Tor Ulven na mais alta conta, como ficou claro ao fim de poucos minutos de conversa. Os dois pareciam tão entusiasmados e tão sintonizados que pensei se aquela dupla não seria uma versão propriamente literária de Joe e Frank Hardy. Quando subimos ao palco havia quatro pessoas na plateia. Eu conhecia uma delas, era um dos meus ex-professores do colegial, mas quando o procurei ao fim do evento descobri que ele tinha comparecido porque era amigo da família de um dos outros autores. Fiz uma leitura no Hotel Terminus, todas as pessoas que eu conhecia em Bergen tinham aparecido, o salão estava cheio, mas precisei ler sem microfone e sem palco, eu estava no meio do salão, era como ler de pé na sala de casa, e quando li, era uma passagem em que Henrik, o protagonista, vê uma outra pessoa fazendo uma paródia dele, eu comecei a corar, porque tive a impressão de que todo mundo achou que eu era Henrik, e que a descrição da paródia era uma descrição de mim mesmo enquanto eu lia. Eu corei, li fora do ritmo, me retorci como uma minhoca, sabendo que meus amigos estavam por lá, eles deviam estar pensando que eu era ainda mais fracassado do que haviam imaginado, porque aquele era um evento público, aquele era o momento em que eu precisava mostrar a que eu tinha vindo, mas a única coisa em que eu conseguia pensar era que a paródia tinha de repente se transformado numa paródia de mim mesmo enquanto eu lia cada vez mais depressa para terminar aquilo de uma vez.

Quando a leitura acabou, uma das pessoas que estava na plateia ergueu a mão. Aquele era um "salão literário", era esse tipo de coisa que organizavam no hotel.

— Talvez o Knausgård não seja o melhor leitor que o mundo já viu — o homem disse. — Mas eu gostaria de dizer para quem ainda não leu que o romance dele é realmente muito bom.

O homem usava óculos redondos e tinha cabelos volumosos, num estilo radical antiquado, e queria me ajudar. Mas aquele comentário sobre a minha leitura doeu, porque eu estava torcendo para que tudo que eu havia pensado tivesse acontecido somente na minha cabeça.

Depois ele foi me procurar. Tinha uma ideia para um filme e perguntou se eu não estaria interessado em escrever um roteiro. Ele explicou a ideia, apresentou um monte de documentos e de figuras, e eu disse que tudo aquilo era superinteressante e profundamente relevante, enquanto por dentro eu o mandava para o inferno e implorava para que nunca mais aparecesse na minha frente.

Eu também li num evento dominical em Bergen, nessas horas todas as forças da vida urbana da cidade se reuniam, no palco haveria um pouco de tudo, inclusive um artista de variedades que organizava o tráfego a partir de um ferry com acompanhamento musical, as pessoas gritavam de tanto rir. Havia um número com mulheres seminuas que dançavam com cartolas e bengalas. E também havia eu. Eu tinha comprado um terno novo da Hugo

Boss. Tonje disse que era absolutamente necessário que eu dissesse umas poucas palavras antes de começar a leitura. Eu subi ao palco.

— Eu vou ler um texto sobre a morte — eu disse.

Certas pessoas na plateia precisaram conter o riso. Não pararam quando comecei a ler, e logo aquilo se espalhou. Morte, ha ha ha. Eu pude entendê-los perfeitamente, eu era um autor jovem e pretensioso que se levava demasiado a sério e achava que entendia as grandes coisas da vida.

Fui entrevistado no palco em uma das cidades de Vestfold junto com um autor policial que também havia estreado naquele ano, eu estufei o peito e falei como se fosse o próprio Dante na frente das doze ou treze pessoas que tinham aparecido. Depois o autor policial se negou a trocar um livro comigo.

Para que servia aquilo? Viajar por toda a Noruega para ler durante dez minutos para quatro pessoas? Para falar de maneira pretensiosa sobre literatura para doze? Fazer declarações estúpidas nos jornais e a seguir passar dias inteiros queimando de vergonha?

Se eu pelo menos conseguisse escrever, talvez não fosse tão grave. Mas eu não conseguia nada, simplesmente escrevia e riscava, escrevia e riscava. Aos fins de semana com frequência visitávamos a mãe ou o irmão de Tonje, íamos ao Opera, ao Garage ou ao Kvarteret, ou então íamos ao cinema ou alugávamos filmes. Nossa estrutura social havia mudado desde a época de estudante. Muita gente havia se mudado da cidade, e quem havia ficado estava trabalhando e já não tinha mais horários tão flexíveis como antes. E as pessoas começaram a me tratar de um jeito diferente, afinal eu tinha me tornado "alguém", o que eu detestava. Tudo havia perdido o sentido, foi isso o que aconteceu.

Em março meu romance foi agraciado com o Kritikerprisen. Quando me ligaram para dar a notícia do prêmio eu tinha acabado de me envolver em um pequeno pesadelo de emails, primeiro eu tinha escrito um email idiota, depois havia tentado endireitá-lo, o que o deixou ainda mais idiota e impossível de endireitar, e escrever um terceiro email seria impossível. Eu não conseguia pensar em outra coisa. Tonje disse para eu tomar jeito, aquele era um prêmio importante, imagine se eu tivesse sabido dois anos antes, e eu dei razão para ela, mas não adiantou nada, o que ele pensaria quando recebesse aquele email?

Convidei Yngve e Tonje para a cerimônia, os dois estavam em uma mesa ao fundo quando me levantei para receber o prêmio. A pequena tempestade de flashes que me recebeu foi incrível. Geir Gulliksen falou um pouco, eu me comovi e não sabia para que lado olhar. Depois fomos ao Theatercaféen com o pessoal da editora, a princípio eu estava me sentindo tão desconfortável que não disse nada, mas por sorte eu aos poucos me entusiasmei. No Savoy eu encontrei Kjartan Fløgstad, ele tinha sido indicado ao prêmio, e a minha vontade maior era pedir desculpas a ele por ter ganhado. Em vez disso eu perguntei se ele lembrava que eu o havia entrevistado uma vez. Não, não lembrava, ele respondeu com um sorriso, é mesmo? Ele sugeriu que trocássemos nossos livros, e depois voltou para a companhia dos amigos e conhecidos. No Lorry eu já estava bêbado de verdade, e quando descobri Ole Robert Sunde numa das mesas fui caminhando em linha reta até lá e me sentei. Ele estava com uma mulher. Os dois também estavam à vontade e bêbados. De repente ela se inclinou na minha direção, pegou meu rosto entre as mãos e me deu um beijo demorado. Ole Robert Sunde não disse nada, simplesmente olhou para o outro lado. Me levantei horrorizado e voltei para a nossa mesa.

Em maio, no festival de literatura de Lillehammer, onde eu daria um curso para autores iniciantes, encontrei Ole Robert Sunde mais uma vez. Ele estava em uma mesa do salão de festa na noite de encerramento. Ao me ver, ele gritou:

— Aqui está o Knausgård! Ele é bonito, mas não sabe escrever porra nenhuma!

Reagi acima de tudo com estupefação. O que era aquilo? Uma humilhação, e não era pequena. Mesmo que o tom fosse de brincadeira, era claramente um comentário que ele queria ter feito. Ele gritou a mesma coisa outras vezes naquela noite. Na segunda vez, quando passei em frente à mesa dele para ir ao banheiro e ele gritou "O Knausgård escreve muito ma-al! Mas ninguém pode negar que ele é bonito", também não fiz nada. Pelo contrário, na saída fui até a mesa dele quando ele acenou para mim. Havia duas mulheres ao lado dele. "Este é o Knausgård", ele disse. E depois, para as mulheres: "Vocês não o acham bonito? Vejam". E ele segurou minhas mãos. "Vejam que mãos! Mãos grandes. E vocês sabem o que isso significa?" No instante seguinte ele agarrou minha virilha. Senti aqueles dedos no meu pau e nas minhas bolas. "Que tem outra coisa que também é grande!", ele disse às risadas. Mas nem assim eu tive qualquer reação. Balbuciei uma coisa ou outra, me desvencilhei e fui embora. O incidente foi desagradável enquanto durou, porque ele havia chegado próximo demais, no sentido físico — na verdade ele foi o primeiro e continua sendo o único homem a ter me bolinado —, mas não fez nada comigo, não me causou nada além de espanto. Que as pessoas podiam me achar bonito eu já sabia, não era nada inédito, e que eu pudesse escrever mal... bem, era possível, mas não podia ser tão ruim assim, porque afinal o romance tinha sido aceito por uma editora e publicado. A única novidade para mim, além da intimidação, foi a sugestão de que haveria uma diferença *fundamental* entre a literatura que eu escrevia e a literatura que Ole Robert Sunde escrevia. Naquela época eu já não lia mais os livros dele, mas isso não significava que eu desconhecesse a configuração intelectual dele. Minha identidade literária quando publiquei *Ute av verden* era alto modernismo, uma constelação à qual escritores noruegueses como Ole Robert Sunde, Svein Jarvoll, Jon Fosse, Tor Ulven e as obras mais antigas de Jan Kjærstad pertenciam. Mas em Lillehammer já havia se passado mais de meio ano, meu livro tinha vendido bem, eu tinha dado uma entrevista idiota atrás da outra para vários jornais, dito coisas estúpidas no rádio, aparecido na tv, participado de eventos em bibliotecas e livrarias, e aos poucos comecei a perceber que a imagem que eu tinha de mim mesmo como escritor talvez não fosse a mesma imagem que as outras pessoas tinham. Stig Sæterbakken, por exemplo, tinha se referido a mim e a Tore Renberg como Faldbakken e Faldbakken na seção de cartas do *Dagbladet*, Liv Lundberg tinha rosnado de desprezo quando nos encontramos em Tromsø para uma leitura e depois em uma festa na casa de outra pessoa; tudo que dissemos ao longo da noite a deixou indignada, e no fim ela chegou a cuspir na gente. Além disso, no festival de Lillehammer Ole Robert Sunde veio com esses gritos, que todo mundo ouviu. Aquilo realmente me deixou sem graça. Depois fui a Kristiansand para escrever, já tinha dado certo uma vez, então eu tentaria de novo. O mesmo lugar, a mesma atmosfera, uma continuação do mesmo romance. Escrevi uma página, mandei-a para Nora, que tinha lido *Ute av verden* antes da publicação e demonstrado entusiasmo, e que também havia escrito *Slaktarmøte*, uma coletânea de poemas muito boa, ela me escreveu de volta e disse que infelizmente não tinha achado muito bom, em especial a imagem na qual eu havia trabalhado por um tempo infinito, de um irrigador de jardim que abanava como uma mão, justamente aquilo ela tinha achado fraco.

Pensei se Hanne ainda estaria morando na cidade, e se nesse caso eu devia ligar para ela. Achei melhor abandonar a ideia. Entrei em contato com Jan

Vidar, fazia tempo desde que eu o tinha visto pela última vez, saímos juntos, uma garota linda, de uns vinte e cinco anos, se aproximou e perguntou se eu era Karl Ove Knausgård. Eu disse que sim e a acompanhei até em casa, ela morava perto do lugar onde eu tinha o meu estúdio aos dezesseis anos, em um apartamento de porão debaixo do apartamento dos pais. Ela era atraente e voluptuosa, mas quando me vi lá, no meio da noite, à vontade e bêbado, por sorte compreendi o que estava prestes a acontecer e não fiz nenhuma tentativa de aproximação, ela preparou chá, eu me sentei a uma boa distância e comecei a falar sobre a morte do meu pai. Me senti um idiota quando fui embora, mas ao mesmo tempo feliz, eu tinha escapado por pouco. Eu amava Tonje, não queria destruir o nosso relacionamento, era a única coisa boa que eu tinha.

No inverno fui a Bulandet, eu tinha alugado uma casa numa ilha por lá, onde passei três meses escrevendo. A ilha era tão pequena que eu conseguia ir de uma ponta à outra em dez minutos. O mar ficava bem à minha frente, e as tempestades de inverno eram tão violentas quanto fantásticas. Moravam cinco outras pessoas na ilha, uma morreu enquanto eu estava lá, eu vi o barco-ambulância buscá-lo numa manhã, estava nevando, quatro pessoas estavam no atracadouro quando o pessoal da equipe médica o colocou a bordo.

Não consegui escrever nada que prestasse. Eu pescava todos os dias, lia por duas ou três horas e depois passava toda a tarde e a noite escrevendo. Nada prestava, mas cedo ou tarde isso se resolveria, não? Ou será que eu era um escritor de um livro só, será que eu tinha gasto tudo que eu tinha no primeiro?

Geir Gulliksen ligou para o meu celular, disse que os direitos do meu romance tinham sido vendidos para a Inglaterra. Imaginei os jornalistas ingleses me entrevistando, eu posando de pé com a minha vara de pesca tendo o mar ao fundo para as fotos do *Guardian*, do *Times*, do *Independent*, do *Daily Telegraph*.

Fui ao norte da Noruega e aluguei uma porcaria de uma casa de pescador em Lofoten para escrever. Nada.

Depois uma coisa se resolveu. John Erik Reiley me ligou e perguntou se eu não teria um texto para a *Vinduet*. Eu disse que pensaria a respeito e retornaria a ligação. Naquela época eu tinha quatrocentas ou quinhentas páginas com aberturas de romance, eu as reli, encontrei umas que poderiam dar em alguma coisa e continuei a escrevê-las, porém como um texto curto, não como um romance.

O texto foi publicado poucos dias mais tarde na página da revista.

Fogo

O fogo pertence aos fenômenos que nunca passaram por qualquer tipo de evolução. A mudança portanto é distante do fogo, ele não se deixa levar para nenhum lado pelas várias transformações ao redor, mas permanece tranquilo na própria completude. O fogo é perfeito. Mas a característica mais única do fogo, aquilo que o distingue dos outros fenômenos imutáveis que existem, é que detém a força necessária para escapar à tirania do tempo e do lugar. Enquanto a água está para sempre condenada a permanecer em um determinado lugar, de uma ou de outra forma, como também o ar e as montanhas, o fogo tem essa capacidade admirável de simplesmente deixar de existir — não apenas tornar-se invisível aos olhos, ocultar-se, mas de fato aniquilar-se — para então reaparecer exatamente como antes, em um novo lugar, em um novo tempo. Isso dificulta a nossa compreensão a respeito do fogo, acostumados como somos a conceber o mundo como um sistema coeso e contínuo de circunstâncias, uma coisa que, com inúmeras velocidades diferentes — do crescimento infinitamente vagaroso das árvores à queda veloz da chuva —, movimenta-se rumo ao futuro. Mas o fogo encontra-se fora deste sistema, e deve ser por isso que no Velho Testamento o divino se revelou para os homens sob a forma de uma chama: a forma da revelação e a forma do fogo são a mesma. Também o divino tem a capacidade de revelar-se de repente, em sua forma completa, para então desaparecer. Também o divino reveste-se deste aspecto misterioso, estranho e implacável, que provoca simultaneamente temor e admiração. Todos os que já estiveram diante de uma casa em chamas compreendem o que estou dizendo. O fogo que se movimenta pelos cômodos e devora tudo o que encontra pela frente, o terrível ronco das chamas, a vontade cega que poucas horas antes nem ao menos existia, mas que de repente volta e provoca uma devastação tão grande diante de nossos olhos que se poderia imaginar que aquilo está acontecendo pela primeira vez desde o início dos tempos.

Mas hoje, em nosso mundo repleto de alarmes de incêndio, sprinklers, escadas Magirus, máscaras, hidrantes, mangueiras e bombas d'água, não existe mais ninguém que tenha medo do fogo. Ele foi dominado, e se encontra de certa forma como os animais se encontram nos jardins zoológicos, tornou-se uma coisa que vemos quando estamos nos divertindo, na forma de um lume na lareira ou de uma chama na vela; situações como a devastação mencionada anteriormente existem apenas como um resíduo: o crepitar discreto da lenha, o aumento das chamas com o ar da chaminé, a chuva de faíscas que cai sobre os tijolos da lareira quando juntamos a lenha com o atiçador. E o divino? Quem fala hoje em dia sobre o divino? Não há como. É impossível falar sobre o divino sem sentir-se um idiota. Qualquer fala acerca do divino parece vergonhosa. E como a vergonha consiste em um desajuste entre duas grandezas — na maior parte das vezes, aquela que somos para nós mesmos e aquela que somos para os outros — não seria desarrazoado afirmar que o status levemente cômico do divino é desproporcional à época em que vivemos, e que assim pertence a uma série de costumes e objetos antigos que o tempo deixou para trás, como os zepelins, as cartolas, os pronomes de tratamento, o urinol e a máquina de escrever elétrica. Certas coisas desaparecem, certas coisas surgem, aos poucos o mundo gira. Um belo dia acordamos, esfregamos os olhos ainda sonolentos, abrimos as cortinas e olhamos para a rua: ar puro, sol reluzente, neve cintilante. Arrastamos os pés até a cozinha, ligamos o rádio, apertamos o botão da cafeteira, passamos manteiga no pão, comemos, bebemos, tomamos banho, trocamos de roupa, vamos ao corredor, vestimos as roupas de inverno, trancamos a porta e saímos rumo à estação da cidade sonolenta onde moramos em Østlandet, que todas as manhãs se enche de pessoas das cidades ao redor. Elas ficam na plataforma com jornais enrolados debaixo do braço e bolsas nas mãos, andam de um lado para o outro no frio, bocejam, olham para o relógio, observam os trilhos ao longe. E então, quando o trem chega ribombando na estação, organizam-se em pequenas filas na frente das portas de entrada, sobem a bordo, escolhem um assento, dobram os casacos, largam-nos nas prateleiras e sentam-se. Ah, as pequenas alegrias dos moradores das cidades-satélite! Pegar a passagem, deixá-la de prontidão no encosto da poltrona, abrir o jornal e começar a ler enquanto o trem aos poucos deixa a estação para trás. De vez em quando erguer o rosto e olhar para fora: o céu azul, os raios de sol na carroceria dos carros que passam ao longo da estrada no outro lado do rio, a fumaça das casas nas propriedades rurais ao longo da encosta, as montanhas cobertas de neve. O ruído súbito quando a porta se abre, a pancada quando torna a se fechar, a voz do condutor que se aproxima do seu assento. Você lhe entrega a passagem, ele a marca, você continua a ler. Quando você torna a olhar para fora, o trem está no meio de *uma floresta. Espruces verde-escuros se erguem em ambos os lados da ferrovia. Os galhos mantêm a luz do sol afastada, mas você acha que é o contrário, que eles impedem a escuridão de subir, como se um resquício da noite houvesse permanecido naquele lugar, ao longo da encosta nevada que vocês cruzam sob as árvores da floresta. De vez em quando a paisagem se abre em pequenos arvoredos e você enxerga cercas, fios reluzentes, troncos dispostos em pilhas. E então, assim que você torna a olhar para dentro e mais uma vez fixa os olhos no jornal que traz no colo, o trem se envolve em uma colisão. O vagão onde você está se amassa como um papel, você é jogado com uma força enorme contra o assento da frente e perde a consciência. Quando acorda minutos depois, você não consegue se mexer. O diesel da locomotiva se espalhou pelo vagão, você escuta o ronco das chamas, os gritos dos passageiros, tenta se desvencilhar mas não consegue. Pela neve um pouco mais abaixo do trilho, os passageiros dos vagões de trás caminham. Você ouve quando as chamas se aproximam do lugar onde você está sentado, e preso não lhe resta fazer nada a não ser esperar que o fogo o alcance. Do lado de fora, as cinzas começaram a depositar-se sobre a neve. Logo as primeiras ambulâncias chegam. Você sente o cheiro de plástico derretido, o cheiro de diesel queimado. Sem poder se mexer você fica lá, no calor cada vez maior, até que por fim a sensação torna-se insuportável e sem ter mais nada a fazer você reza para o seu deus, o todo-poderoso, o criador da terra e do céu, do qual você nunca esteve tão próximo como neste momento, porque agora é assim que ele se mostra para nós, sob a forma mais pura e mais bela: um trem em chamas na floresta.*

Então eu devia escrever textos curtos?

Na falta de coisa melhor foi o que eu comecei a fazer.

Escrevi um sobre o meu pai. Aliás, quase tudo que eu escrevia de certa maneira estava relacionado a ele, eu tinha um número incontável de variantes sobre dois irmãos, Klaus e Henrik, que voltavam à cidade natal para enterrá-lo, e depois começavam a limpar a terrível casa onde ele havia morrido.

Mas não deu em nada, eu não acreditava naquele texto.

Os dias se passaram, os meses se passaram, já fazia quase dois anos desde a minha estreia, eu não tinha produzido mais nada, uma noite me sentei na sala e decidi pegar um avião a Kristiansand assim que a manhã chegasse, eu tinha recebido uns emails de uma garota que morava no arquipélago, num deles ela tinha escrito que não estava usando nada, para mim era o bastante quando eu estava bêbado, e eu *podia* fazer aquilo, mesmo que estivesse quebrado, bastava pagar no cartão de crédito, ora. Mas quanto mais perto a manhã chegava, quanto mais sóbrio eu ficava, parecia um pensamento louco, mas era assim que eu pensava quando estava bêbado, então me deitei na cama onde Tonje havia dormido durante todo o tempo em que eu tinha resmungado sozinho na sala.

A escuridão se desfez.

Eu tinha tudo que eu queria. Eu era escritor e vivia disso, pelo menos enquanto a minha bolsa durasse, era casado com uma mulher linda que eu amava e que me deixava fazer o que eu bem entendesse. Tonje não protestou quando eu disse que passaria dois meses fora, não dizia nada quando eu saía à noite e voltava bêbado às cinco da manhã e nunca ameaçou me deixar, mesmo que eu tivesse passado dois anos inteiros abatido e que eu evidentemente me odiasse.

Como podia?

Essa não podia ser a história toda. Eu também era bom para ela, ela também precisava de mim, e nós dois gostávamos da nossa vida em Bergen, tanto quando estávamos sozinhos como também quando estávamos com outras pessoas, em nosso círculo de familiares e amigos, então se eu me sentia tomado por um desespero da alma, isso não tinha nada a ver com os pequenos acontecimentos em que todas as vidas consistem e que de repente cintilam em meio à penumbra da ausência de sentido: ouço passos na porta, Tonje entra em casa, se abaixa e tira os sapatos, me olha e sorri, o rosto dela parece mágico e infantil. Ela se levanta e despeja tinta de um balde de cinco litros em uma lata menor, sobe numa cadeira e começa a pintar a parte de cima da janela, vestida com um macacão cheio de manchas de tinta. Ela se aconchega em mim no sofá, assistimos a um filme, as lágrimas escorrem-lhe pelo rosto, eu começo a rir dela, ela começa a rir em meio às lágrimas. Existem milhares de instantes assim, perdidos no mesmo instante em que surgem, mas assim mesmo concretos, porque são eles que formam um relacionamento, a maneira exata como nós dois vivíamos juntos, que era a mesma de todo mundo, e assim mesmo diferente, porque éramos eu e ela, e não outras pessoas, éramos nós dois, lidávamos com tudo que acontecia em nossa vida da melhor forma possível, mas a escuridão em mim era cada vez mais densa, a alegria tinha sumido de mim, eu já não sabia mais o que eu queria ou o que eu faria, sabia apenas que eu estava parado, completamente estagnado, meu sentimento era esse, como se eu não fosse formado de dentro para fora, mas apenas uma forma construída a partir de tudo que havia no lado de fora. Eu andava por aí como um molde, uma série de circunstâncias e tarefas amontoadas ao redor de uma forma completamente oca por dentro. À noite, quando eu saía, meu anseio por outra coisa passava a ser tudo que existia, eu me sentia capaz de fazer qualquer coisa, e no fim realmente fiz. Eu estava no Opera, havia muita gente conhecida por lá, quando saímos a festa continuou em uma casa, eu bebi muito e fiquei completamente fora de mim, mas beber ajudava, eu entrei no clima da festa, me sentei e fiquei conversando com Tomas, que eu havia conhecido anos atrás e de quem eu havia gostado desde o primeiro momento, embora não conversássemos com muita frequência, em geral apenas trocávamos meia dúzia de palavras sobre as últimas novidades em um bar qualquer da cidade. Às cinco da manhã decidimos pegar um táxi para ir à casa dele e continuar bebendo, eu, ele e mais um amigo dele. Enquanto eu esperava o táxi uma mulher saiu da festa e foi até o portão, ela devia ter uns trinta e poucos anos, tinha olhado para mim diversas vezes ao longo da noite, eu tinha evitado aquilo, não tinha olhado para ela, não tinha falado com ela, mas naquele momento era diferente, eu me aproximei e perguntei se ela não gostaria de ir junto, ela quis, o táxi chegou, nos sentamos, ela ao meu lado, eu coloquei a mão na coxa dela, mas não fiz mais nada, os outros dois não perceberam nada do que estava acontecendo, no centro cambaleamos para fora do táxi e subimos ao apartamento de Tomas, no último andar de um prédio grande, eu tinha estado lá diversas vezes, sempre à noite, sempre bêbado. O apartamento tinha uma sacada, e uma vez eu e vários outros convidados ficamos lá olhando um casal que estava trepando no quintal, a mulher tinha o corpo inclinado para a frente e as mãos apoiadas na carroceria de um carro, o cara mandava ver por trás, eu entrei para falar com alguém, bebi um pouco, voltei, os dois continuavam lá. Quando enfim terminaram, começamos a aplaudir. O homem fez uma mesura, enquanto a mulher juntou as roupas depressa e saiu correndo. Tomas era escritor, o rosto dele era bonito e sensível e muito característico, as pessoas entendiam que ele não era como os ou-

612

tros no mesmo instante em que o viam, ele era uma exceção, infinitamente generoso e amigável, profundamente sério e dedicado às coisas que fazia, e independente daquele jeito raro, que se vê apenas em um punhado de gente a cada geração. Ele tinha praticado boxe e esgrima, estava sempre rodeado por mulheres, como um garoto cheio de entusiasmo, e era a única pessoa que eu conhecia além de Tore que havia lido *Em busca do tempo perdido*. O estilo dele era elegante, ele buscava a beleza e a perfeição, e nisso, como aliás em quase tudo, era o meu exato oposto. Foi ele que tomou a iniciativa naquela noite, abriu a porta para nós, colocou música para tocar, pegou o uísque, a gente devia falar sobre Proust, e eu falei, mas não por muito tempo, porque eu estava muito além de tudo aquilo, a única coisa em que eu pensava era na mulher que estava conosco lá dentro, em uma cadeira um pouco afastada, eu a desejava, então me aproximei, ela sentou-se no meu colo, trocamos uns amassos, deslizei as mãos pelo corpo dela, não me importei nem um pouco em saber que aquilo estava acontecendo na frente de Tomas e do amigo dele, naquele momento aquilo era tudo, ela era tudo, eu a afastei e me levantei, peguei-a pela mão e entrei no quarto, no quarto de Tomas, tranquei a porta e arranquei as roupas dela, abri as duas partes da jaqueta sem me preocupar com os botões, beijei-a, desabotoei a camisa dela e a despi, tirei as meias-calças dela, ela estava praticamente nua, abri os botões da minha calça e deixei-a cair, me atirei em cima dela, completamente enlouquecido pelo desejo, eu não pensava em mais nada, ou melhor, em um canto qualquer da consciência eu pensava eu quero isso, eu vou fazer isso, sou eu que quero, por que eu não faria? A mulher gemia e eu gritava, eu gozei, me levantei para ir embora, ela ficou lá deitada e olhou para mim e disse que não era para eu ir embora, ela queria mais, eu pensei tudo bem, me deitei em cima dela outra vez, mas não deu certo, então me vesti, voltei à sala sem olhar para mais ninguém, peguei meu casaco e saí para a rua, fiz sinal para um táxi, dei o nosso endereço e cinco minutos depois paguei, abri a porta de casa, tirei a roupa e me deitei na cama ao lado de Tonje.

Quando acordei, eu estava no inferno. A rua estava completamente às escuras. Tonje estava na sala com a TV ligada, eu ouvia o barulho. Minhas roupas, amontoadas ao lado da cama, cheiravam a perfume. Eu cheirava a sexo. A consciência do que eu havia feito, a culpa e a vergonha e o medo, eram tão grandes que não existia mais nada. Não havia fim para aquilo. Eu estava paralisado, não conseguia me mexer, simplesmente fiquei parado no escuro com a certeza de que a única forma de me livrar daquilo seria a morte. Eu não tinha me mexido desde o instante em que acordei, era como se a escuridão me empurrasse para baixo, a dor era tanta que eu tinha vontade de gritar, mas permaneci completamente imóvel e completamente em silêncio, da sala vinham os sons da TV, e de repente Tonje atravessou o cômodo e foi até a porta do quarto.

Eu estava deitado de olhos fechados, respirando fundo.

— Você ainda está dormindo? — ela perguntou. — Já são quase seis da tarde. — Você não quer se levantar para a gente aproveitar ao menos *um pouco* o dia?

— Estou apavorado — eu disse. — Eu estava muito bêbado.

— Pobrezinho — ela disse. — Mas será que a gente não pode sair para alugar um filme? Eu posso fazer uma pizza.

— Tá — eu disse.

— Ótimo! — ela disse.

Tonje saiu, eu me sentei na cama, ainda bêbado. Levei minhas roupas para o banheiro, coloquei-as na máquina de lavar com outras roupas, liguei. Depois tomei um banho. Eu estava no inferno, aquilo era o inferno. Mas eu conseguiria dar um jeito. Se eu pudesse aguentar aquele dia, e o dia seguinte e o outro, daria certo.

Pensei que eu devia contar tudo para ela. Eu sabia que não aguentaria manter aquele segredo. Os sentimentos de Tonje eram puros e verdadeiros, ela era sincera em tudo que fazia, e além disso estava junto comigo, eu, que era sempre tão ruim e que sempre fazia as piores coisas. Se eu contasse o que eu havia feito ela me deixaria. Eu não podia arriscar. Antes mentir para sempre. Mentir era uma das muitas coisas que eu não sabia fazer direito, mas naquele caso seria necessário. Eu precisaria mentir todos os dias pelo resto da minha vida, mas eu daria um jeito, porque teria que ser assim.

A ideia de sair me pareceu boa, porque em casa tínhamos o telefone, e tanto Tomas quanto a mulher podiam me ligar.

Começamos a descer o morro em direção a Danmarksplass, onde ficava a locadora.

— Estava bom ontem? — ela me perguntou.

Balancei a cabeça.

— Não, para dizer a verdade não. Estava normal. Mas tinha muita gente conhecida por lá.

Tonje perguntou quem estava lá, eu respondi.

— E você não aprontou nada, né? — ela perguntou.

Corei de vergonha e de medo, meu rosto se acendeu, eu me obriguei a continuar andando com passos regulares e a cabeça imóvel, já estava escuro, ela não perceberia nada.

— Não — eu disse.

— Mas por que você voltou tão tarde? Já eram oito horas quando você chegou!

— Eu fui para a casa do Tomas com um amigo dele. Ficamos bebendo uísque e falando sobre literatura. Na verdade essa parte estava muito boa.

Alugamos dois filmes e compramos ingredientes para a pizza. Quando voltamos, a luzinha da secretária eletrônica estava piscando. Eu não tinha pensado naquilo. Era uma situação ainda pior, porque as mensagens tocavam nas caixas de som e eram audíveis em qualquer lugar da sala, então se houvesse uma mensagem sobre o que tinha acontecido, Tonje escutaria tudo.

Ela foi à cozinha para guardar as nossas compras, pôs a carne moída na geladeira e eu apertei o botão da secretária eletrônica na esperança de que ela estivesse ocupada demais para notar.

Era Tomas. Ele não disse nada de concreto, apenas que podíamos conversar se eu quisesse.

— Quem era? — perguntou Tonje, de pé em frente à porta com uma espátula na mão.

— O Tomas — eu disse. — Só queria dar um alô.

Apaguei a mensagem e me sentei no sofá.

No dia seguinte Tonje foi trabalhar como de costume. Liguei para Ole, eu precisava falar com alguém, não poderia carregar aquilo sozinho. Combinamos de ir ao Filmklubben no Verftet, estava passando um filme do David Lean.

A maioria dos nossos amigos em Bergen eram amigos em comum, eu não poderia falar com nenhum deles. Mas Ole, que havia se divorciado e voltado de Norwich para a Noruega, estava fora deste círculo. Ele conhecia Tonje, claro, e os dois se davam bem, mas ele era acima de tudo meu amigo. Ele continuava a traduzir Samuel Johnson, principalmente para si mesmo, por interesse pessoal, mas tinha abandonado a universidade para fazer um curso de enfermagem. Uma vez ele tinha me levado para conhecer as passagens subterrâneas embaixo do hospital, eu queria escrever a respeito daquilo e fiquei ainda mais fascinado do que a princípio imaginava. Havia todo um mundo à parte sob a terra. Foi com ele que assisti ao filme de Lean. O filme era sobre traição, fiquei agonizando no assento, eu estava no inferno. Depois tomamos uma cerveja no Wesselstuen, e eu contei tudo. O que eu queria saber, o que havia me levado a pedir conselhos, era se eu devia confessar e contar tudo e torcer para que Tonje me perdoasse, ou simplesmente não dizer nada, fazer de conta que tudo estava como devia, e torcer para que aquilo passasse.

— Nem pense em contar — disse Ole. — De que adiantaria? Vai ser um fardo para ela, também. Assim você deixa parte da responsabilidade com ela. Mas a responsabilidade é sua. Foi você que aprontou. Você não pode desfazer nada, está feito e pronto. E por isso não faz diferença se ela sabe ou deixa de saber.

— Mas nesse caso eu vou estar traindo a Tonje. Vou ter que mentir para ela.

— Você já a traiu. Palavras e ações não são a mesma coisa.

— Não, você tem razão — eu disse. — Mas é a pior coisa que eu já vivi. Eu nunca sofri tanto. É realmente indescritível. Estou sofrendo tanto que a minha impressão é que seria melhor dar um tiro na cabeça.

— Você tem uma pistola, então?

— Ha ha. É a única coisa em que eu penso. O tempo inteiro, desde a hora que eu acordo até a hora em que eu vou dormir. É como se não existisse nada além do que eu fiz. E além do mais tem a Tonje...

— Vai passar. Parece cinismo, mas vai passar.

— É o que espero — eu disse.

Mas não passou. Toda vez que eu ouvia o telefone, o pavor queimava dentro de mim. Eu tirava o telefone da tomada sempre que possível quando conseguia não despertar suspeitas, assim pelo menos eu tinha um pouco de paz, nessas horas eu sabia que ninguém poderia nos ligar. Quando escolhíamos filmes na locadora, eu sempre lia a contracapa para ver se podiam ter qualquer coisa a ver com traição, e quando isso acontecia eu inventava uma desculpa qualquer para não querer vê-los. Eu lia atentamente a programação da TV para saber o que eu podia e o que eu não podia assistir. Se os filmes fossem sobre traição, eu fazia outra coisa. Mas apesar de todas essas precauções de vez em quando o assunto surgia, alguém falava a respeito, por exemplo, e nessas horas eu sentia meu rosto arder de vergonha e tentava mudar de assunto fazendo um comentário qualquer sobre outra coisa. Eu agia de um jeito duro e artificial, foi até estranho que Tonje não tenha percebido, mas provavelmente a ideia de que eu pudesse ter feito uma coisa daquelas estava tão distante da concepção de mundo dela que o pensamento nunca tinha lhe ocorrido. Minha consciência pesada era constante, minha culpa em relação a ela era constante, independente do que fizéssemos, eu era falso e mentiroso, um traidor, uma pessoa má, e quanto mais carinhosa ela era comigo, quanto mais próximo chegava de mim, pior eu me sentia. Eu agia como se nada tivesse acontecido, mas estava arrasado, tudo havia se transformado em um jogo.

Compramos uma casa. Alguém no trabalho de Tonje estava vendendo, pagamos barato, a casa ficava em Minde, perto da NRK. Era uma casa de três andares com pátio do início do século, compramos os dois andares de cima, um com cento e dez metros quadrados, onde fomos morar, e um apartamento menor no sótão, que alugamos. Eu poli e envernizei o assoalho, Tonje pintou e colocou o papel de parede. Tiramos as portas das dobradiças e as lixamos até remover toda a pintura e começamos a pedir orçamentos para o banheiro, que queríamos reformar. Depois nos encarregaríamos da cozinha. Nós gostamos do apartamento, tinha sido um achado e tanto. Eu tinha um escritório espaçoso, e além disso havia duas salas e um quarto, uma sacada e um grande jardim. Vivíamos uma vida normal, o futuro era nosso, começamos a falar sobre filhos. Escrever eu não conseguia, já haviam se passado quatro anos desde a minha estreia e eu não tinha nada, e provavelmente nunca mais conseguiria o que quer que fosse. Mas eu continuei a trabalhar, baixei a cabeça e fiz o melhor que eu podia. Toda vez que eu ouvia o telefone uma onda de pavor tomava conta de mim. Aquilo nunca desapareceria. Toda vez que eu olhava para Tonje, ou que ela sorria para mim, eu sentia a minha consciência pesada. Mas deu certo, eu consegui me virar, o tempo foi passando, talvez aquilo pudesse desaparecer um dia. Hans e Sigrid tinham voltado para a cidade, começamos a passar bastante tempo com eles, fomos juntos a Londres, fazíamos jantares na casa uns dos outros, e com os amigos de Hans e Sigrid passamos a ter um ambiente, uma vida. Hans e Sigrid se mudaram para uma casa no alto de Sandviken, um dia fui para lá ajudar Hans com a pintura, era setembro, o céu estava azul e claro, no fiorde um barco de salvamento fazia um exercício, uma enorme coluna d'água jorrava dele e se erguia rumo ao céu, reluzindo ao sol. Era um daqueles dias em que tudo parece aberto, a cidade está lá, no meio do mundo, sob a imensidão do céu, e você pensa que a vida vale a pena. De repente Tonje ligou, ela disse para a gente sintonizar o rádio, tinha havido um atentado contra o World Trade Center, um avião havia se chocado contra uma das torres. Ligamos o rádio e ficamos pintando ao sol enquanto os repórteres tentavam descrever o que estava acontecendo e o que já tinha acontecido. Eu não conseguia imaginar nada, tudo parecia confuso, Hans disse que devia ser coisa de Bin Laden, foi a primeira vez que ouvi o nome. Voltei para casa, Tonje estava com a TV ligada, não paravam de mostrar as imagens do avião que havia se chocado contra a torre, e depois o desmoronamento. Passamos a noite inteira assistindo àquilo. No dia seguinte pegamos um avião rumo a Paros, onde passaríamos uma semana. Andamos de *moped*, Tonje ia na carona abraçada em mim, tomávamos banho de mar e líamos, fazíamos amor e comíamos fora de noite, caminhávamos por aquelas ruas bonitas, um dia fomos a Antíparos, onde eu já havia estado treze anos antes, e eu me lembrei de tudo e comecei a rir: na ilha que eu estava vendo eu tinha escrito um romance num bloco de anotações, lido Ulf Lundell e desejado ser escritor. Sozinho naquele lugar, quando fui tomar banho, eu senti medo de tubarões. Lá, em pleno Mediterrâneo!

Ah, que beleza. Mas em casa tudo seguiu como de costume, o outono passou, eu não conseguia escrever, Tonje seguia trabalhando, eu tinha um sobressalto toda vez que o telefone tocava, sem esperar nada além de notícias desagradáveis. Muitas vezes uma pessoa ligava e não dizia nada, eu sabia que essas coisas aconteciam, mas para mim era impossível não relacionar essas ligações ao que tinha acontecido naquela noite um ano atrás.

Depois, em fevereiro, eu tive um sonho. Sonhei que estava na frente de um touro, ele estava enterrado na areia e tentava sair. Eu tinha uma espada na mão. Golpeei o pescoço do touro. A cabeça dele caiu no chão, mas o touro continuou, ele conseguiu sair da areia e eu acordei.

Uma coisa horrível estava prestes a acontecer. Eu sabia, era essa a mensagem do sonho.

Mas o quê?

A primeira ideia que me ocorreu dizia respeito à garota que morava em nosso apartamento do sótão, ela era jovem e trabalhava fora, então não a víamos com muita frequência, mas como ela morava na casa, achei que pudesse vir dela, que ela pudesse me denunciar por abuso ou qualquer outra coisa do tipo, porque ela andava bastante perturbada e obcecada por mim. Esse pensamento obsessivo já havia me ocupado por um tempo, era uma ideia totalmente infundada, causada pela minha consciência pesada e pela minha autoimagem ruim, mas quando a isso se juntou o sonho, achei que fosse acontecer.

O dia inteiro passou. Fiquei trabalhando, Tonje voltou para casa, nós jantamos, eu me sentei para ler no escritório, onde eu tinha uma poltrona, uma mesinha com um cinzeiro e uma caneca de café, todas as paredes eram cobertas por livros, uma das minhas grandes alegrias era me sentar para olhá-los, tirá-los das estantes, ler um pouco. Na época eu estava lendo *A anatomia da melancolia* de Burton. Eram pouco mais de onze horas, tudo estava quieto em casa, tudo estava quieto na rua. Eu coloquei um CD do Tortoise para tocar no aparelho de som portátil que eu havia comprado, acendi mais um cigarro, servi mais um pouco de café.

Na sala o telefone tocou, eu mal consegui ouvir, parecia muito distante. Abaixei o volume.

Para alguém ligar àquela hora devia ter acontecido alguma coisa.

Alguém devia ter morrido. Mas quem?

Tonje abriu a porta.

— Telefone para você — ela disse.

— Quem é?

— Ele não disse. Deve ser um amigo seu que ainda não conheci, porque ele ficou brincando comigo.

— Brincando?

— É.

Eu me levantei, fui até a sala e peguei o telefone. Tonje me seguiu.

— Alô? — eu disse.

— Quem está falando é o estuprador Karl Ove Knausgård?

— Do que você está falando? — eu perguntei. — Quem é?

Tonje havia parado, estava ao lado da porta, olhando para mim.

— Você sabe muito bem do que eu estou falando, porra. Você estuprou a minha namorada um ano atrás.

— Não, eu não fiz nada disso.

— Mas você sabe do que eu estou falando?

— Sei. Mas aquilo não foi estupro.

Assim que disse essas palavras eu olhei para Tonje. Ela tinha o rosto completamente pálido. Estava olhando para mim com os olhos arregalados. Quase caiu contra a parede.

— Foi sim, caralho. E se você não admitir, a gente vai para a sua casa agora. Se você não abrir, vamos arrombar a porta. Se você não admitir, vamos dar uma surra em você. Vamos quebrar toda a sua cara. E então, senhor escritor, você admite?

— Não. Aquilo não foi estupro. Nós fomos para a cama, até aí eu admito. Mas não foi estupro.

Tonje olhou para mim.

— Claro que foi, caralho! Ela acordou com as roupas rasgadas. Como você explica uma coisa dessas? Ela está do meu lado agora.

— Não foi estupro. Independente do que você diga, e independente do que ela tenha dito para você.

— Então a gente está indo para aí.

— Eu quero falar com ela.

— Só se você admitir que a estuprou.

— Não foi estupro.

— Você vai ouvir da boca dela.

Segundos passaram-se. Eu levantei o rosto, Tonje havia saído da sala.

— Alô? — disse uma voz no outro lado da linha.

— O seu namorado está dizendo que foi estupro — eu disse. — Como você pode dizer uma coisa dessas? Você participou tanto quanto eu.

— Eu não me lembro de nada. Simplesmente acordei com todas as minhas roupas rasgadas. Mas eu nem sei o que aconteceu. Pode mesmo não ter sido estupro. Mas foi uma coisa horrível. E no fim eu contei tudo para ele e ele quis pegar o carro e ir até a sua casa. Eu tentei evitar. Mas eles são loucos.

— Eles? — eu perguntei.

— É — ela disse.

No fim eram dois homens, um era o ex-namorado dela, o outro era um escritor que eu não conhecia, mas que eu já tinha encontrado diversas vezes.

— Ele disse que você não é tão bom como todo mundo diz — ela disse.

— Mas o que ele tem a ver com isso?

— Ele é meu amigo.

— Tudo bem — eu disse. — A questão é que eu não posso ser acusado de estupro. Não foi estupro. Você precisa dizer que não foi estupro.

— Não foi.

— E assim mesmo eles vêm para cima de mim?

— Eu não sei o que eles estão pensando.

— A melhor coisa a fazer seria marcar um encontro — eu disse. — Eu, você e o seu namorado. Assim a gente pode conversar.

— É — ela disse.

— Você pode amanhã? No café perto do Kunstindustrimuseet?

— Pode ser. Eu também quero falar sobre o que aconteceu. Eu liguei um monte de vezes para você, mas sempre era a sua mulher que atendia.

— Então até amanhã — eu disse, e então desligamos.

No mesmo instante Tonje entrou na sala, ela devia estar esperando. Ela me encarou.

— A gente precisa conversar — eu disse.

Fomos ao meu escritório. Era como se eu tivesse adentrado outra zona, onde a luz era branca e do lado de fora não havia mais nada. Conversamos sobre o que tinha acontecido. Contei todos os detalhes a respeito daquela noite. Por que você não me disse?, Tonje perguntava o tempo inteiro. Por que você não me disse? Por que você não me disse? Eu pedi desculpas, disse que jamais tinha sido a minha intenção, eu pedi que ela me perdoasse, mas nós dois estávamos em outro lugar, não se tratava de perdão, tratava-se de que aquilo que tínhamos entre nós dois, que era tão bonito, estava destruído. A maneira como aquilo tinha chegado, de forma tão violenta e incontrolável, havia deixado Tonje em estado de choque, o rosto dela ainda estava completamente pálido, e ela não chorava, simplesmente tentava entender. Eu também estava em choque, aquela luz branca apagava tudo, e restava apenas a coisa horrível que eu havia feito. Eu disse que não tinha sido estupro, ela disse claro, eu sei, mas não é disso que estamos tratando. Para mim também era daquilo que estávamos tratando, qualquer coisa podia acontecer, a mulher podia ir à polícia, e de repente podiam bater na minha porta e me levar preso. Ninguém no mundo acreditaria em mim, eu seria julgado e condenado como um criminoso sexual, o pior dentre os piores, a vergonha de todas as vergonhas, por todo o meu futuro, pelo resto da minha vida. Além do mais eu era uma pessoa pública, se a imprensa ficasse sabendo daquilo eu apareceria na capa de todos os jornais e revistas do país. Mas não foi nisso que pensei naquela hora, enquanto conversávamos no escritório, naquela hora a única coisa que importava era o que eu tinha feito com Tonje. Ela não chorou, mas se recolheu por completo, estava no fundo de si mesma, abalada nas profundezas da alma.

No dia seguinte eu fui à cidade, que tinha desaparecido por completo, tinha sido varrida do mapa, por assim dizer, a única coisa que existia era o pensamento sobre o que eu havia feito.

Eles não estavam no café. Esperei uma hora, eles não apareceram.

Liguei para Tomas e contei o que tinha acontecido. Ele ficou furioso. Disse que conhecia Arild, que era o nome do ex-namorado, ele era um criminoso, um viciado, mas não era perigoso, se você quiser, Karl Ove, eu posso fazer uma visita à casa dele e dar um susto tão grande que ele nunca mais vai te ligar na vida. Eu posso dar uma surra nele, se for preciso. Quer que eu faça isso? A gente pode esperar mais um pouco e ver o que acontece, eu disse. Se ele me ligar mais uma vez, talvez você possa falar com ele. Pode deixar. É isso mesmo que eu vou fazer. Aquelas pessoas só desejam o mal para os outros.

Quando eu voltei o apartamento estava banhado pela luz incrível do sol de inverno, ouvi Tonje enchendo a banheira. Eu não queria incomodar, então fui à sala e fiquei olhando para a montanha do outro lado.

A água parou de correr.

Em meio ao choro ela soltou um soluço longo, de partir o coração.

O desespero naqueles soluços era tão enorme que comecei a chorar.

Mas eu não tinha como oferecer nenhum consolo, não tinha como oferecer nenhuma ajuda. Eles nunca mais ligaram. Nunca mais tive notícias. Mas nosso relacionamento estava destruído, e talvez estivesse destruído desde aquela noite em que fiz o que fiz, mas assim mesmo resolvemos que eu devia passar um tempo longe. Eu liguei para as pessoas de quem eu tinha alugado a casa em Bulandet no ano anterior, a casa estava vazia, eu podia me mudar no mesmo dia, e foi o que fiz, peguei o barco para Askvoll, depois para Bulandet, no extremo oeste do país, em pleno mar, era lá que eu queria estar.

Não escrevi nada, eu pescava, lia e dormia. Eu estava arrasado, não de forma passageira, mas até as profundezas do meu ser, era assim que eu me sentia, porque aquilo não passava, não mudava, todos os dias eu acordava e sentia um desespero sem fim. O único jeito era aguentar. Era a única coisa em que eu me concentrava. Eu tinha que aguentar. Li os diários de Olav H. Hauge, e aquilo foi um alívio imenso, eu não sabia por quê, mas era, por umas poucas horas, enquanto lia aquilo, eu encontrava paz. A cada chegada do ferry eu ia para a janela e via se algum passageiro descia, talvez seja a Tonje, eu pensava. Não havíamos combinado nada, a única coisa que tínhamos combinado era que precisávamos de um tempo, cada um no seu canto, e que eu precisava me afastar um pouco. Eu não sabia se o nosso relacionamento tinha acabado, se ela queria me deixar ou se estava com saudade e queria que continuássemos juntos. Eu carregava toda a culpa, não queria que aquilo fosse um fardo para Tonje, então me afastei, quanto ao que ela desejava fazer daquele ponto em diante, cabia a ela decidir. Eu olhava para o ferry e me enchia de esperança. Mas Tonje não apareceu. Uma vez eu tive certeza de que ela havia chegado, calcei as minhas botas às pressas e saí correndo para encontrá-la, mas logo vi que não era ela e voltei.

Espen me ligou, estava indo a Bergen, eu sentia falta de um amigo com quem eu pudesse falar, então peguei o barco rumo ao continente, encontrei-o, bebemos umas cervejas, eu dormi no quarto do hotel com ele. Quando saímos, encontramos uma das amigas de Tonje. Ela parecia ter visto um fantasma quando me enxergou. No dia seguinte eu voltei a Bulandet, e de um jeito meio estranho aquele lugar parecia ter se tornado a minha casa, uma ilha minúscula no meio do oceano, a casa amarela da década de 1950 no promontório onde eu me hospedava. Eu adorava o céu daquele lugar, era um céu grande e dramático, e eu adorava os poucos dias de sol e silêncio. Eu adorava ficar no porto olhando para as águas claras, verdes e atraentes, onde listras compridas de algas se estendiam e peixes nadavam e caranguejos andavam de lado. Estrelas-do-mar, mexilhões, todo aquele fascinante universo submarino. Às vezes uma sacola plástica deslizava sob a superfície da água. Eu adorava também olhar para o cais, para os pequenos depósitos onde ficavam guardados todos os equipamentos, toda a linha de pesca e todas as tinas e caixas e bules que havia por lá. Mas acima de tudo eu adorava o céu, a maneira como as nuvens deslizavam em meio à escuridão da noite, como navios a caminho da terra, ou então se juntavam antes das tempestades, que vinham sempre do oeste, e faziam a casa inteira balançar e tremer e arquejar e bater.

Durante todas as minhas saídas para pescar eu via coisas, entre as quais se encontrava uma lontra que vivia nas proximidades; ela tinha feito um escorregador na neve, e de vez em quando descia por ele. Às vezes eu a via nadando, uma cabecinha preta logo acima da linha d'água. Certa noite a lontra passou correndo pelo deque externo da minha casa. Eu gostava dela, ficava alegre ao vê-la, era como se fôssemos amigos.

Um dia a ilha amanheceu repleta de pássaros. Estavam fazendo uma baderna sem igual. Depois todos alçaram voo, eram centenas, foi como uma nuvem que se erguesse, e então deram voltas ao redor da ilha e aos poucos tornaram a aterrissar, como um tapete. À noite os pássaros ficaram completamente em silêncio no escuro. Eu pensei neles antes de adormecer, o silêncio da vida é completamente distinto do silêncio da morte, e acordei com a baderna que faziam logo cedo na manhã seguinte.

O inverno deu lugar à primavera. Eu não tinha tv, não tinha jornais, não comia nada além de peixe, *knekkebrød* e maçã, e a única coisa que eu pensava era em Tonje, e também que eu precisava me tornar uma pessoa boa. Eu precisava me tornar uma pessoa boa. Eu precisava fazer tudo que pudesse para alcançar esse objetivo. Eu não podia mais ser covarde, não podia mais ser esquivo e vago, eu precisava ser sincero, direto, claro, honesto. Eu precisava olhar as pessoas nos olhos, eu precisava assumir quem eu era, o que eu pensava e o que eu fazia. Eu precisava tratar Tonje melhor, se continuássemos juntos. Não ser azedo, não ser irônico, não ser sarcástico, mas me erguer acima disso tudo e pensar sempre na minha vida como um todo. Ela era uma pessoa extraordinária, completamente única, e eu não podia achar que ela estaria sempre ao meu lado sem que eu desse qualquer coisa em troca.

Mas acima de tudo eu precisava agir. Tomar uma atitude. Mas que atitude?

Pensei em me suicidar, nadar mar adentro até não aguentar mais, era uma sensação boa e provocante, havia um certo fascínio naquilo, mas eu sabia que jamais agiria daquela forma, desistir não fazia parte do meu caráter.

Eu era uma pessoa que sabia aguentar. Mas ninguém tinha dito que as pessoas não podiam melhorar enquanto aguentam.

Escrevi cartas para Tonje, mas não as mandei. Não recebi nenhuma, não tive notícias, e por fim voltei.

Fazia três meses que não nos víamos. Eu telefonei assim que cheguei ao morro que levava à nossa casa.

— Karl Ove, você está chegando? — ela me perguntou com aquela voz dela, sempre tão próxima.

— Estou — eu disse. — Estou do lado de fora.

— Você está aqui?

Eu abri a porta, subi a escada, ela foi até o corredor, e atrás dela estava um colega de trabalho. Puta que pariu, será que ele se mudou para cá? Os dois estão juntos?

Não estavam. Ele só tinha feito uma visita para arrumar a porta de correr do banheiro para ela. Tonje estava magra e parecia triste. Eu também estava magro, e a alegria não existia mais em mim.

Passamos dias conversando. Ela queria continuar, eu queria continuar, e no fim continuamos. Nossa casa, nossos amigos, nossa família, Bergen. Eu passava os dias escrevendo, Tonje passava os dias trabalhando na NRK. Tudo estava como antes. O verão chegou e foi embora, o Natal chegou e foi embora, começamos a falar sobre filhos, mas não demos o passo decisivo. Certa noite eu recebi o telefonema de um homem desconhecido. Ele disse que era ex-marido da mulher com quem eu havia traído Tonje. Os dois tinham filhos. Ele queria a custódia integral das crianças. Daria início a um processo judicial. E me perguntou se eu aceitaria ser testemunha. Ele disse que os dois, a mulher e o namorado dela, tinham feito a mesma coisa com um pastor, ela tinha feito sexo com ele, o namorado tinha ligado para a casa da família e contado tudo. Aquilo tinha acabado com a carreira do pastor, disse o homem, e eu fiquei sem saber no que acreditar, às vezes eu achava que era uma armadilha, que alguém devia estar gravando tudo, mas ele parecia sincero. Por fim eu disse que não poderia ajudar. Quando contei a história para Tonje ela disse que aquilo teria se tornado público na mesma hora, todas as redações de jornal acompanhavam os acontecimentos do judiciário, e se eu tivesse aceitado, como havia pensado em fazer, logo os jornais trariam a manchete "Famoso escritor norueguês é acusado de estupro", acompanhada por mais esclarecimentos para que todos pudessem compreender de quem se tratava.

Eu me agarrei à escrita, passava dia e noite no escritório, mas não conseguia nada. Os jornalistas haviam parado de ligar fazia tempo; nas raras vezes em que me procuravam, era para me perguntar se eu gostaria de aparecer num artigo sobre bloqueio criativo ou num artigo sobre escritores de um livro só. Mas em fevereiro de 2002 aconteceu uma coisa. Eu comecei a escrever um texto curto, ambientei a ação no século XIX, mas deixei que tudo que existia hoje também existisse na época, e o lugar onde tudo acontecia era Tromøya, mas ao mesmo tempo não era, eu pressenti uma história totalmente diferente, e naquele mundo paralelo, que se parecia com o nosso, embora não fosse, fiz com que eu, Yngve e o nosso pai saíssemos de barco em uma noite de verão para ir a Torungen. Descrevi aquela noite exatamente como eu a lembrava, com uma exceção: a gaivota que o meu pai iluminou com a lanterna tinha duas estruturas pequenas e finas sob as asas, que pareciam braços. Aquelas gaivotas tinham sido anjos, eu fiz com que ele dissesse, e nesse momento eu soube: aquilo era um romance. Finalmente, eu tinha um romance.

Fiquei muito entusiasmado. De repente passei a ter muita energia, eu agia e preparava comida e falava sobre tudo que se podia imaginar, cheio de iniciativa em relação a Tonje, podíamos ir lá, fazer aquilo, de repente tudo era possível mais uma vez.

Tonje foi a um seminário em Kristiansand, eu teria dias inteiros para escrever, ela voltou três dias mais tarde e foi direto para uma festa, a banda dela, formada por colegas da NRK, faria um show, ela perguntou se eu não gostaria de ir junto, mas eu tinha que escrever, e no fim ela foi sozinha. Passada uma hora eu me arrependi e fui para lá, vi Tonje na bateria, aquilo me comoveu por um motivo ou outro, mas quando a procurei depois, enquanto ela guardava o equipamento, ela pareceu esquiva, não me olhou nos olhos, não quis conversar. Eu conhecia aquilo, ela estava incomodada.

Tonje carregava os pedestais dos pratos ao longo do corredor, eu estava segurando a caixa e disse que gostaria que ela me dissesse o que estava acontecendo. Eu sei que tem alguma coisa errada, é só você dizer. Estou vendo que você está incomodada.

— Eu não ia contar — ela disse. — Mas posso contar se você prefere. Eu traí você.

— Em Kristiansand? Agora?

— É.

Olhei para ela. Ela olhou para mim.

Eu estava furioso, a ideia de que ela tivesse se entregado para outro homem era terrível, mas também fiquei aliviado, porque a partir daquele instante a culpa não era mais toda minha.

Quando voltamos para casa nos sentamos no escritório, como havíamos feito um ano atrás. Desta vez não houve nenhum choque, porque o que tinha acontecido, o que ela tinha feito, era uma continuação do que eu havia feito, embora igualmente terrível.

— Por que você fez isso? — eu perguntei. — Eu estava tão bêbado que nem sabia o que estava fazendo. Mas você nunca faz nada que fuja ao seu controle. Você sabia o que estava fazendo.

— Não sei. Acho que foi porque você de repente ficou alegre. Porque de repente você ficou radiante de felicidade. Você passou quatro anos abatido, desde o outono em que o seu pai morreu e você estreou, e tudo foi muito pesado desde então, tivemos poucas alegrias. Eu tentei, eu tentei de tudo. E de repente você conseguiu voltar a escrever e ficou alegre outra vez! Foi uma provocação enorme. Senti como se eu não tivesse nada a ver com a sua vida. Senti como se eu não fizesse parte dela. Para mim foi a gota d'água, e então pensei, que se dane tudo. E então eu fiz.

Apoiei a cabeça nas mãos.

Olhei para ela.

— O que vamos fazer agora? — eu perguntei.

— Não sei.

Dormimos, na manhã seguinte eu fiz uma mala e fui para a casa de Yngve, que havia se mudado para Voss. Passei dois dias lá, conversei com ele, ele achava que eu devia continuar com Tonje. Tínhamos feito exatamente a mesma coisa. Tonje era uma pessoa incrível, eu não podia deixá-la.

Peguei o trem para reencontrar Tonje, conversamos a noite inteira, eu decidi ir embora. Eu queria deixar tudo aquilo para trás. Deixamos o nosso relacionamento em aberto, aquele não era o fim, nada estava decidido, mas nós dois sabíamos que tinha acabado, ou pelo menos eu sabia.

Ela me acompanhou até a estação de trem.

Me abraçou.

Chorou.

Eu não chorei, eu a abracei e pedi que ela se cuidasse. Nos beijamos, eu subi a bordo e, quando o trem começou a deslizar para longe da estação, vi Tonje caminhar sozinha ao longo da plataforma e sair para a cidade.

Peguei o trem noturno para Oslo, e tudo que fiz durante a viagem foi tentar não pensar em nada. Li um jornal atrás do outro, quando terminei li um romance de Ian Rankin, o primeiro romance policial que eu lia em vinte anos, até me sentir tão cansado que eu tinha vontade de dormir cada vez que fechava os olhos. Em Oslo comprei outro romance de Rankin, peguei o trem para Estocolmo, me sentei e comecei a ler.

Foi assim que deixei Bergen.

ESTA OBRA FOI COMPOSTA POR ACOMTE EM ELECTRA E
IMPRESSA PELA RR DONNELLEY EM OFSETE SOBRE PAPEL PÓLEN
SOFT DA SUZANO PAPEL E CELULOSE PARA A
EDITORA SCHWARCZ EM JULHO DE 2017

A marca FSC® é a garantia de que a madeira utilizada na fabricação do papel deste livro provém de florestas que foram gerenciadas de maneira ambientalmente correta, socialmente justa e economicamente viável, além de outras fontes de origem controlada.